EXCALIBUR

Herausgegeben von
Melissa Andersson
und
Gerd Rottenecker

Die Chroniken von Deverry im Droemer-Knaur Verlag:

1. *Der Wanderer von Deverry* (70121)
2. *Die Ausgestoßenen von Deverry* (70122)
3. *Dämmerung über Deverry* (70123)

Weitere Bände in Vorbereitung.

Katharine Kerr

DIE CHRONIKEN VON DEVERRY 3

Dämmerung über Deverry

Ins Deutsche übertragen von
Regina Winter

Knaur

Die amerikanische Originalausgabe erschien 1989
unter dem Titel »The Bristling Wood« bei Bantam Spectra, New York

Besuchen Sie uns im Internet
www.droemer-knaur.de

Deutsche Erstveröffentlichung 3/99

Umschlagkonzept: Melissa Andersson
Umschlaggestaltung: Agentur Zero, München
Umschlagillustration: Michael Whelan/
Agentur Thomas Schlück, Garbsen
Karte: Dieter Jüdt, Trier
Lektorat: Michael Ballauff & Harald Jösten
Satz: Ventura Publisher im Verlag
Druck und Bindung: Clausen & Bosse, Leck
Printed in Germany
ISBN 3-426-70123-5

2 4 5 3

Dem Gedenken an
Raymond Earle Kerr Jr. (1917–1987) gewidmet,
einem echten Offizier und Gentleman.

KARTE

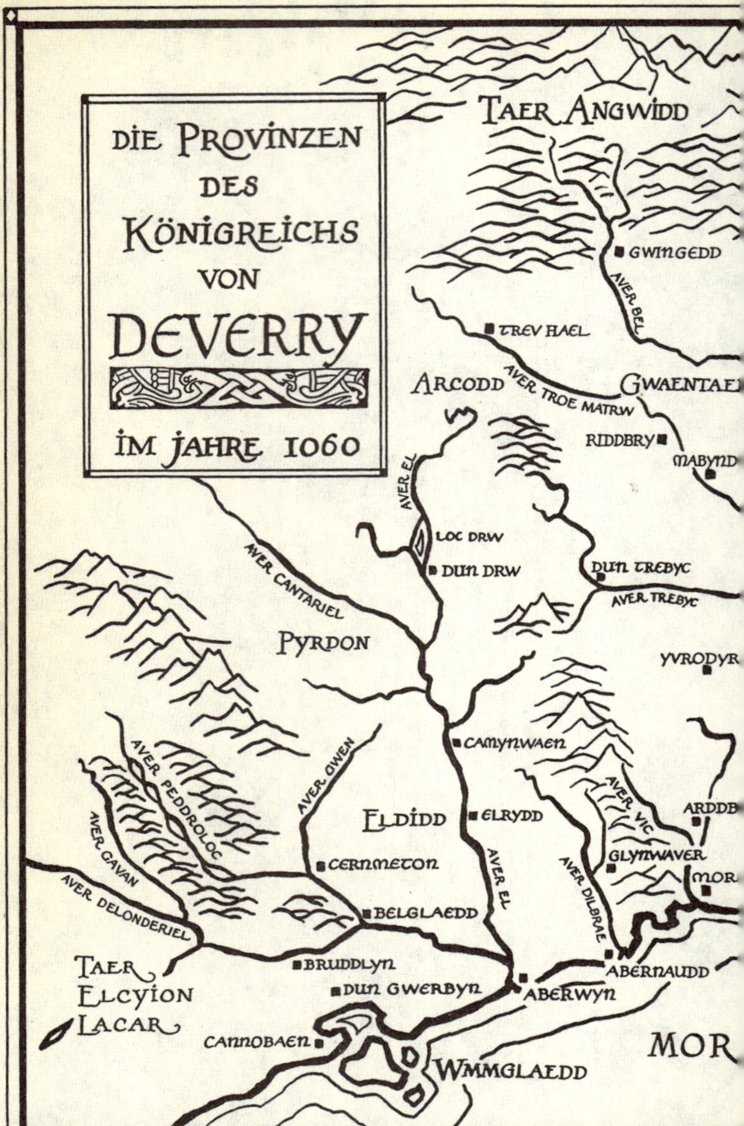

DIE PROVINZEN
DES
KÖNIGREICHS
VON
DEVERRY
IM JAHRE 1060
TAER ANGWIDD
GWINGEDD
AVER BEL
TREV HAEL
ARCODD
AVER TROE MATRW
GWAENTAE
RIDDBRY
MABYND
AVER EL
LOC DRW
DUN DRW
DUN TREBYC
AVER TREBYC
AVER CANTARIEL
PYRDON
YVRODYR
CAMYNWAEN
AVER OWEN
AVER PEDDROLOC
AVER GAVAN
ELDIDD
ELRYDD
AVER VIC
ARDDB
GLYNWAVER
MOR
CERNMETON
AVER EL
AVER DILBRAE
AVER DELONDERIEL
BELGLAEDD
BRUDDLYN
ABERNAUDD
TAER
ELCYION
LACAR
DUN GWERBYN
ABERWYN
CANNOBAEN
MOR
WMMGLAEDD

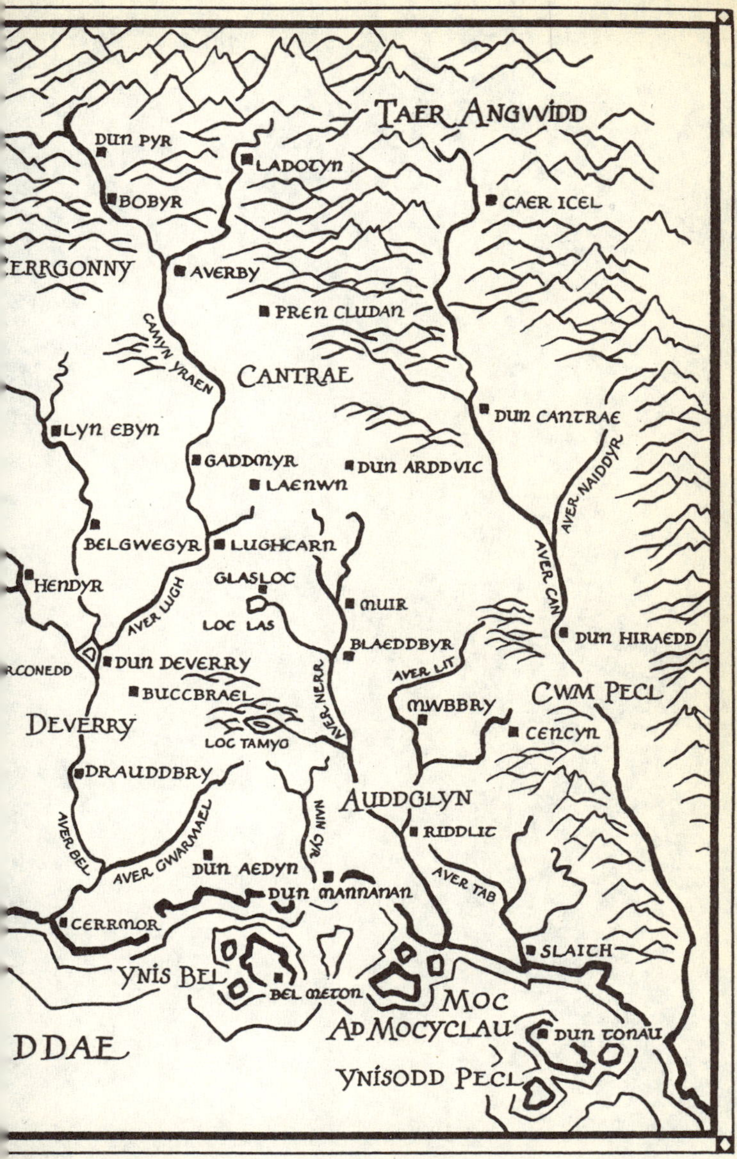

TAER ANGWIDD
DUN PYR
LADOTYN
BOBYR
CAER ICEL
ERRGONNY
AVERBY
PREN CLUDAN
CAMYN YRAEN
CANTRAE
DUN CANTRAE
LYN EBYN
GADDMYR
DUN ARDDVIC
LAENWN
AVER NAIDDYR
BELGWEGYR
LUGHCARN
HENDYR
GLASLOC
AVER CAN
MUIR
LOC LAS
AVER LUGH
BLAEDDBYR
DUN HIRAEDD
RCONEDD
DUN DEVERRY
AVER LIT
BUCCBRAEL
CWM PECL
DEVERRY
MWBBRY
AVER NERR
CENCYN
LOC TAMYO
DRAUDDBRY
AUDDGLYN
AVER GWARMAEL
NAIN CYR
RIDDLIT
AVER BEL
DUN AEDYN
AVER TAB
DUN MANNANAN
CERRMOR
SLAITH
YNIS BEL
BEL METON
MOC
AD MOCYCLAU
DUN TONAU
DDAE
YNISODD PECL

PROLOG
FRÜHJAHR 1063

Jene, die den Dweomer studieren, beschweren sich häufig, daß er in Rätseln spricht. Dafür gibt es einen Grund. Und was ist dieser Grund? Nun, auch dabei handelt es sich um ein Rätsel.

Aus dem Geheimbuch Caldwallons des Druiden

Draußen im Grasland im Westen des Königreichs Deverry hatten Begriffe wie Tag oder Monat keine Bedeutung. Die Jahre flossen träge vorüber; erkennbar waren nur Ebbe und Flut der Jahreszeiten: Die schweren Regenfälle des Winters ließen das Gras eine bläulich-grüne Färbung annehmen, und der graue Himmel hing dicht über dem Boden; im Frühjahr traten die Flüsse über die Ufer und bildeten Teiche um die Weiden und Haselsträucher, an denen schon die ersten hellgrünen Blätter hingen; im Sommer wurde das Gras golden vor Trockenheit, und jedes Feuer stellte eine Gefahr dar; und in den ersten sanften Herbstregenfällen blühten die Wildblumen kurz in Purpur und Gold auf. Die vom Volk trieben ihre Pferde und Schafherden in der Sommerhitze nach Norden und in der Winterkälte nach Süden, und auf ihren Wegen fielen ihnen nur die kleineren Anzeichen von Veränderung auf: der erste Rehbock, der sein Geweih verlor, die ersten Erdbeeren. Weil ihre Götter stets anwesend waren und bei den langen Wanderungen mit ihrem Volk reisten, brauchten sie keine Feiertage oder besonderen Festlichkeiten zu ihrer Ehre. Wenn sich zwei oder drei Alarli – die locker organisierten Reisegruppen – zufällig trafen, wurde diese Begegnung gefeiert.

Es gab allerdings einen Tag des Jahres, der sich von allen anderen abhob: den Tag des Frühlingsbeginns, der auch den

Beginn des Hochwassers ankündigte. In den Bergen, weit im Norden, schmolz der Schnee, schickte eine wahre Flut hinab ins Grasland – wie jene andere Flut, jene blutige Flut, die diese Region vor vielen, vielen Jahren einmal von Norden her überschwemmt hatte. Obwohl die vom Volk durchschnittlich um die fünfhundert Jahre alt wurden, gab es inzwischen nur noch wenige, die sich an jene dunkle Zeit erinnern konnten. Das Volk als solches jedoch erinnerte sich. Und sie sorgten dafür, daß auch ihre Kinder sich immer an jenen Frühlingsbeginn erinnern würden, wenn die Alarli sich in Zehner- oder Zwölfergruppen zu ihren Gedenkfeiern zusammenfanden.

Ebañy Salomonderiel wäre gerne so schnell wie möglich nach Osten, nach Deverry, geritten, aber selbst er hätte das Elfenland niemals verlassen, ohne diesen heiligsten und schrecklichsten aller Tage gefeiert zu haben. Zusammen mit seinem Vater, Devaberiel Silberhand, dem Barden, kam er von der Küste her zum Zusammenfluß der Flüsse Corapan und Delonderiel, nahe jenem Streifen urtümlichen Waldes, der die Grenze des Graslandes bildete. Dort stießen sie, wie erwartet, auf ein Alardan, ein Clan-Treffen. Im hohen Gras verstreut standen zweihundert bunt bemalte Zelte, rot, lila und blau, und die Herden grasten friedlich in der Ferne. Ein Stück von den anderen entfernt standen zehn unbemalte Zelte, die grob aus schlecht gegerbten Häuten zusammengenäht waren.

»Bei der dunklen Sonne«, meinte Devaberiel, »es sieht so aus, als hätten wir Besuch vom Waldvolk.«

»Gut. Es ist an der Zeit, daß sie ihre Angst vor uns verlieren.«

Devaberiel nickte zustimmend. Er war ein ausgesprochen gutaussehender Mann, mit Haar so hell wie Mondlicht, tiefliegenden dunkelblauen Augen mit schmalen schlitzförmigen Pupillen wie denen einer Katze und schöngeformten langen, spitzen Ohren. Ebañy hatte zwar das helle Haar geerbt, war aber in anderer Hinsicht seiner menschlichen Mutter nachgeschlagen; seine rauchgrauen Augen hatten runde Pupillen, und seine Ohren waren zwar etwas spitzer, wären aber in den Menschenlanden nicht weiter aufgefallen. Sie ritten weiter und führten dabei ihre acht Pferde mit sich, von denen zwei schlittenähnliche Gefährte zogen, die mit allem beladen waren, was sie besaßen. Da Devaberiel Barde war und Ebañy Gerthddyn – ein Geschichtenerzähler und Minnesänger –, brauchten sie keine großen Herden, von denen sie hätten leben müssen. Als sie die Zelte beinahe erreicht hatten, kamen deren Bewohner ihnen entgegen, um sie zu begrüßen, wetteiferten um die Ehre, den Barden und seinen Sohn bewirten zu dürfen.

Die beiden entschieden sich, ihr rubinrotes Zelt nahe dem von Tanidario aufzustellen, einer alten Freundin des Barden. Obwohl sie seinem Vater oft mit Ratschlägen zur Seite gestanden und ihm dabei geholfen hatte, seinen Halbblutsohn aufzuziehen, fiel es Ebañy schwer, sie sich als seine Mutter vorzustellen. Anders als seine leibliche Mutter in Eldidd, an die er sich vage als an eine bleiche Frau mit weichen Rundungen erinnerte, war Tanidario Jägerin, sechs Fuß groß, muskulös und von gerader Haltung, mit jettschwarzem Haar, das sie zu einem taillenlangen Zopf geflochten hatte. Zur Begrüßung küßte sie ihn auf die Wange, und dann packte sie ihn an den Schultern und schob ihn ein wenig von sich weg und betrachtete ihn lächelnd, als wolle sie feststellen, ob er gewachsen sei.

»Ich wette, du freust dich schon auf die Frühlingsjagd«, sagte er.

»Ganz bestimmt, Kleiner. Ich habe mich mit dem Waldvolk angefreundet, und sie haben angeboten, mir zu zeigen, wie man tief im Wald mit einem Speer jagt. Ich freue mich schon auf die Herausforderung.«

Ebañy lächelte nur.

»Ich weiß, was du meinst«, sagte Tanidario mit einem Lachen. »Wenn du von Jagd sprichst, meinst du jene Art, die in einem weichen Bett mit einem hübschen Mädchen drin endet. Nun, vielleicht wirst du die Dinge klarer sehen, wenn du erst erwachsen bist.«

»Ich werde dieses Frühjahr vierundsiebzig.«

»Fast noch ein Kind.« Sie zauste sein Haar mit schwieliger Hand. »Komm mit. Die Versammlung hat bereits begonnen. Wo ist dein Vater hingegangen?«

»Er ist bei den anderen Barden. Er wird direkt nach der Wiedererzählung singen.«

Unten am Fluß hatte man aus Schlittenstangen eine Bühne gezimmert. Dort stand Devaberiel und unterhielt sich mit vier anderen Barden. Rings um sie hatte sich die Menge niedergelassen. Die Erwachsenen saßen im Schneidersitz im Gras, während die Kinder ruhelos umherliefen. Ebañy und Tanidario ließen sich am Rand nieder, nahe einer kleinen Gruppe von Waldvolk. Obwohl diese wie andere Elfen aussahen, trugen sie Lederkleidung, und jeder Mann hatte einen kleinen gekerbten Stock dabei, der mit Federn und bunten Bändern verziert war und der magischen Zwecken diente. Sie lebten normalerweise in den dichten Wäldern des Nordens, aber manchmal zogen sie nach Süden, um mit dem Rest des Volks Handel zu treiben. Sie waren niemals wirklich zivilisiert worden, daher waren sie von den Ereignissen, an die man sich hier erinnern wollte, verschont geblieben.

Langsam wurde die Menge ruhiger, und die Kinder setzten sich zu ihren Eltern. Auf der Bühne nahmen die Barden – unter ihnen Devaberiel – ihre Plätze im hinteren Teil ein und verschränkten die Arme über der Brust: eine ernste Ehrenwache für den Geschichtenerzähler. Manaver, Contariels Sohn, der älteste von ihnen, trat hervor und hob die Arme hoch in die Luft. Erschrocken stellte Ebañy fest, daß dies das letzte Jahr sein würde, in dem der Barde die Geschichte erzählte. Man sah ihm sein Alter nun an: sein Haar war weiß und schütter, sein

Gesicht faltig. Wenn einer vom Volk sichtbar alterte, bedeutete das, daß sein Tod nahe bevorstand.

»Sein Vater war dabei, als das Land brannte«, flüsterte Tanidario.

Ebañy nickte nur schweigend, denn nun senkte Manaver die Arme.

»Wir sind hier, um zu gedenken.« Seine geschulte Stimme dröhnte in der warmen Stille.

»Um zu gedenken«, flüsterte die Menge. »Um des Westens zu gedenken.«

»Wir sind hier, um der Städte zu gedenken, Rinbaladelan von den schönen Türmen, Tanbalapalim am weiten Fluß, Bravelmelim mit den Regenbogenbrücken. Ja, um der Städte zu gedenken und aller Wunder des weiten, weiten Westens. Man hat sie uns genommen, sie liegen in Trümmern. Eulen und Füchse bewohnen sie nun, und Unkraut und Disteln überziehen die Höfe der Paläste der Sieben Könige.«

Die Menge seufzte wortlos, und dann schwiegen die Zuhörer wieder, um jener Geschichte zu lauschen, die einige von ihnen schon fünfhundertmal und öfter gehört hatten. Obwohl er ein halber Mensch war, spürte Ebañy, wie ihm Tränen die Kehle zuschnürten bei dem Gedanken an die verlorene Glorie und die Jahre des Friedens. Als das Volk in den Hügeln, den fruchtbaren Ebenen des weiten Westens und in Städten voller Wunder gelebt hatte und dem Handwerk und der Kunst in einer Vollkommenheit nachgegangen war, daß einige behaupteten, es grenze an Dweomer.

Vor nun über tausend Jahren, vor so langer Zeit, daß einige sich zu fragen begannen, wann die Vertreibung eigentlich begonnen hatte, ob es nun elfhundert oder zwölfhundert Jahre her war, hatten mehrere Millionen Angehörige des Volkes unter der Regierung der Sieben Könige in Frieden gelebt. Dann hatten die Vorzeichen begonnen. Fünf Winter brachten ungewöhnlich hohen Schnee, und in den Frühjahren danach überflutete der Fluß das Land. Im sechsten Winter berichteten Bauern aus der Nordprovinz, daß die Wölfe anscheinend den Verstand verloren hatten, in großen Rudeln jagten und Reisende auf der Straße angriffen. Die Weisen erklärten, diese Wölfe müßten verzweifelt und halb verhungert sein, und das, zusammen mit dem Wetter, bedeutete Hungersnot in den Bergen, vielleicht sogar eine Seuche, die sich weiter nach Süden ausbreiten konnte. Die Sieben Könige berieten sich und machten Pläne: Man entwickelte eine Methode, Lebensmittel zu speichern und sie an die Bedürftigen zu verteilen, und man entsandte eine kleine Truppe, die sich um die Wolfsrudel kümmern sollte. Die Könige sammelten auch Dweomerleute und Weise um sich, die ihnen im Kampf gegen diese Bedrohungen helfen und den bedürftigen Bauern mit ihrem Wissen dienen sollten. Im sechsten Frühjahr zogen die königlichen Bogenschützen in den Norden, aber sie irrten sich, als sie glaubten, dort würden sie es nur mit Wölfen zu tun haben.

Als der Angriff erfolgte, brach er los wie eine Lawine, und die Bogenschützen wurden unter Leichen begraben. Niemand wußte genau, wer die Feinde waren; sie waren weder Menschen noch Elfen, sondern untersetzt wie zu groß geratene Zwerge, in Häute gekleidet und nur mit groben Speeren und Äxten bewaffnet. Aber trotz ihrer jämmerlichen Waffen kämpften sie mit solcher Wut, als sei es ihnen gleich, ob sie überlebten oder starben. Es waren Tausende von ihnen, und sie waren beritten. Als die Weisen zusammen mit den ersten Verstärkungen nach Norden zogen, berichteten sie, daß ihnen die Sprache dieser Horden unbekannt war. Halb verhungert und anscheinend verzweifelt auf der Flucht vor irgendeiner Katastrophe in ihrer Heimat, brandschatzten und plünderten die Fremdlinge auf ihrem Weg. Da die vom Volk niemals zuvor Pferde gesehen hatten, waren die Angreifer tatsächlich im

Vorteil, zunächst wegen der Überraschung und dann wegen der Beweglichkeit, auch nachdem sich die Elfen an die schrecklichen Tiere gewöhnt hatten. Bis die Elfen begriffen, daß die Pferde gegenüber Pfeilen sogar noch verwundbarer waren als ihre Reiter, war der Norden bereits verloren und Tanbalapalim ein rauchender Trümmerhaufen.

Die Könige riefen das Volk zusammen und führten es in den Krieg. Nachdem jeder Mann und jede Frau, die einen Bogen halten konnten, nach Norden marschiert waren, herrschte einige Zeit ein Gleichgewicht der Kräfte. Obwohl Tag und Nacht Scheiterhaufen an den Rändern der Straßen brannten, marschierten die Invasoren unter dem dichten Qualm weiter. Da er Mitleid mit ihrer Verzweiflung hatte, versuchte König Elamandariel Sonnenschwert, mit ihren Anführern zu verhandeln, und bot ihnen das Grasland im Osten an. Aber sie metzelten seine Ehrengarde nieder und steckten seinen Kopf auf einen langen Speer, den sie tagelang vor sich hertrugen. Danach gab es keine Gnade mehr. Kinder marschierten mit Bögen nach Norden, um den Platz ihrer gefallenen Eltern einzunehmen, aber die Horden zogen immer weiter.

Bis zum Herbst waren auch die mittleren Provinzen von einer Flutwelle von Blut überschwemmt worden. Obwohl sich viele vom Volk in einem letzten verzweifelten Versuch, die Küstenstadt Rinbaladelan zu halten, zurückzogen, flohen die meisten, nahmen ihre Herden, trieben die Pferde zusammen, die den Invasoren zunächst einen solchen Vorteil verschafft hatten, beluden ihre Wagen und zogen nach Osten in das Grasland, das die Horden abgelehnt hatten. Rinbaladelan hielt den Winter über stand, aber im Frühling fiel es. Mehr Flüchtlinge kamen nach Osten und brachten Geschichten mit, die um so entsetzlicher waren, als man sich inzwischen an sie gewöhnt hatte. Jeder Clan beklagte inzwischen vergewaltigte Frauen, getötete und aufgefressene Kinder, niedergebrannte Häuser, in denen jene gestorben waren, die zu schwach zur Flucht gewesen waren. Jeder hatte die Schändung eines Tempels miterlebt, den sinnlosen Abbruch eines Aquädukts, die Plünderung und das Niederbrennen eines Bauernhofes, den man soviel besser hätte nutzen können. Den ganzen Sommer über kamen weitere Flüchtlinge nach Osten – und alle hungerten. Sie waren Stadt- und Dorfbewohner gewesen und nicht an die Jagd gewöhnt, es sei denn zum Sport. Als sie versuchten, ihre mitgebrachten Sämereien auszusäen, erwies sich das Grasland als wenig fruchtbar. Aber vielen war es auch gleich, ob sie einen weiteren Winter überleben würden, denn sie erwarteten, daß der Feind ihnen schon bald nach Osten folgen würde. Einige flohen in die Wälder, um bei den primitiven Stämmen Zuflucht zu suchen; einige wenige erreichten das Land, das später Eldidd heißen sollte. Die meisten blieben und warteten auf das Ende.

Aber die Horden kamen nicht. Langsam lernte das Volk zu überleben, indem es entdeckte, was das Grasland ihnen zu geben hatte. Sie aßen Dinge – und taten es immer noch –, von denen den Prinzen des Rosentals übel geworden wäre: Eidechsen und Schlangen, die Innereien von Rehen und Antilopen ebenso wie das gute Fleisch, Wurzeln und Knollen. Sie lernten, Pferdemist zu trocknen, weil es nur wenig Feuerholz gab; sie gaben die Wagen auf, die tiefe Kerben in das Grasland zogen, das nun auf seine Weise ihre Hauptnahrungsquelle darstellte. Sie kochten Fischköpfe zu Leim und benutzten Sehnen zur Herstellung von Bogensehnen, und sie gewöhnten sich daran, umherzuziehen. Sie überlebten nicht nur, es wurden auch wieder Kinder geboren, die an die Stelle jener traten, die bei Hochwässern und Jagdunfällen umgekommen waren.

Endlich, zweiunddreißig Jahre nach der Vertreibung, fand der letzte der Sieben Könige, Ranadar vom Hohen Berg, sein Volk wieder. Mit den letzten sechs Bogenschützen der Königsgarde kam er eines Frühlingstags in ein Alardan geritten und berichtete, wie er und seine Männer wie Banditen in den Hügeln gelebt hatten, wie sie so gut wie möglich für ihr gefallenes Land Rache genommen und die Götter angefleht hatten, andere von ihrem Volk zu schicken. Nun hatten die Götter sie erhört. Die Horden waren zwar imstande gewesen, Städte zu erobern, aber sie hatten keine Ahnung, wie sie sie wieder aufbauen sollten. Sie wohnten in grob gezimmerten Hütten zwischen den Ruinen und versuchten, das Land zu bebauen, das sie vergiftet hatten. Obwohl jede einzelne dieser häßlichen Gestalten gestohlene Edelsteine trug, ließen sie es zu, daß sich die Abflußkanäle mit Dreck füllten, während sie sich über die immer geringer werdende Beute stritten. Seuchen brachen aus, alle möglichen Krankheiten, allesamt rasch und tödlich. Wenn er vom Sterben der Horden erzählte, brüllte Ranadar vor Lachen wie ein Wahnsinniger, und das Volk lachte mit ihm.

Lange Zeit sprachen sie von Rückkehr, davon, die Seuchen ihren Lauf nehmen zu lassen und dann die Letzten von der Horde zu töten und sich ihr zerstörtes Königreich zurückzuholen. Zweihundert Jahre lang, bis zu Ranadars Tod, versammelten sie sich jeden Abend um die Lagerfeuer und schmiedeten Pläne. Hin und wieder ritten ein paar waghalsige junge Männer in das verlorene Land zurück, um die Lage auszukundschaften. Nur wenige kehrten wieder, aber sie sprachen von allgemeinem Verfall und davon, daß die Krankheiten immer noch wüteten. Wäre das Leben im Grasland nicht so schwierig gewesen, dann wäre vielleicht eine Armee nach Westen marschiert. Aber in jedem Jahr starben beinahe so viele, wie geboren wurden. Endlich, etwa vierhunderfünfzig Jahre nach der Vertreibung, organisierten einige Männer einen größeren Kundschaftertrupp, der nach Rinbaladelan reiten sollte.

»Und ich gehörte dazu, als junger Mann«, sagte Manaver, und seine Stimme brach beinahe bei der Erinnerung. »Zusammen mit zwanzig Freunden ritt ich nach Westen, denn ich hatte meinen Vater so oft von Rinbaladelan und seinen schönen Türmen sprechen hören, und ich sehnte mich danach, es zu sehen, selbst wenn dieser Anblick mir den Tod bringen sollte. Wir nahmen viele Köcher voller Pfeile mit, denn wir erwarteten viele blutige Scharmützel mit den Überresten der Horden.« Er hielt inne und lächelte spöttisch. »Aber sie waren fort, lange tot, ebenso wie Rinbaladelan. Mein Vater hatte mir von den hohen Tempeln erzählt, die mit Silber und Jett gedeckt waren; ich sah nur grasbewachsene Hügel. Er hatte von fünfhundert Fuß hohen Türmen gesprochen, die aus vielfarbigen Steinen gebaut waren; ich fand hier und da ein Trümmerstück. Er hatte von riesigen Prozessionen auf breiten Straßen geredet; ich konnte nur mit Mühe die grasüberwucherten Wege finden. Hier und da stand eine Hütte, die aus Trümmern gebaut worden war. In einigen lagen unbegrabene Skelette auf dem Boden, die letzten der Horden.«

Die Menge seufzte; ein wie von Kummer zerrissenes Land wehte über das Grasland. Ziemlich weit vorne wand sich ein kleines Mädchen aus den Armen seiner Mutter und stand auf. »Warum sind wir denn nicht zurückgegangen, wenn sie doch alle tot waren?« rief sie mit klarer hoher Stimme.

Ihre Mutter fing sie schnell wieder ein, aber der Rest der Versammlung lachte gutmütig, ein melancholisches Kichern über den Mut eines Kindes, eine Erleichterung nach soviel Tragik. Auch Manaver lächelte.

»Wohin zurück, Kleines?« fragte er. »Das Königreich war tot, in Trümmern und von Unkraut und Gras überwuchert. Wir hatten unsere Götter mit ins Grasland genommen, und das Grasland war zu unserer Mutter geworden. Außerdem waren auch die Leute, die wußten, wie man Städte baut und Eisen schmilzt und Stein bearbeitet, alle tot. Jene von uns, die überlebt hatten, waren überwiegend Bauern, Hirten, Waldläufer. Was wußten wir schon davon, wie man Straßen baut und seltene Metalle bearbeitet?«

Mit nachdenklicher Miene schlug das kleine Mädchen die Beine übereinander. Endlich blickte sie auf zu dem todgeweihten Barden.

»Und wir werden auch nie wieder zurückkehren?«

»Nun, *nie* ist ein hartes Wort, eines, das man lieber für sich behalten sollte. Aber ich bezweifle, daß wir zurückkehren werden, Kleines. Wir erinnern uns allerdings an die Städte, an unser Geburtsrecht, unser Zuhause.«

Obwohl die vom Volk auch an dieser Stelle mit angemessenem Respekt seufzten, weinte niemand, denn keiner von ihnen hatte je das Tal der Rosen gesehen oder die Sonnenstraße zu den Tempeln beschritten. Mit einem Nicken überließ Manaver Devaberiel seinen Platz, der einen Klagegesang über das verlorene Land anstimmte. Das Lied würde Stunden dauern, die Barden würden sich abwechseln und im Laufe des Gesangs von immer glücklicheren und fröhlicheren Dingen singen, bis der ganze Alardan feierte und bis tief in die Nacht hinein tanzte. Ebañy stand auf und stahl sich davon. Da er nun schon seit Monaten mitangehört hatte, wie sein Vater diesen Klagegesang übte, hatte er mehr als genug davon. Außerdem verursachte ihm sein menschlicher Blutanteil Schuldgefühle, wie jedes Jahr an diesem Tag.

Nach Gesprächen mit Gelehrten aus Deverry hatte Ebañy einiges über die Vertreibung herausgefunden, das außer ihm niemand wußte. Da es nur zu Haß zwischen den beiden Rassen führen würde, bewahrte er sein Geheimnis sogar vor seinem Vater. Das Volk von Bel, wie die Menschen von Deverry sich selbst nannten, hatte die Horden damals, vor über tausend Jahren, als sie aus ihrem geheimnisvollen Ursprungsland gekommen waren, nach Süden getrieben. Die vom Volk hielten die Menschen von Deverry ohnehin für blutrünstig, aber in jenen alten Tagen waren sie noch gnadenlosere Eroberer gewesen und hatten die Tempel ihrer Götter mit den Schädeln ihrer Feinde geschmückt. Bevor sie ihre heilige Stadt gefunden hatten, hatten sie auf ihren Wanderungen auch den Norden durchquert, geschlachtet, geplündert und ihre Feinde versklavt, bevor sie durch das Tal des Aver Troe Matrw in ihr neues Land gekommen waren. Sie waren es gewesen, vor denen die Horden von Norden nach Süden geflohen waren.

»Ihr habt nie das Schwert gegen uns erhoben, ihr Menschen von Deverry«, flüsterte Ebañy. »Aber dennoch habt ihr das Volk meines Vaters getötet.«

Mit leichtem Schaudern betrat er das Zelt, wo die Sonne durch das gefärbte Leder fiel und die Luft rubinrot aussehen ließ. Da sie ziemlich spät eingetroffen waren, lagen noch Haufen von Zelttaschen und Ausrüstung auf dem Ledertuch, das den Zeltboden bildete. Ebañy hob ein paar Taschen auf und hängte sie an die Haken an den Zeltstangen, dann setzte er sich in das Durcheinander, um in einer Segeltuchtasche zu wühlen, wie man sie in Deverry kaufen konnte. Ganz unten fand er einen winzig kleinen Lederbeutel, öffnete ihn und holte einen einfachen Silberring heraus, ein flaches Band, etwa ein Drittel Zoll breit, in das außen Rosen und innen elfische Worte in einer unbekannten Sprache eingraviert waren. Die Rosen fingen das rötliche Licht ein und schienen aufzublühen – Hybriden von jener Art, die man jetzt nur noch in Deverry finden konnte.

»Seid ihr etwa von Rinbaladelan oder Tanbalapalim übriggeblieben?« fragte er den Ring. »Die einzigen Rosen, die mein Volk heute kennt, sind die wilden, mit den fünf einfachen kleinen Blütenblättern.«

Stumm lag der Ring auf seiner Handfläche, ein schimmerndes Paradoxon. Obwohl das Schmuckstück selbst keinen Dweomer besaß, war es mit Dweomer verbunden. Vor vielen,

vielen Jahren hatte ein geheimnisvoller namenloser Wanderer Devaberiel diesen Ring übergeben, als Geschenk für einen seiner noch ungeborenen Söhne. Nun hatte eine Dweomerfrau die Vorzeichen gelesen und erklärt, dieser Ring gehöre Rhodry, dem jüngsten der drei, der ebenso wie Ebañy ein Halbblut war. Aber anders als Ebañys Mutter war die von Rhodry nicht einfach ein hübsches Dorfmädchen, sondern eine der mächtigsten adligen Frauen im Königreich. Rhodry hatte nie die Wahrheit über seinen wirklichen Vater erfahren, der seinerzeit Ebañy die Aufgabe übertragen hatte, dem Bruder den Ring zu bringen.

»Und was soll ich ihm sagen, wenn ich ihn finde?« brummte Ebañy laut, weil Sprechen ihm viel leichter fiel als Denken. »Ach, na ja, diese seltsame Person erklärte, er gehöre dir, aber ich kann dir nicht sagen, warum. Ich weiß natürlich nicht, wieso er dir gehört – das weiß niemand – und deshalb, lieber Bruder, werde ich dich nicht einmal anlügen müssen, wenn ich nur die jämmerlichsten Ausreden finde. Ein Dweomer sagt, dieser Ring enthält dein Wyrd, und ein anderer Zauber verkündet, daß dein Wyrd eins mit dem von Eldidd sei. Und damit sind wir im Lande der Wahrheiten, Nuancen und Geheimnisse angelangt. Bei den Göttern, meine elfische Neugier plagt mich gewaltig, weil ich unbedingt die Wahrheit wissen will!«

Lachend steckte er den Ring wieder in den Beutel und diesen in den größeren Beutel, den er um den Hals trug. Bald würde er ins Menschenland reiten, wo Diebe lauerten, und dann brauchte er ein besseres Versteck für den Ring als eine einfache Sackleinentasche. Versunken in Gedanken an die Reise, die vor ihm lag, ging er nach draußen und zum Flußufer, wo der Delonderiel vorbeiströmte, golden im Licht der untergehenden Sonne. Von weitem hörte er die Stimme seines Vaters, fest und klar in ihrem Kummer, und die Strophen zogen dahin. Er starrte in den Fluß und benutzte das glitzernde Wasser, um sich zu konzentrieren, bis seine Dweomerkraft schließlich Rhodry gefunden hatte, zunächst nur als schwachen Umriß, dann als klares Bild.

Rhodry stand an der Befestigung einer aus großen Steinblöcken errichteten Festung und spähte ins Land hinaus, wo immer noch einzelne Flecken von Schnee unter den dunklen Fichten lagen. Er war in einen Umhang gehüllt, und sein Atem bildete Wolken. Jetzt, da Ebañy wußte, daß sie denselben Vater hatten, erkannte er, was ihm im Sommer zuvor entgangen war, als er Rhodry zufällig begegnet war und sich gewundert hatte, wieso der junge Krieger so vertraut aussah. Obwohl Rhodry rabenschwarzes Haar und kornblumenblaue Augen hatte, waren sie einander ähnlich genug, um zu sein, was sie tatsächlich waren: Brüder. Und während er noch über diese Ähnlichkeit nachgrübelte, murmelte Ebañy wieder vor sich hin. »Ich darf dir also nicht die Wahrheit sagen, Bruder? Was soll ich denn tun, jeden Spiegel in deiner Reichweite zertrümmern? Meine Dweomermeisterin sagt, daß Rhodry glaubt, ein Mensch und ein Angehöriger des Maelwaedd-Clans zu sein. Na wunderbar! Dann sollte ich diesen Ring am besten übergeben und sofort verschwinden, bevor er mir zu genau ins Gesicht sieht!«

Rhodrys Abbild drehte sich plötzlich um und schien ihn direkt anzusehen, als lauschte er seinem weitentfernten Verwandten. Ebañy lächelte ihn an, dann breitete er die Vision aus, bis an die Grenze solcher Dweomertechnik, etwa zwei Meilen rund um den jungen Krieger in der Festung. Er sah felsige Hügel, auf denen Fichten wuchsen, und hier und da kleine Bauernhöfe. Also befand sich Rhodry wahrscheinlich in der Provinz Cerrgonney, die mindestens fünfhundert Meilen entfernt lag.

»Das wird ein langer Ritt werden, Ebañy, mein Junge«, sagte er zu sich selbst. »Aber es wäre eine Schande, loszureiten, bevor das Fest vorbei ist.«

Obwohl es auf den Zinnen von Lord Gwogyrs Festung kalt war, blieb Rhodry noch einen Augenblick länger dort oben und blickte hinaus über die Hügel von Cerrgonney, ohne sie wirklich zu sehen. Einen Augenblick lang fragte er sich, ob er wohl verrückt würde, weil er glaubte, jemanden gehört zu haben, der mit ihm sprach, obwohl er doch der einzige hier draußen auf der Mauer war. Er hatte die Worte nicht genau verstehen können, aber jemand hatte ihn Bruder genannt und davon gesprochen, ihm ein Geschenk zu übergeben. Gereizt warf er den Kopf zurück und entschied, daß es wohl der Wind gewesen sei. Da der einzige Bruder, den er hatte, ihn aus tiefster Seele haßte, war es unwahrscheinlich, daß der ihm ein Geschenk machen würde, außer vielleicht einen Dolch in den Rücken, und jene Worte – wenn es denn Worte gewesen waren – hatten liebevoll und freundlich geklungen.

Er lehnte sich an die feuchte Mauer, zog den Silberdolch aus dem Gürtel und betrachtete ihn, während er an seinen älteren Bruder Rhys Gwerbret Aberwyn dachte, der ihn vor einigen Jahren ins Exil geschickt hatte. Obwohl der Dolch wunderschön war, scharf wie Stahl, aber schimmernd wie Silber, war er ein Zeichen der Schande und brandmarkte ihn als entehrten Söldner, der nur für Geld kämpfte, nie für Ehre. Er ritt den langen Weg, wie die Silberdolche ihr Leben nannten. Obwohl er im letzten Herbst tapfer für Lord Gwogyr gekämpft hatte und sogar in seinem Dienst verwundet worden war, war ein Silberdolch jedoch nirgendwo lange willkommen, und der Kämmerer murrte bereits darüber, daß er Rhodry und seine Frau durchfüttern mußte. Rhodry steckte den Dolch wieder ein und blickte zum Himmel auf. Es war kalt, aber klar. »Morgen reiten wir weiter«, sagte er laut. »Und wenn du wirklich an mich gedacht hast, Bruder, dann soll dieser Gedanke deine Gedärme zum Glühen bringen.«

Viel weiter im Süden, in einer Kleinstadt in Eldidd, geschah etwas, das dem Gwerbret tatsächlich die Schmerzen verursachen würde, die sein jüngerer Bruder ihm gewünscht hatte, obwohl Rhodry das auf keinen Fall wissen konnte. Dun Bruddlyn, eine Festung, die erst vor kurzem ihrem Herrn, Lord Garedd, übergeben worden war, war von Unruhe erfüllt. Während der Lord selbst rastlos in der großen Halle auf- und ab ging, einen Kelch mit Met in der Hand, lag seine zweite Frau, Donilla, in der Frauenhalle in den Wehen. Da es ihr erstes Kind war, dauerten die Wehen lange, und Tieryn Lovyan und die anderen Frauen begannen, sich Sorgen zu machen. Donillas Gesicht war kreidebleich, ihr langes kastanienbraunes Haar schweißnaß. Sie hockte auf dem Geburtsstuhl und klammerte sich an das dicke Seil, das von einem der Deckenbalken hing. Galla, ihre Zofe, kniete neben ihr und wischte ihr hin und wieder mit einem wassergetränkten Tuch das Gesicht ab.

»Laßt sie ein wenig an einem sauberen, nassen Lappen saugen«, sagte der Kräutermann, der sich um die Gebärende kümmerte. »Aber nur ein bißchen.«

Eine andere Dienerin eilte, ohne zu zögern, um ein Tuch und frisches Wasser zu holen. Der alte Nevyn war nicht nur als der beste Kräutermann im Königreich bekannt, man murmelte auch überall, er sei ein mächtiger Dweomermann. Lovyan lächelte über die Ehrfurcht des Mädchens, aber sie wußte genau, daß diese Gerüchte der Wahrheit entsprachen. Als sie Nevyn einen fragenden Blick zuwarf, lächelte er zurück. Dann sprach er Donilla an. Der Blick seiner eisblauen Augen schien sich in die braunen Augen der jungen Frau zu bohren und ihr bis in die Seele zu dringen. Seufzend entspannte sie sich, als hätte sie nun weniger Schmerzen.

»Es wird nicht mehr lange dauern, Herrin.« Seine Stimme war sanft und freundlich. »Atmet jetzt tief, aber preßt nicht mehr. Es wird bald da sein.«

Donilla nickte, keuchte, als ein neuer Krampf sie überfiel, und dann atmete sie aus. Obwohl Lovyan insgesamt vier Söhne geboren hatte, konnte sie sich nicht erinnern, daß ihre eigenen Wehen so schlimm gewesen waren. Vielleicht habe ich es einfach nur vergessen, dachte sie. Man vergißt den Schmerz, und zwar erstaunlicherweise schon bald. Ruhelos trat sie an ein offenes Fenster und schaute hinaus in den hellen Frühlingstag, während sie über die Ironie der Situation nachdachte. Die arme Donilla war so darauf versessen gewesen, schwanger zu werden. Nun wünschte sie sich wahrscheinlich, sie wäre tatsächlich unfruchtbar. Als die jüngere Frau abermals stöhnte, verzog Lovyan mitleidig das Gesicht.

»Ich sehe es schon, Herrin!« rief Nevyn triumphierend. »Bald, sehr bald. Und jetzt pressen!«

Lovyan blieb am Fenster stehen, bis sie das schrille Schreien hörte, einen kräftigen, gesunden Babyschrei. Als sie sich umdrehte, sah sie, wie Nevyn und die Dienerin Donilla auf den Strohsack legten, der schon neben dem Geburtsstuhl bereitlag, und ihr das Baby, das immer noch durch die Nabelschnur mit ihr verbunden war, an die Brust legten. Mit zitternden Fingern strich die junge Frau über den weichen Flaum auf dem Kopf ihres Kindes und lächelte triumphierend.

»Ein Sohn, Euer Gnaden«, krächzte sie. »Ich habe meinem Lord einen weiteren Sohn geschenkt.«

»Und offensichtlich ein sehr gesundes Kind«, sagte Lovyan. »Soll ich Seiner Lordschaft die gute Nachricht bringen?«

Donilla nickte, den Blick auf das winzige Gesicht gerichtet.

Als sie nach unten ging, war Lovyans Herz schwer, und sie schämte sich dafür. Selbstverständlich hatte Donilla diesen Augenblick des Triumphs und der Rache verdient. Nach zehn Jahren einer Ehe, die kinderlos geblieben war, hatte ihr erster Mann sie als unfruchtbar verstoßen. Eine bittere Demütigung für jede Frau, noch schlimmer als der herzzerreißende Gedanke, daß sie nie Kinder haben würde. Nun hatte sie ihren Sohn, und jeder in Eldidd wußte, daß nicht sie die Unfruchtbare war. Leider würde ihr Triumph bedeutende politische Konsequenzen haben, derer sich ihr zweiter Mann offenbar schmerzlich bewußt war. Garedd war ein Mann in mittleren Jahren, der bereits zwei Söhne und eine Tochter aus erster Ehe hatte; er freute sich ehrlich über Lovyans Neuigkeiten, brach in Lachen aus und schrie dann seinem Kriegshaufen, der in der Halle saß, zu, daß er Vater eines Sohns geworden sei. Aber dann wich der Triumph beinahe augenblicklich der Besorgnis.

»Verzeiht die Prahlerei, Euer Gnaden«, sagte er. »Aber so geht es uns Männern nun mal.«

»Ihr braucht Euch nicht zu entschuldigen, Vetter«, erwiderte Lovyan müde. »Und auch nicht Rhys gegenüber. Obwohl ich Euch raten würde, Euch eine Weile von Aberwyn fernzuhalten.«

»Das hatte ich ohnehin vor.«

Darin lag das Problem: Gwerbret Rhys war Donillas erster Mann gewesen, derjenige, der sie wegen ihrer vermeintlichen Unfruchtbarkeit verstoßen hatte, weil sie ihm keine Erben für sein gewaltiges Reich geboren hatte. Wenn er kinderlos sterben würde, wie es nun wahrscheinlich schien, konnte in Eldidd sehr wohl der offene Krieg ausbrechen, wenn die unterschiedlichen Clans versuchen würden, das Gwerbretrhyn für ihren eigenen Clan zu beanspruchen. Lovyan hatte ihren Vetter Garedd und seine Frau gern, aber sie war hier, um aus politischen Gründen Zeugin der Geburt zu sein. Da sie Tieryn von Dun Gwerbyn war, mit vielen Vasallen und großen Ländereien, war ihre Zeit viel zu kostbar, um über Land zu reiten und die Hebamme für die Frauen ihrer Vasallen zu spielen. Aber es war notwendig gewesen, daß sie mit eigenen Augen gesehen hatte, daß Donilla tatsächlich ein Kind geboren hatte.

»Glaubt Ihr, daß Rhys einen Sohn adoptieren wird?« fragte Garedd.

»Rhys mag mein erstgeborener Sohn sein, aber das bedeutet nicht, daß ich die geringste Ahnung hätte, was er tun oder lassen wird. Und ein adoptierter Erbe wird vor dem Wahlrat ohnehin keine großen Chancen haben. Am vernünftigsten wäre es, wenn er Rhodry aus dem Exil zurückriefe.« Garedd zog fragend eine Braue hoch.

»Diese Hoffnung habe ich noch nicht vollkommen aufgegeben«, fauchte Lovyan. »Aber ich verstehe, daß Ihr skeptisch seid.«

Eine halbe Stunde später kam auch Nevyn in die große Halle herunter. Sein dichtes Haar war weiß und sein Gesicht so faltig wie verknittertes Leinen, aber er war hochgewachsen und bewegte sich immer noch mit Kraft und Anmut, als er jetzt zum Ehrentisch kam und sich vor Garedd verbeugte. Als er verkündete, der Lord könne seine Frau besuchen, rannte Garedd davon wie ein Hase – er liebte seine junge Frau auf eine Art, die beinahe unziemlich schien. Nevyn nahm einen Krug Bier von einem Pagen entgegen und setzte sich neben Lovyan.

»Nun gut«, bemerkte er. »Das war eine erstaunlich gute Geburt für eine Frau ihres Alters. Und da ich Euch kenne, weiß ich, daß Ihr Euch gegen Euren Willen freut.«

»Genau. Ich hatte sie immer gern. Wenn es nur ein anderer Mann gewesen wäre, der sie verstoßen hat.«

Lovyan lächelte dünn und trank einen wohlverdienten Schluck Bier.

»Ich werde morgen abreisen«, sagte er. »Ich gehe nach Dun Deverry. Nun, da ich einen Neffen am Hof habe, kann ich dort einigen neuen Klatsch in Erfahrung bringen.«

»Ha, einen Neffen! Dennoch – ich bin froh, daß er dort ist. Allmählich glaube ich, daß unsere einzige Hoffnung darin besteht, unseren Lehnsherrn davon zu überzeugen, daß er Rhys dazu zwingen muß, das Exil zu widerrufen. So etwas ist schon öfter geschehen.«

»Und es haben sich in solchen Fällen auch schon Gwerbrets gegen diese Einmischung erhoben. Glaubt Ihr, daß Rhys so etwas tun wird?«

»Ich weiß es nicht. Bei der Göttin, ich würde am liebsten gar nicht daran denken, daß Eldidd ein Bürgerkrieg droht, und das alles wegen meiner beiden streitenden Söhne!«

»Der Krieg hat noch nicht begonnen, und ich werde mein Bestes tun, um dafür zu sorgen, daß dies nicht geschieht.«

Aber er sah so müde aus, daß sie plötzlich Angst bekam. Obwohl er der mächtigste Dweomermann im Königreich war, war er doch immer nur ein einzelner Mensch. Und er war in politische Intrigen verwickelt, auf die ihn – so kam es ihr jedenfalls vor – seine magische Berufung kaum vorbereitet hatte.

»Nun gut«, sagte sie schließlich. »Zumindest ist das Kind selbst mit guten Vorzeichen zur Welt gekommen. Es heißt immer, daß am ersten Frühlingstag nur glückliche Kinder geboren werden.«

»So ist es. Und wir wollen hoffen, daß dieser Frühling für uns alle nur gute Vorzeichen bringt.«

Sein zerstreuter Tonfall machte ihr sehr deutlich, daß er daran zweifelte. Am liebsten hätte sie nachgebohrt, aber auch sie fürchtete die Wahrheit – falls er sie ihr denn je mitteilen würde. Aber nun eilte ein Page auf sie zu. Der Junge schien vollkommen verwirrt zu sein.

»Euer Gnaden? Ein Lord steht vor den Toren. Soll ich Euch fragen, was ich tun soll, oder Lord Garedd suchen?«

»Du kannst mich fragen, da ich von höherem Rang bin. Wenn ich denselben Rang wie Garedd hätte, würdest du ihn suchen und fragen müssen. Nun, welcher Lord ist es?«

»Talidd von Belglaedd, Euer Gnaden. Er hat etwas sehr seltsames gesagt. Er fragte, ob er in der Festung willkommen sei, die eigentlich seine hätte sein sollen.«

Neben ihr fluchte Nevyn leise vor sich hin.

»Ihr Götter«, stöhnte Lovyan. »Das paßt zu ihm, gerade jetzt aufzutauchen! Also gut, Junge, lauf und sag ihm, daß er tatsächlich in der Festung Bruddlyn willkommen ist. Sag ihm genau das – und kein Wort mehr.«

Sobald der Page sich wieder auf den Weg gemacht hatte, wandte sich Nevyn zu ihr hin und zog fragend die Braue hoch.

»All das hat noch mit Loddlaens Krieg zu tun«, sagte sie, und ihr Tonfall zeigte, wie überdrüssig sie dieser Angelegenheiten war. »Talidds Schwester war Corbyns Frau. Sie kehrte zu ihrem Bruder zurück, bevor der Krieg auch nur begonnen hatte, weil es sie verrückt machte, daß Loddlaen in ihrer Festung verweilte. Ehrlich gesagt, kann ich ihr das nicht übelnehmen. Aber nachdem Corbyn umgebracht wurde, habe ich mir seine Ländereien angeeignet, weil sie ihren Mann verlassen hatte. Alle, die loyal zu mir standen, hätten gemurrt, wenn ich anders gehandelt hätte. Ich habe ihr Geld und Pferde zum Ausgleich angeboten, aber Talidd hat verhindert, daß sie nur ein Kupferstück oder ein Fohlen von mir angenommen hat.«

Sie hielt inne, weil der Gegenstand ihrer Überlegungen nun gerade die große Halle betrat und sich dabei seines Umhangs und seiner Reithandschuhe entledigte. Talidd von Belglaedd war ein untersetzter, etwa vierzigjähriger grünäugiger Mann, dessen mittlerweile graues Haar immer noch viele blonde Strähnen aufwies. Er warf dem Pagen den Umhang zu, trat an den Ehrentisch und verbeugte sich vor Tieryn Lovyan. Sein Lächeln ließ keinerlei Rückschlüsse auf seine Empfindungen zu.

»Ich bin überrascht, Euch hier zu sehen, Herr«, sagte Lovyan.

»Ich bin gekommen, um Garedd zur Geburt seines Kindes zu gratulieren. Der Page hat mir gesagt, es sei ein Junge.«

»Ja, und er ist gesund.«

»Dann hat Dun Bruddlyn noch einen weiteren Erben, nicht wahr?« Talidd hielt inne und nahm einen Krug Bier entgegen. »Nun, die Götter allein wissen, ob dies gerecht ist oder nicht.«

Lovyan überlegte, ob sie ihn auf der Stelle herausfordern sollte. Wäre sie ein Mann und dadurch berechtigt gewesen, ihre eigenen Schwertkämpfe auszutragen, hätte sie das wahrscheinlich getan. Aber in ihrer Situation würde sie einen anderen für sich kämpfen lassen müssen – der Regel entsprechend wäre das der Hauptmann ihres Kriegshaufens, Cullyn von Cerrmor gewesen, der ohne Zweifel der beste Schwertkämpfer in ganz Deverry war. Und es kam ihr ziemlich ungerecht vor, Talidd wegen einer dummen Bemerkung gleich zum Tode zu verurteilen.

»Ich ziehe es vor, das zu ignorieren, Herr«, sagte Lovyan mit eisiger Stimme. »Wenn Ihr Euch ungerecht behandelt fühlt, könnt Ihr Euren Fall dem Gwerbret darlegen, und ich werde mich auf seinen Befehl hin seinem Urteil stellen.«

»Der Gwerbret, Euer Gnaden, ist zufällig Euer Sohn.«

»Das ist er, und ich habe sehr darauf geachtet, ihn zu einem gerechten Mann zu erziehen.«

Bei diesen Worten senkte Talidd abrupt den Blick, und er war so anständig, rot zu werden. Im Zweikampf der Worte hatte Lovyan den ersten Treffer erzielt.

»Es überrascht mich, daß Ihr hierherkommt, nur um Essig in eine alte Wunde zu gießen«, sagte sie.

»Diese Angelegenheit ist für das Gwerbretrhyn von großer Wichtigkeit, nicht war? Ihr vergeßt, Euer Gnaden, daß ich immer noch einen Sitz im Wahlrat habe.«

Das hatte Lovyan tatsächlich vergessen, und sie tadelte sich dafür. Talidd trank einen Schluck Bier und bedachte sowohl sie als auch Nevyn mit seinem hohlen, geheimniskrämerischen Lächeln.

»Ich habe gehofft, rechtzeitig hier zu sein, um Zeuge der Geburt werden zu können«, sagte er schließlich. »Ich gehe davon aus, daß Zeugen anwesend waren, die nicht zu diesem Haushalt gehören.«

»Ich selbst und der Kräutermann hier.«

»Und niemand, Herrin, würde es wagen, Euer Wort in Zweifel zu ziehen, nicht öffentlich vor Gericht und auch nicht hinter verschlossenen Türen.«

Das Lächeln wurde ein wenig echter. »Wir können also tatsächlich davon ausgehen, das Lady Donilla nicht unfruchtbar ist, und daß es keine Rolle mehr spielt, daß es bisher diesen Anschein hatte.«

Lovyan bedachte ihn mit einem strahlenden Lächeln und haßte ihn aus vollem Herzen.

»Genau. Und ich gehe ebenso davon aus, daß Ihr, so bald Ihr könnt, den Rat zusammenrufen und ihm diese Neuigkeiten mitteilen werdet.«

Talidd verließ die Festung noch vor dem Abendessen mit der Bemerkung, er sei anderswo willkommener. Er klang so gequält, so ehrlich gekränkt, daß Nevyn ihn am liebsten aus der Halle hinausgetreten hätte. Lovyan zuliebe sah er davon ab. Statt dessen ging er nach oben, um nach Donilla zu sehen, die inzwischen in ihrem eigenen Bett ruhte, mit ihrem gewickelten Sohn neben sich. Einige Zeit später stieß auch Lovyan zu ihnen, mit so friedlicher Miene, als hätte sie nie auch nur Talidds Namen gehört, und sie sprach freundlich mit der jüngeren Frau. Gemeinsam verließen sie Donillas Gemächer, und Nevyn folgte ihr in die Kammer, die man ihr zur Verfügung gestellt hatte. Es war ein schlichtes Zimmer, aber offensichtlich mit dem Besten möbliert, das Dun Bruddlyn zu bieten hatte; und sie sprach den Gedanken, daß ihr Vetter und seine Frau beide Grund genug hatten, ihr für diese Ländereien dankbar zu sein, laut aus.

»Obwohl es kein einfaches Geschenk sein wird«, sagte Nevyn. »Es war mir nicht klar, daß Talidd so nachtragend ist.«

»Er und die Hälfte der Lords im Tierynrhyn. Ich wußte, daß es Probleme geben würde, als ich Garedd die Ländereien überließ, aber was auch immer ich getan hätte, irgendwer hätte etwas einzuwenden gehabt. Nun ja, hätte ich sie Euch überlassen, so hätte vermutlich keiner gewagt zu murren, aber Ihr wolltet sie nicht, also blieb mir nichts anderes übrig.«

»Also wirklich, Lovva! Du schaffst es, daß ich das beinahe bedaure.«

»Dieses ›beinahe‹ gefällt mir. Aber kränkt ein Lehnsherr nicht immer irgendwen, wenn er Land und Ämter vergibt? Ich wünschte nur, dieser Talidd hätte keinen Sitz im Wahlrat. Ihr Götter, wie lästig das alles ist! Selbst wenn Rhys Frau nun ein Kind bekäme, würde niemand mehr glauben, daß es seins wäre.«

»Genau. Ich …«

Mit einem lauten Klopfen an der Tür und fröhlichem Lachen kam ein etwa zweijähriges Kind in die Kammer gestürmt, dicht gefolgt von einer Kinderfrau. Das für sein Alter schmale Mädchen hatte einen lockigen, rabenschwarzen Haarschopf und veilchenfarbene Augen, deren dunkler Purpurton beinahe elfisch wirkte – alles in allem ein atemberaubend schönes Kind. Mit einem Aufschrei warf sie sich in Lovyans Schoß.

»Granna, Granna, ich hab' dich so lieb!«

»Ich dich auch, Rhodda. Aber es ist ungezogen, uns so zu unterbrechen.«

Rhodda drehte sich in Lovyans Schoß herum und warf Nevyn einen ernsten Blick zu. Die Familienähnlichkeit war wirklich verblüffend. »Ich hätte beinahe vergessen, daß Rhodry eine Tochter hat. Sie sieht ihrer Mutter überhaupt nicht ähnlich.«

»Nein, das Maelwaedd-Blut hat sich immer schon durchgesetzt. Und Olwen, das arme Mädchen, war von dieser blonden, blassen Art. Bei dem, was vor uns liegt, könnte Rhodrys uneheliche Tochter vielleicht einmal eine wichtige Rolle spielen, also habe ich sie immer bei mir – selbstverständlich nur, um ihre Erziehung zu überwachen.« Aber obwohl sie ausschließlich von Politik sprach, gab sie der Kleinen doch einen liebevollen Kuß auf die Stirn und winkte dann die Kinderfrau heran. »Und jetzt nimmt Tevilla dich wieder mit und gibt dir ein wenig Brot und Milch. Es ist schon fast Zeit zum Schlafengehen.«

Obwohl Rhodda jammerte, bettelte und schließlich zu weinen begann, blieb Lovyan fest und übergab sie ihrer Kinderfrau, die an der Tür stehengeblieben war. Nevyn hatte sie vorher kaum bemerkt, aber nun sah er, daß sie eine hinreißende Frau von etwa Dreißig war, mit dunklem Haar, dunklen Augen und beinahe strengen, regelmäßigen Zügen. Nachdem sie und ihre kleine Schutzbefohlene gegangen waren, erkundigte Nevyn sich nach ihr.

»Tevva?«, sagte Lovyan. »Eine reizende Frau, aber mit einem stählernen Willen – und den braucht sie bei Rhodda, das kannst du mir glauben. Sie ist Witwe und hat selbst einen Sohn, der – Ihr Götter, ich erinnere mich nicht daran, wie alt er ist, jedenfalls schon alt genug, um von Cullyn für den Kriegshaufen ausgebildet zu werden. Ihr Mann war Schmied in meiner Stadt, aber er ist vor zwei Wintern plötzlich an Fieber gestorben. Da sie keine Verwandten hatte, haben die Priester sie meiner Wohltätigkeit anempfohlen, und ich brauchte jemanden, der sich um Rhodda kümmert. Dieses Kind ist sogar noch schlimmer, als sein Vater es war.« Sie seufzte, und da sie mit Nevyn alleine war, konnte sie ehrlich sein. »Ich nehme an, es ist ihr Elfenblut.«

»Das kann schon sein, obwohl Rhodda nicht allzuviel davon hat.«

»Es ist immer noch ein Viertel, das dürfen wir nicht vergessen. Fang nicht an, deine eigenen Lügen über eine Spur von Elfenblut im Maelwaedd-Clan zu glauben.«

»Das sind keine Lügen. Diese Spur gibt es tatsächlich. Aber selbstverständlich trifft es für diesen Fall nicht zu. Ich nehme an, du hast vor, das Kind eines Tages gut zu verheiraten?«

»Ich werde sie ganz sicher einflußreich verheiraten. Und ich werde ihr schon jetzt beibringen, wie man eine solche Ehe für die eigenen Zwecke nutzt. Wenn es ihr gelingt, ihren Eigensinn nutzbringend einzusetzen, wird man in Eldidd mit ihr rechnen müssen, ob sie nun ehelich geboren wurde oder nicht.«

Obwohl Nevyn ihr mit vagen Worten zustimmte, da er sie nicht weiter belasten wollte, fragte er sich insgeheim, ob dieses Kind je gezähmt und den Einschränkungen des Lebens einer Edelfrau angepaßt werden könnte. Früher oder später würde ihr wildes Blut zum Vorschein kommen.

Bevor er Dun Bruddlyn verließ, spürte Nevyn noch einmal Rhodry mittels seiner magischen Fähigkeiten auf, und als er sah, daß es dem jungen Mann gutging, berichtete er Lovyan davon. Als er davonritt, seinen Maulesel hinter sich herführend, verspürte er eine Bedrohung, die ebenso der Logik wie der Dweomerwarnung entsprang. Im Sommer zuvor hatten er und jene anderen, die den Dweomer des Lichts studierten, eine Reihe von Siegen über die Schüler des Dweomer der Dunkelheit davongetragen. Es war ihnen nicht nur gelungen, einen ausgefeilten Plan der dunklen Meister zu stören, sie hatten ihnen auch eine ihrer besten Einkommensquellen zerstört, nämlich den Import von Opium und diversen andern Giften ins Königreich. Die Dunklen würden nun auf Rache sinnen; das taten sie immer, und Nevyn wußte, daß er besonders auf Reisen vorsichtig sein mußte. Gut, es war anzunehmen, daß sie nun erst einmal jahrelang intrigieren und versuchen würden, einen solch klugen und ausgefeilten Plan zu entwickeln, daß er nicht mehr zu entdecken wäre. Das wäre das Wahrscheinlichste. Aber gleichzeitig spürte er die Dweomerwarnung mit einer Kälte, die ihn schaudern ließ. Da sich die dunklen Meister derart bedroht fühlten, würden sie zweifellos so bald wie möglich zurückschlagen wollen. Die Frage war nur, in welcher Form.

Und dennoch forderten andere, banalere Angelegenheiten seine Aufmerksamkeit in gleichem Maße. Das Gwerbretrhyn war zu reich, zu begehrenswert, als daß der Friede hier erhalten bleiben konnte, wenn die Erbfolgelinie unterbrochen würde. Sosehr er es auch haßte, sich in die Intrigen und Fehden der örtlichen Clans einzumischen, so wußte Nevyn doch, daß ihm seine Pflicht gegenüber Rhodrys Wyrd auch eine Pflicht gegenüber Rhodrys Rhan und seinen unschuldigen Untertanen auferlegte, die den Frieden dem Krieg vorzogen – anders als Adlige wie Talidd. Nevyn war entschlossen, alle zur Verfügung stehenden Waffen einzusetzen, um den Frieden in Aberwyn zu bewahren. So skeptisch Lovyan auch sein mochte, was seine politischen Fähigkeiten anging, er war für diese Art Kampf doch besser gewappnet als jeder andere Mann im Königreich, bis hin zu den weisesten Beratern des Hochkönigs. Oh, ich habe in all diesen Jahren den einen oder anderen Trick gelernt, dachte er bei sich, und unser Rhodry steckt direkt in der Mitte des ganzen Durcheinanders, obwohl er im Moment nicht mehr ist als ein einfacher Reiter, noch dazu ein ausgestoßener! Obwohl es mehr als hundert Jahre zurücklag, erinnerte sich Nevyn doch daran, wie es war, um einen Thron zu kämpfen – und nicht nur um den Thron eines Gwerbret, sondern um den eines Königs.

Teil 1

DEVERRY UND PYRDON
833 – 845

Flußwärts zieht Kobold Dilly Blind,
um einen Blick zu erhaschen.
Der König von Cerrmor mit eigner Hand
Soll seine Wäsche dort waschen.

Altes Volkslied aus Eldidd

1

Im Jahr 833 wurde Slwmar II., König von Dun Deverry, in der Schlacht schwer verwundet. Der zweite Sohn von Glyn II., König von Cermor, wurde tot geboren. Wir betrachteten das als schlechte Vorzeichen. Erst später erkannten wir, daß Bel in seiner Weisheit seinem Volk den Frieden schenken wollte …

Die Heiligen Chroniken von Lughcarn

Die Fliegen waren das schlimmste. Es war schlimm genug, sterben zu müssen, aber so von Fliegen bedeckt zu sein, war einfach unwürdig. Sie versammelten sich summend rund um die Wunde und versuchten, das Blut zu trinken. Es tat zu weh, wenn er versuchte, sie wegzuscheuchen. Die Wunde war an seiner rechten Seite, direkt unter der Achselhöhle, und sehr tief. Maddyn nahm an, daß er vielleicht überlebt hätte, wenn jemand sie genäht hätte, aber da er allein in den wilden Hügeln war, würde er wohl sterben. Er sah keinen Grund, sich etwas vorzumachen: Er verblutete. Er umklammerte den Sattelknauf mit der linken Hand und hielt den rechten Arm erhoben, denn die Wunde brannte wie Feuer, wenn er es zuließ, daß sein Arm sie berührte. Das Blut durchtränkte weiter sein zerstörtes Kettenhemd, und die großen glänzenden bläulichen Fliegen wurden immer zahlreicher. Hin und wieder stach eine von ihnen sein Pferd, das zu erschöpft war, um mehr zu tun, als protestierend aufzustampfen.

Maddyn war der letzte des Kriegshaufens, der noch am Leben war. Da erst nach seinem Tod der Sieg der Feinde vollkommen sein würde, schien es ihm ehrenhaft, diesen Sieg noch eine Weile hinauszuzögern, es schien irgendwie wichtig zu sein, die anderen noch eine kurze Weile um ihren Sieg zu betrügen. Vor ihm, etwa eine Meile entfernt, lag ein See, dessen Oberfläche golden den Sonnenuntergang widerspiegelte. Am Ufer standen weiße Birken, deren Zweige sich im aufkommenden Wind wiegten. Er wollte etwas trinken. Von den Fliegen einmal abgesehen, war der Durst das schlimmste. Sein Mund war so trocken, daß er kaum atmen konnte. Sein Pferd ging direkt auf den See zu. Es war Maddyn gleich, daß er sterben würde – wenn er nur vorher noch etwas trinken könnte.

Jetzt war er so nahe am See, daß er die Binsen sehen konnte – dunkle Striche vor dem hellen Wasser – und einen weißen Reiher, der auf einem Bein am Ufer stand. Dann passierte etwas Seltsames mit der Sonne. Sie stand nicht mehr ruhig am Himmel, sondern schwang von einer Seite zur anderen wie eine Laterne in der Nacht, vor und zurück, jetzt in großzügigeren Bewegungen, hoch, ganz hoch, bis zu ihrem Mittagsstand, hoch über ihm und hell brennend. Dann wurde es dunkel, es roch nach zerdrücktem Gras, die Fliegen surrten, und er hatte Durst. Dann nur noch Dunkel.

Eine Laterne brannte in der Dunkelheit. Zuerst dachte Maddyn, es sei die Sonne, aber dieses Licht war zu klein, zu stetig. Ein alter Mann beugte sich über ihn. Er hatte dichtes weißes Haar und kalte, blaue Augen.

»Ricyn.« Die Stimme des alten Mannes war leise, aber drängend. »Ricco, sieh mich an.«

Maddyn hatte diesen Namen noch nie gehört, aber er wußte irgendwie, daß es sein Name war, und er versuchte, darauf zu reagieren. Seine Lippen waren zu trocken, als daß er sie hätte bewegen können. Der alte Mann hielt einen goldenen Becher voll Wasser an seine Lippen und half ihm, es zu trinken. Das Wasser war süß und kalt. Ich werde zumindest nicht durstig sterben, dachte Maddyn. Dann wurde es wieder dunkel.

Als er das nächste Mal aufwachte, wurde ihm klar, daß er

nicht sterben würde. Lange Zeit lag er reglos da und dachte darüber nach: Er würde nicht sterben. Langsam sah er sich um und fragte sich zum erstenmal, wo er überhaupt war, und er bemerkte, daß er nackt zwischen weichen Wolldecken auf einem Strohhaufen lag. Feuerlicht tanzte über die Wände eines gewaltigen Steinraums. Obwohl seine Wunde immer noch schmerzte, war sie doch ordentlich mit Leinenbinden verbunden. Als er den Kopf drehte, sah er, daß der alte Mann an einem grobgezimmerten Holztisch vor einer steinernen Feuerstelle saß und in einem ledergebundenen Buch las. Nun blickte er auf und lächelte Maddyn an.

»Durstig, Junge?«

»Ja.«

Der alte Mann goß Wasser aus einem kleinen Holzfaß in den goldenen Becher. Dann kniete er sich nieder und half Maddyn beim Trinken.

»Mein Pferd?« fragte Maddyn.

»Das ist in Sicherheit und hat Heu zu fressen.« Der alte Mann legte Maddyn eine Hand auf die Stirn. »Das Fieber ist gebrochen. Gut.«

Es gelang Maddyn gerade noch, ein wenig zu lächeln, bevor er wieder einschlief. Diesmal träumte er so lebhaft von seiner letzten Schlacht, daß es ihm vorkam, als könne er den Staub und den Pferdeschweiß riechen. Sein Kriegshaufen sammelte sich auf der Hügelkuppe, und gegenüber auf der anderen Seite der Straße warteten Tieryn Devyr und seine Männer – über hundert, die seinen siebenunddreißig gegenüberstanden, aber sie würden den hoffnungslosen Angriff über die Hügelflanke dennoch wagen. Das wußte Maddyn, als Lord Brynoic sich im Sattel zurückwarf und wie ein Wahnsinniger lachte. Es blieb ihnen nichts anderes übrig, als zu sterben. Sie saßen in der Falle, und sie hatten nichts mehr, wofür sie leben konnten. Obwohl er sich deshalb dumm vorkam, mußte Maddyn an seine Mutter denken. Er konnte sie genau vor sich sehen, wie sie in der Tür ihres Hauses stand und die Arme nach ihm ausstreckte. Dann blies das Horn zum Angriff, und er konnte nur noch ans Reiten denken. Den Hügel hinab, immer weiter, und Devyrs Männer kamen auf sie zu – und als sie aufeinandertrafen, stießen beide Gruppen lautes Kriegsgeschrei aus. Maddyn durchlebte in seinem Traum noch einmal jede Bewegung, jeden Schlag; wieder nahm ihm der aufsteigende Staub die Luft, und er erwachte mit einem Schrei, als ihn das Schwert tief in die Seite stach.

»Schon gut, Junge.« Der alte Mann war bei ihm. »Jetzt ist alles gut.«

»Kann ich einen Schluck Wasser haben?«

»Soviel du willst.«

Maddyn trank sechs Becher voll Wasser, dann brachte ihm der alte Mann Brot und Milch in einer Holzschale. Da Maddyns Hände zu sehr zitterten, als daß er einen Löffel hätte halten können, fütterte ihn der alte Mann, einen Löffel nach dem anderen. Das beste Festessen in der großen Halle des Gwerbret von Cantrae hatte nie so gut geschmeckt wie diese einfache Mahlzeit.

»Ich danke Euch«, sagte Maddyn. »Wahrhaftig, ich schulde Euch den demütigsten Dank dafür, daß Ihr mir das Leben gerettet habt.«

»Leben zu retten, ist eine alte Angewohnheit von mir. Ich bin Kräutermann.«

»Dann hatte ich wirklich Glück!«

»Glück?« Der alte Knabe lächelte geheimnisvoll. »Nun, das mag so sein. Übrigens, ich heiße Nevyn – Niemand –, und das ist nicht nur ein Witz, es ist wirklich mein Name. Ich bin eine Art Eremit, und das hier ist mein Zuhause.«

»Ich heiße Maddyn, und ich war Reiter für Lord Brynoic. Ist Euch eigentlich klar, daß ich jetzt vogelfrei bin? Bei den finsteren Herzen der Höllendämonen. Ihr hättet mich einfach liegen- und verbluten lassen sollen.«

»Oh, ich habe von Brynoics Exil gehört, aber die Angelegenheiten der Tieryns und ihresgleichen bedeuten mir wenig. Ich will verflucht sein, wenn ich einen Menschen sterben lasse, den ich retten kann, nur weil sein Herr bei Hofe gegen die Regeln verstieß.«

Seufzend wandte Maddyn den Kopf. Ganz in der Nähe konnte er seinen Schild sehen, der an der Wand lehnte, und daneben war seine restliche Ausrüstung fein säuberlich aufgestapelt, auch seine kleine Balladenharfe, die sicher in ihrem Ledersack verstaut war. Der Anblick des Fuchswappens, mit dem alles, was er besaß, versehen war, brachte Tränen in Maddyns Augen. Sein ganzer Kriegshaufen, all seine Freunde, Männer, mit denen er nun seit acht Jahren geritten war – alle tot, weil Lord Brynoic das Land eines anderen begehrt und bei dem Versuch, es sich zu verschaffen, versagt hatte.

»Hat der Tieryn unsere Toten begraben?« flüsterte er.

»Das hat er. Ich habe das Schlachtfeld ein paar Tage, nachdem ich Euch hierhergebracht habe, gefunden. Nach dem Anblick zu schließen, der sich mir bot, bin ich überrascht, daß auch nur einer entkommen konnte.«

»Ich bin geflüchtet wie ein Feigling. Dann habe ich angegriffen und wurde verwundet und wußte, daß ich sterben würde, und ich wollte einfach allein sterben, irgendwo an einem ruhigen Ort. Ihr Götter, ich hätte mir nie träumen lassen, daß mich jemand retten würde!«

»Es war zweifellos dein Wyrd, zu überleben.«

»Dann ist es ein schweres Wyrd. Ich bin immer noch ehrlos und vogelfrei. Ich habe den letzten Rest Ehre, den ich hatte, weggeworfen, als ich nicht mit meinem Herrn und meinem Kriegshaufen zusammen gestorben bin.«

Nevyn murmelte irgend etwas Tröstliches, aber Maddyn

hörte ihn kaum. Denn sosehr seine Schande ihn auch quälte, tief im Herzen wußte er doch, daß er froh war, noch am Leben zu sein, und über diese Freude schämte er sich wiederum.

Es dauerte zwei Tage, bis Maddyn aufrecht sitzen konnte, und auch das gelang ihm nur, wenn er sich an die Wand stützte und heftig gegen den Schwindel in seinem Kopf ankämpfte. Sobald er ein wenig kräftiger war, begann er sich zu fragen, an welch seltsamem Ort er sich hier befand. Dem Modergeruch in der Luft und dem Mangel an Fenstern nach zu schließen, schien er sich unter der Erde zu befinden – aber das Feuer in der gewaltigen Feuerstelle zog sauber. Der Raum hatte auch die richtige Größe für eine solch massive Feuerstelle. Fünfzig Fuß Durchmesser, und die Decke verlor sich hoch über ihm im Schatten. An der Wand, nahe seinem Bett, etwa zehn Fuß über dem Boden, erkannte er den Rest eines Reliefs, das einmal um den gesamten Raum gelaufen sein mußte. Nun brach das strenge geometrische Muster aus Dreiecken und Kreisen abrupt ab, als sei es bewußt zerstört worden. Als Maddyn sich zum erstenmal stark genug fühlte, um den Löffel zu halten, fiel ihm ein, er könne einfach Nevyn fragen, wo er sich befände.

»In Brin Toraedic. Der ganze Hügel ist voller Kammern und Tunnel.«

Maddyn hätte beinahe den Löffel fallen lassen. Da Lord Brynoics Festung nur etwa fünf Meilen entfernt war, hatte er den Hügel häufig gesehen und alle Geschichten darüber gehört: daß er von Gespenstern, Dämonen und Geistern heimgesucht werde, die in der Nacht blaues Licht durch den Himmel tanzen ließen und am Tage schrecklich heulten. Und tatsächlich sah dieser Hügel seltsam genug aus, um ein Spukhügel sein zu können. Er erhob sich steil aus einer ansonsten flachen Wiese, einem alten Riesen gleich, der vor langer Zeit zu Stein geworden und mit Gras überwachsen war.

»Schon gut.« Nevyn grinste. »Ich bin aus Fleisch und Blut und kein Dämonenfürst oder so etwas.«

Maddyn versuchte, das Grinsen zu erwidern, aber es gelang ihm nicht so recht.

»Ich habe gern meine Ruhe, Junge«, fuhr Nevyn fort. »Ich hätte also kaum einen besseren Ort zum Leben finden können als diesen, vor dem sich jeder fürchtet.«

»Nun, ich nehme an, das stimmt. Aber gibt es hier wirklich keine Geister?«

»Oh, eine ganze Menge. Aber sie gehen ihren Angelegenheiten nach, und ich den meinen. Hier ist genug Platz für uns alle.«

Als Maddyn klar wurde, daß der alte Mann seine Worte ernst meinte, zitterten seine Hände so stark, daß er die Schale und den Löffel hinlegen mußte.

»Ich kann dich doch nicht anlügen«, sagte Nevyn mit vollkommen sanfter Stimme. »Du wirst diesen Winter über bei uns bleiben müssen, denn du wirst nicht wieder reiten können, bevor der Schnee kommt. Aber diese Geister sind ziemlich harmlos. All diese Gerüchte über Dämonen sind einfach übertrieben. Den Leuten hier fehlt es einfach an etwas Farbe in ihrem Leben.«

»Ach ja? Guter Mann, wie lange bin ich eigentlich schon hier?«

»Zwei Wochen. Du hast sehr lange Fieber gehabt. Die Wunde hat sich entzündet. Als ich dich gefunden habe, war sie schon mit Fliegen bedeckt.«

Maddyn griff nach dem Löffel und aß grimmig weiter. Je schneller er seine Kraft zurückbekam und diesen von Geistern heimgesuchten Ort verlassen konnte, desto besser.

Als die Wunde heilte, konnte Maddyn länger und länger das Bett verlassen. Nevyn hatte seine blutdurchtränkte Kleidung weggeworfen, aber Maddyn hatte noch ein Hemd in seiner Satteltasche, und der alte Mann fand eine Brigga für ihn, die einigermaßen paßte. Als erstes packte Maddyn seine Balladenharfe aus und überzeugte sich davon, daß ihr nichts geschehen war. Sein rechter Arm war noch zu schwach, als daß er sie hätte stimmen können. Aber er fuhr mit den Fingern über die mißtönenden schlaffen Saiten, um sich zu vergewissern, daß sie immer noch klangen.

»Ich bin überrascht, daß Lord Brynoic im Kampf das Leben eines Barden aufs Spiel setzte«, meinte Nevyn.

»Ehrlich gesagt, bin ich kein besonderer Barde, eher ein Gerthddyn, der kämpfen kann. Ich kenne viele Lieder, aber ich bin nie dazu gekommen, die wahre Bardenüberlieferung zu erlernen.«

»Und warum nicht?«

»Nun, mein Vater war Reiter im Kriegshaufen unseres Herrn. Als er umkam, war ich erst dreizehn, und Lord Brynoic bot mir einen Platz in der Truppe an. Ich nahm an, um den Tod meines Vaters rächen zu können, und danach hatte ich nie wieder die Gelegenheit, zu studieren. Immerhin hatte ich meinem Herrn einen Eid geschworen und so.«

»Und, bereust du das heute?«

»So etwas wie Bedauern lasse ich nicht zu. Aus dieser Richtung ist nur Schmerz zu erwarten, guter Mann.«

Als er kräftig genug war, begann Maddyn, das seltsame Zuhause des alten Mannes zu erforschen, einen kleinen Komplex von Höhlen und Tunneln. Neben dem Hauptwohnraum lag eine weitere Steinkammer, die der Kräutermann in einen Stall für sein Pferd verwandelt hatte, und hier stand außer Maddyns Pferd auch ein schönes, braunes Maultier. Eine Wand dieser Kammer war eingestürzt und gab eine natürliche Höhle frei, in der eine kleine Quelle entsprang. Direkt vor der Stalltür war die Senke, die Brin Toraedic seinen Namen, der »geborstener Hügel« bedeutete, gegeben hatte, ein langer, gerader Riß, der sich über den Gipfel zog. Als Maddyn zum erstenmal nach draußen ging, stellte er fest, daß die Luft trotz der hellen Sonne schon kalt war, und die Kälte drang in seine Wunde und quälte ihn. Er eilte wieder nach drinnen und beschloß, dem alten Mann zu glauben, wenn der sagte, daß der Winter bereits auf dem Weg war.

Da der Kräutermann nicht nur über diese Wohnung verfügte, sondern auch über genügend Geld, begann Maddyn sich zu fragen, ob Nevyn wohl ein exzentrischer Adliger sei, der einfach vor den Bürgerkriegen geflohen war, die das Königreich heimsuchten. Er war viel zu dankbar, um eine solch peinliche Frage zu stellen, aber er wußte, daß es überall im Königreich viele Adlige gab, die sich auf irgendeine Weise den Verpflichtungen gegenüber den diversen Gwerbrets entzogen hatten, welche Anspruch auf den Thron von Deverry erhoben. Nevyn hatte etwas ausgesprochen Höfisches an sich. Manchmal war er liebenswert, manchmal brüsk, als wäre er daran gewöhnt, daß man seinen Befehlen gehorchte. Außerdem konnte er lesen und schreiben, was bei einem einfachen Kräutermann selten war. Maddyn war immer faszinierter von dem alten Mann.

Alle paar Tage nahm Nevyn sein Pferd und das Maultier und ritt hinab in das nahe Dorf, wo er frische Lebensmittel und eine Maultierladung von Vorräten für den Winter kaufte: Heu und Hafer, Käse, Würste, getrocknetes Obst und vieles andere, was die beiden ernähren sollte. Wenn er weg war, kümmerte sich Maddyn um die Arbeit in den Höhlen und schlief seine Erschöpfung aus. Eines grauen Morgens, als ein scharfer Wind wehte, erwähnte Nevyn, daß er länger weg sein würde als üblich, weil eine der Frauen im Dorf seine Heilkräuter brauchte. Nachdem der alte Mann gegangen war, fegte Maddyn den Mist aus dem Stall, dann kehrte er in die Kammer zurück, um sich ein wenig auszuruhen, bevor er den Mist über den Hügelabhang rechen wollte. Er legte ein wenig Holz nach, dann setzte er sich dicht an die Feuerstelle, um die Kälte aus der Wunde zu vertreiben.

Zum erstenmal seit der Schlacht fühlte er sich zu kräftig, um zu schlafen, und seine vernachlässigte Harfe rief nach ihm. Als er sie aus dem Lederbeutel nahm, seufzten die schlaffen Saiten. Eine Harfe dieser Größe hatte nur sechsunddreißig Saiten, aber da Maddyn immer noch geschwächt war, schien es eine Ewigkeit zu dauern, bis er sie gestimmt hatte. Er schlug die Hauptnote mit seinem Stimmeisen an, dann arbeitete er sich über die einzelnen Saiten vor und drehte die winzigen Elfenbeinschrauben, während er die Intervalle laut sang, bis ihm der Schweiß über das Gesicht lief. Dieses Anzeichen der Schwäche spornte ihn nur weiter an, bis die Harfe einigermaßen gestimmt war. Aber dann mußte er sich ein paar Minuten ausruhen, bevor er spielen konnte. Er schlug ein paar Akkorde an, spielte ein paar Triller, und die Musik schien ihm einen kleinen Teil seiner Kraft zurückzugeben, als sie in dem riesigen steinernen Raum widerhallte. Die Größe der Kammer verlieh jeder Note, die er spielte, einen unheimlichen Beiklang.

Plötzlich spürte er an seiner Schulter die Weiße Dame, seine Agwen – die Schutzherrin, die zu jedem Barden kam, der sein Handwerk wirklich beherrschte. Als sie erschien, spürte Maddyn die vertraute Kälte in seinem Rücken, das Sträuben seines Nackenhaars. Er mochte sich selbst Gerthddyn nennen, aber ihre Gegenwart und die Inspiration, die sie ihm schenkte, waren die Anzeichen dafür, daß das Königreich wirklich einen echten Barden verloren hatte, als Maddyn den Eid als Reiter leistete. Seine Stimme war an diesem Morgen noch schwach und ungeübt, aber er sang für seine Agwen eine lange Ballade, einzelne Strophen anderer Lieder, was immer ihm einfiel, und die Musik beruhigte seine Wunde ebenso wie ein Heiltrank es getan hätte.

Plötzlich wußte er, daß er nicht allein war. Als er aufblickte, erwartete er, Nevyn in der Tür stehen zu sehen. Aber niemand war dort. Er sah sich um, konnte aber nichts als die Schatten des Feuers entdecken. Aber jedesmal, wenn er einen Akkord anschlug, hatte er das Gefühl, Zuhörer zu haben. Das Haar in seinem Nacken sträubte sich wieder, als er sich daran erinnerte, daß Nevyn von Geistern gesprochen hatte. Sei nicht dumm, sagte er sich, hier ist nichts. Aber er hatte zu oft vor anderen gespielt, um sich zu täuschen. Er kannte den Unterschied, ob man nur für sich oder für eine aufmerksame Zuhörerschaft spielte. Als er die ersten beiden Strophen einer Ballade sang, hörte er sie – wer immer sie sein mochten –, wie sie sich vorbeugten, um jedes Wort genau zu verstehen. Als er schließlich aufhörte und die Harfe abstellte, spürte er ihre Enttäuschung.

»Na, gut. So schlimm könnt ihr wirklich nicht sein, wenn ihr Lieder mögt.« Er glaubte, ein Kichern hinter sich zu hören, aber als er sich umdrehte, war dort nichts außer der Mauer. Er stand auf und ging langsam und vorsichtig im Raum umher, spähte in jede Ecke, in jede Ritze – und sah nichts. Aber gerade, als er sich wieder hinsetzte, kicherte es wieder anderswo – diesmal hörte er es genau –, wie ein kleines Kind, das gerade einen erfolgreichen Streich gespielt hat. Maddyn griff nach seiner Harfe mit dem etwas wirren Gedanken, sie in Sicherheit bringen zu wollen. Aber als er spürte, daß seine unsichtbaren Zuhörer sich wieder erwartungsvoll um ihn scharten, brachte er es einfach nicht übers Herz, sie zu enttäuschen, selbst wenn sie Geister sein mochten. Als er die Saiten anschlug, war er sicher, ihr erleichtertes Seufzen zu hören. Und nur weil es das erste Lied war, das ihm einfiel, sang er die fünfzig Strophen, die von König Brans Seereise nach Deverry kündeten und von dem Zaubernebel, der ihn und seine Flotte zum Schluß verschluckt hatte. Als er an die Stelle kam, wo die verzauberten Schiffe sicher in dem lange vergessenen, geheimnisvollen Hafen im fernen Norden einliefen, war Maddyn erschöpft.

»Es tut mir leid, aber ich muß jetzt aufhören.«

Bedauerndes Seufzen erklang. Jemand strich ihm sanft übers Haar, wie man einen Hund tätschelt; jemand zupfte mit dünnen Fingern an seinem Ärmel. Das Feuer in der Feuerstelle flackerte auf, und unnatürlich kalte Luft umwirbelte ihn. Maddyn schauderte und erhob sich. Aber kleine Hände zupften an seinen Brigga. Die Harfensaiten erklangen, als hätte jemand darübergestrichen. Selbst die Schatten wurden lebendig, wirbelten in jeder Ecke. Finger berührten sein Gesicht, strichen ihm über den Arm, zupften an seinen Kleidern, rissen an seinem Haar, während die Harfensaiten schrill und häßlich erklangen.

»Hört sofort damit auf!« rief Nevyn von der Tür aus. »Das ist eine verflucht unhöfliche Art, unseren Gast zu behandeln!«

Die kleinen Finger verschwanden. Das Feuer sackte wie verlegen in sich zusammen. Maddyn hätte vor Erleichterung beinahe geweint, als der Kräutermann hereinkam, die Satteltaschen in der Hand.

»Das war wirklich ungezogen von euch«, fuhr Nevyn fort und warf tadelnde Blicke in die Luft. »Wenn ihr so etwas wieder tut, dann wird Maddyn nie wieder für euch spielen.«

Plötzlich war das Zimmer leer. Nevyn warf die Satteltaschen auf den Tisch und grinste Maddyn zu. Mit zitternden Händen stellte Maddyn die Harfe hin und wischte sich mit dem Ärmel den Schweiß von der Stirn.

»Ich hätte dich warnen sollen. Sie lieben Musik. Es tut mir leid, Junge.«

Maddyn versuchte zu sprechen, bekam aber keinen Ton heraus und sackte einfach auf der Bank zusammen. Hinter ihm erklang eine Harfensaite. Nevyn starrte stirnrunzelnd in die Luft neben der Harfe.

»Ich habe doch gesagt, ihr sollt aufhören!«

Ein leichtes Aufwirbeln von Wind war zu spüren.

»Hast du denn keine Fragen, mein Junge?«

»Um ehrlich zu sein, ich habe Angst davor.«

Der alte Mann lachte leise.

»Also gut, dann werde ich dir antworten, ob du nun fragst oder nicht. Die da gehörten zu dem, was die Menschen als Wildvolk bezeichnen. Sie sind wie schlecht erzogene Kinder oder Welpen, ungemein neugierig, haben keine Manieren. Leider können sie uns Sterbliche mitunter verletzen, selbst wenn sie es gar nicht wollen.«

»Das habe ich begriffen.« Als er seinen Wohltäter ansah, begriff Maddyn eine Wahrheit, der er nun seit Tagen aus dem Weg gegangen war. »Herr, Ihr müßt ein Dweomermann sein.«

»Das bin ich. Stört dich das?«

»Es ist wie ein Schlag für mich. Ich hätte nie geglaubt, daß es so etwas außerhalb meiner Balladen und Geschichten überhaupt gibt.«

»Die meisten Menschen würden mich tatsächlich für die Erfindung eines Barden halten. Das stimmt. Aber meine Kunst ist wirklich genug.«

Maddyn starrte den alten Mann an und fragte sich, wie dieser so verdammt normal aussehen konnte, bis Nevyn sich mit einem vergnügten Lachen abwandte und begann, in seiner Satteltasche herumzusuchen.

»Ich habe dir ein bißchen Fleisch zum Abendessen mitgebracht, Junge. Das brauchst du, weil du soviel Blut verloren hast, und die Dorfleute, die ich besucht habe, hatten etwas übrig und haben damit für meine Kräuter bezahlt.«

»Danke. Wann, glaubt Ihr, werde ich wieder kräftig genug sein, um weiterreiten zu können?«

»Oho! Die Geister müssen dir wirklich Angst eingejagt haben.«

»Nun, ich möchte nicht undankbar sein, guter Herr.« Maddyn spürte, wie er rot wurde. »Aber ich … äh … nun ja …«

Wieder lachte Nevyn.

»Du brauchst dich nicht zu schämen, Junge. Und was die Wunde angeht: es wird noch eine Weile dauern, bis du wieder richtig gesund bist. Du bist bis dicht vor das Tor zu den Anderlanden geritten, und es dauert immer lange, bis man von dort zurückkehrt.«

Von diesem Tag an wurde das Wildvolk Maddyn gegenüber immer dreister, so wie Hunde sich unter dem Tisch hervorwagen, wenn sie merken, daß der Gast ihres Herrn Hunde mag. Jedesmal, wenn Maddyn nach seiner Harfe griff, war er sich ihrer Anwesenheit bewußt – eine Bewegung im Raum, ein kaum hörbares Rascheln, eine leichte Berührung an seinem Arm oder seinem Haar, ein Windhauch, als flöge etwas vorbei. Immer, wenn sie ihn zwickten oder bedrängten, drohte er einfach, er würde aufhören zu singen, und diese Drohung brachte sie schnell wieder dazu, sich zu benehmen. Einmal, als er versuchte, mit feuchtem Zündstein das Feuer anzufachen, spürte er, wie sie sich hinter ihm versammelten. Als er einen Funken hervorbrachte, blies das Windvolk ihn zu einer richtigen Flamme auf. Erst als er ihnen unwillkürlich dankte, wurde ihm klar, daß er die Anwesenheit dieser Geister inzwischen für selbstverständlich hielt. Was Nevyn selbst anging, konnte Maddyn – von der Tatsache, daß die Geister ihm gehorchten, einmal abgesehen – nie ein Anzeichen seltsamer Macht oder anderer Dinge an ihm erkennen, obwohl er sehr genau hinsah.

Maddyn verbrachte auch viel Zeit damit, über seine Zukunft nachzudenken. Da er zu einem gesetzlosen Kriegshaufen gehört hatte, würde man ihn hängen, falls Tieryn Devyr ihn je erwischen würde. Seine einzige Chance, ein ehrenhaftes Leben zu führen, war wahrhaftig gering. Sollte er Cantrae erreichen, ohne daß der Tieryn ihn einfing, und sich dann der Gnade des Gwerbret ausliefern, mochte es sein, daß man ihn begnadigte, einfach weil er ein Barde war und deshalb unter dem besonderen Schutz der Gesetze stand. Aber leider war das unwahrscheinlich, weil diese Begnadigung von der Laune seines Lehnsherrn abhinge, und Gwerbret Tibryn von Eber war ein harter Mann. Sein Clan, die Eber aus dem Norden, waren verwandt mit den südlichen Ebern von Muir, die dem König in Dun Deverry vor etwa fünfzig Jahren das Gwerbretrhyn abgerungen hatten. Zusammen regierten diese beiden Clans einen großen Teil des nördlichen Königreichs, und es hieß, sie bildeten die wahre Macht hinter einem Marionettenkönig in der Heiligen Stadt. Es war unwahrscheinlich, daß Tibryn sich dazu herablassen würde, einen halb ausgebildeten Barden zu begnadigen, wenn das einen seiner loyalen Tieryns unzufrieden machen würde. Da er sich jetzt mit den Geistern verstand, entschied Maddyn, es lieber nicht auf die Gnade des Gwerbret ankommen zu lassen und bis zum Frühjahr in Brin Toraedic zu bleiben.

Als Nevyn das nächstemal zum Dorf ritt, beschloß Maddyn, ihn zu begleiten, damit sowohl er als auch das Pferd nicht aus der Übung kämen. Es war ein klarer, kalter Tag, es roch nach Schnee, und Reif überzog die braunen Stoppelfelder. Als ihm klarwurde, daß Samaen dicht bevorstand, war Maddyn entsetzt darüber, wie rasch die Zeit außerhalb des Hügels verging, in dem ein anderes Tempo zu herrschen schien. Endlich erreichten sie das Dorf, eine Handvoll runder strohgedeckter Häuser unter den weißen Birken am Flußufer.

»Ich warte am besten an der Straße auf Euch«, sagte Maddyn. »Einer der Männer des Tieryn könnte vielleicht aus irgendeinem Grund ins Dorf kommen.«

»Ich will nicht, daß du hier in der Kälte sitzt. Ich bringe dich zu einem Hof hier in der Nähe. Die Leute dort sind meine Freunde, und sie werden dich aufnehmen, ohne dumme Fragen zu stellen.«

Sie folgten einem Weg über braunes Weideland, bis sie zu dem Bauernhof kamen, der aus ein paar runden Gebäuden innerhalb einer kreisförmigen Mauer bestand. An das größte Gebäude waren ein Kuhstall, Vorratskammern und ein Pferch für die grauweißen Ziegen angebaut. Vor der Haupttür des Hauses pickten Hühner im Schlamm des Hofes nach Eßbarem. Ein untersetzter Mann mit ergrauendem Haar scheuchte die Hühner weg und kam heraus, um die beiden zu begrüßen.

»Guten Morgen, Herr. Was kann ich für Euch tun?«

»Ach, guter Bannyc. Du brauchst nur diesen Freund von mir ins Warme zu lassen. Er ist sehr krank gewesen, das kannst du ihm sicher an seinem bleichen Gesicht ansehen, und er muß sich ausruhen, während ich im Dorf bin.«

»Wir finden schon einen Platz für ihn an der Feuerstelle. Ihr Götter, Junge, du bist so bleich wie der Frost.«

Bannyc schob Maddyn in den keilförmigen Hauptraum, der nicht nur als Küche, sondern auch als Halle diente. Vor der großen Feuerstelle, in der die Holzscheite anheimelnd brannten, standen zwei Tische und drei Bänke mit hohen Lehnen – eine üppige Möblierung für einen solchen Bauernhof. Sauberes Stroh bedeckte den Boden, und die Wände waren frisch gekalkt. Von der Decke hingen Zwiebel- und Knoblauchzöpfe, Netze mit getrockneten Rüben und Äpfeln und ein paar gewaltige Schinken. An der Feuerstelle saß eine junge Frau im Schneidersitz und stopfte eine Brigga.

»Vater, wer ist das?« fragte sie.

»Ein Freund von Nevyn.«

Hastig kam sie auf die Beine und knickste vor Maddyn. Sie

war sehr hübsch, mit rabenschwarzem Haar und dunklen ruhigen Augen. Maddyn verbeugte sich vor ihr.

»Verzeiht, daß ich mich Euch aufdränge«, erklärte er. »Es ging mir nicht gut, und ich brauche eine kleine Rast.«

»Freunde von Nevyn sind hier immer willkommen«, sagte sie. »Setzt Euch, und ich hole Euch ein Bier.«

Maddyn zog seinen Umhang aus. Dann setzte er sich so dicht ans Feuer, wie es möglich war, ohne daß er sich das Hemd ansengte. Bannyc verkündete, er werde sich weiter um die Kühe kümmern, und ging nach draußen. Die Frau reichte Maddyn einen Becher dunklen Biers, dann setzte sie sich neben ihn und griff wieder nach ihrer Näharbeit.

»Danke.« Maddyn prostete ihr zu. »Ich heiße Maddyn von … äh. Ich denke, Maddyn wird genügen.«

»Ich heiße Belyan. Kennt Ihr Nevyn schon lange?«

»Äh, eigentlich nicht.«

Belyan bedachte ihn mit einem seltsam ehrfürchtigen Lächeln und begann zu nähen. Maddyn trank sein Bier und sah zu, wie geschickt ihre schlanken Finger eine rauhe Wollbrigga flickten – der Größe nach zu schließen, gehörte sie Bannyc. Es überraschte Maddyn, wie angenehm es war, lebendig und gewärmt neben einer hübschen Frau zu sitzen. Hin und wieder warf ihm Belyan einen zögernden Blick zu, als überlegte sie, was sie sagen sollte.

»Nun, Herr«, meinte sie schließlich, »werdet Ihr lange bei unserem Nevyn bleiben?«

»Das weiß ich nicht. Aber wieso nennt Ihr mich Herr? Ich bin ebenso ein Gemeiner wie Ihr.«

»Ja – aber ein Freund von Nevyn.«

Da wurde Maddyn klar, daß sie genau wußte, daß der alte Mann ein Dweomermann war.

»Wofür haltet Ihr mich?« Maddyn hatte das unangenehme Gefühl, daß es sehr gefährlich wäre, sich als Dweomermann auszugeben, wenn man es nicht war. »Ich bin nur ein Reiter, der zu keinem Kriegshaufen mehr gehört. Nevyn war so freundlich, mir das Leben zu retten, als er mich verwundet fand. Das ist alles. Aber erzählt bitte niemandem von mir. Ich bin vogelfrei.«

»Ich werde Euren Namen vergessen, sobald Ihr weiterreitet.«

»Meinen untertänigsten Dank. Und ich bitte um Verzeihung. Ich habe nicht einmal Euer Bier verdient.«

»Haltet doch den Mund! Was kümmern mich diese dummen Kriege?«

Als er sie ansah, bemerkte er, daß sie wütend war und den Mund bitter verkniffen hatte.

»Das alles schert mich keinen Schweinefurz«, fuhr sie fort. »Alles, was dieser Krieg mir und den Meinen gebracht hat, ist Ärger. Sie nehmen unsere Pferde mit, erhöhen die Steuern, trampeln durch unsere Felder, und das alles im Namen des Ruhms und des wahren Königs – so nennen sie ihn jedenfalls, wo doch jeder, der seinen Verstand beisammen hat, weiß, daß es jetzt zwei Könige gibt. Und ehrlich gesagt, was interessiert es mich, solange sie nicht beide hierherkommen und uns belästigen! Wenn Ihr der einzige Mann sein solltet, der in diesem Krieg nicht sterben wird, dann sage ich: Gut für Euch.«

»Ihr Götter – wahrhaftig, auf diese Weise habe ich noch nie daran gedacht.«

»Daran zweifle ich nicht – immerhin wart Ihr einmal ein Reiter.«

»Ich bin aber nicht gerade ein Deserteur oder so etwas!«

Sie zuckte nur die Achseln und wandte sich wieder ihrer Näharbeit zu. Maddyn fragte sich, warum eine Frau ihres Alters – sie mußte ungefähr zweiundzwanzig sein – noch im Hause ihres Vaters lebte. Hatte sie ihren Verlobten im Krieg verloren? Die Frage wurde beantwortet, als zwei kleine Jungen, etwa sechs und vier Jahre alt, ins Zimmer gerannt kamen und sie Mama nannten. Sie stritten sich über ein Kupferstück, das sie auf der Straße gefunden hatten, und waren zu ihrer Mutter gekommen, damit sie den Streit schlichtete. Belyan gab jedem von ihnen einen Kuß und erklärte, sie müßten das Kupferstück ihrem Großvater geben. Dann schickte sie sie wieder nach draußen.

»Ihr seid also verheiratet«, sagte Maddyn.

»Ich war es einmal. Der Vater der Jungen ist vor zwei Wintern im Fluß ertrunken. Er wollte eine Fischreuse aussetzen, aber das Eis war zu dünn.«

»Das tut mir ehrlich leid. Also seid Ihr zu Eurem Vater zurückgekehrt?«

»Ja. Vater brauchte eine Frau im Haus, und er ist gut zu den Kindern. Das ist alles, was mich interessiert.«

»Dann freut es mich, daß Ihr glücklich seid.«

»Glücklich?« Sie dachte einen Augenblick lang nach. »Oh, ich denke nicht viel über Dinge wie Glück nach, solange es den Jungen nur gutgeht.«

Maddyn spürte die Einsamkeit, die unter ihrem schwachen, spöttischen Lächeln lag. Sein Körper begann, auf sie zu reagieren. Ein Aufflackern, ein weiteres Anzeichen, daß das Leben in ihn zurückkehrte. Sie sah ihn unbeirrt an, und ihr dunkler Blick war geduldig, beinahe unergründlich.

»Und was habt Ihr nun vor?« fragte sie. »Wollt Ihr weiterreiten, ehe der Schnee fällt?«

»Nevyn glaubt, daß ich bis dahin noch nicht kräftig genug sein werde. Aber früher oder später werde ich gehen müssen. Es wird mich das Leben kosten, wenn ich bleibe. Vogelfreie und Gesetzlose werden gehängt.«

»Ja.«

Belyan betrachtete ihn noch einen Augenblick, dann stand sie rasch auf, als sei sie zu einem Entschluß gekommen, und verließ den Raum durch eine mit einer Decke verhängte Tür in einer der geflochtenen Trennwände. Er hatte gerade sein Bier ausgetrunken, als sie zurückkehrte und ihm, als sie sich wieder hinsetzte, ein Hemd in den Schoß warf. »Das gehörte meinem Mann«, sagte sie. »Es ist für Vater zu klein, und bis die Jungs groß genug sind, wird es verschimmelt sein. Nehmt es. Ihr braucht ein Hemd, das nicht überall mit Füchsen bestickt ist.«

»Ihr Götter! Das hatte ich vollkommen vergessen. Kein Wunder, daß Ihr mich für einen Deserteur gehalten habt. Meinen untertänigsten Dank.«

Er strich das Hemd glatt und betrachtete bewundernd die Ärmel, die ganz steif waren vor fein gestickten, ineinander übergehenden Spiralen. Die Schultern bedeckte ein Blumenmuster. Es war wahrscheinlich das Hochzeitshemd ihres Mannes gewesen, denn es war kaum anzunehmen, daß ein Bauer zwei so gute Kleidungsstücke besaß. Aber dennoch – es war erheblich sicherer für ihn, ein solches Hemd zu tragen, als jenes mit dem Wappen seines toten Herrn. Er zog sein altes Hemd aus und gab es ihr.

»Wollt Ihr das für die Lappenkiste? Ihr könnt Flicken für die Hemden der Jungen daraus schneiden.«

»Ja. Danke.«

Sie betrachtete die Narben an seiner Seite, einen dicken Knoten von Gewebe in seiner Achselgrube und eine längere, dünnere Narbe über den Rippen. Hastig zog er sich das neue Hemd über den Kopf und strich es glatt.

»Es paßt gut. Ihr seid sehr großzügig zu einem entehrten Mann.«

»Besser, als es verschimmeln zu lassen. Ich habe viel Arbeit in dieses Hemd gesteckt.«

»Fehlt Euch Euer Mann immer noch?«

»Manchmal.«

Sie hielt inne und dachte einen Augenblick lang nach.

»Ja, er fehlt mir. Er war ein guter Mann. Er hat mich nicht geschlagen, und wir hatten immer genug zu essen. Wenn er Zeit hatte, hat er kleine Pferde und Wagen für die Jungen geschnitzt, und er hat dafür gesorgt, daß ich jedes Frühjahr ein neues Kleid bekam.«

So war es für Frauen wie sie – das wurde ihm jetzt klar: sie kannte die Freuden der Liebe und die Stürme der Leidenschaft nicht, die die Bardenlieder für adlige Zuhörer priesen. Er war vielen Frauen wie Belyan begegnet, Bauersfrauen, deren eigentliches Leben weit entfernt von ihren Männern stattfand und sich hauptsächlich um Arbeit und Kinder drehte. Da ihre Arbeit ebensoviel zählte wie die ihrer Männer, konnten sie immer mit einem sicheren Zufluchtsort rechnen – anders als die Frauen adliger Herren, die nur von der Laune ihrer Ehemänner abhingen. Aber Belyan war einsam; manchmal fehlte ihr ihr Mann. Maddyn war sich seines Körpers sehr bewußt, und die Fragen wurden deutlicher. Als sie ihn anlächelte, erwiderte er ihr Lächeln.

Die Tür ging auf, und mit Geschrei und Gelächter führten die beiden Jungen Nevyn herein. Obwohl er mit den Jungen scherzte, wurde der alte Mann grimmig, als er zu Maddyn kam.

»Du hattest recht, hier draußen zu bleiben, Junge. Dieses neue Hemd gefällt mir.«

Belyan begann automatisch, das alte Hemd aufzurollen und die Fuchsstickereien damit zu verbergen.

»Tieryn Devyr ist oben in Bryonics Festung«, fuhr Nevyn fort. »Er wird die Ländereien seinem Sohn Romyl übergeben und dem Jungen einen Teil seines Kriegshaufens dalassen, um sie halten zu können. Das bedeutet, daß Männer, die dich kennen, die Straßen hier patrouillieren werden. Ich denke, wir sollten uns durch die Hintertür davonmachen.«

Für etliche Tage wog Maddyn ab, wie groß das Risiko wäre,

allein auszureiten. Dann machte er sich schließlich auf einem Umweg auf, um Belyan zu besuchen. Als er das Pferd in den Hof führte, schien niemand da zu sein. Der hölzerne Wagen war weg, und nicht einmal ein Hund kam, um ihn anzubellen. Während er noch dastand und sich wunderte, kam Belyan mit einem Holzeimer in der Hand aus der Scheune. Maddyn gefiel ihr fester, aber anmutiger Schritt.

»Vater hat die Jungen mit zum Markt genommen«, sagte sie. »Wir hatten mehr Käse als sonst zu verkaufen.«

»Werden sie lange weg sein?«

»Wahrscheinlich bis Sonnenuntergang. Ich hatte gehofft, daß Ihr heute hierherkommt.«

Maddyn führte sein Pferd zur Scheune und band es in einer Box neben den Kühen an, wo man es von der Straße aus nicht sehen würde. Als er ins Haus kam, legte Belyan gerade mehr Holz auf. Sie wischte sich die Hände am Rock ab, dann sah sie ihn lächelnd an.

»In meinem Schlafzimmer ist es kalt, Maddo. Komm, setz dich mit mir ans Feuer.«

Sie setzten sich zusammen in das weiche, saubere Stroh am Herd. Als er schüchtern ihr Haar berührte, legte sie ungeduldig die Hände auf seine Schultern. Als er sie küßte, schlang sie die Arme um ihn und zog ihn zu sich nieder, als sammelte sie eine Weizengarbe.

Der Winter begann in diesem Jahr nur allmählich. Es gab ein kurzes Schneegestöber, dann nur noch Kälte bei klarem Himmel, Tag um Tag beißenden Frost und Wind. Obwohl die bleiche Sonne bald den ersten Schnee schmolz, lag der Reif kalt und glitzernd auf den braunen Feldern und in den Gräben neben den Straßen. Maddyn verbrachte seine Zeit ausschließlich in Brin Toraedic, weil Lord Romyls Leute häufig patrouillierten und zwischen der Festung und dem Dorf hin-

und herritten, um ihre Pferde zu bewegen. Maddyn schlief lange, dann übte er stundenlang auf seiner Harfe, und das Wildvolk hörte ihm zu. Manchmal setzte sich auch Nevyn zu ihm und lauschte, und hin und wieder gab er sogar einen Kommentar über den Gesang oder das Lied selbst ab. Aber den größten Teil des Tages verbrachte der alte Mann innerhalb der Gänge und Stollen des Hügels. Maddyn brachte nie den Mut auf, ihn zu fragen, was er dort tat.

Eines Nachmittags, als Nevyn weg war, erinnerte sich Maddyn an das Lied über Dilly Blind, den schlauesten vom Wildvolk. Da es ein Kinderlied war, hatte er es jahrelang nicht gehört, aber er ging es mehrere Male durch und erfand neue Strophen, wenn ihm die alten nicht einfallen wollten.

Das Wildvolk drängte sich dicht um ihn und lauschte entzückt. Als er endlich fertig war, glaubte er für einen winzigen Augenblick, die kleinen Gesichter und Augen zu sehen, die zu ihm heraufspähten. Dann waren sie plötzlich wieder verschwunden. Als Nevyn später zurückkehrte, erwähnte Maddyn diese Vision – wenn es denn eine gewesen war – dem alten Mann gegenüber, der ehrlich verblüfft wirkte.

»Solltest du wirklich anfangen, sie zu sehen, Junge, dann, um sämtlicher Götter willen, sag niemandem etwas davon. Man wird dich verspotten, und man wird dir vielleicht sogar nach dem Leben trachten.«

»Oh, das weiß ich. Ich bin nur verwirrt. Bisher hatte ich wirklich keinen Hauch des zweiten Gesichts.«

»Wirklich? Das ist seltsam, weil Barden häufig das zweite Gesicht haben. Aber zweifellos, Junge, schnappst du hier einfach das eine oder andere auf. Nimm einmal an, du würdest dein Schwert nahe dem Feuer an die Feuerstelle legen. Nach einiger Zeit würde die Klinge heiß werden, obwohl sie nicht direkt im Feuer selbst läge. Sich im Zentrum der Dweomermacht zu befinden, kann bei einem Mann mit empfindsamem Geist einiges bewirken.«

Mit leichtem Schaudern sah sich Maddyn in dem Steinraum um. Ein Zentrum der Macht? dachte er; ja, wirklich, manchmal kann man es spüren. »Nun gut«, sagte Maddyn schließlich. »Es war ein seltsamer Zufall, der mich hergeführt hat.«

»Vielleicht. Aber einem Dweomermann widerfährt nichts durch Zufall, besonders nicht in diesen verfluchten und unruhigen Zeiten.«

»Ihr habt also etwas gegen den Krieg?«

»Selbstverständlich, du Dummkopf! Und wenn du halbwegs bei Verstand wärst, hättest du auch etwas dagegen.«

»Nun, Herr, ich habe nie etwas anderes als Krieg gekannt. Manchmal frage ich mich, ob die Tage des alten Königreichs wirklich so waren, wie es einige meiner Lieder erzählen – es ist wunderbar, davon zu hören, aber mit der Wahrheit hat es nichts zu tun.«

»Oh, vieles war schon so, wie du es gehört hast. Es gab Zeiten, in denen man in Frieden die Straßen entlangreiten konnte, und die Bauern konnten ihre Ernte in Ruhe einbringen. Und wenn ein Mann einen Sohn hatte, konnte er davon ausgehen, lange genug zu leben, um zu sehen, wie dieser Junge erwachsen wurde und heiratete. Es waren wirklich gute Zeiten, und ich bete ununterbrochen, daß sie wiederkommen mögen.«

Maddyn sehnte sich plötzlich nach einer solchen Art von Leben. Zuvor hatte er sich Schlachtenruhm und Ehre gewünscht und war überzeugt gewesen, daß es immer Kriege geben würde, in denen er sie erwerben konnte. Aber plötzlich fragte er sich, ob Ruhm wirklich so wichtig war, wie er es immer geglaubt hatte. Als er später zu einem Spaziergang nach draußen ging, stellte er fest, daß es den ganzen Morgen geschneit hatte. Im Umkreis von Meilen war die Welt bleich und weiß unter einem perlgrauen Himmel; die Bäume hoben sich scharf vom Horizont ab, und die Häuser des weitentfernten Dorfes schienen sich unter dem dünnen Rauch aus seinen Schornsteinen zusammenzuschmiegen. Maddyn hatte eine solche Aussicht hunderte Male gesehen und sich nichts dabei gedacht. Aber jetzt war es schön, so schön, daß er sich fragte, ob er sich überhaupt jemals etwas genau angesehen hatte, bevor er von den Toren der Anderlande zurückgekehrt war.

Wenn das Wetter es erlaubte, ritt Maddyn abends ins Dorf, um Belyan zu besuchen. Anfangs befürchtete er, daß Bannyc diesen Gesetzlosen, der einfach vorbeigeritten kam und seine Tochter nahm, ablehnen würde. Aber der alte Mann behandelte ihn mit einer gewissen freundlichen Gleichgültigkeit. Belyans Söhne waren da anders. Der jüngere fand ihn einfach nur lästig, aber der ältere haßte ihn ganz offensichtlich. Maddyn gewöhnte sich an, erst spät zum Hof zu kommen, wenn er sicher sein konnte, daß beide schliefen, weil Belyan ganz deutlich gemacht hatte, daß die Jungs das Wichtigste für sie waren. Und das war gut so, dachte er. Denn sie wußten beide, daß er im Frühjahr weiterreiten würde. Dennoch – wann immer er sie in den Armen hielt, schien das Frühjahr sehr weit entfernt zu sein. Nachdem es erst einmal richtig schneite, war es schwierig, so oft zu Belyan zu reiten, wie Maddyn eigentlich wollte. Eines Abends, nachdem er eine Woche im Hügel festgesessen hatte, machte er sich früher auf den Weg und trieb sein Pferd gewaltsam durch die schweren Schneeverwehungen. Er brachte das Tier in den Stall, dann schob er die geölten Häute vor Belyans Kammerfenster beiseite und kletterte schimpfend hinein, während sie über ihn lachte. Sie hatte zwar einen freistehenden tönernen Ofen in der Kammer, aber es war immer noch bitterkalt. Er zog seinen Umhang und die Stiefel aus und kroch dann ins Bett, bevor er den Rest auszog.

»In deinem Zimmer ist es so kalt wie auf der verfluchten Straße!«

»Dann komm auf meine Seite des Betts, hier ist es schön warm.«

Als er sie in die Arme nahm, wandte sie sich ihm gierig und mit einer so schlichten, direkten Leidenschaft zu, daß es ihn überraschte. Es war ihr nicht gegeben, neckisch und spielerisch zu sein wie die anderen Frauen, mit denen er geschlafen hatte. Wann hätte sie auch die Zeit gehabt haben sollen, so etwas zu lernen, dachte er, und es machte ihm nichts aus. Später, als er dösend dalag, stellte er zu seiner Überraschung fest, daß er darüber nachdachte, ob er im Frühjahr nicht bleiben könnte. Bannyc würde froh sein, wenn ihm ein weiterer Mann auf dem Hof half; Bell würde sich freuen, ihn jede Nacht im Bett zu haben, und die Jungs würde er schon für sich gewinnen können. Maddyn liebte Belyan zwar nicht, aber er hatte sie gern, und das würde genügen. Aber er wagte nicht zu bleiben. Zum ersten Male erkannte er, daß er tatsächlich fliehen mußte, um sein Leben zu retten. Jeder Lord in Cantrae, der ihn erkannte, würde ihn Devyr übergeben, damit er gehängt würde. Er würde nach Westen reiten müssen, schnell und weit genug, um einen Lord zu finden, der nie von ihm oder Lord Bryonic gehört hatte und der verzweifelt genug wäre, ihn aufzunehmen, ohne Fragen zu stellen. Wahrscheinlich würde er demnächst im Krieg auf der Seite eines ehemaligen Feindes reiten, eines Verbündeten von Cerrmor, eines Lords von Eldidd. Er küßte Belyan wach und liebte sie noch einmal, nur um sich von diesen Gedanken an die Zukunft abzulenken. In dieser Nacht schneite es so schlimm, daß Maddyn es riskierte, bis zum Morgen zu bleiben. Es war angenehm, in Bells Armen zu schlafen, so angenehm, daß er schon versucht war, so etwas öfter zu tun. Aber als er am Morgen aus ihrer Kammer kam, fand er einige von Bannycs Nachbarn in der Küche vor, die schwatzend am Herd saßen, Brot aßen und Bier tranken. Obwohl sie sehr freundlich zu ihm waren, mußte Maddyn die unangenehme Erfahrung machen, im Zentrum der Aufmerksamkeit von vier Augenpaaren und – zweifellos – einer Menge zukünftigen Klatsches zu stehen. Sollte auch nur ein Wort von diesem Klatsch in die falschen Ohren geraten, würde er in Gefahr sein. Danach ritt er nur noch in der Nacht zu Belyan und verließ ihr Haus lange vor dem Morgengrauen.

Aber trotz aller Vorsichtsmaßnahmen begegnete er eines Nachts einigen von Romyls Männern. Es war gerade Mitternacht, und er suchte sich seinen Weg durch die Felder zurück nach Brin Toraedic. Ein kalter Wind trieb zerrissene Wolken über den Himmel, die abwechselnd den Vollmond umfingen und ihn dann wieder losließen. Er konnte den Hügel schon ganz in der Nähe sehen, die gekerbte schwarze Silhouette, die sich aus der Wiese erhob und gegen den Himmel aufragte, als er in der klaren Nachtluft das Klirren von Zaumzeug hörte. Pferde schnaubten, Hufschläge waren hörbar. Ganz in der Nähe befand sich ein kahles Gehölz, eine unvollkommene Zuflucht, aber das Beste, was Maddyn finden konnte. Als er sein Pferd unter die Bäume führte, rieselte Schnee von den Zweigen über seine Kapuze und den Umhang. Maddyn blieb so reglos sitzen, wie er konnte, und wartete. Er hatte nicht vor, kopflos auf den Hügel zuzufliehen. Wenn man ihn schon fangen würde, sollte Nevyn zumindest nicht mit ihm hängen. Im Trab und in enger Formation kamen sechs Reiter die Straße entlang. Als sie direkt vor dem Gehölz waren, hielten sie inne und wandten sich einander zu, um darüber zu reden, welche Richtung sie an der nächsten Wegkreuzung einschlagen sollten. Maddyn konnte deutlich hören, daß sie mehr als nur ein bißchen betrunken waren. In einem beinahe spürbaren Wirbel aus Sorge und Staunen drängte sich das Wildvolk um ihn, um mitzuhören, während die Diskussion auf der Straße weiterging. Dann stampfte Maddyns Pferd und schauderte unkontrolliert vor Kälte, was das Zaumzeug zum Klirren brachte. Einer der

Reiter drehte sich im Sattel um und sah ihn. Maddyn drängte sein Pferd vorwärts; er wollte sich lieber freiwillig ausliefern, als Nevyn oder vielleicht Belyan in Gefahr zu bringen.

»Gefahr«, flüsterte er dem Wildvolk zu. »Sagt Nevyn Bescheid.«

Er spürte, wie einige von ihnen davoneilten, aber die anderen drängten sich dichter um ihn. Ein Zittern kleiner unsichtbarer Gestalten, wie Wirbel wärmerer Luft.

»He da!« rief der Reiter. »Trete hervor!«

Bedrückt erkannte Maddyn Selyan, einen von Devyrs Männern, der ihn gut kannte. Hinter Selyan kamen nun auch die anderen, breiteten sich zu einem Halbkreis aus, um ihn zu umzingeln. Da die Situation hoffnungslos war, ritt Maddyn ihnen weiter entgegen. Im Mondlicht konnte er den Ausdruck übertriebener Überraschung auf Selyans Miene sehen.

»Maddyn! Oh, bei den Göttern!«

Seine Stimme war nur ein entsetztes Zischen. »Samaen ist doch schon lange vorüber.«

Einer der anderen Reiter jaulte auf wie ein getretener Hund. Die Gruppe zügelte ihre Pferde zum Stillstand, und im selben Augenblick spürte Maddyn, wie das Wildvolk wie in Panik um ihn herumraste und die Ränder seiner Kapuze und des Umhangs zum Zittern brachte.

»Maddo, Junge, tue uns nichts. Wir waren doch Freunde. Wir haben nur auf Befehl unseres Lords das Schwert gegen dich erhoben. Mögest du Frieden in den Anderlanden finden.«

Als Selyan begann, sein nervöses Pferd zu wenden, wurde Maddyn die Wahrheit klar. Selyan, der glaubte, daß er mit dem Rest von Bryonics Kriegshaufen gefallen war, mußte annehmen, daß er Maddyns Geist vor sich hatte. Der Gedanke ließ ihn laut auflachen. Das war das Beste, was er tun konnte, denn nun wich die gesamte Truppe zurück, wobei sie ihre entsetzten Blicke immer noch auf Maddyns Gesicht hefteten.

Solch gebannte Aufmerksamkeit war mehr, als jeder Barde tatenlos hinnehmen konnte. Maddyn warf den Kopf zurück und heulte. Ein langgezogener, unheimlicher Ton, den er so lange hielt, wie er konnte. Einer der Reiter schrie auf, und das Geräusch ließ die Truppe auseinanderbrechen.

»Geister!« schrie Selyan. »Rettet euch.«

Mit einem Kichern reiner entzückter Bosheit stürzte sich das Wildvolk auf die Pferde. Maddyn konnte sie im Mondlicht sehen. Eine Verdichtung der Luft wie Frostkristalle. Kleine Gesichter, kleine Hände, Finger, die jedes Pferd zwickten und jeden Reiter, den sie erreichen konnten. Die Pferde traten aus und bockten; die Reiter schrien und schlugen mit den Zügeln auf ihre Reittiere ein, als sie verzweifelt versuchten, sie zu wenden. Als Maddyn ein zweites Mal aufheulte, brachen die Pferde zur Seite aus und rannten im Galopp zur Straße zurück. Die Reiter klammerten sich an ihre Hälse. Maddyn saß im Sattel und lachte Tränen, bis das Wildvolk zurückkehrte. Vergnügt ritten sie zusammen zum Hügel, zu dessen Legende er gerade ein Stück beigetragen hatte. Als Maddyn sein Pferd in den Stall führte, kam Nevyn eilig heraus, um ihn zu empfangen.

»Was war das mit der Gefahr?«

»Die ist vorüber, guter Mann, aber es ist eine schöne Geschichte. Ich denke, ich werde ein Lied darüber schreiben.«

Als erstes jedoch erzählte er dem alten Mann die Geschichte über einem Krug warmen Biers, und Nevyn lachte sein trockenes Lachen, das immer ein wenig rostig klang, als hätte er es länger nicht mehr benutzt.

»Das Schlachtfeld, auf dem dein Kriegshaufen fiel, ist nur fünf Meilen von hier – sicher nahe genug für Gespenster. Allerdings – wenn sie am Morgen zurückkehren, werden sie die Hufabdrücke deines Pferdes sehen.«

Nevyn betrachtete einen Punkt dicht neben seinem rechten Knie. »Tut uns einen Gefallen, ja? Nehmt ein paar von den

Jungs mit und geht raus aufs Feld. Erinnert ihr euch an die Spuren, die Maddyns Pferd hinterlassen hat? Ja? Wunderbar! Fegt sie einfach weg wie gute Kinder, aber laßt alle anderen Spuren, wie sie sind. Wir machen uns einen guten Spaß mit diesen unangenehmen Männern.«

Maddyn konnte spüren, daß das Wildvolk verschwunden war, von einer kleinen blauen Fee abgesehen. Ganz plötzlich sah er sie vollkommen deutlich, wie sie auf seinem Knie hockte und an ihrem Finger lutschte, während sie ihn mit beunruhigend leerem Blick anstarrte. Als sie lächelte, enthüllte sie einen Mund voller nadelspitzer hellblauer Zähne.

»Oho!« sagte Nevyn. »Du siehst sie, nicht wahr?«

»Ja. Werde ich das Wildvolk auch noch sehen, wenn ich nicht mehr hier bin?«

»Das nehme ich an, aber ich weiß es nicht genau. Ich bin einem Rätsel wie diesem noch nicht begegnet, Junge.«

Maddyn dachte undankbar, daß, wenn er schon ein Rätsel darstellte, Nevyn zweifellos das größte Rätsel der Welt war.

Am nächsten Nachmittag ritt Nevyn ins Dorf, um den neuesten Klatsch zu hören, und brachte die Geschichte von Maddyns Begegnung mit der Truppe in ihrer neuen und zweifellos dauerhaften Gestalt mit sich. Lord Romyls Leute waren dummerweise im Mondlicht zum Brin Toraedic geritten, wo doch jeder Dummkopf wußte, daß man bei Vollmond den Hügel meiden sollte. Und dort hatten sie tatsächlich die Geister von Lord Bryonics gesamtem Kriegshaufen gesehen, wie sie über die Wiese her angriffen, genau wie in ihrer letzten Schlacht. Aber als die Reiter am Morgen zurückkehrten, um nachzusehen, fanden sie nur die Hufabdrücke ihrer eigenen Pferde.

»›Was haben sie denn erwartet zu finden?‹ sagte der Wirt zu mir«, berichtete Nevyn mit trockenem Lachen. »Jedermann weiß schließlich, daß Gespenster keine Spuren hinterlassen.«

»Sie sind also tatsächlich zurückgekommen? Ich bin verdammt froh, daß Ihr daran gedacht habt.«

»Oh, es ist eine Sache, sich bei Mondlicht von Geistern in die Flucht schlagen zu lassen, aber etwas ganz anderes, wenn man im kalten Licht der Dämmerung darüber nachdenkt. Aber schließlich haben sie nichts gefunden, und nun wird so schnell keiner mehr von Lord Romyls Männern in die Nähe des Hügels kommen, selbst nicht bei Tageslicht.«

»Ist das nicht praktisch?«

»Das ist es. Aber bei den Göttern, ihr Krieger seid wirklich abergläubisch!«

»Ach ja?« Maddyn mußte lachen, weil der alte Mann so empört war. »Ihr zeigt mir eine Welt voller Geister, schickt diese Geister dann aus, um mir einen Gefallen zu tun, und besitzt schließlich die Unverschämtheit, mich abergläubisch zu nennen!«

Nevyn lachte herzlich darüber.

»Du hast recht, und ich entschuldige mich, Maddyn, mein Junge. Aber du wirst nicht leugnen können, daß die meisten Schwertkämpfer glauben, daß die seltsamsten Dinge ihnen entweder Glück oder Unglück bringen.«

»Ja, aber Ihr wißt auch nicht, wie es ist, in einen Krieg zu reiten. Jedesmal, wenn man sein Pferd sattelt, weiß man verdammt genau, daß man vielleicht nicht mehr zurückkommen wird. Wer weiß schon, was dazu beiträgt, daß ein Mann in der Schlacht fällt und der andere überlebt? Einmal sah ich einen, der ein hervorragender Kämpfer war – er schwang das Schwert wie ein Gott, nicht wie ein Mensch –, und er ritt in dieses Scharmützel, und er hatte alle Chancen auf seiner Seite. Und wißt Ihr, was passiert ist? Sein Sattelgurt riß, er stürzte und wurde von einem Pferd so getreten, daß er starb. Und dann gibt es wieder vollkommene Idioten, die nicht besser mit dem Schwert umgehen können als ein Bauernknecht, und die direkt auf den Feind zureiten und ohne einen Kratzer davonkommen. Also fängt man nach einer Weile an, an Glück und Vorzeichen und alles mögliche andere zu glauben, nur damit man erträgt, daß man nie weiß, wann man sterben wird.«

»Das kann ich verstehen, wirklich.«

Nevyns gute Laune war verschwunden; als er jetzt nachdenklich vor sich hinstarrte, schien er sogar Tränen in den Augen zu haben. Und ihn so zu sehen, ließ auch Maddyn melancholisch und nachdenklich werden.

»Ich nehme an, das ist der Grund, wieso wir uns alle nach Anführern sehnen, die Dweomerleute sind«, fuhr Maddyn langsam fort. »Man kann den besten Schlachtplan der Welt haben, aber sobald die Speere geworfen sind und die Schwertkämpfe beginnen – bei den Höllen, dann können nicht einmal die Götter mehr klar denken. Ihr mögt es Aberglauben nennen, aber dann wünscht man sich einen Anführer, der einen Hauch Dweomer hat, jemanden, der mehr sehen kann als man selbst und der weiß, wann das Glück auf seiner Seite ist.«

»Wenn Glück und klare Sicht dazu verhelfen würden, daß jemand zum Dweomermann wird, Junge, dann wäre die Welt voll von Leuten wie mir.«

»Nein, das habe ich damit nicht gemeint, guter Mann. Ein Anführer, der auch Dweomermann ist, wäre irgendwie anders. Zweifellos gibt es so jemanden nicht, aber wir würden es alle gerne glauben. Jeder würde bereitwillig für einen solchen Mann reiten, für einen Günstling der Götter, für jemanden, an den man glauben kann. Selbst wenn man für ihn sterben würde, wäre es die Sache wert.«

Nevyn warf ihm einen solch scharfen Blick zu, daß Maddyn zögerte, aber dann winkte ihm der alte Mann zu, fortzufahren. »Das ist unglaublich interessant.«

»Danke. Wißt Ihr, Slwmar von Dun Deverry ist ein bedeutender und großzügiger Mann, aber er ist kein Anführer, der den Dweomer hat. Es ist mir immer schwergefallen zu glauben, daß er der wahre König sein soll, wenn ich ehrlich sein soll, obwohl ich ihm selbstverständlich den Treueid geschworen habe, weil mein Lord das ebenfalls getan hat. Er hat sich hin und wieder unter uns Männer gemischt, mit uns gesprochen, und er kannte sogar unsere Namen. Das war großartig von ihm. Aber er war einfach nur ein ganz gewöhnlicher Lord und kein wahrer König.«

»Ach ja? Und wie sollte dann der wahre König aussehen?«

»Nun, er sollte etwas vom Dweomer an sich haben. Man müßte ihm einfach ansehen können, daß er der wahre König ist. Ich meine, er muß nicht so groß wie einer der Götter sein und auch nicht so gut aussehen, aber es wäre einfach das Beste, wenn man ihm ansehen könnte und tief in der Seele wüßte, daß er zum Herrschen geboren ist. Natürlich sollte er unverschämtes Glück haben, und die Götter müßten Vorzeichen schicken, wenn er etwas plant. Bei den Höllen, ich würde einem solchen Mann in den Tod folgen, und die meisten im Königreich würden dasselbe tun. Da gehe ich jede Wette ein.«

Mit einem wilden, halb wahnsinnigen Grinsen sprang Nevyn auf und begann hektisch, vor der Feuerstelle auf und ab zu gehen.

»Habe ich etwas Dummes gesagt?« fragte Maddyn.

»Wie? Du hast tatsächlich gerade das Beste gesagt, das ich seit Jahren gehört habe. Junge, du hast keine Ahnung, wie froh ich bin, daß ich dich vor den Toren der Anderwelt zurückgerissen habe. Ich danke dir, daß du mir gezeigt hast, was bereits die ganze Zeit vor meiner Nase war. Ich sage dir jetzt, was der größte Fehler des Dweomer ist. Man gewöhnt sich so daran, ihn zu benutzen und an den seltsamsten Orten nach immer seltsameren Geheimnissen zu suchen, daß man ganz vergißt, den Verstand zu nutzen, den uns die Götter gegeben haben!«

Maddyn war nun vollkommen verwirrt und konnte ihn nur

anstarren, als er weiter wie ein Verrückter auf und ab tigerte. Schließlich legte Maddyn sich schlafen, aber als er mitten in der Nacht noch einmal aufwachte, sah er, wie Nevyn an der Feuerstelle stand und ins Feuer lächelte.

Während der nächsten verschneiten Wochen grübelte Nevyn lange über die Idee nach, die Maddyn ihm so überraschend eingegeben hatte – eine wunderbare Bezahlung für seine Heilung. Der entstehende Plan war in Einzelheiten kompliziert, aber im Grunde erstaunlich einfach und deshalb durchführbar. Im Augenblick sah es so aus, als würde der Bürgerkrieg bis ans Ende der Zeit weitergehen und das Königreich verwüsten, bis kein Mann mehr übrig war, der kämpfen konnte. Nach so vielen Jahren des Bürgerkriegs, nachdem so viele Anführer getötet und begraben, so viele treue Gefolgsleute ausgelöscht worden waren, kam es den Menschen so vor, als ob jeder ihrer Anführer ein ebenso großes Anrecht auf den Thron hatte. Selbst die Priester hatten inzwischen Schwierigkeiten, anhand von Abstammungslinien festzustellen, wer das größte Anrecht auf den Thron von ganz Deverry hatte. Die Lords verpflichteten sich daher dem, der ihnen einen unmittelbaren Vorteil zusichern konnte, und ihre Söhne wechselten die Seiten, wenn dieser Vorteil nicht mehr gegeben war.

Aber was wäre, wenn ein Mann auftauchte, der alle beeindruckte, dem alle anmerken konnten, daß er der wahre König war? Ein Mann mit Dweomerkräften, wie Maddyn gesagt hatte, dem das halbe Königreich bis zum Thron oder ins Grab folgen würde? Dann würde nach einem letzten grausamen Blutbad das Königreich endlich wieder Frieden finden. Ein Anführer, der auch ein Dweomermann war? Nevyn dachte: Wenn ich erst einen anständigen Mann gefunden habe, werde ich ihn schon magisch genug aussehen lassen. Das wäre einfach – widerwärtig einfach, wenn er darüber nachdachte –:

Er brauchte nur einen gutaussehenden Mann mit entsprechendem Glanz und Ruhm auszustatten, die Vorzeichen zu manipulieren und anderen ein paar billige Streiche zu spielen, ähnlich jenem, den das Wildvolk gerade Selyan und seiner Truppe gespielt hatte.

Dann lägen die Kriegshaufen auf den Knien und ihre Lords mit ihnen, und alle würden sie dem wahren König zujubeln. In einer dieser Nächte des Nachdenkens wurde Nevyn auch klar, daß es ihn eigentlich nicht überraschen sollte, daß ausgerechnet Maddyn ihn auf diese Idee gebracht hatte. In seinem letzten Leben, als junger Ricyn unten in Cerrmor, hatte er als Hauptmann eines Kriegshaufens genau einer solchen Anführerin gedient, Gweniver vom Wolf, deren Wahnsinn sich mit der Frömmigkeit gegenüber der finsteren Göttin vereint hatte, um sie mit falschem Ruhm zu umgeben, der wie ein Feuer strahlte.

An sie und ihr schreckliches Schicksal zu denken, ließ Nevyn mißtrauisch werden. Hatte er das Recht, einen weiteren Menschen jenen Kräften auszusetzen, die den zerbrechlichen Geist dieser jungen Frau zerstört hatten? Er würde sehr vorsichtig sein, warten und intrigieren müssen, bis er einen Kandidaten gefunden hatte, der für diese Last stark genug war. Und er fragte sich auch, ob es überhaupt gestattet war, den Dweomer für einen solchen Zweck zu nutzen. Er verbrachte lange Stunden in Meditation versunken, läuterte seine Seele und bat die Herren des Lichts um Hilfe. Mit der Zeit wuchs die Antwort langsam in seinem Geist heran: Das Reich brauchte Frieden mehr als alles andere. Und wenn etwas schiefging, würde Nevyn selbst das Opfer sein. Das konnte er akzeptieren: sich selbst als Diener und als Opfer jenes Königs zu betrachten, den er schaffen würde.

Nachdem er nun die Erlaubnis erhalten hatte, war es an der Zeit zu planen. Wenn Maddyn bei Belyan war oder seine

Langeweile verschlief, sprach Nevyn durch das Feuer mit anderen Dweomerleuten des Reichs, besonders mit Aderyn im Westen und mit einer Frau im Norden, die den Ehrennamen Rommerdda trug. Sie alle waren des Kriegs so müde, daß sie begeistert alles, was sie hatten, auf Nevyns Plan setzen wollten.

»Aber das werden wir nicht alleine schaffen«, stellte Rommerdda eines Nachts fest. »Wir werden die Priester für uns gewinnen müssen. Ob das möglich sein wird?«

»Ich hatte vor, den Boden dieses Gartens im Frühjahr zu bereiten. Und gleichzeitig können wir anfangen, uns nach einem angemessenen Prinzen umzusehen.«

Rommerddas Abbild, das im Feuerlicht tanzte, trug eine skeptische Miene zur Schau. Sie hatte ihr langes weißes Haar zu zwei Zöpfen geflochten wie die Frauen der Dämmerungszeit, und ihr Gesicht war sogar noch faltiger als Nevyns eigenes, so alt, so erschöpft, daß Nevyn wußte, daß sie das Ende der Arbeit, die sie nun planten, nie sehen würde. Von allen Dweomerleuten im Königreich lebten nur er und Aderyn so unnatürlich lange, aus unterschiedlichen Gründen. Aber es würde bald eine andere Rommerdda geben, die die Arbeit ihrer Vorgängerin übernahm. Es würde eine schwere Arbeit sein: den richtigen Mann zu finden und mit Hilfe der Priester die angemessenen Vorzeichen zu setzen. Wenn erst einmal das ganze Königreich auf den Tag wartete, an dem der wahre König erschiene, konnte Nevyn genauer planen. Während er weitergrübelte, begann er, sich nach dem Frühjahr zu sehnen. Je eher er anfangen konnte, desto besser.

2

Das Jahr 834. In diesem Jahr erschienen die ersten Vorzeichen, die den neuen König ankündigten. In einem Dorf, nahe unserem Tempel, kam ein Lamm mit zwei Köpfen zur Welt. Es starb bald nach der Geburt, weil ein Königreich mit zwei Königen nicht existieren kann. Am Himmel sahen wir das Abbild eines großen Pferdes, das vor einer Sturmwolke rannte und von Westen kam. Obwohl dieses Vorzeichen selbstverständlich aufgezeichnet wurde, erkannten wir erst später seine Bedeutung …

Die Heiligen Chroniken von Lughcarn

Für Maddyn kam der Frühling in diesem Jahr zu früh. Jeden Morgen ging er auf den Hügel und suchte den Himmel nach Wetterzeichen ab. Er würde bleiben müssen, bis die Zeit des Schnees lange vorüber war, aber er wußte auch, daß er verschwunden sein mußte, bevor der Frühling richtig anbrach und die Reiter alle Straßen von Cantrae wegen der sommerlichen Musterung überschwemmten. Erst kamen die Regen, die den letzten Rest von Schnee zum Schmelzen brachten und die Welt in braunen Schlamm verwandelten; dann wurden die Nächte wärmer, so daß es wieder möglich war, im Freien zu schlafen, ohne zu erfrieren. Aber er fand immer wieder Ausreden, bis in geschützten Tälern das erste Gras sproß. Dann ritt er eines Tages früher als sonst ins Dorf, um Belyan zu sehen. Als er durch ihr Fenster stieg, war sie immer noch auf und kümmerte sich um das Feuer in dem Steingutofen. Sie küßte ihn nur zerstreut.

»Zieh die Stiefel aus, bevor du dich aufs Bett setzt, ja? Ich will nicht, daß überall an den Decken Schlamm klebt.«

Maddyn lehnte sich an die Wand und begann, die Stiefel auszuziehen.

»Der Frühling ist da«, sagte er. »Wird es dir sehr weh tun, wenn ich davonreiten muß?«

»Ja, aber es wird nicht halb so schlimm sein, als wenn ich zusehen müßte, wie man dich hängt.«

»Das stimmt. Aber weißt du, Bell, ich wünschte, ich könnte bleiben, und das nur deinetwillen. Ich möchte, daß du das weißt.«

»Es wäre großartig, wenn du bei uns auf dem Bauernhof bleiben könntest, aber ich weiß nicht, wie wir dich verstecken könnten. Ein paar von unseren Freunden wissen bereits, daß ich einen Mann habe, und in ein paar Monaten wird es das ganze Dorf wissen.«

Als er aufblickte, sah er, daß sie lächelte.

»Bei den Höllen, was hab' ich getan? Habe ich dich geschwängert?«

»Was hast du denn erwartet, nachdem du so oft in meinem Bett warst? Ich bin doch nicht unfruchtbar, oder? Komm schon, mach dir keine Gedanken, Liebster. Ich habe mir schon so lange noch ein Kind gewünscht. Und ich bin froh, daß wir genug Zeit hatten, daß du mir eins schenken konntest.«

»Aber ich muß dich verlassen! Und ich habe noch nicht einmal das verdammte Geld für die Hebamme.«

»Ach, die Hebamme ist eine Freundin von mir, also brauchst du dir deshalb keine Gedanken zu machen. Ich kann mich alleine um mein Kind kümmern, aber um eins zu bekommen, brauchte ich ja wohl ein wenig Hilfe, oder?«

Vorsichtig legte sie die Hände auf den Bauch.

»Oh, ich hoffe wirklich, daß es eine Tochter ist, aber wenn es ein Sohn werden sollte, darf ich ihn dann nach dir benennen?«

»Nur, wenn du es wirklich willst. Und mir wäre es lieber, wenn du ihm den Namen meines Vaters gibst. Er hieß Daumyr.«

»Dann werde ich ihn Daumyr nennen, wenn es ein Junge ist. Aber ob Junge oder Mädchen, ich hoffe, das Kind wird deine Locken haben.«

Maddyn zögerte, und ein beunruhigender Verdacht keimte in ihm auf. Er hatte immer gewußt, daß sie ihn nicht wirklich liebte, aber er fragte sich nun, ob er nicht einfach nur als Hengst gedient hatte.

»Bell? Werde ich dir fehlen, wenn ich weg bin?«

Ein wenig verblüfft dachte sie über die Frage nach. »Ja, schon«, sagte sie schließlich. »Ein bißchen.«

Als Maddyn das Haus in dieser Nacht verließ, war die Luft warm vom feuchten, üppigen Geruch der Frühlingserde. Oben auf der Hügelkuppe stieg Maddyn vom Pferd, blieb stehen und spähte über das dunkle Land. Er sah die Bäche im Mondlicht glitzern, in der Ferne den Hügel des schlafenden Dorfes, und noch weiter entfernt glitzerte der See, an dem sich die Tore der Anderlande beinahe geöffnet hätten, um ihn aufzunehmen. Ich war glücklich in diesem Winter, dachte er; ach, Schande über sämtliche falschen Könige und ihre Eier!

Am Morgen führte Maddyn sein Pferd zum letzten Mal aus der Höhle. Am Himmel segelten weiße Wolken vorbei und warfen ihre Schatten auf das hellgrüne Gras des Moorlandes. Als sie den Fuß des Hügels erreichten, gab Nevyn Maddyn einen abgetragenen Lederbeutel, in dem Münzen klimperten.

»Streite nicht mit mir, Junge. Ich habe dir nicht das Leben gerettet, nur damit du auf der Straße verhungerst.«

»Danke. Ich wünschte, ich könnte Euch alles zurückzahlen, was Ihr für mich getan habt.«

»Ich wette, das wirst du tun. Dein Wyrd hat dich schon

einmal zu mir gebracht, und ich nehme an, das wird wieder geschehen, wenn auch auf eine seltsame Weise, die keiner von uns verstehen kann.«

Maddyn wäre am liebsten direkt nach Westen geritten und hätte Cantrae so bald wie möglich hinter sich gelassen. Aber er war gezwungen, sich erst nach Süden zu wenden, weil die Hügel zwischen Cantrae und Gwaentaer um diese Jahreszeit immer noch verschneit waren. Er bewegte sich vorsichtig und vermied die Hauptstraße, die am Canaver entlang nach Dun Cantrae führte. Er hielt sich lieber an gewundene Feldwege und, wenn möglich, an unbebautes Land. Die einzigen Menschen, vor denen er sich sehen ließ, waren Bauern, denen die Kupferstücke, die er ihnen für Lebensmittel gab, wichtiger waren als die Kriegsehre. Nach vier Tagen kam er an die Grenze zur Provinz Gwaentaer, an einer Stelle, die ungefähr parallel zu Dun Cantrae lag. Hier waren die Hügel niedrig, und es gab kleine Bauernhöfe und Winterställe von Pferdezüchtern, die im Sommer ihre Herden auf diesen Weiden grasen ließen. Um diese Jahreszeit wimmelte es überall vor Aktivität. Stuten fohlten, Hufe mußten neu beschlagen und Ausrüstung repariert werden, und die Hirten packten Vorräte für den ersten langen Frühlingsritt zusammen. Niemand hatte die Zeit, sich um einen einsamen Reiter zu kümmern, der in einem Kriegersattel saß, aber das Hemd eines Bauern trug.

In der Dämmerung eines warmen Tages kam Maddyn zu der Säule, die die Grenze zwischen den beiden Gwerbretrhynnau markierte. Als er vorbeiritt, seufzte er erleichtert. Er war zwar immer noch gesetzlos und vogelfrei, aber sein Hals war jetzt ein ganzes Stück sicherer. Früher, in den friedlichen und nun beinahe mythischen Zeiten der Vergangenheit, hätte jeder Gwerbret im Königreich Tibryns Dekret geachtet. Aber nun, inmitten dieses langen Bürgerkriegs, waren Krieger für die Lords zu wertvoll, als daß sie zu viele unangenehme Fragen gestellt hätten. Zum erstenmal seit Wochen war Maddyn entspannt genug, um singen zu wollen. Zwei vom Wildvolk kamen, um ihm zuzuhören. Die blaue Fee hockte auf seinem Sattelknauf und zeigte ihm ihre spitzen Zähne, und ein knorriger, brauner Gnom, den Maddyn noch nicht kannte, tanzte auf der Straße neben seinem Pferd. Maddyn war so froh, die beiden zu sehen, daß er beinahe geweint hätte. Zumindest dieser kleine Teil seines magischen Winters würde mit ihm weiterziehen.

Es sollte sich herausstellen, daß er bald menschliche Gesellschaft haben würde, und das kam auf eine Art, die er nie erwartet hätte. Am Morgen, nachdem er am Grenzstein vorbeigeritten war, erreichte er den letzten der Hügel und zügelte sein Pferd einen Augenblick, um auf die weite grüne Ebene von Gwaentaer hinabzusehen – wahrhaftig ein Land des Windes, wo die Bäume, die die Bauern so fleißig gepflanzt hatten, bald schon schräg wuchsen, als wichen sie in stetiger Furcht vor dem ununterbrochen pfeifenden Wind zurück. Da es ein heller, klarer Tag war, konnte er meilenweit sehen, über das erste Frühlingsgras und den sprießenden Winterweizen hinaus, über kleine Teiche und die runden Mauern der weit voneinander entfernt liegenden Bauernhöfe. Er sah auch eine deutlich gekennzeichnete Straße, die schnurstracks nach Westen führte, und auf ihr, nicht mehr als eine Meile vor ihm, einen einzelnen Reiter.

Etwas mit diesem Mann stimmte nicht. Selbst aus dieser Entfernung konnte Maddyn das sehen, denn der Mann saß vornübergebeugt im Sattel, und das Pferd ging nur langsam und blieb hier und da stehen, um sich ein Grasbüschel vom Straßenrand zu zupfen, bevor sein Reiter zu sich kam und es wieder unter Kontrolle brachte, nur um wenige Augenblicke später abermals zusammenzusacken. Maddyns erster Impuls war, eine andere Route zu wählen und sich nicht mit dem Ärger anderer zu belasten. Aber dann dachte er an Nevyn, der sein eigenes Leben aufs Spiel gesetzt hatte, indem er einen Gesetzlosen heilte und ihm Zuflucht gewährte. Also trieb er sein Pferd zu einem forschen Trab an. Der Reiter vor ihm hörte ihn nicht kommen oder es war ihm gleich, ob ihm jemand folgte, denn er drehte sich die ganze Zeit, in der Maddyn zu ihm aufschloß, nicht ein einziges Mal um. Endlich, als Maddyn nahe genug war, um erkennen zu können, daß der gesamte Hemdrücken des Mannes ein einziger rostbrauner Blutfleck war, zügelte der Mann sein Pferd und blieb zusammengesackt und müde sitzen, als wolle er Maddyn einladen, ihn mit einem einzigen Schlag zu fällen.

»Was ist los?« fragte Maddyn.

Der Reiter wandte den Kopf, um ihn anzusehen, und Maddyn stieß einen lauten Fluch aus.

»Aethan, bei den Göttern! Was machst du hier in Gwaentaer?«

»Dasselbe könnte ich dich fragen, Maddo.« Aethans Stimme, normalerweise tief und humorvoll, war rauh von altem Schmerz. »Oder bist du gekommen, um mich in die Anderlande zu holen?«

Maddyn starrte ihn einen Augenblick an, dann fiel ihm wieder ein, daß alle in Cantrae glaubten, daß er tot war.

»Schon gut. Ich bin genauso lebendig wie du. Wie bist du verwundet worden?«

»Ich bin nicht verwundet. Man hat mich ausgepeitscht.«

»Bah, Pferdedreck! Kannst du noch ein Stück weiterreiten?«

Aethan dachte sehr lange über diese Frage nach. Er war normalerweise ein gutaussehender Mann mit regelmäßigen Zügen und dunklem Haar, das an den Schläfen schon ein wenig grau wurde. Er hatte große, blaue Augen, die oft blitzten, als lachte er über einen Scherz in sich hinein. Aber nun hatte er das Gesicht vor Schmerzen verzogen und die Augen beinahe zugekniffen, und er sah so aus, als würde er vielleicht nie wieder lachen.

»Ich brauche eine Rast«, sagte er schließlich. »Sollen wir uns einen Moment hinsetzen oder willst du lieber alleine weiterreiten?«

»Was? Bist du verrückt? Würde ich einen Mann im Stich lassen, den ich kannte, seit ich fünfzehn war?«

»Ich kann nicht mehr einschätzen, was Menschen tun werden – Männer sowenig wie Frauen.«

Auf einer nahen Wiese fanden sie ein angenehmes Weidengehölz am Ententeich eines Bauern, und der Bauer war nirgendwo in Sicht. Maddyn stieg ab, dann half er Aethan aus dem Sattel und tränkte die Pferde, während sein Freund wie betäubt im Schatten saß. Als er mit den Pferden beschäftigt war, fragte sich Maddyn, was das alles bedeuten mochte. Aethan war der letzte Mann im Königreich, von dem Maddyn erwartet hätte, daß er etwas Schändliches tat, dafür ausgepeitscht und aus dem Kriegshaufen ausgestoßen würde. Aethan war immer ein Favorit seines Hauptmanns gewesen und stellvertretender Kommandant von Gwerbret Tibryns eigenem Kriegshaufen. Er war einer jener wirklich anständigen Männer, die für jeden guten Kriegshaufen so wichtig sind – jemand, der sich mit allen anfreunden konnte und der imstande war, all die kleinen Auseinandersetzungen zu schlichten, die entstehen, wenn Männer in einer engen Unterkunft zusammenleben. Selbst der Gwerbret hatte Aethan hin und wieder in kleineren Angelegenheiten des Kriegshaufens um Rat gefragt. Aber nun saß er hier, und seine Schande war ihm mit Blut auf den Rücken geschrieben. Nachdem die Pferde getrunken hatten, füllte Maddyn die Wasserschläuche und setzte sich neben Aethan, der den Schlauch mit schiefem Grinsen entgegennahm.

»Wir mögen Gesetzlose sein, aber wir folgen immer noch

den Gesetzen der Truppe, nicht wahr, Maddo? Erst die Pferde, dann die Menschen.«

»Wir brauchen diese Tiere jetzt mehr denn je, nachdem wir keinen Lord mehr haben, der uns ein anderes Pferd geben würde.«

Aethan nickte und trank, dann reichte er den Schlauch zurück. »Ich bin froh, daß du nicht bei Lord Devyrs letztem Angriff umgekommen bist. Ich nehme an, du hast einen Bauernhof gefunden, wo du dich den Winter über verstecken konntest.«

»Ja. Ich wurde bei dem Angriff verwundet und lag im Sterben, als ein Kräutermann mich gefunden hat.«

»Ihr Götter! Du hattest immer schon Glück, nicht wahr?«

Maddyn zuckte nur die Schultern und verschloß den Wasserschlauch wieder. Einen Augenblick lang saßen sie in unbehaglichem Schweigen da und beobachteten die fetten grauen Enten, die am Rand des Teichs fraßen. »Für einen Barden kannst du verdammt gut den Mund halten«, sagte Aethan abrupt. »Willst du mich nicht nach meiner Schande fragen?«

»Sag, was du willst, aber kein Wort mehr.«

Aethan dachte darüber nach und starrte zu dem weit entfernten geraden Horizont hin.

»Pferdedreck«, sagte er schließlich. »In gewisser Weise ist es eine Geschichte, die eines Barden würdig ist. Erinnerst du dich an die Schwester unseres Gwerbret, an Lady Merodda?«

»Wie könnte ein Mann mit Blut in den Adern sie je vergessen?«

»Er sollte es lieber versuchen.« Aethans Stimme wurde kalt. »Ihr Mann fiel in einer Schlacht im vergangenen Sommer, also kehrte sie zurück zu ihrem Bruder nach Dun Cantrae. Und der Hauptmann befahl mir, sie zu eskortieren, sie bei jedem ihrer Ausritte zu begleiten.« Aethan schwieg lange, und nur sein Mund zuckte hin und wieder. »Und sie hat an mir Gefallen gefunden. Oh, beim schwarzen Arsch des Höllenfürsten, ich hätte ›nein‹ sagen sollen – verdammt, ich habe es damals schon gewußt –, aber ihr Götter, Maddo, ich bin auch nur aus Fleisch und Blut. Und sie weiß, wie sie von einem Mann kriegt, was sie will. Ich schwöre dir, ich hätte sie nie auch nur angesprochen, wenn sie nicht zuerst das Wort an mich gerichtet hätte.«

»Ich glaube dir. Du bist schließlich kein Dummkopf.«

»Jedenfalls nicht vor diesem Winter. Es war, als hätte sie mich verzaubert. Nie habe ich eine Frau so geliebt, und ich will verflucht sein, wenn ich es je wieder tue. Ich wollte, daß sie mit mir davonritt. Wie ein Narr bildete ich mir ein, daß sie mich genug liebte, um so etwas zu tun. Aber nein, das paßte der adligen Dame überhaupt nicht.«

Wieder machte er eine lange, schmerzerfüllte Pause. »Also ließ sie ihrem Bruder gegenüber durchblicken, was zwischen uns geschehen war. Aber natürlich war sie die Unschuldige. Und als mir Seine Gnaden vor drei Tagen draußen im Hof beinahe die Haut abziehen ließ, war sie dabei, um zuzusehen.«

Aethan schlug die Hände vors Gesicht und weinte wie ein Kind. Einen Augenblick lang saß Maddyn da wie erstarrt, dann streckte er zögernd die Hand aus und legte sie auf Aethans Schulter, bis dieser schließlich ruhiger wurde und sich mit dem Ärmel das Gesicht abwischte.

»Vielleicht sollte ich es ihr nicht allzu übel nehmen.« Aethans Stimme war ein tödliches Flüstern. »Immerhin hat sie ihren Bruder davon abgehalten, mich aufhängen zu lassen.« Er stand auf, und es tat weh zu sehen, wie er zusammenzuckte. »Ich bin ausgeruht genug, also laß uns weiterreiten, Maddo. Je weiter ich von Cantrae wegkomme, desto besser wird es mir gehen.«

Vier Tage ritten Maddyn und Aethan nach Westen und stellten den Bauern und Hausierern, denen sie begegneten, vorsichtige Fragen über die hiesigen Lords und ihre Kriegshaufen. Obwohl sie manchmal von einem Mann hörten, der vielleicht verzweifelt genug war, sie ohne weitere Fragen aufzunehmen, dachten sie doch jedesmal, daß sie immer noch zu dicht an der Grenze nach Cantrae waren und sich doch lieber nicht an ihn wenden sollten. Sie wußten allerdings, daß sie bald einen Platz finden mußten, denn ringsum begannen die Adligen, ihre Kriegshaufen für die Sommerkämpfe neu zusammenzustellen. Wenn sich die Truppen erst wieder auf den Straßen befanden, wären sie sehr gefährdet. Maddyn war gerade erst dem Schicksal entgangen, als Gesetzloser gehängt zu werden, und er hatte nicht vor, als angeblicher Spion zu baumeln.

Da Aethans Rücken noch längst nicht geheilt war, ritten sie nur langsam und legten oft Ruhepausen ein, entweder an der Straße oder in Dorfgasthäusern. Zumindest brauchten sie sich wegen des Geldes keine Gedanken zu machen; Maddyn hatte Nevyns großzügige Gabe, und Aethans alter Hauptmann hatte es geschafft, ihm zusammen mit der Ausrüstung, die man ihm übergeben hatte, bevor man ihn aus Dun Cantrae hinauswarf, auch ein paar Münzen zuzustecken. Offenbar war Maddyn nicht der einzige, der die vom Gwerbret verhängte Strafe für zu hart hielt. Während sie also weiter langsam nach Westen zogen, hatte Maddyn genügend Zeit, seinen alten Freund zu beobachten und sich Sorgen zu machen. Früher war es immer Aethan gewesen, der auf ihn aufgepaßt hatte – er war immerhin etwa zehn Jahre älter als Maddyn –, und so war Maddyn zutiefst beunruhigt, als ihm klarwurde, daß Aethan ihn nun brauchte, wie ein Kind seinen Vater braucht. Der Gwerbret hatte vielleicht sein Leben verschont, aber er hatte ihn zerbrochen, diesen Mann, der ihm über zwanzig Jahre treu gedient hatte, indem er ihn halb zu Tode geschlagen hatte wie eine Ratte.

Zuvor war es Aethan immer leichtgefallen, Befehle zu geben, Entscheidungen zu treffen, und das alles auf eine Weise, daß andere ihm gern folgten. Nun tat er, was immer Maddyn sagte, ohne auch nur anzudeuten, daß es vielleicht auch andere Möglichkeiten gab. Zuvor war er auch ein recht redseliger Mann gewesen, dem immer eine Geschichte oder ein Scherz einfiel, wenn es keine ernsthaften Neuigkeiten gab, die er weitererzählen konnte. Nun hing tiefschwarzes Hiraedd über ihm; manchmal antwortete er nicht einmal, wenn Maddyn ihm eine direkte Frage stellte. So sehr es Maddyns Herz auch quälte, ihm fiel nichts weiter ein, was er für den Freund hätte tun können. Oft wünschte er sich in dieser Zeit, er könne Nevyn um Rat fragen. Aber der alte Kräutermann war weit weg, und Maddyn bezweifelte, ob er ihn je wiedersehen würde, ganz gleich, wie sehr er sich das auch wünschte.

Schließlich erreichten sie den großen Fluß, den Camyn Yraen – schon damals eine »Eisenstraße«, weil all die Reichen aus Cerrgonney ihn in Barken befuhren –, und die Stadt Gaddmyr, die seinerzeit nur ein Dorf mit einer Holzpalisade war. Direkt hinter dem Tor fanden sie eine Art Gasthaus, nicht viel mehr als ein kleines Rundhaus, dessen eine Hälfte mit einer geflochtenen Trennwand abgeteilt war und als Gastzimmer diente. Für ein paar Kupferstücke brachte der Wirt ihnen ein Stück Käse und einen Laib Brot zu ihrem Bier und ließ sie dann allein. Maddyn fiel auf, daß sich keiner der Dörfler hereingetraut hatte, solange sie in der Gaststube saßen, und er machte darüber eine Bemerkung zu Aethan.

»Sie halten uns wahrscheinlich für Banditen. Bei den Höllen, Maddo, wir können nicht einfach so weiterziehen, oder es wird uns tatsächlich bald nichts anderes übrigbleiben, als Reisende zu überfallen. Was sollen wir tun?«

»Ich will verdammt sein, wenn ich das weiß. Aber ich habe ein bißchen nachgedacht. Es gibt diese freien Truppen, von denen man hin und wieder hört. Vielleicht sollten wir uns lieber einer von denen anschließen, als uns noch Gedanken um einen ehrenhaften Platz in einem Kriegshaufen zu machen.«

»Wie bitte?« Einen Augenblick kam wieder etwas von der alten Lebendigkeit in Aethans Augen. »Bist du verrückt geworden? Für Geld und nicht für Ehre zu kämpfen? Ihr Götter, ich habe gehört, daß einige dieser Leute mitten in der Schlacht die Seiten wechseln, wenn ihnen jemand bessere Bezahlung bietet! Söldner! Sie sind nichts als ehrloser Abschaum!«

Maddyn sah ihn nur an. Seufzend rieb sich Aethan das Gesicht mit beiden Händen.

»Das sind wir auch. Das meinst du doch, oder, Maddo? Nun, da hast du recht. Und zumindest ist anzunehmen, daß der Hauptmann einer solchen Söldnertruppe nicht über die Narben auf meinem Rücken spotten wird.«

»Wahr gesprochen. Und wir werden auch eine Truppe finden müssen, die für Cerrmor oder Eldidd kämpft. Keiner von uns kann es darauf ankommen lassen, daß Männer aus Cantrae uns im Lager sehen.«

»Pferdedreck! Weißt du, was das heißt? Weißt du, was wir am Ende tun werden? Irgendwann werden wir gegen den Gwerbret und meinen alten Kriegshaufen zu Felde ziehen.«

Maddyn hatte sich diesen Gedanken zuvor nie zugestanden – daß eines Tages sein Leben davon abhängen könnte, einen Mann zu töten, der einmal sein Verbündeter und Freund gewesen war. Aethan griff nach seinem Dolch und rammte ihn wütend in den Tisch.

»Moment mal!« Der Wirt kam angerannt. »Kein Grund, die Möbel kaputtzumachen, Jungs!«

Aethan sah so grimmig aus, daß Maddyn ihn am Arm packte, bevor er seine Wut an diesem unschuldigen Mann auslassen konnte. Der Wirt wich zurück und schluckte.

»Ich zahle Euch ein weiteres Kupferstück für den Schaden«, sagte Maddyn. »Mein Freund hat heute schlechte Laune.«

»Die kann er anderswo haben, nicht in meiner Gaststube.«

»Also gut. Wir waren ohnehin fertig mit diesem erbärmlich schlechten Bier.«

Sie hatten gerade die Tür erreicht, als der Wirt sie noch einmal zurückrief. Aethan ignorierte ihn und ging weiter, aber Maddyn blieb stehen, als der Wirt nähereilte.

»Ich weiß von einer dieser Truppen, von denen Ihr und Euer Freund geredet habt.«

Maddyn holte ein paar Kupferstücke heraus und ließ sie in der Hand klirren. Der Wirt bedachte ihn mit einem zahnlückigen, knoblauchduftenden Grinsen.

»Sie haben nicht weit von hier überwintert. Sie sind hin und wieder hierhergekommen, um Lebensmittel zu kaufen, und wir hatten erst ziemliche Angst, weil wir dachten, daß sie alles stehlen würden, was sie wollten. Aber sie haben gut bezahlt. Das muß man ihnen lassen, obwohl sie eingebildete Burschen waren und herumstolzierten wie Lords.«

»Das nenne ich wirklich Glück!«

»Nun, vielleicht sind sie inzwischen schon weitergezogen. Ich habe sie seit einigen Tagen nicht mehr gesehen, und die Tochter des Schmieds hat einen dicken Bauch, und selbst wenn sie zurückkämen, würde sie nicht wissen, welcher der Männer es war. Die kleine Hure macht die Beine für jeden breit, der sie darum bittet!«

»Ach ja? Und wo hatten sie ihr Lager aufgeschlagen?«

»Das haben sie unsereinem natürlich nicht erzählt, aber ich wette, ich kann es erraten. Direkt nördlich von hier, etwa zehn Meilen entfernt, würde ich sagen, ist ein Stück Waldland. Es war einmal das Jagdrevier des Tieryn, aber vor etwas mehr als zwanzig Jahren sind der Tieryn und alle seine männlichen Verwandten bei einer Blutfehde getötet worden. Und nachdem der Bürgerkrieg schlimmer wurde, gab es niemanden, der sich die Ländereien angeeignet hätte. Also ist das Unterholz dort jetzt sehr dicht, aber ich wette, das alte Jagdhaus des Tieryn steht noch immer am selben Ort.«

Maddyn reichte ihm die Kupferstücke und holte noch zwei weitere aus dem Beutel.

»Wäre es möglich, daß irgendwelche Jungs aus dem Dorf wissen, wo dieses Jagdhaus ist?« Er hielt die Münzen hoch. »Es könnte doch sein, daß einige der jungen Leute dort herumgestöbert haben, nur aus Neugier.«

»Ganz bestimmt nicht, und ich sage das nicht, um Euch mehr Geld zu entlocken. Dieser Wald ist ein gefährlicher Ort. Es heißt, es spuke dort, böse Geister wahrscheinlich. Und dann gibt es noch die Wilden.«

»Die was?«

»Nun, wahrscheinlich sollte ich sie nicht Wilde nennen, die armen Schweine. Denn die Götter seien meine Zeugen, ich hätte genau dasselbe getan wie sie, wenn es hätte sein müssen.« Er beugte sich verschwörerisch näher zu Maddyn heran.

»Ihr seht nicht aus wie einer, der mit den Neuigkeiten sofort zu unserem Lord rennen würde. Aber die Leute, die da im Wald wohnen, sind Unfreie. Oder ich sollte besser sagen, sie waren es vor einiger Zeit. Ihr Herr wurde getötet, also haben sie sich davongemacht, um in Freiheit zu leben. Und ich kann wirklich nicht behaupten, daß ich ihnen das übelnehme.«

»Ich auch nicht. Deine Wilden werden vor mir sicher sein. Aber ich nehme an, sie sind sich nicht zu schade, hin und wieder einen Reisenden auszurauben.«

»Ich nehme an, sie glauben, sie haben das Recht dazu, nach all der schweren Arbeit, die sie geleistet haben.«

Maddyn gab ihm trotzdem die beiden Kupferstücke, und dann ging er zu Aethan, der draußen vor der Tür stand.

»Ein bißchen Klatsch?«

»Aethan, der Wirt hatte gute Neuigkeiten für uns. Kann sein, daß in den Wäldern nördlich des Dorfs eine dieser freien Truppen lagert.«

Aethan starrte die Zügel in seinen Händen an und rieb sie mit müden Fingern.

»Also gut«, sagte er schließlich. »Es kann nichts schaden, sie uns einmal anzusehen.«

Sie folgten dem Fluß nach Norden. Obwohl es Aethan inzwischen besserging, schmerzte sein Rücken immer noch, und sie legten oft Pausen ein. Also war es beinahe Abend, als sie den Wald erreichten, der dunkel auf der abgelegenen Seite einer wilden Wiese aufragte. An seinem Rand stand immer noch ein massiver Grenzstein, der zweifellos die Bäume zum Eigentum des längst verstorbenen Lords erklärte.

»Dort möchte ich mich lieber nicht aufhalten, wenn es dunkel ist«, sagte Aethan.

»Da hast du recht. Wir werden hier lagern.«

Während Aethan sich um die Pferde kümmerte, ging Maddyn zum Waldrand, um Feuerholz zu sammeln. Eine ganze Menge von Wildvolk begleitete ihn dabei, eine Schar grüner, warziger Gnome, drei gewaltige gelbe Geschöpfe mit dicken Bäuchen und roten Stoßzähnen und seine treue blaue Fee, die auf seiner Schulter hockte und ihm mit den winzigen Händen durchs Haar fuhr.

»Ich werde heute abend ein Lied für uns spielen. Es ist lange her, seit mir nach Musik zumute war. Aber vielleicht wendet sich unser Glück heute.«

Aber als die Zeit dazu gekommen war, war Maddyn immer noch so beunruhigt, daß es ihm schwerfiel, sich für eine Ballade zu entscheiden. Er stimmte die Harfe, dann spielte er Teile unterschiedlicher Lieder oder übte Akkordfolgen. Aethan schlief bald ein, auf dem Bauch liegend, den Kopf auf die verschränkten Arme gestützt, aber das Wildvolk blieb bis zum letzten Ton – eine so große Menge von ihnen, daß sie sich weit über den Feuerschein hinaus auf die Wiese erstreckte. Maddyn kam sich vor, als spielte er am Hofe eines Königs, in dessen großer Halle voller Würdenträger. Als er fertig war, applaudierten sie. Er spürte es mehr, als daß er es hörte; dann waren sie plötzlich verschwunden. Maddyn schauderte, dann legte er die Harfe beiseite.

Nachdem er zusätzliches Holz aufs Feuer gelegt hatte, ging er noch ein Stück auf die Wiese hinaus – aus Ruhelosigkeit und keinem anderen Grund. Er konnte den Waldrand sehen, die Bäume, die nicht weit von ihnen entfernt aufragten – aber es war noch mehr: Er konnte ihre Präsenz fühlen, wie eine Aura von Wildheit. Er war sicher, daß es dort nicht nur menschliche Flüchtlinge gab. Ihm fiel ein, daß der lange Krieg für die Menschen zwar eine Tragödie sein mochte, für das Wildvolk aber ein Segen, weil er ihm das Land zurückgab, das die Menschen ihm einmal genommen und kultiviert hatten. Als er dort auf der stillen Wiese stand, kam es ihm so vor, als hörte er ganz leise Musik, ein Echo seiner eigenen. Wieder schauderte er heftig, dann kehrte er zurück in sein sicheres Lager.

Am Morgen weckte ihn die blaue Fee in der Dämmerung mit der bewährten Methode, so fest an seinem Haar zu ziehen, daß es wie Feuer brannte. Als er nach ihr schlug, lachte sie lautlos und entblößte ihre nadelspitzen Zähne. Aethan schlief immer noch, aber er war ruhelos, drehte und wand sich wie jemand, der jeden Augenblick wach werden würde.

»Hör mir genau zu, Süße«, sagte Maddyn zu der Fee. »Irgendwo in diesem Wald sind eine ganze Menge Männer wie ich und Aethan, Krieger mit Schwertern. Sie werden eine Menge Pferde haben, und sie wohnen in einem Steinhaus. Kannst du mich dorthin führen?«

Sie dachte lange nach, dann nickte sie zustimmend und

verschwand sofort. Maddyn war der Ansicht, daß sie ihn entweder falsch verstanden oder die ganze Sache einfach vergessen hatte. Aber sobald die beiden Männer bereit waren, loszureiten, erschien die Fee wieder, tanzte und hüpfte am Flußufer entlang und zeigte nach Norden.

»Ich nehme nicht an, daß der dumme Wirt dir genauer sagen konnte, wo sie sind«, meinte Aethan.

»Na ja, er hatte die eine oder andere vage Idee. Ich werde versuchen, uns hinzuführen. Aber sei nicht überrascht, wenn es ein wenig umständlich wird.«

Es war gut, daß Maddyn ihn vorgewarnt hatte, denn die Vorstellung des Wildvolks davon, wie jemand zu führen war, ließ viel zu wünschen übrig. Sobald die Männer begonnen hatten, nach Norden zu reiten, gesellten sich zwei graue Gnome zu der Fee, aber sie hörten nicht auf, entweder sie oder einander zu zwicken und lenkten das kleine blaue Geschöpf auf diese Weise von seiner Aufgabe ab. Nachdem sie erst einmal alle tief im Wald waren, verschwand das Wildvolk vollständig und überließ es den Männern, für mehrere Meilen einem Wildwechsel zu folgen. Gerade als Maddyn schon aufgeben wollte, tauchten sie wieder auf – auf dem Hals des Pferdes und auf dem Sattelknauf – und zeigten nach Westen, einen schmalen Pfad entlang. Obwohl Aethan murrte (was eigentlich ein willkommenes Zeichen dafür war, daß das Leben in ihn zurückkehrte), bestand Maddyn darauf, diesem Pfad zu folgen, und bei jeder Abzweigung wandte er sich in die Richtung, in die die blaue Fee zeigte. Gegen Mittag hatten sie sich hoffnungslos verirrt, und es blieb Maddyn überhaupt nichts anderes übrig, als dem Wildvolk zu folgen. Sie sprangen von Baum zu Baum, grinsten, kicherten und zeigten in alle möglichen Richtungen. Aber Maddyn richtete sich immer nach der blauen Fee, die drohte, die braunen Gnome zu beißen, wann immer sie ihr widersprachen.

»Maddo, ich hoffe wirklich, daß du weißt, was du tust.«

»Ich auch. Ich habe das dumme Gefühl, ich könnte uns in die Irre geführt haben.«

Aethan stöhnte so dramatisch, daß es eines Barden würdig gewesen wäre. Gerade als Maddyn schon dachte, daß er die bittere Wahrheit gesprochen hatte, führte die Fee sie zu einer großen Lichtung, die mit Baumstümpfen umgeben war. In der Mitte stand eine Blockhütte, ein rechteckiges Gebäude aus ganzen Baumstämmen – ein Haus, wie Maddyn es noch nie zuvor gesehen hatte. Das Dach war fein säuberlich mit Zweigen gedeckt, und Rauch trieb träge aus dem Loch im Dach.

»Was bei den drei Höllen hast du da gefunden?« stotterte Aethan. »Das ist längst nicht groß genug für eine Söldnerbande.«

»Nein. Wahrscheinlich wohnen hier einige der geflohenen Unfreien, die der Wirt erwähnte.«

Während sie noch sprachen, kam ein Mann aus der Hütte. Er war kaum größer als fünf Fuß, aber er hatte breite Schultern und muskulöse Arme und wirkte wie die Miniaturausgabe eines Schmieds. Sein langer, schwarzer Bart hing weit über den runden Kragen des Wollhemdes, das er über der Brigga trug. Er packte die lange Holzfälleraxt wie eine Waffe. Als er zu sprechen begann, erwies sich, daß er eine rauhe Stimme und einen schweren, gutturalen Akzent hatte. »Und wer seid ihr, Leute?«

»Nur Reisende, die sich verirrt haben«, sagte Maddyn.

»Eher Diebe, denke ich.« Der Bursche hob die Axt. »Was hat euch überhaupt in diesen elenden Wald gebracht?«

»Wir sind auf der Suche nach einer Söldnertruppe«, warf Aethan ein. »Ein Wirt in Gaddmyr sagte, daß sie in diesem Wald lagerte.«

»Wir wollen nur wissen, ob sie uns aufnehmen«, sagte Maddyn. »Ich schwöre, wir sind keine Diebe. Und ich weiß auch nicht, was ein Eremit wie du an Stehlenswertem besitzen könnte.«

Der Mann dachte nach, die Axt immer noch bereit. Als Maddyn sich die Schneide näher ansah, hätte er beinahe laut geflucht. Obwohl das Metall wie Silber glänzte, sah die Schneide aus, als sei sie so scharf wie Stahl, und es war nicht ein einziger Kratzer auf dem Metall zu erkennen.

»Wir werden Euch liebend gern in Ruhe lassen«, sagte Aethan, »wenn Ihr uns nur den Weg aus diesem verfluchten Wald zeigen würdet.«

»Geht auf dem Weg zurück, auf dem ihr gekommen seid.«

»Guter Mann, wir haben uns verirrt«, beeilte sich Maddyn einzuwenden. Aethans finsterer Blick gefiel ihm überhaupt nicht.

»Ach ja? Mich habt ihr aber ganz einfach gefunden.«

»Nun, ich bin einer von ...« Maddyn hielt gerade noch rechtzeitig inne.

Als wüßte sie, daß er an sie dachte, tauchte die blaue Fee plötzlich wieder auf, setzte sich auf seine Schulter und küßte sein Haar. Der kleine Bursche starrte sie an, dann senkte er die Axt, um sich darauf zu stützen wie auf einen Stock. Rasch warf er Aethan, der selbstverständlich nichts bemerkt hatte, einen Blick zu, und grinste Maddyn dann verschwörerisch an.

»Na ja, vielleicht könnte ich euch doch zum alten Jagdhaus bringen, aber es sieht aus, als wären eure Pferde ziemlich müde. Da drüben an diesem Baumstumpf ist eine Quelle. Gebt ihnen erst etwas zu trinken. Übrigens, ich heiße Otho.«

»Ich bin Maddyn, und das ist Aethan. Danke für deine Hilfe. Kennst du diese Truppe?«

»Ein bißchen. Ich habe in diesem Winter hin und wieder für sie gearbeitet, Schnallen repariert und solche Sachen. Ich bin nämlich Schmied.«

Jetzt war Maddyn an der Reihe, erstaunt zu glotzen. Was

hatte ein Schmied mitten in dieser Wildnis zu suchen? Dann fiel ihm ein, daß Otho auf seine Art vielleicht auch ein Flüchtling sein könne.

»Caradoc – das ist ihr Anführer – ist kein übler Bursche, wenn man bedenkt, was er ist«, fuhr Otho fort. »Er will, daß ich mit ihm nach Süden reite, wenn sie weiterziehen. Ich habe darüber nachgedacht.«

Der Pfad war so schmal und gewunden, daß die Männer ihre Pferde führen mußten. Gegen Mitte des Nachmittags kamen sie auf eine große Lichtung und sahen die hohen Steinmauern dessen, was einmal das Jagdhaus eines Adligen gewesen war. Die hölzernen Tore waren längst verrottet, aber hinter der Mauer ragte der Broch empor, der immer noch in relativ gutem Zustand war, und eine Ansammlung von verfallenen Hütten. Als sie näher kamen, kam ihnen Caradoc selbst entgegen. Otho stellte ihn vor: einen hochgewachsenen Mann mit den langen, sehnigen Armen des geborenen Schwertkämpfers und den hohen Wangenknochen und dem hellen Haar eines Mannes aus dem Süden. Er schien etwa in Aethans Alter zu sein, Mitte Dreißig, und bei aller Ehrlosigkeit hatte er etwas Beeindruckendes an sich. Er hielt sich stolz, und sein kluger Blick kündete davon, daß er einiges vom Leben gesehen hatte.

»Du bist doch immer auf der Suche nach Leuten, die du verhökern kannst«, sagte Otho. »Ich habe dir ein paar gebracht.«

»Interessant.« Caradoc lächelte die beiden freundlich an. »Aethan hat den Eber von Cantrae auf dem Hemd, und Maddyn ist gekleidet wie ein Bauer, aber er trägt ein Schwert. Auch ich habe einmal so wie ihr ausgesehen, habe einen Kriegshaufen in Cerrmor ein wenig … nun, ein wenig hastig verlassen. Ich bin nie dazu gekommen, mich ordentlich von meinem Lord zu verabschieden. Ich wette, Aethan, du hast Narben auf dem Rücken, den Flecken auf dem Hemd nach zu schließen.«

»Mehr als nur ein paar. Aber ich will verflucht sein, wenn ich dir sage, warum.«

»Ich würde niemals fragen. Also, das sind die Bedingungen, Jungs: Ich nehme jeden zuerst einen Sommer lang auf. Wenn ihr nicht kämpfen könnt, dann werdet ihr in einem Scharmützel umkommen, und dann sind wir euch los. Könnt ihr kämpfen, erhaltet ihr einen Anteil des Geldes. Und vergeßt nicht, ich bin der Anführer dieser Meute. Wenn ihr mir auch nur die geringsten Schwierigkeiten macht, schlage ich euch windelweich. Ritzt das tief in eure schwarzen Herzen: Ihr reitet auf Befehl – oder ihr reitet überhaupt nicht.«

Sobald sie die Festung betraten, wurde deutlich, daß Caradoc seine Worte ernst gemeint hatte. Statt der Banditenhöhle, die vorzufinden Maddyn insgeheim befürchtet hatte, war das Lager so sauber wie die Mannschaftsunterkünfte eines großen Lords. Die Truppe bestand aus sechsunddreißig Mann. Die Ausrüstung war in gutem Zustand, die Pferde gesund und gepflegt, und Maddyn mußte zugeben, daß diese Männer disziplinierter waren als sein alter Kriegshaufen. Als Caradoc die Neuen vorstellte, zollten ihm die Männer der Bande eine solch respektvolle Aufmerksamkeit, daß Maddyn sich zu fragen begann, ob der Söldnerführer wohl adliger Herkunft sei. Otho war mit ihnen gekommen, hörte Caradoc zu und strich sich nachdenklich über den Bart, aber er sagte kein Wort, bis sie alle wieder draußen waren, wo Maddyn und Aethan ihre Pferde absattelten und ihre Ausrüstung abluden.

»Nun, Otho«, sagte Caradoc. »Wir werden uns bald auf den Weg machen. Kommst du mit uns nach Eldidd?«

»Könnte sein. Ich habe mich daran gewöhnt, Gesellschaft zu haben, besonders solche, die einen Schmied besser bezahlen kann, als die stinkenden Unfreien in diesem Wald.«

»Das können wir wirklich, und Eldidd wird dir schon gefallen, wenn wir erst einmal da sind.«

»Ha! Da habe ich meine Zweifel. Es heißt immer, daß die Leute von Eldidd Elfenblut haben.«

»Bitte nicht schon wieder!« stöhnte Caradoc gereizt. »Sosehr ich deine Handwerkskunst bewundere, guter Schmied, so muß ich doch sagen, daß du manchmal nicht der Klügste bist. Elfen. Also wirklich!«

»Spotte, soviel du willst. Aber ein Mann mit Elfenblut ist unzuverlässig.«

»Es läßt jeden unzuverlässig werden, irgendwelche mythischen Gestalten im Clan zu haben.« Caradoc fuhr mit einem Finger über die silbrige Klinge von Othos Axt. »Aber rede über Elfen soviel du willst, solange du weiter diese magischen Waffen schmiedest. Wenn wir alle so reich wie Lords und die berühmteste freie Truppe in ganz Deverry sind, dann kannst du uns Schwerter aus diesem magischen Metall machen.«

»Ha! Du müßtest ein König sein, um dir das leisten zu können, mein Freund. Du wirst verdammtes Glück haben, wenn du je genug Geld verdienen solltest, um dir auch nur einen Dolch leisten zu können.«

Nachdem Maddyn und Aethan ihre Pferde im Stall untergebracht und gefüttert hatten, kam einer der Männer – er hieß Stevyn – und half ihnen, ihre Ausrüstung in den Broch zu bringen.

»Wer von euch ist der Barde?«

»Das bin ich«, sagte Maddyn. »Aber kein sonderlich guter, eher ein Gerthddyn, wenn überhaupt. Ich kann singen, aber ich habe nicht die Kenntnisse eines Barden.«

»Ach, wer gibt schon einen Schweinefurz darum, wer die Ur-Ur-Urgroßmutter irgendeines Lords war? Das ist wirklich Glück.« Stevyn drehte sich um und rief Caradoc zu: »Hauptmann, jetzt haben wir sogar einen Barden.«

»Und demnächst werden wir alle von silbernen Tellern essen, wie die großen Herren, die wir eigentlich sind.« Caradoc schlenderte auf sie zu. »Aber in diesem Winter hätten wir einen Barden wirklich brauchen können, wo ihr Burschen so viel Ärger gemacht habt, weil ihr nichts Besseres zu tun hattet. Also gut, Maddyn. Wenn du gut genug singen kannst, bist du von Küchen- und Stallarbeit befreit. Aber ich erwarte, daß du Lieder über unsere Schlachten machst, wie du es auch für einen Lord tun würdest.«

»Ich werde mein Bestes tun, Hauptmann, und so gut singen, wie wir es verdient haben.«

»Besser als wir es verdienen, Maddyn, mein Junge. Oder du müßtest dich anhören wie eine rollige Katze.«

Nach einer Mahlzeit aus Wildfleisch und Rüben erhielt Maddyn die Gelegenheit zu singen. Er saß auf einem wackligen, halb verrotteten Tisch in dem Raum, der einmal die große Halle des Jagdhauses gewesen war. Schon nach einer Ballade wurde ihm klar, daß seine Stellung in der Truppe sicher war. Die Männer lauschten mit der tiefen Faszination der unendlich Gelangweilten und bemerkten es kaum oder kümmerten sich zumindest nicht darum, wenn er ein bißchen aus der Tonart geriet oder über eine Zeile stolperte. Nach einem Winter, in dem sie nichts als Würfelspiele und die Tochter des Schmieds zur Unterhaltung gehabt hatten, jubelten sie ihm zu, als wäre er der beste Barde am Hof des Königs. An diesem Abend mußte er singen, bis er heiser war, und sie ließen nur ungern zu, daß er aufhörte. Natürlich wußten nur Maddyn und Otho, daß die Halle auch nur so vor Wildvolk wimmelte, das ebenso begeistert zuhörte wie die Männer. In dieser Nacht lag Maddyn lange wach und lauschte dem vertrauten Geräusch des Schnarchens anderer Männer. Er gehörte wieder zu einem Kriegshaufen, er war so deutlich zu seinem alten Leben zurückgekehrt, daß er sich schon zu fragen begann, ob er jene verzauberten Monate in Brin Toraedic nur geträumt hatte. Der Winter, den er hinter sich hatte, kam ihm vor wie ein verlorenes Paradies, wo er gute

Gesellschaft und eine eigene Frau und die Gelegenheit gehabt hatte, einen Blick auf eine weitläufigere, freie Welt des Friedens und des Dweomer zu werfen – einen kurzen Blick nur, dann hatte man ihm die Tür vor der Nase zugeschlagen. Jetzt war er wieder im Krieg, ein ehrloser Reiter, dessen einziges Ziel im Leben darin bestand, die Achtung anderer ehrloser Männer zu gewinnen. Zumindest würde Belyan sein Kind bekommen. Ein kleines Leben, das ihn überdauern und als Bauer besser dran sein würde als sein Vater als Krieger. Der Gedanke an das Kind brachte endlich ein Lächeln auf sein Gesicht, und er konnte einschlafen.

An dem Tag, als Maddyn Brin Toraedic verließ, verbrachte Nevyn viele Stunden damit, die Höhlen für den Sommer zu schließen und Kräuter und Arzneien in Segeltuchtaschen zu laden. Er hatte eine Reise von mehr als neunhundert Meilen vor sich, noch dazu mit Unterbrechungen, die äußerst wichtig für den Erfolg seiner langfristigen Pläne waren. Wenn er tatsächlich einen Dweomerkönig schaffen wollte, um dem Land den Frieden zu bringen, würde er die Hilfe mächtiger Freunde brauchen, besonders in der Priesterschaft. Er würde auch einen Mann von königlichem Geblüt finden müssen, der seiner Pläne würdig war. Und das – so sagte er sich jedenfalls – würde wahrscheinlich den schwierigsten Teil seiner Arbeit ausmachen.

Die erste Woche seiner Reise verlief problemlos. Es wimmelte auf den Straßen von Cantrae zwar von Kriegern, die sich sammelten, um für die Kämpfe des Sommers nach Dun Deverry zu reiten, aber keiner von ihnen störte sich an dem abgerissenen, alten Kräutermann mit seinem Maultier, dem geflickten braunen Umhang und dem weißen Haar, das ihm im Gegenteil den Respekt der meisten einbrachte. Er folgte dem Canaver bis zu der Stelle, wo er nahe der Stadt Muir in den Fluß Nerr mündete. Mit dieser Stelle verband Nevyn alte Erinnerungen. Wie immer, wenn er durch Muir kam, betrat er den letzten Flecken Urwalds – jetzt das Jagdgebiet des südlichen Eber-Clans. Zwischen alten Eichen stand dort der moosüberzogene Stein, der das Grab Bangwens vom Falken kennzeichnete, der Frau, die er geliebt, der er Unrecht getan und die er verloren hatte. Immer, wenn er diese Pilgerreise unternahm, kam er sich wie ein Narr vor. Sie war lange verwest, und ihre Seele war seitdem mehrere Male wiedergeboren worden, seit jenem elenden Tag, an dem er dieses Grab gegraben und den Stein errichtet hatte. Aber dennoch, dieser Ort bedeutete ihm etwas, und sei es aus keinem anderen Grund als dem, daß er hier den übereilten Schwur getan hatte, der der Grund seines unnatürlich langen Lebens war.

Aus Respekt für ein Grab – obwohl sie nicht hatten wissen können, um wessen Grabstätte es sich handelte – hatten die Wildhüter des Ebers den Stein stehen lassen. Nevyn stellte erfreut fest, daß sich sogar jemand um das Grab gekümmert, ein paar Steine weggeräumt und Unkraut gejätet hatte. Es war ein kleines Zeichen des Anstands in einer Welt, in der der Anstand im Verschwinden begriffen war. Einige Zeit blieb er hier am Boden sitzen und sah zu, wie das fleckige Waldlicht über den Stein spielte, während er sich fragte, wann er wohl Brangwens Seele wiederfinden würde. Seine Meditation brachte ihm eine gewisse Einsicht: Sie war wiedergeboren, aber immer noch ein Kind. Und in irgendeiner Weise, davon war er überzeugt, würde Maddyn sie zu ihm führen. Leben um Leben war sein Wyrd mit dem ihren verbunden gewesen, und in seinem letzten Leben war er ihr tatsächlich in den Tod gefolgt und hatte die Kette des Wyrd noch fester um sie beide geschmiedet.

Nachdem er Muir verlassen hatte, ritt Nevyn weiter nach Dun Deverry, um sich selbst ein Bild des Mannes zu verschaffen, der den Anspruch erhob, König der Heiligen Stadt zu sein. An einem warmen Frühjahrstag, als die Sonne so dicht wie Staub über der Straße lag, kam er an die Ufer des Gwerconydd, des großen Sees, der durch den Zusammenfluß von drei Flüssen entstand. Hier ließ er Pferd und Maultier eine Weile ruhen. Bald schon gesellten sich zwei junge Bel-Priester mit geschorenen Köpfen und in Leinenhemden gekleidet zu ihm, die ebenfalls auf dem Weg in die Heilige Stadt waren. Nachdem sie sich ein wenig unterhalten hatten, beschlossen sie, zusammen weiterzureiten.

»Wer ist dieser Tage der Hohepriester?« fragte Nevyn. »Ich habe weit oben in Cantrae gelebt, also habe ich keine Ahnung mehr von diesen Dingen.«

»Seine Heiligkeit Gwergovyn«, sagte der ältere der beiden.

»Aha.« Das war keine gute Nachricht. Nevyn hatte Gwergovyn nur zu gut in Erinnerung – als eine Art religiösen Frettchens. »Und erzählt mir noch etwas anderes: Ich habe gehört, daß man in höfischen Kreisen besonders auf die Eber von Cantrae achten muß.«

Obwohl sie ganz alleine auf der offenen Straße waren, senkte der junge Priester die Stimme, als er antwortete.

»Das stimmt, und es gibt viele, die damit nicht zufrieden sind. Ich weiß, daß Seine Heiligkeit nicht die beste Meinung von den Männern des Ebers hat.«

Schließlich kamen sie in die Stadt, die sich auf vier Hügeln hinter massiven Doppelmauern erhob, die ihrerseits mit Zinnen und Türmen besetzt waren. Die hölzernen Tore waren mit dem Wappen des aufrechten Drachen versehen und mit Eisen beschlagen. Zu beiden Seiten standen Wachen in dick bestickten Hemden. Sobald Nevyn allerdings die Stadt betreten hatte, verschwand der glanzvolle Eindruck. Früher einmal hatte hinter diesen Mauern eine wohlhabende Stadt gelegen; jetzt stand Haus um Haus verlassen da, die Höfe waren mit Unkraut überwuchert, die Fenster leer, die Dächer verrottet, die Straßen schmutzig. Ein großer Teil der Stadt lag schlicht in Trümmern: Steinhaufen und verkohlte, verrottete Balken. Dun Deverry war in den letzten hundert Jahren so oft belagert, erobert und gewaltsam zurückerobert worden, daß offenbar niemand mehr die Kraft, das Geld und die Hoffnung hatte, die Stadt wieder aufzubauen. In der Stadtmitte, rund um die beiden Haupthügel und zwischen ihnen, wohnte, was von der Bevölkerung übrig war – kaum mehr Menschen als zu Zeiten König Brans. Krieger zogen durch die Straßen und stießen dabei die Städter grob beiseite. Es kam Nevyn so vor, als ob jeder Mann, den er sah, der Reiter dieses oder jenes Lords war, und jede Frau entweder voller Angst vor ihnen lebte oder sich dem Unvermeidlichen ergeben hatte und zur Hure geworden war.

Das erste Gasthaus, auf das er stieß, war winzig, schmutzig und halb eingestürzt, kaum mehr als ein großes Haus, das in eine Gaststube und ein paar kleine Kammern geteilt worden war. Aber er bezog dort Quartier, weil er den Wirt mochte: Draudd, ein schlanker Mann, dessen Haar so weiß war wie Nevyns eigenes, und dessen Lächeln auf eine beinahe übermenschliche Fähigkeit hinwies, selbst inmitten von Trümmern den Sinn für Humor zu wahren. Als er hörte, daß Nevyn Kräutermann war, bestand Draudd darauf, daß er in Naturalien für Unterkunft und Verpflegung zahlen müsse.

»Ich bin immerhin genauso alt wie Ihr, also werde ich in etwa auch die gleichen Kosten in Kräutern verursachen. Warum wollt Ihr mir Münzen geben, wenn ich sie Euch gleich zurückzahlen muß?«

»Das ist wahr. O ja, das Alter! Ich habe den menschlichen Körper mein ganzes Leben lang studiert. Aber ich schwöre, das Alter hat mir Schmerzen in den Gelenken verursacht, von denen ich zuvor noch nie gehört hatte.«

Nevyn verbrachte diesen ersten Nachmittag im Gasthaus, gab Draudd Arzneien für eine ganze Sammlung von Krankheiten und hörte sich im Gegenzug den neuesten Klatsch an – was in dieser Stadt immer Hofklatsch bedeutete. In Dun Deverry wußte selbst der Ärmste, wie es am Hof zuging. Draudd war eine ganz besonders gute Quelle, weil seine jüngste Tochter, eine Frau in mittleren Jahren, in der Palastküche arbeitete, wo sie mehr als genug Gelegenheit hatte, adlige Würdenträger wie Kämmerer und Mundschenk bei ihrem Tratsch zu belauschen. Nach allem, was Draudd an diesem Tag erzählte, hatten die Eber den König so fest in der Hand, daß es beinahe ein Skandal war. Jeder behauptete, daß Tibryn, der Eber von Cantrae, beinahe so etwas wie der wirkliche König war.

»Und nachdem der König nun so krank ist und seine Frau so jung, und Tibryn ein Witwer und so …« Draudd hielt dramatisch inne. »Ihr könnt Euch also vorstellen, welche Fragen wir uns stellen.«

»Allerdings. Aber würden denn die Priester der Witwe des Königs eine neue Heirat erlauben?«

Zur Antwort rieb Draudd nur Daumen und Zeigefinger gegeneinander wie ein Kaufmann, der sich über eine Münze freut.

»Bei den Höllen!« schimpfte Nevyn. »Ist es inzwischen so schlimm geworden?«

»Die Priester lassen sich nur noch mit Geld bestechen. Sie haben bereits alles Land, was sie brauchen, und die Gesetze auf ihrer Seite.«

An dieser Stelle entschied Nevyn, daß es Zeitverschwendung wäre, sich mit Gwergovyn zusammenzusetzen.

»Aber was fehlt dem König? Er ist doch immer noch ein junger Mann?«

»Er wurde bei den Kämpfen im letzten Sommer schwer

verwundet. Ich war zufällig auf der Königsstraße, als sie ihn heimgebracht haben. Ich hatte Eier auf dem Markt gekauft, als ich den Hörnerklang hörte. Und dann trugen sie den König in einer Sänfte vorbei, und er war kreidebleich. Aber er hat überlebt, obwohl wir alle glaubten, daß spätestens mit Beginn des Winters der kleine Junge auf dem Thron sitzen würde. Aber so richtig gesund geworden ist er nie. Meine Tochter erzählt mir, daß er nur ganz bestimmte Dinge essen kann. Nur ganz weiche Sachen und keine Gewürze aus Bardek. Also kochen sie das Fleisch ganz weich und machen Apfelbrei und solche Sachen.«

Nevyn war vollkommen verwirrt: Eine solche Diät schien sinnlos für einen Mann, der eine Brustwunde hatte, wie man überall erzählte. Er begann sich zu fragen, ob jemand bewußte Anstrengungen unternahm, damit der König schwach blieb. Vielleicht, um Tibryn vom Eber einen Gefallen zu tun.

Die beste Möglichkeit, das herauszufinden, bestand natürlich in einem Gespräch mit den Ärzten des Königs. Also führte Nevyn am nächsten Morgen das beladene Maultier zum Palast, der auf dem nördlichen Hügel lag. Ring um Ring zogen sich Verteidigungswälle den Abhang hinauf, einige aus Stein, einige aus Erde, und zerteilten den Hügel in Scheiben. An jedem Tor, an jeder Mauer hielten Wachen Nevyn auf und fragten ihn, was er wolle. Aber sie ließen den Mann mit den Heilkräutern immer durch. Oben auf der Hügelkuppe, hinter der letzten Mauer, stand der Palast mit Nebengebäuden und Dienstbotenquartieren. Wie ein Storch unter Hühnern erhob sich im Zentrum ein sechsstöckiger Broch, umgeben von vier niedrigeren Brochs. Wenn die äußeren Verteidigungswälle fielen, würden die Angreifer sich noch durch einen Irrgarten von Fluren kämpfen müssen, um zum König zu gelangen. In all diesen Kriegsjahren war der Palast nie erstürmt worden; man konnte ihn nur aushungern.

Die Wachen riefen einen Diener, der davonrannte, um die königlichen Ärzte von der Ankunft des Kräutermanns zu unterrichten. Nach kurzer Zeit kam der Junge zurück und führte Nevyn zu einem großen, runden Steingebäude hinter dem Brochkomplex. Dort kam ihm ein kräftiger Mann entgegen, dessen dunkle Augen unter buschigen Brauen glitzerten, als sei er unablässig wütend. Aber als er sich als Grodyn, oberster Wundarzt, vorstellte, klang seine Stimme recht sanftmütig.

»Ein Kräutermann ist hier immer willkommen. Breitet Eure Waren ruhig aus, guter Mann. Der Tisch dort am Fenster ist wegen des Lichts und der frischen Luft wahrscheinlich am besten geeignet.«

Während Nevyn also seine Päckchen getrockneter Kräuter, Baumrinden und Wurzeln auslegte, holte Grodyn seinen Schüler Caudyr, einen blonden Mann mit blauen Augen und einem so scharf gezeichneten Kinn, daß man damit hätte Käse schneiden können. Er hatte auch einen Klumpfuß, was ihm beinahe so etwas wie einen Seemannsgang verlieh. Die beiden Wundärzte sahen sich Nevyns Waren an und stürzten sich als erstes auf den Baldrian und den Kampfer.

»Ich nehme nicht an, daß Ihr jemals bis ans Meer kommt?« sagte Grodyn betont lässig.

»Nun, ich dachte daran, mich in diesem Sommer durch die Linien zu schleichen. Normalerweise kümmern sich die Armeen nicht sonderlich um einen alten Mann. Braucht Ihr etwas aus dem Meer?«

»Rotalgen, wenn Ihr welche kriegen könnt, und ein wenig Seetang.«

»Das wirkt Wunder, um Magengeschwüre oder schlechte Verdauung zu kurieren.« Nevyn zögerte kurz. »Ich habe einige Gerüchte über diese seltsame sogenannte Wunde unseres Lehnsherrn gehört.«

»Sogenannt?« Grodyn betrachtete das Päckchen Birkenrinde in seiner Hand genau.

»Eine Wunde in der Brust, die es erforderlich macht, daß er nur weichgekochtes Essen bekommt.«

Grodyn blickte mit einem schiefen Grinsen auf.

»Es ging selbstverständlich um Gift. Die Wunde ist hervorragend geheilt. Aber als er immer noch schwach war, hat ihm jemand Gift in den Met gegeben. Wir haben ihn nach einem sehr harten Kampf retten können. Aber nun hat er blutende Magengeschwüre, wie Ihr eben schon erraten habt, und auch Blut im Stuhl. Aber wir versuchen, den einfachen Leuten diese Information vorzuenthalten.«

»Oh, ich werde es schon nicht überall herumtratschen, das kann ich Euch versichern. Wißt Ihr, um welches Gift es sich handelte?«

»Nein. Aber Ihr kennt Euch doch mit Kräutern aus. Was glaubt Ihr, was es sein könnte? Wenn er sich übergeben hat, hing ein süßlicher Geruch über dem Eimer, wie von mit Essig vermischten Rosen. Der Gedanke an ein Gift, das nach Parfüm riecht, ist grotesk. Aber das Seltsamste war, daß der Page des Königs den Met probiert hatte und ihm überhaupt nichts geschah. Aber ich weiß, daß es im Met gewesen sein muß, weil der Bodensatz im Kelch eine seltsam rosige Färbung hatte.«

Nevyn dachte eine Weile nach und ging die langen Ketten des Wissens in seinem Gedächtnis durch.

»Nun«, sagte er schließlich. »Ich kann die Pflanze nicht benennen, aber ich wette, daß das Gift ursprünglich aus Bardek kam. Ich habe gehört, daß die Giftmischer dort oft zwei verschiedene Essenzen benutzen, die jede für sich genommen harmlos ist. Der Page am Tisch hat zweifellos eine Dosis der ersten Essenz zu sich genommen, als er den Met des Königs vorschmeckte. Und der Page in der Kammer die zweite. Der

König allerdings bekam beide, und sie verbanden sich in seinem Magen zu einem Gift.«

Grodyn nickte, und in seinem Gesicht spiegelte sich solch ehrlicher Zorn, daß Nevyn ihn im Geist von jedem Anteil an dem Verbrechen freisprach. Auch Caudyr schien zutiefst beunruhigt.

»Ich habe mir die alten Kräuterbücher, über die wir hier verfügen, genau angesehen«, sagte der junge Wundarzt. »Und nie etwas über dieses schreckliche Gift gefunden. Wenn es aus Bardek kam, ist das eine Erklärung.«

»Ja«, sagte Nevyn. »Nun, Ihr Herren, ich werde mein Bestes tun, um Euch die Rotalgen und andere Mittel zu verschaffen. Aber es kann Herbst werden, bis ich zurückkomme. Wird unser Lehnsherr so lange überleben?«

»Wenn er nicht ein zweites Mal vergiftet wird.« Grodyn warf das Päckchen mit Birkenrinde auf den Tisch. »Ihr Götter, könnt Ihr Euch vorstellen, wie hilflos ich mich fühle? Hier versuche ich die Wirkung des ersten Giftes zu bekämpfen, während zweifellos schon jemand einen Plan ausheckt, wie man ihn wieder vergiften kann.«

»Hat denn niemand versucht, etwas herauszufinden?«

»Selbstverständlich.« Grodyn wurde plötzlich wachsam. »Aber es ist nichts dabei herausgekommen. Wir nehmen an, daß es ein Spion aus Cerrmor war.«

Jede Wette, dachte Nevyn; vor allem, falls es Eber in Cerrmor geben sollte.

Danach strengte sich Nevyn sehr an, Interesse an all dem anderen Klatsch an den Tag zu legen, für die sich ein Besucher des Königspalastes interessieren würde. Caudyr, der offenbar ein gutherziger Junge war, nahm ihn mit, um ihm die halb öffentlichen Gärten und Außengebäude zu zeigen. Es brauchte nur einen Hauch von Nevyns Dweomer, um ihn spüren zu lassen, daß der ganze Palast von Korruption durchsetzt war.

Die Vorzeichen kamen zu ihm wie der Gestank verfaulenden Fleisches und der Anblick von Maden, die darauf herumkriechen. Er verbannte diese Vision so schnell wie möglich; er wußte nun, womit er es zu tun hatte.

Als sie zum Haupttor zurückkehrten, trafen sie auf eine adlige Jagdgesellschaft: Gwerbret Tibryn vom Eber samt seinen Dienern und Jägern, und seine verwitwete Schwester ritt an seiner Seite. Als Nevyn sein Maultier aus dem Weg der Adligen führte, bemerkte er, wie Caudyr Lady Merodda einen sehnsuchtsvollen Blick zuwarf. Die Dame war gerade erst zwanzig, hatte langes, blondes Haar, das weich unter dem schwarzen Witwenkopftuch hochgesteckt war, große grüne Augen und Züge, die vollkommen wirkten, ohne dabei kalt zu sein. Sie war wirklich schön. Aber Nevyn verspürte nichts als Abscheu. Obwohl er die Gründe dafür nicht hätte nennen können, war ihm nie eine Frau so widerwärtig vorgekommen. Caudyr war offensichtlich ganz anderer Meinung. Und zu Nevyns großer Überraschung bedachte Merodda den jungen Wundarzt im Vorbeireiten mit einem strahlenden Lächeln und einem Winken ihrer behandschuhten Hand. Caudyr verbeugte sich tief.

»Also wirklich, Junge«, sagte Nevyn grinsend. »Ihr legt da eine Schlinge für ein hochgeborenes Wild aus.«

»Als ob ich das nicht wüßte! Aber selbst wenn ich so adlig wäre wie sie, würde das nichts an meinem Klumpfuß ändern.«

»Ich bitte um Verzeihung! Das hatte ich nicht gemeint.«

»Das weiß ich, guter Mann, das weiß ich. Ich fürchte, daß Jahre des Spotts mich etwas empfindlich gemacht haben.«

Caudyr verbeugte sich und hinkte eilig davon. Nevyn bedauerte seine Bemerkung zutiefst; es war schwer, in einer Welt behindert zu sein, in der sowohl Frauen als auch Männer Krieger anbeteten. Später an diesem Tag fand er jedoch heraus, daß Caudyr es ihm nicht übelgenommen hatte. Nach Sonnenuntergang kam der junge Wundarzt zu Nevyns Gasthaus, bestand darauf, ihm einen Krug Bier zu kaufen und setzte sich mit ihm an einen Tisch in der Ecke, weit von der Tür entfernt.

»Ich fragte mich, guter Nevyn, ob Ihr bei Euren Waren nicht auch ein wenig Ulmenrinde aus dem Norden habt?«

»Also wirklich! Ich handle nicht mit Abtreibungsmitteln, Junge.«

Caudyr zuckte zusammen und starrte in seinen Krug.

»Nun gut«, sagte er schließlich. »Die Rinde ist nur erheblich sicherer als Bilsenkraut.«

»Zweifellos, aber ich frage mich, wieso Ihr überhaupt Abtreibungen durchführt. Man sollte annehmen, daß in Tagen wie diesen jedes Kind kostbar ist.«

»Nicht, wenn es ein anderer als der rechtmäßige Ehemann gezeugt hat. Bitte verachtet mich nicht. Es gibt viele adlige Frauen, die den Sommer bei Hofe verbringen. Und … nun ja, ihre Männer sind oft für Monate im Krieg, und Ihr wißt schon, was dann zu passieren pflegt. Und dann kommen sie in Tränen aufgelöst zu mir und …«

»Zweifellos überschütten sie Euch mit Silber.«

»Es geht mir nicht ums Geld!«

»Ach ja? Um was dann? Darum, daß es das einzige Mal in Eurem Leben ist, daß Frauen Euch um etwas bitten?«

Als Caudyr die Tränen in die Augen traten, bedauerte Nevyn seine Grobheit. Er wandte sich ab, um dem jungen Arzt Gelegenheit zu geben, sich die Augen zu wischen. Es war die Untreue der Frauen, die Nevyn mehr beunruhigte als die Abtreibungen. Der Gedanke, daß sich adlige Frauen, deren abgeschlossenes Leben ihnen nichts ließ, auf das sie stolz sein konnten, außerehelichen Affären zuwandten, um sie dann um jeden Preis zu verbergen, machte ihm nur noch deutlicher, daß das Königreich von innen her verfaulte. Was Abtreibungen anging, so lehrte der Dweomer, daß die Seele einen Fötus erst im vierten oder fünften Monat nach der Empfängnis bezieht; jede Abtreibung vor diesem Zeitpunkt stellte nur eine Entfernung von Fleisch dar, nicht die eines lebenden Kindes. Hätte eine adlige Frau bis zum fünften Monat gewartet, wäre ihre Indiskretion überall bekannt geworden, und daher löste Caudyr ihre kleinen Probleme ohne Zweifel, bevor der Fötus wirklich lebte.

»Einen Augenblick.« Nevyn erschrak über den Gedanken, der ihm plötzlich kam. »Ihr seid doch nicht etwa so dumm, Mutterkorn zu verwenden?«

»Auf keinen Fall!« Caudyr klang ehrlich empört. »Ich weiß, wie gefährlich das ist.«

»Gut. Wenn auch nur eine Eurer adligen Patientinnen sterben oder verrückt werden würde, würdet Ihr bis zum Hals im Pferdedreck stecken.«

»Ich weiß. Aber wenn ich für diese Frauen nicht die richtigen Kräuter finde, würden ihre Männer sie verstoßen, und am Ende würden sie das Kind vielleicht ohnehin erwürgen, oder sie würden zu einer alten Hexe oder Bauersfrau gehen, und das wäre dann beinahe mit Sicherheit ihr Tod.«

»Ihr seid so gut im Haarespalten, Ihr hättet eigentlich Priester werden sollen.«

Caudyr versuchte zu lächeln. Aber er versagte dabei vollständig und sah aus wie ein Kind, das gerade Schelte für etwas bekam, was es mit bestem Gewissen getan hatte. Plötzlich spürte Nevyn, wie sich die Dweomermacht um ihn herum sammelte und ihm Worte in den Mund legte, die direkt aus der Zukunft kamen.

»So etwas könnt Ihr auf die Dauer nicht verheimlichen. Wenn der König stirbt, werden seine Mörder jemanden brauchen, dem sie die Schuld in die Schuhe schieben können. Und das werdet Ihr sein, wegen Eurer verschwiegenen Praktiken. Haltet Euch bereit, beim ersten Anzeichen, daß die Gesundheit des Königs schwindet, zu fliehen. Besteht eine Möglichkeit, daß Tibryn vom Eber etwas über Eure Kräuter herausfindet?«

»Es könnte schon sein … Lady Merodda … ich meine … o Ihr Götter! Wer seid Ihr, alter Mann?«

»Erkennt Ihr den Dweomer nicht, wenn Ihr ihn vor Euch habt? Der Eber wird die Aussage seiner Schwester gegen Euch wenden und Euch aufs Rad flechten lassen, um den Verdacht von sich selbst abzulenken. An Eurer Stelle würde ich schon lange vor dem Ende verschwinden, oder sie werden Euch als Königsmörder jagen.«

Caudyr sprang so rasch auf, daß er sowohl seinen als auch Nevyns Bierkrug umstieß, und dann floh er. Der alte Draudd warf Nevyn nur einen fragenden Blick zu, dann zuckte er die Achseln, um anzudeuten, daß es nicht seine Angelegenheit war. Nevyn hob die Krüge vom Boden auf. Dann drehte er sich auf der Bank zur Seite, so daß er direkt in das Torffeuer schauen konnte, das in der Feuerstelle der Gaststube brannte. Sobald er sich im Geist Aderyn zuwandte, tauchte das Bild seines alten Schülers mit den großen, dunklen Augen im Feuer auf. Wie immer, war Aderyns graues Haar über der Stirn in zwei Wirbeln nach oben gesträubt wie das Gefieder einer Silbereule.

»Und wie schreitet dein Plan voran?« fragte Aderyn in Gedanken.

»Ich denke, es geht recht gut. Ich habe heute etwas sehr Wichtiges gelernt. Ich würde eher sterben, als einen König aus Cantrae auf den Thron zu setzen.«

»Ist es so schlimm?«

»Der ganze Palast stinkt wie der schlimmste Misthaufen am heißesten Tag des längsten Sommers. Ich kann mir nicht vorstellen, wie ein junger Mensch dort aufwachsen kann, ohne von Geburt an korrumpiert zu sein. Ich werde mir nicht einmal die Mühe machen, hier mit den Priestern zu reden. Auch sie sind korrupt, und das zweifellos auf völlig neue und ungewöhnliche Art.«

»So zornig habe ich dich seit hundert Jahren nicht mehr gesehen.«

»Mich hat auch seit hundert Jahren nichts mehr so geärgert. Der ehrenhafteste Mann, dem ich hier begegnet bin, ist ein Abtreiber. Muß ich noch mehr sagen?«

Aderyns Abbild, das über dem Feuer schwebte, verdrehte angewidert die Augen.

Caradoc und seine Bande von Söldnern verließen das Jagdhaus bald nachdem sich Maddyn und Aethan ihnen angeschlossen hatten. Obwohl alle darüber spekulierten, wohin es wohl gehen sollte, teilte es ihnen der Hauptmann erst am Morgen ihres Aufbruchs mit. Sobald die Männer im Sattel saßen und sich so ordentlich formiert hatten, daß es der Wache des Königs Ehre gemacht hätte, inspizierte Caradoc sie sorgfältig. Dann baute er sich vor ihnen auf.

»Es geht nach Eldidd, Jungs. Wir haben zu viele Männer bei uns, die sich in der Nähe von Dun Deverry nicht sehen lassen dürfen. Also können wir nicht auf Slwmars Seite kämpfen, und ich selbst wage mich nicht nach Cerrmor. Ich habe noch etwas Geld vom Winter übrig, da wir hier umsonst gewohnt haben. Also denke ich, daß wir nach Eldidd ziehen sollten.«

Obwohl niemand sonderlich begeistert war von der Aussicht, ihre Heimat gegen ein fremdes Land einzutauschen, murrte doch keiner der Männer. Caradoc verharrte einen Augenblick, als wartete er auf einen Widerspruch. Dann zuckte er die Achseln und hob die Hand.

»Otho, der Schmied, wartet an der Straße mit einem Wagen auf uns. Vorwärts …, marsch!«

Unter Zaumzeugklirren führte die Truppe eine perfekte Wendung durch und begann, durch das Tor hinauszureiten, immer zwei und zwei. Wegen des Respekts, der einem Barden gebührt, ritt Maddyn neben Caradoc an der Spitze. In den nächsten Tagen, als sie so schnell wie möglich nach Südwesten zogen, hatte er genug Gelegenheiten, seinen neuen Anführer zu beobachten. Das größte Rätsel, das an seiner Bardenneugier nagte, war, ob Caradoc von adliger Geburt war oder nicht. Manchmal, wenn der Hauptmann über eine Einzelheit der königlichen Gesetze diskutierte oder mit dieser festen Autorität Befehle erteilte, war Maddyn sicher, den jüngeren Sohn eines Lords vor sich zu haben. Aber wenn es um Geld ging, legte Caradoc den schlauen Geiz einer alten Bauernfrau an den Tag – eine Haltung, die er niemals in einem Adelshaus hätte lernen können. Manchmal bei ihren Gesprächen warf Maddyn Anspielungen oder angedeutete Fragen ein, aber Caradoc ging nie darauf ein. Wenn die Truppe lagerte, aß Caradoc allein wie ein Lord, und Maddyn teilte ein Feuer mit Aethan und einer kleinen Menge von Wildvolk. Nach einer Woche überquerte die Truppe den Aver Trebyc, etwa hundert Meilen westlich von Dun Deverry. Caradoc hatte den Befehl gegeben, die Männer sollten sich bewaffnen und auf Ärger gefaßt sein. Er schickte Späher aus, weil sie sich dem Grenzgebiet zwischen dem von Cerrmor gehaltenen Land und einer Region im Besitz von Cantrae näherten. Diese Vorsichtsmaßnahmen sollten sich auf eher seltsame Weise als nützlich erweisen. Am zweiten Tag, den sie unter Waffen ritten, nahe der Grenze nach Eldidd, machten sie ihren mittäglichen Halt auf einer üppigen Wiese, die nie einen Pflug oder eine Viehherde gesehen hatte. Als die Späher zurückkamen, brachten sie einen Reisenden mit sich, einen unbewaffneten Mann, der gut gekleidet war, ein wunderschönes Pferd ritt und ein elegantes Maultier hatte, das offensichtlich aus bester Züchtung stammte. Maddyn war überrascht, daß noch niemand den dummen Kerl überfallen hatte. Der junge, blonde Mann sah so entsetzt aus, daß Maddyn annahm, daß ihm gerade ein ähnlicher Gedanke gekommen war.

»Er sagte, er käme aus Dun Deverry«, sagte einer der Späher. »Also haben wir ihn mitgebracht. Vielleicht hat er ja interessante Neuigkeiten.«

»Gut«, meinte Caradoc. »Nun, junger Mann, wir werden Euch weder die Kehle durchschneiden noch Euch berauben. Setzt Euch und eßt etwas mit mir und Maddyn hier.«

Mit einem sehr unhöflichen Aufstöhnen sah sich der Fremde unter den gut bewaffneten Männern um. Dann seufzte er resigniert.

»Also gut. Ich heiße ... äh ... Claedd.« Caradoc und Maddyn unterdrückten ein Grinsen über diese ungeschickte Lüge. Als der Fremde vom Pferd stieg, sah Maddyn, daß er einen Klumpfuß hatte, der ihm nach so vielen Tagen im Sattel offensichtlich weh tat. Sie teilten eine Mahlzeit aus Fladenbrot und Käse, und der angebliche Claedd erzählte ihnen das wenige, das er über die Truppenbewegungen rund um die Heilige Stadt wußte. Gerüchte besagten, daß die Truppen aus dem Norden einen heftigen Schlag gegen die Ostgrenze des Königreichs Cerrmor führen wollten.

»Wenn das stimmt«, sagte Caradoc nachdenklich, »werden wir keine Probleme haben, hier in Eldidd jemanden zu finden, der uns einstellt. Vielleicht wird der König von Eldidd die Gelegenheit nutzen, in Pyrdon einzufallen.«

»Oho!« sagte Claedd. »Dann seid ihr eine freie Truppe! Das ist wirklich gut.«

»Ach ja? Die meisten würden das Gegenteil denken.« Caradoc schüttelte den Kopf, als wäre er vollkommen verblüfft über die Unschuld dieses Jungen. »Also gut. Wer ist hinter dir her? Du kannst es mir ruhig sagen. Ich bin ziemlich tief gesunken, Junge. Aber noch nicht so tief, daß ich einen Mann für Kopfgeld verraten würde.«

Claedd konzentrierte sich darauf, ein Stück Fladenbrot in winzige Krümel zu zerlegen.

»Du mußt es mir nicht sagen, wenn du nicht willst«, sagte Caradoc nach einem Augenblick. »Aber überlege, ob du nicht mit uns weiterziehen willst. Du wärest verdammt viel sicherer. Hattest du je Lust, nach Eldidd zu reisen?«

»Ich war gerade auf dem Weg dorthin. Und Ihr habt recht, was meine Sicherheit angeht. Ich habe im ganzen Leben noch kein Schwert geschwungen. Ich bin ... äh ... Gelehrter.«

»Wunderbar. Vielleicht werde ich ja eines Tages jemanden brauchen, der einen Brief für mich schreibt.«

Claedd gelang bei diesem Scherz zwar ein dünnes Lächeln, aber er blieb kreidebleich. Als die Truppe weiterritt, kam er allerdings mit ihnen und ritt ganz allein hinter Othos Wagen her. Am Abend im Lager tat er Maddyn so leid, daß er ihn einlud, das Feuer mit ihm und Aethan zu teilen. Obwohl er in seinem Gepäck, das das Maultier trug, auch Lebensmittel hatte, aß Claedd nur wenig, sondern saß überwiegend schweigend da und sah zu, wie Aethan sein Schwert nachschliff. Als Caradoc nach dem Essen auf einen Schwatz herüberkam, sagte Claedd immer noch nicht viel, während der Hauptmann und der Barde sich über ihre Pläne in Eldidd unterhielten. Aber endlich, in einer Gesprächspause, meldete er sich doch zu Wort.

»Ich habe über Euer Angebot nachgedacht, Hauptmann. Könntet Ihr einen Wundarzt brauchen? Ich bin bis vor einem Jahr noch Schüler gewesen. Aber ich habe große Erfahrung, was das Behandeln von Wunden angeht.«

»Bei dem Eis der Höllen«, sagte Maddyn. »Du wirst dein Gewicht in Gold wert sein!«

»Das ist verdammt richtig.« Caradoc legte den Kopf schief und betrachtete den jungen Wundarzt. »Normalerweise bin ich nicht neugierig. Und ich überlasse es meinen Jungs, ob sie mir etwas sagen wollen oder nicht. Aber in deinem Fall muß ich wirklich fragen. Was bringt einen Mann mit deiner Ausbildung auf lange, einsame Straßen wie diese?«

»Ich kann Euch auch gern die Wahrheit sagen. Als erstes, ich heiße Caudyr, und ich war am Hofe in Dun Deverry. Ich habe ein paar Kräutertränke für ein paar adlige Damen gemischt, um ihnen hin und wieder … nun ja … aus … äh … einer gewissen Verlegenheit zu helfen. Das ist dann auf ziemlich unangenehme Weise bekannt geworden.«

Caradoc und Aethan schauten einander fragend an.

»Er redet von Abtreibungen«, sagte Maddyn grinsend. »Das sollte uns wirklich nichts ausmachen.«

»Es könnte bei dieser Meute hier vielleicht sogar ganz praktisch sein«, meinte Caradoc. »Also, gut, Caudyr. Wenn du mir erst einmal gezeigt hast, daß du wirklich jemanden verarzten kannst, bekommst du einen vollen Anteil unseres Solds, wie jeder der Reiter. Mir ist aufgefallen, daß die Ärzte der Lords sich immer zuerst um die Männer der Lords kümmern und zuallerletzt um die Söldner. Männer, die unter mir gekämpft haben, sind verblutet, und sie hätten überleben können, wenn man sie rechtzeitig verarztet hätte.«

Maddyn fiel auf, daß Aethan Caudyr mißtrauisch anstarrte.

»Du warst also in Dun Deverry?« Aethans Stimme war ein trockenes Flüstern. »War eine dieser adligen Damen Merodda vom Eber?«

Caudyrs Reaktion sagte mehr als Worte: Er zuckte sichtbar zusammen, dann wurde er rot. Aethan stand auf, zögerte einen Augenblick und stürmte dann in die Dunkelheit davon.

»Bei den Höllen, was soll das?« fauchte Caradoc.

Ohne sich um eine Erklärung zu bemühen, stand Maddyn ebenfalls auf und folgte Aethan, vorbei an den verwirrten Männern; er rannte blind hinter ihm her bis zum Flußufer.

Dort standen sie lange Zeit nebeneinander, rangen keuchend nach Atem und betrachteten den silbern schimmernden Fluß.

»Bei einer solchen Frau«, sagte Maddyn schließlich, »kannst du nicht einmal wissen, ob das Kind von dir war.«

»Ich habe sie den ganzen Winter über nicht aus den Augen gelassen. Wenn sie einen anderen Mann auch nur angesehen hätte, dann hätte ich ihn umgebracht. Und das wußte sie.«

Seufzend setzte Maddyn sich nieder, und einen Augenblick später setzte sich auch Aethan.

»Einen eigenen Wundarzt bei uns zu haben, wird verdammt nützlich sein«, sagte Maddyn. »Glaubst du, du kannst Caudyr in deiner Nähe ertragen?«

»Ihm kann ich die Sache ja wohl kaum übelnehmen. Ich wünschte, ich könnte sie umbringen. Manchmal träume ich davon, wie ich meine Hände um ihren hübschen weißen Hals lege und sie erwürge.«

Abrupt wandte Aethan sich um und warf sich Maddyn in die Arme. Maddyn hielt ihn fest und ließ ihn weinen – mit dem röchelnden, erstickten Schluchzen eines Mannes, der sich seiner Tränen schämt.

Zwei Tage später überquerte die Truppe die Grenze nach Eldidd. Zu jener Zeit war der nördliche Teil dieser Provinz beinahe so etwas wie eine Wildnis; es gab nur Urwald und wildes Grasland, das bestenfalls hin und wieder von der Festung eines kleineren Lords oder eines Dorfs von Freisassen unterbrochen wurde. Viele Lords hätten die Truppe gerne für sich gewonnen, da sie ständig in Gefahr waren, entweder vom Königreich Pyrdon im Norden oder von Deverry im Osten überrannt zu werden. Allerdings konnte keiner von ihnen zahlen, was Caradoc verlangte. Mit siebenunddreißig Männern, eigenem Schmied, Wundarzt und Barden, war die Truppe größer als die Kriegshaufen der meisten Lords im nördlichen

Eldidd. Gerade als Caradoc schon seinen Entschluß verfluchte, in diese Richtung geritten zu sein, erreichte die Truppe die neue Stadt Camynwaen an den Ufern eines Flusses mit dem seltsamen Namen El, genau an der Stelle gelegen, wo der Fluß mit dem noch seltsameren Namen Aver Cantariel von Nordwesten her einmündet.

Obwohl es an dieser Stelle schon seit Jahrhunderten ein Bauerndorf gegeben hatte, hatte vor erst zwanzig Jahren der Gwerbret von Elrydd beschlossen, das Königreich brauche eine richtige Stadt am Zusammenfluß dieser beiden Gewässer. Da der Krieg mit Pyrdon jederzeit wieder ausbrechen konnte, wollte er einen ordentlich befestigten Aufmarschplatz für seine Truppen. Es war kein Problem, Kolonisten zu finden, weil zahlreiche jüngere Söhne von Adligen gerne bereit waren, das Haus ihrer Väter zu verlassen, um sich eigenes Land zu verschaffen. Und noch mehr Unfreie folgten ihnen um so lieber, da sie freie Menschen wurden, sobald sie das Land verließen, an das sie gebunden gewesen waren. Als Caradocs Truppe in Camynwaen einritt, bestand die Stadt bereits aus tausend Rundhäusern hinter hohen, von Wachtürmen gekrönten Stadtmauern.

Etwa eine Meile entfernt befand sich die Steinfestung von Tieryn Maenoic, und dort fand Caradoc die Art von Arbeit, nach der er gesucht hatte. Obwohl Maenoic Unterstützung von dem Gwerbret im Süden erhielt, hatte er nie genug Kämpfer für seine ausgedehnten Ländereien, und außerdem hatte er noch einen Privatkrieg am Hals. Da sein Clan hier erst seit kurzem die Oberherrschaft hatte, gab es immer noch Rebellionen. Seit Jahren war nun der größte Störenfried ein gewisser Lord Pagwyl.

»Und er hat sich mit einer ganzen Reihe ähnlicher Dreckskerle verbündet«, sagte Maenoic. »Sie behaupten, sie wollen den Gwerbret bitten, ihnen einen eigenen Tieryn einzusetzen, damit sie sich mir nicht unterwerfen müssen. Das kann ich nicht durchgehen lassen.« Das konnte er wirklich nicht, denn das würde ihn nicht nur der Hälfte seiner Ländereien berauben, sondern ihn darüber hinaus in ganz Eldidd zur Witzfigur machen. Maenoic, ein untersetzter, muskulöser Mann mit einer dicken grauen Strähne im rabenschwarzen Haar, kochte vor Wut, als er auf und ab ging und sich die Truppe ansah, die vor dem Tor zu seiner Festung stand. Caradoc und Maddyn folgten ihm in respektvollem Abstand, während der Lord die Pferde und die Ausrüstung der Truppe kritisch begutachtete.

»Also, gut, Hauptmann, ein Silberstück pro Woche pro Mann, dann Unterkunft und Verpflegung, und ich werde selbstverständlich alle Pferde ersetzen, die Ihr verliert.«

»Sehr großzügig, Herr«, sagte Caradoc. »Für Friedenszeiten.«

Maenoic sah ihn stirnrunzelnd an.

»Ein weiteres Silberstück pro Mann für jede Schlacht, in der wir kämpfen«, fuhr Caradoc fort. »Und das bekommen wir auch für jeden von uns, der stirbt.«

»Viel zu viel.«

»Wie es Euer Lordschaft gefällt. Ich und meine Männer, wir können sofort weiterreiten.«

Und vielleicht zu Euren Feinden gehen – dieser Gedanke hing lange unausgesprochen zwischen ihnen. Schließlich stieß Maenoic einen leisen Fluch aus.

»Also gut. Für jeden Mann ein zweites Silberstück für jedes Scharmützel.«

Mit offenem und unschuldigem Lächeln verbeugte sich Caradoc vor ihm.

Maenoics neue Festung war groß genug für jeweils zwei Mannschaftsunterkünfte und -ställe – und das war ein Segen, da man auf diese Weise die Söldner weitgehend von Maenoics Kriegshaufen fernhalten konnte. Bei den Mahlzeiten saßen sie allerdings an denselben Tischen, und der Kriegshaufen gab kaum mehr erträgliche Bemerkungen über Männer ab, die für Geld kämpften, und über die Eltern und den Charakter von Leuten, die so etwas taten. Innerhalb von zwei Tagen, bevor die Armee noch bereit war auszureiten, mußten Caradoc und Maenoic sieben Faustkämpfe unterbrechen.

Nachdem er alle seine loyalen Verbündeten zur Hilfe gerufen hatte, konnte Maenoic mehr als zweihunderfünfzig Mann nach Westen gegen die Rebellen führen. In der Marschlinie kam Caradocs Truppe ganz am Ende, sogar noch hinter den Vorratswagen, und sie mußten den ganzen Tag Staub schlucken. Nachts schlugen sie ihr eigenes Lager auf, ein wenig entfernt von den Kriegshaufen der Adligen. Allerdings rief man Caradoc zum Kriegsrat der Herren. Er kehrte mit handfesten Neuigkeiten zur Truppe zurück und versammelte alle um sich, um sie zu verkünden.

»Morgen wird es zum ersten Kampf kommen. So sieht die Sache aus, Jungs: Wir kommen an einen Fluß, und dort gibt es eine Brücke. Maenoic beansprucht den Brückenzoll, aber die Brücke ist derzeit in Pagwyls Hand. Die Späher sagen, Pagwyl wird versuchen, den Tieryn daran zu hindern, die Brücke zu überqueren, denn wenn er sie erst einmal überschritten hat, gehört sie wieder ihm. Und selbstverständlich werden wir den Angriff anführen.«

Alle nickten, denn sie wußten, wie entbehrlich sie als Söldner waren. Maddyn bemerkte erstaunt ein seltsames Gefühl, eine Art Kälte oder Schwere. Er brauchte einige Zeit, es sich einzugestehen, aber dann wurde ihm klar, daß er schlicht und ergreifend Angst hatte. In der Nacht träumte er von seinem letzten Angriff, oben in Cantrae, und erwachte schweißgebadet. Du Feigling, sagte er sich; du häßlicher, kleiner Feigling! Dieser Tadel brannte ihm in der Seele; aber er konnte nicht vergessen, daß er beim letzten Angriff beinahe umgekommen war, und nun wußte er, wie es sich anfühlte, fast zu sterben.

Und am schlimmsten war das Wissen, daß dies eine Erfahrung war, die er nicht einmal mit Aethan teilen konnte.

Die ganze Nacht und den nächsten Morgen hatte er so schreckliche Angst, daß er, als die Truppe die Brücke endlich erreichte, beinahe hysterisch froh war, daß die Schlacht so kurz bevorstand und bald vorüber sein würde. Er sang oder pfiff leise vor sich hin, während die Armee einen niedrigen Hügel hinaufritt und von oben entdeckte, daß Lord Pagwyl und seine Verbündeten wie erwartet am Flußufer auf sie warteten. Aber die Gegner hatten auch eine Überraschung zu bieten: Pagwyl hatte kaum hundert berittene Schwertkämpfer, aber zusätzlich zwei große Trupps von Gemeinen mit Speeren, die so plaziert waren, daß sie jeden möglichen Zugang zur Brücke blockierten.

»O je«, sagte Maddyn und zwang sich zu einem Lachen. »Dieser Pagwyl muß verrückt gewesen sein zu rebellieren, wenn er nicht mehr Reiter aufbringen konnte.«

»Pferdedreck!« fauchte Caradoc. »Der Mann weiß, was er tut. Ich habe solche Kämpfe schon öfter gesehen – Speerträger, die eine feste Stellung verteidigen. Uns steht ein kleiner Galopp durch die dritte Hölle bevor, Junge.«

Während Maenoics Armee verwirrt herumwirbelte, führte Caradoc seine Männer ruhig ganz nach vorn. Der Feind hatte einen hervorragenden Platz ausgewählt, eine langgezogene grüne Wiese vor der Brücke, begrenzt auf einer Seite ihrer Formation vom Fluß, auf der anderen vom einstürzenden Erdwall der Viehweide eines längst verstorbenen Bauern. Die Speerträger standen drei Reihen tief, Schild an Schild, und die Speerspitzen glitzerten über den mit Kreide geweißten ovalen Schilden. Auf einer Seite dieser Schildmauer saßen die Reiter auf ruhelosen Pferden, bereit, von der Seite her anzugreifen und Maenoics Männer zwischen sich und dem Fluß in die Zange zu nehmen.

»Ein ganzer Haufen Pferdedreck«, murmelte Caradoc. »Wir können diese Mistkerle nicht umgehen, ohne in den verfluchten Fluß zu fallen.« Maddyn nickte nur, weil ihm der Atem für eine Antwort fehlte. Er erinnerte sich daran, wie es sich angefühlt hatte, als das Metall tief in seine Seite eingedrungen war. Unter ihm warf sein Pferd den Kopf zurück und stampfte, als erinnerte es sich ebenfalls an den letzten Angriff. Als Caradoc davontrabte, um sich mit Maenoic zu besprechen, kam Aethan zu Maddyn. Er hatte bereits seinen Schild am linken Arm und den Speer gezogen. Während Maddyn es ihm nachtat, mußte er sich so anstrengen, sein Pferd ruhig zu halten, als ihm plötzlich klar wurde, daß das arme Tier sich tatsächlich an die letzten Angriffe erinnerte. Er ritt ein kampfscheues Pferd und hatte keine Gelegenheit mehr, es zu wechseln!

Die Speerträger begannen zu johlen und den Feind als Abschaum auf Pferderücken zu beschimpfen; sie schrien in die Sonne und den Wind, der ihre Herausforderung zu unverständlichen Wortfetzen zerriß. Einige von Maenoics Männern brüllten etwas zurück. Aber Caradocs Truppe blieb schweigend sitzen, und sie warteten, bis ihr Hauptmann zu ihnen zurückkam, den gezückten Speer in der Hand.

»Also gut, Jungs, es geht los.«

Lachen brandete in der Truppe auf, als sie vorwärtstrabten, um sich zu ihm zu gesellen. Maenoics eigener Kriegshaufen folgte ihnen direkt, aber der Rest der Armee bog ab und hielt sich bereit, die Gegner von der Flanke her anzugreifen. Mit seltsamem Klirren, wie von einer Ladung Eisenwaren auf einem Wagen, formierte sich die Armee. Caradoc drehte sich im Sattel um, sah Maddyn direkt neben sich und schrie über den Krach hinweg: »Halte dich zurück! Ich will unseren Barden heute abend singen hören. Zurück in die letzte Reihe!«

Nie im Leben hätte Maddyn einem Befehl lieber Folge geleistet; aber er mußte nur einen Augenblick lang mit sich kämpfen, bevor er die Antwort zurückschrie: »Das kann ich nicht. Wenn ich diesen Angriff nicht mitmache, habe ich nie wieder den Mut zu einem anderen.«

Caradoc legte den Kopf schief und sah ihn nachdenklich an.

»Also gut, Junge. Es ist ohnehin gut möglich, daß wir heute abend schon die Lieder der Anderlande hören.«

Caradoc hob den Speer, dann galoppierte er direkt auf die feindlichen Linien zu. Unter lautem Kriegsgeschrei folgte ihm seine Truppe – ein wildes Rennen brüllender Männer über die Wiese. Maddyn sah, wie die wartende Infanterie in einer Welle der Angst erschauderte, aber sie blieben stehen.

»Folgt mir!« schrie Aethan. »Den Speer werfen und sofort wenden!«

Sie kamen näher – eine Staubwolke – die Infanterie, die sich hinter den kalkweißen Schildern zusammendrängte – dann ein Regen von Metall, als Caradoc und seine Männer die Speere warfen. Schilde wurden hochgerissen, fingen einige der Speere ab; aber man konnte Flüche und Geschrei hören, als immer mehr Reiter herankamen, warfen, ihre Pferde wendeten, in einem langgezogenen Bogen wieder davonritten. Maddyn hörte Kriegsgeschrei hinter sich, als die Reservetruppen Pagwyls Kavallerie angriffen. Schnaubend und schwitzend kämpfte Maddyns Pferd gegen die Gebißstangen und hätte sie beinahe beide in den Fluß getragen. Maddyn zog sein Schwert, schlug das Pferd mit der flachen Seite und riß den Kopf des Tieres herum, um wieder zur Truppe zurückzugelangen.

Die erste Reihe von Maenoics Männern fuhrwerkte blind in der Gegend herum. Sie fuchtelten mit ihren Schwertern und schrien, als sie sich vor dem Schildwall wiederfanden. Caradoc galoppierte an seinen Leuten vorbei und schrie ihnen den Befehl zu, sich wieder zu formieren und einen Angriff von der Flanke aus zu versuchen. Maddyn konnte sehen, daß Maenoics

Verbündete Pagwyls Kavallerie zurückgetrieben hatten, was die schwächste Stelle des Schildwalls freilegte. Die Söldnertruppe wendete und warf sich wieder nach vorn. Maddyn bemerkte, daß Aethan zur Flanke gedrängt wurde, als sich Maenoics Männer blind zurückzogen, um sich neu zu formieren, und dabei zwischen die angreifenden Söldner gerieten. Ein oder zwei Pferde gingen zu Boden, und die Reiter wurden abgeworfen und niedergetrampelt, bevor Caradoc das Durcheinander in eine gewisse Ordnung bringen konnte. Maddyn fand sich selbst in Maenoics Kriegshaufen wieder. Einen kurzen Augenblick konnte er Caradoc sehen, der sich in die Flanke des Schildwalls warf, seine Männer hinter sich. Dann griff seine eigene Einheit an.

Wieder und wieder schlugen sie zu. Der Schildwall bebte, bog sich an der belagerten Flanke, aber direkt vor Maddyn hielt er fest. Die Männer hinter ihm schleuderten ihre Speere. Maddyns Pferd bockte; er schlug es abermals und drängte es vorwärts.

In einer nur einen Lidschlag dauernden Schlacht der Nerven – nicht des Stahls – sah Maddyn das erschrockene Gesicht eines jungen Mannes, seine zitternden Hände am Speer, seinen Blick, als Maddyn direkt auf ihn zu galoppierte. Mit einem Aufschrei ließ der Junge den Speer fallen und warf sich zur Seite. Der Reiter neben Maddyn fiel, fluchend und um sich schlagend, aber Maddyn hatte den Schildwall durchbrochen. Vage erkannte er einen anderen Reiter an seiner Seite. Nach allen Seiten schlagend und mit wildem Geheul trieb Maddyn sein Pferd auf die verängstigten Speerträger zu. Er duckte und reckte sich im Sattel wie ein Wasservogel, hieb links und rechts und sah kaum, wen oder was er traf. Ein Speer flog in seine Richtung. Er konnte ihn gerade noch abfangen und hörte seinen Schild dröhnen. Dann drehte er sich gerade noch rechtzeitig im Sattel, um ein weiteres metallisches Aufblitzen von rechts abzuwehren. Und dabei lachte er ununterbrochen mit der Hysterie eines Berserkers, die er während einer Schlacht noch nie hatte beherrschen können.

Sein Pferd bäumte sich plötzlich mit einem gequälten Aufschrei auf. Als es die Vorderbeine wieder absetzte, taumelte es, konnte aber nicht fallen, den das Gedränge ringsumher war zu dicht: In Panik geratene Infanteristen, in der Falle sitzende Kavallerie, wiehernde Pferde und schreiende Männer, die wild aufeinander eindroschen. Verzweifelt wehrte sich Maddyn und versetzte einem Speerträger einen Schlag ins Gesicht, während sein sterbendes Pferd noch ein paar Schritte vorwärtstaumelte. Und plötzlich brach die Linie vollends. Ein panikerfüllter Menschenwirbel. Alle warfen die Speere hin, schrien und schoben ihre Mitkämpfer beiseite in dem Versuch, den Reitern zu entkommen. Maddyns Pferd stürzte. Er hatte kaum die Zeit, die Füße aus den Steigbügeln zu ziehen, bevor Mann und Pferd fest auf dem Boden aufschlugen. Maddyns Schild fiel über sein Gesicht; er konnte weder sehen noch atmen, nur zappeln, um wieder auf die Beine zu kommen, bevor einer der Speerträger ihn wie ein Schwein aufspießte. Endlich war er auf den Knien und konnte den Schild gerade noch hochreißen, um einem zufälligen Hieb auszuweichen. Der Schlag zerbrach den Schild endgültig und warf Maddyn auf die Fersen zurück. Er sah den Speerträger lachen, als er den Speer wieder erhob, beide Hände fest um den Schaft, um ordentlich zustoßen zu können – dann flog ein Wurfspeer und traf den Mann voll im Rücken. Mit einem Aufschrei fiel er nach vorn, und die Männer in seiner Nähe flohen. Taumelnd und am Staub und seinem eigenen unheimlichen Gelächter würgend, kam Maddyn auf die Beine. Rund um ihn herum ließ das Gedränge nach, als die Reiter der flüchtenden Infanterie nachjagten und in blinder Wut Männer niedermetzelten, die sich nicht mehr verteidigen konnten. Maddyn hörte, wie jemand seinen Namen rief, und als er sich umdrehte, sah er Aethan, der auf ihn zugeritten kam.

»Hast du den Speer geworfen?« rief Maddyn.

»Wer sonst? Ich habe dein Lachen schon öfter gehört, und ich wußte, daß dieses katzenhafte Kreischen bedeutete, daß du Ärger hattest. Steig hinter mir auf. Diesmal haben wir gewonnen.«

Mit einem Schlag wich das Schlachtenfieber von Maddyn. Er spürte brennende Schmerzen von seinen gebrochenen Rippen. Er rang nach Luft und hielt sich an Aethans Steigbügel fest, um gerade stehen zu können. Aber die Bewegung ließ ihn vor Schmerz aufschreien. Mit einem lästerlichen Fluch stieg Aethan vom Pferd und packte ihn an den Schultern – eine gutgemeinte Geste, die Maddyn abermals aufschreien ließ.

»Ich bin schlecht gefallen«, keuchte Maddyn.

Mit Aethans Hilfe gelang es ihm schließlich, aufs Pferd zu steigen. Er sagte sich immer wieder, daß Reiten besser sei, als zu Fuß gehen, aber er mußte sich mit beiden Händen am Sattelknauf festhalten, als Aethan das Pferd von dem mit Leichen übersäten Schlachtfeld führte. Auf ihrem Weg sahen sie einige von Caradocs Männern, die die Toten plünderten, Freunde wie Feinde.

Am Flußufer warteten die Wundärzte und ihre Schüler auf die Verwundeten. Aethan brachte Maddyn zu Caudyr, dann kehrte er aufs Feld zurück, um weitere Verwundete unter den Toten und Sterbenden hervorzuziehen. Als Maddyn versuchte, zum Wagen des Wundarztes zu gehen, fiel er hin und blieb am Boden liegen, während sich Caudyr hektisch um die Männer kümmerte, die viel schlechter dran waren. Manchmal nickte Maddyn für ein paar Minuten ein, nur um fluchend wieder zu erwachen, wenn seine Rippen erneut brannten; die Sonne war glühend heiß, und er schwitzte schrecklich in seinem Kettenhemd, das er alleine nicht ausziehen konnte. Er konnte nur noch an Wasser denken, aber niemand hatte Zeit, ihm etwas zu bringen, bis Aethan wiederkam. Aethan war es auch, der ihn aus dem Kettenhemd holte und sich dann neben ihn setzte.

»Wir haben gewonnen – was immer es uns nützen mag. Pagwyls Leiche liegt zu Maenoics Füßen, und all seine Verbündeten bitten um Frieden.«

»Lebt Caradoc noch?«

»Ja. Aber von dem gottverlassenen Rest sind nicht mehr viele übrig. Maddo, wir sind nur noch zu zwölft.«

»Aha. Kann ich noch ein bißchen Wasser haben?« Aethan hielt ihm den Wasserschlauch hin, so daß er noch einmal trinken konnte. Erst jetzt wurde Maddyn die Bedeutung der Worte seines Freundes klar.

»Ihr Götter! Nur noch zwölf?«

»Genau.«

Nach einer weiteren Stunde kam Caudyr endlich zu ihm, das Hemd an der Brust und bis zu den Ellbogen blutdurchtränkt. Er konnte nicht viel für Maddyns Rippen tun, außer sie mit einem nassen Leinenband zu binden. Wenn der Stoff erst in der Sonne getrocknet war, würde er so fest und eng sitzen, daß Maddyn sich aufrichten könnte. Maddyns linke Schulter war eine Masse blutender ringförmiger Prellungen – die Spuren seines Kettenhemdes, das sich bei dem Sturz durch die Kleidung gedrückt hatte. Caudyr wusch die Wunde mit einem Spritzer Met aus einem Holzbecher. Maddyn schrie einmal auf, dann biß er sich auf die Unterlippe, um nicht wieder zu schreien. Caudyr reichte ihm den Becher.

»Trink den Rest«, sagte Caudyr. »Ich habe auch ein paar schmerzlindernde Kräuter hineingetan.«

Das Zeug war bitter und widerlich. Aber es gelang Maddyn, es schluckweise herunterzuwürgen. Er war gerade damit fertig geworden, als Caradoc herüberkam und sich halb neben ihn setzte, halb fiel. Sein verschwitztes Gesicht war bespritzt mit dem Blut eines anderen Mannes, und seine Augen waren dunkel und sprachen von großer Erschöpfung. Tief seufzend fuhr er sich mit den schmutzigen Händen durchs Haar.

»Das ist der schlimmste Kampf, in den ich je verwickelt war.«

Die Stimme des Hauptmanns lag zwischen Knurren und Flüstern.

»Aber was sonst hatten wir zu erwarten? Für so etwas sind wir gut, eine ehrlose Meute, die man vor allen anderen gegen den Feind wirft. Es wird wieder passieren, Jungs, wieder und wieder.«

Da Maddyn bereits schwindlig von dem mit Kräutern versetzten Met war, mußte er seine ganze Willenskraft aufbringen, um zu verstehen, was Caradoc sagte. Aethan legte den Arm um ihn und half ihm, sich aufzusetzen.

»Was für ein Leben wir uns da ausgesucht haben!« fuhr der Hauptmann fort. »Ein ganzer Haufen Pferdedreck! Hör zu, Maddo. Ich weiß, daß du in den Kampf geritten bist, obwohl du Angst hattest. Und das respektiere ich. Und das genügt. Du hast gezeigt, daß du kein Feigling bist, also halte dich von jetzt an zurück. Wir können es uns nicht leisten, auch noch unseren Barden zu verlieren.«

»Geht nicht. Dann hätte ich keine Ehre mehr.«

»Ehre?« Caradoc warf den Kopf zurück und lachte schrill. »Ehre! Hör doch nur, was du da sagst! Du hast schon lange keine Ehre mehr, du gottverfluchter, kleiner Mistkerl! Keiner von uns hat mehr Ehre. Hast du denn kein Wort von dem verstanden, was ich gesagt habe? Kein adliger Herr wird Männer von Ehre in einen so selbstmörderischen Angriff schicken, aber uns haben sie geschickt. Und ich habe mich darauf eingelassen, weil es sein mußte. Wir haben so viel Ehre wie Huren: Es zählt nur, wie gut wir ficken können. Also halte dich von jetzt an raus.« Wieder lachte er, aber immerhin klang er nun wieder mehr wie er selbst. »Hör zu, wenn mein Wyrd mich ereilt, dann möchte ich wissen, daß zumindest noch ein Mann am Leben ist, der übernehmen kann, was von der Truppe übrig ist. Ihr Hundesöhne seid das einzige, was mir geblieben ist. Und ich will verdammt sein, wenn ich weiß warum. Aber ich möchte irgendwie sicher sein können, daß diese verfluchte Truppe länger leben wird als ich. Von nun an, Barde, bist du mein Erbe.«

Caradoc stand auf und stakste davon. Maddyn ließ sich zurücksacken und spürte, wie die Welt um ihn herum sich zu drehen begann.

»Tu, was er sagt«, knurrte Aethan.

Maddyn wollte antworten, aber statt dessen verlor er das Bewußtsein.

Bis die Armee in Maenoics Festung zurückgekehrt war, war noch ein weiterer Mann aus Caradocs Truppe gestorben. Damit blieben elf übrig, dazu Caradoc selbst, Otho und Caudyr, die sich alle trübsinnig in die Ecke einer Unterkunft verzogen, die einmal beinahe vierzig von ihnen beherbergt hatte. Da der Krieg vorüber war, zeigte sich Lord Maenoic großzügig und sagte Caradoc, sie seien willkommen, bis die verbliebenen Verwundeten – Maddyn und Stevyc – wieder reiten könnten. Außerdem zahlte er prompt den ausgehandelten Sold und gab sogar ein paar Silberstücke als Bonus hinzu.

»Bastard«, meinte Caradoc. »Wenn wir nicht gewesen wären, hätte er wahrscheinlich den Angriff selbst anführen müssen. Und das weiß Seine stolze adlige Lordschaft.«

»Er weiß auch, daß er dann tot wäre«, sagte Maddyn. »Er ist nicht halb der Kämpfer, der du bist.«

»Hör auf, dem Hauptmann zu schmeicheln, du Welpe von einem Barden. Aber als kühle, sachliche Einschätzung betrachtet, hast du wohl recht.«

Nach ein oder zwei Tagen im Bett fühlte Maddyn sich gut genug, um zum Abendessen in die große Halle zu gehen.

Caradoc und seine Männer saßen zusammen, so weit wie möglich vom Rest des Kriegshaufens entfernt; sie tranken viel und sprachen wenig, nicht einmal miteinander. Hin und wieder versuchte Caradoc mit seiner demoralisierten Meute zu scherzen, aber es fiel allen schwer, auch nur zu lächeln. Als Maddyn zu müde war, um aufrecht sitzen zu können, half ihm der Hauptmann zurück in die Unterkunft. Otho war bereits dort und bog im Laternenlicht die Ringe eines verzogenen Kettenhemdes zurecht.

»Ich habe nachgedacht, Schmied«, sagte Caradoc. »Erinnerst du dich an unseren Scherz über die Silberdolche? Jetzt haben wir eine ganze Menge Geld übrig. Reicht es, um einige für uns herzustellen?«

»Mag sein, aber wie soll ich auf der Straße arbeiten können?«

»Wir werden hier mindestens noch eine Woche bleiben, und wenn Maddyn und Stevyc ordentlich stöhnen und ächzen wie Sterbende, können wir eine weitere Woche herausschlagen. Es gibt hier in der Festung eine Esse, und der Hufschmied sagt, sie sei ganz in Ordnung.«

Otho dachte nach und zupfte sich mit den schwieligen Fingern den Bart. »Du brauchst etwas, um die Stimmung der Männer zu verbessern«, sagte der Zwerg schließlich.

»Ja, und ich selbst könnte auch ein wenig Ermutigung vertragen. Ein silberner Dolch – das ist ein netter Schmuck für einen Mann.« Caradoc hielt inne und starrte lange in die Feuerstelle. »Mir kommt da eine Idee. Weißt du, wie diese Truppe überleben wird? Indem sie sich zur verrottetsten Meute von Bastarden entwickelt, die Eldidd gesehen hat; indem sie deutlich macht, daß es eine Ehre ist, diesen Silberdolch zu tragen, jedenfalls für eine bestimmte Art von Männern. Sieh dir unseren Aethan an. Er ist so besessen vom Tod und so hart, wie ich es kaum je gesehen habe. Ich würde nicht wagen, ihm in die Quere zu kommen. Ich hatte nie vor, mit durchschnittener Kehle zu sterben.«

Maddyn war zutiefst entsetzt. Aber Caradoc hatte recht, was Aethan anging; sein alter Freund würde nie wieder der Mann sein, der mit Lachen und Scherzen all die kleinen Probleme des Kriegshaufens von Cantrae gelöst hatte. Daran zu denken, tat mehr weh als seine gebrochenen Rippen.

»Wenn man einen Mann sosehr zerbricht, daß nichts mehr übrigbleibt, wird er zum Tier«, fuhr der Hauptmann ein wenig grüblerisch fort. »Wenn man ihm dann wieder etwas gibt, wofür er leben kann, wird er wieder zu einem Menschen, aber das ist dann eine harte Art von Mensch, wie die Klinge eines Schwerts. Von dieser Art sind die Männer, die ich will, und sie werden für ihre Silberdolche leben.«

Plötzlich grinste er, und das Hiraedd wich von ihm. »Eines Tages werden sie uns um diese Dolche anflehen – eines schönen Tages. Aber bei jedem klebrigen Haar am Arsch des Höllenfürsten, sie werden sie sich verdienen müssen. Welches Metall brauchst du, Otho? Ich werde morgen in die Stadt reiten und sehen, ob ich es für dich finden kann.«

»Nein! Du gibst mir das Geld, und ich sehe selbst, ob ich finden kann, was ich brauche. Niemand wird je die Formel für diese Legierung erfahren; und das meine ich verdammt ernst.«

»Wie du willst, aber ich will einen Dolch für jeden der übriggebliebenen Männer, und sagen wir mal fünf für neue Rekruten – wenn ich jemals welche finden sollte, die der Dolche würdig sind.«

»Dann werde ich gleich anfangen.« Plötzlich grinste Otho – das erste Grinsen, das Maddyn je bei ihm gesehen hatte. »Ein gutes Gefühl, wieder ein bißchen schmelzen und mischen zu können.«

Otho stand zu seinem Wort. Am Morgen bestach er zunächst Lord Maenoics Hufschmied, ihn die Esse benutzen zu lassen;

dann fuhr er mit seinem Wagen in die Stadt. Er kam später am Tag mit geheimnisvollen, schweren Bündeln zurück, die die Männer, die ihm beim Abladen helfen wollten, nicht einmal berühren durften. Noch an diesem Abend schloß er sich in der Schmiede ein und blieb eine ganze Woche dort; er schlief neben seiner Arbeit, falls er denn überhaupt schlief. Einmal, als Maddyn mitten in der Nacht in den Hof hinausging, um die Latrine zu benutzen, hörte er Hämmern aus der Schmiede und sah rotes Licht durchs Fenster glühen.

An dem Morgen, als die Dolche fertig waren, beschloß Caradoc, daß es Zeit war, Maenoics Gastfreundschaft nicht länger zu strapazieren. Maddyn und Stevyc waren beide genesen und er wollte, daß Otho die Früchte seiner Arbeit an einem Ort zeigte, wo man unangenehme Fragen darüber vermeiden konnte. Also verabschiedeten sie sich von dem Lord, stiegen in den Sattel und ritten davon. Aber schon nach einer halben Meile bogen sie von der Straße ab, trabten auf eine wilde Weide hinaus und bildeten einen Kreis um den Schmied und seinen Wagen.

»Holt sie raus, Otho«, sagte Caradoc. »Absteigen, Männer, damit ihr alles genau sehen könnt.«

Die Truppe drängte sich um einen stolzen, wenn auch etwas erschöpften Otho, der einen großen Ledersack aus dem Wagen holte. Im Stroh dieses Sacks waren Dolche für jeden von ihnen, wunderschöne Waffen mit Klingen, die wie Silber blitzten, aber härter waren als der feinste Stahl. Maddyn hatte nie eine Waffe oder ein Werkzeug mit einer so scharfen Schneide besessen.

»Ihr werdet sie auch nicht oft putzen müssen«, sagte Otho. »Sie werden nicht anlaufen, nicht einmal durch Blut. Und wenn jetzt einer von euch ein Zeichen oder ein Wappen eingraviert haben möchte, werde ich das tun, aber ihr zahlt mir ein Silberstück für die Arbeit.«

»Kann man damit jemandem die Kehle durchschneiden?« fragte Aethan Maddyn.

»Ganz bestimmt. Nie hat mir ein Messer besser gefallen.«

Mit dem Ernst und der Sorgfalt von Priestern, die ein Ritual durchführen, zogen die Männer ihre alten Dolche und ersetzten sie durch die neuen. Obwohl Caradoc kaum hinzusehen schien und sie nur aus halbgeschlossenen Augen betrachtete, wußte Maddyn, daß er versuchte, die Wirkung der Geste einzuschätzen. Die Männer lächelten, schlugen einander auf die Schulter, hielten sich zur Abwechslung wieder gerade: Ihre Stimmung war besser als seit Tagen.

»Also gut«, sagte Caradoc. »Jetzt sind wir alle Silberdolche, Jungs. Ich nehme an, es hat nicht viel zu bedeuten, außer daß wir kämpfen wie die Hurensöhne und versuchen, unseren Sold wirklich wert zu sein.«

Spontan jubelten sie ihm zu, die geschlagenen Überreste einer einstmals stolzen Truppe. Sobald sie wieder aufgesessen waren, nahmen sie aus eigenem Entschluß eine disziplinierte militärische Formation ein und galoppierten die Straße nach Camynwaen entlang, wo Caradoc ihnen einen freien Tag versprochen hatte, bevor sie sich auf die Suche nach neuer Arbeit machten. Nahe dem Westtor fanden sie ein Gasthaus, das groß genug schien, um ihnen allen Unterkunft zu gewähren. Aber der dünne, zitternde Wirt verkündete, er habe keinen Platz mehr.

»Der Stall scheint leer zu sein«, sagte Caradoc. »Wir werden dir den üblichen Preis zahlen.«

»Und was, wenn ihr alles kurz und klein schlagt? Dann wird mir euer Geld nichts nützen.«

»Und was, wenn wir alles kurz und klein schlagen, ohne dich zu bezahlen?«

Der Wirt stöhnte zwar und rang die Hände, aber er gab schnell nach. Tatsächlich hatte er doch noch einige Räume frei, genug, daß sich Aethan und Maddyn ein kleines Zimmer unter dem Dach teilen konnten. Als sie im Gastraum ihr Mittagsmahl aßen, sprachen alle nur noch über Frauen. Caradoc verteilte den übriggebliebenen Sold und gab einige Befehle.

»Wir sind hier in einer Stadt, in die wir vielleicht eines Tages zurückkehren wollen. Also, laßt die Finger von Mädchen, die euch nicht wollen, und die Fäuste aus den Gesichtern anständiger Bürger. Und ich will auch nicht hören, daß einer von euch in den Garten eines Städters gekotzt hätte. Kotzt in den Rinnstein, und laßt die Töchter der Leute in Ruhe.«

Nach einem raschen Kelch Met machten sich Maddyn und Aethan auf zu einem Spaziergang. Inzwischen war es Nachmittag, und in den Straßen wimmelte es von Menschen. Alle warfen nur einen kurzen Blick auf die beiden Söldner und gingen dann auf die andere Straßenseite oder bogen in eine Gasse ab, um ihnen aus dem Weg zu gehen. Nachdem sie sich die Stadt in Ruhe angesehen hatten, fanden die beiden Männer ein kleines Gasthaus neben einer Bäckerei und gingen hinein. Sie hatten das Gastzimmer fast für sich, außer ihnen war nur noch die Kellnerin da, eine blonde Frau mit weichem rundem Gesicht und schweren Brüsten. Als sie ihnen das Bier brachte, lächelte sie beiden gleichermaßen zu. Nicht schlecht, dachte Maddyn, und er sah an Aethans beutegierigem Blick, daß sein Freund derselben Meinung war.

»Wie heißt du?« fragte Aethan.

»Druffa. Und ihr?«

»Aethan. Und das da ist Maddyn. Du hast nicht vielleicht noch eine Freundin, die genauso hübsch ist wie du? Wir könnten uns alle zusammensetzen und ein bißchen reden.«

»Reden, ach ja. Und ich nehme an, ihr Jungs wollt vielleicht auch eine Runde Caranoic oder Gwyddbwcl spielen.«

»Hast du eine bessere Idee?«

»Kann schon sein. Das hängt davon ab, wie großzügig ihr seid.«

Aethan warf Maddyn einen fragenden Blick zu.

»Wie sieht es mit dieser Freundin aus?« sagte Maddyn.

»Nun, die meisten sind um diese Tageszeit irgendwie beschäftigt. Es ist schade, daß ihr nicht abends gekommen seid.«

»Ach, bei den Höllen«, sagte Aethan schulterzuckend. »Warum kommst du nicht einfach mit uns zurück in unseren Gasthof? Wir haben ein richtiges Bett, das ist besser als ein Heuboden, und wir kaufen einen Schlauch Met.«

Zwischen Trunkenheit und Sparsamkeit hin- und hergerissen, warf Maddyn ihm einen erbosten Blick zu. Aber Aethan sah immer noch das Mädchen an. Druffa kicherte angenehm überrascht.

»Das könnte ganz nett sein«, verkündete sie. »Ich hole nur den Met und sage meinem Vater, wo ich hingehe.«

Nachdem sie davonstolziert war, wandte sich Aethan Maddyn schulterzuckend zu. »Blond oder dunkel – was macht das schon für einen Unterschied?« Seine Stimme brach. »Sie sind sowieso alle Huren.«

Maddyn trank seinen Becher in zwei Zügen aus. Er hatte die vage Idee, sich davonzustehlen, Aethan das Mädchen zu überlassen und sich selbst ein anderes zu suchen, aber er war zu betrunken, um sich alleine in dieser fremden Stadt zurechtzufinden.

Als sie zur Hintertür ihres Gasthauses kamen, blieb Aethan stehen, drückte Druffa gegen die Mauer und küßte sie. Maddyn fand diesen Anblick auf eine etwas beunruhigende Art erregend. Er machte keinen Einwand, als das Mädchen vorschlug, sie sollten alle drei nach oben gehen.

Aber als sie erst einmal in der ruhigen Kammer waren, kehrte Maddyns Schüchternheit zurück. Er verriegelte die Tür und wühlte in einer Satteltasche nach einem Holzbecher, während Aethan den Metschlauch öffnete. Druffa kicherte und nahm ihn ihm ab.

»Lassen wir das Trinken für später. Du hast mir ein bißchen Spaß versprochen, Aethan.«

»Ja. Dann zieh mal dieses Kleid aus.«

Unter noch mehr Kichern begann Druffa, sich ihres höchst unangemessenen Jungfernkittels zu entledigen. Den Becher immer noch in der Hand, sah Maddyn zu, wie sie sich auszog – sie tat es ganz langsam, und die ganze Zeit lächelte sie die beiden Männer an. Als sie das Unterkleid auszog und eine weiche, helle Haut und dunkle Brustwarzen enthüllte, spürte er die Anspannung im Raum wie eine direkte Berührung zwischen den Beinen. Druffa küßte Aethan ein weiteres Mal, dann wandte sie sich Maddyn zu, nahm ihm den Becher aus der Hand und küßte ihn ebenfalls. Schließlich zog sie die beiden mit sich zum Bett.

Erst mehrere Stunden nach Sonnenuntergang ließen sie sie wieder gehen, nachdem sie kichernd behauptet hatte, zu erschöpft zu sein. In einem Anfall betrunkener, befriedigter Höflichkeit zog sich Maddyn genug Kleider über, um sie die Treppe hinunter und zur Tür bringen zu können. Dort drückte er ihr noch ein paar Kupferstücke in die Hand. Das mochte vielleicht zuviel sein, aber er hatte das Gefühl, daß sie es verdient hatte. Als er in die Kammer zurückkam, war die Kerze in der Laterne beinahe niedergebrannt, und Aethan lag schnarchend auf seiner Seite des Betts. Maddyn zog seine Brigga aus, warf eine Decke über Aethan, blies die Kerze aus und legte sich hin. In goldgefleckter Dunkelheit drehte sich der ganze Raum langsam und majestätisch um ihn. Was würde der alte Nevyn jetzt von mir halten? dachte er; nun, den Göttern sei Dank, daß er nie erfahren wird, was aus mir geworden ist. Dann schlief er so plötzlich ein, wie er die Kerze ausgelöscht hatte.

Von Dun Deverry aus wandte sich Nevyn direkt nach Süden und folgte der offenen Straße, die sich am Belaver entlangzog. Er hatte noch keine fünf Meilen hinter sich gebracht, als er einer berittenen königlichen Patrouille begegnete, die direkt auf ihn zukam. Automatisch wich er zur Seite aus, um sie vorbeizulassen. Aber der Anführer grüßte ihn und ritt ihm in den Weg.

»Ihr habt da ein schönes Maultier, Kräutermann. Und es wird bald im Dienst des Königs stehen.«

»Ach ja?« Nevyn sah dem Mann tief in die Augen und sandte von seiner Aura beruhigende, magnetische Kraft aus. »Ihr wollt dieses Maultier überhaupt nicht. Es lahmt zu oft, um für Euch von Nutzen zu sein.«

»Glaubt Ihr wirklich, daß ich auf so etwas reinfalle?« Der Soldat setzte zu einem Lachen an, dann schüttelte er einfach den Kopf und ließ die Lider sinken. »Nicht reinfallen. Ich will dieses Maultier eigentlich gar nicht.«

»Das stimmt. Ihr wollt dieses Maultier nicht.«

Der Krieger gähnte, schüttelte sich, dann wendete er sein Pferd. »Kommt weiter, Jungs. Wir wollen das Maultier nicht. Es lahmt zu oft, um für uns von Nutzen zu sein.«

Seine Kameraden sahen ihn verwirrt an, aber sie folgten ihm ohne weitere Fragen in Richtung Dun Deverry. Schlecht gelaunt machte sich Nevyn wieder auf den Weg, und diesmal hielt er Ausschau nach Berittenen. Der Vorfall ließ ihn die Route, die er sich ausgesucht hatte, noch einmal überdenken. Er hatte vorgehabt, nach Eldidd zu reiten, aber der Gedanke, eine Patrouille nach der anderen hypnotisieren zu müssen, gefiel ihm nicht. Seit dem Krieg war es nicht mehr möglich, einfach von Cerrmor aus ein Schiff zu nehmen – aber vielleicht gab es weniger legale Schiffe, die ihren Weg weiter draußen auf der See nahmen, wo sie kaum zu entdecken wären. Also machte er einen Umweg nach Dun Manannan, um zu sehen, was er dort finden konnte. Damals war Dun Manannan eine angenehm anzuschauende kleine Stadt mit etwa zweitausend Einwohnern, deren Rundhäuser in ordentlichen Halbkreisen vom Hafen ausgingen. Trotz des Krieges waren alle Häuser frisch gedeckt, hatten schön gekalkte Mauern, und in den Höfen waren fette Kühe und Hühner zu sehen. Der einzige Gasthof der Stadt war ebenfalls sauber und ordentlich und hatte einen guten Stall. Als Nevyn in den Gastraum kam, wo der Wirt an der Feuerstelle gerade Eintopf bereitete, war er daher überrascht festzustellen, daß der Spieß über dem Feuer, der Kessel selbst und der lange Löffel, den der Wirt benutzte, aus Bronze und nicht aus Eisen waren. Als er eine Bemerkung darüber machte, schnaubte der Wirt.

»An der ganzen Küste von Cerrmor werdet Ihr kein Stück gutes Eisen mehr finden, guter Mann. Es kommt nicht mehr durch die Kriegslinien, wißt Ihr. Und unser wunderbarer König und seine wunderbaren Kriegshaufen brauchen Hufeisen für ihre elenden Klepper und außerdem Schwerter und all dieses Zeug. Also holen sie sich alles Eisen, das sie finden können, bis zur letzten Gürtelschnalle. Und wenn man etwas dafür haben will, wird man in blauen Flecken ausbezahlt.« Er hielt inne, um ins Feuer zu spucken.

»Selbst die Pflugscharen sind jetzt mit Bronze beschlagen, und man kann damit nicht sonderlich tief pflügen, das sage ich Euch. Also werden die Ernten jedes Jahr schlechter, was den König nicht daran hindert, immer noch dieselben Steuern zu verlangen.«

»Ich verstehe. Ihr Götter! Ich hätte mir nie träumen lassen, daß die Dinge so weit fortgeschritten sind.«

»Ich frage mich nur, um wieviel weiter es noch gehen wird. Bald werden wir alle goldene Scharniere an unseren Latrinentüren haben – es wird billiger sein als Eisen.« Sein Lachen war nicht sonderlich angenehm.

Im Laufe des Abends kam eine ganze Menge Gäste in den Schankraum. Sobald ihnen klar wurde, daß Nevyn Kräutermann war, bekam er selbst Kundschaft und richtete auf einem Tisch in der Krümmung der Mauer, wo er dem Wirt nicht im Weg war, eine kleine Apotheke ein. Als er fertig war, setzte sich ein junger Seemann namens Sacyr, der Kräuter gegen seinen Kater gekauft hatte, neben ihn und bestand darauf, ihm ein Bier auszugeben, damit er seinen Kater weiterpflegen könne.

»Werdet Ihr lange in Dun Manannan bleiben, Herr?«

»Nein. Ich hoffe, daß ich ein Schiff finde, daß mich nach Morlyn an der Grenze zu Eldidd bringt – eines, das genug Raum für mich, mein Pferd und mein Maultier hat. Es gibt einige wertvolle Kräuter, die nur in diesem Teil des Königreichs wachsen.«

Sacyr nickte, nahm die Lüge mit der Gutgläubigkeit der Dummen entgegen und dachte über die Frage nach.

»Nun, ich kenne einen Mann, der ein einigermaßen großes Boot hat und nach Westen fährt. Es kann sein, daß er in Morlyn Halt macht.«

»Halt macht? Wieviel weiter nach Westen kann man dieser Tage denn segeln?«

Sacyr wandte plötzlich seine ganze Aufmerksamkeit dem Bierkrug zu.

»Hört zu.« Nevyn senkte die Stimme zu einem Flüstern. »Ich möchte wirklich nach Eldidd, und ich werde gut bezahlen. Ist so etwas möglich?«

»Das kann sein. Wartet hier ein wenig.«

Nach etwa einer Stunde erschien ein untersetzter grauhaariger Mann in der karierten Brigga eines Kaufmanns, blieb in der Tür stehen und sah sich sorgfältig um, bevor er eintrat. Als Sacyr ihn grüßte, kam er zu ihrem Tisch, aber er warf Nevyn einen mißtrauischen Blick zu.

»Setz dich, Cabydd«, sagte Sacyr. »Hier gibt es Geld zu verdienen.«

Mit einem dünnen Lächeln ließ sich der Kaufmann nieder. Sacyr beugte sich über den Tisch und flüsterte: »Dieser Kräutermann hier will unbedingt nach Eldidd. Er braucht ein Schiff, das groß genug ist, um Vieh zu transportieren. Ich nehme nicht an, daß du irgend etwas in der Richtung weißt.«

»Nun –« Cabydd hielt inne und warf Nevyn einen abschätzigen Blick zu. »Das ist eine gefährliche Reise, guter Mann. Ich kann nicht für Eure Sicherheit garantieren, wenn die Kriegsgaleeren aus Eldidd uns erwischen.«

»Aha.« Nevyn war überzeugt, daß er selbst für genügend Sicherheit sorgen konnte. Aber natürlich wollte er Cabydd das nicht sagen.

»Sich über Land zu schleichen, wäre nicht wesentlich sicherer. Und es würde erheblich länger dauern.«

»Das stimmt. Aber wie wäre es, wenn Ihr vom Westen her kämt? Direkt bei Cannobaen?«

»Perfekt! Genau da will ich hin.«

»Also gut. Wie viele Tiere habt Ihr bei Euch?«

»Nur ein Pferd und ein Maultier.«

»Das ist überhaupt kein Problem. Wißt Ihr, ich habe ein Viehboot, mit dem man problemlos hundert Rinder transportieren kann. Aber auf dieser Reise nach Westen werden wir beinahe leer fahren.«

»Ich glaube, ich verstehe so langsam. Ihr habt in Eldidd jemanden gefunden, der kein großer Patriot ist und Euch Pferde für die Armee von Cerrmor verkauft.«

»Kein Mann aus Eldidd.« Cabydd beugte sich vor und flüsterte: »Welche vom Westvolk. Je davon gehört? Seltsame Leute, regelrecht unheimlich. Sie beschneiden die Ohren ihrer Kinder wie die von Kälbern, und sie sprechen eine Sprache, die einem die Kiefer bricht. Aber sie züchten die schönsten

Pferde. Das Beste von allem ist allerdings, daß sie die Leute aus Eldidd leidenschaftlich hassen, also verkaufen sie ihre Tiere zu einem guten Preis, um damit Eldidds Feinde zu versorgen.«

Nevyn hielt den Atem an. Obwohl er wußte, daß die Elfen nie etwas verziehen, war er überrascht, wie weit sie mit ihrer Rache gingen.

In der nächsten Nacht, etwa zur Mitte der dritten Wache, ging Nevyn zum dunklen, stillen Hafen hinab, wo gerade die Ebbe eingesetzt hatte. Am Ende eines langen, hölzernen Kais blinkten Laternen neben dem gedrungenen Umriß eines Viehfrachters. Nevyn führte vorsichtig Pferd und Maultier über den Laufgang und brachte sie im einsamen Luxus des großen Frachtraums unter. Dann kam er wieder an Deck. Cabydd zeigte ihm die niedrige Kajüte, die wie eine Hütte an Deck stand und die sie teilen würden: Zwei schmale, an die Wand genagelte Kojen, ein winziger Tisch und eine Bank, die am Boden befestigt waren.

»Die Jungs schlafen an Deck. Aber wenn es regnet, stellen wir ein altes Zelt auf«, erklärte Cabydd. »Es ist wichtig, daß das Schiff schäbig aussieht und ich arm.« Er schauderte leicht. »Beten wir zu Manannan, daß er uns die Galeeren aus Eldidd vom Hals hält! Hinter Cerrmor werden wir eine Eskorte bekommen, aber ich habe keine Lust, mich mitten in einer Seeschlacht wiederzufinden.«

Trotz des frischen Windes brauchten sie in dem großen ungelenken Schiff zwei Tage bis nach Cerrmor. Dort mußten sie nicht einmal in den Hafen einfahren, denn eine schlanke Galeere wartete bereits auf sie und ging längsseits. Die Ruderer, alles freie Männer und Seeleute, zogen die Ruder ein, während ihr Kapitän herüber auf das Deck des Viehfrachters sprang.

»Wir folgen dem üblichen Plan«, sagte er zu Cabydd. »Ihr haltet Euch etwa fünfzehn Meilen von der Küste entfernt. Wir folgen auf einem Parallelkurs, so daß Ihr uns gerade noch sehen könnt. Wir treffen uns dann am üblichen Hafen.«

»Also gut, aber kommt hin und wieder etwas näher, damit ich sehen kann, daß wir Euch nicht verloren haben.«

Solange sie noch in den Gewässern von Deverry waren, segelten die beiden Schiffe dicht beieinander. Aber gegen Mittag des nächsten Tages wandten Cabydd und seine Mannschaft den Bug ihres Schiffs in Richtung offenes Meer und segelten gegen die Flut an, bis der Kapitän der Galeere ihnen zurief, sie seien weit genug entfernt. Dann wendete das Frachtschiff, aber die Galeere fuhr weiter auf die See hinaus. Von diesem Zeitpunkt an verbrachte Cabydd die meiste Zeit im Bug, wo er lieber selbst Wache hielt, als einem seiner Männer zu trauen.

Vier lange, unruhige Tage und Nächte auf dem offenen Meer brachten sie schließlich weit genug nach Westen, daß sie sich dann wieder dem Land zuwenden konnten. Bald gesellte sich die Galeere zu ihnen, und gemeinsam segelten sie in einen winzigen Hafen, kaum mehr als eine Bucht in den Kreideklippen, der über einen kurzen, klapprigen Pier verfügte. Der Viehfrachter ging dort vor Anker, die Galeere fuhr direkt auf den sandigen Strand auf, wo dann die Seeleute heraussprangen und sie noch weiter an Land zogen.

»Nun, Nevyn«, fragte Cabydd, »werdet Ihr heute nacht noch an Bord bleiben?«

»Danke. Aber es ist gerade erst eine Stunde nach Mittag. Ich mache mich auf den Weg.«

Sobald er Pferd und Maultier an Deck gebracht hatte, witterten sie das Land und waren kaum mehr zu halten. Er führte sie über den weichen Sand zu dem struppigen Gras direkt hinter dem Strand, dann kehrte er zurück, um sein Sattelzeug und das Gepäck zu holen. Ein paar Seeleute halfen ihm, die Sachen hinüberzutragen.

»Seht mal.« Einer der Seemänner zeigte zum Grasland hin. »Westvolk.«

Auf goldfarbenen Pferden sitzend, näherten sich zwei Männer und eine Frau. Sie saßen lässig auf ihren kunstvoll gestempelten und mit Quasten geschmückten Ledersätteln, und ihr helles Haar war wie der Mond neben der Sonnenfarbe ihrer Reittiere.

Die Seeleute ließen Nevyns Sachen fallen und eilten zurück zu ihrem Schiff, als befürchteten sie, von den Elfen gefressen zu werden. Als Nevyn sie freundlich auf elfisch begrüßte, lenkte die Frau ihr Pferd zu ihm hin, während die beiden Männer weiter zu den Seeleuten hinritten.

»Ich grüße dich, alter Mann«, sagte sie. »Du beherrschst unsere Sprache zu gut, um ein Kaufmann zu sein.«

»Das bin ich auch nicht. Ich bin ein Freund von Aderyn von den Silberflügeln. Kennst du ihn?«

»Ich habe von ihm gehört, hatte aber noch nie die Ehre, ihm zu begegnen. Hast auch du die Weisheit des Mondlandes studiert?«

»Ja. Ich werde von hier aus nach Osten reisen, nach Eldidd. Wird die Straße sicher sein?«

»Ein Mann wie du ist unter dem Volk immer sicher. Aber halte Ausschau nach diesen Schweinen aus Eldidd. Bei ihnen weiß man nie.«

»O ja«, stimmte Nevyn um der Höflichkeit willen zu. »Ich bin ziemlich überrascht, daß ihr überhaupt mit meinem Volk handelt.«

»Je länger der Krieg dauert, desto mehr Männer aus Eldidd sterben. Außerdem versuchen sie nicht, in unser Land einzufallen, solange sie im Osten kämpfen.« Sie hob die Hand zu einem höhnischen Gruß. »Möge es noch hundert Jahre einen König in Cerrmor geben!«

Obwohl er tatsächlich vorhatte, irgendwann nach Eldidd zu gelangen, lag Nevyns wahres Ziel direkt westlich der Grenze, wo sich drei fast versunkene Berge aus der See hoben und die Inseln von Wmmglaedd bildeten. Nevyn ritt für den Rest dieses Tages an den Klippen entlang, durch Wiesen mit hohem, windgepeitschtem Gras. Ähnlich war es auch am nächsten Tag, bis er die niedrigen Hügel erreichte, in denen weder Menschen noch Elfen lebten. Am dritten Tag kam er durch einen schmalen Paß zu einem weitläufigen, felsigen Strand, wo die Wellen mit traurigem Murmeln über den Kies wuschen, als spräche das Meer endlos zu sich selbst. Kaum zwei Meilen vom Strand entfernt war die dunkle Erhebung der Hauptinsel vor dem silbrigen Schimmer der südlichen See zu erkennen.

Da Flut herrschte, mußte Nevyn warten, bis er hinübergelangen konnte. Er führte seine Tiere zu den beiden Säulen, die den Beginn des steinernen Damms kennzeichneten, der im Augenblick noch unter Wasser lag. Es war deutlich zu sehen, daß die Gezeiten wechselten, denn jede Welle schlug ein wenig niedriger an die Säulen an als die vorangehende. Unter lautem Kreischen kamen Seevögel herangesegelt, als wollten sie einen kurzen Blick auf ihn werfen: anmutige Möwen und hin und wieder einige der ungelenken Pelikane, die dem Gott Wmm heilig waren. Während er da so stand und die Vögel beobachtete, dachte Nevyn über die Arbeit nach, die vor ihm lag: Er mußte die Priester des Inseltempels davon überzeugen, dem Dweomer dabei zu helfen, das zerrissene Königreich zu einigen. Aber Nevyn war unsicher geworden – wenn er in aller Ruhe über seinen kunstvollen Plan nachdachte, kam dieser ihm mitunter ziemlich dumm vor.

Endlich hob sich der lange Damm aus dem Wasser wie eine silberne Seeschlange. Nevyn griff nach den Zügeln seiner Tiere und führte sie hinüber. Vor ihm erstreckte sich die Insel, etwa zehn Meilen lang und sieben Meilen breit, auf der sich ein niedriger Hügel inmitten von Wiesen aus rauhem Seegras erhob. Da ausnahmsweise die Sonne schien, konnte Nevyn sogar die Tempelgebäude entdecken. Am Ende des Damms gab es einen Torbogen, verziert mit gemeißelten Pelikanen und der Inschrift: *Wasser bedeckt und enthüllt alles.* Als Nevyn das feste Land betrat, kam ihm eilig ein junger Priester entgegen, ein etwa sechzehnjähriger Junge in Brigga und einem Leinenhemd vom üblichen Schnitt, auf dem statt der Wappen eines Lords orangenfarbene Pelikane eingestickt waren.

»Willkommen, Reisender. Was bringt Euch zum Inseltempel des Wmm?«

»Ich brauche die Hilfe der Orakel des Gottes. Ich heiße Nevyn.«

»Und ich heiße Cinrae. Der Gott gewährt allen das Orakel, die darum bitten.«

Der Tempelkomplex war nur eine gute Meile entfernt. Während sie darauf zugingen, sprach Cinrae kein Wort mehr, und Nevyn fragte sich, wieso der junge Mann sich wohl schon so früh für ein solches Leben entschlossen hatte. Er sah recht gut aus, obwohl sein schmales Gesicht vom unaufhörlichen Seewind gerötet war. Aber seine blauen Augen waren seltsam leer. Nur hin und wieder schlich sich eine Art Sehnsucht in seinen Blick, als hätte er das Gefühl, daß ihm das normale Leben nichts zu bieten hatte. Im Schutz des Hügels erhob sich ein hoher Steinbruch, umgeben von Vorratshütten, zwei kleinen Rundhäusern und einem Stall. Ein paar windgepeitschte, krumme Bäume warfen kleine Flecken von Schatten; ein paar Blumen kämpften im Schutz der Wände darum, blühen zu können. Der Wind fegte seufzend um die Gebäude und wirbelte ununterbrochen den sandigen Staub auf. Hinter der Anlage konnte Nevyn den Küchengarten entdecken, ein Gerstenfeld und ein paar weiße Kühe. Obwohl die Frommen Spenden gaben, wenn sie den Rat des Gottes wünschten, hätte das allein nie ausgereicht, um den Tempel zu versorgen. Cinrae zeigte auf eine kleine Hütte mit einem frischgedeckten Dach, direkt am Stallbrunnen.

»Dort ist das Gästehaus, guter Mann. Ich werde Euer Gepäck dort abliefern, nachdem ich Pferd und Maultier zum Stall gebracht habe. Seht Ihr das große Haus da drüben? Dort wohnt der Hohepriester, und Ihr könnt ihm direkt Eure Aufwartung machen.«

»Vielen Dank. Ist Adonyc immer noch Hoherpriester hier?«

»Nein, er starb schon vor langer Zeit. Sein Nachfolger ist Pedraddyn.«

Wie so oft war Nevyn überrascht davon, wie schnell die Zeit verging – für andere Menschen. Er erinnerte sich an Pedraddyn noch als einen ernsthaften Schüler, kaum älter als Cinrae. Aber der Mann, der ihm am Tor der Residenz entgegenkam, hatte graugesträhntes Haar und die langsamen, selbstsicheren Bewegungen eines Menschen, der sich seiner Jahre und seiner Stellung sicher ist.

»Bei den Füßen und Federn der heiligen Vögel! Ist das wirklich Nevyn?«

»Ja. Erinnert Ihr Euch an mich? Es muß zwanzig Jahre her sein, daß ich das letztemal hier war.«

»Ja. Aber Ihr habt großen Eindruck auf mich gemacht. Es ist ein Wunder, daß Ihr noch so jung ausseht. Es ist der beste Beweis für die Wirkung Eurer Kräuter. Oder ist es der Dweomer, der Euch so gesund hält?«

»Ehrlich gesagt, der Dweomer – und auf eine ganz eigene Art. Ich freue mich, Euch zu sehen.«

Pedraddyn führte ihn in ein leeres Zimmer, in dem ein Tisch, eine Bank, eine schmale Pritsche und ein gewaltiges Regal mit Buchrollen in Lederschachteln standen. In der Feuerstelle glühte ein Torffeuer, um der Seeluft die Kälte zu nehmen. Als der Hohepriester in die Hände klatschte, kam ein Diener zur

Tür herein. Er war etwa dreißig, dunkelhaarig und hatte die schlimmste Narbe im Gesicht, die Nevyn je gesehen hatte: dicke Knoten und glänzendes Narbengewebe liefen über seine linke Wange und zogen den Mundwinkel zur Parodie eines Lächelns zusammen.

»Davyn, bring unserem Gast und mir ein wenig gewürzte Milch. Dann kannst du bis zum Abendessen tun, was du willst.«

»Er kann nicht klar sprechen«, sagte Pedraddyn zu Nevyn. »Er war einmal Seemann in Eldidd. Wir haben ihn am Strand gefunden, wo er aufgrund dieser Verletzung beinahe verblutet wäre. Das war vor etwa sechs Jahren. Er hat darum gebeten, hier bei uns bleiben zu dürfen, und ich kann ihm nicht übelnehmen, daß er nicht wieder in den Krieg zurückkehren will. Und ein Mann, der schweigt, ist ein guter Diener für einen Priester.«

Nachdem Davyn die Milch gebracht hatte, setzten sich der Priester und der Zauberer zusammen. Nevyn trank einen Schluck der süßen Milch und wünschte sich, es wäre den Priestern des Wmm nicht verboten, Bier und Met zu trinken.

»Bei Euren Kenntnissen des Dweomer bin ich überrascht, daß Ihr wegen eines Orakels zu uns kommt.«

»Das Orakel, das ich brauche, bezieht sich auf das ganze Land von Deverry und Eldidd, nicht nur auf meine eigenen Angelegenheiten, Eure Heiligkeit. Ich bin auch gekommen, um in einer bestimmten Sache um Eure Hilfe zu bitten. Sagt mir, schmerzt es Euch nicht zu sehen, wie der Krieg tobt und daß kein Ende in Sicht ist?«

»Müßt Ihr mich das wirklich fragen?«

»Also gut. Wir, die wir dem Dweomer des Lichts dienen, haben uns zusammengetan, und wir haben einen Plan, um den Krieg zu beenden. Aber wir können ihn nicht ohne die Hilfe jener ausführen, die den Göttern dienen. Ich bin zu Euch gekommen, um Euch anzuflehen, mir dabei zu helfen, den wahren König auf seinen Thron zu setzen.«

Pedraddyn bekam große Augen wie ein Kind.

»Wer ist er?« flüsterte er.

»Das weiß ich noch nicht. Aber Ihr habt hier in Euren Archiven alle erdenklichen Informationen über die adligen Familien und ihre Abstammung. Wenn uns der große Wmm erst einmal ein Vorzeichen geschenkt hat, könnten wir das sicher mit Hilfe der Archive interpretieren.«

»Aha. Und wenn Ihr erst einmal den Namen dieses Mannes kennt?«

»Dann wird der Dweomer ihn auf den Thron setzen. Laßt mich von meinem Plan berichten.«

Pedraddyn lauschte zunächst schweigend. Dann sprang er auf und begann aufgeregt auf und ab zu gehen.

»Es könnte funktionieren!« rief der Priester. »Mit der Hilfe der Götter und des Dweomer könnten wir es schaffen. Aber die Kosten – bei meinem heiligsten Herrn! In einem solchen Krieg werden viele Menschen sterben.«

»Mehr als bisher? Zumindest wird dieser Krieg dem Sterben ein Ende machen – das hoffen wir jedenfalls. Und welche andere Hoffnung haben wir denn?«

»Keine. Morgen früh werde ich den Gott selbst befragen.«

Das Abendessen wurde im Broch in einem riesigen, runden Raum serviert, der sowohl als Speisesaal als auch als Küche diente. Die fünf Priester, ihre drei Diener und einige Gäste des Tempels aßen alle zusammen an zwei langen Tischen, ohne sich um Standesunterschiede zu kümmern. Selbst der Hohepriester mußte aufstehen und sich Milch und Eintopf selbst holen. Die bedächtigen Gespräche drehten sich um Bücher und Gartenarbeit, die religiösen Übungen der Priester und das träge Leben auf der Insel. Nevyn beneidete sie. In seinem Leben würde sich bald alles um Könige und um Krieg drehen, um

Politik und um Tod – um all die Dinge, die er hinter sich hatte lassen wollen, als er den Dweomerweg wählte, wie er Pedraddyn gegenüber feststellte.

»Das Sprichwort sagt, wer vor seinem Wyrd flieht, wird bald merken, daß es ihn überholt hat und auf ihn wartet«, sagte der Priester. »Aber das Eure scheint Euch ungewöhnlich schnell gefolgt zu sein.«

Nach einer angenehmen Nacht in dem sauberen, bequemen Gästehaus erwachte Nevyn in einer von grauem Nebel umwallten Welt. Der Nebel hing so dicht über der Insel und dem Meer, daß Land und Wasser kaum mehr voneinander zu unterscheiden waren. In dieser windstillen Feuchtigkeit hing jedes Wort, das man aussprach, in der Luft wie ein Bausch Schafswolle an einer Brombeerhecke. Als Cinrae kam, um ihn zu holen, trug der Junge einen orangefarbenen Umhang, und er hatte die Kapuze aufgesetzt.

»Ich hoffe, der Nebel macht Euch keine Beschwerden.«

»Nein, mein Junge. Aber danke für deine Sorge. Und ich habe selbst auch einen dicken, schweren Umhang.«

»Gut. Ich mag den Nebel. Irgendwie fühle ich mich darin sicher.«

Cinrae führte ihn hinaus in den Garten, wo Pedraddyn schon wartete. Schweigend gingen sie den grasbewachsenen Hügel zu dem kleinen, runden Tempel auf der Kuppe hinauf. In dem Gebäude befand sich ein einfacher, schlichter Raum mit behauenen Steinwänden und einem Altar, auf dem acht kleine Öllampen standen. Acht freistehende Säulen umgaben das Allerheiligste. Pedraddyn und Nevyn knieten vor dem Altar nieder, während Cinrae die Lampen anzündete, die in der schweren Luft unheimlich und bleich leuchteten. Es schien, als wäre der Nebel ihnen nach innen gefolgt und hinge über dem Altar und der Nische dahinter, in der eine Statue des Wmm – oder des Ogmios, wie er in der Zeit der Dämmerung hieß –

stand. Der Gott war mit gekreuzten Beinen auf einem Hocker sitzend abgebildet, die rechte Hand segnend erhoben, in der Linken einen Federkiel. Als das Licht aufflackerte, schien sein ruhiges Gesicht die Betenden anzulächeln. Cinrae kniete sich nun neben Nevyn und betrachtete die Statue mit ehrlicher Hingabe.

Pedraddyn betete laut, flehte den Gott an, Nevyn seinen Wunsch zu gewähren und ihnen beiden Weisheit zu schenken. Seine Stimme hallte durch den Raum. Ein normaler Betender hätte dem Priester gelauscht und wenig anderes getan. Aber Nevyn hatte die Möglichkeit, sich direkt mit der Kraft – oder dem Bereich der inneren Lande, wenn man diese Ausdrucksweise bevorzugt – in Verbindung zu setzen, die Wmm verkörperte. In seinem Geist baute er eine Gedankenform des Gottes hinter seiner Statue, schnitzte sie aus dem blauen Licht und überarbeitete sie, bis das Bildnis unabhängig von seinem Willen existierte. Dann benutzte er einen geistigen Kunstgriff, um seine Vorstellungen nach außen zu zwingen, bis er die Gestalt hinter dem Altar stehen sah. Langsam drang die Gotteskraft, die Pedraddyn herbeizitierte, in die Gestalt ein. Nevyn wußte, daß er Erfolg gehabt hatte, als Cinrae laut aufschrie – ein Freudenschrei – und die Hände erhob, um das zu grüßen, was er für eine Vision des Gottes hielt. Nevyn kam sich ein wenig unehrlich vor, als hätte er den Jungen betrogen, aber andererseits stellte das Bild tatsächlich eine Wahrheit dar.

Am Ende des Gebets schwiegen sie einen Augenblick. Behutsam zog Nevyn die Kraft zurück, die er in das Bild gepflanzt hatte, und dankte dem Gott, daß er ihnen erschienen war. Cinraes Frömmigkeit hielt es noch eine Weile am Leben. Aber bald wirbelte die instabile ätherische Substanz davon und löste sich auf, als die Gotteskraft ihr zeitweiliges Zuhause wieder verließ. Cinrae schluchzte einmal leise auf wie ein Kind, das sieht, wie seine Mutter zur Arbeit auf dem Feld davongeht und weiß, daß es sie wieder zurückrufen kann. Pedraddyn erhob sich und beendete sein Gebet. Dann klatschte er achtmal in die Hände.

»Wir sind gesegnet«, sagte der Priester. »Er ist uns erschienen.«

Wieder kam sich Nevyn ziemlich schäbig vor. Die Priester, besonders der junge Cinrae, taten ihm leid, weil sie nie die Wahrheit über den Gegenstand ihrer Anbetung erkennen würden. Nie würde ihnen klar sein, daß sie ihren Gott mit reiner Willenskraft jederzeit herbeirufen könnten. Aber das war, wie er jetzt dachte, vielleicht auch besser so. Wie konnte man eine objektive Naturkraft lieben, die man kaltblütig herbeizitieren konnte, um in ein künstliches Abbild einzudringen? Im Dweomer gab es wenig Raum für Liebe, und deshalb brauchte die Menschheit Priester wie Cinrae.

Schweigend verließen sie den Tempel und gingen wieder den Hügel hinab. Als sie sich der Klippe an der landabgelegenen Seite der Insel näherten, wurden die Geräusche der Wellen lauter und lauter. Unter ihnen erhoben sich die Felsen aus der weißen Gischt der Brandung. Der Ozean bedeckte sie mit Schaum wie mit Vogelschwingen. Dann rauschte das Wasser weiß und glitzernd durch die engen Kanäle zwischen den Felsen.

»Lauscht der Stimme des Gottes!« rief Pedraddyn.

Das Dröhnen des Meeres antwortete ihnen mit hundert Zungen. Als sie eine schmale, feuchte, steile Treppe zum Strand hinuntergingen, wurde das Geräusch der Brandung so betäubend laut, daß es Nevyn vorkam, als hallte es sowohl in seinem Geist als auch in seinen Ohren wider. An der Gezeitenlinie knieten sich alle drei in den nassen Kies und erhoben die Hände zum Orakel.

»Mächtiger Wmm«, rief Nevyn. »Wir bitten dich: Leite uns bei der Auswahl des wahren Königs von ganz Deverry. Mächtiger Wmm, setze den richtigen König auf den Thron und keinen anderen. Mächtiger Wmm, gib uns die Kraft, Wahrheit von Lüge zu trennen.«

Die Stimmen des Meeres brüllten unverständliche Antworten auf Nevyns Fragen. Aber plötzlich schluchzte Cinrae auf und kam langsam auf die Beine. Sein Blick war in starrer Trance aufs Wasser gerichtet. Als er schließlich sprach, hatte er nicht mehr seine helle Jungenstimme, sondern klang so tief und hohl wie eine Welle auf dem Felsen.

»Sucht im Norden und Westen. Der Junge, der einmal König werden wird, ist im Norden und Westen geboren worden. Der König von ganz Deverry und ganz Eldidd kam in einem See zwischen Fischen und Schilf zur Welt. Er, der uns Frieden schenken wird, übt sich schon für den Krieg.«

Dann stieß Cinrae einen hellen, schrillen Schrei aus und wurde ohnmächtig, als der Gott ihn wieder verließ. Nevyn und Pedraddyn hoben ihn auf und trugen ihn von der Gezeitenlinie zu einer baufälligen Hütte am Fuß der Klippe. Pedraddyn entledigte sich seines eigenen Umhangs und wickelte ihn um den Jungen.

»Nevyn, er ist ein Priester, wie man ihn nur einmal in hundert Jahren findet, wenn überhaupt. Er wird mir nachfolgen und mich ums Tausendfache übertreffen. Ich danke dem Gott jeden Tag, daß er ihn hergebracht hat.«

»Das solltest du, auch um seinetwillen. Ich weiß nicht, was mit ihm geschehen wäre, wenn er nicht zum Gott gefunden hätte.«

»Oh, seine Verwandten hielten ihn für ein wenig dumm. Sie brachten ihn her, um den Gott um Rat zu bitten, als er noch ein kleiner Junge war, und er hat die Insel nie wieder verlassen. Manchmal frage ich mich, ob unser Cinrae ein wenig Westvolkblut hat. Aber es wäre selbstverständlich unmöglich, seinen Verwandten solch peinliche Fragen zu stellen.«

Er legte dem Jungen eine väterliche Hand auf die Wange. »Er ist eiskalt. Ich wünschte, wir könnten ihn aus der Feuchtigkeit wegbringen.«

»Nichts leichter als das. Überlasse das nur mir.«

Nevyn rief die Elementargeister – eine einfache Aufgabe, wo sie doch vom Toben elementarer Kräfte umgeben waren –, und er bat sie, den Jungen heben zu helfen. Mit ihrer Hilfe lud er sich Cinrae auf den Rücken wie einen Mehlsack und trug ihn die Treppe hinauf, ohne auch nur einmal nach Luft schnappen zu müssen. Er brachte den Jungen ein ganzes Stück von der Kante der Klippe weg, dann legte er ihn sanft ins Gras, während Pedraddyn ihn vollkommen verblüfft anstarrte. Kurze Zeit später drehte Cinrae den Kopf hin und her, dann öffnete er die Augen.

»Ich werde bald wieder laufen können, Eure Heiligkeit«, flüsterte er.

»Erst wenn du wirklich bereit bist, Junge, und nicht vorher.« Pedraddyn kniete sich neben ihn. »Und es wird dir bald gelingen, die Kraft des Gottes zu beherrschen.«

Nevyn trat ein paar Schritte beiseite und wandte sich um, um aufs nebelverhangene Meer hinauszusehen. Die Stimmen des Gottes hallten in der Ferne leise wider. Norden und Westen dachte er; ich hätte meine Zeit verschwendet, wenn ich nach Cerrmor gegangen wäre. Er zweifelte nicht an der Wahrheit dieses Vorzeichens; Cinraes ungeschliffene hellseherische Begabung hatte eine direkte Verbindung zur Seele des Volks von Deverry aufgenommen. Geboren unter Schilf und Fischen – diese Aussage beunruhigte den alten Zauberer, aber er war sicher, daß mit der Zeit alles deutlich werden würde. Insgesamt war er sehr erfreut. Erst später fiel ihm ein, daß der Junge von einem König von ganz Deverry und von ganz Eldidd gesprochen hatte. Und er fragte sich, welch mächtige Kräfte er in Bewegung gesetzt hatte.

An diesem Nachmittag begaben sich Nevyn und Pedraddyn in die Archive, die den gesamten zweiten Stock des Broch einnahmen. Mit Hilfe eines Schülers gingen sie einen staubigen genealogischen Kodex nach dem anderen durch. Während sie die Listen von Erben zusammenstellten, sowohl direkter in der männlichen Linie als auch indirekter durch die Söhne königlicher Frauen – tauchte ein Name dreimal auf. Maryn, Erbprinz des kleinen Königreichs Pyrdon, entfernt verwandt mit der königlichen Familie von Eldidd, enger durch seine Mutter mit dem Thronprätendenten von Cantrae und sehr direkt mit der Linie von Cerrmor durch Prinz Cobryn, Dannyns Sohn. Als ihm klar wurde, daß ein Mann aus Dannyns Linie einmal den Thron von ganz Deverry innehaben sollte, schauderte Nevyn vor Dweomerkälte. Das war genau diese Art von Ironie, die die Herren des Wyrd offenbar so liebten.

»Dieser Junge hier interessiert mich.« Nevyn tippte mit einem Knochengriffel auf den Namen. »Wißt Ihr etwas über ihn?«

»Nein. Pyrdon ist weit weg. Manchmal habe ich sogar Schwierigkeiten, genaue Informationen für mein Archiv zu erhalten.«

»Aber Ihr glaubt nicht, daß der Junge schon tot sein könnte oder so?«

»Das bezweifle ich. Normalerweise machen sich die Leute einige Mühe, um mir so wichtige Dinge wie den Tod eines Erbprinzen mitzuteilen. Ich meinte auch nur, daß ich den Jungen oder seine Mutter nie gesehen habe. Ich sah seinen Vater nur einmal, als Casyl … oh, ungefähr zwölf war. Er schien ein angenehmes Kind zu sein. Aber wer weiß, was seitdem passiert ist.«

Da sie, wenn sie mit ihrem Plan Erfolg haben wollten, zumindest die Hilfe eines der mächtigen Belpriester brauchten, kehrte

Nevyn direkt nach Deverry zurück, ohne sich der Mühe zu unterziehen, den Umweg über Pyrdon zu machen, der ihn Hunderte von Meilen gekostet hätte. Er überließ es Aderyn, sich um den jungen Prinzen Maryn zu kümmern, denn Aderyns Alar zog gerade nahe der Grenze des Königreichs vorbei. Nevyn war just wieder in Deverry angelangt, als Aderyn sich auch schon durch sein Lagerfeuer mit ihm in Verbindung setzte.

»Ich glaube, wir haben unseren Mann gefunden.« Aderyns Abbild lächelte, aber es war ein nachdenkliches Lächeln. »Pyrdon ist ein rauher Ort, aber es ist die richtige Art von Rauheit, jene Art, die einen Mann daran erinnert, daß er andere braucht, um überleben zu können. Ich war sehr beeindruckt von König Casyl; er ist von einer seltenen Ehrenhaftigkeit. Der junge Prinz scheint weit über seine Jahre hinaus zu sein, aber er ist erst fünf, also ist es noch ein wenig zu früh, um sagen zu können, was einmal aus ihm wird. Aber er ist offenbar ein gesunder Junge. Es wäre schade, wenn er schon als Kind sterben würde.«

»Da hast du recht. Aber Casyl wird vielleicht noch ein oder zwei weitere Söhne bekommen. Ich lagere ungern all meinen Met in nur einem Schlauch.«

»Mir geht es ähnlich, aber es bleibt uns nichts anderes übrig. Das Problem besteht darin, daß wir viel zu viele Möchtegernkönige haben.«

»Genau. Was ist mit den Vorzeichen?«

»Sie hätten nicht zutreffender sein können. Casyls Hauptresidenz ist Dun Drwloc, und dort wurde der Prinz geboren – auf einer befestigten Insel mitten im See.«

»Hervorragend. Danke für deine Hilfe. Ich bin auf dem Weg nach Lughcarn. Ich erinnere mich daran, daß der Hohepriester des Bel ein anständiger, ehrenhafter Mann ist – jedenfalls, falls er noch lebt.«

Da es weit genug von der Grenze nach Cerrmor entfernt lag, um von den schlimmsten Kriegsverwüstungen verschont worden zu sein, war Lughcarn immer noch wohlhabend und die größte übriggebliebene Stadt in Deverry. Als Zentrum der Eisenindustrie war es stets bedeckt mit der Asche all der Schmieden, Schmelzen und riesigen Öfen, die Holz in Holzkohle verwandelten. In der ruhigen Sommerluft hing der Dunst über der Stadt und ließ den Himmel gelb wirken. Nevyn ritt zur Stadtmitte, wo der Tempel des Bel zwischen uralten, großen, staubigen Eichen stand. Dort kannte man den alten Kräutermann gut. Und Schüler kamen angerannt, um ihm Pferd und Maultier abzunehmen, sobald er den heiligen Bezirk betreten hatte. Zu Nevyns Erleichterung war Olaedd, der Hohepriester, noch sehr lebendig, wenn auch geplagt von Gelenkschmerzen. Ein Schüler brachte Nevyn in Olaedds Kammer, die kahl war bis auf einen schmalen, harten Strohsack am Boden und einen einzelnen Stuhl.

»Verzeiht mir, wenn ich mich nicht erhebe, Nevyn. Ich habe heute schlimme Rückenschmerzen.«

»Ihr braucht ein richtiges Bett. Es braucht nicht weich zu sein. Aber Ihr solltet darauf achten, nicht mehr im Durchzug zu liegen.«

»Ich werde darüber nachdenken.«

Der Schüler brachte Nevyn einen niedrigen Hocker, dann zog er sich zurück. Nevyn erklärte ohne Umschweife seine Pläne. Die Priester des Bel waren hervorragend geeignet, Orakel und Vorzeichen »richtig« zu deuten, weil so viele Menschen kamen, um sie wegen verwirrender Träume oder Ereignisse zu befragen. Wenn der richtige Zeitpunkt herangereift war, würden auch sie es sein, die den neuen König ausriefen und ihm sein Amt verliehen.

»Und zweifellos wird er den Tempel dafür belohnen, wenn er erst einmal auf dem Thron sitzt«, schloß Nevyn.

»Oh, zweifellos. Aber wieso kommt Ihr hierher zu mir und nicht zum Hohenpriester in der Heiligen Stadt?«

»Dort war ich vor kurzem. Ich hörte, Gwergovyn sei der neue Hohepriester.«

»Hm. Selbstverständlich ist er mein Vorgesetzter, ganz gleich, was ich von ihm halte.«

Einen Augenblick lang sahen sie einander an und fragten sich im stillen, wieviel sie laut aussprechen dürften. Da er das geringere Risiko hatte, begann Nevyn.

»Mir ist klar, daß es der Tradition entspricht, die Priesterschaft von Deverry als höherstehend zu betrachten. Aber soweit ich mich erinnere, verdanken sie ihre höhere Stellung nur der Tradition und nicht den Gesetzen.«

»Das stimmt.« Olaedd blinzelte einmal. »Das stimmt tatsächlich.«

»Diese Tradition könnte gewaltig erschüttert werden, wenn die Priesterschaft in Dun Deverry einen Mann unterstützt, der einen geringeren Anspruch auf den Thron hat.«

»Während Lughcarn auf der Seite des richtigen Kandidaten steht?«

Olaedd legte die Fingerspitzen zusammen und betrachtete einen Augenblick lang seine Hände.

»In nur acht Tagen wird es hier in Lughcarn eine Konferenz der nördlichen Tempel geben.«

»Wird die Priesterschaft von Dun Deverry keinen Botschafter entsenden?«

»Selbstverständlich. Aber es gibt immer Möglichkeiten, daß man am Rande einer solchen Konferenz auch vertraulich miteinander reden kann. Kommt danach zurück zu mir. Dann werden wir wieder über dieses Thema reden.«

Nevyn begab sich in ein kleines Dorf, etwa zehn Meilen nördlich der Stadt, und schlug sein Lager in der Scheune eines Bauern auf, unter dem Vorwand, in der Umgebung Kräuter zu sammeln. Da nicht nur der fragliche Bauer, sondern das ganze Dorf froh war, einen Kräutermann in der Nähe zu haben, war er bald wohlbekannt. Während seiner zweiten Woche dort kam die kleine Tochter des Müllers und erzählte ihm, ein Wunder sei geschehen: Eines der Schafe hatte ein zweiköpfiges Lamm zur Welt gebracht. Vor allem, weil die Kleine es von ihm erwartete, ging Nevyn hin und fand das ganze Dorf um den Pferch gedrängt. Niedergedrückt von seiner Last, konnte das Lamm kaum stehen, während die Mutter hoffnungslos blökte und versuchte, es sauberzulecken.

»Es wird zweifellos den Tag nicht überleben«, meinte Nevyn zum Müller.

»Ganz meiner Meinung. Glaubt Ihr, jemand hat meine Schafe verhext?«

»Nein.«

Nevyn setzte gerade zu einer Anmerkung über die Beziehungen der vier Körpersäfte bei Tieren an, als ihm eine viel bessere Idee kam.

»Ich wette, die Götter haben es als ein Vorzeichen geschickt. Kann ein Tier mit zwei Köpfen leben? Selbstverständlich nicht. Und kann ein Königreich mit zwei Königen besser bestehen?«

Die Menge nickte zustimmend, als er diese Weisheit von sich gab.

»Ihr mögt recht haben«, meinte der Müller. »Ich werde meinen ältesten Sohn zum Priester schicken.«

»Tut das. Er wird es interessant finden, da bin ich sicher.«

Als er schließlich nach Lughcarn zurückkehrte, konnte Nevyn feststellen, daß ihm die Neuigkeit von dem zweiköpfigen Lamm tatsächlich vorausgeeilt war. Sobald er mit Olaedd allein war, schnitt der Priester das Thema an.

»Nun, obwohl Ihr derjenige wart, der dem Dorf das Vorzeichen deutete, bin ich sicher, daß es vom großen Bel selbst gesandt wurde. Und Eure Deutung ist dieselbe, die ich geben würde. Wenn der Bürgerkrieg noch weitergeht, wird es bald kein Königreich mehr geben, um das sich kämpfen läßt – nur eine Meute geringerer Lords, die sich um die Grenzen streiten. Das haben wir ausführlich bei den Treffen besprochen. Immerhin, wenn es keinen König mehr gibt, wer wird die Tempel schützen?«

»Genau.«

Olaedd starrte einen Augenblick nachdenklich geradeaus, und selbst als er sprach, wandte er sich nicht direkt an Nevyn.

»Es gab aber ein kurzes Gespräch über Gwergovyn. Es scheint, einige sind alles andere als erfreut darüber, daß er Hoherpriester der Heiligen Stadt ist.«

»Ah. Ich habe mich schon des öfteren gefragt, ob das nicht der Fall sei.«

»Es gibt gute Gründe für diese Unzufriedenheit, zumindest, wenn man einigen Gerüchten glauben darf.«

Wieder folgte eine lange Pause.

»Ich glaube nicht, daß Ihr Euch darum kümmern solltet. Laßt mich nur sagen, daß ich sie sehr bedrückend fand.«

»Ich habe vollkommenes Vertrauen in das Urteilsvermögen Eurer Heiligkeit.«

»Danke. Ihr könnt fest auf die Tempel im Norden zählen, wenn Ihr Hilfe brauchen solltet. Ach, manchmal bin ich so müde! Wir sprechen von einem Plan, dessen Ausführung viele Jahre brauchen wird, aber wer sollte besser geeignet sein, einen solchen Plan zu beginnen, als alte Männer, die dann weise die Jungen auswählen, die ihn zu Ende führen?«

»Ihr habt vollkommen recht. Ich kann also davon ausgehen, daß niemand von der Priesterschaft der Heiligen Stadt zu Rate gezogen wird?«

Olaedd lächelte und beantwortete diese Frage auf die einzige mögliche Weise: durch Schweigen.

Spät im Herbst, als die Bäume schon kahl an den Straßen standen und der Morgenhimmel nach Schnee roch, kehrte Nevyn nach Brin Toraedic zurück. Da die Höhlen lange verschlossen gewesen waren und deshalb muffig und feucht rochen, entzündete er Feuer und entsandte die Elementargeister der Luft, um durch die Kammern zu fegen und die abgestandene Luft zu reinigen. Dann nahm er sein Maultier und ging hinunter ins Dorf, um Lebensmittel zu kaufen. Als er dort ankam, beeilten sich alle, ihn zu begrüßen. Sie wußten um seine wahre Tätigkeit und waren stolz darauf, etwas zu haben, was ihres Wissens nach kein anderes Dorf besaß: ihren eigenen Zauberer. Während er Käse, Schinken und Gerstengrütze einpackte, lauschte Nevyn dem Klatsch des Sommers, der sich vor allem um Belyan drehte, die nun hochschwanger mit einem unehelichen Kind war und niemandem sagen wollte, wer der Vater war. Als Nevyn Pferd und Maultier zum Schmied brachte, um sie neu beschlagen zu lassen, lud ihn Igrena, die Frau des Schmieds, zu einem Becher Bier ein.

»Habt Ihr Belyan in letzter Zeit gesehen?« meinte sie.

»Ich wußte schon vor meiner Abreise von dem Kind. Ich werde bald zum Hof gehen, um getrocknete Äpfel zu kaufen. Dann werde ich auch herausfinden, wie es ihr geht.«

»Ich denke, sie wird eine leichte Geburt haben. Ich muß zugeben, ich habe sie beim letzten Kind beneidet – es ging wie bei einer Katze …« Sie zögerte, und ihr Blick war nicht weniger listig als der von Hohenpriester Olaedd. »Guter Nevyn, es gibt hier Leute, die behaupten, sie sei von einem Eurer Geister schwanger geworden.«

Als er so lachen mußte, daß er sich beinah an seinem Bier verschluckte, schien Igrena bitter enttäuscht: eine so schöne Theorie, und vollkommen umsonst.

»Ich schwöre dir, der Mann war von Fleisch und Blut. Und anscheinend heißblütig genug, wenn man davon ausgeht, was mit Bell passiert ist. Und wenn sie sich nicht weiter darüber äußern will – nun, sie war immer ein schweigsames Mädchen.«

Vier Tage später brachte Belyan ihr Kind zur Welt. Nevyn fegte gerade seine Höhlen aus, als ihr ältester Junge angerannt kam, um ihm zu sagen, daß seine Mutter jetzt gleich das neue Kind bekommen würde. Bis Nevyn ein paar Kräuter eingepackt hatte und zum Hof geritten war, hatte sich Igrenas Vorhersage schon bewahrheitet: Bells neuer Sohn war bereits auf der Welt, und er hatte sie ohne große Schwierigkeiten betreten. Während die Hebamme das Kind wusch und sich um Belyans Bequemlichkeit kümmerte, saßen Nevyn und Bannyc beim Feuer.

»Und, was sagt Ihr zu diesem neuen Welpen?« fragte Nevyn.

»Nun, ich wünschte, sie hätte jemanden geheiratet, wenn sie unbedingt noch ein Kind wollte. Aber Bell war immer viel zu störrisch für mich. Die Hebamme sagt, der Junge sei gesund, und er ist mir willkommen. Auf einem Hof kann man immer ein weiteres Paar Hände brauchen.«

Mit tiefem Seufzen stand Bannyc auf und ging hinaus, um sich um die Ziegen zu kümmern. Nevyn rutschte näher ans warme Feuer und dachte an Maddyn. Bald schon wuchs sein Bild aus den Flammen, zunächst eine winzige Gestalt, aber dann wurde sie immer größer, bis Nevyn die ganze Szene sehen konnte, die ihn umgab. Maddyn saß in einem schmutzigen Gastraum, zusammen mit etwa einem Dutzend anderer Männer. Alle tranken Bier und lachten. An ihren Gürteln hatten sie alle die gleichen Dolche, deren Griffe mit drei Silberkugeln verziert waren. Als einer der Männer seinen Dolch zog, um eine Kerbe in den Tisch zu ritzen, konnte Nevyn sehen, daß es sich um ein seltsames Material handelte, eine Art von Silber, aber seine Vision war nicht deutlich und detailliert genug, als daß er hätte sicher sein können. Offensichtlich hingegen war, daß Maddyn einen Platz in einer Söldnerbande gefunden hatte. Zuerst hatte Nevyn Mitleid mit ihm; dann fiel ihm auf, daß eine solche Truppe, die an keinen Lord gebunden war, sehr nützlich sein könnte für die Arbeit, die vor ihm lag. Er nahm sich vor, Maddyns Schicksal in Zukunft besser zu verfolgen.

Später ging er hinein, um Belyan zu besuchen, die das Kind an der Brust hatte. Der kleine Daumyr war ein großes Baby und wog mindestens acht Pfund. Er hatte weiches, blondes Haar und trank gierig, wobei er hin und wieder ein zufriedenes Glucksen von sich gab.

»Ich werde bald richtige Milch haben«, sagte Belyan. »So wie dieses hungrige kleine Ungeheuer trinkt.«

»Zweifellos. Vermißt du seinen Vater?«

Belyan dachte darüber nach, während sie das Kind an die andere Brust legte.

»Ein wenig«, sagte sie schließlich. »Bei allem, was ich auf dem Hof zu tun hatte, habe ich den ganzen Sommer über kaum an ihn gedacht. Aber nun, da der Winter beinahe da ist, erinnere ich mich wieder an ihn. Ich hoffe, es geht ihm gut, wo immer er sein mag. Es ist besser, sich zu fragen, wo er ist, als an seinem Grab zu stehen.«

»Da hast du recht.«

Lächelnd strich Belyan dem Baby übers Haar.

»Er ist ein wenig anders als meine anderen Jungen, als sie zur Welt kamen. Und er wird zweifellos anders aussehen, mit Maddyns Locken und so. Aber mit der Zeit wird er wie wir werden. Ein Kind zu haben ist ein wenig wie Stickerei. Man hat ein Tuch, und man hat den farbigen Faden. Aber man kann selbst mitbestimmen, wie das Muster wächst.«

Plötzlich lächelte Nevyn. Sie hatte ihm gerade den fehlenden Teil seines Plans überreicht. Welche Methode wäre besser, zu einem wahrhaft edlen König zu gelangen, als den Prinzen selbst zu erziehen? Maryn war immer noch jung und formbar; er brauchte Lehrer, und er würde auf den richtigen Einfluß reagieren. Einer von uns kann seinen Weg an den Hof finden, dachte Nevyn. Wir werden dafür sorgen, daß der Junge gut aufwächst und die entsprechenden Fundamente legen.

An diesem Abend ging Nevyn hinaus auf den Hügel, als der Vollmond seinen Höchststand erreicht hatte. Wolken kamen von Norden heran und warfen unruhige Schatten auf das schlafende Land. Zu lange hatten nun schon dunklere Schatten alle Freude in Deverry zerstört. Nevyn lächelte vor sich hin. Tief in seinem Herzen sah er den nahenden Frieden und den Sieg des Lichts.

3

Das Jahr 837. Der Hohepriester Olaedd starb im Frühling. Retyc aus Hendyr wurde zum neuen Hohenpriester gewählt. Im Sommer brachte man einen kleinen Jungen mit Fallsucht zum Tempel. Er erlitt zu Retycs Füßen einen Anfall und rief dabei, der König käme aus dem Westen. Als er wieder zu sich kam, wiederholte er, der König sei im Westen; aber er konnte keinen Grund nennen, wieso er das gesagt hatte. Retyc entschied, es müsse die Wahrheit sein …

Die Heiligen Chroniken von Lughcarn

Auf dem Podium in seiner großen Halle saß Ogretoryc, König von ganz Eldidd und dem kleinen Rest von Deverry, den er mit seiner Armee halten konnte, auf seinem hochlehnigen geschnitzten Stuhl. Hinter ihm hing ein Wandteppich, der Epona zeigte, die mit ihrem Gefolge geringerer Götter zu den Anderlanden ritt. Zu beiden Seiten des Wandteppichs waren lange Banner aus blauem und silbernem Tuch angebracht, auf die in Grün der Drache von Eldidd gestickt war. Zu Füßen des Königs lag ein blauer und grüner Teppich auf dem Schieferfußboden. Der königliche Barde saß ganz in der Nähe; die königliche Wache stand hinter ihrem Herrn; zwei Pagen warteten mit einem goldenen Kelch und einem Krug Met. Der König jedoch schlief, war zur Seite gesackt und schnarchte, und ein Speichelfaden rann ihm aus dem zahnlosen Mund über das faltige, fette Kinn. In der riesigen runden Halle fuhren die edlen Herren, ihre Kriegshaufen und die eigenen Männer des Königs mit ihrer Feier fort und versuchten, ihren Lehnsherrn nicht zu beachten.

Weil sie nur Söldner waren, hatte man die Silberdolche

nach hinten und an die Seite der Halle verdrängt, wo sie den Durchzug von der Tür und den Qualm vom Feuer erleiden mußten. Aber wenn Maddyn sich auf der Bank, auf der er saß, zurücklehnte, konnte er einen Blick auf das Podium und den schlafenden König werfen. Bald schon stieg Prinz Cadlew, der Thronerbe, aufs Podium und ging zögernd zu seinem Vater. Cadlew war ein schlanker Mann mit beinahe hagerem Gesicht, muskulös und gestählt von langen Jahren im Sattel. Sein rabenschwarzes Haar hatte schon viele graue Strähnen, und seine kornblumenblauen Augen waren mit Krähenfüßen umgeben. Aber er konnte immer noch das Schwert schwingen wie die besten Kämpfer. Cadlew packte den König am Arm und rüttelte ihn wach. Umgeben von Wachen und gefolgt von den Pagen, führte der Prinz seinen Vater davon. Alle in der Halle seufzten erleichtert auf. Caradoc beugte sich über den Tisch und wandte sich an Maddyn.

»Ich wette, viele Männer würden lieber den Prinzen auf diesem hübschen Stuhl sitzen sehen.«

»Das wäre eine verdammt sichere Wette. Aber ich habe mich schon seit Stunden gefragt, was der Prinz zu dir gesagt hat, als er dich heute nachmittag in seine Kammer rief.«

»Er wollte uns in seinen Kriegshaufen übernehmen. Ich habe abgelehnt.«

»Du hast *was?*«

»Ich habe abgelehnt.« Caradoc hielt inne und trank ruhig einen Schluck Met. »Selbstverständlich habe ich ihm für die Ehre gedankt. Aber ich ziehe es vor, jeden Sommer über unseren Sold neu zu verhandeln, statt ihm Treue zu schwören.«

»Verflucht sollst du sein bis in die neunte Hölle!«

»Hör mir zu, Maddo. Ich weiß, es ist ein angenehmer Gedanke, wieder ein ehrenhafter Mann zu sein. Aber ein Silberdolch muß frei sein, die Seiten zu wechseln, wenn er nach einer Niederlage nicht aufgehängt werden will.«

»Das stimmt. Und wir haben die Seiten zuvor zu oft gewechselt, als daß man uns ehrenhaft behandeln würde, ganz gleich, was ein Prinz dazu sagt.«

»Genau. Aber darüber solltest du mit den anderen nicht sprechen.«

»Mach dir keine Sorgen. Du solltest wissen, daß wir dir alle bis in den Tod folgen würden.«

Caradoc wandte den Blick ab, Tränen in den Augen. Maddyn war zu verlegen, um mehr zu tun, als ihn seinem Schweigen zu überlassen.

Während er seinen Met trank, betrachtete Maddyn die Truppe. Fünfundsiebzig Mann, und jeder von ihnen kämpfte wie ein Dämon. Caradoc hatte drei Jahre gebraucht. Aber er hatte gegeizt und geschuftet und gefeilscht, bis er nun eine solch außerordentliche Truppe unter sich vereint hatte, daß der Prinz tatsächlich daran dachte, sie in seinen eigenen Kriegshaufen zu übernehmen. Und jeder von ihnen trug einen von Othos geheimnisvollen Dolchen am Gürtel. Einige der besten Schmiede am Hof hatten den Zwerg auf den Knien um das Geheimnis dieses Metalls angefleht, aber nicht einmal das Angebot ganzer Säcke voller Gold und Juwelen hatte Otho erweichen können. Einmal hatte er zu Maddyn gesagt, wenn er eines Tages einen wirklich würdigen Schüler finden würde, wollte er das Geheimnis weitergeben. Aber bisher war ein solcher Ausbund an Schmiedetugenden noch nicht aufgetaucht.

Nach einem Sommer voller schwerer Kämpfe waren die Männer Eldidds, bezahlte ebenso wie angeschworene, wieder in ihren Winterquartieren im Palast des Königs in Abernaudd. Sie hatten bis tief in den Herbst hinein gekämpft, in Scharmützeln mit den Truppen von Cerrmor in den Hügeln gefochten oder Überfälle in Pyrdon durchgeführt, das man in Eldidd noch immer als rebellische Provinz betrachtete. Es gab Gerüchte, daß es im nächsten Frühjahr einen offiziellen Angriff auf Pyrdon geben würde, aber diese Gerüchte gab es jeden Winter. In Wahrheit konnte es sich Eldidd nicht leisten, Männer und Vorräte für die Eroberung von Pyrdon einzusetzen, da zwei größere Feinde an der Ostgrenze standen. Maddyn war es gleichgültig, wohin sie im Frühjahr reiten würden. Es zählte nur, daß sie es den Winter über warm haben und satt sein würden.

Um Auseinandersetzungen zwischen seinen Leuten und denen des Königs zu vermeiden, führte Caradoc die Silberdolche persönlich ins Quartier, bevor die große Feier endgültig vorüber war. Als sie den Hof überquerten, blieb Maddyn ein wenig zurück, um sich mit Caudyr zu unterhalten, dessen Klumpfuß ihn langsamer als die anderen machte. Mit Hufschlag und Zaumzeugklirren kam eine Abteilung der persönlichen Wache des Königs durchs Tor herein. Nach einer langen, unbequemen Patrouille waren sie jetzt hungrig und begierig, in die warme Halle zu gelangen. Obwohl genügend Platz gewesen wäre, begannen die Männer, Maddyn und Caudyr anzuschreien, sie sollten zur Seite treten. Das wollten beide tun, aber Caudyr konnte sich nur langsam bewegen. Einer der Reiter beugte sich im Sattel vor.

»Beweg deinen verdammten Arsch, Karnickel! Sie hätten einen Krüppel wie dich schon bei der Geburt ersäufen sollen.«

Als die meisten Männer lachten, fuhr Maddyn herum und griff nach seinem Schwert. Aber Caudyr packte ihn am Arm.

»Das ist es nicht wert. Ich bin daran gewöhnt.«

Als sie weitergingen, versuchte Caudyr, sich zu beeilen.

»Seht, wie er hüpft!« rief ein anderer von der Wache. »Du hattest recht, was das Karnickel angeht.«

Bei diesem Kommentar wendete der junge Anführer der Truppe, der ein Stück vorausgeritten war, sein Pferd und kam zurück.

»Haltet den Mund, ihr Dreckskerle!« Es war der junge Owaen, und er war wütend. »Was bildet ihr euch ein, einen Mann wegen eines Leidens zu verspotten, das die Götter über ihn verhängt haben?«

»Dummes Geschwätz!«

Wie der Blitz war Owaen aus dem Sattel gesprungen. Er rannte hinüber zu dem Mann, packte ihn, riß ihn vom Pferd und warf ihn aufs Pflaster, bevor der verblüffte Soldat auch nur reagieren konnte. Dann sprang der Mann schimpfend wieder auf und schlug nach ihm. Aber Owaen fällte ihn mit einem einzigen Kinnhaken. Das Lachen und Johlen brach abrupt ab.

»Ich will nie wieder hören, daß jemand wegen eines Leidens verspottet wird, für das er nichts kann.«

Vom nervösen Stampfen der Pferde abgesehen, war es im Hof tödlich still. Ebenso verwundert wie erfreut behielt Maddyn Owaen im Auge, der kaum siebzehn war, aber schon die letzten drei Jahre des Krieges mitgemacht hatte. Normalerweise gehörte er zu den arrogantesten Menschen, denen Maddyn je begegnet war. Die Drachen von Eldidd auf seinem Hemd zu haben, genügte Owaen nicht. Er hatte sein Hemd, seinen Dolch, seinen Sattel, jedes Ausrüstungsstück, das er besaß, mit seinem eigenen Wappen des niederstoßenden Falken gezeichnet. Er war auch der beste Schwertkämpfer in der Königswache, wenn nicht im ganzen Königreich, und die anderen wußten das. Also stiegen sie nur ab, um ihren bewußtlosen Kameraden aufzuheben, ihn über einen Sattel zu werfen und wegzubringen. Mit einem kleinen freundlichen Lächeln in Caudyrs Richtung folgte Owaen.

»Das ist nun wirklich ein Rätsel«, sagte Caudyr. »Owaen ist der letzte, bei dem ich mit so etwas gerechnet hätte.«

»Ich auch nicht. Ich weiß, daß Caradoc viel von dem Jungen hält. Vielleicht hat er ja recht.«

In der Unterkunft waren ein paar Männer bereits dabei, in der steinernen Feuerstelle ein Feuer zu entzünden. Andere saßen auf den Betten und begannen Würfelspiele. Der bleiche, unscheinbare Alwyn, der einer der kaltblütigsten und bösartigsten Mörder der Truppe war, schlief bereits. Aber obwohl sein Schnarchen so laut war wie ein Sommergewitter, weckte ihn niemand auf. Es roch nach Schweiß, Holz, Rauch und Pferden, besonders nach Pferden, da die Reittiere der Truppe direkt unter ihnen untergebracht waren. Für Maddyn war es ein vertrauter Geruch, der ihm nach all diesen Jahren Heimat bedeutete. Er setzte sich auf seine Pritsche und holte die Harfe aus der gepolsterten Ledertasche.

»Maddo!« rief Aethan. »Um der Liebe aller Götter der Anderlande willen, bitte nicht wieder dieses Lied von König Bran und den Rindern, ja?«

»Halt den Mund. Ich versuche, es zu lernen.«

»Das ist uns nicht neu«, warf Caradoc ein. »Ich habe wirklich genug davon, daß du in der Mitte immer Strophen vergißt und sie dann zigmal wiederholst.«

»Zu Befehl, Hauptmann. Aber dann hört auch auf, an mir rumzumeckern, weil ich keine neuen Lieder kenne.«

Gereizt legte er die Harfe beiseite und verließ die Unterkunft, gefolgt von einer kleinen Menge enttäuschten Wildvolks, die an seinen Ärmeln und seinen Hosenbeinen zupften, um ihn dazu zu bewegen, zurückzukehren und mit Singen anzufangen. Als er sie ignorierte, verschwanden sie, immer ein paar auf einmal, aber alle mit tadelnden Mienen. Maddyn ging direkt zur Küchenhütte, wo Clwna arbeitete, eine Dienstmagd, die ihn gern genug hatte, um sich hin und wieder mit ihm zum Heuboden zu schleichen. Inzwischen, so nahm er an, müßte sie mit ihrer Arbeit fertig sein. Die Tür der Küchenhütte stand offen, helles Licht drang heraus, und davor drängten sich die Jagdhunde des Königs, die auf Reste warteten. Maddyn schubste sie beiseite und blieb in der Tür stehen. Die Helfer schrubbten gerade den letzten Kessel an der Feuerstelle; und die Köchin selbst, eine grauhaarige Frau mit gewaltigen, muskulösen Armen, saß auf einem hohen Hocker und aß ihr Abendessen aus einer Holzschale.

»Ich weiß, was du willst, Silberdolch. Clwna ist schon weg, und zweifellos mit einem anderen von euch Kerlen.«

»Das nehme ich an. Mit Eurer gnädigen Erlaubnis werde ich hier ein wenig warten, bis sie zurückkommt.«

Die Köchin schnaubte und schob sich mit dem kleinen Finger eine Haarsträhne aus der Stirn.

»Ihr Silberdolche seid schon komisch. Die meisten Männer würden vor Wut schreien, wenn ihr Mädchen sich mit einem anderen davongemacht hätte.«

»Wir teilen, was wir kriegen können. Ich bin zufrieden, daß Clwna ein vernünftiges Mädchen ist.«

»Ha, vernünftig! Nennst du das vernünftig, in aller Öffentlichkeit mit Silberdolchen herumzuziehen? Mir ist sehr danach, diesem Mädchen ein wenig Vernunft einzuprügeln.«

»Ach kommt schon! Wie könnt Ihr so grausam sein, uns ein bißchen Spaß zu verweigern, wenn wir doch für die Ehre Eldidds kämpfen?«

»Hört euch das an!« Die Köchin verdrehte die Augen zum Himmel, um die Götter anzurufen. »Raus aus meiner Küche, Barde! Du bringst die Küchenjungen nur auf falsche Gedanken.«

Maddyn verbeugte sich spöttisch und ging. Während er den Hof überquerte, fiel ihm ein, daß die gesamte Truppe in der Unterkunft gewesen war, als er diese verlassen hatte. Es machte ihm nichts aus, Clwna mit anderen Silberdolchen zu teilen, aber die Vorstellung, daß sie mit einem Außenseiter zusammen war, ärgerte ihn. Er nahm eine Fackel von der Hintertür der großen Halle und begann dann mit wachsendem Zorn, den Hof zu durchsuchen. Nach dem Fest waren hier viele unterwegs: Diener brachten Feuerholz und Bierfässer, betrunkene Reiter schlenderten langsam zurück in die Unterkunft oder zur Latrine, Dienerinnen, die eine Eroberung machen wollten oder in einem ähnlichen Auftrag für ihre adligen Herrinnen unterwegs waren, huschten vorbei. Etwa auf halbem Weg zu den Ställen entdeckte Maddyn seine Beute – Clwna, die Arm in Arm mit einer der Wachen des Königs einherging. Aus ihrer etwas unordentlichen Kleidung und einem Strohhalm in ihrem Haar konnte Maddyn schließen, daß sein Verdacht gerechtfertigt war. Das Mädchen selbst machte jedem Zweifel ein Ende, indem es aufschrie, als es ihn entdeckte.

»Aha!« Maddyn hielt die Fackel hoch wie ein Hausbesitzer, der einen Dieb erwischt hat. »Und was hat das zu bedeuten, Mädchen?«

Clwna gab ein bedrücktes Ächzen von sich und schlug die Hand vor den Mund. Die Hand auf dem Schwertknauf, trat Owaen in das Licht der Fackel. Maddyn wurde klar, daß diese Situation gefährlich werden konnte.

»Was willst du, Hund?« fauchte Owaen. »Die Dame zieht einen echten Mann einem Unfreien mit einem Schwert vor.«

Es kostete Maddyn seine ganze Willenskraft, Owaen nicht mit der brennenden Fackel ins Gesicht zu schlagen. In seiner Wut war er sich nur schwach der Tatsache bewußt, daß sich eine Menschenmenge um sie sammelte, aber er hörte, daß Clwna unaufhörlich auf einen mitfühlenden Zuhörer einschwatzte. Owaen stand einfach da und grinste Maddyn höhnisch an.

»Komm schon, alter Mann«, sagte er schließlich. »Hast du mir nichts zu sagen?«

»Oh, ich habe viel zu sagen, kleiner Junge. Du vergißt, daß du mit einem Barden sprichst. Und ich habe lange kein Spottlied mehr geschrieben.«

»Das würdest du nicht wagen!« Owaens Stimme klang plötzlich wie die eines empörten Kindes. »Das ist ungerecht!«

Bei dieser Bemerkung brachen die Zuschauer in Lachen aus. Owaen mochte ein hervorragender Schwertkämpfer sein, aber im Augenblick sah er dermaßen nach einem zornigen Jungen aus, daß Maddyn selbst kichern mußte, zumal ihm plötzlich einfiel, daß es doch gleichgültig war, wer mit Clwna ins Heu ging. Er wollte gerade etwas Versöhnliches sagen, als Owaen, der flammendrot geworden war, sich den Schwertgürtel abschnallte und ihn auf das Pflaster warf.

»Also gut, Barde!« fauchte er. »Es verstößt gegen das Geis, die Waffe gegen dich zu ziehen. Aber wenn du diese Fackel an einen anderen weitergibst, wird deine Schnauze Bekanntschaft mit dem Pflaster machen!«

»Um aller Götter im Himmel willen, Owaen«, sagte Maddyn müde. »Sie ist es kaum wert ...«

Owaen schlug so schnell zu, daß Maddyn kaum ausweichen konnte. Dann ertönten Schreie, und ein paar Männer aus der Zuschauermenge sprangen vor und packten den Jungen. Brüllend und fluchend versuchte er, sich loszureißen, aber sie zerrten ihn zurück und hielten ihn fest. An ihren Hemden konnte Maddyn erkennen, daß auch sie zur Königsgarde gehörten. Der Grund für diese unerwartete Höflichkeit drängte sich gerade durch die Zuschauer.

»Was soll das alles?« sagte Wevryl, der Hauptmann der königlichen Wache. »Owaen, beim schwarzen haarigen Arsch des Höllenfürsten! Ich schwöre, du stammst von Ärger und nichts als Ärger ab! Was hatte er vor, Barde?«

»Nichts weiter, ehrlich. Er hat sich nur zum Narren gemacht.«

»Verzeiht mir!« mischte sich die jammernde Clwna ein. »Ich wollte keinen Ärger machen, Maddo.« Sie hielt inne, um zu schluchzen. »Ganz bestimmt nicht.«

»Ach, es ging um ein Mädchen?«

Der Hauptmann schien zutiefst verärgert. »Immer wieder derselbe lästige Pferdedreck. Ihr Götter, und dabei ist es erst Herbst! Wie werdet ihr euch benehmen, wenn es erst Winter wird? Also gut, Barde. Nimm dieses Mädchen mit. Was dich angeht, Owaen, gibt es morgen ein paar Peitschenhiebe im Hof. Ich werde nicht zulassen, daß jemand wegen einer Küchenschlampe Ärger macht.«

Owaen wurde kreidebleich. In der Menge lachten ein paar Männer höhnisch.

»Wartet, Hauptmann«, sagte Maddyn. »Wenn Ihr ihn um meinetwillen auspeitschen wollt – das ist nicht notwendig.«

»Nicht um Euretwillen – wegen des Friedens in der Festung. Das könnt Ihr auch Eurer Truppe weitersagen. Ich werde solche Kämpfe nicht zulassen. Hebt Euch den Blutdurst fürs Frühjahr und Eure Feinde auf.«

Als sie Owaen am nächsten Morgen auf den Hof hinauszerrten, weigerte sich Maddyn, hinzugehen und zuzusehen, obwohl die meisten Silberdolche und die halbe Festung dabei waren. Es war eine Art von Unterhaltung. Mit der blauen Fee und ein paar Gnomen als Gesellschaft schlenderte er hinter dem Stall herum und setzte sich auf einen Strohballen in die Sonne. Dort fand ihn schließlich Caradoc.

»Ist es vorbei?« fragte Maddyn.

»Ja. Wevryl hat mir erzählt, daß Owaen, seit er in seine erste Schlacht ritt, nur Ärger gemacht hat; nun hat er diese Prahlerei satt und beschlossen, dem Jungen zu zeigen, wo sein Platz ist. Mir tut so etwas leid. Sie stecken diesen jungen Hitzkopf in die königliche Wache, weil er der beste Schwertkämpfer ist, den man je gesehen hat. Und was macht er da? Er sitzt die meiste Zeit herum und sieht zu, wie der alte König schläft. Kein Wunder, daß er aufbrausend wird. Er wäre als Silberdolch besser dran.«

»Das sagst du immer wieder. Nun, wenn er weiter so verdammt arrogant bleibt, könntest du bald Gelegenheit bekommen, ihn anzuwerben.«

Es heißt immer, einige Barden könnten auch hellsehen. Etwa eine Woche sah Maddyn keine Spur von Owaen, nicht einmal zu den Mahlzeiten in der großen Halle. Er wollte offenbar allein bleiben, bis seine Wunden geheilt waren. Aber so schmerzhaft diese Striemen auch waren, die Schande würde ihm mehr weh tun, nahm Maddyn an. Da jeder Silberdolch wußte, was Schande bedeutete, strengten sie sich, nachdem Owaen wieder aufgetaucht war, alle an, so zu tun, als wäre nichts passiert. Die jungen handverlesenen Reiter in der Wache des Königs verfügten nicht über diese schwerverdiente Fähigkeit zum Mitleid. Als Owaen sich zum erstenmal wieder an den Tisch setzte, wurde er mit Johlen, Pfiffen und ein paar wirklich boshaften Bemerkungen über geprügelte Hunde und Zwinger begrüßt. Da Wevryl nirgendwo zu sehen war, ging Caradoc hinüber und sorgte dafür, daß das aufhörte. Blutrot angelaufen, trank Owaen einen Schluck Bier und starrte auf den Tisch.

Als Caradoc zurückkehrte, setzte er sich neben Maddyn.

»Diese kleinen Pestbeulen«, meinte der Hauptmann. »Es ist wirklich dumm, jemanden so zu behandeln, von dem eines Tages in einem Kampf dein Leben abhängen könnte.«

»Und noch dümmer, wenn es sich um jemanden handelt, der einen in Streifen schneiden könnte, ohne sich auch nur anzustrengen.«

»Das ist wahr.«

Später an diesem Morgen striegelte Maddyn sein Pferd vor dem Stall, als sich eine sehr nervöse Clwna an ihn drängte. Wäre sie nicht so dünn und bleich gewesen, hätte sie wirklich hübsch sein können. Aber ihr blondes Haar roch immer nach gebratenem Fleisch, und sie hatte stets Fettreste unter den Fingernägeln.

»Hast du mir schon verziehen, Maddo?«

»Aber sicher. Treffen wir uns heute abend im Heuschober?«

Sie kicherte und schlug die Hand vor den Mund wie eine Dame bei Hof – eine irgendwie jämmerliche Geste.

»Ich reite heute in die Stadt«, sagte Maddyn. »Ich werde dir beim Schneider ein paar Bänder kaufen. Welche Farben hättest du denn gern?«

»Oh, Blau und Grün, und ich danke dir. Du bist so lieb, Maddo. Ich mag dich lieber als jeden anderen.«

»Aha! Und zu wie vielen von den anderen Jungs sagst du das?«

»Nur zu dir – und vielleicht zu Aethan. Aber nur manchmal. Manchmal macht er mir angst.«

Automatisch hob sie die Hand an die Kehle. »Manchmal sieht er mich so an, als wolle er mich schlagen. Aber dann sagt er nur etwas Gemeines und geht weg.«

»Wenn er so etwas tut, dann hat er eine andere Frau im Kopf, Mädchen, nicht dich. Halte dich von ihm fern, wenn er in dieser Stimmung ist.«

»Ja.« Plötzlich erstarrte sie und spähte über seine Schulter. »Ihr Götter.«

Maddyn drehte sich um und sah eine Gruppe von Gardisten, die auf sie zukamen. Owaen war bei ihnen. Als sie Clwna bemerkten, begannen sie einander anzustoßen und zu spotten.

»Da ist ja die holde Jungfrau, Owaen. Nun, bei Tageslicht sieht sie nicht so lecker aus. War sie es denn wert, Owaen? Ja? Dann muß sie wirklich so scharf sein wie Gewürz aus Bardek.«

Owaen ging schnell weiter, den Kopf hoch erhoben, den Mund fest zusammengekniffen. Clwna brach in Tränen aus und lief davon. Maddyn dachte daran, ihr zu folgen. Dann überlegte er, daß auch sie ihre Lektion lernen müsse.

An diesem Abend wurde der erste heftige Winterregen von der südlichen See hereingeweht. In der Halle festsitzend, mit keinen anderen Unterhaltungen als Würfelspiel und Bier, spotteten die Männer der königlichen Wache gnadenlos weiter. Es kam Maddyn so vor, daß Owaen jedesmal, wenn er ihn sah, von seinen Kameraden verhöhnt wurde. Sie rissen Witze über Clwna, darüber, daß man Hunde peitschen müsse, um ihnen etwas beizubringen, darüber, daß manche Männer eben so dumm seien, sogar einen Barden herauszufordern – immer wieder und wieder. Und jeder dieser Witze war erbärmlicher als der vorangehende. Maddyn konnte nur annehmen, daß Owaens Arroganz seine Kameraden schon seit Jahren geärgert hatte – zweifellos beneideten sie ihn auch. Maddyn bemerkte auch, daß Caradoc ein Auge auf die Situation hatte. Oft mischte der Hauptmann sich ein, wenn die Neckerei zu boshaft wurde, und brachte sie zu einem Ende.

Am vierten Tag des Regens erreichte die Situation schließlich ihren Höhepunkt. An diesem Abend blieb Caradoc nach dem Abendessen noch in der großen Halle und hielt auch Maddyn dort auf, nachdem der Rest der Silberdolche bereits in die Unterkunft gegangen war. Sie ließen sich von einer Dienerin ein paar Krüge Bier geben und setzten sich an einen Tisch in der Biegung der Wand, wo sie im Schatten kaum zu sehen waren, aber einen guten Blick auf Owaen hatten, der am Ende eines Tisches mit den Wachen saß.

»Morgen wird dieser Höllensturm vorbei sein«, meinte Caradoc. »Ich hoffe, daß bald ein anderer irgend etwas Dummes tut. Dann haben sie ein neues Ziel für ihren Spott.«

Sie blieben noch etwa eine halbe Stunde, während der Barde des Prinzen tapfer über das Gelächter und Geschwätz hinwegsang. Wegen all des Lärms hörte Maddyn nicht einmal, wieso der Kampf ausbrach. Plötzlich waren Owaen und ein weiterer Mann aufgesprungen und schrien einander an. Caradoc stand auf und rannte los, aber es war zu spät. Der andere Mann hatte sein Schwert schon gezogen. Maddyn sah kaum, wie Owaen sich bewegte. Stahl blitzte im Fackellicht auf; Owaens Gegner taumelte zurück, er hatte Blut im Gesicht. Caradoc packte ihn an der Schulter und legte ihn gerade ins Stroh nieder, als Maddyn sie erreichte. Überall in der Halle brach Geschrei aus. Owaen warf sein blutiges Schwert auf den Tisch und starrte geradeaus, den Mund weit aufgerissen. Als die Männer ihn von hinten packten, wurde er schlaff unter ihren Händen. Maddyn kniete sich neben Caradoc und das blutende Opfer.

»Wie schwer ist er verletzt?«

»Verletzt? Er ist tot.«

Ungläubig starrte Maddyn die Leiche am Boden an. Owaen hatte mit dieser kaum wahrnehmbaren Bewegung zweimal zugeschlagen, das Gesicht des Mannes aufgeschlitzt und ihm dann die Kehle durchgeschnitten. Schimpfend drängten sich Männer um sie; Caradoc und Maddyn überließen ihnen die Leiche und bemerkten gerade noch, daß die Wachen Owaen aus der Halle brachten. Der Junge weinte.

»Pferdedreck!« knurrte Caradoc. »Er ist einfach zu gut mit der Klinge. Jeden anderen hätte ich rechtzeitig aufhalten können. Pferdedreck!«

»Ein ganzer stinkender Haufen davon. Ich würde wetten, ihm war nicht einmal klar, daß er den Mann getötet hatte, bis du es gesagt hattest.«

Caradoc murmelte einen Fluch vor sich hin, dann kehrten sie zu ihren Bierkrügen zurück.

Eine lange Stunde warteten Maddyn und Caradoc mit der nervösen Menge auf Prinz Cadlews Urteil. Schließlich erschienen zwei Pagen, deren Augen vor Aufregung blitzten, und verkündeten, der Prinz werde Owaen morgen hängen lassen. Da der andere Mann zuerst gezogen hatte, hielt niemand diese Strafe für gerecht, aber es wagte auch niemand, dem Prinzen zu widersprechen. Dieselben Männer, die Owaen zu seinem Ausbruch getrieben hatten, sprachen jetzt voller Reue darüber und verteidigten ihn jedem anderen gegenüber, während die Dienerinnen weinten und erklärten, er sei viel zu gutaussehend, um so jung zu sterben. Caradoc trank stetig weiter, dann setzte er plötzlich seinen Bierkrug krachend auf dem Tisch ab.

»Ich werde es nicht zulassen! Was meinst du, Maddo? Soll ich den Kopf des Jungen aus der Schlinge holen?«

»Unbedingt, aber wie?«

»Paß auf, hol mir einen von diesen Pagen.« Entsprechend bestochen, zeigte sich ein Page bereit, dem Prinzen eine Botschaft zu bringen, in der Caradoc um eine Audienz bat. Nach kurzer Zeit kehrte der Junge zurück und brachte sie in eine der königlichen Empfangskammern, ein Zimmer mit geschnitzten Eichenmöbeln, dicken Teppichen aus Bardek in Blau und Grün und echtem Glas in den Fenstern. Cadlew stand an der Feuerstelle und hatte einen goldenen Metkelch in der Hand. Als Maddyn und Caradoc vor ihm niederknieten, nickte er ihnen freundlich zu.

»Steht auf. Ihr habt die Erlaubnis zu sprechen.«

»Untertänigsten Dank, Euer Hoheit«, sagte Caradoc. »Vor langer Zeit, mitten im Sommer, habt Ihr mir einmal eine Gunst versprochen, wann immer ich darum bitten sollte.«

»Das weiß ich. Und ich kann mich genau an den Angriff erinnern, den Ihr so hervorragend geführt habt. Ich habe viele gute Pferde, von denen ich Euch eins zur Belohnung geben kann, oder eine edelsteinbesetzte Scheide für diesen Dolch, den Ihr tragt. Oder hier – neue Schwerter aus Bardek. Der Stahl ist besonders gut.«

»Mein Lehnsherr, ich möchte etwas viel Wertloseres als das, und ich will verflucht sein, wenn es mich nicht ärgert, Eure Gunst dafür verschwenden zu müssen.«

»Ach ja?« Der Prinz lächelte kurz. »Es ist schön zu sehen,

daß selbst Silberdolche Launen haben. Also sagt, was Ihr wollt.«

»Dann, mein Lehnsherr, schenkt mir das Leben des jungen Owaen. Hängt den Jungen nicht.«

Ehrlich verblüfft hob der Prinz den Kelch an die Lippen und trank einen kleinen Schluck. Dann zuckte er die Schultern.

»Also gut. Aber unter einer Bedingung: Ihr nehmt ihn in Eure Truppe und aus meinem Kriegshaufen. Ich will keinen Ärger mehr.«

»Meinen untertänigsten Dank, Euer Hoheit. Sorgt Euch nicht. Ich werde dem Jungen schon Manieren beibringen.«

»Ich zweifle nicht daran, Hauptmann, daß Ihr sogar dem Höllenfürsten Manieren beibringen könntet. Und je eher, desto besser. Laßt mich eine Wache rufen. Ich habe keine Ahnung, wo sie den Jungen hingebracht haben.«

Wachen mit Fackeln brachten Maddyn und Caradoc in den hinteren Teil des Hofes, wo an den Außenmauern ein paar runde, steinerne Vorratsschuppen standen. Ein weiterer Soldat stand an einem kleinen Häuschen ohne Fenster und mit einer eisenbeschlagenen Tür. Als er die Neuigkeiten hörte, trat er erfreut beiseite.

»Das Urteil war wirklich ungerecht. Ich bin froh, daß Ihr Euren Lehnsherrn überreden konntet, Hauptmann.«

Schulterzuckend riegelte Caradoc die Tür auf und öffnete sie. Darin saß Owaen auf einem Haufen schmutzigen Strohs, die Arme um die Knie geschlungen, das Gesicht tränenfeucht. Bei ihrem Anblick kam er auf die Beine und nahm Habachtstellung ein, den Kopf hoch erhoben.

»Wollt Ihr mich schon hängen?« Seine Stimme war vollkommen ruhig. »Ich wäre froh, es bald hinter mir zu haben.«

»Du wirst überhaupt nicht hängen, Dummkopf«, sagte Caradoc. »Ich habe dir Gnade erkauft. Und jetzt raus hier.«

Ohne den Blick vom Hauptmann zu lassen, ging Owaen ein

paar langsame, vorsichtige Schritte zur Tür, als hätte er Angst, aus diesem wunderbaren Traum zu erwachen. Caradoc packte ihn mit einer Hand am Arm und schlug ihn mit der anderen ins Gesicht.

»Das ist dafür, daß du vergessen hast, dich in der Halle des Königs zu befinden.« Dann schlug Caradoc ihn wieder, diesmal noch fester. »Und das ist dafür, daß du zweimal zugeschlagen hast. Wenn du noch einmal versagst, werde ich dir höchstpersönlich die Kehle durchschneiden. Hast du mich verstanden?«

»Ja.« Owaen konnte kaum flüstern; zweifellos brannte sein Mund von den Schlägen. »Aber warum habt Ihr Gnade für mich erbeten?«

»Ich will dich in meiner Truppe. Als Silberdolch wirst du ohnehin nicht lange leben.«

Owaen nickte. Zitternd drehte er sich um und starrte in den Hof hinaus, als wäre das der schönste Anblick der Welt. Er war den Anderlanden nahe genug gekommen, dachte Maddyn, und es wäre kein schöner Tod gewesen.

»Hör mir zu«, fuhr Caradoc fort. »Der Prinz wollte mir eine dieser Klingen aus Bardek schenken, aber ich habe dein Leben gewählt. Also solltest du verdammt noch mal wie ein Dämon kämpfen und deinen Sold wirklich verdienen. Und jetzt komm mit. Ich schicke jemanden, der deine Sachen aus der Unterkunft der Wache holt. Ich will, daß du deinen Arsch von deinen alten Kameraden fernhältst.«

Wieder nickte Owaen, der immer noch zitterte; offenbar konnte er nicht sprechen. Maddyn legte ihm die Hand auf die Schulter.

»In unserer Truppe ist kein Mann, der nicht schon die Schande geschmeckt hat«, sagte Maddyn. »Und viele von uns haben Schlimmeres getan und erlebt als du. Komm mit, Junge. Du bist unter deinesgleichen besser dran.«

Owaen begann zu lachen – ein leises hysterisches Gackern –

und lachte weiter, den ganzen Weg über den Hof bis zur Unterkunft.

Der Himmel war schiefergrau, und ein kalter Wind bog die kahlen Zweige der Bäume, die wie Wachen am Ufer eines breiten, künstlichen Sees standen. Ein steinerner Damm verlief für etwa eine halbe Meile durch das bewegte graue Wasser bis zu der Insel mit der Festung, dem Palast von Casyl, dem König von Pyrdon. Wenn Nevyn sich in den Steigbügeln aufstellte, konnte er den hohen Broch über den Steinmauern erkennen. Drwloc paßte zweifellos zu der Beschreibung, die das Orakel des Wmm gegeben hatte: Rings um die Insel wuchs Schilf, und an einer sandigen Stelle hatte man Reusen aus dem Wasser gezogen, um sie vor dem Sturm in Sicherheit zu bringen.

Er ritt zum Ende des Dammes, wo zwei Wachen am Tor standen. Bei seinem Anblick richteten sie sich auf und sahen im entgegen. Nevyn hatte sich – so unangenehm es ihm auch war – wie eine hochstehende Persönlichkeit gekleidet: eine feine graue Brigga, ein Hemd von weißestem Leinen und ein dunkelblauer Umhang mit einer schimmernden, edelsteinbesetzten Ringbrosche, die ihn zusammenhielt. Er war kein Kräutermann mehr, sondern ein umherziehender Gelehrter mit Empfehlungsschreiben mehrerer sehr wichtiger Priester mehrerer größerer Götter.

»Guten Morgen, Herr«, sagte eine der Wachen mit einer Verbeugung. »Darf ich fragen, was Euer Begehr ist?«

»Ich heiße Nevyn, und Retyc, der Hohepriester des Bel in Lughcarn, hat mich hergeschickt, damit ich mich um die Stelle eines Lehrers für den jungen Prinzen bewerbe.«

Nun verbeugten sich beide Wachen.

»Selbstverständlich, Herr. Man hat uns bereits mitgeteilt, daß der König Euch erwartet. Reitet weiter, aber achtet auf den Weg. Es gibt ein paar bemooste Stellen.«

Um der Sicherheit willen stieg Nevyn ab und führte seine Tiere über den Damm. Dieser Damm stellte ein hervorragendes Beispiel defensiver Planung dar: er war gerade breit genug für vier Pferde nebeneinander; zehn gute Männer würden ihn, wenn es sein mußte, einen ganzen Tag lang gegen eine Armee halten können. Aber schließlich war es auch vor allem militärisches Genie gewesen, das Pyrdon die Freiheit gebracht und bisher bewahrt hatte. Der Damm endete auf einem winzigen Streifen nackter Erde vor dem eisenbeschlagenen Tor der Festung selbst. Dort wurde Nevyn von weiteren Wachen begrüßt, die ihn in den gepflasterten Hof baten, wo sich Vorratsschuppen, Ställe und Mannschaftsunterkünfte drängten. Es war sehr offensichtlich, daß diese Festung im Gedanken an eine lange Belagerung geplant worden war. Pagen kamen, um sein Pferd und das Maultier zu übernehmen, andere Pagen führten ihn in den hohen Broch.

Obwohl das königliche Wappen eines sich aufbäumenden Pferdes überall aufgestempelt oder eingeschnitzt war, auf den Stühlen, über der Feuerstelle, auf roten und silbernen Bannern an den Wänden, war die Möblierung doch schlicht und aus grobbehauenem, dunklem Holz. Am Ehrentisch saß der König auf einem niedrigen, halbrunden Stuhl und trank Bier aus einem einfachen Zinnkrug. Casyl war einunddreißig Jahre alt, ein hochgewachsener, schlanker Mann mit schütter werdendem blondem Haar und tiefliegenden blauen Augen. Seine kräftigen Hände hatten hier und da Narben – Erinnerungen an Kämpfe. Als Nevyn dazu ansetzte, vor ihm niederzuknien, hielt ihn der König mit einer Geste und einem liebenswürdigen Lächeln zurück.

»In Eurem Alter könnt Ihr Euch das übliche Speichellecken sparen, guter Mann. Setzt Euch hin. Page, holt dem Gelehrten ein Bier.«

Nevyn setzte sich zur Rechten des Königs, dann zog er die

Empfehlungsschreiben aus dem Hemd. Der König sah sich die Siegel auf den Pergamenten an und nickte anerkennend. »Ich werde sie mir später von meinem Schreiber vorlesen lassen. Leider war mein Vater ein altmodischer Mann, und man hat mir keinen einzigen Buchstaben beigebracht, als ich noch ein Kind war. Jetzt habe ich für solchen Luxus keine Zeit mehr. Aber ich habe nicht vor, denselben Fehler bei meinem Sohn zu wiederholen.«

»Das haben die Priester des Wmm mir schon gesagt, Euer Hoheit. Ich bewundere einen Mann, der Achtung vor der Wissenschaft hat.«

»Daran habe ich keinen Zweifel, wenn man Euren Beruf bedenkt. Nun, mein Schreiber hat angefangen, dem Jungen Lesen und Schreiben beizubringen. Aber ich suche jemanden, der ihn die Geschichte lehren kann, Gesetze und solche Sachen. In seinem letzten Brief sagte Pedraddyn von Wmmglaedd, daß Ihr Bücher mitbringen würdet.«

»Ich habe sie auf dem Packesel, Euer Hoheit. Solltet Ihr meine Dienste nicht wünschen, werde ich sie für den nächsten Kandidaten zurücklassen.«

»Oh, ich gehe davon aus, daß Ihr bleibt. Das ist alles sehr seltsam. Als ich mich zum erstenmal an den Tempel gewandt habe, weil ich einen Lehrer suchte, erwartete ich, daß man mir einen Priester schickt. So ist es üblich. Aber man sagte mir, sie hätten nicht den richtigen Mann. Es war ganz gleich, an welchen Tempel ich mich wendete – und ich habe an mehr als einen schreiben lassen.«

»Ach ja? Wie seltsam, Euer Hoheit.«

»Also war ich verflucht froh, als Pedraddyn mir schrieb, daß Ihr aufgetaucht seid. Zweifellos ist das Wyrd, und wer bin ich, es in Frage zu stellen?«

Nevyn lächelte höflich und sagte kein Wort. Und trotz all seines Geredes über Wyrd verbrachte Casyl nun einige Zeit damit, kluge Fragen über die Erziehung zu stellen, die Nevyn für den Prinzen geplant hatte. Wie die meisten Menschen, die nicht lesen und schreiben können, hatte der König ein hervorragendes Gedächtnis, und er bemühte sich, sich an jedes Buch oder an jeden Autor zu erinnern, von dem er gehört hatte, nur um festzustellen, ob Nevyn sie auch kannte. Sie hatten gerade erst damit angefangen, über Nevyns Gehalt und seine Unterbringung zu reden, als es an der Tür Unruhe gab: Dienerinnen schrien auf, Wachen fluchten. Ein riesengroßer grauer Wolfshund kam in die Halle gerannt, ein sehr totes Huhn im Maul. Direkt hinter ihm lief ein kleiner Junge, so blond und bleich wie Casyl. Mit lautem Geschrei scheuchte er den erschrockenen Hund direkt unter den Stuhl des Königs – so plötzlich, daß Casyl beinahe umgefallen wäre. Fluchend sprang er aus dem Weg, als der Junge sich niederwarf und den Hund am Halsband packte.

»Gib es wieder her, Wolf! Böser Hund!«

»Maryn, beim fetten Arsch von Eponas Hengst! Siehst du denn nicht, daß ich mit einem wichtigen Gast spreche?«

»Entschuldigung, Vater.« Der Prinz zerrte den Hund weiter unter dem Stuhl hervor. »Aber er hat es gestohlen, und ich habe der Köchin gesagt, ich bringe es wieder, weil er mein Hund ist.«

Mit theatralischem Seufzen trat der König zurück und ließ zu, daß der Prinz das zweifellos nicht mehr eßbare Huhn zwischen den Zähnen des Hundes hervorzog. Nevyn sah fasziniert zu: Das war also der künftige König von ganz Deverry und Eldidd. Wie für den Plan notwendig, war er ein gutaussehendes Kind, mit großen, ernsten grauen Augen in einem rosigen ovalen Gesicht und ordentlich geschnittenem goldenem Haar.

»Bring diesen verfluchten Vogel aus der Halle, ja?« fauchte Casyl. »Ich rufe einen Pagen.«

»Bitte Vater, ich sollte es lieber selbst zurückbringen, weil ich das der Köchin versprochen habe.«

»Also gut. Komm wieder, wenn du fertig bist.« Der König versetzte dem Hund einen Schubs mit dem Fuß. »Raus hier, Hund!«

Wolfshund und Erbprinz zogen sich eilig zurück. Seufzend setzte sich Casyl wieder hin und griff nach seinem Bierkrug.

»Er ist ein wilder Junge, guter Mann. Und das hier ist nicht gerade der höfischste Hof, wie Ihr zweifellos bemerkt habt.«

»Nun, Euer Hoheit, es ist sehr ehrenvoll, unter weniger als einfachen Bedingungen ein einfaches Leben zu führen.«

»Schön gesagt. Es sieht so aus, als ob Ihr zumindest imstande sein werdet, dem Prinzen Takt beizubringen. Wißt Ihr, ich sehe es nicht ein, eine Großartigkeit vorzugeben, die ich mir nicht leisten kann. Der Ruhm meines Königreiches lag immer in seinen Soldaten, nicht in seinen feinen Manieren.«

»Und das sollte der junge Maryn besser lernen, mein Lehnsherr, wenn er einmal über dieses Reich regieren soll.«

Nevyn brauchte einige Zeit, um seinen Platz im Palast zu finden. Morgens unterrichtete er den Prinzen, aber nachmittags unterwies der Hauptmann des Kriegshaufens Maryn in Reiten und Schwertkunst. Zunächst verbrachte Nevyn viel Zeit allein in seiner großen, keilförmigen Kammer ganz oben im Broch. Hier hatte er ein Bett, einen Schreibtisch und eine üppig geschnitzte Truhe für seine Kleidung. Aber das Beste an diesem Zimmer war der Ausblick auf den See und die sanften Hügel dahinter. Bei den Mahlzeiten aß er mit den anderen Würdenträgern des Hofs und ihren Familien: dem Barden, dem Kämmerer, dem Stallmeister und dem Wundarzt des Königs. Zunächst beäugten sie ihn mißtrauisch und waren darauf aus, die Gunst des Königs für sich zu bewahren. Aber da Nevyn sich nichts aus Privilegien machte, akzeptierten sie ihn bald.

Um Maryn zu unterrichten, hatte Nevyn eine Anzahl wichtiger Bücher mitgebracht, darunter eine allgemeine Zusammenfassung der Gesetze für Anfänger und mehrere Geschichtsbücher, beginnend mit der Zeit der Dämmerung bis hin zu den Annalen der diversen Könige von Deverry und Eldidd. Irgendwann würde er nach Aberwyn um Kopien der Bücher von Prinz Mael schicken müssen, besonders sein Traktat über Adel; aber die wären noch etwas schwierig für einen Anfänger. Jeden Morgen ließ er den Jungen eine Zeitlang laut vorlesen, dann nahm er das Buch und beendete den Abschnitt selbst. Zusammen sprachen sie dann darüber, was sie gelesen hatten. Nachdem Maryn erst einmal begriffen hatte, daß es in der Geschichte von Schlachten und Skandalen nur so wimmelte, wuchs sein Interesse am Lernen gewaltig. Als Nevyn sich ein wenig im Palast eingewöhnt hatte, ging er dazu über, einige Zeit am Tag mit der Königin zu verbringen, die froh war, diesen gebildeten Mann in der Festung zu haben. Seryan stammte aus der Familie jener, die von Cantrae aus Anspruch auf den Thron erhoben, und war eine entfernte Cousine des derzeitigen Königs Slwmar II. Mit neunzehn hatte man sie mit Casyl verheiratet – sehr gegen ihren Willen, denn der König war nicht nur fünf Jahre jünger als sie, sondern sein Reich war, verglichen mit ihrem Zuhause in Lughcarn, eine Wildnis. Nun, siebzehn Jahre später, hatte sie Frieden mit diesem Leben geschlossen. Sie hatte zwei ältere Töchter und ihren kleinen Sohn, mit denen sie sich beschäftigte. Und eines Tages gab sie Nevyn gegenüber zu, daß sie Casyl im Laufe der Zeit recht liebgewonnen hatte.

»Wenn ein alter Mann offen sprechen darf«, sagte Nevyn, »er ist ein viel besserer Mann als dieses Rudel von Frettchen, die den Thron in Cantrae umgeben.«

»Oh, da würde ich Euch inzwischen jederzeit zustimmen. Aber was weiß schon ein Mädchen von neunzehn? Ich konnte nur daran denken, wie jung er war, und daß ich nie wieder an einem der üppigen Feste meiner Mutter teilnehmen würde.«

Und seufzend wechselte die Königin das Thema, weg von solch persönlichen Angelegenheiten zu einem bestimmten Lied, das der Barde am Abend zuvor in der Halle gesungen hatte.

Bald nach Nevyns Ankunft fiel der erste Schnee. Der See fror zu einer festen, glitzerndweißen Fläche, und das Bauernland lag unter einer Decke, in der nur hin und wieder Rauchfahnen anzeigten, wo die Häuser standen. Das Leben in der Festung verlangsamte sich zu einer trägen Routine, die sich um die riesigen Feuerstellen in der großen Halle drehte, wo die Adligen dicht am Feuer saßen und die Dienstboten und Hunde im warmen Stroh hockten. Eine Woche nach der anderen verging, und Nevyn begann, Maryn liebzugewinnen. Es wäre ihm schwergefallen, den Jungen nicht gern zu haben – Maryn war immer fröhlich, immer höflich, voller Selbstvertrauen wegen seiner Stellung als Erbprinz und doch ernstlich besorgt um andere. Nevyn wußte, wenn er Erfolg hatte und Maryn tatsächlich den Thron von Deverry übernahm, würde jeder später auf die Kindheit des Jungen zurückblicken und erklären, er sei der geborene König gewesen. Zweifellos würden kleine Anekdoten darüber erzählt werden, wie weit er seinem Alter voraus gewesen war, und man würde vollkommen durchschnittliche Kindheitsereignisse als mächtige Vorzeichen betrachten. Daß seine Mutter eine hochintelligente Frau und sein Vater ungewöhnlich ehrenhaft war, würde bei solchen Überlegungen keine Rolle spielen. Aber Nevyn war mit der Lage ganz zufrieden. Immerhin war er hier, um einen Mythos zu schaffen und nicht, um Geschichte zu schreiben.

Und der Mythos schien entschlossen, sich selbst zu entfalten. Kurz vor dem Sonnenfest, das auch der Tag von Maryns zehntem Geburtstag war, kam der Prinz in ungewöhnlich nachdenklicher Stimmung zu seinem Lehrer. Da der Junge während des Lesens abgelenkt schien, fragte ihn Nevyn schließlich, was los sei.

»Ach, nichts. Ehrlich. Aber, Herr, Ihr seid ein weiser Mann. Wißt Ihr, was Träume bedeuten?«

»Manchmal. Aber es gibt auch Träume, die nur bedeuten, daß du vor dem Schlafen zuviel gegessen hast.«

Maryn kicherte. Dann legte er nachdenklich den Kopf schief.

»Ich glaube nicht, daß es diese Art Traum war. Es kam mir alles ganz wirklich vor, solange ich schlief. Aber als ich dann aufgewacht bin, schien es dumm zu sein.« Er rutschte unruhig auf dem Stuhl hin und her und wandte sich verlegen ab. »Vater sagt, ein echter Prinz ist niemals hochnäsig und eingebildet.«

»Da hat dein Vater recht. Aber niemand kann dir an dem die Schuld geben, was du in deinen Träumen tust. Erzähl mir davon, wenn du magst.«

»Ich habe geträumt, ich wäre König von ganz Deverry. Und es war alles so wirklich! Ich führte meine Armee, und ich konnte sogar die Pferde und alles riechen. Wir waren in Cantrae, und wir siegten. Auch Ihr wart da. Ihr wart mein königlicher Berater. Ich war ganz verschwitzt und schmutzig, weil ich gekämpft hatte. Aber die Männer jubelten mir zu und nannten mich König.«

Einen Augenblick lang konnte Nevyn kaum atmen. Es war möglich, daß der Prinz diese Gedanken nur aus dem Kopf seines Lehrers aufgefangen hatte, auf die seltsame Art, mit der Kinder manchmal die Gedanken von Erwachsenen lesen können, die wichtig für sie sind. Aber die Einzelheiten, wie etwa der Pferdegeruch, waren so exakt, daß er es bezweifelte.

»Ihr haltet es für dumm, nicht wahr?« sagte der Prinz.

»Nein. Kannst du ein Geheimnis bewahren?«

»Das kann ich. Und ich werde es Euch auch schwören, wenn Ihr es wollt.«

Nevyn starrte dem Jungen in die Augen und von dort direkt in die Seele. »Schwöre mir, daß du niemandem gegenüber verraten wirst, was ich dir jetzt sage, nicht einmal deinem Vater oder deiner Mutter, keinem Priester, keinem Diener, niemandem.«

»Ich schwöre es, bei der Ehre meines Clans, meiner königlichen Familie und den Göttern meines Volkes.«

»Also gut. Du wirst eines Tages König sein, König von ganz Deverry. Der große Gott Wmm hat mir sein Orakel geschickt und mich hierhergesandt, um Eurer Hoheit zu helfen.«

Als Maryn sich abwandte, war sein Gesicht bleich und sein weicher Kindermund schlaff, aber sein Blick war der eines künftigen Königs.

»Ihr seid ein Dweomermann, nicht wahr, Herr? Wie in den Märchen. Aber Vater sagt, es gibt keinen Dweomer mehr, nicht mehr seit der Zeit der Dämmerung.«

»Ach ja? Dann sieh mal ins Feuer.«

Nevyn rief das Wildvolk herbei, das zuerst gehorsam das Feuer löschte, um es dann mit einer großen Flamme wieder zu entfachen, als Nevyn mit den Fingern schnippte. Maryn sprang strahlend auf.

»Das ist wunderbar! Dann entsprach mein Traum also wirklich der Wahrheit?«

»Ja, aber verrate keinem Menschen etwas davon, bis ich dir sage, daß die Zeit reif ist.«

»Ich werde schweigen. Ich werde lieber sterben, als etwas zu verraten.« Er war so ernst, daß er Nevyn eher wie ein Mann denn als ein Kind vorkam – in einem dieser seltsamen Augenblicke, in dem die Ebenen der Seelen sich vermischen und etwas vom Wyrd in dem bewußten Geist durchdringen lassen. Dann war es vorüber.

»Nun, wenn ich schon König sein soll, dann sollte ich diese elenden Gesetze besser kennen. Aber sie sind so langweilig! Können wir nicht eine Weile über Schlachten und so lesen?«

»Also gut, Euer Hoheit, wie der Prinz es wünscht.«

An diesem Abend mußte Nevyn zugeben, daß er mit der Entwicklung der Dinge sehr zufrieden war. Er konnte nur hoffen, daß er genug Zeit hatte, den Jungen ordentlich auszubilden – mindestens noch fünf Jahre. Obwohl er nicht vorhatte, Maryns Seite wieder zu verlassen, bis die langen Kriege vorbei waren und das Land Frieden gefunden hatte, wollte er keine Marionette auf den Thron setzen, sondern einen wirklichen König.

4

DAS JAHR 842

Als er am Fluß spazierenging, sah der Hohepriester Retyc dieses Vorzeichen: Ein Schwarm Spatzen pickte im Gras. Plötzlich kam ein Rabe vorbeigeflogen. Alle Spatzen flatterten auf und folgten dem Raben, als wäre er ein anderer Spatz und der Anführer ihres Schwarms. Eines Tages, erklärte Seine Heiligkeit, wird ein Mann von einem anderen Volk kommen und die Männer aus Deverry in den Krieg führen …

Die Heiligen Chroniken von Lughcarn

Am späten Nachmittag eines warmen Herbsttages schlugen die Silberdolche ihr Lager am grasigen Ufer des Trebycaver auf. Alles war organisiertes Chaos: Neunzig Männer kümmerten sich um hundertfünfzig Pferde. Die fünfzehn Frauen, die dem Troß folgten, schlugen Zelte auf und luden Lebensmittel aus den beiden Wagen ab. Eine Handvoll Kinder lief schreiend umher – nach einem langen Tag im Sattel endlich frei. Während die anderen arbeiteten, schlenderten Maddyn und Caradoc durchs Lager, riefen hier ein paar Männern einen Befehl, dort anderen einen Scherz zu. Bei einem Stapel Säcke saß eine müde Clwna und stillte ihre unruhige neugeborene Tochter Pomyan. Clwna sah so bleich und erschöpft aus, daß Maddyn besorgt neben ihr niederkniete.

»Wie geht es dir, Mädchen? Du hättest so bald nach der Geburt noch nicht reiten dürfen.«

»Ach, es geht mir gut. Das war besser, als euch nie wieder einzuholen.«

»Wir hätten ein paar Tage warten können.«

»Ja, ich bin sicher, der Hauptmann hätte auf eine wie mich gewartet.«

Als sie das Baby an die andere Brust legte, hob es den Kopf und starrte Maddyn an. Er lächelte und fragte sich, wer wohl der Vater der Kleinen war – eine Frage, die sich bei jedem Kind der Frauen stellte, die dem Lager folgten, obwohl Maddyn offenbar der einzige war, der sich über solche Dinge Gedanken machte. Als Caradoc ihn wieder zu sich rief, erwähnte er dem Hauptmann gegenüber, daß Clwna krank aussah.

»Nun, jetzt wird sie ein paar Tage Ruhe haben«, sagte Caradoc. »Ich denke, wir lassen diesen erbärmlichen Haufen hier, und du und ich, wir werden allein zu diesem sogenannten König Casyl reiten.«

»Gut. Ich muß zugeben, daß wir dieser Tage nicht sonderlich gut aussehen.«

»Wir haben nie viel hergemacht, und all diese Frauen und Bastarde tragen nicht gerade dazu bei, uns besser aussehen zu lassen.«

»Du hättest befehlen können, daß wir sie in Eldidd zurücklassen.«

»Pferdedreck! Ob du es glaubst oder nicht, Junge, im Herzen deines alten Hauptmanns ist noch ein bißchen Ehre übriggeblieben. Diese Frauen mögen Schlampen sein, aber es waren meine Männer, die sie geschwängert haben, oder? Abgesehen davon, waren alle mürrisch genug, weil wir Eldidd verließen. Ich wollte keine Meuterei riskieren.« Caradoc seufzte zutiefst bedrückt.

»Wir sind wirklich verweichlicht. Das ist das Problem, wenn man zu lange an einem Ort bleibt. Wir hätten Eldidd schon viel eher verlassen sollen.«

»Ich verstehe immer noch nicht, wieso wir gerade jetzt gehen.«

Caradoc warf ihm einen säuerlichen Blick zu und ging

voraus zum Flußufer, wo sie ungestört waren. In der untergehenden Sonne wirkte das Wasser zwischen den grünen Ufern wie ein Band flüssigen Goldes.

»Sag es bloß niemandem, oder ich prügele dich windelweich«, sagte Caradoc. »Aber wir ziehen weiter, weil ich einen Traum hatte.«

Maddyn starrte ihn sprachlos an.

»In diesem Traum sagte mir jemand, daß die Zeit gekommen sei. Frag mich nicht wofür. Aber ich hörte diese Stimme, und sie klang wie die Stimme eines Königs, arrogant und befehlsgewohnt; und sie erklärte mir, es sei Zeit, Eldidd zu verlassen und nach Norden zu reiten. Wenn wir in Pyrdon Hunger leiden sollten, weiß ich, daß Dämonen mir diesen Traum eingegeben haben. Aber bei den Göttern, einen solchen Traum hatte ich noch nie. Ich habe eine ganze Woche lang versucht, ihn zu ignorieren. Er kam immer wieder. Wahrscheinlich hältst du mich jetzt für verrückt.«

»Überhaupt nicht. Aber ich muß sagen, daß ich zutiefst überrascht bin.«

»Nicht halb so überrascht, wie ich es war. Ich werde alt; ich fange an zu spinnen. Bald werde ich nur noch im Gasthaus am Feuer sitzen und sabbern.«

Wieder seufzte Caradoc und schüttelte den Kopf in spöttischem Bedauern. »Wir sind noch etwa zehn Meilen von der Festung dieses Königs Casyl entfernt. Morgen werden wir dorthin reiten, und dann sehen wir, wie verrückt ich war. Gehen wir jetzt ins Lager zurück. Ich werde Owaen in meiner Abwesenheit die Verantwortung überlassen, und ich möchte noch mit ihm reden.«

Am nächsten Morgen verließen Maddyn und Caradoc das Lager in aller Frühe und folgten dem Fluß bis zur Stadt Drwloc. Nach all dem Glanz von Abernaudd gab diese Stadt als Residenzstadt nicht viel her: Nur etwa zweitausend Häuser drängten sich innerhalb einer mit Holz verstärkten Steinmauer. Als sie ihre Pferde durch Straßen führten, die mit halbversenkten Stämmen gepflastert waren statt mit Stein, fragte sich Maddyn ernstlich, ob Caradoc verrückt geworden war. Wenn das hier das Juwel des Königreichs sein sollte, dann sah es nicht danach aus, als ob der König sich Silberdolche leisten konnte. Sie fanden ein Gasthaus, drüben beim Nordtor, bestellten sich ein Bier und stellten dann beiläufig Fragen über den König und seinen Besitz. Als der Wirt nur über die Ehrenhaftigkeit, den Mut und die Weitsicht seines Lehnsherrn sprach, ohne dessen luxuriöses Leben und sein Vermögen zu kommentieren, wurde Caradoc ziemlich finster.

»Sag mir eins«, fragte der Hauptmann schließlich. »Hat Seine Hoheit eine große stehende Armee?«

»Er hat so viele Männer, wie er ernähren kann. Dieser Tage weiß man nie, was die Hunde aus Eldidd vorhaben.«

Das heiterte Caradoc wieder ein wenig auf. Sie nahmen ihr Bier mit nach draußen und setzten sich auf eine schmale Holzbank vor dem Gasthaus. Es war ein warmer, dunstiger Tag, und die Städter eilten geschäftig vorbei. Ein alter Bauer führte einen mit Kohl beladenen Maulesel vorbei, dann kam ein junger Kaufmann in einer geflickten karierten Brigga, dann ein hübsches Mädchen, das die beiden Krieger demonstrativ ignorierte.

»Wir hätten früher nach Norden reiten sollen«, sagte Caradoc. »Seine Hoheit wird keine Lust haben, weitere Männer den ganzen Winter lang durchzufüttern, nachdem die Kämpfe des Sommers bereits vorbei sind. Ach, dieser Traum soll verflucht sein! Möge der Dämon, der ihn mir geschickt hat, in einem Faß voll Pferdepisse ersaufen.«

»Nun, es könnte nichts schaden, wenn wir wenigstens fragen.«

Mit finsterem Nicken trank Caradoc sein Bier aus. Weiter

unten an der gewundenen Straße erklang ein silbernes Horn; dort tauchte nun ein Trupp Reiter auf, der sich in würdigem Tempo näherte. Als erstes kamen zwei Männer, die Hemden mit dem Wappen des sich aufbäumenden Pferdes trugen, und eine Wache von vier weiteren bildete die Nachhut. In der Mitte, auf einem wunderschönen braunen Wallach, ritt ein gutaussehender blonder Junge von etwa vierzehn Jahren. Sein weiß, rot und golden karierter Umhang war zurückgeschlagen und an einer Schulter mit einer gewaltigen Ringbrosche aus Gold festgehalten, die mit Rubinen besetzt war. Neben ihm, auf einem ebenso schönen Pferd, ritt ein alter Mann mit dichtem weißem Haar und durchdringenden blauen Augen. Maddyn starrte kurz hin, dann sprang er auf.

»Nevyn! Bei den Göttern!«

Breit grinsend lenkte der alte Mann sein Pferd auf die beiden zu und winkte, dann hielt er einen Augenblick inne, um etwas zu dem Jungen zu sagen. Als Maddyn ihm entgegenlief, stieg Nevyn vom Pferd. Maddyn umfaßte seine ausgestreckte Hand und schüttelte sie fest.

»Bei den Höllen, ich bin wirklich froh, Euch zu sehen, Herr.«

»Ich ebenfalls«, sagte Nevyn mit einem etwas listigen Lächeln. »Ich habe dir doch gesagt, daß wir uns wieder begegnen würden.«

»Und Ihr hattet recht. Was macht Ihr hier in Pyrdon?«

»Ich bin der Lehrer des Erbprinzen. Habt Ihr die anderen Silberdolche mitgebracht?«

»Sie lagern nicht weit von hier am Fluß. Wartet – woher wißt Ihr von ihnen?«

»Was glaubst du wohl? Hat dein Hauptmann in der letzten Zeit seltsame Träume gehabt?«

Maddyn wurde kalt von einer Ehrfurcht, die ihm über den Rücken lief wie schmelzender Schnee. Den Bierkrug noch in der Hand, kam ein erstaunter Caradoc herbei und gesellte sich zu ihnen, als auch der junge Prinz abstieg und sein Pferd herüber zu seinem Lehrer führte. Als Maddyn und Caradoc vor ihm niederknieten, nickte der Prinz ihnen höflich zu, und die Geste war erstaunlich selbstbewußt für einen so jungen Mann. Maddyn war vollständig fasziniert von der Haltung des Prinzen. Wie stolz erhoben er seinen Kopf trug, wie ungezwungen seine Hand auf dem Schwertgriff ruhte, als hätte er trotz seiner Jahre schon viele Schlachten gesehen! Ein wahrer Prinz, dachte der Barde, dazu geboren, König zu sein. Und bei diesem Gedanken wurde ihm noch kälter, und er fragte sich, wieso sich Nevyn, der Zauberer, ausgerechnet hier in diesem abgelegenen Königreich aufhielt.

»Euer Hoheit«, sagte der alte Mann. »Erlaubt mir, Euch Maddyn, den Silberdolch, vorzustellen, und den Hauptmann der Truppe, Caradoc von Cerrmor. Männer, Ihr kniet vor Maryn, dem Erbprinzen von Pyrdon.« Als dieser alte Mann, der ihn überhaupt nicht kannte, seinen Namen so beiläufig erwähnte, starrte Caradoc Nevyn an; aber dieser ignorierte ihn einfach.

»Ihr seid Silberdolche?« fragte Maryn mit einem liebenswerten, jungenhaften Lächeln. »Pyrdon mag zwar am Ende der Welt liegen, aber von Eurer Truppe habe ich schon gehört. Wie viele seid ihr jetzt?«

»Neunzig, Euer Hoheit«, sagte Caradoc. »Und wir haben unseren eigenen Schmied, unseren eigenen Wundarzt und einen Barden.«

Maryn warf Nevyn einen ratsuchenden Blick zu.

»Es wäre eine gute Idee, Euch die Truppe einmal anzusehen, Eure Hoheit. Aber Ihr werdet natürlich zuerst mit Eurem Vater, dem König, sprechen müssen.«

»Also gut. Männer, Ihr dürft Euch erheben und in unserer Anwesenheit stehen.« Wieder warf der Prinz Nevyn einen Blick zu. »Es wäre wahrscheinlich keine gute Idee, mir sie direkt jetzt anzusehen?«

»Nicht, solange der König Euch sofort zurückerwartet. Bittet den Hauptmann, seine Leute am Morgen zu Euch zu bringen.«

»Nun gut. Hauptmann Caradoc, versammelt Eure Truppe morgen früh vor dem Tor unseres königlichen Palastes. Benachrichtigt mich durch die Wachen auf dem Damm.«

»In Ordnung, Euer Hoheit. Wir werden gegen Mittag da sein.«

Mit einem aufgeregten Lachen ging der junge Prinz zurück zu seinen Männern. Nevyn zwinkerte Maddyn zu, dann gesellte er sich zu seinem Herrn. Als der Trupp weiterritt, starrte Caradoc ihm mit offenem Mund hinterher, bis sie außer Sicht waren. Dann hob er seinen Bierkrug vom Boden, ging wieder zurück zur Bank und setzte sich mit einem übertrieben schweren Seufzer hin.

»Also gut, Maddo. Wer ist dieser alte Mann?«

»Der Kräutermann, der mir droben in Cantrae das Leben gerettet hat. Erinnerst du dich, daß ich dir von Brin Toraedic erzählt habe? Und er ist auch derselbe Mann, der Caudyr den Rat gegeben hat, Dun Deverry zu verlassen.«

»Ein Kräutermann als Lehrer eines Prinzen? Pferdedreck.«

»Bei den Göttern, siehst du denn nicht, was du vor der Nase hast? Der Alte ist ein Dweomermann.«

Caradoc verschluckte sich.

»Und er ist auch derjenige, der dir den Traum geschickt hat«, fuhr Maddyn fort, nachdem der Hauptmann sich erholt hatte. »Das hat er mir gegenüber zugegeben.«

»Nun, wenn uns der König in seinen Dienst aufnimmt, wird es sicherlich nicht langweilig werden, oder? Dweomerleute, beeindruckende junge Prinzen – das klingt alles wie in einem deiner Lieder.«

»Oh, es ist seltsamer als in jedem anderen Lied, das ich kenne. Wenn Nevyn hier nach Pyrdon gekommen ist, dann möchte ich wetten, daß er schwerwiegende Gründe hat, und nur die Götter wissen, worum es geht.«

»Hör zu, Sohn«, meinte Casyl verärgert. »Als ich davon redete, dir eine persönliche Wache zu geben, dachte ich an zwanzig Mann, nicht an neunzig.«

»Aber Vater, es wird im nächsten Sommer wieder zu Kämpfen kommen, und es wäre großartig, wenn ich fast hundert Mann anführen könnte!«

»Anführen? Hör mir zu, Welpe. Ich habe dir schon tausendmal gesagt, daß du dich bei deinen ersten Kämpfen in der Nachhut halten wirst.«

»Nun, wenn du dir solche Sorgen machst, dann werde ich um so sicherer sein, je mehr Männer ich habe.«

Casyl brummte leise vor sich hin, aber es war ein liebevolles Geräusch.

»Mein Lehnsherr«, mischte sich Nevyn ein. »Wenn ich etwas sagen dürfte?«

»Aber selbstverständlich.«

»Obwohl ich die Motive des Prinzen für zweifelhaft halte, so spricht er doch die Wahrheit. Je größer die Wache, desto besser. Es mag bald eine Zeit kommen, da er viele Männer um sich braucht.«

Casyl drehte sich um und sah den alten Mann mit halb zusammengekniffenen Augen an. Sie saßen in dem schäbigen Beratungszimmer an einem runden Tisch, auf dem nur zwei wacklige Kerzenleuchter aus Bronze standen.

»Vater.«

Maryn beugte sich vor. »Du weißt, daß sich Nevyns Vorzeichen immer erfüllen.«

»Es geht nicht um seine Voraussagen, sondern ums Geld.

Wie sollen wir neunzig Söldner bezahlen und unterbringen können?«

»Ich habe die Steuern von diesem Land, das mir selbst gehört. Sie werden helfen, die Truppe zu versorgen. In diesem Herbst bekomme ich gleich zu Anfang vier ganze Kühe.«

»Und wie lange werden neunzig hungrige Männer brauchen, bis sie die aufgegessen haben?«

»Aber Vater! Du hast all diese Geschichten über die Silberdolche gehört. Wenn nur die Hälfte von ihnen wahr ist, dann kämpfen sie wie die Dämonen.«

Casyl lehnte sich zurück und rieb sich nachdenklich das Kinn. Nevyn wartete schweigend, denn er wußte, daß Maryn sich am Ende irgendwie durchsetzen würde.

»Also gut«, sagte Casyl schließlich. »Ich habe sie noch nicht einmal gesehen. Ich werde sie inspizieren, wenn sie morgen hier sind. Und dann sehen wir weiter.«

»Danke, Vater. Du weißt, daß der Prinz sich stets den Befehlen des Königs unterwerfen wird.«

»Raus mit dir, kleiner Heuchler! Geh zu deiner Mutter. Sie hat mir vor einiger Zeit gesagt, daß sie mit dir reden möchte.«

Maryn verbeugte sich höflich, nickte Nevyn zu und lief dann aus dem Zimmer, wobei er die Tür hinter sich zuschlug und danach auf dem Flur in lautes Pfeifen ausbrach.

»Ihr Götter – schon im nächsten Sommer reitet mein Sohn in den Krieg! Heute abend, Nevyn, komme ich mir so alt vor wie Ihr.«

»Zweifellos, Euer Hoheit, aber ich höre immer noch einen Jungen und keinen Mann, wenn er vom Kriegsruhm spricht.«

»Selbstverständlich, aber er wird lernen. Ich bete nur, daß unsere nächste Kampagne eine einfache wird. Habt Ihr tatsächlich irgendwelche Voraussagen?«

»Ich glaube schon. Euer Hoheit, der König in Cerrmor wird bald sterben – ich glaube, schon vor dem Ende des Winters.«

Casyl erstarrte beinahe und umklammerte fest die Armlehnen des Stuhls.

»Sein einziger Sohn ist bereits tot«, fuhr Nevyn fort. »Seine drei Töchter sind noch zu jung, um Söhne zu haben. Sagt mir, Euer Hoheit, habt Ihr Euch je vorstellen können, König von Deverry zu sein? Wenn Glyn stirbt, werdet Ihr der Erbe sein.«

»Bei den Höllen, das ist unmöglich! Er ist noch so jung.«

»Fieber befallen die Jungen ebenso wie die Alten. Euer Hoheit sollten genau nachdenken, denn mit einer Frau aus Cantrae werdet Ihr bei Euren neuen Vasallen nicht besonders beliebt sein.«

Casyl saß so reglos da, seine Lider waren so schwer, daß es aussah, als schliefe er. Nevyn wartete einige Zeit, bevor er fortfuhr.

»Und was ist mit den Silberdolchen, Euer Hoheit? Ihr werdet solche Männer brauchen, wenn Ihr die Gelegenheit ergreifen wollt, den Thron von Cerrmor zu beanspruchen.«

»Gelegenheit? Seid nicht dumm, Mann! Selbst wenn ich eine doppelt so große Armee hätte, habe ich nur die Chancen eines Flohs in einem Seifenbad, und ich denke, das wißt Ihr.«

»Wenn die Lords von Cerrmor Euch akzeptieren, dann habt Ihr eine sehr gute Chance, mein Lehnsherr.«

Casyl stand auf und ging zum offenen Fenster, wo die schwere, feuchte Nachtluft hereindrang.

»Wenn ich die Männer meines Königreichs zusammenziehe, um nach Cerrmor zu marschieren, wird Eldidd nach Norden ziehen. Es geht darum, ein Königreich gegen das andere auszutauschen, nicht wahr? Das Land, das ich besitze, wegzuwerfen für ein anderes, das ich noch nie gesehen habe. Es gibt Männer in Cerrmor, deren Anspruch auf den Thron genausogut ist wie meiner. Irgendwo in meiner Linie gibt es einen unehelichen Sohn, und die anderen Fraktionen könnten den leicht gegen mich benutzen. Und während wir uns über Cerrmor streiten, wird die Cantrae-Linie den Rest des Reichs übernehmen. Kommt Euch das wie ein gerechter Handel vor?«

»Nein, mein Lehnsherr. Besonders, da ich einen Mann kenne, der einen besseren Anspruch auf den Thron von ganz Deverry hat als jeder andere.«

»Ach ja?« Casyl drehte sich wieder um, lehnte sich lässig an den Fensterrahmen und lächelte höflich interessiert. »Und wer sollte das sein?«

»Hat Eure Hoheit tatsächlich keine Ahnung?«

Casyl erstarrte, den Mund schmerzlich verzogen.

»Ich denke, Ihr wißt es.« Nevyn war gnadenlos. »Euer Sohn, mein Lehnsherr. Während eine Frau aus Cantrae gegen Euch sprechen könnte, stärkt eine Mutter aus Cantrae Maryns Position ums Hundertfache. Er hat Verbindungen zu jeder königlichen Linie, selbst zu der von Eldidd. Starke Verbindungen.«

»So ist es.« Casyls Stimme war nur noch ein Flüstern. »Ihr Götter! Bis jetzt habe ich noch keinen Moment darüber nachgedacht. Ich hätte mir nie träumen lassen, daß die Cerrmor-Linie so abrupt abbrechen würde. Glaubt Ihr, Maryn hätte eine Chance, angenommen zu werden? Oder wird er um den Thron kämpfen müssen?«

»Ich denke, Cerrmor wird ihn willkommen heißen. Was sollten sie sonst tun, etwa einen König aus Cantrae auf den Thron setzen?«

»Selbstverständlich nicht.« Casyl begann, auf und ab zu gehen. »Der Weg zum Thron wird schwer und gefährlich sein. Aber wie kann ich meinem Sohn den Anspruch auf sein Wyrd verweigern?«

»Hier steht mehr auf dem Spiel als Maryns Wyrd. Dies ist eine Angelegenheit von höchster Wichtigkeit für das ganze Königreich. Sicher, ich weiß, daß ich von seltsamen Vorzeichen gesprochen habe, ohne es beweisen zu können. Aber Ihr werdet erkennen, daß ich die Wahrheit gesagt habe, wenn Ihr von Glyns Tod erfahrt. Inzwischen könnte es ratsam sein, Maryn eine möglichst große persönliche Wache zu beschaffen.«

»Wahrhaftig – wenn er der Erbe zweier Throne ist! Also gut. Ich werde mir morgen diese Silberdolche ansehen.«

Am nächsten Morgen war Maryn mehr als nur aufgeregt, als es um seine persönliche Wache ging. Als Nevyn vorschlug, sie sollten sich unterhalten, bestand der Prinz darauf, die Festung zu verlassen und zu dem schmalen, sandigen Strand der Insel zu gehen, wo sie vollkommen allein waren. Obwohl es ungewöhnlich warm war, streiften immer noch dünne Zirrhuswolken den Himmel, und die Blätter der Birken hatten eine kränkliche Gelbfärbung angenommen.

»Also gut, Euer Hoheit«, sagte Nevyn sofort, nachdem sie sich auf einem Felsen niedergelassen hatten. »Was beunruhigt Euch so?«

»Vielleicht ist es gar nichts. Vielleicht werde ich nur verrückt oder so.«

»Ach ja? Heraus damit.«

»Nun, als ich gestern diesen Silberdolchen begegnete, hatte ich ein äußerst seltsames Gefühl. Das ist der Anfang, sagte das Gefühl. Man hört ja von Leuten, zu denen ihr Wyrd spricht. Aber das habe ich zuvor nie verstanden. Nun verstehe ich es, weil ich gehört habe, wie mein Wyrd das zu mir sagte. Oder bin ich verrückt?«

»Nein, überhaupt nicht. Euer Wyrd sammelt sich um Euch – ganz bestimmt.«

Nachdenklich starrte der Prinz auf den See hinaus, auf dem sich leichte Wellen bildeten, als eine Böe die Birken erschütterte.

»Habt Ihr Angst, Euer Hoheit?«

»Nicht um mich selbst. Ich dachte nur gerade an etwas. Nevyn, wenn ich König werden soll, dann werden Menschen für mich sterben. Es wird einen Krieg geben müssen, bevor ich den Thron besteigen kann.«

»Das ist wahr.«

Der Prinz schwieg eine lange Weile, und er sah so jung aus: sein Gesicht war so absurd glatt, seine Augen so groß, daß es unmöglich schien, in ihm den wahren König von ganz Deverry zu erblicken. Maryn hatte Nevyns Lehren gut aufgenommen, aber mit vierzehn war er alles andere als bereit für die Aufgabe, die vor ihm lag. Andererseits bezweifelte Nevyn, daß irgendein Mensch, ganz gleich wie alt und weise, jemals wirklich bereit sein würde.

»Ich will nicht schuld an diesem Sterben sein.« Das sagte er abrupt und mit befehlsgewohnter Stimme.

»Euer Hoheit haben keine andere Wahl. Wenn Ihr Euch weigert, Euer Wyrd auf Euch zu nehmen, dann werden noch mehr Menschen bei dem Versuch sterben, irgendeinen falschen König auf den Thron zu setzen.«

Der Prinz hatte Tränen in den Augen; gereizt wischte er sie mit dem Ärmel ab, bevor er antwortete.

»Dann werde ich meinem Wyrd folgen.«

Er stand auf, und plötzlich sah er älter aus. »Niemand soll mich davon abhalten können, einen Platz einzunehmen, der mir rechtmäßig zusteht.«

Am Mittag kam die Botschaft, daß die Silberdolche eingetroffen waren. Nevyn ritt mit Maryn und dem König, um so etwas wie einen Test seiner Pläne durchzuführen. Draußen auf der Wiese, am Ende des Damms, saßen Männer zu Pferd, in ordentlichen Reihen, mit Caradoc, Maddyn und einem jungen Mann, den Nevyn nicht erkannte, ganz vorn. Hinter ihnen befand sich eine unruhige Masse von Packpferden, Wagen, Frauen und sogar ein paar Kindern.

»Das ist eine Überraschung«, bemerkte Maryn. »Ich hätte nicht geglaubt, daß solche Männer Ehefrauen haben.«

»Ich würde sie nicht unbedingt als Ehefrauen bezeichnen«, sagte Casyl. »Es gibt ein paar Sachen, die du erst noch lernen mußt, Junge.«

Nevyn und Maryn ritten hinter dem König, als er zu Caradoc hinübertrabte. Auf den ersten Blick fand Nevyn die Truppe nicht sonderlich beeindruckend. Die Männer waren zwar einigermaßen sauber und ihre Waffen in gutem Zustand, aber sie sahen recht heruntergekommen aus, lümmelten sich in ihren Sätteln und beobachteten die königlichen Persönlichkeiten mit kaum verborgener Aufsässigkeit. Am Dolch eines jeden Mannes glitzerte der silberne Griff wie eine Warnung. Caradoc allerdings verbeugte sich tief aus dem Sattel heraus, als der König sich näherte.

»Ich grüße Euch, Euer Hoheit. Ich habe meine Männer hergebracht, wie es der Prinz befahl. Ich hoffe untertänigst, Euer Hoheit werden sie akzeptabel finden.«

»Wir werden sehen. Aber falls ich Euch aufnehme, dann werdet Ihr auf den Befehl des Prinzen reiten und nicht auf meinen.«

Caradoc sah Maryn mit einem leicht skeptischen Lächeln an, als überlegte er, wie alt der Junge sei. Im Geist rief Nevyn die hohen Herren von Luft und Feuer an, die sofort antworteten und kamen, um sich um den Jungen zu gruppieren. Ihre Kraft hüllte Maryn ein, verlieh ihm ein leichtes Schimmern, eine Aura der Macht. Ein leichter Wind erhob sich, um sein Haar zu zausen und seinen Umhang zum Wehen zu bringen. Und es schien, daß selbst die Sonne heller leuchtete, wenn sie auf ihn fiel. Caradoc setzte dazu an, etwas zu sagen, dann verbeugte er sich abermals – so tief er konnte.

»Ich glaube, es wäre eine große Ehre, für Euch zu reiten, mein Prinz. Möchtet Ihr meine Männer inspizieren?«

»Gern. Aber ich möchte Euch warnen, Hauptmann. Wenn Ihr in meinen Dienst tretet, werdet Ihr mit mir einen wirklich langen Weg reiten. Selbstverständlich ist echter Ruhm auch nur auf langen Wegen zu finden.«

Wieder verbeugte sich Caradoc, sichtlich erschüttert, diesen Jungen reden zu hören wie den Helden einer Bardengeschichte. Die Silberdolche nahmen plötzlich Haltung an, und der junge Leutnant neben Maddyn holte tief Luft. Als Nevyn zu ihm hinsah, hätte er beinahe laut geflucht: Gerraent mit dem Falkenzeichen auf Hemd und Schwertgriff, genau wie es immer gewesen war.

»Das ist Owaen, guter Berater.« Caradoc hatte sein Interesse bemerkt. »Mein Stellvertreter im Kampf. Maddyn ist unser Barde und ebenso mein Stellvertreter, wenn es um friedliche Angelegenheiten geht.«

»Ihr scheint alles gut im Griff zu haben, Hauptmann«, sagte Maryn.

»Ich tue mein Bestes, mein Prinz.«

Owaen betrachtete Nevyn neugieriger, als er den Prinzen oder den König angesehen hatte. In diesen harten blauen Augen bemerkte Nevyn eine winzige Spur des Wiedererkennens, ein Glitzern ihrer alten gegenseitigen Abneigung, das nur einen Augenblick dauerte, bevor es verblüfftem Staunen wich. Zweifellos fragte sich Owaen gerade, wieso er einem unbewaffneten alten Mann gegenüber, den er gerade erst kennengelernt hatte, so intensiv empfand. Nevyn lächelte und wandte den Blick wieder ab. Auch er war nun überaus aufgeregt. Hier waren Gerraent und Blaen, nun unter den Namen Owaen und Maddyn, und dort war Caradoc, der in einem früheren Leben als Glyn I. selbst König von Cerrmor gewesen war. Glyn war ein so guter König gewesen, daß Nevyn zunächst entsetzt war, ihn als Ausgestoßenen und Silberdolch wiederzufinden, bis er sich daran erinnerte, daß für das Wohlergehen des Königreichs nun genau ein solcher Mann notwendig war. Ein Söldner wie Caradoc kämpfte nur für eins: den

Sieg. Ihn interessierten die Annehmlichkeiten und Verlockungen der Ehre nicht; er würde sich zu jeder Art Heimtücke herablassen, wenn es für den Sieg notwendig war. Alle Angehörigen seines Zauberkreises von Wyrd versammelten sich zu dieser neuen Aufgabe. Und das bedeutete, daß sich auch Brangwens Seele zu ihm gesellen würde. Bald würde er eine weitere Gelegenheit erhalten, sein wirres Wyrd endlich aufzulösen.

Nun bemerkte er den Troß der Truppe, der sich in respektvollem Abstand hinter den Männern befand. Ihm wurde ganz elend, als er sich fragte, ob Brangwen wohl unter diesen Frauen war. Konnte sie in diesem Leben so tief gesunken sein? Einen Augenblick lang hatte er ehrliche Angst, auch nur hinzusehen; dann wappnete er sich. Als Casyl und Caradoc begannen, über die Bedingungen der Zusammenarbeit zu reden, ließ Nevyn den Prinzen in der Obhut der Herren der Elementargeister und ritt an den Reihen entlang, als wolle sich der Berater des Prinzen einen guten letzten Blick auf die Männer verschaffen, die sein Lehnsherr als seine Wache aufnehmen wollte. Maddyn brach aus der Formation, um sich zu ihm zu gesellen.

»Überlassen wir den Pferdehandel Carro und dem König. Bei den Höllen, Nevyn, ich bin so froh zu wissen, daß wir den Winter in seiner Festung verbringen. Ich weiß, daß Caudyr auch gern mit Euch sprechen möchte.«

»Caudyr?« Er brauchte einen Augenblick, um sich an den jungen Wundarzt aus Dun Deverry zu erinnern. »Ach, ist dieser Welpe der Wundarzt, von dem Caradoc gesprochen hat? Dann nehme ich an, daß er sich vor all diesen Jahren an meinen guten Rat gehalten hat.«

»Das hat er getan. Und ich wette, es hat ihm nach Slwmars Tod das Leben gerettet.«

»Gut. Es sieht so aus, als hätte er auch meinen Rat über Abtreibungen angenommen, wenn man von den Kindern, die ich dort drüben sehe, ausgeht. Wie viele Mädchen hast du von der Straße aufgelesen, Maddo? Ich erinnere mich, daß du immer schon Glück bei den Frauen hattest.«

»Oh, das sind ganz gewiß nicht alle meine. Wir teilen, was wir können, wißt Ihr.«

Das wußte Nevyn, das wußte er nur zu gut. Der Gedanke, daß Brangwen von einem Mann zum anderen weitergereicht wurde, war wie der bittere Geschmack von Gift in seinem Mund. Die meisten Frauen ritten wie die Männer, die Röcke hochgerafft, einige mit einem kleinen Kind hinter sich. Aber alle – Mütter oder nicht – hatten den gleichen harten, mißtrauischen Blick wie die Männer. Ganz am Ende saß eine blasse blonde Frau in einem Maultierkarren und lehnte sich an Decken, während sie ein Baby stillte. »Das ist Clwna«, sagte Maddyn und zeigte auf sie. »Wenn wir erst in der Festung sind, wäre ich froh, wenn Ihr oder ein anderer Kräutermann sie Euch ansehen würdet. Es geht ihr seit der Geburt des Kindes nicht gut. Und Caudyr kann ihr anscheinend nicht helfen. Sie ist ebenso meine Frau wie jede andere von ihnen.«

»Wir können gleich mit ihr sprechen.« Nevyn war beklommen. »Der König und der Hauptmann werden zweifellos eine Weile brauchen.« Als sie auf sie zuritten, blickte Clwna auf. Sie hatte dunkle Ringe unter den blauen Augen, und ihre Haut war viel zu bleich. Nevyn hätte beinahe erleichtert geseufzt, als ihm klar wurde, daß sie nicht Brangwen war.

»Das hier ist Nevyn, der beste Mann im Kräuterreich«, erklärte Maddyn mit gezwungener Fröhlichkeit. »Er wird dich bald wieder gesund machen, meine Süße.«

Clwna lächelte zweifelnd.

»Nun, diese Diagnose ist einfach«, meinte Nevyn. »Eine gute Hebamme hätte es sofort bemerkt. Aber die einzigen Frauen, die Caudyr bisher nach einer Geburt behandelt hat, waren reich und wohlgenährt. Mädchen, dein Blut ist schwach, weil du gerade ein Kind bekommen hast. Und ich wette, du hast nicht richtig gegessen. Hole dir einen Apfel, stecke einen Nagel hinein und lasse ihn über Nacht drin. Dann zieh den Nagel heraus und iß den Apfel. Du wirst im Fruchtfleisch den roten Streifen jenes Körpersafts sehen, der dir fehlt. Tu das alle vierzehn Tage, dann geht es dir bald besser.«

»Ich danke Euch.« Clwna stotterte vor Überraschung. »Es ist schön, wenn ein Mann vom Hofe wie Ihr einer Frau in meiner Stellung helfen will.«

»Oh, ich bin nicht so höfisch, wie ich aussehe. Euer Baby ist ein hübsches, kleines Ding. Wer ist der Vater?«

»Woher sollte ich das wissen, Herr?« Sie zuckte die Schultern, und es schien ihr ehrlich gleichgültig zu sein. »Sehr wahrscheinlich Maddyn oder Aethan, aber es könnte auch der Hauptmann sein.«

Im Austausch für Kost und Logis im Winter und ein Silberstück pro Mann, falls es zu Kämpfen kommen sollte, schwor Caradoc Prinz Maryn seine Treue bis zum Frühjahr, wenn an Beltane die Bedingungen neu verhandelt werden sollten. Eine so große Truppe in der Festung auf der Insel unterzubringen, erwies sich allerdings als Problem. Der Kämmerer und der Hauptmann von Casyls Kriegshaufen konferierten eine Stunde lang. Dann schickten sie Diener aus, die überall im Hof umhereilten und Aufträge erledigten, bis die Söldner schließlich eine eigene Unterkunft hatten, einen Stall für ihre Pferde und einen Schuppen für ihre Wagen und die zusätzliche Ausrüstung. Der Kämmerer war ein alter Mann mit einem erstaunlichen Kopf für Einzelheiten und einem hochentwickelten Gefühl für Anstand. Er sei ganz außer sich, erklärte er Nevyn, als er herausfand, daß die Silberdolche kein Problem darin sahen, die Frauen in derselben Unterkunft unterzubringen, in der sie selbst schliefen.

»Nun, warum nicht?« meinte Nevyn. »Dort sind die Mädchen

sicher vor den Reitern des Königs. Oder wollt Ihr, daß es den ganzen Winter über Streit gibt?«

»Aber was ist mit diesen unschuldigen Kindern?«

»Nun, hoffen wir, daß sie einen festen Schlaf haben.«

Nach dem Abendessen ging Nevyn in die Unterkunft, um Maddyn zu besuchen. Als er in den langgezogenen Raum kam, der trüb vom flackernden Feuer beleuchtet war, mußte er einen Augenblick innehalten und nach Luft schnappen, weil es so nach Pferden, Menschenschweiß und Rauch roch. Die meisten Männer waren mit Würfelspielen beschäftigt; die Frauen hatten sich am abgelegenen Ende zusammengedrängt und unterhielten sich, während die Kinder in der Nähe schliefen. An der Feuerstelle saßen Maddyn, Caudyr und Caradoc am Boden und sprachen miteinander, während Owaen in der Nähe ausgestreckt lag, flach auf dem Boden, den Kopf auf die Arme gestützt. Er schien zu schlafen, aber er blickte kurz auf, als Maddyn ihn Nevyn vorstellte. Dann starrte er wieder ins Feuer.

»Setzt Euch«, sagte Caudyr und rutschte ein wenig, um Platz zu machen. »Ich freue mich, Euch wiederzusehen. Ich dachte, ein Zauberer wie Ihr hätte Wichtigeres zu tun, als Kräuter zu verkaufen.«

»Oh, die Kräuter sind auf ihre Weise schon wichtig, Junge. Aber nun erzählt mir, wie es dazu gekommen ist, daß Ihr diesen Silberdolch im Gürtel tragt.«

Lange Zeit sprachen Caudyr, Maddyn und Nevyn von den alten Zeiten, während Caradoc aufmerksam zuhörte und Owaen einschlief. Schließlich wandte sich das Gespräch unvermeidlich Nevyns Arbeit im Königspalast zu. Nevyn versuchte auszuweichen, bis Caradoc sich den Fragen anschloß.

»Guter Zauberer, wie kommt der Dweomer darauf, sich eines elenden Haufens wie uns zu bedienen? Ich glaube, wir haben ein Recht, das zu wissen, da Ihr uns schon darum bittet, für den Prinzen zu sterben.«

»Hauptmann, ich erbitte überhaupt nichts von Euch. Der Prinz ist derjenige, der Euch Speis und Trank gibt.«

»Pferdedreck. Der Prinz tut, was Ihr ihm sagt, zumindest, wenn es um wichtige Dinge geht.« Er warf Maddyn einen Blick zu.

»Ich muß allerdings sagen, daß ich sehr beeindruckt von dem Jungen war.«

»Ach ja?«

Als Caradoc zögerte, beugte sich Maddyn vor. »Ihr habt den wahren König gefunden, nicht wahr? Gebt es zu, Nevyn. Dieser Junge muß der wahre König sein, oder wir werden nie einen haben.«

Nevyn wäre am liebsten aufgesprungen und hätte einen kleinen triumphierenden Tanz aufgeführt, aber er beschränkte sich auf ein rätselhaftes Lächeln.

»Sagt mir, Hauptmann«, meinte er lässig, »was hieltet Ihr davon, Eure Männer eines Tages bis nach Dun Deverry zu führen?«

Caradoc zog seinen Silberdolch heraus und hielt ihn mit der Spitze nach oben, so daß er im Feuerlicht glitzerte.

»Das hier ist die einzige Ehre, die uns geblieben ist, und darauf schwöre ich Euch einen Eid. Entweder sehe ich den König auf seinem Thron – oder ich sterbe über der Leiche des Prinzen.«

»Und Ihr seid bereit, für einen Mann zu sterben, den Ihr heute zum erstenmal gesehen habt?«

»Warum nicht? Immer noch besser, als für eine Pestbeule von einem arroganten kleineren Lord umzukommen.« Lachend steckte er den Dolch wieder ein. »Und wann wird der Krieg beginnen?«

»Bald, Hauptmann. Sehr bald.«

Caradoc nickte lächelnd vor sich hin. Nevyn war nach Weinen zumute. In dem Berserkerblick des Hauptmanns konnte er den blutigen Preis erkennen, den sie alle für den Sieg zahlen würden.

Da alle in Eldidd von den Silberdolchen wußten, breitete sich die Nachricht, daß sie nach Pyrdon gezogen waren, schnell aus. Es war typisch für sein Pech, dachte Branoic, daß sie gerade jetzt weiterzogen, wo er sie brauchte. Obwohl ein einzelner Reiter schneller vorwärtskam als eine Truppe samt Troß, waren sie ihm etwa zehn Nächte voraus, und er konnte sie unterwegs nicht mehr einholen. Nach einer letzten kalten Nacht, die er draußen verbrachte, weil er sich kein Gasthaus leisten konnte, traf er gegen Mittag in Dun Drw ein und fand ein billiges Gasthaus, in dem er seine letzten beiden Kupferstücke für einen Krug Bier und ein Stück Brot ausgab. Er aß im Stehen, mit dem Rücken zur Wand, und behielt die anderen Gäste stets im Auge. Sobald ihre Arbeit es gestattete, kam die Kellnerin zu ihm und lächelte ihn an. Sie war ungewaschen und dürr und reizte ihn ungefähr sosehr wie die flohzerfressenen Hunde an der Feuerstelle; aber er ergriff die Möglichkeit, sich ein paar Informationen zu verschaffen.

»Wie weit ist es von hier bis zu König Casyls Festung, Mädchen?«

»Noch zwei Meilen auf der westlichen Straße. Ihr müßt von weit her kommen, wenn Ihr das nicht wißt.«

»Das tue ich. Nun sagt mir: Ist hier vor kurzem eine Truppe Söldner durchgekommen? Die Leute, die ich suche, kommen aus Eldidd, und sie tragen alle Dolche mit silbernen Griffen.«

»Ja, sie waren hier. Und sie sahen ziemlich unangenehm aus. Ich weiß nicht, warum der König sie aufgenommen hat.«

»Zweifellos, weil sie zu den besten Kämpfern im Königreich gehören.«

Er ging hinaus, bevor sie ihn weiter bedrängen konnte. Im Hof der Schenke wartete sein Fuchswallach, beladen mit allem, was er auf dieser Welt besaß: seinem Bettzeug, einer überwiegend leeren Satteltasche und einem Schild, der schon ordentlich angeschlagen war. Er hoffte, daß Caradoc darüber hinwegsehen konnte, daß er keine Rüstung besaß. Aber immerhin hatte er ein gutes Schwert, und er wußte es zu benutzen. Als Branoic zu dem Damm ritt, der zu Casyls Festung führte, weigerten sich die Wachen, ihn durchzulassen, und sie hatten auch nicht vor, eine Botschaft von diesem schmutzig und gefährlich aussehenden Fremden weiterzuleiten. Da er kein Geld hatte, sie zu bestechen, versuchte Branoic es erst mit Höflichkeit. Dann stritt er sich mit ihnen, aber auch das half ihm nicht weiter. Die Wachen lachten nur und sagten ihm, wenn er Caradoc sehen wolle, müsse er eben hier lagern, bis der Hauptmann die Festung verließe. Inzwischen war Branoic so wütend, daß er am liebsten sein Schwert gezogen hätte. Aber die Vernunft hielt ihn davon ab. Er war nicht den ganzen Weg von Eldidd hierher geritten, um sich von einem Kleinstaat-König hängen zu lassen.

»Also gut«, sagte er. »Ich werde hier am Tor sitzen und hungern, bis Ihr beschämt genug seid, um mich reinzulassen.«

Als er davonging, warf er noch einen Blick zurück und bemerkte, daß die Wachen beunruhigt dreinschauten, als hielten sie ihn tatsächlich einer solchen Tat für fähig. Und er hatte, da er weder über Geld noch Lebensmittel verfügte, auch kaum eine andere Wahl. Auf der Wiese gegenüber der Straße nahm er dem Wallach die Trense ab und ließ ihn grasen. Dann setzte er sich an eine Stelle, von der aus er die Wachen wütend anstarren und leicht gesehen werden konnte. Während die Zeit verging, warfen ihm die Männer immer wieder nervöse Blicke zu, die vielleicht von schlechtem Gewissen sprachen, vielleicht aber auch nur von ihrer Angst vor seinem Temperament. Branoic war zwar erst zwanzig, aber sechs Fuß vier Zoll groß und breit in den Schultern, und er hatte die langen Arme eines geborenen Schwertkämpfers. Auf seiner linken Wange trug er eine dicke, aufgeworfene Narbe, eine Erinnerung an das tödliche Duell, das dazu geführt hatte, daß man ihn aus der Festung seines Vaters in Belglaedd verbannte. Auch bessere Männer als Casyls Wachen hatten sich schon vor ihm gefürchtet.

Er hatte kaum zwei Stunden gewartet, als er den Klang von Silberhörnern hörte. Als sich die Tore auf der Insel öffneten, nahmen die Wachen an der Straße Habachtstellung ein. Die Silberdolche kamen den Damm entlanggeritten, und sie saßen so lässig, gleichmütig und arrogant im Sattel, wie er sie in Erinnerung hatte. Sie wurden angeführt von einem etwa vierzehnjährigen Jungen, der einen rot, golden und weiß karierten Umhang trug.

Als Branoic aufstand und vortrat, rief ihm einer der Wachen zu: »Du – tritt zurück, das ist der Erbprinz Maryn! Du wirst den Hauptmann nicht belästigen, wenn er mit dem Prinzen reitet.«

Trotz seiner Enttäuschung zog sich Branoic wortlos zurück. Die Angelegenheiten eines Prinzen hatten Vorrang vor denen der Gemeinen. Er wollte sich gerade wieder hinsetzen, als er hörte, daß man ihn ansprach, und diesmal war es der Prinz selbst. Branoic eilte rasch zu ihm und umfaßte den Steigbügel des Jungen als Zeichen der Demut.

»Jedermann, der darum bittet, hat Zugang zu mir.« Maryn warf den Wachen einen erbosten Blick zu. »Ein Prinz ist der Hirte seines Volks und kein Wolf. Erinnert euch von nun an daran.« Er wandte sich Branoic mit einem distanzierten, aber freundlichen Lächeln zu. »Nun, welche Angelegenheit wollt Ihr mir unterbreiten?«

»Meinen untertänigsten Dank, Euer Hoheit.« Branoic stotterte vor Staunen. »Aber eigentlich wollte ich nur mit Caradoc sprechen.«

»Nun, diese Gunst kann ich Euch leicht gewähren. Nehmt Euer Pferd und reitet ein Stück mit uns.«

Branoic lief, um diesem Befehl zu folgen. Als er neben Caradoc in die Formation fiel, bedachte ihn der Hauptmann mit einem seltsam tückischen Lächeln.

»Branoic von Belglaedd, nicht wahr? Was macht Ihr auf dem langen Weg nach Norden?«

»Ich bin auf der Suche nach Euch. Erinnert Ihr Euch an unsere letzte Begegnung? Ihr sagtet, daß Ihr mich aufnehmen würdet, wenn ich mit Euch reiten wollte. Oder war das nur ein Scherz?«

»Es war nur deshalb ein Scherz, weil ich nicht geglaubt hätte, daß Ihr den Hof Eures edlen Vaters verlassen wollt – und nicht etwa deshalb, weil ich mich nicht freuen würde, Euch bei meiner Truppe zu haben.«

»Dann danke ich den Göttern. Man hat mich ins Exil geschickt. Es ging um ein Duell der Ehre wegen.«

Caradoc zog die Brauen hoch.

»Ich habe davon gehört. Ihr habt den jüngsten Sohn des Gwerbret von Elrydd getötet, nicht wahr? Aber warum sollte Euer Vater Euch deshalb rauswerfen? Ich hörte, daß es ein gerechter Kampf war.«

»Das war es, und selbst der Priester des Bel hat ihn so beurteilt.«

Einen Augenblick fiel es Branoic schwer zu sprechen; er hatte das Gefühl, an der Ungerechtigkeit schier zu ersticken. »Aber ich habe meinem Vater einen mächtigen Feind gemacht, und deshalb hat er mich rausgeworfen, um sich bei dem elenden Gwerbret einzuschmeicheln. Auf dem ganzen Weg nach Norden habe ich um mein Leben gebangt, weil ich befürchtete, Elrydd würde mich auf der Straße umbringen lassen. Aber entweder habe ich ungerechtfertigt Schlimmes von ihm befürchtet, oder ich bin seinen Männern entgangen.«

»So wie ich Seine Gnaden in Erinnerung habe, würde ich das letztere annehmen. Also gut, Junge, du bist dabei. Aber den Dolch wirst du dir erst verdienen müssen. Wenn es zu einem Kampf kommt, erhältst du deinen Anteil des Solds. Aber du wirst beweisen müssen, daß du würdig bist, bevor ich dir von Otho dem Schmied eine Klinge machen lasse. Einverstanden?«

»Einverstanden. Und ich danke Euch – auf der ganzen Welt gibt es niemanden außer Euch, der mich aufgenommen hätte.«

Einige Zeit ritten sie schweigend weiter. Branoic betrachtete den jungen Prinzen, der ein paar Schritte voranritt, und fragte sich, wieso er ihm so ungewöhnlich vorkam. Er war ein hübscher Junge, aber im Königreich gab es viele gutaussehende junge Männer, und keiner von ihnen hatte diese Aura von Ruhm und Macht. Es mochte andere Prinzen geben, die über dieses Selbstbewußtsein und diese Anmut verfügten; aber niemand kam ihm so vor wie Maryn, der wirkte, als käme er direkt aus einem alten Epos. Manchmal schien es, als knisterte selbst die Luft, die ihn umgab, vor unsichtbarer Kraft.

»Und was hältst du von unserem Jungen?« sagte Caradoc schließlich leise.

»Nun, er erinnert mich an ein paar Klatschgeschichten, die ich unten in Eldidd gehört habe.«

»Klatschgeschichten?«

»Nun, von Vorzeichen und solchen Dingen.«

»Vorzeichen von was?«

Ein wenig verlegen zuckte Branoic einfach die Achseln.

»Heraus damit, Junge.«

»Nun, über den wahren König von Deverry.«

Caradoc lachte leise.

»Wenn du bei dieser Truppe bleibst, Junge, wirst du Eldidd und Pyrdon bald weit hinter dir lassen. Wirst du das verkraften können?«

»Das ist einfach. Augenblick – was wollt Ihr mir sagen? Werden wir eines schönen Tages den ganzen Weg nach Dun Deverry reiten?«

»Ja, das wird geschehen. Aber ich nehme an, die Straße zur Heiligen Stadt ist lang und blutig.«

Caradoc drehte sich im Sattel um. »Maddyn, komm her! Wir haben einen neuen Rekruten.«

Aus irgendeinem Grund war Branoic bei seinen früheren Begegnungen mit den Silberdolchen dem Barden nie begegnet. Maddyn war etwa dreiunddreißig, ein schlanker, aber muskulöser Mann mit lockigem blondem Haar und grauen Schläfen, und sein Blick zeugte davon, daß er schon viel gesehen hatte. Branoic mochte ihn vom ersten Augenblick an. Er hatte auf seltsame Weise das Gefühl, daß sie einander schon zuvor gekannt hatten, obwohl er sich nicht erinnern konnte, wann sie einander begegnet sein mochten. Den ganzen Nachmittag lang stellte Maddyn ihn den anderen vor, erklärte ihm die Regeln der Truppe, fand einen Stall für sein Pferd und ein Bett, sobald sie in die Festung zurückgekehrt waren, und er gab sich alle Mühe, daß Branoic sich willkommen fühlte. Beim Abendessen saßen sie zusammen, und es fiel Branoic leicht, dem Barden das Reden zu überlassen.

Mit dem Leutnant der Truppe, Owaen, war es ganz anders. Sie hatten kaum zu Ende gegessen, als er herüberkam, den Bierkrug in der Hand, und Branoic spürte sofort Abneigung. Es lag an der Art, wie dieser arrogante Hurensohn sich hielt, dachte er, wie er den Kopf zurücklegte, wie er die freie Hand am Griff des Silberdolches hielt. »Du da!« fauchte Owaen. »Ich sehe an deinem Wappen, daß du für den Adler-Clan von Belglaedd geritten bist.«

»Ja. Was geht es dich an?«

»Nichts, bis auf eine Kleinigkeit.« Owaen hielt inne, um einen Schluck Bier zu trinken. »Du hast diese Clan-

Zeichen überall auf deiner Ausrüstung. Ich will, daß du sie abnimmst.«

»Was?«

»Du hast mich gehört.« Owaen berührte eine Schulter seines Hemdes, auf der ein Falke eingestickt war. »Diese Adler ähneln meinem Wappen zu sehr. Ich will, daß sie verschwinden.«

»Ach ja?« Langsam erhob sich Branoic von der Bank, stand auf und trat Owaen gegenüber. Er bemerkte am Rande, daß es in der Halle still geworden war.

»Ich wurde in diesen Clan geboren, du elende kleine Ratte. Ich habe das Recht, dieses Wappen zu tragen, und genau das will ich auch.«

Wie durch Zauber tauchte Caradoc zwischen ihnen auf und legte Branoic eine Hand auf den Schwertarm.

»Hör zu, Owaen«, sagte der Hauptmann. »Die Ausrüstung dieses Jungen wird bald genug verlorengehen oder zerbrechen. Und die Adler werden von selbst davonfliegen.«

»Das ist mir zu spät.«

»Ich werde nicht zulassen, daß in der Halle unseres Prinzen gekämpft wird.«

»Dann gehen wir hinaus in den Hof«, warf Branoic ein. »Bringen wir es hinter uns, Owaen. Kämpfen wir mit den Fäusten, und der Sieger behält das Wappen.«

»Für einen neuen Mann bist du ganz schön unverschämt.« Dann bemerkte Owaen Caradocs grimmigen Blick. »Also gut. Ich bin dabei.«

Beinahe alle in der großen Halle folgten ihnen auf den Hof. Ein paar Pagen rannten nach Fackeln, und die Kontrahenten nahmen ihre Schwertgürtel ab und reichten sie Maddyn. Die Zuschauer begannen, Wetten abzuschließen. Als die Fackeln eintrafen, begannen Branoic und Owaen einander zu umkreisen und abzuwägen. Da Branoic bis jetzt jeden Faustkampf gewonnen hatte, besaß er großes Selbstvertrauen – zuviel davon. Er griff direkt an und spürte, wie Owaen seinen Schlag im selben Augenblick abblockte und ihm die Faust in den Magen setzte. Keuchend wich er zurück. Aber Owaen war direkt hinter ihm und schlug wieder zu, diesmal von der Seite, und erwischte ihn am Kinn. Obwohl dieser Schlag mehr brannte, als daß er wirklichen Schaden anrichtete, wurde Branoic von einer berserkerhaften Wut ergriffen, schlug zurück, drängte nach, schlug wieder zu und spürte nichts als wachsenden Schwindel, während Owaen im Gegenzug blockierte, tänzelte und zuschlug.

»Das genügt!« Caradocs Stimme schnitt durch den roten Nebel, der Branoic umgab. »Ich sagte, bleib stehen, bei den Eiern des Höllenfürsten!«

Arme griffen nach ihm und zogen ihn zurück. Branoic holte keuchend Luft und bemerkte, daß aus einem Riß über seinem linken Auge Blut floß. Owaen stand mit blutiger Nase vor ihm. Er lächelte, als Branoic einen Schritt vorwärts machte und spürte, daß ihm die Knie weich wurden. Als ihn die Männer, die ihn festhielten, sanft auf den Boden setzten, konnte er nur sitzenbleiben, nach Luft schnappen und spüren, wie Gesicht und Bauch vor Schmerz pochten, während das Blut über seine Wange lief.

»Damit ist jetzt Schluß«, sagte Caradoc. »Owaen behält die kleinen Hühnchen, weil er sie so gern hat. Aber ich will nicht, daß sich irgend jemand wegen dieser Sache über Branoic lustig macht. Habt ihr das gehört?«

Die anderen Silberdolche murmelten zustimmend. Unter gutmütigem Lachen löste sich die Menge auf und verhandelte auf dem Rückweg in die Halle über die Wetteinsätze. Branoic blieb draußen; er fühlte sich so gedemütigt, daß er glaubte, nie wieder einem anderen Mann ins Gesicht sehen zu können. Maddyn packte ihn am Arm und half ihm auf die Beine.

»Junge, ich habe noch nie einen Mann getroffen, der imstande war, Owaen die Nase blutig zu schlagen.«

»Du mußt nicht lügen, um mich nicht zu kränken.«

»Das tue ich nicht. Wenn jemand Owaen auch nur davon abhalten kann, ihn sofort niederzuschlagen, dann ist das eine Art von Sieg.«

Das kam so ehrlich heraus, daß Branoic spürte, wie seine Scham verschwand. Er taumelte noch und mußte sich auf Maddyn stützen, als sie in die Unterkunft zurückkehrten. Auf dem halben Weg dorthin wurden sie von dem alten Mann angehalten, den Maddyn ihm zuvor als den Berater des Prinzen vorgestellt hatte. Nevyn hob die Laterne, die er trug, und spähte Branoic ins blutende Gesicht.

»Ich werde Caudyr in die Unterkunft schicken. Dieser Junge braucht ein paar Stiche über dem Auge. Sorge dafür, daß er sich hinlegt, Maddo.«

»Oh, ich wette, er hatte nicht vor, die ganze Nacht durchzutanzen.«

Branoic versuchte, über den Scherz zu lachen, aber der Mund schmerzte ihn zu sehr. Plötzlich starrte ihm Nevyn direkt in die Augen, und dieser Blick war wie ein Speer, der tief in seine Seele drang. In seiner Verwirrung kam es Branoic vor, als hätte er sein ganzes Leben lang versucht, diesen Mann zu finden, aus einem Grund, an den er sich eigentlich erinnern sollte, an den er sich unbedingt erinnern *mußte*. Dann wich dieser Gedanke einer Flut der Übelkeit.

»Er wird sich gleich übergeben«, sagte Nevyn ruhig. »Das ist schon in Ordnung, Junge. Spuck alles aus.«

Branoic brach zusammen und übergab sich; sein Magen brannte von Owaens Faustschlägen. Wieder fühlte er sich gedemütigt, weil Nevyn ihn so sah. Aber als er endlich fertig war und sich entschuldigen wollte, war der alte Mann verschwunden.

Nevyn kehrte in seine Kammer zurück, entzündete das vorbereitete Feuerholz mit einer Geste und setzte sich in einen bequemen Sessel, um über diesen jungen blonden Mann aus Eldidd nachzudenken, den Caradoc wie einen streunenden Hund auf der Straße aufgelesen hatte. Nevyn hatte ihn erkannt, sobald er ihn sah – oder genauer gesagt, er wußte genau, daß er die Seele, die durch diese kornblumenblauen Augen schaute, erkennen sollte. Leider konnte er sich nicht daran erinnern, wer dieser Mann im früheren Leben gewesen war. Maddyn schien ihn zu mögen. Owaen haßte ihn vom ersten Blick an, und das war offenbar eine Empfindung, die Branoic mit ihm teilte. Es schien logisch, daß Branoic in seinem letzten Leben ein treuer Angehöriger von Gwenivers Kriegshaufen gewesen war, der immer noch den Mann haßte, der versucht hatte, eine Priesterin zu vergewaltigen. Da Nevyn nie auf die anderen Männer des Kriegshaufens geachtet hatte, schien es ebenso logisch, daß er sich auch weiter nicht an sie erinnerte. Andererseits hatte er eine derart intensive Dweomerberührung beim Anblick des Jungen verspürt, daß er sicher war, jemand Wichtigeren als einen von Gwens und Ricyns Reitern vor sich zu sehen.

»Vielleicht ihr Schwager?« sagte er laut. »Wie hieß er noch? Ihr Götter, auch daran kann ich mich nicht erinnern! Ich werde wirklich alt.«

Im Lauf der nächsten Tage war sein Geist immer wieder mit dem Problem von Branoics Identität beschäftigt – ruhelos wie ein Terrier vor einem Rattenkäfig: er knurrte und schnappte, aber er konnte die Ratte nicht herausbekommen. Schließlich gab sich der alte Mann mit der Überlegung zufrieden, daß das Eintreffen des Jungen auf jeden Fall ein Vorzeichen darstellte, diesmal ein wahres und nicht eines, das er selbst gefälscht hatte. Ein Vorzeichen ohne jeden theatralischen Glanz, wie er jenen anhaftete, die er und die Priester im ganzen Land über die Ankunft des neuen Königs ausbreiteten. Immer wieder tauchten nun also Menschen, denen er in früheren Leben vertraut hatte, hier auf, um ihm dabei zu helfen, dem Königreich Frieden zu bringen.

Und bald schon erhielt er andere Nachrichten, die seine Aufmerksamkeit in Anspruch nahmen. Ein paar Wochen zuvor hatte er einen Boten zum Tempel des Bel in Hendyr geschickt, der ihm Kopien zweier wichtiger Werke über die Gesetze von Deverry bringen sollte. Und als der Bote zurückkehrte, hatte er auch einen Brief von Dannyr, dem Hohenpriester unten in Cerrmor, mitgebracht, einen Brief, der zweimal versiegelt und in der alten Sprache des Heimatlandes geschrieben war, die kaum jemand mehr lesen konnte.

»König Glyn ist krank«, schrieb Dannyr. »Alle reden von Gift, obwohl mir das zweifelhaft erscheint. Die Ärzte des Königs sprechen von Verstopfung der Leber. Und es ist ja tatsächlich kein Geheimnis, daß der König sich dem Met in ungeheuerlichen Mengen hingegeben hat, seit er alt genug gewesen ist, um Alkohol zu trinken. Dennoch halte ich es für klug, Euch über diese Gerüchte zu informieren; denn wir dürfen nicht zulassen, daß die Leute behaupten, der wahre König habe einen seiner Rivalen vergiftet. Ich bedarf nun wirklich Euren Rats, aber um der Liebe sämtlicher Götter willen, schreibt in der alten Sprache.«

Nachdem er den Brief gelesen hatte, fluchte Nevyn laut und sowohl in der alten als auch in moderneren Sprachen; denn Dannyr hatte recht. Niemand würde Maryn mehr für den wahren König halten, wenn man glaubte, er habe Gift benutzt, um sich den Thron zu verschaffen. Die gesamte Schuld – wenn hier denn tatsächlich eine Schuld bestand – mußte auf einen der anderen Prätendenten fallen oder noch eher auf einen der diversen Handlanger des Eber-Clans, die den achtzehnjährigen König umgaben. In diesem Augenblick erinnerte sich Nevyn an Caudyr, und er dankte den Herren des Lichts aus ganzer Seele dafür, daß sie ihm die Waffen für diese Schlacht in die Hand gegeben hatten. Die Aussage des Wundarztes über die Umstände, die den Tod des letzten Königs betrafen, würde zweifellos jeden Verdacht dorthin zurückweisen, wo er hingehörte. Mit einem grimmigen Lächeln ging Nevyn zu seinem Schreibtisch und entwarf sofort einen Brief an Dannyr.

Aber nachdem Nevyn fertig und der Brief sicher versiegelt war – obwohl kaum eine Möglichkeit bestand, daß ihn jemand lesen konnte –, blieb der alte Mann noch lange am Schreibtisch sitzen und dachte über dieses Vergiftungsgerücht nach. Obwohl es schien, daß Glyn durch natürliche Ursachen starb, die er selbst bewirkt hatte, herrschte auch kein Zweifel daran, daß nun in den zerrissenen Königreichen überall Gift zu haben war. Wer braute dieses Zeug? Was, wenn Anhänger des dunklen Dweomer nur darauf warteten, das Land noch tiefer ins Chaos zu stürzen? Und wußten sie von Maryn? Ihm wurde eiskalt, und er nannte sich selbst einen Narren, einen stolzen Dummkopf, weil er geglaubt hatte, ein solch wichtiges Geheimnis vor jenen verborgen halten zu können, deren Lebensaufgabe es war, derartige Dinge zu ergründen. Er würde herausfinden müssen, ob sein Verdacht zutraf – und sollte das der Fall sein, dann würde es nicht mehr genügen, ins Feuer zu spähen.

Er verriegelte die Tür zu seiner Kammer, dann legte er sich aufs Bett, auf den Rücken, und verschränkte die Arme über der Brust. Erst beruhigte er seinen Atem, dann beschwor er seinen Lichtkörper herauf, indem er sich die schimmernde, menschenähnliche Gestalt erst im Geist vorstellte und dann durch reine Willenskraft aus sich herauszwang, bis sie neben ihm in der Kammer zu stehen schien. Er ließ sein Bewußtsein in diesen Lichtkörper übergehen, hörte ein leises Klicken, und dann trieb er auch schon in der Luft und blickte hinab auf seine eigene reglose Gestalt. Er glitt durch ein Fenster nach draußen und flog hoch nach oben, bis er die ganze Festung überblickte, einen schwarzen, leblosen Klumpen inmitten des Silbernebels elementarer Kräfte, die vom See aufstiegen. Obwohl der Nebel es ihm schwierig machte, an Ort und Stelle zu bleiben – er war gezwungen, gegen einige wirklich gefährliche Strömungen anzukämpfen –, war er dennoch froh darüber.

Denn dieser Nebel würde es sehr schwierig machen, die Festung mittels des zweiten Gesichts auszuspionieren. Der See machte Din Dwrloc auch in dieser Hinsicht sicherer.

Es gelang Nevyn schließlich, sich von der Aura des Sees zu befreien, und nun schwebte er über dem schlafenden Land, das eine trübe rötlich-braune Färbung hatte, da der Herbst alle Energie des Pflanzenlebens aufsaugte. In ihrer wahren Gestalt, wunderschönen, sich stets verändernden kristallinen Strukturen bunten Lichts, umgab ihn das Wildvolk und begleitete ihn auf seinem Flug. Etwa fünf Meilen von der Festung entfernt erhielt Nevyn seine erste Warnung vor dem Bösen, als die Geister innehielten, schauderten und dann in silbrigen Blitzen verschwanden. Nevyn wartete und verharrte über einem Gehölz, dessen nachlassendes Glühen einen gewissen Schutz bot. Aber das Wildvolk kehrte nicht zurück – es mußte ernsthaft verschreckt sein. Nevyn ließ sich höher treiben, bis das blaue Licht so dick wie wirbelnder Nebel war, der die Landschaft darunter verbarg. Als Nevyn sich vorstellte, daß Licht aus seinen Fingerspitzen flösse, tauchte dieses Licht auch wirklich auf, denn die flüchtige Materie dieser Ebene reagierte sofort auf seine Impulse. Mit solch glühenden Lichtlinien zeichnete er ein gewaltiges Schutzsiegel vor sich. Da es auch aus großer Entfernung sichtbar sein würde, war es ein hervorragender Köder, um die Aufmerksamkeit aller anderen Reisenden in der ätherischen Ebene auf sich zu ziehen.

Lange lauerte er dort wie ein Jäger nahe einer Schlinge, bis er schließlich weit entfernt eine weitere menschenförmige

Gestalt aus Licht im blauen Nebel entdeckte. Er zeichnete ein weiteres Zeichen in den Äther, diesmal eins von Gruß und Freundschaft, und wurde damit belohnt, daß sein Mitreisender zunächst erstarrte, sich dann umwandte und mit höchster Geschwindigkeit floh. Instinktiv setzte Nevyn dazu an, ihm zu folgen, aber er hielt inne, bevor er zu weit geflogen war. Er hatte keine Ahnung, wie stark der Feind war oder ob es sich nur um eine einzelne Person handelte. Er konnte nun allerdings sicher sein, daß es sich um einen Feind handelte. Jeder Diener des Lichts hätte sein Grußzeichen mit einem ähnlichen erwidert und wäre dann zu ihm gekommen.

Statt also eine überflüssige Schlacht zu riskieren, kehrte Nevyn in die Festung und in seinen eigenen Körper zurück. Er reckte sich, setzte sich aufrecht hin und starrte ins Feuer.

»Schlechte Neuigkeiten. Ich fürchte, jemand beobachtet uns.«

Beunruhigt flackerten die Feuergeister auf und schickten einen Funkenschauer in den Kamin.

»Wenn ihr irgend etwas seht, was nur im geringsten ungewöhnlich ist, sagt es mir.«

Die schimmernden Salamander in den Flammen nickten zustimmend. Nevyn stand auf, griff nach seinem dicken Umhang und verließ das Zimmer. Er ging die Wendeltreppe empor zum letzten Stockwerk des Broch, wo ihm eine Falltür Zugang zum Dach gewährte. Nachdem er sich schnell umgesehen hatte, um sich zu überzeugen, daß keine Diener in der Nähe waren, die das exzentrische Verhalten des gelehrten Beraters beobachteten, schob er die Falltür auf und kletterte hinaus aufs Dach.

Als erstes hob er die Arme hoch über den Kopf und rief die Macht des heiligen Lichts an, die hinter allen Göttern steht. Ihr sichtbares Symbol erschien in Form eines glühenden Speers, der ihn von Kopf bis Fuß durchdrang. Einen Augenblick lang stand er reglos da und bekundete seine Demut. Dann streckte er die Arme in Schulterhöhe aus und brachte das Licht in ihnen dazu, einen Querbalken über seine Brust zu bilden. So stand er nun innerhalb eines Kreuzes, und das Licht wurde immer heller und stärkte ihn, bevor es langsam wieder durch den Einfluß seines Willens verschwand. Als es ganz erloschen war, senkte Nevyn die Arme, dann stellte er sich ein Schwert aus Licht in seiner rechten Hand vor. Nachdem die Form erst einmal ohne Einfluß seines Willens bestand, umkreiste er das Dach und benutzte das Schwert, um einen riesigen goldenen Ring aus Licht in den Himmel zu zeichnen. Während der Ring zur Erde sank, breitete er sich aus und bildete eine brennende Mauer um die gesamte Festung. Dreimal machte Nevyn diese Runde, bis die ätherische Mauer auch ohne seinen Einfluß standhielt.

In jeder Himmelsrichtung schuf er ein Siegel in Gestalt eines fünfzackigen Sterns aus blauem Feuer. Nachdem erst einmal alle vier Himmelsrichtungen versiegelt waren, breitete er das Licht weiter aus, bis es nicht mehr ein Ring, sondern ein Halbkreis war, der sich wie eine Kuppel über die Festung wölbte. Er setzte ein letztes Siegel auf den höchsten Punkt dieser Kuppel, und dann zog er die Kraft aus dem Astralschwert, bis es verschwand. Zum Zeichen dafür, daß diese Arbeit beendet war, stampfte er dreimal auf. Die Kuppel jedoch blieb sichtbar – jedenfalls für jemanden mit Dweomerblick. Nevyn würde die Siegel fünfmal täglich erneuern müssen, jedesmal, wenn die Astralgezeiten wechselten, aber solange er das tat, würde jeder innerhalb der Kuppel vor dem Blick des zweiten Gesichts sicher sein.

Er wickelte sich fester in seinen Umhang, denn in der Luft hing schon die Vorankündigung des Winters, und ging zur Mauer, um in den Hof hinabzuspähen. Jemand ging dort umher, und zwar auf eine äußerst verdächtige Art: immer ein paar Schritte, dann blieb er stehen, um sich sorgfältig umzusehen, dann ging er langsam wieder weiter. Den Kopf voller Gedanken an Spione, verließ Nevyn das Dach sofort und rannte die Wendeltreppe so schnell hinunter, daß er beinahe gestolpert und gestürzt wäre. Als er auf den Hof kam, war die geheimnisvolle Gestalt nicht mehr zu sehen. Wütend vor sich hinmurmelnd, beschwor Nevyn das Wildvolk und fand unter ihnen einen großen, gefleckten Gnom, der den Spaziergänger tatsächlich gesehen hatte. Der Gnom führte ihn direkt um den Hauptbroch herum und auf die fragliche Stelle zu, ohne die geringste Furcht an den Tag zu legen, was Nevyn annehmen ließ, daß er es wohl übertrieben hatte, gleich einen Spion des dunklen Dweomer zu vermuten. Und als er seine Beute vor sich hatte, bemerkte er, daß es Branoic war. Selbst im Dunkeln war der junge Mann durch seine Größe und seine gerade Haltung leicht zu erkennen.

»Guten Abend, Junge. Ein bißchen Luft schnappen?«

»In gewisser Weise, Berater. Ich … nun ja … ich glaubte, ein Feuer zu sehen.«

»Ihr Götter! Wo?«

»Nun, ich habe mich geirrt.« Der Junge klang zutiefst verlegen. »Ich bin verflucht froh, daß ich nicht alle geweckt habe. Ich muß einen schlechten Traum gehabt haben.«

»Ach ja? Erzähl mir davon.«

»Nun, da ich neu in der Unterkunft bin, habe ich das Bett direkt am zugigen Fenster erwischt. Ich träumte, ich wäre wach und spähte nach draußen, und die Mauern der Festung standen in Flammen. Also wollte ich schon aufschreien, aber dann fiel mir ein, daß diese Festungsmauern aus Stein und keine Holzpalisaden waren. In diesem Augenblick muß ich wohl wach geworden sein. Aber ich mußte immer wieder darüber nachdenken; also habe ich die Stiefel angezogen und bin nach draußen gegangen, um mich umzusehen. Sobald ich draußen war, wurde mir klar, daß es wohl ein Traum gewesen sein mußte – aber es war ein sehr lebhafter Traum, den mir wohl die Dämonen geschickt haben.«

Nevyn war vollkommen verblüfft. Offenbar verfügte dieser junge Krieger über eine Spur Dweomer, und er hatte im Traum gesehen, wie Nevyn die Mauern versiegelte. Aber keiner der Männer im Zauberkreis seines Wyrd hatte in früheren Leben jemals eine solche Begabung gezeigt. Bei den Höllen, dachte er gereizt, wer kann er nur sein?

»Sag mir, hast du öfter solche Träume?«

»Manchmal. Ich meine, ich habe noch nie von Feuern geträumt. Aber manchmal habe ich Träume, die mir so wirklich vorkommen, daß ich glauben könnte, ich sei hellwach gewesen. Hin und wieder …« Er brach ab.

»Hin und wieder erweist es sich, daß einer deiner Träume wahr wird.«

Branoic holte tief Luft und wich zurück. »Wenn Euer Lordschaft mich entschuldigen …«, stotterte er, »sollte ich lieber gehen. Es ist eiskalt hier draußen.«

Er drehte sich um und lief vor dem Mann davon, der sein Geheimnis entdeckt hatte. Junger Dummkopf! dachte Nevyn, aber durchaus liebevoll. Er würde noch öfter mit Branoic reden müssen, ganz gleich, wer er – und dann erkannte er es: Die ganze Zeit hatte er es direkt vor Augen gehabt, aber es war ihm so unangenehm gewesen, daß er es tagelang von sich schob.

»Das kann nicht sein! Die Herren des Wyrd würden mir so etwas nicht antun! Oder doch?«

Und dennoch erinnerte er sich an Brangwens letzte Inkarnation, als sie als Gweniver geträumt hatte, sie würde der beste Krieger von ganz Deverry werden. In diesem Leben hatten ihr die Herren des Wyrd nun einen Körper gegeben, der es ihr ermöglichte, sich diesen Traum zu erfüllen, und dann – das hoffte er zumindest – würde sie davon genug haben. Obwohl jede Seele eine Grundlage von einer bestimmten Art hat, die auch das Geschlecht des physischen Körpers bestimmt, verbringt jede einen Teil ihrer Leben in Körpern des anderen Geschlechts, um eine vollständige Erfahrung der Gestaltwelt zu gewinnen. Nevyn hatte sich einfach geweigert, zu erkennen, daß diese Zeit nun für Brangwen gekommen war – für seine reizende, kleine, zarte Gwennie, als die er sie immer noch betrachtete. Es war durchaus möglich, daß sie einen Teil ihres Wyrds abarbeitete, der mit ihm persönlich überhaupt nichts zu tun hatte. Was immer der Grund dafür sein mochte, sie war zu ihm zurückgekehrt, wie er immer gewußt hatte, daß sie zurückkehren würde, aber diesmal als Branoic von Belglaedd. Als er dort im dunklen, stillen Hof auf und ab lief, war Nevyn plötzlich sehr, sehr müde. Er entdeckte eine finstere Botschaft für sich selbst in der Wahl des Körpers, den diese Seele getroffen hatte. Tief im Herzen hatte er immer gehofft, daß sie ihn wieder lieben würde, daß sie eine menschliche Beziehung haben würden, die nicht nur von der kalten Disziplin zwischen Schüler und Meister geprägt war. Offensichtlich war ihm eine solche Liebe verboten; er betrachtete Branoic als eine Warnung: Auf diese Weise wurde ihm mitgeteilt, daß er die wahre Seele im Dweomer unterrichten und die äußere Gestalt und ihre Gefühle vergessen sollte. Sosehr es ihn schmerzte, mußte er doch den Willen der Großen akzeptieren, so wie er in den langen Jahren, seit er seinen unbedachten Schwur geleistet hatte, so vieles hatte hinnehmen müssen.

Und außerdem gab es Dinge zu tun, die so wichtig waren, daß seine eigenen Gefühle, selbst sein eigenes Wyrd, vollkommen unbedeutend schienen. Wenn er an die Schlacht dachte, die ihnen bevorstand, konnte er seine persönlichen Belange beiseite legen, und er spürte, wie Hoffnung in ihm aufflackerte. Vor ihnen lag Gefahr, vor ihnen lag Sorge, lag Trauer; aber danach würde das zerschlagene Königreich im Licht neu erstehen.

Am nächsten Morgen, einem kühlen, aber sonnigen Tag, machte sich Maddyn zu einem Spaziergang am Ufer auf. Er fand ein warmes Fleckchen im Schutz eines Weidenbaums, und dort setzte er sich hin und stimmte die Harfe. Das Instrument war nicht sonderlich teuer gewesen, und nun war es von all den langen Jahren in den Satteltaschen ziemlich mitgenommen, aber die Töne dieser Harfe waren immer noch die süßesten im ganzen Königreich. Obwohl so mancher Barde in manch großer Halle Maddyn dafür Gold geboten hatte, hätte er lieber ein Bein hergegeben als seine Harfe; und obwohl dieselben Barden ihn gebeten hatten, ihnen sein Geheimnis zu verraten, hatte er dies nie getan. Hätten sie ihm denn geglaubt, daß das Wildvolk die Harfe für ihn verzaubert hatte? Er sah oft, wie sie sie berührten, wie sie sie streichelten wie eine Katze. Und jedesmal, wenn sie das getan hatten, erklang die Harfe mit neuerlicher herzzerreißender Süße.

Als Maddyn an diesem Tag am See die Saiten anschlug, kam das Wildvolk abermals, um zuzuhören; Sylphen und Feen und Gnome erschienen aus Luft und Wasser. Alle drängten sich um den Mann, den sie für ihren eigenen Barden hielten.

»Ich denke, es ist an der Zeit, ein Lied über Prinz Maryn zu schreiben. Ich gehe davon aus, daß ihr ihn ebenfalls für den wahren König haltet. Ich habe gesehen, wie ihr auf seinem Sattel sitzt und euch in der Halle um ihn drängt.«

Alle nickten sie und wurden so ernst, wie er sie kaum je gesehen hatte, bis eine Seejungfrau die Ruhe nicht mehr ertragen konnte. Triefend vor illusionärem Wasser streckte sie die Hand aus und zwickte einen grünen Gnom, so fest sie konnte. Der Gnom schlug nach ihr, und sie rauften miteinander, tretend und beißend, bis Maddyn sie anschrie, sie sollten endlich aufhören. Schmollend setzten sie sich dann wieder hin, so weit voneinander entfernt wie möglich.

»Schon besser. Vielleicht singe ich euch erst von Dilly Blind, soll ich?«

Nickend und grinsend kamen sie näher. Im Laufe der Jahre hatte Maddyn das einfache Volkslied von Dilly Blind und dem Wildvolk zu etwas wie einem Epos ausgebaut, Vers um Vers hinzugefügt und die verschiedenen Geschichten besser erklärt. Er hatte den Barden in den vielen Festungen, in denen er sich aufgehalten hatte, diese spöttische kleine Saga beigebracht, bis halb Eldidd das Lied kannte. In Augenblicken wie diesen schien der Krieg weit entfernt zu sein, und es freute Maddyn, zu glauben, daß ein Kinderlied ihn überleben würde, weitergereicht von Barde zu Barde, nachdem er selbst längst in seinem Kriegergrab lag.

Nachdem das Lied fertig war – und es hatte viele Strophen – machten sich die meisten vom Wildvolk davon. Aber ein paar blieben, darunter auch seine blaue Fee, und saßen dicht bei ihm, während er die Wellen auf dem See betrachtete, die schweigende Harfe in der Hand. Er erinnerte sich an den anderen See oben in Cantrae, vor nun zehn Jahren oder mehr, und wie ihn der Durst gequält hatte, als er verwundet darauf zuritt. Es mußte etwa um dieselbe Tageszeit gewesen sein, denn die Sonne hatte das Wasser mit goldenen Flecken gesprenkelt, genau wie es jetzt mit dem Drwloc vor ihm geschah. Er konnte die Binsen wieder vor sich sehen und den weißen Reiher, und er spürte auch den brennenden Durst und den Schmerz, hörte das ekelerregende Surren der Fliegen und empfand seine finstere Verzweiflung.

»Es war es wert«, sagte er zu der Fee. »Immerhin hat es mich zu Nevyn gebracht.« Sie nickte und tätschelte ihm sanft das Knie. Maddyn lächelte und dachte daran, was vor ihnen lag. Er hatte nicht den geringsten Zweifel daran, daß Nevyn den

Mann gefunden hatte, der dazu geboren war, König von ganz Deverry zu sein. Er glaubte mit Herz und Seele daran, daß der junge Prinz von den Göttern selbst ausersehen war, das Königreich wieder zu vereinigen. Bald würden er und die anderen Silberdolche unter der Führung von Maryn losreiten, um mit ihm gemeinsam sein Geburtsrecht zu beanspruchen. Maddyn fragte sich nur, wann genau diese Zeit kommen würde. Als das Sonnenlicht langsam verblaßte und der Nachtwind aufkam, schien es ihm, als hätte ihn sein ganzes Leben auf diesen Punkt zugeführt, an dem er, Caradoc, Owaen und all die anderen Männer in seiner Truppe hier bereitstanden, wie Pfeile, die die Bogenschützen bereits aufgelegt hatten. Bald würde der Befehl kommen, sie abzuschießen. Bald schon, sagte er sich, wirklich bald.

Er sprang auf und begann zu lachen, weit über den See, in Richtung des Sonnenuntergangs. Die Saiten seiner Harfe schwangen sanft zur Antwort und zitterten im Wind. Grinsend schlang er sich das Instrument über die Schulter und ging zurück zur Festung, die in der heranbrechenden Nacht, im warmen Licht der Herdfeuer und der Fackeln schimmerte.

Teil 2

SOMMER 1063

Die Herren des Wyrd formen das Leben eines Menschen nicht so fein säuberlich, wie ein Töpfer Schalen formt, jede vollkommen und ihrer Verwendung angemessen. In der Ebbe und Flut von Geburt und Tod bilden sich seltsame Strömungen, Wirbel und Stromschnellen, von denen die meisten sich dem Einfluß selbst der Großen entziehen.

Aus dem Geheimbuch Cadwallons des Druiden

1

Das Geräusch des Regens, der draußen im Hof niederging, hallte in der großen Halle angenehm wider. Auf ihrem Sessel am Feuer war Tante Gwerna über ihrer Näharbeit eingeschlafen. Hin und wieder schreckte sie hoch und antwortete pflichtschuldigst mit »Das ist wahr« auf eine der rhetorischen Fragen ihres Mannes. Perryns Onkel Benoic, Tieryn von Pren Gludan, war in gereizter Stimmung. Er saß aufrecht da, eine schwere Hand am Bierbecher, und mit der anderen betonte er seine Argumente, indem er auf die Sessellehne einschlug. Benoic wurde jetzt ziemlich grau, aber er war immer noch so muskulös wie die meisten jungen Männer, und seine Lungen ließen an Kraft nichts zu wünschen übrig.

»Es sind diese wurmstichigen Speerträger«, bellte er. »Eine Schlacht ist nicht mehr dasselbe, wenn Gemeine mitkämpfen. Sie sollten auf die Wagen aufpassen und sonst nichts. Wenn du mich fragst, ich halte es beinahe für eine Blasphemie.«

»Das ist wahr«, antwortete Perryn pflichtschuldigst. »Ha! Nur eine weitere dieser höfischen Dummheiten, das ist alles. Es mußten natürlich diese verfluchten Leute aus dem Süden sein, denen so etwas einfiel. Kein Wunder, daß das Königreich nicht mehr ist, was es einmal war.«

Während Benoic sich mit einem großen Schluck Bier tröstete, dachte Perryn darüber nach, worin die Verbindung zwischen einem Speerträger, der einen Mann vom Pferd werfen konnte, und den feinen Manieren am Hof des Königs bestand.

»Ihr jungen Leute von heutzutage!« fuhr sein Onkel fort. »Wenn ihr auch nur in eine einzige der Schlachten geritten wäret, die ich in eurem Alter gefochten habe, dann würdet ihr verstehen, was das Leben hier in Cergonney bedeutet. Sieh dich doch an, Junge – du hast nicht ein Kupferstück, das dir gehört. Ihr Götter! Du solltest sehen, daß du einen Platz in einem Kriegshaufen findest, und daran arbeiten, zum Hauptmann aufzusteigen.«

»Aber vergiß nicht, Perro«, warf Gwerna ein, »du wirst an unserem Tisch immer willkommen sein, wenn du in der Nähe bist.«

»Selbstverständlich ist er das, Frau«, fauchte Benoic. »Darum geht es nicht. Er sollte etwas aus sich machen, das ist alles. Ich weiß nicht, was mit dir nicht stimmt, Junge. Und dein verfluchter Vetter Nedd ist noch schlimmer. Zumindest *das* kann dir als Ausrede dienen.«

»Äh … vielen Dank.«

»Aber Nedd wird eine Festung und Ländereien erben, und er hat nichts anderes im Kopf, als den ganzen Tag auf die Jagd zu gehen. Bei den Eiern des Höllenfürsten!«

»Mein Lieber«, warf Gwerna ein. »Er und Perryn sind beide noch so jung.«

»Sie sind beide zwanzig! Alt genug, um zu heiraten und sich niederzulassen.«

»Onkel, ich kann mich ja kaum verheiraten, wenn ich nicht einmal ein Haus für meine Frau habe.«

»Das meine ich ja. Du hast wenigstens Ausreden.«

Perryn lächelte dünn. Er gehörte zwar zum Nordzweig des uralten und stolzen Wolfs-Clans und hatte daher das Anrecht, sich Lord zu nennen. Aber er war der fünfte Sohn einer Familie mit wenig Land, was bedeutete, daß er nichts besaß als den Titel und eine Menge von Verwandten, die ihn unwillig aufnahmen, wenn er an ihrem Tor erschien.

»Wirst du zu Nedd reiten, wenn du uns verläßt?« wollte Benoic wissen.

»Ja. Morgen früh, dachte ich.«

»Dann sag ihm, ich will bald hören, daß er eine Frau gefunden hat.«

Am nächsten Morgen stand Perryn in der Morgendämmerung auf und ging zum Stall, lange bevor die anderen Bewohner der Festung erwachten. Er holte seinen grauen Wallach heraus, ein schönes Pferd, das einiges vom Blut der Westjäger hatte, und begann, es zu satteln. Bei seinen Reisen hatte er immer erstaunlich viel dabei: zwei Satteltaschen, viel Bettzeug, einen kleinen eisernen Kessel, und an seinem Sattelknauf hing eine Axt, wo die meisten anderen einen Schild trugen. Als er gerade fertig war, kam Benoic und betrachtete das beladene Pferd kritisch.

»Bei den Ärschen der Götter, du siehst aus wie ein Hausierer! Warum nimmst du kein Packpferd mit, wenn du auf diese Weise auf der Straße lebst?«

»Äh … eine gute Idee.«

Schnaubend streichelte Benoic den Hals des Grauen.

»Ein wunderbares Tier. Wie hat ein Welpe wie du soviel Geld zusammengekriegt?«

»Oh … äh, nun ja.« Perryn brauchte eine Lüge, und zwar schnell. »Ich habe ihn beim Würfelspiel gewonnen.«

»Das hätte ich wissen sollen! Ihr Götter, du und dein Vetter – ihr treibt mich noch weit vor meiner Zeit in die Anderlande.«

Nachdem er die Festung verlassen hatte, begab sich Perryn auf die westliche Straße, um ein Packpferd zu suchen. Rund um ihn herum erstreckten sich die Felder von Benoics Ländereien, hellgrün von junger Gerste. Hier und da konnte man Bauern sehen, die versuchten, die Krähen zu verscheuchen. Die Vögel erhoben sich dann mit wildem Flattern und empörtem Kreischen. Bald schon traten an die Stelle der Felder felsige Hügel, dunkel vor Kiefern. Perryn bog von dem schlammigen Pfad ab, der hier die Straße bildete, und suchte sich seinen Weg durch die weit auseinanderstehenden, schweigenden Bäume. Wenn er erst einmal im wilden Land war, brauchte er keine Straßen, um seinen Weg zu finden.

Früh am Nachmittag erreichte er sein Ziel, eine Bergwiese in einem langgestreckten Tal, das einem gewissen Lord Nertyn gehörte, einem der Vasallen seines Onkels und einem Mann, den Perryn überhaupt nicht ausstehen konnte. Auf dieser Wiese grasten zwanzig von Nertyns Pferden friedlich, bewacht vom Hengst, einem hochgewachsenen Fuchs, der gute sechzehn Spannen hoch war. Als Perryn auf die Herde zukam, wandte sich ihm der Hengst mit einem boshaften Schnauben zu, und die anderen Tiere hoben die Köpfe und beäugten ihn abwartend. Perryn begann auf den Hengst einzureden, ein leises Murmeln, bedeutungslose Worte, bis sich das Pferd entspannte und zuließ, daß Perryn ihm den Hals kraulte. Bei diesem Zeichen wandte sich der Rest der Herde wieder dem Gras zu.

»Ich muß mir einen deiner Freunde ausleihen«, sagte Perryn. »Ich hoffe, das stört dich nicht. Ich werde mich wirklich gut um ihn kümmern.«

Als wollte er zustimmen, schnaubte der Hengst, dann schritt er davon. Perryn suchte sich einen braunen Wallach aus und begann, ihm den Hals zu tätscheln und ihm die Mähne mit den Fingern zu kämmen.

»Hast du nicht auch genug von diesem fetten Lord, dem du gehörst? Komm mit und sieh dir etwas von der Welt an.«

Als der Wallach den Kopf wandte, lächelte Perryn ihn auf diese besondere Weise an, die nur er beherrschte: ein intensives Lächeln, das ihm eine leichte Kälte verursachte, als flösse etwas von seiner Wärme in den Pferdekopf, der sich an seine Brust lehnte. Er tätschelte das Tier noch ein wenig, und dann ging er weg. Der Braune folgte ihm auf dem Fuß. Obwohl Perryn wirklich nicht verstand, warum das so war, brauchte er nur kurze Zeit mit einem Pferd zu verbringen, und das Tier würde ihm überall hin folgen, ohne Halfter und ohne Seil. Es war ein nützliches Kunststück. Wann immer er wenig Geld hatte, nahm er einfach jemandem, den er nicht leiden konnte, ein Pferd ab, und verkaufte es an einen der unehrlichen Händler, die er kannte. Wegen seines adligen Blutes kam nie jemandem der Verdacht, daß er der schlimmste Pferdedieb in den nördlichen Provinzen war. Oft schon hatte er in einer Woche einem Vetter ein Pferd gestohlen, um in der nächsten zurückzureiten und ihm sein Mitgefühl für den Verlust auszusprechen. Nur Benoic und Nedd waren vor ihm sicher.

An diesem Abend schlug Perryn ein bequemes Lager auf einer Waldlichtung auf, aber am nächsten Tag würde er entweder auf die Straße zurückkehren oder einen meilenweiten Umweg um einen Steinhügel machen müssen. Er hatte den Pfad kaum wieder erreicht, als es zu regnen begann. Perryn ritt weiter, bis der Schlamm den Pferden jede Bewegung schwer machte. Dann bog er ein Stück in den Wald ab und stieg aus dem Sattel. Im unvollkommenen Schutz der Kiefern hockte er sich zwischen die Pferde und wartete darauf, daß der Regen nachließ. Es war selbstverständlich unbequem, da seine Kleider an ihm klebten und das Wasser in seine Stiefel lief, aber er ignorierte es, wie es ein Wildtier getan hätte. Hätte ihn jemand gefragt, worüber er in diesen beiden nassen Stunden nachgedacht hatte, dann hätte er es nicht sagen können. Er war sich einfach der Dinge, die ihn umgaben, bewußt: des

Regens, des Geruchs der Fichten, der glatten, nassen Baumstämme und hellgrünen Farne. Jedes Geräusch brachte eine Botschaft: ein Eichhörnchen, das in sein Loch huschte; ein Reh, das sich in der Ferne vorsichtig bewegte; ein Bach in der Nähe. Endlich ließ der Regen nach. Als Perryn schließlich in Nedds Festung ankam, war er wieder trocken – tatsächlich hatte er den Regen sogar bereits vollkommen vergessen.

Die Festung stand auf einem schlammigen Hügelkamm, hinter einer einstürzenden Steinmauer und einem rostigen eisenbeschlagenen Tor, das aufkreischte wie ein Dämon, als Perryn es öffnete. Statt eines Brochs gab es hier ein steinernes Rundhaus mit einem Dach, das überall am Rand undicht war, und zwei Feuerstellen, die schrecklich qualmten. Die üblichen Unterkünfte für einen Kriegshaufen waren zwar vorhanden, aber dort war das Dach so schlecht, daß Nedd seine zehn Männer einfach in jenem halbrunden Raum einquartiert hatte, der als große Halle durchging. Sie schliefen auf Strohsäcken, an den trockeneren Stellen inmitten des Raums. Nedd hatte, wie es seinem Rang zustand, ein richtiges Bett neben einer der Feuerstellen. Irgendwo in diesem Durcheinander standen zwischen schimmeligem Stroh auch zwei Tische, Bänke, ein paar Ledereimer, die das Wasser auffangen sollten, und ein eleganter Sessel, der mit dem Wolfswappen versehen war. Als Perryn seine Pferde in den Stall gebracht hatte und das Rundhaus betrat, fand er seinen Vetter im Sessel sitzend, die Füße auf einem der Tische.

»Bei den Göttern«, sagte Nedd grinsend. »Du kommst wie ein Vorzeichen, Vetter. Hier, hol dir ein Bier. An der anderen Feuerstelle steht ein offenes Faß.«

Da ihre Mütter Schwestern waren, sahen sich die beiden Vettern sehr ähnlich. Sie hatten beide flammend rotes Haar, Sommersprossen und strahlend blaue Augen. Aber während Nedd ein gutaussehender Mann war, hätte selbst die wohlmeinendste Beschreibung von Perryn nur »unscheinbar« gelautet. Den Bierkrug in der Hand, setzte er sich zu Nedd an den Tisch. Am anderen Tisch saßen die Männer des Kriegshaufens, tranken und spielten Würfelspiele.

»Wieso hältst du mich für ein Vorzeichen?«

»Du kommst gerade rechtzeitig, um mit mir in den Krieg zu reiten.« Nedd strahlte, als böte er seinem Vetter ein wunderbares Geschenk. »Ich habe diesen Verbündeten im Westen, Tieryn Graemyn – du hast ihn kennengelernt, oder nicht? Und er hat mich um Hilfe gebeten. Ich soll ihm zwölf Männer bringen, aber ich habe nur zehn. Also muß ich die beiden anderen noch suchen. Komm mit, Vetter! Es wird Spaß machen, und du kannst mir die Kosten für einen Silberdolch ersparen.«

Perryn, der keinen Ausweg sah, seufzte. Nedd hatte ihn so manchen Winter durchgefüttert, und außerdem erwartete man von einem Adligen, daß er einem Kriegsruf mit Freuden Folge leistete. Perryn zwang sich zu einem Lächeln.

»Gern«, sagte er. »Und um was geht es?«

»Ich will verflucht sein, wenn ich das weiß. Ich habe die Botschaft erst heute erhalten.«

»Hast du zufällig einen Schild für mich übrig?«

»Selbstverständlich. Ihr Götter, Perro, erzähl mir nicht, daß du immer noch ohne reitest?«

»Äh … ja, doch. Sie verbrauchen einfach zuviel Platz am Sattel.«

»Du hättest als Holzfäller zur Welt kommen sollen, das schwöre ich!«

Perryn rieb sich das Kinn und dachte darüber nach.

»Nur ein Scherz«, sagte Nedd rasch. »Nun, ich hoffe, daß bald ein Silberdolch hier auftaucht. In Cergonney gibt es immer eine Menge von ihnen. Wir warten noch ein paar Tage, dann reiten wir los, selbst wenn uns noch ein Mann fehlt. Das ist immer noch besser, als erst einzutreffen, wenn der Kampf schon vorbei ist.«

Die Götter hatten allerdings offenbar beschlossen, daß Lord Nedd bald in den Krieg ziehen sollte. Am Morgen, nicht lange nach dem Frühstück, kam der Gärtner herein, um zu verkünden, es sei ein Silberdolch am Tor.

»Und er hat eine Frau dabei«, sagte der alte Mann. »Ihre Verwandten tun mir verdammt leid.«

»Ist sie hübsch?« wollte Nedd wissen.

»Ja.«

Nedd und Perryn grinsten.

»Wunderbar«, sagte Nedd. »Dann schick sie doch bitte rein.«

Kurze Zeit darauf kamen der Silberdolch und seine Frau herein, beide in Reisekleidung, die Frau wie ein Mann angezogen und mit Schwert und eigenem Silberdolch. Obwohl sie ihr blondes Haar kurz wie ein Mann trug, war sie nicht nur hübsch, sondern schön, mit großen blauen Augen und einem zarten Mund.

»Guten Morgen, Ihr Herren.« Der Silberdolch verbeugte sich höflich. »Mein Name ist Rhodry von Aberwyn, und ich habe im Dorf gehört, daß Ihr jemanden wie mich brauchen könnt.«

»Ja«, sagte Nedd. »Ich kann euch nicht mehr als ein Silberstück pro Woche anbieten, aber wenn Ihr mir im Krieg gut dient, werde ich dir und deinem Mädchen den ganzen Winter über Zuflucht gewähren.«

Rhodry warf einen Blick zum Dach, wo das Sonnenlicht hereinfiel, und dann zum Boden, wo Nedds Hunde im schimmligen Stroh schnarchten.

»Es dauert noch lange bis zum Winter, Herr – wir reiten danach lieber weiter.«

»Also gut«, sagte Nedd eilig. »Ich kann auch zwei Silberstücke in der Woche aufbringen, und außerdem wäre dann noch die Beute.«

»Also gut. Eure Lordschaft sei gepriesen für Eure Großzügigkeit.«

Um Jills willen überließ Lord Nedd seinem Silberdolch eine richtige Schlafkammer statt nur einer Matratze auf dem Boden der großen Halle. Die geflochtenen Trennwände waren zwar schmutzig, aber die Kammer hatte sogar eine richtige Tür. Jill wollte sich lieber nicht auf den Boden setzen – im Stroh schien es ziemlich lebendig zuzugehen –, also hockte sie sich auf eine wacklige Holztruhe und sah zu, wie Rhodry sein Kettenhemd reinigte. Während er mit einem Lappen den Rost von den Ringen wischte, runzelte er kritisch die Stirn.

»Woran denkst du gerade?« fragte sie.

»An dieses alte Sprichwort: ›So arm wie ein Lord in Cergonney‹.«

»Dieser Lord Nedd ist wirklich erstaunlich. Werden wir tatsächlich den ganzen Sommer und auch den Winter über hierbleiben?«

»Selbstverständlich nicht. Dann übernachte ich lieber am Straßenrand. Bist du sicher, daß alles in Ordnung ist, wenn ich dich hier zurücklasse?«

»Ach, der Zwinger wird schon bequem sein, wenn die Hunde erst einmal weg sind. Was glaubst du, wie lange wird dieser Krieg dauern?«

»Krieg?« Grinsend blickte er auf. »Ich würde es nicht mit diesem Wort würdigen, meine Liebe. Wenn Nedds Verbündete auch nur entfernt so sind wie er selbst, wird es zweifellos jede Menge Gebrüll und kleine Scharmützel geben, und dann ist alles zu Ende.«

»Ich hoffe, du hast recht. Ich spüre eine Gefahr aufziehen.«

Sein Lächeln verschwand, und er legte das Kettenhemd beiseite. »Wieder dieser verfluchte Dweomer?«

»Genau. Aber es ist nicht unbedingt eine Gefahr, die im

Krieg lauert. Ich bin nicht einmal sicher, was ich überhaupt meine. Verzeih mir. Ich hätte es überhaupt nicht erwähnen sollen.«

»Ich wünschte wirklich, du hättest es nicht getan.« Er zögerte einen Augenblick und starrte ins Stroh. »Ich … ach, beim schwarzen Arsch des Höllenfürsten, vergessen wir es einfach.«

»Ich weiß, was du wissen willst. Ich habe deinen Tod nicht vorausgesehen. Ihr Götter, wenn das je der Fall wäre! Glaubst du nicht, ich würde dich auf Knien anflehen, nicht in den Krieg zu reiten?«

»Und wozu sollte das gut sein? Wann immer mein Wyrd meinen Tod vorsieht, kann ich genausogut an Fieber oder durch einen Sturz vom Pferd sterben wie von einer Schwertwunde. Laß mich dich um einen Gefallen bitten, Liebste: Solltest du je meinen Tod vorhersehen, sag bitte kein Wort darüber.«

»Also gut. Das verspreche ich.«

Mit einem dankbaren Nicken erhob er sich, reckte sich und betrachtete das Kettenhemd, das im Kerzenlicht glitzerte. Er war so schön, daß sie am liebsten geweint hätte, weil er sein Leben in solch jämmerlichen Fehden wie der von Lord Nedd aufs Spiel setzen mußte. Wie immer in den Nächten, bevor er in den Krieg ritt, fragte sie sich, ob er wohl lebendig zu ihr zurückkehren würde.

»Legen wir uns hin, Liebste«, sagte er. »Es wird lange dauern, bis ich wieder in deinem Bett schlafe.«

Als sie in seinen Armen lag, spürte Jill die unbeantworteten Fragen näher und näher kommen wie ein kaltes Messer. Sie klammerte sich fest an ihn und versuchte, über den Küssen alles zu vergessen.

Früh am nächsten Morgen sammelte sich der Kriegshaufen im Hof. Jill stand in der Tür und sah zu, wie die Männer sich zu einer unregelmäßigen Linie hinter den beiden Lords formierten. Die vier Männer der Nachhut, unter ihnen auch Rhodry, führten Packpferde, die mit Vorräten beladen waren. Nedd besaß keinen Ochsenwagen, und er konnte auch nicht die Bauern entbehren, die einen solchen Wagen hätten fahren müssen. Immer wenn es so aussah, als seien sie gerade zum Losreiten bereit, rief jemand, daß er etwas vergessen hatte und rannte wieder ins Rundhaus oder in einen der Ställe. Im allerletzten Augenblick fiel Nedd auf, daß Perryn keinen Helm besaß. Ein Diener wurde zu einem der Ställe geschickt, der offenbar auch als Rüstkammer diente, um einen Helm zu suchen.

Perryn stand da und rieb sich den Nacken mit einer Hand, während Nedd ihn einen Holzfäller und Schlimmeres nannte. Als Jill Rhodry ansah, seufzte er und verdrehte die Augen zum Himmel, um die Götter zu Zeugen von Perryns seltsamer Haltung zu machen. Jill hatte noch nie einen Adligen wie Perryn gesehen, und sie wußte nicht, ob sie lachen oder weinen sollte. Er war hochgewachsen, aber dünn und schlecht proportioniert, mit schmalen Schultern, langen Armen und großen, schweren Händen, die in keinem Verhältnis zum Rest seines Körpers standen. Er war zwar nicht wirklich häßlich, aber seine Augen waren riesig, sein Mund schmal, und die Nase ziemlich flach. Wenn er sich bewegte, hatte er die Anmut eines staksenden Storchs.

Als der Diener mit einem rostigen Helm zurückkehrte, verkündete Nedd, wenn jetzt noch jemand etwas vergessen hätte, würde er, verdammt noch mal, ohne diesen verfluchten Gegenstand auskommen müssen. Jill gab Rhodry einen letzten Kuß. Dann lief sie zum Tor, um dem Kriegshaufen nachzuwinken. In einer unordentlichen Linie trabten sie den Hügel hinab, dann auf die Straße, und inmitten aufspritzenden Schlamms verschwanden sie schließlich im Westen. Mit einem Gebet an die Göttin, auf ihren Mann aufzupassen, wandte sich Jill wieder der Festung und dem langen, öden Warten zu.

Die Ländereien von Tieryn Graemyn lagen einen Tagesritt westlich von Nedds Festung. Die schmale Straße zog sich durch steile Hügel, die von Krüppelkiefern bewachsen und überwiegend unbewohnt waren. Nur etwa zehn Meilen vor der Festung des Tieryn kam der Kriegshaufen durch ein kleines Dorf, Spaebrwn, eines von drei Dörfern, die Graemyn tributpflichtig waren. Als der Kriegshaufen seine Pferde am Dorfbrunnen tränkte, fiel Perryn auf, wie verängstigt die Dorfbewohner sie beobachteten. Ein Krieg in Cergonney war wie die Stürme hier und blies das Dach sowohl von den Bauernhäusern als auch vom Herrenhaus des Lords.

Am späten Nachmittag dieses Tages erreichten sie Graemyns Festung, die auf einem niedrigen Hügel inmitten von relativ flachem Weideland stand, das von Bäumen umgeben war. Die großen Tore öffneten sich, und sie ritten in einen Hof, in dem Männer und Pferde bereits dichtgedrängt standen. Als Nedds Kriegshaufen aus dem Sattel stieg, kamen Stallburschen angerannt, um ihre Pferde zu übernehmen und wegzuführen. Der Tieryn selbst kam aus dem Haus, um die Verstärkung zu begrüßen. Er war ein grauhaariger Mann mit kräftigen Muskeln unter dem Leinenhemd.

»Ich bin wirklich froh, Euch zu sehen, Nedd«, stellte er fest. »Eure zwölf Leute geben uns genau die richtige Stärke, die wir brauchen.«

In der festen Stimme des Tieryn schwang eine Bemühtheit mit, die Perryn nervös machte – aus gutem Grund, wie sich dann beim Kriegsrat in der großen Halle herausstellen sollte. Selbst zusammen mit Nedd und drei anderen Verbündeten hatte Graemyn nur etwa zweihundert Mann. Gegen sie stand Tieryn Naddryc mit seinen Verbündeten, die insgesamt beinahe dreihundert Mann stellten. Die Auseinandersetzung ging um zwei Meilen Grenzland zwischen ihren Ländereien, hatte aber inzwischen Ausmaße angenommen, die den Anlaß bei weitem überschritten. Graemyn hatte sich bereit erklärt, die Grenzziehung dem Hochkönig zu überlassen, aber Naddryc hatte das vor ein paar Wochen verweigert. In dem darauffolgenden Scharmützel zwischen berittenen Patrouillen war Naddrycs einziger Sohn getötet worden.

»Also will er jetzt mein Blut«, schloß Graemyn. »Ich habe so viele Vorräte wie möglich in der Festung gelagert. Man weiß nie, was passieren wird, wenn ein Mann sich in den Kopf gesetzt hat, eine Blutfehde zu beginnen.«

Die anderen Lords nickten alle weise, während Perryn sich leidenschaftlich wünschte, er wäre tatsächlich Holzfäller. Eine solche Fehde konnte Jahre andauern, und er steckte mittendrin und war durch seine Ehre an Nedd gebunden. Nach der Mahlzeit versammelten sich die Lords um den Ehrentisch und betrachteten eine grob gezeichnete Karte des östlichen Cergonney. Sie tranken darüber, stritten darüber, schrien einander an, während Perryn nur zuhörte. Er gehörte diesem Kriegsrat nur wegen seiner Abkunft an; da er keinen eigenen Kriegshaufen hatte, hatte er nicht das Recht, etwas zu entscheiden. Er blieb, bis die Lords sich Nedds Plan anschlossen, einen Überraschungsangriff auf den Feind durchzuführen. Dann schlich er sich davon, nahm eine Laterne und ging zu den Ställen. Als er seinen Grauen dort fand, hängte er die Laterne an den Nagel an der Wand und setzte sich auf die Krippe. Der Graue schob seinen Kopf mit leisem Schnauben an Perryns Brust. Perryn kraulte ihm sanft die Ohren.

»Mein Freund, ich frage mich, ob ich den Winter noch erleben werde.«

Der Graue, der im Zustand glücklicher Gleichgültigkeit gegenüber der Zukunft lebte, knabberte an seinem Hemd.

»Zumindest du wirst in Sicherheit sein. Darüber freue ich mich.«

Wenn die Männer in Cergonney auf dem Pferderücken gekämpft hätten – wie es die Krieger im restlichen Deverry taten –, hätte keine Ehre und keine Verpflichtung der Welt Perryn dazu bringen können, in den Krieg zu reiten. Aber in dieser Provinz, wo das Getreide knapp war, waren Pferde viel zu wertvoll. Also ritten die Männer hier zwar zum Kriegsschauplatz, aber zum Kämpfen stiegen sie ab. Und obwohl er wußte, daß sein Freund in Sicherheit sein würde, war Perryn bei dem Gedanken an den Krieg ganz elend zumute. Wie immer, wenn er gezwungen war, in ein Scharmützel zu reiten, fragte er sich, ob er vielleicht einfach nur ein Feigling war. Zweifellos hätte jeder Lord in der Provinz ihn für einen gehalten, hätten sie von seinen wahren Gedanken über Ehre und Kriegsruhm gewußt. All das kam ihm viel unwichtiger vor, als in einem Bergbach zu angeln oder auf einer Wiese zu sitzen und dem Wild beim Grasen zuzusehen. Bei solchen Gelegenheiten fiel ihm immer wieder das alte Sprichwort ein: ›Was hat ein Mensch schon außer seiner Ehre?‹ Eine ganze Menge mehr, dachte Perryn. Aber solche Gedanken konnte er niemandem, nicht einmal Nedd gegenüber aussprechen, ganz gleich, wie sehr er sich auch danach sehnte, einfach davonreiten zu können, statt in einem Krieg, der niemals hätte ausbrechen dürfen, Menschen umzubringen, die er nicht einmal kannte.

»Nun ja, mein Freund, mein Wyrd kommt, wenn es kommt, nehme ich an. Ich frage mich, ob Pferde auch ein Wyrd haben. Es ist eine Schande, daß du nicht sprechen kannst. Wir hätten uns wunderbar darüber unterhalten können, nicht wahr?«

Plötzlich hielt er inne, weil er hörte, daß jemand die Stalltür öffnete. Rhodry kam herein, und sein Silberdolch glitzerte im Lichte der Laterne.

»Oh, Ihr seid es, Herr. Der Hauptmann des Tieryn hat mir

befohlen, ein Auge auf die Ställe zu haben, und ich habe jemanden hier reden gehört.« Rhodry sah sich verwirrt um. »Ist noch jemand hier?«

»Oh … äh … ich habe nur mit meinem Pferd gesprochen.«

Ein wenig Spott schlich sich in Rhodrys Blick. Perryn war diese Art Reaktion gewöhnt.

»Aha. Herr, darf ich Euch fragen, ob wir morgen losreiten?«

»Ja. Wir werden sie überraschen und von der Flanke her angreifen.«

Rhodry lächelte ehrlich erfreut. Er war kräftig, sah gut aus und war begierig auf den Kampf – genau die Art Mann, die Perryn immer hätte sein sollen, genau die Art Mann, die ihn immer verachtet hatte. Perryn war nicht sicher, ob er den Silberdolch beneidete oder haßte. Es mußte wohl beides sein.

Am Morgen sammelte sich die Armee vor der Dämmerung in einem von Fackeln hell erleuchteten Hof. Die Männer schwiegen, die Lords blickten grimmig drein, die Pferde waren unruhig, stampften und warfen bei jedem Aufblinken von Licht auf Helmen oder Schwertern die Köpfe zurück. Wie gewöhnlich war Nedds Kriegshaufen der letzte, der seinen Platz in der Linie einnahm, und alle stritten miteinander, wer mit wem reiten wollte. Als Perryn sich neben seinen Vetter begab, fiel ihm Rhodry auf, der in sich hineinlächelte, als dächte er an seine schöne Frau.

»Wir wollen direkt quer durch das Land reiten«, sagte Nedd. »Wir brauchen deine Hilfe, um den Weg zu finden, Perro.«

»Zweifellos. Keiner von euch könnte auch nur durch eine Schonung finden, das schwöre ich.«

»Selbst Holzfäller sind hier und da zu etwas nütze.«

Perryn zuckte nur die Schultern. Die Ruhelosigkeit der Pferde machte ihn nervös; er wußte, daß Tiere mitunter Katastrophen vorausahnen konnten. Endlich blies Graemyn in sein silbernes Horn. In der ersten Dämmerung öffnete sich das Tor.

Mit hocherhobenem Schwert ritt der Tieryn hinaus und den Hügel hinab, dicht gefolgt von seinem eigenen Kriegshaufen. Plötzlich hörte Perryn in der Ferne Kriegsgeschrei, als hätte jemand Graemyn hinter der Mauer angegriffen. Die Männer, die dichter am Tor waren, schrien wütend auf; Hörner erklangen als Zeichen, daß sie sich bewaffnen und angreifen sollten. Naddryc hatte wohl selbst für eine Überraschung gesorgt. Überall im Hof schrien Männer und liefen durcheinander, als alle abstiegen, sich Schilde und Helme griffen und aus der Festung hinausrannten. Auch Perryn stieg aus dem Sattel und tätschelte den Grauen ein letztes Mal. »Leb wohl und bete zu Epona, daß wir uns wiedersehen.«

Dann rannte er hinter Nedd zum Tor hinaus. Der Kampf hatte sich schon halbwegs den Hügel hinauf ausgebreitet, ein Wirbel von Männern und reiterlosen Pferden. In dem aufwirbelnden Staub verlor Perryn Nedd beinahe sofort aus den Augen. Ein untersetzter Mann mit einem blaugelben Wappen auf dem Schild griff ihn an und versuchte, ihm von rechts einen Schlag zu versetzen. Perryn riß seinen Schild hoch, fing den Schlag ab und schob den Mann weg. Dann versetzte er seinem Gegner einen festen Schlag gegen die Hüfte. Der Mann fluchte und taumelte rückwärts – Perryn hatte einen Schnitt am Schwertarm. Blutend zog der Mann sich zurück und parierte mehr, als daß er selbst versuchte, Schläge zu landen. Als er dem Gegner folgte, wurde Perryn klar, daß sämtliche Feinde den Hügel hinunter zurückwichen. Mit lautem Kriegsgeschrei folgten ihnen Graemyns Leute. Wir sollten lieber dieses höher gelegene Gelände halten, dachte Perryn. Aber es war zu spät, und auf ihn hätte ohnehin niemand gehört.

Drunten in der Ebene formierten sich die Reihen der Kämpfenden neu. Als Perryn auf den nächsten Gegner zurannte, hörte er plötzlich von der Seite her Lachen, das sich über dem

Klirren der Schwerter auf Schilder und Kettenhemden hier und da zu einem Heulen erhob. Es war ein derart unheimliches Geräusch, daß er einen Augenblick innehielt, sich umsah und versuchte, herauszufinden, woher es kam. Diese kurze Neugier kam ihn teuer zu stehen. Als jemand hinter ihm einen Schrei ausstieß, drehte er sich um und sah, wie drei Männer direkt auf ihn zurannten, und alle trugen diese blaugelben Schilde. Mit einem entsetzten Aufkeuchen riß Perryn seinen Schild hoch, und es gelang ihm gerade noch, zwei feste Schläge zu parieren.

Obwohl der dritte Mann einfach weiterrannte, schienen die beiden anderen darauf aus zu sein, schnell und ehrlos zu töten. Perryn duckte sich, wich aus, parierte verzweifelt, und jetzt hörte er das Lachen wieder, dann Kreischen, Schluchzen, noch lauter als zuvor, bis plötzlich Rhodry den Mann angriff, der rechts von ihm stand, und ihn mit zwei raschen Hieben tötete, so schnell und mühelos, wie jemand eine Fliege verscheucht. Perryn rang nach Luft, schlug abermals nach dem Blaugelben, verfehlte ihn, wäre beinahe gestolpert und gewann sein Gleichgewicht gerade rechtzeitig wieder, um auch diesen Mann fallen zu sehen, durch eine Naht in seinem Kettenhemd im Rücken getroffen. Rhodry riß sein Schwert aus der Leiche und schüttelte das Blut ab.

»Ich danke Euch, Silberdolch«, keuchte Perryn.

Zur Antwort lachte Rhodry nur, und seine Augen waren so glänzend, sein Blick so wild, daß Perryn einen Augenblick lang fürchtete, der Silberdolch werde sich jetzt gegen ihn wenden. Unter lautem Geschrei kamen fünf Männer aus Nedds Kriegshaufen angerannt und zogen Rhodry und Perryn mit sich in ein wildes Scharmützel, in dessen Mitte Lord Graemyn selbst stand. Obwohl Perryn versuchte standzuhalten, wankte und brach schließlich ihre gesamte Linie, fiel rings um ihn her zurück, als sich die zahlenmäßige Überlegenheit von Naddrycs

Truppen schließlich deutlich zeigte. Perryn wurde von den anderen getrennt, als zwei seiner Verbündeten sich an ihm vorbeidrängten und um ihr Leben rannten. Als er zu einem Mann lief, den er für einen von Nedds Leuten hielt, griff der Bursche ihn an und hob einen Schild, der die roten Eicheln eines weiteren feindlichen Kriegshaufens zeigte. Fluchend schlug Perryn zu, aber dann traf ihn etwas von hinten. Feuer breitete sich über seine Schulter aus. Ganz plötzlich lockerten sich seine Finger am Schwertgriff wie aus eigenem Willen. Er fuhr herum und fing einen Schlag mit dem Schild ab; aber als er versuchte, den rechten Arm zu heben, fiel ihm das Schwert aus der Hand. Dann spürte er das Blut, das seinen Arm herunter und in seinen Handschuh lief. Als der Feind ihn weiter bedrängte, versuchte Perryn, den Schild wie eine Waffe zu benutzen, und schlug beim Zurückweichen fest damit zu. Aber die Feinde waren auch hinter ihm.

Mit einem verzweifelten Aufschrei griff Perryn an und rammte dem Feind den Schild mit voller Kraft gegen den Körper. Überrascht über dieses selbstmörderische Manöver rutschte der Mann aus und fiel nach hinten. Der verblüffte Perryn stürzte über ihn, der Schild zwischen ihnen. Der Feind riß den Kopf zurück, dann lag er reglos da – ob er tot oder bewußtlos war, hätte Perryn nicht sagen können. Er kam mühsam auf die Beine, warf schamlos seinen Schild weg und rannte zur Festung – aber er kam nur ein paar Schritte weit. Plötzlich wurde ihm klar, daß die Schlacht verloren war, daß das Feld dem Feind gehörte, daß die letzten seiner Kameraden bereits durch die Tore nach drinnen flohen, dicht gefolgt von einer Linie blaugelber Schilder. Als er sah, wie die Tore geschlossen wurden, fiel er auf die Knie. Feinde rannten an ihm vorbei und riefen einander zu: »Wir werden sie belagern müssen – Hundesöhne – los, nach hinten!«

Niemand beachtete den halbtoten Krieger, der zu Boden

gesunken war. Perryn fiel auf, daß ihn ohne seinen Schild in dieser Verwirrung vermutlich niemand als Feind erkannte. Mit wirrem Kopf kam er taumelnd auf die Beine, griff mit der linken Hand nach dem Schwert einer neben ihm liegenden Leiche und trottete dann hinter den anderen her. Er gab keinen Schweinefurz für Graemyn, aber auch Nedd saß in dieser Festung fest, mit nur wenig Vorräten und keinem Verbündeten, der sie aus dieser Falle befreien würde. Graemyn hatte bereits alle Verbündeten für diese Schlacht mobilisiert.

Unter all den staubbedeckten herumrennenden Kriegern fiel Perryn niemandem auf. Er lief etwa zwanzig Schritte weit mit, dann fiel er zurück und rannte zu den Bäumen, die das Schlachtfeld umgaben. Offenbar hatte ihn niemand dabei gesehen – zumindest folgte ihm keiner. In den Kiefern, ordentlich angebunden, standen Naddrycs Pferde und ein paar Diener, um sie zu bewachen. Perryn rannte mit gezogenem Schwert auf den nächststehenden von ihnen zu, und der Mann ergriff prompt die Flucht. Mit einem glatten Streich zerschnitt Perryn eines der Seile, mit denen die Pferde angebunden waren, warf sein Schwert weg und griff nach den Zügeln eines kräftigen Fuchswallachs.

»Gutes Pferd, bitte hilf mir.«

Der Fuchs blieb geduldig stehen, als Perryn sich in den Sattel hievte. Immer dicht an den Bäumen, ritt er aus der Schlacht davon. Obwohl jede Bewegung des Pferdes ihm die Welt vor Augen verschwimmen ließ und sein baumelnder rechter Arm vor Schmerz pochte, biß er sich auf die Unterlippe, bis sie blutete, und ritt weiter. Er mußte zu Benoic. Das war der einzige Gedanke, den er sich zugestand. Obwohl er sich mitunter fragte, ob er auch nur das nächste Dorf lebend erreichen würde, spürte er doch nach einiger Zeit, daß das Blut an seinem Arm trocknete und nicht weiterfloß.

Kurz vor Mittag überquerte er den letzten Hügel vor

Spaebrwn und zügelte sein Pferd. Lange starrte er nach unten, auf Asche und verbrannte Balken, die halb unter Rauchwolken verborgen waren. Die Brise brachte einen ekelerregenden Geruch mit sich, der an gebratenes Schweinefleisch erinnerte: Einige der Dorfleute waren nicht rechtzeitig geflohen.

»Ihr Götter, unser Naddryc nimmt seine Rache ein wenig zu ernst, wenn Ihr mich fragt.«

Der Wallach schnaubte und warf den Kopf zurück, verängstigt von dem Geruch. Perryn drängte ihn vorwärts, umging die Ruinen und kehrte zurück in den Kiefernwald. Er konnte zwar weder den Arm heben noch die Finger bewegen, aber er mußte unbedingt zu Nedds Festung gelangen. Indem er direkt durch den Wald ritt, konnte er den Weg um etwa vierzig Meilen verkürzen. Nachdem sie erst einmal sicher im Wald waren, zügelte er das Pferd wieder und dachte an die Festung, stellte sie sich ganz deutlich vor und erinnerte sich an all die angenehmen, sicheren Zeiten, die er dort in Nedds Gesellschaft verbracht hatte. Dann machte er sich auf den Weg. Jedesmal, wenn er auch nur im geringsten vom direkten Weg abkam, spürte er ein tiefes Unbehagen, so etwas wie Angst, die an ihm nagte. Sobald er dann wieder den richtigen Weg einschlug, verschwand dieses Gefühl. Perryn konnte selbst nicht verstehen, wie es funktionierte, aber dieses Kunststück hatte ihn in der Vergangenheit oft an Orte zurückgebracht, an denen er sich wohl gefühlt hatte.

Perryn suchte sich bis zum Sonnenuntergang seinen Weg durch den Wald. Dann stieg er ab und führte sein Pferd noch ein paar Meilen weiter durch die Dunkelheit, bis sie einen kleinen Bach erreichten. Dem Pferd die Trense nur mit der linken Hand abzunehmen, schien eine Ewigkeit zu dauern. Endlich gelang es ihm, und der Wallach konnte trinken.

»Es tut mir leid, aber es gibt keinen Hafer.«

In einem goldenen Nebel drehte sich der Wald langsam um

ihn herum. Er konnte sich gerade noch hinsetzen, dann verlor er das Bewußtsein.

Wie Schafe in einem Schneesturm drängten sich an diesem Abend die Reste der Armee in Graemyns großer Halle zusammen. Etwas über achtzig Männer in halbwegs anständiger Verfassung, etwas über zwanzig schwer verwundet. Rhodry saß mit den letzten sechs Männern von Nedds Kriegshaufen auf dem Boden. Niemand sagte etwas, als sie beobachteten, was an ihrem Tisch vor sich ging, wo Graemyn und seine Verbündeten die Köpfe zusammensteckten und im Licht der Fackeln besorgt und erbittert dreinschauten. Verängstigte Dienerinnen schlichen umher und gaben knappe Rationen verwässerten Bieres aus. An der Feuerstelle der Diener saß ein junger Page und weinte, vermutlich weil er sich fragte, ob er seine Mutter je wiedersehen würde. Endlich verließ Nedd den Ehrentisch und hinkte zu seinen eigenen Männern zurück. Er sackte mehr zusammen, als daß er sich hinsetzte.

»Ihr solltet Euch hinlegen, Herr«, sagte Rhodry.

»Der verdammte Schnitt ist nicht so schlimm.« Nedd legte die Hand auf den Oberschenkel, als versuchte er damit, den blutigen Verband zu verbergen.

»Verzeiht, Herr.«

»Schon gut. Auch ich bitte um Verzeihung. Wir müssen uns alle zusammennehmen.« Alle nickten, starrten zu Boden oder ins Leere. Jedenfalls vermieden sie, einander anzusehen.

»Wir haben Vorräte für etwa sechs Wochen«, fuhr der Lord fort. »Länger, wenn wir anfangen, die Pferde zu essen.«

»Besteht die Möglichkeit zu Verhandlungen?« fragte Rhodry.

»Eine solche Möglichkeit besteht immer. Graemyn wird am Morgen einen Herold ausschicken.«

Rhodry beobachtete die Verhandlungen aus der Ferne, weil

er gerade auf den Zinnen Wache hielt. Vor der Festung hatten Naddrycs Männer das Schlachtfeld aufgeräumt, die Leichen weggebracht und aufgewühlten blutbefleckten Boden hinterlassen, der sich über etwa dreihundert Schritte erstreckte. Dahinter standen die Zelte und die Pferde der Belagerer. Rund um die Festung, weit außerhalb der Reichweite von Speeren, trabte eine berittene Patrouille. Rhodry nahm an, daß Naddryc zumindest hundertdreißig Leute übrigbehalten hatte. Als die Sonne etwa eine Stunde am Himmel stand, gingen die Tore auf, und Graemyns Kämmerer trat heraus, einen langen Stab mit roten Bändern in der Hand. Die Patrouille trabte auf ihn zu, die Männer verbeugten sich höflich im Sattel, dann eskortierten sie den Kämmerer zum Lager. Rhodry lehnte sich an die Zinnen und wartete. Als ein Schwarm Krähen kreischend vorbeiflog, beneidete er sie um ihre Flügel.

Der Herold kehrte zwar bereits nach einer halben Stunde zurück, aber Rhodry mußte auf die Nachrichten warten, bis man ihn bei der Wache ablöste. Er kletterte die Leiter hinab und eilte in die große Halle, wo die Männer des Kriegshaufens in unheilverkündendem Schweigen aßen. Die anderen Herren waren nicht zu sehen, aber Nedd saß bei seinen Männern. Rhodry setzte sich, nahm sich ein Stück Brot aus einem Korb und blickte dann erwartungsvoll den Lord an.

»Naddryc will nicht verhandeln«, sagte Nedd leise. »Er hat Graemyn ein Angebot gemacht. Wenn wir ohne Kampf aufgeben, läßt er Frauen und Kinder am Leben. Ansonsten wird er die Festung dem Erdboden gleichmachen und alles töten, was darin lebt.«

Als Rhodry leise fluchte, nickten die anderen Männer zustimmend. »Dieser Naddryc ist ein sehr harter Mann«, fuhr Nedd fort. »Und er hat Blutfehde geschworen.«

»Und wenn wir uns ergeben, was dann?« wollte Rhodry wissen. »Wird er alle Männer aus der Festung aufhängen?«

»Genau das, Silberdolch.«

Rhodry legte das Brot wieder hin. Einen Augenblick lang wünschte er sich, sie würden einen Ausfall machen und im Kampf sterben – sauber sterben statt aufgehängt zu werden wie Pferdediebe. Aber sie mußten auch an die Frau des Tieryn denken, an die Dienerinnen, deren Töchter und an den kleinen Sohn des Lords.

»Nun ja«, sagte Rhodry. »Es ist besser, am Seil zu sterben als am Fieber. Es heißt, man zuckt einmal, und dann ist es vorbei.«

»Du magst ein Silberdolch sein, aber du bist ein anständiger Mann, Rhodry von Aberwyn. Ich hoffe nur, daß meine edlen Verbündeten so ehrenhaft sind wie du.«

»Ihr meint doch nicht etwa, daß sie darüber streiten?«

»Genau das. Nun, bei den Höllen, wir werden es noch einige Zeit aushalten, bevor wir irgend etwas entscheiden. Dieser Mistkerl kann noch ein paar Tage warten und seinen erbärmlichen Sieg genießen.«

»Warum warten wir nicht, bis er anfängt, uns auszuhungern?«

»Was, wenn er seine Bedingungen ändert? Es würde mich nicht wundern, wenn dieser Hurensohn verlangt, daß wir uns sofort ergeben, wenn wir auch nur das Leben einer einzigen Frau retten wollen.«

Perryn erwachte, als Sonnenlicht zwischen den Bäumen hindurchstieß wie goldene Lichtspeere. Als er sich aufsetzte, schrie er laut auf wegen des beißenden Schmerzes in seinem Arm. Auf den Knien kroch er zum Bach und trank, indem er das Wasser mit der linken Hand schöpfte. Dann bemerkte er, daß sein Pferd verschwunden war. Er kaum taumelnd auf die Beine, ging ein paar Schritte und wußte, daß er nie im Leben imstande sein würde, die noch vor ihm liegenden zwanzig Meilen zur

Festung zu laufen. Zum Glück bestand dazu auch kein Grund. Er ging noch ein paar Schritte, dann wurde er sehr ruhig, wartete, dachte kaum, bis er dieses seltsame Gefühl verspürte, eine bebende Lebendigkeit, die Kenntnis, daß sich irgendwo in der Nähe ein Pferd aufhielt. Er folgte dieser Spur, ignorierte das unangenehme Gefühl, das ihm sagte, daß er sich nicht mehr auf dem geraden Weg zur Festung befand, und bemerkte schließlich helleres Licht zwischen den Bäumen – eine Bergwiese. Der Gedanke an ein Pferd war so intensiv, daß er sich selbst völlig vergaß, sich beeilte und mit dem verletzten Arm an einen Baum schlug. Als er laut aufschrie, hörte er ein Wiehern zur Antwort. Vorsichtiger ging er weiter und kam zu einem kleinen grasbewachsenen Tal, wo der Fuchs graste, die Zügel im Gras hängend. Als Perryn auf ihn zu taumelte, hob das Pferd den Kopf und drückte ihn gegen den gesunden Arm des Mannes.

»Ich nehme dir die Zügel ab, mein Freund. Sollte ich unterwegs sterben, wirst du verhungern, wenn sich diese Riemen in einem Busch verheddern.«

Das Zaumzeug mit nur einer Hand abzunehmen, kostete Zeit, aber schließlich schaffte er es. Dann stützte er sich gegen den Wallach und durchsuchte die Satteltaschen, wo er das Ersatzhemd des früheren Besitzers und ein Stück Trockenfleisch fand. Es gelang ihm mit Hilfe seiner Zähne, das Hemd in Streifen zu reißen und sich eine Schlinge zu machen. Dann aß er das Trockenfleisch, während er weiterritt und das Pferd mit den Knien lenkte. Den ganzen Nachmittag über ritten sie langsam die Hügel hinauf und hinab, bis sie bei Sonnenuntergang weitere zehn Meilen zurückgelegt hatten. Als sie eine andere Wiese fanden, ließ Perryn das Pferd grasen, und er beneidete es, denn sein eigener Magen zog sich vor Hunger zusammen. Obwohl er nur vorgehabt hatte, ein wenig zu ruhen, schlief er ein, sobald er sich hinsetzte. Als er wieder erwachte, lag das Mondlicht auf der Wiese. In der Nähe stand der Fuchs mit gesenktem Kopf und schlief. Die Nacht war unnatürlich still; kein Eulenschrei, kein Grillenzirpen, nichts. Als er sich aufsetzte, erstaunt wegen der Stille, sah er etwas – jemanden – am Rand der Wiese. Schnell kam er auf die Beine und wünschte sich, er hätte das Schwert nicht auf dem Schlachtfeld zurückgelassen. Die Gestalt trat einen Schritt vor, hochaufragend im Mondlicht – war das überhaupt Mondlicht? Die Gestalt selbst schien helles Licht auszustrahlen, es lief ihr wie Wasser über die nackten starken Arme, glitzerte auf dem Goldreif um ihren Hals, schimmerte auf dem massiven Geweih, das aus einem sehr hirschähnlichen Kopf sproß, dessen Augen aber vollkommen menschlich waren. Perryn begann, vor wilder, schmerzlicher Freude zu weinen. »Kerun«, flüsterte er, »mein Heiligster Herr.«

Der große Kopf wandte sich zu ihm um. Die dunklen Augen betrachteten ihn nicht unfreundlich, nur distanziert; der Gott hob die Hände zu einer Gebärde des Segens für den Mann, der vielleicht sein letzter wahrer Anbeter in ganz Deverry war. Dann verschwand er und ließ Perryn in schaudernder Ehrfurcht zurück, die all seinen Schmerz und all seine Erschöpfung verschwinden ließ. Immer noch weinend ging er zu der Stelle, an der die Gestalt ihm erschienen war, und kniete im Gras, das ihm nun heilig sein mußte.

Schließlich hob der Fuchs den Kopf, wieherte müde und brach damit den Bann. Perryn stieg auf. Obwohl er den Rest der Nacht weiterritt und weit in den nächsten Morgen hinein, spürte er keinen Hunger, keinen Schmerz, und seine Wunde war nur ein entferntes Brennen wie von einem Wespenstich. Etwa eine Stunde nach Sonnenaufgang kamen sie nur eine Meile von Nedds Festung entfernt aus dem Wald. Er trabte den Hügel hinauf, dann stieg er ab und führte das müde Pferd zum Tor. Er hörte Rufe, hörte Leute rennen, aber plötzlich konnte er kaum noch etwas sehen. Er konzentrierte sich darauf, auf den Beinen zu bleiben, als Jill auf ihn zugerannt kam.

»Lord Perryn! Heißt das, alle anderen sind verloren?«

»Verdammt nahe dran. Sie werden belagert.« Dann verlor er das Bewußtsein und trat in eine Dunkelheit ein, wo es ihm vorkam, als ob dort ein riesiger Hirsch auf ihn wartete.

Jill und ein Diener namens Saebyn legten Perryn auf einen Tisch in der großen Halle. Während Jill versuchte, ihm das blutverkrustete Hemd von der Wunde zu weichen, strengte sie sich verzweifelt an, sich jede kleine Einzelheit ins Gedächtnis zurückzurufen, die Nevyn ihr je über Kräuterkunde gesagt hatte, aber die Erinnerungen halfen ihr nur wenig, weil sie nicht das richtige Werkzeug und kaum Kräuter hatte. Das einzige, was Saebyn auftreiben konnte, war Rosmarin aus dem Küchengarten. Zumindest hatte Nevyn mehrmals erklärt, daß jede grüne Pflanze besser sei als gar nichts. Als es ihr schließlich gelungen war, das Hemd von der Wunde zu lösen, schickte sie Saebyn um mehr heißes Wasser und etwas Met. Ihr grauer Gnom erschien und hockte sich auf den Tisch, um zu sehen, was los war.

»Es ist nicht so schlimm, wie ich befürchtet hatte«, sagte Jill zu ihm. »Siehst du das? Der Schnitt hat zwar die Muskeln durchtrennt, ist aber an diesen großen Blutgefäßen in der Achselhöhle vorbeigegangen.«

Der Gnom nickte ernst, dann legte er den Kopf schräg und betrachtete den bewußtlosen Mann. Plötzlich sprang er auf, zischte wie eine Katze und riß den schmalen Mund auf, um jeden einzelnen Reißzahn zu entblößen, die Arme ausgestreckt, die Hände wie Klauen. Jill war so überrascht über das Geräusch, daß sie den Gnom kaum noch festhalten konnte, als er sich auf Perryn warf und versuchte, ihn zu beißen.

»Hör auf!« Sie schüttelte den Gnom ein wenig. »Was ist denn los?«

Das Gesicht vor Haß verzerrt, wurde der Gnom in ihrer Hand schlaff.

»Du darfst Lord Perryn nicht beißen. Er ist ohnehin schon krank, und er hat dir nie etwas getan.«

Der Gnom nickte, als wolle er sagen, das sei doch der Fall.

»Was ist? Paß auf, kleiner Bruder, wieso kommst du nicht später zurück und versuchst, es mir zu erklären?«

Der Gnom verschwand, als Saebyn zurückkehrte und den Stalljungen mitbrachte.

Jill wusch die Wunde mit Wasser aus, dann bat sie Saebyn, Perryns Arme festzuhalten, und der Stallknecht sollte die Füße packen. Sie biß die Zähne zusammen und goß den Met direkt in die offene Wunde. Aufheulend vor Schmerz erwachte Perryn aus seiner Ohnmacht und warf sich herum. Die beiden Männer mußten sich gewaltig anstrengen, um ihn auf dem Tisch zu halten.

»Verzeiht mir, Herr«, sagte Jill. »Aber wir müssen etwas gegen die faulen Körpersäfte in dieser Wunde tun.«

Einen Augenblick lang schnappte er einfach nur nach Luft; dann drehte er sich um und sah sie an.

»Ich habe vergessen, wo ich bin«, murmelte er. »Macht weiter.« Jill faltete einen Lappen zusammen und ließ ihn darauf beißen, dann wusch sie die Wunde ein zweites Mal aus. Perryn bebte einmal, dann lag er so reglos, daß sie glaubte, er sei wieder ohnmächtig geworden. Aber er hatte die Augen geöffnet, in einem störrischen Widerstand gegen den Schmerz, den sie bewundern mußte. Zum Glück war das Schlimmste nun vorbei. Sie bereitete einen Sud aus den Rosmarinblättern, befeuchtete ein Tuch damit, legte es auf die Wunde und verband sie dann mit sauberem Leinen.

»Benoic«, sagte er schließlich. »Ich muß zu Benoic.«

»Das könnt Ihr nicht. Ihr würdet verbluten, wenn Ihr es versuchtet. Sagt mir, wie die Botschaft lautet, und ich bringe sie zu ihm.«

»Reitet zu meinem Onkel. Sagt ihm, daß Nedd in Graemyns Festung in der Falle sitzt.« Seine Stimme wurde zu einem Flüstern. »Euer Rhodry war noch am Leben, als ich ihn das letzte Mal sah.«

»Danke.« Obwohl sie beinahe geweint hätte, zwang sie sich, ruhig weiterzusprechen. »Ich werde darum beten, daß das immer noch so ist.«

Nachdem Saebyn ihr gesagt hatte, wer Benoic war und welche Straße sie nach Pren Cludan nehmen mußte, schnitt Jill einen der gestickten Wölfe aus Perryns blutigem Hemd, um den Stoffetzen als Zeichen mitzunehmen. Als sie losritt, nahm sie zwei Pferde. Wenn sie immer wieder zwischen zwei Tieren hin- und herwechselte, würde sie so schnell reiten können wie ein Kurier. Sobald sie weit genug von der Festung entfernt war, rief sie ihren Gnom, der auch prompt auf dem Sattelknauf erschien.

»Kannst du Rhodry finden? Kannst du mir sagen, ob er noch lebt?«

Der Gnom nickte, tätschelte ihr die Hand und verschwand. Hier auf der Straße, wo niemand sie sehen konnte, gestattete sich Jill, nun endlich zu weinen.

Am nächsten Tag erkletterte Rhodry im Morgengrauen die Zinnen und spähte über die Mauern der Festung. Im Morgennebel erwachte das feindliche Lager langsam zum Leben; Feuer glühten zwischen den schmutzigen Zelten, und Männer schlenderten umher und kümmerten sich gähnend um ihre Pferde. Direkt hinter dem Lager hatte man damit begonnen, einen Erdwall auszuheben, bis jetzt etwa zwanzig Fuß lang, und bald würde dieser Wall mit dem zugehörigen Graben die

Festung umschließen und jeden Fluchtversuch verhindern. Allerdings strengte sich Naddryc hier vollkommen unnötig an. Die Entscheidung war gefallen. Nur zu bald würden sich die Belagerten ergeben und aufhängen lassen, um das Leben der Frauen und Kinder zu retten. Rhodry wünschte sich nur noch, daß es bald geschehen möge. Seit seinem vierten Lebensjahr hatte er gelernt, auf den Tod vorbereitet zu sein; mit dreiundzwanzig war er nun ein Meister dieses Teils der Kriegskunst. Sein Wyrd würde am Ende einer Schlinge auf ihn lauern.

Durch den Strang zu sterben und zusammen mit hundert anderen Männern, die dasselbe verfluchte Ende ereilt hatte, in einen Graben geworfen zu werden, weit von Eldidd entfernt begraben zu sein, unbeweint, nichts als ein Silberdolch, der das Pech gehabt hatte, die falsche Arbeit anzunehmen – war das sein Wyrd? Rhodry schüttelte ungläubig den Kopf gegenüber der Tatsache, daß all seine Berserkerwut in der Schlacht, diese seltsamen Dweomer-Prophezeiungen und magischen Kämpfe ihn hierher geführt haben sollten, in eine Situation, die so betäubend war, daß er keine Angst spürte und nur wenig Trauer, nur finsteres Hiraedd, daß er Jill nie wiedersehen würde. Was, wenn er statt nach Westen nach Osten geritten wäre und nun in Naddrycs Kriegshaufen kämpfte? Nein, es wäre noch schlimmer gewesen, mit diesem unehrenhaften Mann etwas zu tun zu haben. Er würde sterben, und Naddryc würde leben. Aber zumindest würde er seine Ehre bewahren, während dieser Lord die seine um des Hasses willen geopfert hatte.

Rhodry war so in Brüten versunken, daß er herumfuhr und das Schwert zog, als ihn jemand am Ärmel zupfte. Jills grauer Gnom stand auf den Zinnen und grinste ihn an, während er aufgeregt auf und ab hüpfte. Rhodry verspürte das Aufflackern von Hoffnung. Wenn er dem kleinen Geschöpf nur beibringen könnte, wenn der Gnom Jill nur sagen könnte – aber was sollte sie dann tun? Zu irgendeinem großen Lord rennen und erklären, das Wildvolk hätte ihr etwas erzählt? Seine Hoffnung starb.

»Es ist verflucht schön, dich zu sehen, kleiner Bruder. Aber ist dir klar, in welcher Situation ich bin?«

Sehr zu seiner Überraschung nickte der Gnom. Dann hielt er einen krummen Finger hoch zum Zeichen, daß Rhodry aufpassen solle. Plötzlich war er überall von Wildvolk umgeben: von kleinen blauen Feen, fetten gelben Gnomen, seltsamen grauen Gestalten und bunten, häßlichen, kleinen Mädchen. Noch nie hatte Rhodry so viele von ihnen gesehen, eine riesige Menge, die sich auf den Zinnen drängte.

»Was ist das alles?«

Als der graue Gnom mit den Fingern schnippte, formierte sich das Wildvolk zu Paaren, und dann begannen sie, in rhythmischer Bewegung auf und ab zu hüpfen, und jeder hatte eine Hand vor sich ausgestreckt. Der graue Gnom stand am Kopf der Linie, mit einer ausgestreckten Hand wie die anderen; aber die Linke hielt er, als hätte er ein Schwert darin. Endlich verstand Rhodry.

»Eine Armee! Oh, beim großen Bel! Meinst du damit, daß jemand unterwegs ist, um die Belagerer anzugreifen?«

Der Gnom sprang wieder auf und ab und tanzte, während er nickte. Mit einem Rauschen verschwand der Rest der Bande. Rhodrys Augen füllten sich mit Tränen, aber er wischte sie schnell weg und mußte schlucken, bevor er wieder sprechen konnte.

»Hast du Jill gesagt, daß ich hier festsitze?«

Diesmal lautete die Antwort: nein. Der Gnom saugte einen Augenblick an seinem Finger, dann begann er auf und ab zu gehen und imitierte dabei einen steifen, ungelenken krummbeinigen Gang.

»Lord Perryn? Er ist der Schlacht entkommen?«

Der Gnom nickte zwar, aber er zog dabei eine ausgesprochen säuerliche Miene. Dann zuckte er abfällig die Schultern, sprang auf Rhodrys Schulter und küßte ihn auf die Wange, bevor er verschwand. Rhodry warf den Kopf zurück und lachte – bis ihm klar wurde, daß er nun das Problem vor sich hatte, die edlen Herren davon zu überzeugen, daß Rettung nahte und daß es nicht notwendig war, sich zu ergeben. Und natürlich mußte er das tun, ohne das Wildvolk zu erwähnen.

»Pferdedreck!«

Den ganzen Morgen, während er beobachtete, wie die berittenen Patrouillen immer wieder die Festung umkreisten, ging er das Problem in Gedanken durch, probierte Sätze aus, verwarf sie, probierte neue. Schließlich kam Lord Nedd ungeschickt die Leiter zu den Zinnen hinaufgeklettert.

»Ich dachte, ich sehe mir die Mistkerle einmal an.«

Nedd lehnte sich gegen die Mauer und starrte nach unten, und sein rotes Haar schimmerte seltsam matt im Licht, als wäre er krank.

»Nun, zumindest werden wir bald hängen, und dann haben wir es hinter uns.«

»Äh … Herr … darüber hatte ich gerade nachgedacht und …«

»Zumindest habe ich keine Witwe, die um mich trauern muß.« Der Lord fuhr fort, als hätte er Rhodrys zögernde Worte nicht gehört.

»Bei den Eiern des Höllenfürsten. Ich wollte meine Ländereien immer an Perryn vererben, und nun ist er schon vor mir gestorben.«

Nedd war den Tränen nahe, als er an den Tod seines Vetters dachte, was Rhodry überraschte.

»Herr, was ist, wenn er vom Schlachtfeld fliehen konnte?«

»Ach ja? Was wäre, wenn eine Krähe wie ein Fink singen könnte? Perryn war kein besonders guter Kämpfer, Silberdolch, und Naddrycs Mistkerle haben nach der Schlacht alle Verwundeten getötet.«

»Das ist wahr …«

»Ich weiß, was du denkst«, fauchte Nedd. »Warum um den armen Perryn weinen? Er ist tot besser dran.«

»Das dachte ich nicht, Herr, nichts von dieser Art!«

»Verzeih mir. Ich vergaß, daß du ihn nicht gut kennst. Bei den Ärschen der Götter, ich habe genug von diesem Geschwätz. Was stimmt nicht mit deinem Vetter? Wie kannst du ihn nur in deiner Festung ertragen? Er ist verrückt. Er hat den Verstand verloren, er ist dies, er ist jenes. Er ist überhaupt nicht verrückt, bei den Höllen, ein wenig … nun, vielleicht exzentrisch, aber nicht verrückt.« Er seufzte tief. »Nun, das ist jetzt gleich. Ich werde ihn morgen früh in den Anderlanden sehen.«

»Herr, er ist nicht tot.«

Nedd starrte Rhodry an, als hielte er nun ihn für verrückt. Der Augenblick war gekommen, und Rhodry wappnete sich mit einem tiefen Atemzug, bevor er fortfuhr: »Herr, Ihr habt sicher schon das alte Sprichwort gehört, daß Männer aus Eldidd oft das Zweite Gesicht haben. Es ist wahr. Und ich schwöre Euch, daß ich tief in meinem Herzen weiß, daß Perryn lebt und daß er eine Armee hierherbringt, um die Belagerung zu beenden.«

Der Lord warf ihm einen mißtrauischen Blick zu.

»Sieh mich an, du elender Silberdolch. Ich bin in mehr Schlachten geritten und habe mich in mehr Schankräumen geprügelt, als die meisten Männer in einem viel längeren Leben je zu sehen bekommen. Man hat mir schon öfter angedroht, mich aufzuhängen. Bin ich die Art Mann, die sich Phantasien hingibt, weil ich den Gedanken an den Tod nicht ertragen kann? Hast du mich nicht für meinen Mut auf dem Feld gelobt?«

»Das habe ich.«

Der Lord wandte sich ab und dachte nach. »Ich habe auch gesehen, wie du zum Berserker wurdest. Es mag ja sein, daß du das Zweite Gesicht hast – was weiß ich? Aber …«

»Ich weiß, es klingt verrückt, aber ich flehe Euch an, glaubt mir. Ich weiß, daß es wahr ist. Ich erfahre es in Visionen und Träumen. Ich weiß, daß eine Armee auf dem Weg ist, uns zu befreien.«

»Aber wer – Ihr Götter, mein Onkel!« Plötzlich grinste Nedd. »Perryn würde selbstverständlich direkt zu Benoic reiten – nun, wenn er wirklich noch am Leben ist.«

»Ich weiß, daß er noch lebt, Herr. Das schwöre ich Euch auf meinen Silberdolch.«

»Und das ist der heiligste Eid, den ein Mann wie du schwören kann. Beim schwarzen haarigen Arsch des Höllenfürsten, was macht es schon, ob wir morgen oder in acht Tagen hängen? Komm mit, Silberdolch, wir müssen meine Verbündeten davon überzeugen. Aber ich wette, sie werden sich an jeden Hoffnungsschimmer klammern.«

Vier Tage, nachdem sie Nedds Festung verlassen hatte, kam Jill mit einer Armee von zweihundertzwanzig Mann zurück, jedem Reiter, den Tieryn Benoic hatte in Marsch setzen können, sei es, indem er sich an alte Verbündete wandte, oder indem er Leute schlichtweg bedrohte. Als der Kriegshaufen in den Hof ritt, kam Saebyn herausgerannt und umklammerte den Steigbügel des Tieryns als Zeichen der Treue und begann, dem Lord alles zu erzählen, was Perryn ihm im Laufe der vergangenen Tage gesagt hatte. Jill warf ihre Zügel einem Stalljungen zu und eilte in die große Halle, wo Perryn auf Nedds Bett lag, einen Bärenhund an jeder Seite und drei von diesen schlanken Hunden, die man Gwaertraeion nannte, zu seinen Füßen. Sie schob einen Hund beiseite und hockte sich auf die Bettkante, um sich ihren Patienten anzusehen, dessen

Blick klar und lebhaft war und dessen Wangen keine Zeichen von Fieber aufwiesen.

»Heilt die Wunde gut?« fragte sie.

»Ja. Dem Lärm draußen nach zu schließen, habt Ihr meinen Onkel mitgebracht. Ich wußte, daß er kommen würde. Wenn er sich nicht mehr über Nedd oder mich beschweren könnte, wäre sein Leben langweilig.«

In diesem Augenblick kam Benoic selbst herein und schlug sich ungeduldig mit den Handschuhen gegen den Oberschenkel.

»Perro, du Dummkopf! Und Nedd ist noch dümmer als du! Aber Naddryc ist ein Hurensohn, wenn er sich einbildet, meine Verwandten belagern zu können. Also gut, wir werden ihn dafür vom Schlachtfeld fegen. Reitest du mit uns?«

»Ja. Ein Wolf kann auch auf drei Beinen laufen.«

»Einen Augenblick, Herr«, wandte Jill ein. »Wenn Ihr reitet, könnte diese Wunde wieder anfangen zu bluten.«

»Soll sie doch. Ich muß mitkommen. Ich kann die Armee durch den Wald führen, wißt Ihr. Wir würden zwanzig Meilen sparen, und auf diese Weise eine Nacht eher dort sein.«

»Großartig«, sagte Benoic. »Schön zu sehen, daß du endlich ein wenig Kampfgeist zeigst, Junge. Macht Euch keine Sorgen, Jill. Wir holen Euren Mann so schnell wie möglich aus dieser wurmzerfressenen Festung.«

»Euer Gnaden sind sehr ehrenhaft und großzügig. Wenn ich ein Barde wäre, würde ich Euren Namen dafür preisen.«

Mit einer Verbeugung zog sie sich zurück. Draußen im Hof besprachen sich Benoics Vasallen mit ihren Hauptleuten, während die Männer absattelten und ihre Pferde anbanden, weil es nicht genug Platz in den Ställen gab. Jill ging zum Tor heraus und ein Stück den Hügel hinab; dann setzte sie sich an eine abgelegene Stelle und rief den grauen Gnom zu sich, der auch prompt erschien.

»Geht es Rhodry immer noch gut?«

Das kleine Geschöpf nickte, dann hockte es sich vor sie und begann, mit einem Fingernagel in den Zähnen zu puhlen.

»Du hast mir immer noch nicht gesagt, warum du Lord Perryn haßt.«

Der Gnom verzog unwillig das Gesicht, dann bohrte er weiter in den Zähnen, bis sie schließlich sauber genug waren.

»Komm schon, kleiner Bruder. Du kannst mir wenigstens sagen warum. Oder ist es so schwer zu erklären?«

Zögernd nickte der Gnom.

»Laß mich sehen. Hat er dich oder andere vom Wildvolk verletzt?«

Nein, das hatte er nicht getan.

»Kann er dich überhaupt sehen?«

Offensichtlich nicht, denn der Gnom schüttelte den Kopf.

»Ist er ein böser Mensch?«

Nach langem konzentrierten Nachdenken bewegte der Gnom unsicher die Hände, als wolle er sagen, nein, das nicht unbedingt.

»Es fällt mir schwer, mir noch weitere Fragen einfallen zu lassen.«

Der Gnom lächelte, drückte die Hände an die Schläfen, als hätte er Kopfschmerzen, und dann verschwand er. Jill nahm an, daß sie den Grund nie erfahren würde. Aber solange sich der Gnom ordentlich benahm und den Lord nicht zwickte oder ihm Knoten ins Haar band, war das im Augenblick nicht sonderlich wichtig, nicht solange sie sich um Rhodrys Sicherheit sorgen mußte. Sie würde nicht hier in Lord Nedds Festung sitzen und abwarten können, bis Rhodry befreit war.

Da sie ein eigenes Kettenhemd und einen eigenen Schild besaß, bewaffnete sich Jill am nächsten Morgen ebenso wie die Männer des Kriegshaufens. Sobald die Armee vor den Toren stand, führte sie ihr Pferd in der Nachhut in die Formation. Da diese Truppe hastig aus den Kriegshaufen von Benoics diversen Verbündeten und Vasallen zusammengestellt worden war, nahm jeder, der sie sah, an, sie sei ein Silberdolch, den ein anderer Lord angeheuert hatte. Für diese Männer zählte nur, daß sie ein weiteres Schwert führte.

Jill sprach den ganzen Tag kein Wort, und daher wurde sie nicht entdeckt; denn Perryn führte die Armee durch den Wald auf einem so schmalen Pfad, daß sie einzeln hintereinander reiten mußten. Der Weg war so verwirrend, so gewunden, daß Jill betete, Perryn möge wirklich wissen, was er tat. Sie verstand nun auch, wieso alle Vorräte auf Maultiere und nicht in Wagen verladen worden waren – offensichtlich kannte Benoic seinen Neffen gut. An diesem Abend schlugen sie ihr Lager allerdings auf einer Bergwiese auf, und dort erkannte man Jill. Benoic legte als der hervorragende Befehlshaber, der er war, großen Wert darauf, durch das ganze Lager zu gehen und persönlich mit seinen Männern zu sprechen. Als er zu Jill kam, starrte er sie einen Augenblick lang an, dann brüllte er vor Lachen.

»Sind denn alle meine Männer mit Blindheit geschlagen? Kettenhemd oder nicht, Jill, für mich seht Ihr nicht wie ein Junge aus. Was macht Ihr hier bei der Armee?«

»Euer Gnaden, mein Mann ist alles, was ich auf dieser Welt habe. Ich muß mit eigenen Augen sehen, daß er befreit wird.«

»Hm. Nun, jetzt können wir Euch nicht mehr zurückschicken. Ihr würdet Euch nur verirren, wenn Ihr versuchtet, Perros Pfaden zu folgen. Also schlagt Ihr am besten Euer Lager bei mir auf. Dann könnt Ihr auch ein Auge auf Perryns Wunde haben, und alle werden wissen, daß Ihr unter meinem Schutz steht.«

Als Jill ihre Sachen zum Lagerfeuer des Tieryn brachte, fand sie Perryn dort, der gegen seinen Sattel zusammengesackt war.

Er war bleich vor Erschöpfung, aber er blickte auf und lächelte sie an.

»Ich dachte schon, daß Ihr einen Weg finden würdet, um mitzukommen«, sagte er.

»Warum das, Herr?«

»Oh … äh … Ich dachte einfach, daß Ihr diese Art Frau seid. Ich hoffe, Rhodry ist Eurer wert.«

»Das denke ich schon, Herr.«

Er nickte abwesend und starrte ins Feuer. Es verblüffte sie, wie traurig er aussah. Eine Melancholie, die begonnen hatte, Falten in ein Gesicht zu graben, das noch viel zu jung dafür war – so, als wäre er aus einem fremden Land hierher ins Exil geschickt worden und nicht unter seinen Verwandten. Dieser Mann ist ein Rätsel, dachte sie bei sich.

Am Morgen bemerkte Jill eine andere verwunderliche Sache an Perryn. Da sie nun hinter ihm ritt, konnte sie beobachten, wie es ihm gelang, sie anzuführen. Wenn sie an eine Stelle kamen, wo sich zwei Pfade kreuzten, ließ er die Armee halten, dann ritt er ein paar Schritte weiter, saß starr auf seinem Pferd und sah sich mit leerem Blick um, den Kopf etwas geneigt, als schnüffelte er den Wind. Einen Augenblick lang schaute er ausgesprochen unbehaglich drein, dann lächelte er plötzlich und führte die Männer voller Selbstvertrauen weiter. Sie war auch beeindruckt von seinen Reitkünsten. Die meiste Zeit hatte er die Zügel um den Sattelknauf gewickelt und lenkte das Pferd mit den Knien, während er im vollkommenen Gleichgewicht saß, obwohl er einen Arm in der Schlinge trug. Auf dem Pferderücken wirkte er sehr viel anmutiger, als wären seine Proportionen ursprünglich dazu entworfen worden, aus ihm und dem Pferd ein perfektes Ganzes zu machen.

Etwa zwei Stunden vor Sonnenuntergang fand Perryn eine große Wiese für die Armee, auf der sie ihr Lager aufschlagen konnten, und verkündete dann, sie seien nur noch sechs Meilen von Graemyns Festung entfernt. Nachdem sie sich um das Pferd gekümmert hatte, verband Jill Perryns Wunde neu und band ihm seine Schlinge. Obwohl er behauptete, zum Essen zu schwach zu sein, brachte sie ihn dazu, ein wenig Käse zu knabbern.

»Morgen werden wir die Festung erreichen«, stellte er fest. »Dann kann ich mich ausruhen – nach der Schlacht, meine ich.«

»Hört mir zu, Herr. Ihr dürft nicht kämpfen. Wenn Ihr versucht, ein Schwert zu führen, wird die Wunde wieder aufbrechen.«

»Oh, macht Euch deshalb keine Sorgen. Ich halte mich im Hintergrund. Sehe, was ich sehen kann.«

Es war eine so dumme Bemerkung, daß Jill nichts mehr einfiel.

»Äh … nun … ich habe gehört, wie mein Onkel mit den anderen Lords sprach, und sie haben vor, direkt in die Schlacht zu reiten.« Er schien ernstlich bekümmert. »Es könnte sein, daß Pferde verwundet werden, und vielleicht kann ich sie in Sicherheit bringen.«

»Oh. Ich vergesse immer wieder, wie wertvoll Pferde hier oben sind.«

Er nickte und starrte ins Feuer, als müsse er über etwas sehr Kompliziertes nachdenken. Es dauerte einige Zeit, bis er wieder sprach.

»Ich will hoffen, daß Nedd und Rhodry noch leben.«

Obwohl sie wußte, daß dies der Fall war, konnte sie es ihm nicht sagen.

»Ich auch«, sagte sie statt dessen. »Ihr scheint Euren Vetter in hohen Ehren zu halten.«

»Nein, denn so ehrenhaft ist er nicht. Aber ich habe ihn gern. Wir waren zusammen Pagen in Benoics Festung. Ohne Nedd wäre ich dort verrückt geworden.«

»War der Tieryn denn so streng?«

»Nein, eigentlich nicht. Wißt Ihr, es lag an mir. Ich bin einfach ... nun ... äh ...«

Während sie darauf wartete, daß er den Satz beendete, fragte sich Jill, ob Nedds Anstrengungen, seinen Vetter bei Verstand zu halten, nicht doch versagt hatten. Schließlich stand Perryn auf und ging ohne ein weiteres Wort zu seinem Schlafplatz.

»Seid Ihr sicher, daß es heute geschehen wird?« fragte Graemyn.

»So sicher, wie die Sonne scheint«, erklärte Rhodry. »Euer Gnaden, ich weiß, es klingt verrückt, aber ich schwöre Euch, daß die Armee schon ganz in der Nähe ist. Wir sollten uns am besten bewaffnen und für einen Ausfall bereithalten. Wenn sie nicht kommen, dann werden Euer Gnaden wissen, daß ich verrückt bin, und dann können wir uns alle ergeben und es hinter uns bringen.«

Graemyn betrachtete ihn längere Zeit mit einer Miene, die zwischen Zweifel und Ehrfurcht schwankte. Oben, auf Rhodrys Schulter, saß der graue Gnom und wand sich ungeduldig, bis der Tieryn endlich zustimmend nickte.

»Also gut, Silberdolch.«

Er nickte seinem Hauptmann zu. »Die Männer sollen sich bewaffnen. So oder so – heute findet die Belagerung ihr Ende.«

Der Gnom griff in Rhodrys Haar und zerrte einmal fest. Dann verschwand er.

Der Kriegshaufen sammelte sich hinter dem Tor; Wachen erstiegen die Zinnen. Als das Warten immer länger dauerte und die Sonne immer heißer wurde, setzten sich die Männer schließlich nieder. Keiner sprach; hin und wieder sah jemand stirnrunzelnd zu Rhodry hin, als glaubte er, sie müßten verrückt sein, den Worten dieses Silberdolchs zu trauen. Plötzlich stieß eine der Wachen einen Freudenschrei aus.

»Pferde kommen aus dem Wald. Ich sehe das Wappen des Wolfs! Bei den Göttern, es ist Lord Benoic!«

Lachend und jubelnd sprangen die Männer auf. Nedd legte den Arm um Rhodrys Schulter und drückte ihn an sich; ein halbes Dutzend Männer schlug ihm auf den Rücken. Auf Befehl des Tieryn hoben zwei Männer den Riegel vom Tor und rannten, um die Winden zu bedienen. Von draußen war jetzt Schlachtenlärm zu hören, Männer schrien, Hörner erklangen, Pferde wieherten ängstlich. Und über allem lag das Klirren von Schwertern und Kettenhemden. Rhodry begann zu lachen – ein leises, kaltes Murmeln; er fühlte sich so leicht im Kopf, daß er das Gefühl hatte, beinahe über dem Pflaster zu schweben.

»Denk daran!« zischte Nedd. »Wir haben es auf Naddryc abgesehen.«

Rhodry nickte zustimmend. Aber er lachte weiter.

Ächzend und quietschend öffnete sich das Tor. Die Männer stürmten hinaus – es war, als hätten Blätter und Zweige einen Bach eingedämmt, der dann so lange immer wieder an ihnen reißt und nagt und sie bewegt, bis er sich schließlich brausend befreit. Am Fuß des Hügels war das feindliche Lager: Ein schreiendes, drängelndes, blutiges Durcheinander. Die Hälfte von Naddrycs Männern hatten nicht einmal die Zeit gehabt, zu den Waffen zu greifen; jene, die ihre Rüstungen trugen, versuchten, den Durchgang im Erdwall gegen einen berittenen Angriff zu halten, und sie taten es mit Schwertern, nicht mit Piken.

Pferde wieherten schrill, bäumten sich auf und fielen dann, aber für jedes verlorene Pferd wurden drei oder vier Feinde niedergerannt. Plötzlich hörte man den Schrei: »Sie machen einen Ausfall! Sie machen einen Ausfall!« Rhodrys Lachen erhob sich zu einem Jaulen, als die Reiter durchbrachen. Die

Verteidiger drehten sich um und rannten, um sich der neuen Bedrohung zu stellen, als Graemyn seine Männer den Hügel hinabführte.

»Da ist er!« kreischte Nedd. »Er hat einen Schild mit Silberrand.«

Ein untersetzter Mann im Kettenhemd, aber ohne Helm, rannte über das Schlachtfeld zurück, und die Silberkante seines Schilds blitzte im Sonnenlicht. Rhodry stürzte von der Seite auf ihn zu, und sein Lachen verebbte, als er nur noch ans Laufen dachte. Schon bald hatte er den verwundeten Nedd hinter sich gelassen. Naddryc wurde langsamer, keuchte, schnappte nach Luft. Dann stolperte er, und Rhodry schnitt ihm den Weg ab. Einen Augenblick lang starrten sie einander nur an und versuchten, wieder Luft zu bekommen.

»Aha!« sagte Rhodry. »Hier ist der Mann, der Frauen und Kinder töten wollte.«

Dann brach das kalte, wahnsinnige Lachen wieder aus ihm heraus. Als er angriff, wich Naddryc aus und riß Schwert und Schild nach oben. Er hob den Schild ein wenig höher, um seinen bloßen Kopf zu schützen, und versuchte einen raschen Schlag, den Rhodry problemlos abwehrte. Plötzlich stieg schwarzer Rauch auf; jemand hatte die Zelte in Brand gesteckt. Rhodry machte eine Finte und schlug dann zu. Naddryc parierte gerade noch rechtzeitig, sprang rückwärts und begann dann, ihn zu umkreisen. Als Rhodry es ihm nachtat, erreichte sie der Rauch, Qualm, der dicker war als Nebel vom Meer. Beide Männer würgten, husteten, aber der Brandgeruch machte Rhodry noch wütender.

Mit einem keuchenden Aufheulen griff er an, so wild wie ein verwundeter Löwe, schlug zu, parierte, fluchte und hustete, während Naddryc verzweifelt versuchte, ihn abzuwehren und kaum eine Gelegenheit hatte, selbst zuzuschlagen. Aber selbst in seiner Wut erkannte Rhodry, daß der Lord müde wurde.

Wieder machte er eine Finte, wich rasch nach der anderen Seite aus und dann zurück, während Naddryc versuchte, ihm zu folgen – zu langsam. Rhodrys Schlag traf ihn an der Seite des Halses. Mit einem widerwärtigen, blubbernden Schrei stürzte Naddryc auf die Knie, dann auf den Bauch, während sein Lebensblut aus der Arterie spritzte. Rhodrys Berserkerwut verschwand so schnell, wie man einen Umhang abwirft, aber nun erfüllte ihn eine Panik, die viel schlimmer war. Irgendwo war Jill, tot oder verwundet, irgendwo nahe dem Feuer. Er wußte es; genau wie er im selben Augenblick wußte, wie unvernünftig er war. Er hörte, wie Nedd seinen Namen schrie, aber er drehte sich um und rannte so blindwütig auf die flackernden Zelte zu, wie er zuvor Naddryc angegriffen hatte. Plötzlich hörte er Hufschlag, und ein Pferd tauchte aus dem Qualm auf. Selbst mit Rußflecken schimmerte Goldwolkes Fell noch hell.

»Roddo!« schrie Jill. »Steig hinter mir auf. Gleich werden Naddrycs Pferde ausbrechen.«

Rhodry steckte sein Schwert in die Scheide und sprang hinter ihr aufs Pferd. Er saß kaum, als sie Goldwolke schon zum Trab antrieb.

»Was machst du hier?«

»Ich rette dich. Ich konnte dein Lachen hören und bin direkt darauf zugeritten. Sieh dich um. Kommen sie schon?«

Als er zurückschaute, konnte er im Qualm und Staub wenig erkennen. Aber schließlich erspähte er eine ordentliche Prozession von Pferden, die das brennende Lager verließ.

»Bei den Göttern! Jemand führt sie weg.«

»Dann muß das Epona selbst sein. Als ich vorhin bei ihnen vorbeikam, waren sie alle in Panik und rissen an ihren Zügeln.«

Sie brachte das Pferd zum Stehen und drehte sich im Sattel um, um ihn verwirrt anzuschauen. Er umarmte und küßte sie, erinnerte sich an seine irrationale Angst und küßte sie abermals. Lachend schob sie ihn weg.

»Du brichst mir das Genick, wenn du mich so verrenkst. Warte, bis wir allein sind, Liebster.«

Erst jetzt erinnerte sich Rhodry daran, daß sie mitten in einer Schlacht waren. Aber als er sich umsah – etwas betäubt, wie immer, wenn die Wut ihn verlassen hatte –, stellte er fest, daß der Kampf zu Ende war. Naddryc und seine Leute waren zahlenmäßig so unterlegen gewesen, daß die meisten von ihnen getötet worden waren, und die wenigen Überlebenden hatte man gefangengenommen. Jill und Rhodry stiegen ab, und bald schon entdeckten sie Nedd, der über Naddrycs Leiche mit Graemyn sprach.

»Komm her, Silberdolch«, rief Nedd ihm zu. »Euer Gnaden, das hier ist der Mann, der den Mistkerl getötet hat.«

»Dafür bekommt Ihr eine Belohnung, Silberdolch«, erklärte Graemyn. »Wahrhaftig, ich werde Euch für alles, was Ihr für mich getan habt, gut belohnen.«

Der Tieryn kniete sich neben die Leiche, dann nahm er sein Schwert in beide Hände und trennte Naddrycs Kopf mit einem festen Schlag ab. Rhodry drehte sich der Magen um – das hier war etwas ganz und gar Ungehöriges. Graemyn packte den Kopf an den Haaren und stand wieder auf. Dann starrte er jeden, der in der Nähe stand, herausfordernd an und stapfte davon, den baumelnden Kopf in der Hand. Die Priester hatten lange schon verboten, die Köpfe der Feinde als Trophäen zu nehmen. Aber der Anblick von Graemyn mit Naddrycs Kopf berührte etwas tief in Rhodry, so wie eine Harfensaite mitschwingt, wenn eine andere angeschlagen wird. Obwohl Jill und Nedd den Tieryn angewidert anstarrten, verspürte er selbst eine gewisse finstere Befriedigung.

»Ich würde einem Mann, der meine Frau und meine Kinder bedroht, dasselbe antun«, sagte Rhodry.

»Nun gut.« Nedd warf ihm einen kurzen Blick zu. »Er hatte tatsächlich Grund genug.«

Bevor er in die Festung zurückkehrte, kniete sich Rhodry neben die kopflose Leiche und nahm ihr methodisch alles ab, was wertvoll sein konnte: Münzen, eine Ringbrosche, die goldgefaßte Schwertscheide und eine silberne Gürtelschnalle. Er hatte seinen Auftrag zu Ende gebracht, und ein Silberdolch mußte immer dafür sorgen, daß er auf dem langen Weg genug zu essen hatte.

Als das Feuer bei den Zelten ausbrach, ritt Perryn am Rand der eigentlichen Schlacht entlang, sammelte verletzte Pferde und führte sie außerhalb des Erdwalls in Sicherheit. Ihm war nicht recht klar, was der sich ausbreitende Qualm zu bedeuten hatte, bis der Fuchs, den er ritt, nervös zu schnauben und zu tänzeln begann. Dann erinnerte er sich an Naddrycs Pferde, die hinter den Zelten angebunden waren. Fluchend wendete er den Fuchs und galoppierte direkt zum Lager. Zuerst bockte das Pferd, aber Perryn sprach mit ihm, tätschelte und beruhigte es, bis es schließlich genug Mut hatte und ihn in die Nähe des Feuers trug.

Zwischen den brennenden Zelten und dem Erdwall bäumten sich die Pferde auf und gaben jene häßlichen, halb menschlich klingenden Schreie von sich, wie sie Pferde nur in höchster Gefahr ausstoßen; sie traten nach den Stallburschen, die versuchten, sie zu retten, zerrten verzweifelt an den Halftern. Perryn wickelte die Zügel um den Sattelknauf und führte seinen Fuchs mit den Knien, als er direkt in die Panik hineinritt. Obwohl der Fuchs zitterte und einige Male zu bocken drohte, bewegte er sich weiter, während Perryn auf ihn einredete und sein ganz besonderes Lächeln zeigte und den unverletzten Arm ausstreckte, hier ein Pferd tätschelte, dort einen Schlag versetzte, als wäre er der Hengst einer Herde, der seine Oberherrschaft ebenso mit kleinen Bissen und Tritten deutlich macht wie mit liebevollen Berührungen. Die Panik der Tiere ließ langsam nach. Obwohl sie immer noch tänzelten und schwitzten, fielen sie hinter ihm in Trab. Endlich hatten die Stallburschen das letzte Halfter durchschnitten.

»Bringt sie raus!« schrie einer von ihnen. »Und mögen die Götter Euch segnen!« Mit einem Winken führte Perryn die Herde in ruhigem Trab vorwärts. Sie umkreisten den Erdwall und verließen das brennende Lager gerade in dem Augenblick, als ein Regen von Funken und glühenden Zeltplanenstücken zu fallen begann. Perryn rief lautlos nach den Tieren, und sie galoppierten aus der Öffnung im Wall in die Sicherheit der Wiese dahinter. Als er sich umsah, konnte er die Festung vor Qualm kaum sehen. Er versammelte die Pferde um sich und wartete etwa eine halbe Stunde, bis der Rauch sich halbwegs verzogen hatte. Als er die Herde zurückführte, kam ihm Nedd entgegengeritten.

»Ich habe nach dir gesucht«, sagte Nedd. »Ich dachte mir schon, daß nur du imstande gewesen sein konntest, Naddrycs Pferde zu retten.«

»Äh … nun … weißt du, sie vertrauen mir einfach.«

Einen Augenblick lang starrten die beiden einander nur an.

»Nun«, sagte Perryn schließlich. »Glaubtest du, ich wäre in der Schlacht umgekommen?«

»Ja. Aber jetzt sehe ich, daß ich Pech hatte.«

»Ich bin dich auch nicht losgeworden.«

Sie beugten sich im Sattel vor, schüttelten einander Hände und grinsten beide, als könnten sie nie wieder damit aufhören.

Zurück in der Festung übergaben die Vettern die Pferde den Dienern, dann gingen sie in die große Halle, wo am Ehrentisch eine Art Besprechung in Gang war. Während die kleineren Lords und Verbündeten nur zuhörten, stritten sich Benoic und Graemyn mit hochrot angelaufenen Gesichtern.

»Hört mir zu!« bellte Benoic. »Ihr habt es Naddrycs Bruder verdammt schwer gemacht, diese Sache friedlich zu Ende zu bringen. Was wird er sagen, wenn er die Leiche seines Bruders in zwei Teilen zurückbekommt?«

»Er kann verflucht alles sagen, was er will! Wie will er mich bekämpfen? Mit Geisterreitern aus den Anderlanden?«

»Und was ist mit Naddrycs Verbündeten? Waren ihre Mütter so unfruchtbar, daß sie alle nur einen Sohn hatten? Haben sie keine Onkel, die Rache für ihren Neffen nehmen?«

Graemyn hielt inne und begann, sich über den Schnurrbart zu streichen.

»Wenn Ihr diese ganze Sache hinter Euch bringen wollt«, fuhr Benoic in normalem Tonfall fort, »dann solltet Ihr am besten Botschafter direkt nach Dun Deverry schicken und den Hochkönig um seine Entscheidung bitten. In diesem Fall werde ich mich weiter hinter Euch stellen, und sei es nur um meines elenden Neffen willen. Wenn nicht, ziehe ich meine Männer und die von Nedd sofort zurück.«

Benoic war schon immer ein begabter Erpresser gewesen.

»Also gut«, sagte Graemyn. »Ich werde die Boten noch heute auf den Weg schicken.« Mit zufriedenem Nicken erhob sich Benoic und winkte Nedd und Perryn, ihm zu folgen.

»Kommt mit, Jungs. Wir müssen uns um unsere Verwundeten kümmern, und dieser Silberdolch verdient einiges Lob. Er hat Naddryc getötet, wie? Ha! Genau, was der Hundesohn verdient hat – von einem elenden Silberdolch erschlagen zu werden.«

Obwohl er so erschöpft war, daß ihm der Kopf dröhnte, ging Perryn mit ihnen, denn er hatte Angst, seinem Onkel sagen zu müssen, wie schwach er sich fühlte. Sie fanden Rhodry an der Tür, wo er Bier wie Wasser trank, während Jill ihn anstrahlte, als glaubte sie, er habe die Schlacht ganz alleine gewonnen. Perryn seufzte, weil er es so ungerecht fand, daß sie diesen arroganten Berserker wirklich liebte. Er hielt sie für ein liebenswertes, reizendes Mädchen, halb wild und auf der Wanderschaft mit ihrem goldenen Pferd, das so gut zu ihr paßte. Aber sie war auch die Frau eines der besten Schwertkämpfer, die er je gesehen hatte. Obwohl er es ungern zugab, hatte Perryn Angst vor Rhodry.

»Nun gut, Silberdolch«, sagte Benoic. »Ihr habt Euch Euren Sold mehr als zweimal verdient. Man hört ja öfter, daß Leute mit dem Zweiten Gesicht den Tod oder Schiffskatastrophen oder ähnlich schlimme Dinge voraussehen, aber Eure Fähigkeit hat sich als verdammt praktisch erwiesen.«

»Ja, Euer Gnaden. Wir Männer aus Eldidd sind manchmal etwas seltsam.«

Obwohl die anderen über den Scherz lachten, erhöhte Rhodrys Antwort Perryns Unbehagen nur. Dieser Silberdolch hatte etwas an sich, das er nicht in Worte fassen konnte, das aber an ihm nagte – ein Unbehagen, ganz ähnlich jenem, das ihn warnte, wenn er vom Weg abkam. Rhodry stellte für ihn mehr als eine Gefahr dar; er war eine Mahnung oder Teil eines Fluchs oder – etwas anderes. Perryn war so verblüfft, daß er den Kopf schüttelte, was sich als Fehler erwies. Sofort schien sich alles um ihn zu drehen, und ein knisternder goldfarbener Nebel stieg aus dem Nichts auf. Er hörte, wie Nedd aufschrie, dann verlor er das Bewußtsein. Er wachte zwar noch einmal kurz auf, als Nedd und Benoic ihn auf ein Bett legten, aber er schlief schon wieder, bevor sie noch die Kammer verlassen hatten. Den ganzen Tag schlief er und träumte von Jill.

Am nächsten Morgen ritten alle Männer aus der Festung, die nicht verwundet waren, mit den Adligen weiter. Angeblich dienten sie als Ehreneskorte, weil sie die Leichen Naddrycs und seiner Verbündeten zurückbrachten, aber in Wahrheit waren sie selbstverständlich ein Kriegshaufen, für den Fall, daß

Naddrycs Verwandte sich entschlossen, die Blutfehde fortzusetzen. Jill verbrachte den ganzen Morgen damit, Graemyns Frau Camma bei der Versorgung der Verwundeten zu helfen – eine Arbeit, die in Cergonney normalerweise den Frauen der Lords zufiel, weil es in der Provinz nicht genug Wundärzte gab. Gegen Mittag waren sie beide froh über die Gelegenheit, sich zu waschen und sich zu einer leichten Mahlzeit, die aus Brot und Käse bestand, niederzusetzen.

»Ich danke Euch für Eure Hilfe, Jill. Ihr wißt ziemlich viel darüber, wie man Wunden behandelt.«

»Ich danke Euch, Herrin. Ich habe in meinem Leben schon viel Blutvergießen erlebt.«

»Das muß wohl so sein, wenn Ihr einem Silberdolch folgt. Er ist zweifellos ein sehr gutaussehender Mann. Ich kann verstehen, daß er einem jungen Mädchen den Kopf verdreht; das verstehe ich wirklich. Aber habt Ihr noch nicht bereut, mit ihm auf und davon gegangen zu sein? Ihr müßt für Euren Rhodry viel hinter Euch gelassen haben.«

»Nein, Herrin. In meinem Leben habe ich nichts anderes als Armut gekannt. Rhodry hat mich nie hungern lassen, und das genügt mir.«

Camma starrte sie an, dann wurde sie sich ihrer Unhöflichkeit bewußt und lächelte entschuldigend. Jill beschloß, daß es an der Zeit war, das Thema zu wechseln.

»Lord Perryns Wunde scheint gut zu heilen. Ich bin schrecklich froh. Immerhin verdankt Rhodry ihm sein Leben.«

»Wie wir alle.« Einen Augenblick lang sah Camma ganz elend aus. »Nun, aus diesem Clan kommen störrische Männer, die störrischsten in ganz Cergonney, das schwöre ich. Und das heißt eine Menge.«

»Das glaube ich Euch aufs Wort. Kennt Ihr den Clan gut?«

»Ja. Seine Tante und seine Mutter sind beide Basen von mir. Oder ich sollte lieber sagen: Seine Mutter war eine Base von mir, das arme Lamm. Sie ist schon vor Jahren gestorben, wißt Ihr? Aber ich treffe mich oft mit Perryns Tante Gwerna. Gwerna hat ihn aufgezogen. Er war das letzte von sieben Kindern, und seine Mutter ist nach seiner Geburt nie wieder richtig gesund geworden. Sie hatte eine schwere Schwangerschaft, Blutungen und schreckliche Schmerzen. Und er kam nach nur sieben, nicht nach neun Monaten zur Welt.«

»Bei der Göttin, ich bin überrascht, daß das Kind überlebte!«

»Gwerna und ich waren das auch. Er war ein so jämmerliches kleines Ding, aber dennoch gesünder als jedes andere Baby, das ich je gesehen habe. Da seine Mutter so krank war, fand Gwerna eine Amme, und sie brachte das Mädchen dazu, Perro in einer Art Schlinge direkt an ihrer Brust und unter ihrem Kleid zu tragen – Tag und Nacht, wegen der Wärme, wißt Ihr. Und sie saß den ganzen Tag am Feuer und schlief dort auch nachts. Ich nehme an, das hat ihn gerettet – daß man ihn monatelang stets warmhielt.«

Sie hielt inne und dachte nach. »Vielleicht hat dieser schwierige Anfang seines Lebens den armen Jungen so seltsam gemacht. Gwerna hat ihn immer als Wechselbalg bezeichnet. Er läßt einen wirklich an all diese alten Geschichten denken, in denen das Wildvolk ein Menschenkind stiehlt und eines der ihren an seiner Stelle zurückläßt.«

Jill fragte sich zu ihrem eigenen Erstaunen, ob das in Perryns Fall nicht sogar der Wahrheit entsprach, aber der graue Gnom erschien plötzlich auf dem Tisch und warf Camma einen solch höhnischen Blick zu, als verachte er allein schon den Gedanken. Der Gnom hockte sich auf die Käseplatte und stützte das Kinn in die Hand, während Camma weitererzählte.

»Es ist ungezogen von mir, so etwas über ihn zu sagen, nachdem er nun ein erwachsener Mann ist. Aber wenn Ihr ihn gesehen hättet, würdet Ihr das verstehen, Jill. Er war so ein dürrer, kleiner Junge, und dieses rote Haar war immer wie ein

Vogelnest – ganz gleich, wie oft Gwerna es gekämmt hat.« Camma lächelte und schien sich an den Erinnerungen an bessere Zeiten zu freuen. »Und er war immer draußen in den Hügeln oder im Wald, bei jeder Gelegenheit. Wenn im Winter der erste Schnee fiel, brach er in Tränen aus, weil er dann monatelang drinnen bleiben mußte. Und einmal ist er weggerannt. Er kann damals nicht älter als acht gewesen sein. Graemyn und ich waren gerade bei Gwerna und Benoic zu Besuch, und eines Tages wurde Perryn dabei erwischt, als er Honigkuchen aus der Küche stahl. Nun, das macht jeder Junge hin und wieder, aber Benoic verlor die Nerven. Er verkündete, er wolle den Jungen schlagen, aber der kleine Nedd flehte seinen Onkel an, es nicht zu tun. Also gab Benoic nach. Nun, am nächsten Morgen war Perryn verschwunden. Gwerna ließ jeden Mann in der Festung nach ihm suchen, aber in den ganzen zwei Wochen, die wir uns dort aufhielten, konnte ihn niemand finden. Und Gwerna weinte und weinte, weil sie sicher war, er sei verhungert oder ertrunken. Ich glaubte das auch. Aber als es dann beinahe Winter war, schickte mir Gwerna eine Botschaft. Mit dem ersten Schnee war Perryn wieder am Tor aufgetaucht, schmutzig und abgerissen, aber wohlgenährt. Er hatte drei Monate lang ganz allein in den Hügeln gelebt.«

»Ihr Götter! Und wie hat er das erklärt?«

»Nun, er hatte gehört, daß alle ihn Wechselbalg nannten. Und er hatte sich in den Kopf gesetzt, daß er beim Wildvolk leben sollte, wo er hingehörte. Aber er hat sie nicht gefunden, sagte er, der arme Kleine. Die arme Gwerna, sie mußte weinen, als sie diese Geschichte hörte, und selbst Benoic war nicht mehr so streng zu ihm – nun, zumindest eine Weile nicht.«

Jill hätte gern mehr gehört. Aber nun kam der Gegenstand all dieser Erinnerungen zum Tisch. Der Gnom fauchte ihn an, dann verschwand er.

»Perro, du solltest im Bett bleiben«, sagte Camma. »Einer der Diener kann dir etwas zu essen bringen.«

»Es ist so verdammt langweilig, im Bett zu liegen. Es geht mir gut.«

Mit angemessener Vorsicht für seinen immer noch in der Schlinge liegenden Arm setzte sich Perryn Jill gegenüber. Er hatte dunkle Ringe unter den Augen.

»Herr«, sagte Jill. »Ihr solltet Euch wirklich ausruhen.«

»Wenn man mich wie ein Schwein im Pferch hält, werde ich nie gesund. Ich möchte lieber in den Wald gehen und dort eine Weile sitzen.«

Wenn man Cammas Geschichte bedachte, kam einem diese Bitte gar nicht mehr so unsinnig vor. Aus Pflichtgefühl gegenüber dem Mann, der Rhodry das Leben gerettet hatte, sattelte Jill seinen grauen Wallach, half ihm in den Sattel und führte das Pferd dann aus der Festung. Draußen in den Feldern war nur noch ein Teil des Erdwalls übriggeblieben; am Vortag hatten Benoics Leute die Leichen der Gefallenen in den Graben geworfen und Erde aufgefüllt. An dieser grimmigen Narbe der Erde vorbei gingen sie weiter zum Wald, wo sie eine Stelle unter den Kiefern fanden, wo der Boden mit Nadeln gepolstert war und die Sonne in breiten Streifen einfiel. Mit einem erfreuten Seufzen setzte sich Perryn hier nieder und lehnte den Rücken an einen Baum. Er schien jetzt, da er draußen war, tatsächlich kräftiger zu sein – er hatte Farbe im Gesicht, und sein Blick war lebendiger geworden.

»Es ist großartig von Euch, Euch um mich zu kümmern, Jill.«

»Wohl kaum! Ich schulde Euch so manche Ehre, weil Ihr Rhodry gerettet habt.«

»Nein. Ich bin um Nedds und meiner selbst willen zurückgeritten. Was hätte ich tun sollen? Liegenbleiben und mich umbringen lassen? Ich dachte nicht einmal an Rhodry. Also braucht Ihr Euch nicht zu bedanken.«

»Ich habe noch nie jemanden getroffen, der so denkt wie Ihr. Ihr seid so gewissenhaft wie ein Priester.«

»Das sagen alle. Ich wollte Priester werden, wißt Ihr. Mein Onkel hat sich darüber aufgeregt, und mein Vater hat nur gelacht.«

»Nun, ich kann mir nicht vorstellen, daß Benoic einem seiner Verwandten gestattet, statt dem Schwert Bel zu dienen.«

»Nein, nicht Bel. Ich wollte ein Priester des Kerun sein, aber ich konnte nicht einmal einen Tempel finden.«

Jill war überrascht. Sie wußte wenig von Kerun und der Anbetung dieses Gottes – nur, daß er einer der finsteren Götter der Dämmerungszeit gewesen war, die in Vergessenheit gerieten, als die Tempel von Bel und Nudd an Macht gewannen. Der gehörnte Gott war der Herr der Jagd, während Bel das seßhafte Leben der Bauern, die Korn anbauten, schützte. Jill erinnerte sich vage daran, daß man die erste Jagdbeute jedes neuen Jahres Kerun opfern sollte, aber sie zweifelte daran, daß irgend jemand das heutzutage noch tat.

»Er ist ein großartiger Gott«, sagte Perryn.

»Wie alle Götter«, fügte Jill für den Fall hinzu, daß welche von ihnen zuhörten.

»Ja, aber Kerun ist der einzige, der … oh … äh … nun, der irgendwie zu mir paßt.« Er dachte lange nach. »Oder … äh … vielleicht sollte ich eher sagen, er ist der einzige Gott, zu dem ich passe. Etwas in dieser Richtung. Ich hatte immer das Gefühl, wenn ich zu den anderen betete, würden sie es als Unverschämtheit betrachten.«

»Wie bitte? Seid nicht so hart mit Euch selbst. Die Mondgöttin ist uns allen eine Mutter. Und sie und die drei Mütter werden jedem Gebet lauschen.«

»Nicht meinem. Und der Mond ist auch nicht meine Mutter.«

Obwohl Jill annahm, daß diese Äußerung beinahe blasphemisch war, waren ihr die Götter und ihre Anbetung nicht wichtig genug, um Einspruch zu erheben.

»Nicht, daß es etwas ausmachen würde, so zu sein«, fuhr Perryn fort. »Es ist nur so, daß ich es tief drinnen wirklich weiß. Kerun ist der einzige Gott, der mich akzeptiert. Ich wäre gern sein Priester geworden und wollte irgendwo draußen in der Wildnis leben und tun, was immer er von mir verlangte. Aber ich konnte nicht einmal jemanden finden, der mir von den Ritualen erzählte.«

»Nun, vielleicht solltet Ihr nach Dun Deverry gehen. Ich habe gehört, dort stünden uralte Tempel, deren Priester alles wissen, was es zu wissen gibt. Ich wette, es gibt dort ein Buch darüber. Und vielleicht könntet Ihr jemanden dafür bezahlen, daß er es Euch vorliest.«

»Das ist eine Idee!« Er lächelte. »Ihr nehmt mich wirklich ernst, nicht wahr?«

»Selbstverständlich. Mein Vater sagte immer, wenn ein Mann Priester werden will, ist es eine gottesfürchtige Tat, ihm zu helfen.«

»Es klingt, als sei Euer Vater ein guter Mann. Aber wißt Ihr, sonst nimmt mich niemand ernst, nicht einmal Nedd. Ich meine, er mag mich und verteidigt mich und so. Aber er hält mich für verrückt, obwohl er es nicht zugeben will.«

»Nein, ich glaube nicht, daß Ihr verrückt seid.«

»Wirklich nicht?«

»Wirklich nicht. Ich will ehrlich mit Euch sein. Ich halte Euch für einen exzentrischen Menschen, aber ich bin auf dem langen Weg seltsameren Leuten als Euch begegnet. Verglichen mit einigen von ihnen … seid Ihr vollkommen normal.«

Er lachte. Sie war überrascht über dieses Lachen: tief, fröhlich, voll echter Freude. Und ihr wurde klar, daß sie erwartet hatte, es würde so zögernd und abgehackt sein wie seine Art zu sprechen.

»Nun, dann sollte ich vielleicht tatsächlich nach Dun Deverry reiten und mehr über die Welt erfahren«, sagte er schließlich. »Ich könnte mir von meinen Brüdern ein wenig mehr Geld geben lassen. Sie würden es sicher tun, um mich für eine Weile loszuwerden. Ich danke Euch, Jill – so etwas wäre mir nie eingefallen. Ich hasse Städte, und ich hätte nie daran gedacht, daß es in einer Stadt etwas geben könnte, das für mich wichtig ist.«

»Nun, ich mag Städte gern. Sie stinken, aber bei all dem Gestank gibt es auch immer etwas zu sehen.«

Er lächelte und sah sie so liebevoll an, daß sie vorsichtig wurde und ihr plötzlich einfiel, daß sie an einer abgelegenen Stelle ganz allein waren. Da sie wußte, daß sie ihn leicht besiegen konnte, hatte sie keine Angst vor ihm, aber sie wollte ihm nicht die geringste Ermutigung zuteil werden lassen, die zu Schwierigkeiten mit Rhodry geführt hätte. Sie wollte den armen Perryn nicht von den Händen ihres eifersüchtigen Mannes getötet sehen. Er schien sich dessen bewußt zu sein, daß sich ihre Stimmung geändert hatte, denn er seufzte und wandte den Blick ab.

»Oh, äh … ich wäre wahrscheinlich ein guter Priester geworden. Als Krieger tauge ich allerdings nicht viel.«

»Oh, macht Euch nicht schlechter, als Ihr seid.«

Er nickte zerstreut; sie wartete darauf, daß er fortfuhr, und wartete und wartete, bis ihr nach einiger Zeit klar wurde, daß er fähig war, stundenlang schweigend dazusitzen. Obwohl er sie als Mann nicht interessierte, war er als Rätsel absolut faszinierend.

An diesem Abend schlug die Armee ihr Lager etwa zwanzig Meilen nordöstlich von Graemyns Festung auf, auf demselben Flecken Land, der der Grund für den Krieg gewesen war. Und hier würden sie auch bleiben, während ein Bote zu Naddrycs

Bruder voranritt. Da es ziemlich warm war, hatte man den Wagen mit den adligen Überresten ein gutes Stück vom Lager entfernt aufgestellt. Wie Nedd gegenüber Rhodry bemerkte, war es durchaus möglich, daß Lord Aegwyc nicht einmal die Leiche seines Bruders aufdeckte, um zu sehen, ob sie verstümmelt war.

»Dann haben wir ja Hoffnung, Herr«, sagte Rhodry. »Wie weit ist es bis zu Lord Aegwycs Festung?«

»Nur zehn Meilen. Mit einigem Glück wird er morgen bei Sonnenuntergang hier sein.«

Zusammen kehrten sie zurück zum Lager. Die Dämmerung verdickte sich zu einem samtigen Grau, aber Rhodry konnte mit seinen halbelfischen Augen selbstverständlich noch gut sehen. Als sie an einem struppigen Gebüsch vorbeikamen, bemerkte er, daß sich dort etwas bewegte, und blieb stehen, um näher hinzusehen; es war unwahrscheinlich, daß ein Kaninchen oder ein anderes Tier den Menschen so nahe kam. In den dürren Zweigen hockte ein Gnom. Aber so etwas hatte Rhodry noch nie gesehen: Ein schmerzlich deformiertes Geschöpf mit langen Reißzähnen, hervorstehenden Augen und roten Klauen. Einen Augenblick lang sah der Gnom ihn entsetzt an, dann verschwand er.

»Ist etwas nicht in Ordnung?« fragte Nedd.

»Nein, Herr. Es sah nur so aus … ach, als hätte dort jemand etwas von seiner Ausrüstung verloren. Aber es war nur ein Felsen.«

Später, als sie am Lagerfeuer saßen, hatte Rhodry das deutliche Gefühl, beobachtet zu werden. Aber obwohl er sich sorgfältig umsah, entdeckte er weder Mensch noch Geist, der in seine Richtung spähte.

»Das Wildvolk zum Spionieren zu benutzen, kann verflucht gefährlich sein«, sagte der Mann, der sich Gwin nannte.

»Ich weiß, aber ich kann nichts anderes tun, bis ich Rhodry zum erstenmal selbst gegenübergestanden habe.« Sein Begleiter blickte von dem magischen Spiegel auf, der vor ihm auf dem Tisch auf einem Stück schwarzen Samtes lag. »Zumindest ist er dieser Belagerung entkommen. Diese jämmerliche kleine Fehde hätte all unsere Pläne zerstören können.«

Gwin nickte nur, denn er wußte, wie groß die Gefahr gewesen war, ihre Beute an das Wyrd eines Kriegers zu verlieren. Der Mann, der sich des Namens Merryc bediente, wickelte den Spiegel sorgfältig wieder ein und steckte ihn zurück in die Geheimtasche seiner Satteltasche. Obwohl sie beide aus Bardek kamen, waren sie für diese Jagd ausgewählt worden, weil es in ihren Familien deverrianisches Blut gab. Beide hatten glattes, dunkelbraunes Haar, und ihre Haut war hell genug, um im Königreich nicht aufzufallen, schon gar nicht in den nördlichen Provinzen, wo Männer aus ihrem Heimatland selten zu sehen waren. Tatsächlich stammte Gwins Mutter aus Deverry; ihr verarmter Clan hatte sie als Konkubine an einen Kaufmann aus Bardek verkauft. Er erinnerte sich vage daran, daß sein Vater für bardekianische Verhältnisse ziemlich hellhäutig gewesen war, aber er hatte den Mann nur ein paarmal gesehen, bevor er ihn als unerwünschtes Sklavenkind im Alter von vier Jahren verkauft hatte. Über Merrycs Hintergrund wußte er nichts, ebensowenig, wie er den wirklichen Namen des Mannes kannte. Die Habichte der Brüderschaft hatten ihre eigenen Geheimnisse und gestanden anderen die ihren zu.

»Weißt du, wo er jetzt ist?«

»Ja«, sagte Merryc und schnallte die Satteltasche zu. »Er ist nicht weit entfernt. Ich denke, es wäre vollkommen sicher, wenn wir am Morgen weiterritten. Wir können stehenbleiben und die Armee eine Zeitlang anstarren. Das wird niemandem sonderlich auffallen. Welcher Reisende würde nicht stehenbleiben, starren und sich darüber wundern, was die Adligen dort tun?«

»Das stimmt. Und dann?«

»Dann beobachten wir sie. Nichts anderes. Vergiß das nicht. Wir beobachten sie aus der Entfernung, bis Rhodry und das Mädchen wieder allein auf der Straße sind. Dann können wir die anderen herbeirufen und zuschlagen.«

»Also gut. Aber etwas an diesem Plan ärgert mich. Er ist zu kompliziert. So verflochten wie diese komplizierten Dekorationen, die sie hier so gerne haben.«

»Ja. Ich muß zugeben, daß es mir ähnlich geht. Aber wer sind wir schon, daß wir mit unseren Vorgesetzten streiten können?«

»Da hast du selbstverständlich recht. Wir sind niemand.«

»Das war überhaupt nicht komisch.«

»Ich habe es auch nicht als Scherz gemeint.« Gwin spürte, wie er vor Angst schauderte, als könnten sie durch das Aussprechen des vollkommen gewöhnlichen Wortes »Nev-yn« aus Versehen den Dweomermeister Nevyn heraufbeschwören, der sich dann beim Klang seines Namens wie ein Dämon in ihre Kammer stürzen würde. Dann wischte er diesen unvernünftigen Gedanken beiseite. Es war nur ein Zeichen seines Unbehagens mit dem kunstvollen Plan, den seine Vorgesetzten in der Blutgilde ihnen aufgetragen hatten. Für sie mochte das alles schön und gut sein, denn sie saßen sicher zu Hause auf den Inseln; aber es war einfach, nur davon zu reden, Rhodry unversehrt zu entführen, ohne die Aufmerksamkeit des Dweomers des Lichts auf sich zu ziehen.

»Hat dir jemand gesagt, was wir mit diesem Mädchen anfangen sollen?« fragte Merryc.

»Ja. Wir sollen sie töten. Wenn noch Zeit ist, gestattet man uns, erst ein wenig Spaß mit ihr zu haben.«

»Großartig. Ich hörte, sie soll sehr schön sein.«

»Aber nur, wenn es absolut sicher ist. Sie ist offenbar nicht wichtig, das hat man mir jedenfalls gesagt. Wir müssen sie nur aus dem Weg schaffen.«

Merryc nickte nur. Sie standen beide zu weit unten in der Habichtsgilde, als daß man ihnen mehr gesagt hätte, als sie unbedingt wissen mußten. Obwohl er dieses Unwissen als Teil der Disziplin akzeptierte, fragte sich Gwin insgeheim schon, was die Blutgilden mit Rhodry vorhatten, wenn er erst einmal in Bardek in ihrer Hand war. Zweifellos nichts Angenehmes, aber das war nicht seine Angelegenheit. Tatsächlich wußten weder er noch Merryc, wer ihre Gilde für diesen Auftrag bezahlte. Die Blutgilden nahmen ihre Aufträge von jedem an, der den hohen Preis bezahlen konnte, und sowohl in Deverry als auch in Bardek gab es Leute, die das wußten.

Am nächsten Morgen ritten sie weiter nach Nordosten. Etwa zwei Stunden nach Mittag kamen sie zu der Wiese, auf der die Armee lagerte, etwa dreißig Fuß von der Straße entfernt. Obwohl die meisten Soldaten am Boden saßen und sich mit Würfelspielen beschäftigten, waren in regelmäßigen Abständen Wachen aufgestellt.

»Hoffen wir, daß Rhodry nicht ganz hinten bei den Pferden ist«, murmelte Merryc. Aber einen Augenblick später hatten sie schlimmere Sorgen als sich zu fragen, wo Rhodry wohl steckte. Als sie langsam vorbeiritten und hier und da stehenblieben, um in künstlichem Staunen das Lager anzustarren, hörten sie jemanden schreien. Ein berittener Trupp von zehn Mann kam hinter den Zelten hervorgaloppiert, teilte sich auf und umzingelte sie, bevor sie auch nur an Flucht denken konnten. Es wäre in jedem Fall ein Fehler gewesen, zu fliehen. Der Anführer der Truppe, ein grauhaariger Mann in der karierten Brigga der Adligen, ritt auf sie zu.

»Keine Sorge, Jungs«, sagte er. »Ich wollte nur wissen, wer ihr seid und für wen ihr reitet.«

»Ich heiße Gwin, und das ist Merryc, und wir reiten für keinen adligen Herrn. Wir arbeiten unten in Lyn Ebyn für die Kaufmannsgilde, meist als Karawanenwachen, aber sie haben uns mit Briefen für die neue Gilde in Dun Pyr hierher geschickt.«

»Habt ihr Beweise dafür, Junge? Hier herrscht Krieg, und ihr könntet ebensogut Spione sein.«

Gwin griff in sein Hemd und holte eine dünne Kette mit einem gestohlenen Siegelring der fraglichen Gilde heraus. Der Lord betrachtete den Ring forschend, grunzte zustimmend und reichte ihn zurück. »Dann bitte ich um Verzeihung. Reitet weiter, aber seid vorsichtig auf der Straße. Sehr wahrscheinlich werdet ihr keinen Ärger haben, aber es zahlt sich aus, die Augen offen zu halten.«

»So ist es, Herr. Ich danke Euch.«

Auf ein Zeichen des Lords teilten sich die Reiter und ließen sie durch, direkt neben einem Mann, der, der Beschreibung entsprechend, Rhodry sein mußte. Sie hatten wirklich Glück, dachte Gwin. Aber nichts von seiner Freude zeigte sich in seiner Miene, als er einen beiläufigen Blick auf den Silberdolch warf. Mit dem selben Gleichmut schaute Rhodry zurück, dann wendete er sein Pferd und folgte dem Trupp zurück ins Lager. Weder Gwin noch Merryc sprachen, bis sie eine weitere Meile zurückgelegt hatten; dann lachte Merryc. Ein finsteres, leises Kichern.

»Nun gut. In Zukunft werde ich das Wildvolk nicht mehr hin- und herscheuchen müssen.«

»Haben die anderen ihn schon gesehen?«

»Nein. Ich habe letzte Nacht durchs Feuer mit Briddyn gesprochen, und sie sind immer noch viel zu weit südlich. Aber sie werden ihn auch nicht mit dem Zweiten Gesicht suchen müssen, es sei denn, mir passiert etwas.«

»Dir wird nichts passieren, dafür bin ich da.«

»Ganz schön arrogant.« Merryc wandte sich im Sattel um und lächelte ihn an. »Aber ich will nicht leugnen, daß du der beste Schwertkämpfer der Bruderschaft bist. Hoffen wir, daß du Rhodry schlagen wirst, wenn es sein muß.«

»Hoffen wir das lieber nicht. Vergiß nicht, sie wollen ihn lebendig.«

In den ersten Tagen, nachdem die Armee davongeritten war und während alle in der Festung angespannt auf Neuigkeiten warteten, verbrachte Jill relativ viel Zeit mit Perryn, für gewöhnlich draußen im Wald. Sonne und frische Luft halfen ihm viel mehr als Bettruhe. Bald waren die dunklen Ringe unter den Augen verschwunden, und er konnte einen ganzen Tag wach bleiben. Aber ganz gleich, wieviel Zeit sie mit ihm verbrachte – sie hatte nie das Gefühl, ihn besser kennenzulernen, weil er so wachsam und zurückgezogen war wie die wilden Tiere, die er sosehr liebte. Nach jenem ersten Tag erwähnte er nie wieder, wie gerne er Priester des Kerun geworden wäre. Als sie versuchte, mit ihm über seine Verwandten oder das Leben in der Festung zu sprechen, sagte er immer etwas Verrücktes oder Dummes, das dem Gespräch dann ein Ende machte. Er schien froh über ihre Gesellschaft zu sein, aber manchmal fragte sie sich, ob er nicht lieber allein wäre. Am dritten Tag allerdings sollte sie etwas Verstörendes über seine Gefühle erfahren.

Am Nachmittag machten sie sich zu ihrem üblichen Spaziergang auf, aber diesmal bat er sie, das Pferd ein wenig weiter in den Wald zu führen, wo es einen von Farnen gesäumten Bach gab, den er ihr gerne zeigen wollte. Nachdem sie den Grauen getränkt hatte, bewunderte Jill pflichtschuldigst die Farne, dann setzte sie sich neben Perryn in den Schatten.

»Wir werden bald von der Armee hören«, meinte er. »Wenn es einen Kampf gibt, werden sie Boten senden.«

»Beten wir, daß sie auf dem Heimweg sind und nicht von einer anderen Armee verfolgt werden.«

»Das ist wahr. Obwohl … äh … oh …«

Jill wartete geduldig, während er sich konzentrierte. Sie gewöhnte sich langsam an seine Art zu sprechen.

»Äh, es war sehr schön, mit Euch hier im Wald zu sitzen. Zweifellos werden wir das nicht mehr tun können, wenn Rhodry nach Hause kommt.«

»Selbstverständlich nicht. Rhodry kann verdammt eifersüchtig werden, obwohl er keinen Grund dafür hätte.«

»Oh. Er hätte keinen Grund dafür?«

»Keinen, Herr.« Wachsam wartete sie ab, wie er ihre deutliche Ablehnung aufnahm. Einen Augenblick lang betrachtete er traurig die Farne.

»Keinen Grund?« sagte er schließlich. »Wirklich?«

Er wandte sich ihr zu und lächelte sie an. Ein seltsames Lächeln, offen und intensiv, das für sie beinahe körperlich spürbar war, so warm und liebevoll wie die Berührung einer Hand. Als sie ihren Blick abwandte, legte er ihr tatsächlich die Hand auf die Wange. Sie schlug seine Hand weg, aber wieder lächelte er auf eine Weise, die ihn aussehen ließ, als leuchtete er von innen. Sie schaute ihn an, weil sie einen Augenblick lang nicht in der Lage war, sich zu bewegen. Als er sie küßte, war sein Mund weich und sanft und voller Versprechungen.

»Du bist wirklich sehr schön«, flüsterte er.

Jill nahm ihre ganze Willenskraft zusammen und schob ihn von sich.

»Hört auf«, empörte sie sich. »So etwas darf nie wieder passieren.«

»Und warum nicht?«

Sein Lächeln verstörte Jill derartig, daß sie aufstand und zurückwich, als wäre er ein Feind mit einem Schwert in der

Hand. Er versuchte nicht, ihr zu folgen, sondern betrachtete sie nur und legte den Kopf auf eine kindliche, fragende Weise schief. Als sie ein paar weitere Schritte zurücktrat, spürte sie, wie der Bann zerbrach.

»Ich gehe jetzt zurück zur Festung«, fauchte sie. »Offensichtlich seid Ihr kräftig genug, um allein zurückzureiten.«

Während sie mit Goldwolke zur Festung zurücktrabte, dachte sie über das Problem nach. Er kann kein Dweomermann sein – er muß ein Dweomermann sein – aber wo kann er das gelernt haben? Und was sonst könnte es sein? Nun, da sie weit von ihm entfernt war, war ihre Erinnerung an den Vorfall seltsam verschwommen, als sei er nie wirklich geschehen. Sie beschloß, daß sie es auf jeden Fall in Zukunft vermeiden würde, mit Perryn allein zu sein, ob er nun zaubern konnte oder nicht. Als er später am Nachmittag zurückkehrte, sah sie ihn in der großen Halle nur von weitem. Er war so vage, so ungelenk, daß sie begann, sich tatsächlich zu fragen, ob sie den Vorfall nur geträumt hatte.

Die Lords standen mitten auf dem Feld zusammen und verhandelten: Aegwyc mit zehn seiner Männer als Eskorte, Graemyn mit zehn seiner eigenen, zu denen auch Rhodry gehörte. Da er der Mann war, der Aegwycs Bruder getötet hatte, mußte er dabeisein, um das zuzugeben, falls der Lord es forderte. Er hoffte zutiefst, daß dies nicht der Fall sein würde, obwohl Graemyn ihm versichert hatte, er werde das Lwdd selbst zahlen. Bisher hatte Graemyn allerdings wenig Gelegenheit gehabt, etwas zu sagen, weil Benoic den größten Teil der Verhandlungen übernahm.

»Wir sind also einverstanden?« fragte Benoic schließlich.

»Ja.« Aegwyc schien sehr müde zu sein. »Ich halte mich an die Entscheidung des Hochkönigs – immer vorausgesetzt, ich halte sie für gerecht.«

»Und ich werde dasselbe tun«, warf Graemyn ein, bevor Benoic in seinem Namen zustimmen konnte. »Das schwöre ich auf die Ehre meines Clans.«

»Und ich auf meine.« Seufzend erhob sich Aegwyc und starrte an ihnen vorbei zum Lager. Rhodry nahm an, daß er sich seine Chancen ausrechnete, die er mit den wenigen Männern unter seinem Banner gegen diese Armee hatte. »Schickt mir einen Herold, wenn die Männer des Königs eintreffen.«

»Ja.« Auch Benoic kam auf die Beine und gab den restlichen Männern ein Zeichen. »Darauf gebe ich Euch meine Hand.«

Ernst schüttelten sie sich die Hände. Aegwyc blieb noch einen Augenblick und schaute zu den zehn Männern des Tieryn hin. Er wußte sicher, daß einer von diesen Leuten seinen Bruder getötet hatte, und er sah jedem direkt ins Gesicht und hielt ein wenig länger inne, als er zu Rhodry kam. Rhodry starrte mutig zurück und bemerkte, wie der Lord erbittert die Lippen zusammenkniff. Es gab nur einen Grund, weshalb ein Silberdolch an einer Verhandlung wie dieser teilnahm. Aegwyc wandte sich abrupt und führte seine Männer weg.

Rhodry seufzte erleichtert auf.

»Ihr habt den Bastard in fairem Kampf getötet, Silberdolch«, sagte Benoic.

»Das habe ich. Aber es ist immer schwer, einem Verwandten eines Mannes ins Gesicht zu schauen, wenn man diesem Mann sein Wyrd gebracht hat.«

Als er in den Sattel stieg, um zurück ins Lager zu reiten, hatte Rhodry das Gefühl, daß jemand ihn anstarrte. Er drehte sich im Sattel um, aber alle in seiner Nähe waren damit beschäftigt, aufs Pferd zu steigen. Es ist unmöglich, daß mich jemand anstarrt, dachte er, es sei denn, Aegwyc kann den bösen Blick von weitem lenken.

Aber das Gefühl hielt noch einen Augenblick an, bevor es

nachließ. Während des langen Ritts zurück zu Graemyns Festung hatte er immer wieder das Gefühl, daß ihn jemand irgendwie und aus einem seltsamen Grund auszuspionieren versuchte.

»Ich bin verdammt froh, daß dein Arm aus der Schlinge ist«, meinte Nedd.

»Ich auch«, sagte Perryn. Er griff nach einem Lederball, der fest mit Stroh gefüllt war, und begann ihn zu drücken, um seine Hand zu trainieren. Bald würde er auch damit anfangen müssen, seinen Arm zu üben, aber noch schmerzte das so sehr, daß er noch einen Tag warten wollte. Nedd ging in dem kleinen Schlafzimmer auf und ab und sah ihm besorgt zu.

»Wird das auch richtig heilen?« fragte er.

»Das weiß ich noch nicht. Aber ich war ohnehin nie ein guter Schwertkämpfer. Es ist nicht so, daß ich besondere Fähigkeiten zu verlieren hätte.«

»Nun, wenn du mich fragst, ist der Krieg ohnehin zu Ende. Aegwyc kann nicht viel Ärger machen. Sein Bruder hat die Ländereien für den Krieg mit Graemyn bereits vollkommen ausgesaugt.«

»Also wird unser Onkel sich zurückziehen?«

»Der doch nicht! Es macht ihm zuviel Spaß, Graemyn herumzuschikanieren und an seiner Stelle zu sprechen. Aber ich weiß, wie es dich quält, in einer Festung eingeschlossen zu sein. Du könntest jetzt ruhig weiterreiten, wenn du magst.«

»Danke, aber ich bleibe. Nur für den Fall … oh … äh … daß etwas passiert.«

»Selbst wenn der Kampf wieder ausbrechen sollte, würdest du uns mit diesem schwachen Arm kaum etwas nützen.«

»Das weiß ich. Aber das ist nicht der Grund.«

»Und was ist der Grund?«

»Äh … Jill.«

»Was? Du bist ja verrückt! Rhodry könnte dich in Scheiben schneiden, und damit will ich dich nicht beleidigen, weil er mit mir genau dasselbe machen könnte – ohne jede Anstrengung.«

»Kein Grund, daß es zu einem offenen Kampf kommen muß, oder?«

»Nein, überhaupt nicht. Es gibt auch keinen Grund dafür, daß die Sonne jeden Morgen aufgeht, aber irgendwie passiert es trotzdem.«

Die Hände auf die Hüften gestützt, betrachtete Nedd seinen Vetter, als hätte er vor, ihn zu ersäufen.

»Ich wette, daß ich Jill von ihm weglocken kann«, sagte Perryn.

»Selbstverständlich. Deswegen mache ich mir ja solche Sorgen. Ihr Götter, ich habe nie einen Mann gekannt, der solches Glück bei Mädchen hat wie du. Wie machst du das eigentlich?«

»Ich lächle einfach viel und schmeichle ihnen. Ich glaube nicht, daß ich es sonderlich anders mache als die meisten anderen Männer.«

»Ach ja? Bei mir hat es nie so gut funktioniert.«

»Wahrscheinlich hast du nicht das richtige Lächeln. Du mußt … äh … etwas mehr Wärme hineinlegen. Wenn du es erst raushast, ist es ganz einfach.«

»Dann wirst du mir zeigen müssen, wie das geht. Aber paß auf, denn wenn du deine Schlinge für Jill auslegst, könnte es sein, daß du dir einen Wolf einfängst.«

»Der Wolf wird dem Befehl meines geliebten Vetters folgen und mit ihm quer durch Cergonney reiten.«

»Das kann ich nicht tun. Es ist ehrlos.«

»Ich habe unseren Onkel so oft um deinetwillen belogen. Auch das war ehrlos.«

»Ja. Bist du so versessen darauf, eine Nacht in Jills Bett zu verbringen?«

»Ich habe noch nie etwas so sehr gewollt wie sie.«

»Ach, verflucht sollst du sein! Also gut. Rhodry und ich werden schon ein Ziel finden, zu dem wir reiten können.«

»Ich danke dir, Vetter, ich danke dir ganz untertänigst.«

Sie hatten eine lange Wartezeit vor sich, da der Kurier zweihundert und mehr Meilen bis Dun Deverry zurücklegen mußte. Auf dem Hinweg würde er zwar auf einer der vielen Barken reisen können, die von den Bergminen aus den Camyn Yraen befuhren. Aber den Rückweg mußte er zu Pferd zurücklegen. In anderen Teilen des Königreichs hätte es selbstverständlich Gwerbrets gegeben, die sich ihres Falles angenommen hätten. Aber die diversen Gwerbrets, die einmal in Cergonney regiert hatten, hatten so heftig gegeneinander Krieg geführt, daß König Maryn II. den Rang im Sommer 962 abgeschafft hatte. Nach einer blutigen Rebellion hatte sein Sohn Casyl II. das Dekret erneuert. Von diesem Zeitpunkt an hatten die Könige die Schwüre jedes Lords in Cergonney persönlich entgegengenommen und über die diversen Streitigkeiten unter ihnen Recht gesprochen.

Während dieser Wartezeit belauerte Perryn Jill, aber aus vorsichtigem Abstand. Und er wartete immer auf einen jener seltenen Augenblicke, wenn Rhodry sie allein ließ. Es war schwierig, weil Jill ihrerseits ihr Möglichstes tat, ihm aus dem Weg zu gehen. Da sie die erste Frau war, die ihm jemals widerstanden hatte, war er verwundert, aber ihr Widerstand machte sie nur um so begehrenswerter. Endlich bekam er eine Gelegenheit. Am zehnten Tag, bei Sonnenuntergang, kehrte Graemyns Kurier mit der Nachricht zurück, der König werde sich gnädigst dieser Angelegenheit annehmen. Tatsächlich folgten ihm ein Herold und ein Rechtsberater direkt auf der Straße.

»Großartig!« sagte Benoic. »Nun, Graemyn, Ihr werdet eine Ehrengarde schicken müssen, um ihnen entgegenzureiten.«

»Genau das wollte ich auch gerade sagen. Wenn einer meiner edlen Verbündeten seinen Kriegshaufen dazu entsenden möchte, wäre ich ihm sehr dankbar.«

Perryn warf Nedd einen vielsagenden Blick zu. Nedd seufzte. »Das würde ich gern tun, Euer Gnaden«, sagte Nedd. »Ich habe noch sechs Mann und den Silberdolch. Sind das genug Leute für eine Eskorte?«

»Das ist genau richtig. Wenn der Kriegshaufen zu groß ist, könnte Aegwyc behaupten, wir hätten versucht, jemanden einzuschüchtern. Ich danke Euch, Lord Nedd.«

Nedds Miene war so säuerlich, als hätte er in eine Zitrone gebissen. Perryn, der das sah, lächelte nur.

»Nun, mein Liebes, wir werden im Morgengrauen reiten.«

Jill wurde kalt vor Angst.

»Was ist denn los?« fuhr Rhodry fort. »Wir werden absolut nicht in Gefahr sein.«

»Das weiß ich.« Es fiel ihr schwer zu sprechen. »Es ist nur, daß wir so oft voneinander getrennt sind.«

»Ich weiß, aber das Plündern nach der Schlacht hat mir einiges an Geld eingebracht, und dann bekomme ich noch eine Belohnung von Tieryn Graemyn; also werden wir uns, sobald diese Arbeit vorbei ist, eine Weile in einem anständigen Gasthaus einquartieren können.«

Mit einem Nicken wandte sie sich ab. Sie war versucht, ihm die Wahrheit zu sagen: Daß sie Angst hatte, in derselben Festung wie Perryn zu sein, aber die Wahrheit hätte vielleicht zu Blutvergießen geführt. Obwohl es sie gefreut hätte, Perryn tot am Boden liegen zu sehen, hätten seine Verwandten sich dann an Rhodry gerächt. Er legte die Arme um sie und zog sie an sich.

»Ich werde bald wieder zurückkommen, Liebes.«

»Das hoffe ich.« Sie küßte ihn. »Roddo, ich liebe dich mehr als mein Leben.«

Es stellte sich heraus, daß der Kriegshaufen erst eine gute Stunde nach der Dämmerung aufbrechen konnte, weil Nedd und seine Männer einen Ort nie ohne große Umstände einfach verlassen konnten. Als sie schließlich auf dem Weg waren, stand Jill lange am Tor und wünschte sich, sie könnte mit ihnen reiten. Sie spürte die Dweomerkälte über ihren Rücken rinnen – eine Warnung. Als sie sich umdrehte, sah sie, daß Perryn sie beobachtete. Sie ging ohne auch nur einen Morgengruß an ihm vorbei und eilte in die sichere Gesellschaft von Lady Camma und ihrer Dienerin. Den ganzen Tag ging sie ihm aus dem Weg, und am Abend verbarrikadierte sie ihre Kammertür von innen.

Am Morgen allerdings gelang es Perryn, sie alleine aufzuspüren. Jill war in den Stall gegangen, um sich um Goldwolke zu kümmern, den sie nie der ungenügenden Aufmerksamkeit der Stallburschen überließ. Sie führte ihn gerade wieder zurück in seine saubere Box, als Perryn herüberkam.

»Guten Morgen«, sagte er. »Ich hatte vor, einen Ausritt zu machen. Wollt Ihr nicht mit mir kommen?«

»Nein, Herr.«

»Nennt mich bitte nicht die ganze Zeit ›Herr‹.«

Dann lächelte er wieder, und sein Zauber legte sich um ihr Herz.

»Ich liebe dich, Jill.«

»Darauf gebe ich keinen Schweinefurz. Laßt mich in Ruhe!«

Als sie zurückwich, stellte sie fest, daß hinter ihr nur noch die Stalltür war. Abermals lächelnd legte er ihr die Hand auf die Wange, eine Berührung, die sie mit Wärme erfüllte. Dweomer, dachte sie, es muß Dweomer sein. Als er sie küßte, wußte sie wie in einem Alptraum, daß sie schwach wurde, daß sie versucht war, Rhodry mit diesem dünnen, verrückten, unauffälligen Mann zu betrügen.

»Wir könnten auf die Wiese reiten«, flüsterte er. »Es ist wunderschön in der Sonne.«

Seine Worte – die Tatsache, daß er überhaupt sprach – brachen den Bann. Sie schob ihn so fest von sich, daß er beinahe gefallen wäre.

»Laßt mich in Ruhe«, fauchte sie. »Liebt mich, wie Ihr wollt. Aber ich gehöre Rhodry.«

Sobald sie wieder in der großen Halle war, wurde ihre Angst zu Haß, einem blinden, mörderischen Haß, weil er ihr das Gefühl gegeben hatte, hilflos zu sein – sie, die doch gegen die besten Männer kämpfen und auf dem langen Weg für sich selbst sorgen konnte. Hätte eine Möglichkeit bestanden, ihn zu ermorden und damit davonzukommen, dann hätte sie das getan. Ihre Wut wuchs den ganzen Tag weiter, als sie sah, wie er sie verfolgte. Schließlich bemerkte sie am frühen Abend, daß er die Halle verlassen hatte. Ein Diener sagte ihr, er sei zu Bett gegangen, weil seine Wunde ihm Schmerzen bereitete. Gut, dachte sie, soll sie brennen wie Feuer! Als sie in der Gesellschaft der anderen Frauen einen letzten Krug Bier trank, konnte sie sich kaum auf die Gespräche konzentrieren. Sie würde etwas wegen Lord Perryn unternehmen müssen, entschied sie. Und dann fiel ihr schließlich ein, an wen sie sich um Hilfe wenden konnte. Nevyn. Aber selbstverständlich! Er würde es verstehen, er würde ihr sagen, was sie tun sollte. Sie nahm sich eine Kerzenlaterne und ging dann in ihr Zimmer. Mit Hilfe der Kerzenflamme würde sie sich mit Nevyn in Verbindung setzen können, wo immer er sein mochte.

Sie ging in die Kammer, stellte die Laterne ab und verriegelte dann die Tür. Als sie sich umdrehte, sah sie Perryn, der so still an der Wand saß, daß sie ihn nicht bemerkt hatte, als sie hereingekommen war. Als sie begann, ihn zu beschimpfen, grinste er nur, aber es war ein ganz normales, triumphierendes Lächeln.

»Raus! Verschwindet sofort, oder ich werfe Euch raus.«

»Wie unangenehm du doch werden kannst, meine Liebe.«

»Nennt mich nicht so.«

»Jill, bitte.« Er schenkte ihr jenes bezaubernde Lächeln. »Laß mich heute nacht bei dir bleiben.«

»Nein.« Aber sie hörte, wie ihre Stimme schwankte. Lächelnd, unentwegt lächelnd ging er auf sie zu. Sie spürte, wie sich ihr Geist verwirrte, wie ihre Gedanken unklarer wurden und daß es noch schwieriger wurde, sie zum Ausdruck zu bringen. Als sie versuchte, ihm auszuweichen, stolperte sie. Er packte sie an den Schultern, dann küßte er sie. Sein Mund war so warm und einladend, daß sie den Kuß unwillkürlich erwiderte. Ihr Körper war so außer Kontrolle wie ein Fluß bei Hochwasser. Als er sie in die Arme nahm und abermals küßte, fragte sie sich, ob sie wirklich jemals vorher einen Mann gewollt hatte oder bisher nur wie ein Mädchen gewesen war, das mit Männern schäkert, ohne zu wissen, um was es geht.

»Du weißt doch, daß du willst, daß ich bleibe«, flüsterte er. »Ich werde früh wieder gehen. Niemand muß etwas davon erfahren.« Als sie sich dazu zwang, an Rhodry zu denken, hatte sie gerade genug Kraft, um ihn wegzuschubsen; aber er packte sie an den Handgelenken und zog sie wieder an sich. Obwohl sie sich wehrte, schienen ihre Knie zu Blei geworden zu sein und ihre Arme zu Wasser. Immer noch lächelte er sie auf diese zauberische Art an, zog sie wieder in seine Arme und küßte sie. Sie spürte, daß sie nachgab mit einem letzten, wirren Gedanken, daß Rhodry es nie erfahren müsse. Das Vergnügen, das sie empfand, kam ebenso vom Aufgeben wie von seiner Zärtlichkeit. Sie konnte ihn kaum lange genug loslassen, daß sie ins Bett kamen, und sobald sie lagen, begann sie zu zittern. Aber Perryn selbst hatte keine Eile. Er küßte sie, er streichelte sie, er zog sie nach und nach aus und streichelte sie dann weiter. Als er schließlich seine geduldige Zurückhaltung verlor, war seine Leidenschaft für sie erschreckend. Sie konnte sich nur ihrer eigenen Leidenschaft ergeben, sie der seinen anpassen und sich von ihr tragen lassen, wohin sie wollte.

Danach lag sie in seinen Armen und klammerte sich an ihn, während die Kerze ein helles, tanzendes Licht auf eine Welt warf, die ihr fremd geworden war. Die Steinmauern schienen lebendig geworden zu sein, schwollen rhythmisch an und ab, als ob sie atmeten. Das Licht selbst schien sich aufzuspalten und aufzuflackern, als käme es von einem großen Feuer und fiele auf Glassplitter. Wenn Perryn sie nicht wieder geküßt hätte, hätte sie Angst gehabt, aber er war zu überwältigend, als daß sie an etwas anderes hätte denken können. Als sie fertig waren, schlief sie in seinen Armen ein.

Sie erwachte ein paar Stunden später abrupt und fand ihn schlafend an ihrer Seite. In der Laterne zischte der Kerzenstumpf im letzten Wachs. Einen Augenblick lang war sie so verwirrt, daß sie sich fragte, was sie hier machte. Aber Stück für Stück kam die Erinnerung zurück, und sie hätte vor Scham beinahe geweint. Wie hatte sie je ihren Rhodry betrügen können? Wie konnte sie sich wie eine Schlampe einem Mann hingeben, den sie haßte? Sie setzte sich und rüttelte ihn wach.

»Raus hier«, schrie sie. »Ich will Euch nie mehr wiedersehen.«

Er lächelte nur und streckte die Hand nach ihr aus. Aber in diesem Augenblick ging die Kerze mit einem letzten Aufflackern aus. Wie ein rotes Auge im Dunkeln erlosch der Docht langsam. Im Dunkel war sie frei von der Kraft seines Lächelns und sprang aus dem Bett, ehe er sie packen konnte.

»Raus, oder ich hole mein Schwert und schneide Euch in Stücke.«

Ohne ein Wort des Widerspruchs stand er auf und fing an, nach seinen Kleidern zu suchen. Sie lehnte sich gegen die

Wand, denn es war ihr, als würde sich der Raum um sie drehen. Jedes kleine Rascheln, das Perryn erzeugte, war unnatürlich laut, als ob das Geräusch in einer zehnmal so großen Kammer widerhallte. Endlich war er fertig.

»Ich liebe dich wirklich«, sagte er demütig. »Ich würde niemals einfach nur mit dir spielen und dich dann verlassen.«

»Raus hier! Sofort!«

Mit einem dramatischen Seufzen verließ er die Kammer und schloß die Tür hinter sich. Jill fiel aufs Bett, umklammerte ihr Kissen und schluchzte hinein, bis sie sich schließlich in den Schlaf geweint hatte. Als sie wieder erwachte, ergoß sich das Sonnenlicht in ihre Kammer wie eine zähe Honigflut. Lange Zeit lag sie im Bett und fragte sich, was das Licht so fest wirken ließ. Die verbeulte Zinnlaterne schimmerte wie das kostbarste Silber, und selbst die grauen Steine der Mauern schienen in diesem köstlichen Licht zu pulsieren. Mit einigen Schwierigkeiten zog sie sich an, weil die Muster von Flecken und gezogenen Fäden auf ihrer Kleidung ebenso faszinierend waren wie feinste Stickarbeit. Als sie zum Fenster ging, glaubte sie, nie einen solch schönen Sommertag gesehen zu haben – der Himmel leuchtete wie ein Saphir. Drunten im Hof kümmerten sich Stallburschen um Pferde, und das Hufklappern drang herauf zu ihr wie Glockenklang. Ihr grauer Gnom erschien auf dem Fensterbrett.

»Weißt du von der Schande, die ich über mich gebracht habe?«

Er warf ihr einen vollkommen verständnislosen Blick zu.

»Gut. Ihr Götter, es könnte sein, daß ich damit leben kann, aber vielleicht kann ich es auch nicht. Bete, daß Rhodry es nie herausfindet.«

Verblüfft hockte sich das kleine Geschöpf hin und fing an, an seinen Zehen zu zupfen. Ihr wurde bewußt, daß seine Haut gar nicht einheitlich grau war, wie sie immer geglaubt hatte, sondern bunt, daß sie aus vielen verschiedenfarbigen winzigen Flecken bestand, die aus der Ferne gesehen einfach zu Grau zusammenliefen. Sie war so sehr damit beschäftigt, sich den Gnom anzusehen, daß sie nicht hörte, wie die Tür aufging, ehe es zu spät war. Sie fuhr herum und sah Perryn vor sich, die Hände voll wilder Rosen und mit einem Lächeln auf dem Gesicht.

»Die habe ich draußen auf der Wiese für dich gepflückt.« Jill hätte ihm die Blumen am liebsten ins Gesicht geworfen, aber ihre Farbe erregte ihre Aufmerksamkeit. Sie mußte sie entgegennehmen, sie ansehen, Rosen, wie sie sie so schön noch nie erblickt hatte, die Blütenblätter von der Farbe durchscheinenden Bluts, schimmernd und glänzend, und die Mitte von feurigem Gold.

»Wir müssen reden«, sagte er. »Und wir haben nicht viel Zeit. Wir müssen einen Plan schmieden.«

»Was? Pläne für was?«

»Nun, wir dürfen nicht mehr hier sein, wenn Rhodry zurückkommt.«

»Mit Euch gehe ich nirgendwo hin, und ich will Euch nie wieder in meinem Bett haben!«

Aber er lächelte, und nachdem sie sich geliebt hatten, spürte sie den Zauber hundertfach verstärkt.

Noch während ihre Gedanken wirr wurden, wußte sie, daß er sich irgendwie mit ihr verbunden hatte, daß eine seltsame Kraft durch diese Verbindung floß. Dann packte er sie an den Schultern und küßte sie und zerdrückte die Blumen zwischen ihnen, so daß ein Dufthauch aufstieg.

»Ich liebe dich so sehr«, sagte er. »Ich werde dich nie wieder gehen lassen. Komm mit, meine Liebste. Komm mit mir in die Hügel. Dort gehören wir hin. Wir werden dort den ganzen Sommer frei umherreiten.«

Jill hatte einen letzten zusammenhängenden Gedanken:

daß er nicht nur exzentrisch war – er hatte vollkommen den Verstand verloren. Dann küßte er sie wieder, und das Nachdenken fiel ihr viel zu schwer.

Lord Nedds Kriegshaufen begegnete dem Herold des Königs anderthalb Tagesritte von der Festung entfernt. Rhodry ritt neben Seiner Lordschaft, als sie über einen kleinen Hügel kamen und unten vor ihnen auf der Straße die königliche Gesandtschaft sahen, alle auf weißen Pferden mit rotem Zaumzeug und goldenen Schnallen. Ihnen voraus ritt der Herold, der einen polierten Ebenholzstab mit einer goldenen Kreuzblume mit Seidenbändern trug. Hinter ihm ritt ein älterer Mann im langen, dunklen Hemd und dem grauen Umhang eines Rechtskundigen, mit einem Pagen auf einem weißen Pony an der Seite. Die Nachhut bildeten vier Männer aus dem Kriegshaufen des Königs, die purpurfarbene Umhänge und goldbesetzte Schwertscheiden trugen. Nedd starrte sie mit weit aufgerissenen Augen an.

»Ihr Götter!« sagte er leise. »Ich hätte den Männern befehlen sollen, daß sie saubere Hemden anziehen.« Die beiden Gruppen trafen sich auf der Straße. Als Nedd sich vorstellte, betrachtete ihn der Herold, ein blonder, junger Mann mit langgezogener Oberlippe, die durch den Stolz noch länger wurde, so anhaltend, daß es bis an die Grenzen der Höflichkeit ging.

»Untertänigsten Dank für die Ehre, Eure Lordschaft«, sagte er schließlich. »Ich freue mich, daß Tieryn Graemyn unseren Auftrag so ernst nimmt.«

»Selbstverständlich tut er das«, erwiderte Nedd. »Warum sonst hätte er die elende Botschaft überhaupt schicken sollen?«

Der Herold gestattete sich ein dünnes, eisiges Lächeln. Rhodry drängte sein Pferd vorwärts, verbeugte sich anmutig im Sattel und sprach den Herold an.

»Oh, geehrte Stimme des Königs, wir grüßen Euch und

verpflichten uns bei unserem Leben, für die Sicherheit Eurer Weiterreise zu sorgen.«

Der Herold verbeugte sich, sichtlich erleichtert, jemanden vor sich zu haben, der die vorgeschriebenen Grußformeln kannte, selbst wenn es sich dabei um einen Silberdolch handelte.

»Meinen untertänigsten Dank«, sagte er. »Und wer seid Ihr?«

»Ein Mann, der unseren Lehnsherrn mehr liebt als sein Leben.«

»Dann werden wir uns geehrt fühlen, neben Euch unsere Reise zur Gerechtigkeit fortsetzen zu dürfen.«

»Möge die Gerechtigkeit des Königs für immer über das Land herrschen.«

Rhodry mußte Nedd sagen, wie er seine Männer verteilen sollte. Seine Lordschaft ritt mit dem Herold, der Kriegshaufen hinter den Männern des Königs. Rhodry selbst hatte vor, den demütigsten Platz ganz am Ende zu übernehmen. Aber als er auf dem Weg dorthin war, warf ihm der Berater einen Blick zu und winkte ihn zu sich.

»Aha, Rhodry Maelwaedd«, sagte er. »Ihr lebt also immer noch. Das werde ich Eurer verehrten Mutter sagen, wenn ich ihr demnächst bei Hofe begegne.«

»Dafür wäre ich sehr dankbar, Herr. Aber hatte ich schon die Ehre, Euch zu begegnen? Ich fürchte, ich Elender habe Euren Namen vergessen.«

»Oh, ich bezweifle, daß Ihr ihn je erfahren habt. Ich heiße Cunvelyn, und ich kenne Eure Mutter ziemlich gut.« Er betrachtete Rhodry einen Augenblick lang forschend. »Ich bin wirklich froh, zu sehen, daß Ihr am Leben und gesund seid. Zweifellos habt Ihr schon die Neuigkeiten aus Aberwyn gehört.«

»Neuigkeiten weiß ich kaum – dazu bin ich schon zu lange auf der Straße.«

»Ah. Nun, die zweite Frau Eures Bruders scheint unfruchtbar zu sein, während jene, die er verstoßen hat, einen gesunden Sohn zur Welt brachte.«

Rhodry gab einen äußerst unhöfischen Fluch von sich, aber der Berater lächelte nur. Es war ein Augenblick, an den Rhodry sich sein Leben lang erinnern würde – ein so unwahrscheinlicher Moment, als wäre die Sonne um Mitternacht aufgegangen und hätte die Nacht magisch in den Tag verwandelt. Wenn Rhys starb, würde er Erbe von Aberwyn sein, und er gestattete sich, wieder Hoffnung auf etwas zu schöpfen, das er lange aufgegeben hatte: die Aufhebung seines Exils. Aberwyn war ein solch wichtiges Rhan, daß es durchaus möglich war, daß der König sich selbst einmischte, um den Erben von den Gefahren des langen Weges heimzubringen.

»Ich würde Euch raten, Euch so gut wie möglich in Sicherheit zu bringen«, sagte Cunvelyn. »Habt Ihr genug Geld?«

»Ja.«

»Vielleicht könnt Ihr es dann vermeiden, Euch gleich weiter zu verdingen.«

»Das werde ich tun, Herr.«

Obwohl Rhodry sich danach sehnte, mehr zu erfahren, wußte er, daß die höfische Ausbildung des alten Mannes keine weiteren Antworten zulassen würde. Einen Augenblick lang ritten sie schweigend; dann wandte sich Cunvelyn ihm wieder zu.

»Übrigens, Eurer kleinen Tochter geht es gut. Eure Mutter läßt sie nicht aus den Augen.«

Rhodry mußte einen Augenblick lang nachdenken, bevor er sich an die uneheliche Tochter erinnerte, die er von einer Gemeinen hatte. Wie viele Jahre war das her? fragte er sich. Drei, glaube ich.

»Das ist sehr freundlich von meiner Mutter«, sagte er eilig. »Und wie heißt sie?«

»Rhodda, um die Erinnerung an ihren Vater lebendig zu halten.«

»Aha. Mutter wußte immer schon, wie sie Rhys ärgern konnte.«

Der Berater gestattete sich ein knappes Lächeln.

Rhodry verbrachte den Rest der Reise voller Ungeduld, weil er Jill die Neuigkeiten des Beraters mitteilen wollte. Wenn er die Hinweise richtig gelesen hatte, würden sie bald wieder in Eldidd sein und das bequeme und luxuriöse Leben führen, von dem er glaubte, daß sie es sich wünschte. Und dann würde sie mehr als nur seine Mätresse sein. Er war kein verwöhnter jüngerer Sohn mehr, der aus politischen Gründen heiratete; er war ein Mann, der gebraucht wurde, ein Mann, der nun Forderungen stellen konnte. Er würde ihr einen Titel verleihen, ihr als Mitgift Land ausschreiben und sie heiraten, ganz gleich, was seine Mutter und der König davon hielten.

Am Nachmittag eines wunderschönen Sonnentages ritten der Herold und seine Eskorte in Graemyns Festung ein. Als sie durch das Tor kamen, sah sich Rhodry nach Jill um. Der Hof war voller Reiter, die halbwegs in Formation standen, während die beiden Tieryns am Tor des Broch warteten, um ihren geehrten Gast zu begrüßen. In all dem Wirrwarr sah er kein Zeichen von Jill, und sie kam ihm auch nicht entgegen, als er sein und Nedds Pferd in den Stall brachte. Obwohl ihn das ziemlich kränkte, dachte er sich nichts dabei und nahm an, daß Lady Camma sie aus irgendeinem Grund an ihrer Seite wünschte, bis Nedd in den Stall gerannt kam.

»Herr«, fragte Rhodry. »Ist Jill in der großen Halle?«

»Ist sie nicht. Ist Perryn hier?«

»Nein. Ist er nicht bei den anderen Adligen?«

Nedd war ein wenig bleich geworden.

»Oh, bei den schwarzen Eiern des Höllenfürsten!« fauchte

Nedd. »Er hat doch nicht gewagt – dieses elende kleine Wiesel – verflucht soll er sein!«

»Herr, was soll das heißen?«

»Das weiß ich noch nicht. Kommt mit.«

Rhodry war direkt hinter Nedd, als dieser Lady Camma suchte und sie schließlich in der großen Halle fand, wo sie den Dienstboten Anordnungen für das kommende Fest gab. Als Nedd sie am Arm packte, sah sie Rhodry und keuchte auf.

»Bei den Göttern«, sagte sie. »Aber Ihr müßt es erfahren, und lieber eher als später, nehme ich an. Nedd, wenn ich Euren elenden Vetter jemals erwische, werde ich ihn blau und grün schlagen.«

»Und ich werde ihn dabei festhalten. Was hat er mit Jill gemacht?«

Camma legte eine mütterliche Hand auf Rhodrys Arm, die dunklen Augen voll echten Bedauerns.

»Rhodry, Eure Jill ist weg. Und ich kann mir nur vorstellen, daß sie mit Perryn davongeritten ist, weil er keine Stunde nach ihr verschwand. Es tut mir wirklich leid.«

Rhodry öffnete den Mund und schloß ihn wieder. Dann umklammerte er den Schwertgriff so fest, daß die Lederriemen, mit denen der Griff umwickelt war, ihn in die Handfläche schnitten. Nedd war kreidebleich geworden.

»Wußtet Ihr etwas davon?« knurrte Rhodry.

»Oh … äh … nichts Genaues. Ich meine, Ihr Götter, ich weiß, daß er etwas für Euer Mädchen übrig hatte, aber ich hätte nie geglaubt, daß etwas daraus wird.«

Mit großer Willensanstrengung erinnerte sich Rhodry daran, daß es unehrenhaft wäre, ihn vor einer Dame zu töten. Camma schüttelte seinen Arm ein wenig.

»Kommt schon«, sagte sie. »Niemand, der bei Verstand ist, hätte je geglaubt, daß Jill einen Mann wie Euch für einen wie Perryn verlassen würde.«

Sein Stolz war gerade wieder genug aufgerichtet, daß er den Schwertknauf loslassen konnte.

Nedd wandte sich an die Lady: »Hat mein Onkel davon erfahren? Ich kann nicht glauben, daß er zuließ, daß Perro etwas so Unehrenhaftes tat.«

»Wieso, glaubt Ihr wohl, ist Euer elender Vetter davongeschlüpft wie ein Wiesel? Benoic hat ihn mit einigen seiner Männer gejagt. Aber Perryn hat sich durch den Wald davongemacht. Sie haben keine Spur von ihm gefunden.«

Nedd setzte dazu an, etwas zu sagen; dann starrte er einfach nur Rhodry an. Sie waren in einer schrecklichen Situation, und sie wußten es beide. Wenn Rhodry in Gegenwart von Nedd Blutrache schwor, würde diesen die Ehre dazu verpflichten, Rhodry davon abzuhalten loszureiten – wenn ihm das denn möglich war. Es war äußerst befriedigend für Rhodry, die Angst in Nedds Augen zu erkennen.

»Augenblick!« ertönte Benoics Bellen. »Was soll das alles?«

Die Hände auf den Hüften, kam der Tieryn zu ihnen und drängte sich zwischen sie.

»Ich nehme an, Rhodry hat die Wahrheit herausgefunden?«

»Ja«, sagte Camma.

»Hm! Hör zu, dein wurmzerfressener Vetter ist im Unrecht, und das weißt du so gut wie ich. Andererseits, Silberdolch, war sie nicht mit Euch verheiratet, also habt Ihr kein Recht, ihn zu töten. Schlagt ihn blau und grün, ganz bestimmt, aber tötet ihn nicht. Werdet Ihr mir schwören, daß Ihr ihn nicht tötet oder verstümmelt? Wenn ja, dann reitet mit meinem Segen und ein paar Münzen davon. Wenn nicht, dann bleibt Ihr hier.«

Rhodry sah sich in der Halle um, die voll bewaffneter Männer war.

»Kommt zur Vernunft, Junge«, fuhr Benoic fort. »Ich weiß verdammt gut, daß das erste, woran ein Mann in solchen Zeiten denkt, Blutvergießen ist. Aber fragt Euch einmal folgendes:

Wenn Ihr Eurer Jill die Kehle durchschneidet, werdet Ihr nicht fünf Minuten später über ihrer Leiche weinen?«

»Ja, Euer Gnaden, das würde ich.«

»Gut. Ich spüre die Schande deutlich, die mein Neffe seinem Clan zugefügt hat. Wollt Ihr Jill zurück oder nicht? Wenn nicht, dann werde ich Euch einen Brautpreis zahlen, als wäre sie Eure Ehefrau gewesen. Wenn Ihr sie zurückwollt, dann schwört mir diesen Eid und reitet mit meiner Hilfe.«

Angesichts dieser geflissentlichen Gerechtigkeit spürte Rhodry, wie seine Wut verschwand. An ihrer Stelle stand die kühle Erkenntnis, die ihn beinahe zum Weinen brachte: Jill liebte ihn nicht mehr.

»Nun, Euer Gnaden, Ihr mögt mich einen Narren nennen, aber ich will sie zurück. Ich habe ihr das eine oder andere zu sagen – und bei jedem Gott in den Anderlanden, ich werde sie finden, und wenn ich sie den ganzen Sommer lang suchen muß.«

»Da hatten wir wirklich Glück«, sagte Merryc.

»Nun, in gewisser Hinsicht«, stimmte Gwin zu. »Wir brauchen uns wegen des Mädchens keine Sorgen mehr zu machen, aber Rhodry wird ihr folgen und nicht in die Richtung reiten, wo wir ihn haben wollen.«

»Ach ja? Denkt noch einmal nach, junger Mann. Nach allem, was ich sehen konnte, kennt dieser Perryn die Wälder wie die Titte seiner Mutter. Aber was weiß ein Mann wie Rhodry von Bäumen? Als er noch Lord war, hatte er Förster und Wildhüter, die sich um solche Dinge kümmerten; und Silberdolche halten sich an die Straßen.« Er lächelte sanft. »Ich werde morgen mit Briddyn darüber sprechen, aber ich glaube, wir haben den geeigneten Köder gefunden, um unseren Vogel zur Küste zu locken. Die einzigen Hinweise, die er finden wird, sind die, die wir ihm zuspielen.«

2

Den ganzen Sommer lang war Ebañy Salomonderiel durch Deverry geritten und hatte seinen Bruder gesucht. Aber er hatte es langsam getan, auf einem langen, umständlichen Weg, weil die vom Volk es nie eilig hatten, und trotz seines menschlichen Blutanteils war er doch bei Elfen aufgewachsen. Gleich zu Beginn seiner Reise, direkt an der Grenze von Eldidd, hatte er ein hübsches Mädchen gefunden, das mehr als nur seine Lieder mochte; er hatte in Cernmenteyn ein paar angenehme Wochen mit ihr verbracht. Als er dann in Pyrdon anlangte, bezahlte ihn ein edler Herr sehr gut dafür, daß er die Gäste bei der Hochzeit seiner Tochter unterhielt – sechs fröhliche Festtage. Danach durchwanderte er Deverry, immer in Richtung Norden und Cergonney, aber hin und wieder blieb er doch ein paar Tage in der einen oder anderen interessanten Stadt oder der Festung eines Lords. Als er Rhodry mit Hilfe seiner Magie aufspürte und feststellte, daß er belagert wurde, beeilte er sich mehr, aber nur, bis er sah, daß die Belagerung aufgehoben war. Dann hatte es so ausgesehen, als ob sein Bruder einige Zeit in Sicherheit wäre, also hatte er ein anderes Mädchen besucht, daß seit dem Sommer des Vorjahres treu auf ihn gewartet hatte. Es wäre ihm schrecklich unehrenhaft vorgekommen, einfach schnell weiterzureiten, nachdem sie so lange auf ihn gewartet hatte.

Und so kam es, daß er immer noch etwa hundert Meilen westlich von Graemyns Festung war, als Rhodry den Herold und den Berater dorthin eskortierte. Er hatte sein Lager an einem Bach aufgeschlagen – ziemlich früh, weil er müde war –, und band seine Pferde auf einer kleinen Wiese an, bevor er zum Wasser ging, um Rhodry aufzuspüren. Er sah, wie sein Bruder zitterte, als Camma ihm erzählte, was geschehen war. Und bei so vielen Emotionen war die Vision intensiv genug, daß Ebañy sogar hören konnte – wenn auch nicht mit seinen körperlichen Ohren. Es kam ihm tatsächlich so vor, als stünde er hinter seinem Bruder, als Benoic die Angelegenheit in die Hand nahm. Dann verschwand die Vision abrupt, gebannt durch seine eigenen Gefühle. Er sprang auf und fluchte laut.

»Bei den Göttern!« Verwundert schüttelte er den Kopf. »Wer hätte das je gedacht? Ich kann nicht glauben, daß Jill ihn verlassen hat, ich glaube es einfach nicht.«

Er kniete sich wieder hin, starrte in das in der Sonne glitzernde Wasser und dachte an Jill. Ihr Bild baute sich langsam auf, und es blieb seltsam verschwommen. Sie saß auf einer Bergwiese und sah zu, wie Perryn drei Pferde anband, darunter Jills Goldwolke. Ebañys erster Gedanke war, sie könne krank sein, weil sie so still und mit vollkommen leerem Blick dort saß. Aber es war schwierig zu sehen, weil die Vision so trübe war.

»Das sieht wirklich sehr seltsam und rätselhaft aus. Ich denke, ich sollte am besten Genaueres herausfinden.«

Als er laut in Elfisch nach dem Wildvolk rief, erschienen vier Gnome und eine Sylphide vor ihm.

»Hört mir genau zu, kleine Brüder, kleine Schwester. Ich habe etwas für euch zu tun, und wenn ihr fertig seid, werde ich euch ein Lied singen. Ich möchte jetzt schlafen, und ich will, daß ihr hier wacht, falls Gefahren auftauchen. Sollte ein Mensch oder ein Tier auf mich zukommen, zwickt mich und weckt mich auf.«

Die Gnome nickten ernst, während die Sylphide aufsprang und in die Luft schwebte. Salamander legte sich auf den Rücken, verschränkte die Arme über der Brust und verlangsamte seinen Atem, bis er das Gefühl hatte, daß sein Körper mit der sonnenwarmen Erde verschmolz. Dann schloß er die Augen und beschwor seinen Lichtkörper herauf. Anders als menschliche Dweomermeister, die eine solide bläuliche Gestalt ähnlich der ihres eigenen Körpers verwenden, sieht die Gedankengestalt der Elfen mehr wie eine gewaltige flackernde Flamme mit einem Gesicht aus silbrigem Licht aus. Als Salamanders Gestalt erst einmal in seiner Vorstellung feststand, übertrug er sein Bewußtsein in sie, indem er zunächst einmal nur so tat, als schaute er aus ihren Augen auf seinen am Boden liegenden Körper und auf die Welt in einem ätherischen blauen Licht. Er hörte ein Geräusch wie ein Klicken; jetzt war er draußen auf der ätherischen Ebene und blickte tatsächlich aus der Flammengestalt auf seinen schlafenden Körper nieder, der vom Wildvolk bewacht wurde und der mit ihm durch eine lange Silberschnur verbunden war. Langsam stieg er auf, orientierte sich an den Tälern, die hellrot waren und in denen die matten Auren der Pflanzen schimmerten, und am Bach, der die Elementarkraft in Form eines silbernen Vorhangs ausstrahlte, der sich hoch über dem Wasser erhob. In diesen Vorhang zu geraten, hätte ihn zerreißen können. Sorgfältig bewegte er sich davon weg, bevor er höher aufstieg; dann dachte er an Jill. Er spürte eine Art von Sog, der ihn in ihre Richtung zog, und folgte diesem. Für eine lange Strecke, die in der ätherischen Ebene schwer zu messen war, schwebte er über mattrote Wälder, hier und da durchbrochen von helleren Flecken von Ackerland, das von Bauern bestellt wurde, deren Auren um sie leuchteten, helle Gelb- und Grüntöne meist, während das Licht der Ebene meist blau blieb. Auf seinem Flug wurde er sich Jills Präsenz, die ihn vorwärtszog, mehr und mehr bewußt.

Aber am Ende hatte er einen Führer. Er war gerade hoch über einen kleinen Bach geflogen, als er einen vom Wildvolk auf sich zukommen sah. In seiner eigentlichen Sphäre war dieses Geschöpf ein wunderbarer Knoten aus schimmernden Linien und Farben in einem intensiven Olivgrün, Gelb und Rostrot, mit einem schwarzen Fleck hier und da. Aber das Geschöpf war offensichtlich verzweifelt, auf mehr als das Doppelte seiner Größe angeschwollen, und dann zitterte und zog es sich wieder zusammen.

»Was ist denn, kleiner Bruder?« dachte Salamander. »Was stimmt denn nicht?«

Zur Antwort wirbelte das Geschöpf herum und tanzte, aber schwach konnte Salamander seine Gefühle spüren. Zorn und Verzweiflung wegen jemandem, den es liebte. Dann erinnerte er sich an Jills grauen Gnom.

»Kennst du Jill?«

Die Gestalt sprang auf und ab und schwoll vor Freude an.

»Ich bin ihr Freund, bring mich zu ihr.«

Der Gnom sauste wie ein Jagdhund vor ihm her. Während Salamander hinter ihm herflog, um die Ausläufer eines Hügels herum, konnte er unter sich bald ein Bergtal sehen, eine rotglühende Grasfläche, gesprenkelt mit den matten, silbrigen Auren der Pferde und zwei menschlichen Auren, Perryns in einem seltsamen Grün und Grau, wie Salamander es noch nie gesehen hatte, und Jills in blassem Gold – aber gewaltig aufgebläht, sich aufplusternd und dann wieder zusammenziehend, aber immer noch in einer Größe, die für einen Menschen viel zu gewaltig war. Als er zu ihr niedersank, sah er, wie Perryn sich zu ihr umdrehte und etwas sagte. Eine Lichtwelle ging von der Aura des jungen Lords aus und breitete sich wie eine Meereswelle über Jill. Als Reaktion begann ihre Aura zu beben und das magnetische Licht aufzusaugen.

Salamander verharrte, zitternd vor Entsetzen. In diesem Augenblick schaute Jill auf, sah ihn direkt an und schrie laut – sie hatte seinen Lichtkörper gesehen.

»Jill, ich bin ein Freund!«

Aber obwohl sie ihn sehen konnte, schien sie seine Gedanken nicht zu hören. Sie sprang auf und zeigte auf ihn, wobei sie die ganze Zeit auf Perryn einschrie, der einfach nur verwundert dreinschaute. Salamander fegte davon und folgte dabei, so schnell er es wagte, der Silberschnur zurück zu seinem Körper, der ungestört noch dort lag, wo ihn das Wildvolk bewachte. Salamander glitt nach unten, bis er direkt über seinem Körper hing; dann ließ er sich gehen. Wieder das Klicken, und er spürte sein Fleisch warm und einen Augenblick lang schmerzhaft schwer. Er entließ seinen Lichtkörper, dann setzte er sich und schlug dreimal mit den Händen auf den Boden, um das Ende des Zaubers anzukündigen. Die Gnome sahen ihn erwartungsvoll an.

»Ich danke euch, meine Freunde. Kommt, reist eine Weile mit mir. Ich werde das Lied, das ich versprochen habe, singen. Aber ich muß mich beeilen. Eine gute Freundin von mir ist vollkommen verzaubert worden.«

In einer Flut von silbernem Licht erkletterte die Dämmerung purpurfarbene Berge und erreichte schließlich auch die Wiese, einen grünen Wirbel von Gras, das im Sommerwind wogte. Jill saß auf ihren Decken und sah zu, wie Perryn am Feuer hockte und Wasser in dem kleinen Eisenkessel erhitzte. Er holte sein Rasiermesser, ein Stück Seife und eine Spiegelscherbe aus seinen Satteltaschen und begann, sich zu rasieren, so ruhig, als wäre er in einem Schlafzimmer. Jill dachte einen Augenblick lang vage daran, ihm mit dem langen, scharfen Rasiermesser die Kehle durchzuschneiden, oder vielleicht auch mit ihrem Silberdolch; aber das Denken fiel ihr sehr schwer.

»Du solltest lieber etwas essen«, meinte er. »Bald.«

Auch Sprechen war schwierig. »Ich habe keinen großen Hunger.«

Sie wandte den Blick ab, und dann sah sie ihren grauen Gnom, der nur ein paar Schritte von Perryn entfernt hockte. Sie war so froh, das kleine Geschöpf zu entdecken, daß sie aufsprang und zu ihm lief. Aber gerade als sie sich bückte, um es aufzuheben, fauchte es, schlug mit den Krallen nach ihr und verschwand. Sehr langsam setzte sie sich wieder hin und fragte sich, warum der Gnom so böse auf sie war. Es schien so, als sollte sie das eigentlich wissen. Aber irgendwie konnte sie sich nicht daran erinnern. Sie nahm einen Kieselstein aus dem Gras und starrte ihn an – einen konstanten Fluß kristalliner Strukturen –, bis Perryn kam und sie holte.

Den ganzen Morgen ritten sie durch den Wald und folgten langen, gewundenen Pfaden. Jeder Baum war ein lebendes Wesen, beugte sich über den Pfad und langte mit tastenden Fingern zu ihr herab. Einige machten ihr angst; andere schienen vollkommen harmlos; wieder andere, nur wenige, schienen sie durch das Ausstrecken blätterbesetzter Hände um ihre Freundschaft zu bitten. Wenn sie vom Pfad aufblickte, wurde der Wald zu einem Irrgarten aus soliden Mauern, nur durchbrochen von Sonnenstrahlen, schwer wie Stein. Obwohl Jill hin und wieder daran dachte, einfach von Perryn wegzureiten, hatte sie hoffnungslos die Orientierung verloren. Hin und wieder dachte sie an Rhodry und fragte sich, ob er wohl versuchte, ihnen zu folgen. Sie bezweifelte, daß er ihr glauben würde, wenn sie ihm sagte, sie sei nicht aus freiem Willen davongeritten – falls er sie überhaupt je einholte. Wie konnte er sie finden, wenn sich die ganze Welt verändert hatte?

Jede Farbe, selbst das ernste Grau der Felsen, schien nun

leuchtend und schimmernd wie ein Edelstein. Immer wenn sie zu einer Lichtung oder Bergwiese kamen, ergoß sich die Sonne über sie wie Wasser; Jill hätte schwören können, daß sie es über ihre Arme strömen fühlte.

Der Himmel war eine feste Kuppel aus Lapislazuli. Und zum erstenmal in ihrem Leben glaubte sie tatsächlich, daß die Götter über den Himmel reisten wie Menschen über die Erde – einfach, weil diese Farbe wahrhaft für Götter geeignet schien. Unter der schweren Last von so viel Schönheit hatte sie das Gefühl, in ihrem Sattel zu schwanken, und manchmal liefen ihr Tränen übers Gesicht, nur weil alles so wunderschön war. Einmal ritten sie über eine Wiese, und zwei Lerchen stiegen auf und trillerten herzzerreißend, während sie höher und höher in den azurblauen kristallinen Himmel flogen; und ihre Flügel rauschten und flatterten wie winzige Donnerschläge. In diesem Augenblick wurde Jill klar, daß – ganz gleich, was geschehen mochte – dieser Augenblick, dieses Flügelschlagen, dieses Geräusch alle Ewigkeit überstehen würde, wie auch jeder andere Augenblick eine klare Note im sich entfaltenden Konzert des Universums war. Als sie versuchte, Perryn diese Einsicht mitzuteilen, starrte er sie nur an und sagte, sie sei wohl verrückt. Sie lachte, weil sie ihm durchaus zustimmte.

An diesem Nachmittag schlugen sie ihr Lager früh, nahe einem breiten Bach, auf. Perryn nahm eine Leine und einen Haken aus seiner Ausrüstung, erklärte, er werde angeln und ging bachaufwärts. Lange Zeit lag Jill am Ufer und starrte ins Wasser, beobachtete das Wildvolk in den Wellen, den weißen, schaumigen Wirbel kleiner Gesichter, Spuren glatter Körper – zarte Stimmen und Leben, die ineinander übergingen. Es kam ihr so vor, als wollten sie etwas von ihr, und endlich zog sie sich aus und gesellte sich zu ihnen. Kichernd und lachend planschte sie mit den Undinen herum und versuchte, sie zu fangen. Und zum erstenmal konnte sie sie deutlich hören, wie sie kicherten, wie sie ihren Namen riefen: Jill, Jill, Jill, wieder und wieder. Dann kreischten sie plötzlich auf und verschwanden. Jill drehte sich im Wasser um und sah Perryn, der mit drei Forellen in der Hand am Ufer stand. Sie fühlte sich wie ein Schüler, der von einem Spiel aufblickt und sieht, wie der Lehrer ihn fragend anstarrt, eine unvollendete Arbeit in der Hand.

Aber als sie ans Ufer kletterte, war er alles andere als böse mit ihr, nahm sie in die Arme, küßte sie und umhüllte sie mit seiner Begierde, bis auch sie ihn wollte und sich willig mit ihm ins Gras legte. Danach stand er auf, zog sich an und begann methodisch, die Fische auszunehmen. Aber sie blieb nackt im weichen Gras liegen und versuchte, sich an den Namen des Mannes zu erinnern, den sie einmal geliebt hatte und der – das nahm sie jedenfalls an – sie immer noch liebte. Obwohl sie sich sein Gesicht vorstellen konnte, wollte ihr sein Name nicht einfallen. Während sie aufstand und sich anzog, dachte sie weiter darüber nach, und dann entschloß sie sich, in den Bach zu spähen. Das Wildvolk war zurück und betrachtete sie tadelnd.

»Rhodry, Jill«, flüsterten sie. »Wie konntest du deinen Rhodry vergessen?«

Sie sackte zusammen und weinte, schluchzte laut vor sich hin. Als Perryn angerannt kam, sie zu trösten, schob sie ihn weg, so daß er stolperte und fiel. Wie ein verängstigtes Tier rannte sie los, durch das lange Gras der Lichtung und von dort aus in den Wald, nur um über eine Wurzel zu stolpern und selbst hinzufallen. Einen Augenblick lang blieb sie keuchend liegen, sah, wie finster die Bäume waren, wie bedrohlich sie heruntergriffen, um sie zu packen. Nun sahen sie aus wie eine Reihe von Wachen, die die Waffen hoben. Als Perryn kam, um sie zurückzuholen, ging sie ohne Widerstand mit.

An diesem Abend machte er ein Feuer und briet die Forellen darüber. Jill aß ein paar Bissen, aber sie schienen ihr im Hals steckenzubleiben; der Fisch war plötzlich so klebrig wie reiner Honig. Perryn seinerseits schlang seinen Teil herunter, als sei er am Verhungern. Dann schlief er neben dem Feuer ein. Sie beobachtete ihn lange Zeit. Obwohl es lächerlich einfach gewesen wäre, ihn zu töten, hielt die Erinnerung an den Wald sie auf. Wenn er starb, würde sie allein sein, hier in der Falle sitzen, hungern, im Kreis gehen, mehr und mehr Angst bekommen – mit dem letzten Rest ihrer Willenskraft riß sie sich von Gedanken los, die sie sonst hysterisch gemacht hätten. Zitternd und plötzlich frierend starrte sie ins Feuer, wo die Geister sich in den Flammen herausbildeten und umhertanzten. Jill konnte sie beinahe über das Zischen und Flackern hinweg hören; dann brannte ein Scheit durch und fiel mit einem Schauer goldener Punkte nieder. Im Tanz einer Flamme erschien ein Gesicht, golden und beweglich. Als es sprach, hatte es eine echte Stimme und große Autorität.

»Was ist los, Mädchen? Was stimmt hier nicht?«

»Was?« Sie konnte kaum stottern. »Was ist?«

Einen Augenblick lang betrachtete das Gesicht sie, dann war es verschwunden. Ein wenig verwirrt und unfähig zu denken legte sich Jill neben Perryn und schlief ein.

So formlos wie Wasser ging ein Tag in den anderen über. Jill konnte sie nicht zählen; sie hatte selbst den Gedanken an Zahlen vergessen, als sei der Teil ihres Kopfs, der sich mit Dingen wie Tagen und Münzen beschäftigte, aus ihrer Satteltasche gefallen und im Gras verlorengegangen. Wann immer Perryn mit ihr sprach, fiel es ihr schwer zu antworten, denn ihre Worte verschwanden in den Wundern des Waldes. Zum Glück sprach er selten und war offensichtlich damit zufrieden, wenn sie schweigend neben ihm saß. Abends, wenn sie ihr Lager aufschlugen, war er ein leidenschaftlicher Liebhaber und zog sie oft schon auf die Decken nieder, bevor sie gegessen hatten. Dann brachte er ihr ihr Abendessen wie ein Page, während sie dösend am Feuer lag. Sein Zögern, sein schlurfender Gang, sein vages Lächeln, seine stotternden Worte – all das war verschwunden. Er war vollkommen heiter und ruhig, stark und lebendig, wenn er das wilde Land durchschritt. Sie nahm an, daß das Ungelenke, Unscheinbare nur ein Schild war, den er benutzte, wenn er gezwungen war, in den Menschenlanden zu leben.

Als sie in ein Dorf ritten, um auf dem Markt Lebensmittel zu kaufen, wurde ihr klar, daß sie recht hatte. Perryn wurde wieder wie früher, sah sich ziellos um und stolperte durch jeden Satz, wenn er um Käse, Pfirsiche und Brot handelte. Da Jill nicht klarer sprechen konnte als er, war sie ihm keine Hilfe. Einmal sah sie, wie eine Bauersfrau sie erstaunt betrachtete, als fragte sie sich, wie ein Paar derartiger Idioten auf der Straße überleben könne.

Nachdem sie ihre Einkäufe erledigt hatten, gingen sie auf ein Bier in eine kleine Schenke. Nachdem sie lange nichts anderes als Quellwasser getrunken hatte, schmeckte das Bier so gut, daß Jill jeden Schluck genoß. Obwohl das Stroh am Boden des kleinen Raums schmutzig war, die Feuerstelle nicht gesäubert und die Tische wacklig, war sie dort glücklich. Es tat ihr gut, andere Menschen zu sehen und ihren Stimmen zu lauschen statt dem endlosen Wind in den Wäldern und dem Plappern der Bäche. Ein kahler, untersetzter Mann mit der karierten Brigga eines Kaufmanns lächelte sie freundlich an.

»Mädchen«, sagte er. »Warum trägst du einen Silberdolch?«

»Oh … äh …«, sagte Jill. »Mein Vater war ein Silberdolch, wißt Ihr. Es ist eine Erinnerung an ihn.«

»Eine schöne Geste.«

Jill machte plötzlich die verblüffende Erfahrung, seine Gedanken lesen zu können: ein hübsches Mädchen, aber ein bißchen dumm; nun, bei Mädchen kommt es auf den Geist nicht an. Dieser Gedanke war so klar in seinem Kopf, als hätte er ihn laut ausgesprochen; aber sie nahm an, daß sie sich etwas vormachte. Als es Zeit war, die Schenke zu verlassen, weinte sie, einfach weil sie wieder zurück in die einsame Wildnis gingen.

An diesem Nachmittag ritten sie über niedrige Hügel, wo der Kiefernwald dünner wurde und Bauern in den geschützten Tälern das Land bebauten. Jill hatte keine Ahnung, wo sie waren; sie wußte nur, daß die Sonne im Osten aufging und im Westen unter. Sie schlugen ein Lager an einem Ort auf, den Perryn gut kannte; das sagte er zumindest, in einem kleinen Tal an einem Bach, der mit weißen Birken gesäumt war. Bevor er das Feuer anzündete, küßte er Jill.

»Legen wir uns hin«, sagte er.

Plötzlich erfüllte sie der Gedanke, mit ihm zu schlafen, mit Ekel. Als sie ihn von sich stieß, packte er sie an den Schultern und zog sie wieder an sich. Obwohl sie versuchte, sich ihm zu entziehen, konnte sie sich gegen seine Kraft nicht durchsetzen. Er packte sie, hob sie vom Boden und legte sie hin. Sie wehrte sich; aber noch während sie das tat, wußte sie, daß sie langsam und unvermeidlich nachgab, nur mit der Hälfte ihrer Kraft kämpfte, zuließ, daß er hier und da einen Kuß stahl, dann eine Zärtlichkeit – und schließlich ließ sie sich nehmen, zu Boden drücken und ihre Welt in ein flackerndes Freudenfeuer verwandeln. Als er sich neben sie legte, wollte er etwas sagen, aber dann schlief er erschöpft ein, mit offenem Mund.

Jill lag neben ihm und sah, wie die untergehende Sonne durch die Zweige fiel wie ein Schauer von Goldmünzen. Die Birken glühten mit einem inneren Feuer, als beobachteten und segneten sie sie schweigend. Sie konnte den Bach in der Nähe leise plappern hören, das ziellose Geschnatter des Wildvolks. Dann, als der Sonnenuntergang ins Zwielicht überging, setzte sich Perryn gähnend auf. Sie sah dunkle Ringe unter seinen Augen. Einen Moment lang starrte er sie an, als wüßte er kaum, daß sie da war.

»Ist alles in Ordnung?« fragte Jill.

»Ja … äh … ich bin nur müde.«

Aber im weiteren Verlauf des Abends bemerkte sie, daß er erheblich mehr als nur müde war. Als sie aßen, verschlang er seine Mahlzeit, dann schlief er wieder ein. Sie saß beim Feuer und sah, wie die Birken glühten, sich über sie neigten, als wollten sie das Paar von Eindringlingen in diesem Hain genau betrachten. Einen Augenblick lang glaubte sie, jemanden zwischen den Bäumen stehen zu sehen, der sie ansah, aber als sie aufstand, um sich das näher anzuschauen, war die schattige Gestalt verschwunden. Kurz darauf erwachte Perryn und taumelte zum Feuer. Die Flammen tauchten sein Gesicht in Licht und schienen es mit Blut zu bedecken; seine Augen sahen aus, als seien sie große Löcher in einer Maske. Jill schrie bei dem Anblick laut auf.

»Was ist denn?« fragte er.

Aber sie hatte keine Worte, um ihm mitzuteilen, was sie instinktiv wußte: daß die Ereignisse des Nachmittags sie zu einer Krise getrieben hatten, wie wenn ein Krieger in die Schlacht reitet und an nichts als das Aufblitzen von Stahl um ihn herum denkt, um sich plötzlich hinter der feindlichen Linie wiederzufinden, abgeschnitten und allein, und es ist zu spät zur Flucht.

Als er Graemyns Festung verließ, hatte Rhodry keine Ahnung, wohin er reiten sollte. Am ersten Tag wendete er sich nach Westen, aber bei Sonnenuntergang erschien der graue Gnom in seinem Lager und warf sich in seine Arme, um sich an ihn zu klammern wie ein verängstigtes Kind.

»Da bist du ja! Mein Freund, wo ist Jill?«

Der Gnom dachte nach, zeigte nach Osten, sah ihn noch einen Augenblick nachdenklich an, und dann verschwand er.

Ich habe einen ganzen verfluchten Tag verschwendet, dachte Rhodry. Und dann, inmitten all seiner Verzweiflung, hatte er wieder das seltsame Gefühl, beobachtet zu werden.

Drei weitere Tage lang ritt er nach Osten. Er fühlte sich eher wie ein Sturm als wie ein Mensch. Seine Wut und Verzweiflung mischten sich, um ihn in diese oder jene Richtung zu treiben, und rissen seine Vernunft in Stücke, während er die Waldstraßen entlangfegte. Manchmal wollte er Jill nur finden, um ihr die Kehle durchzuschneiden; manchmal schwor er sich, wenn er sie nur zurückhaben könne, würde er ihr nie auch nur eine einzige Frage danach stellen, was sie und Perryn getan hatten. Langsam wich seine Wut der Hoffnungslosigkeit. Perryn hätte sie überall hinbringen können, tief in den Wald, wo Rhodry sie nie finden würde. Seine einzige Hoffnung war der Gnom, der hin und wieder zu ihm kam. Immer zeigte er nach Osten, und immer war er wütend, bleckte die Zähne und ballte die Fäuste, jedesmal, wenn Rhodry Perryn erwähnte. Früher oder später, so hoffte Rhodry, würde das kleine Geschöpf ihn zu Jill bringen.

An einem Spätnachmittag, als weiße Wolken sich am Himmel türmten und es zu regnen drohte, kam Rhodry über einen schmalen Pfad auf eine Lichtung. Neben der Straße stand ein kleines hölzernes Rundhaus, neben dessen Tür links und rechts zwei Eichen wuchsen. Er stieg ab, führte sein Pferd hinüber und rief einen Gruß. Nach ein paar Augenblicken kam ein alter Mann mit rasiertem Kopf und dem goldenen Halsreif eines Bel-Priesters heraus.

»Guten Tag, Euer Heiligkeit«, sagte Rhodry.

»Mögen die Götter dich segnen, Junge. Was läßt dich so traurig dreinschauen?«

»Bei den Höllen! Sieht man es mir derartig an?«

Der Priester lächelte nur, die dunklen Augen verschwanden beinahe zwischen Falten. Er war dünn und knochig, sein dünnes Hemd hing locker an ihm, und seine Finger waren wie knotige Zweige.

»Wißt Ihr, ich suche jemanden«, fuhr Rhodry fort. »Und ich habe fast jede Hoffnung aufgegeben, sie zu finden. Ein blondes Mädchen, sehr hübsch, aber sie zieht sich immer wie ein Junge an, und sie trägt einen Silberdolch. Sie reitet zusammen mit einem dünnen rothaarigen Burschen.«

»Deine Frau hat dich für einen anderen Mann verlassen?«

»Ja, aber woher wißt Ihr das?«

»Das ist keine neue Geschichte, Junge. Obwohl ich nicht daran zweifle, daß es dir so weh tut, als wärst du der erste Mann, der je von einer Frau verlassen wurde.« Er seufzte kopfschüttelnd. »Ich habe sie nicht gesehen, aber komm herein und bitte die Götter, dir zu helfen.«

Eher um dem alten, einsamen Eremiten eine Freude zu machen als aus wirklicher Hoffnung auf ein Vorzeichen, folgte Rhodry ihm in den trüb beleuchteten, modrig riechenden Schrein, der die Hälfte des Rundhauses einnahm. An der flachen Seite stand der Steinaltar, bedeckt mit einem rauhen Leinentuch, um die Blutflecken von den Opfern zu verdecken. Dahinter erhob sich eine massive Statue des Bel, aus einem Baumstamm geschnitzt, die Arme nur durch Schnitte im Holz, das Hemd durch Kerben angedeutet. Das Gesicht allerdings war wunderbar ausgeführt; große Augen starrten, als könnten sie wirklich sehen; der Mund so beweglich, als könnte er sprechen. Rhodry verbeugte sich vor dem König der Welt, dann kniete er vor ihm nieder, während der Priester an seiner Seite stand. Im schattigen Licht schien es, als wende der Gott den Blick seinem Anbeter zu.

»O heiligster Herr, wo ist meine Jill? Werde ich sie je wiedersehen?«

Einen Augenblick lang lag die Stille spürbar im Tempel; dann sprach der Priester mit hohler, dröhnender Stimme, die seiner eigenen in nichts glich.

»Sie reitet über dunkle Straßen. Beurteile sie nicht zu hart, wenn du ihr wieder begegnest. Einer, der mir nicht unterstellt ist, hält sie in seinem Bann.«

Rhodry spürte eisige Ehrfurcht, vermischt mit Angst. Der Gott betrachtete ihn abermals, und wieder sprach die Stimme.

»Du hast ein seltsames Wyrd, Mensch aus Eldidd, du, der du nicht wirklich ein Mensch wie die anderen bist. Eines Tages wirst du im Dienst des Königreichs sterben. Aber es ist nicht die Art von Tod, die du dir je hättest träumen lassen. Die Menschen werden sich lange an deinen Namen erinnern, obwohl dein Blut längst über die Felsen geströmt und versickert ist. Wahrlich, sie werden sich zweimal an dich erinnern, denn zweimal wirst du sterben.«

Plötzlich riß der Priester die Arme hoch und klatschte fest in die Hände. Verwirrt sah Rhodry sich um. Die Statue war nur ein geschickt geschnitztes Stück Holz. Der Gott war verschwunden.

Den ganzen Tag, während er weiterritt, wunderte sich Rhodry über das Omen. Was bedeutete es, daß Jill über dunkle Straßen ritt? Er wünschte sich verzweifelt, daß es bedeutete, daß Perryn sie dazu gezwungen hätte, mit ihm zu gehen, und daß sie ihm nicht freiwillig gefolgt war. Aber es war schwer, sich selbst davon zu überzeugen, denn Jill hätte den jungen Lord leicht töten können, wenn er Gewalt angewandt hätte. Dennoch – er klammerte sich an den ersten Hoffnungsschimmer, den er bekommen hatte, daß sie ihn immer noch liebte. Sein Herz war so zerrissen vor Liebe und Angst um sie, daß er sich jahrelang nicht mehr an den Rest des Omens erinnern sollte: daß er entgegen aller Natur und aller Vernunft zweimal sterben würde.

Als er am nächsten Morgen ein kleines Dorf erreichte, wurde der Teil des Omens, der sich auf Jill bezog, klarer. In der kleinen Schenke, in der er seine erste warme Mahlzeit seit Tagen zu sich nahm, kam der Wirt an den Tisch, um ein wenig zu schwatzen.

»Ihr seid bereits der zweite Silberdolch, der hier innerhalb weniger Tage vorbeikommt«, bemerkte der Wirt verwundert. »Obwohl ich annehme, daß das Mädchen in Wirklichkeit gar kein Silberdolch war.«

»Ein blondes Mädchen?« Rhodrys Herz klopfte heftig, obwohl er ganz beiläufig sprach. »Hübsch, aber gekleidet wie ein Junge?«

»Genau! Kennt Ihr sie?«

»Ja. Wie lange ist es her, daß sie und ihr rothaariger Begleiter hier waren? Ich würde Jill und Perryn gerne wiedersehen.«

Der Wirt überlegte und kratzte sich den kahlen Kopf.

»Nicht mehr als vier Tage, würde ich sagen. Waren das Freunde von Euch? Sonderlich mitteilsam waren sie beide nicht, muß ich sagen.«

»Oh, Perryn spricht tatsächlich nicht viel.« Rhodry versuchte, fröhlich und freundlich zu klingen. »Aber sein Mädchen hat normalerweise immer ein paar Worte übrig.«

»Ja? Dann muß sie krank sein oder so, weil sie es kaum fertigbrachte, mehr als zwei Worte von sich zu geben. Ich dachte, sie sei eins von diesen dummen Mädchen, die zwar hübsch sind, aber nichts im Hirn haben.«

»Oh, ich hoffe, daß sie nicht krank war. Normalerweise ist sie wirklich klug, und dazu fröhlich für zwei.«

Der Wirt überlegte weiter.

»Nun, vielleicht hatte sie einen Streit mit diesem Mann. So, wie sie ihn ansah, würde ich sagen, er schlägt sie oft. Sie sah ziemlich verängstigt aus.«

Rhodry packte den Bierkrug so fest, daß seine Knöchel weiß wurden. Dunkle Straßen, dachte er. Aha.

»Aber wie immer das auch sein mag, Junge, sie sind von hier aus nach Süden geritten. Sie sagte, sie wolle nach Süden reiten, um ihren Großvater zu finden.«

Rhodry war einen Augenblick lang verblüfft. Dann fiel ihm Nevyn ein – selbstverständlich, so würde sie ihn beschreiben.

»Vielen Dank.«

Er warf dem Mann ein Stück von Benoics Silber zu. Dann machte er sich auf, ohne auch nur sein Bier auszutrinken, und ritt zu der Kreuzung, wo die Straße nach Süden führte.

Der Wirt sah dem Silberdolch nach, die Münze noch in der Hand. Plötzlich hatte er ein schlechtes Gewissen und bekam Angst. Warum hatte er nur solchermaßen gelogen, und das nur für die paar Münzen, die ihm diese seltsamen Burschen gegeben hatten? Er haßte Lügen. Er erinnerte sich trübe daran, mit dem Mann gestritten zu haben. Aber trotzdem hatte er es schließlich getan. Er wünschte, er hätte ein Pferd, damit er hinter dem Silberdolch herreiten und ihm die Wahrheit sagen könnte. Er schüttelte sich und blickte auf. Der Dorftrottel, der arme Maro, kam die Straße entlanggeschlurft. Der Wirt warf ihm Rhodrys Münze zu.

»Hier, Junge, bring das nach Hause zu deiner Mutter und sag ihr, sie soll dir dafür ein neues Hemd kaufen.«

Von einem Ohr bis zum anderen grinsend, rannte Maro davon. Der Wirt kehrte zu seinen Gästen zurück.

»Nach Süden?« sagte Salamander laut. »Wie bei jedem Pickel am Arsch des Höllenfürsten kann Rhodry wissen, daß er nach Süden gehen soll?«

Das Wildvolk, das sich um sein Lagerfeuer drängte, schien über die Frage nachzudenken.

»Verzeiht mir, kleine Brüder. Es war nur eine rhetorische Frage.«

Salamander reckte sich, stand auf und starrte stirnrunzelnd in den Nachthimmel. Er wünschte sich, er hätte Rhodry früher ausgespäht. Da er noch Schüler des Dweomer war, fiel es ihm schwer, jemanden ohne einen Konzentrationspunkt zu finden; und es war ihm beinahe unmöglich, wenn er mit etwas anderem beschäftigt war, zum Beispiel beim Reiten. Am Ende nahm er an, daß Rhodry aus reiner Verzweiflung nach Süden ritt. Ohne Dweomer wäre auch er selbst nicht dazu imstande gewesen, Jill aufzuspüren; denn dieser seltsame Mann, mit dem sie unterwegs war, kannte die Wälder besser als das Wild. Selbstverständlich wußte Salamander inzwischen genau, wo die beiden waren: Nur zehn Meilen nordöstlich von ihm, so daß Rhodry tatsächlich nördlich von ihnen war und auf dem richtigen Weg, wenn er sich nach Süden wandte. Die Frage war nur, woher Rhodry das wußte.

»Morgen, kleine Brüder, morgen werden wir diesem Bär bis zu seiner Höhle folgen.«

Unruhig drängte sich das Wildvolk um ihn; sie schubsten und zwickten einander und rissen die Mäuler auf, um Verzweiflung und Haß auszudrücken. Salamander schauderte in ehrlicher Angst. Es war gut möglich, daß der Mann, der Jill gestohlen hatte, ein Dweomermeister von großer Macht war, und er, Salamander, auf dem Weg in den Tod.

»Wißt Ihr, ich glaube, ich sollte mich mit Nevyn in Verbindung setzen und ihm davon erzählen.«

Alle nickten nachdrücklich.

»Aber andererseits, wenn ich das tue und er mir dann sagt, ich solle diese unangenehme Sache in Ruhe lassen – wie soll ich dann erklären, daß ich den ganzen Sommer verbummelt habe? Ich denke, ich sollte einfach weitermachen.«

Die Gnome hoben resigniert die Arme, streckten ihm die

Zunge raus und verschwanden in einer Welle reinster Ablehnung.

Am Morgen sahen die dunklen Ringe unter Perryns Augen noch schlimmer aus. Sie waren beinahe bläulich-rot. Sein rotes Haar schimmerte nicht mehr; es war matt und verfilzt wie das Fell einer kranken Katze. Er bewegte sich langsam, hob Sachen aus seinen Satteltaschen, starrte sie einen Augenblick lang an und steckte sie dann wieder zurück, während Jill in der Nähe saß und ihm zusah.

»Du siehst wirklich krank aus«, sagte sie.

»Ich bin nur müde.«

Sie fragte sich, wieso es ihr nicht gleichgültig war, ob er krank war oder nicht. Aber in Wahrheit sah sie ihn inzwischen ebenso als Opfer dieser seltsamen Kräfte, wie sie eines war. Der Gedanke kam ihr allerdings nur hin und wieder; dieser Tage war ihr jede Art von Denken ziemlich fremd. Die Ausrüstungsgegenstände, die Perryn in der Hand hatte, schienen ständig in der Größe zu schwanken, manchmal schwollen sie, manchmal schrumpften sie, und sie hatten keine richtigen Kanten, nur schimmernde Kraftlinien, die an den Stellen heller leuchteten, wo sie zusammenstießen. Endlich holte Perryn eine einfache Eisenstange heraus, etwa einen Finger dick, mit einem Holzgriff.

»Dank sei allen Göttern«, sagte er. »Ich dachte schon, ich hätte es verloren.«

»Was ist denn das?«

»Ein Brenneisen. Sag nie jemandem, daß ich es besitze. In Cergonney kann man dafür gehängt werden.«

Das kam ihr seltsam vor. Sie zwang sich dazu, genauer darüber nachzudenken.

»Wir sind immer noch in Cergonney?« fragte sie schließlich.

»Ja, aber im südlichen Teil, nahe an Gwenter.«

»Oh. Und wofür ist dieses Ding gut?«

»Um das Brandzeichen eines Pferds zu verändern.«

»Und wieso werden sie dich hängen, weil du eins hast?«

»Weil so etwas nur Pferdediebe mit sich herumtragen.«

»Wieso hast du denn eins?«

»Weil ich ein Pferdedieb bin.«

Jill riß den Mund auf und starrte ihn an.

»Woher, glaubst du, habe ich das Geld, das wir ausgeben?« Er grinste. »Ich stehle einem adligen Herrn ein Pferd, verkaufe es an Leute, die ich kenne und, nun, das ist alles.«

Irgendwo, irgendwie erinnerte sich Jill daran, daß Diebstahl etwas Falsches war. Sie dachte daran, während sie ihn weiter beim Packen der Satteltaschen beobachtete. Stehlen war falsch, und ein Pferdedieb zu sein, war das Schlimmste von allem.

Wenn man einem Mann das Pferd wegnahm, konnte er hier in der Wildnis sterben. Das hatte Vater immer gesagt, und Vater hatte immer recht.

»Du solltest keine Pferde stehlen«, sagte sie.

»Oh, ich nehme sie nur denen weg, die den Verlust verkraften können.«

»Es ist trotzdem falsch.«

»Warum? Ich brauche sie, und die anderen brauchen sie nicht.«

Obwohl sie wußte, daß es eine mögliche Antwort auf dieses Argument geben mußte, konnte sie sich doch nicht daran erinnern. Sie lehnte sich zurück und beobachtete, wie die Sylphiden in der leichten Brise spielten – geflügelte Gestalten aus schimmerndem Kristall, die in langgezogenen Bögen hintereinander hereilten.

»Später werde ich dich hier zurücklassen«, sagte Perryn dann. »Wir haben nicht viel Geld übrig, und ich muß ein Pferd holen.«

»Du wirst doch wiederkommen?« Plötzlich hatte sie schreckliche Angst und war sicher, daß sie ohne ihn vollkommen verloren wäre. »Du läßt mich doch nicht einfach hier zurück?«

»Was? Selbstverständlich nicht. Ich liebe dich mehr als mein Leben. Ich werde dich nie verlassen.«

Er nahm sie in die Arme und küßte sie. Dann hielt er sie lange fest. Sie wußte nicht, wie lange sie so in der warmen Sonne gesessen hatten. Aber als er sie gehen ließ, war es beinahe Mittag. Sie ging hinüber zum Bach und legte sich hin, um das Wildvolk dort zu beobachten, bis sie schließlich einschlief.

Spät am selben Nachmittag kam Rhodry nach Leryn, einer der größten Städte in Cergonney mit etwa fünfhundert Häusern hinter einer niedrigen Steinmauer, am Ufer des Camyn Iraen. Da Leryn ein wichtiger Hafen für die Barken war, die das Bergeisen nach Deverry brachten, hatte er vor, von hier aus eine Barke flußabwärts zu nehmen, um ein wenig Zeit zu sparen und sich und seinem Pferd eine wohlverdiente Rast zu gönnen. Zuerst ging er jedoch zum Marktplatz und fragte überall nach Jill und Perryn. Viele der Händler kannten den exzentrischen Lord Perryn gut.

»Er ist verrückt«, sagte der Käsehändler. »Und wenn dieses Mädchen mit einem wie dem herumzieht, dann muß sie noch verrückter sein.«

»Er kann nicht nur vollkommen verrückt sein«, schnaubte der Schmied. »Ich habe mich oft gefragt, wo er all diese Pferde herkriegt.«

»Ach, er ist eben ein Adliger«, warf der Tuchhändler ein. »Die Adligen haben oft viele Pferde. Aber ich habe ihn jetzt mehrere Wochen nicht mehr gesehen, Silberdolch. Und das Mädchen, das Ihr beschreibt, noch nie.«

»Ich auch nicht«, sagte der Käsehändler. »Aber wenn sie mit ihm zusammen ist, muß auch sie verrückt sein.«

Auf dem Weg in ein billiges Gasthaus fragte sich Rhodry, ob Jill und Perryn eine andere Straße nach Süden genommen hatten. Wenn das der Fall war, würde er seine Pläne, auf dem Fluß zu reisen, aufgeben müssen, damit er sie nicht aus Versehen überholte. Als er sein Pferd in den Stall brachte, kam ein eher unauffälliger Mann mit dem krummen Rücken eines umherziehenden Hausierers auf ihn zu.

»Seid Ihr der Silberdolch, der nach Lord Perryn gefragt hat?«

»Ja.«

»Ich könnte Euch für den richtigen Preis das eine oder andere erzählen.«

Rhodry nahm zwei Silberstücke aus seinem Beutel und hielt sie dem Mann vor die Nase. Der Hausierer grinste.

»Ich komme gerade aus dem Südosten. Eine Nacht habe ich in einem kleinen Dorfgasthaus verbracht, etwa dreißig Meilen von hier. Ich war gerade dabei, einzuschlafen, als ich jemanden draußen im Hof schreien hörte. Also streckte ich den Kopf aus dem Fenster, und da ist unser Perryn und streitet sich mit einem blonden Mädchen. Es sah so aus, als wolle sie ihn verlassen, und er schrie sie an, es nicht zu tun.«

Rhodry reichte ihm die erste Münze.

»›Ich werde gehen und niemand suchen‹ sagte sie«, fuhr der Hausierer fort. »Es kam mir verdammt seltsam vor, deshalb erinnere ich mich daran.«

»Das kann ich mir vorstellen. Hat sie gesagt, wo dieser Niemand ist?«

»Nein. Aber sie drohte Seiner Lordschaft, wenn er versuchte, ihr nach Cerrmor zu folgen, würde sie ihm mit dem Silberdolch die Eier abschneiden.« Mit einem Lachen reichte Rhodry ihm die zweite Münze, und dann holte er noch eine dritte heraus.

»Ich danke Euch, und ich bin verflucht froh, daß Ihr diese Stunde Schlaf verloren habt.«

Als Rhodry den Stall verließ, lachte Merryc leise in sich hinein. Es war ein guter Scherz, den Silberdolch für die falschen Gerüchte, mit denen sie ihn locken wollten, auch noch bezahlen zu lassen.

Jill erwachte plötzlich, weil sie Pferde hörte. Sie setzte sich auf und fragte sich, wieso sie nicht versucht hatte zu fliehen, bevor Perryn zurückkehrte. Jetzt war es zu spät. Sie stand auf, aber sehr langsam, weil der Boden unter ihren Füßen zu wanken schien. Als sie zurück ins Lager ging, schwoll und wogte das Gras, als bewegte sie sich auf einer großen Federmatratze.

»Jill! Hab keine Angst! Die Rettung ist nah, obwohl du dir sicher einen anderen Retter wünschst als mich.«

Verblüfft fuhr sie herum und starrte den Mann, der auf der anderen Seite der Lichtung gerade vom Pferd stieg, mit offenem Mund an. Einen Augenblick lang glaubte sie, er sei Rhodry. Aber die Stimme und das helle Haar paßten nicht. Dann erinnerte sie sich.

»Salamander! Ihr Götter!«

Plötzlich weinte sie, sackte schluchzend zusammen und warf sich von einer Seite zur anderen, bis er zu ihr kam und sie fest in die Arme nahm.

»Schon gut, Kleine. Es ist alles gut – oder jedenfalls mehr oder weniger. Du warst verzaubert, aber jetzt ist es vorbei.«

Sie hörte auf zu weinen und starrte ihn an.

»Dann ist es wahr? Er ist ein Dweomermann?«

»Da bin ich nicht sicher, aber er hat dich tatsächlich verzaubert. Wo ist er jetzt?«

»Er stiehlt jemandem ein Pferd.«

»Das klingt ja immer seltsamer!«

»Das kannst du wohl sagen. Bitte, wir müssen hier weg sein, bevor er zurückkommt.«

»Nein, denn ich habe ihm einiges zu sagen.«

»Aber er ist ein Zauberer!«

Salamander lächelte träge.

»Die Zeit für die Wahrheit ist gekommen – ich bin auch einer.«

Sie trat einen Schritt zurück und starrte ihn an.

»Wie sonst hätte ich wissen können, daß man dich verzaubert hat? Und wie sonst hätte ich dich finden können? Jetzt komm mit. Laden wir deine Sachen auf dein Pferd. Ich will diesen Burschen so verfluchen, daß er in allen drei Höllen landet, und dann müssen wir uns auf den Weg machen. Rhodry ist uns ein ganzes Stück voraus.«

Als er Rhodry erwähnte, begann sie abermals zu schluchzen. Salamander nahm sie in die Arme.

»Schon gut, Kleine. Denk daran, daß du die Tochter eines Kriegers bist. Für Tränen wird später noch genug Zeit sein, wenn wir weit von hier weg sind. Wir werden deinen Rhodry für dich finden.«

»Ihr Götter, ich weiß nicht mal, ob dein Bruder mich zurückhaben will.«

»Mein … warte! Wie hast du das herausgefunden?«

Er klang so drängend, daß sie aufhörte zu weinen.

»Ich … nun ja, ich hatte einen Wahrtraum. Ich habe deinen Vater gesehen!«

»Ihr Götter! Wenn du diese Macht hast und der Bursche dich dennoch … Nun, es kann sein, daß er etwas mächtiger ist, als ich dachte. Aber ich will verflucht sein, wenn ich davonrenne, ohne ihn mir zumindest angesehen zu haben. Laß mich dein Pferd satteln, und du erzählst mir, was geschehen ist.«

So gut sie konnte, berichtete Jill von Perryn und den Ereignissen der letzten Tage, aber es fiel ihr schwer, Worte zu finden und alles in eine Art von Ordnung zu bringen oder sich überhaupt daran zu erinnern, wie lange sie mit Perryn unterwegs gewesen war. Manchmal kam es ihr vor wie Jahre, manchmal wie Monate. Sie war entsetzt, als Salamander ihr sagte, daß es höchstens zwei Wochen gewesen waren. Während er zuhörte, wurde er immer wütender, bis er schließlich den letzten ihrer gestotterten Sätze unterbrach.

»Ich habe genug gehört, Kleine. Man sollte diesen Bastard auspeitschen und aufhängen, wenn du meine Meinung hören willst. Ich frage mich, ob ich ihn nicht der Gerechtigkeit eines Lords übergeben sollte.«

»Nicht hier. Hier sind alle Lords mit ihm verwandt. Und außerdem, wer wird mir glauben, wenn ich von Dweomer rede? Aber es gibt noch andere Arten von Gerechtigkeit im Königreich.«

Als sie ihn anschaute, sah sie seinen Zorn wie geisterhafte Flammen auf seinem Gesicht und wandte den Blick ab. Aber die Vision erinnerte sie an etwas.

»Warst du das, den ich vor einiger Zeit gesehen habe? Ich habe am Himmel einen Elfen gesehen, der mit silbernem Feuer überzogen war.«

»Ja, das war ich. Aber was du gesehen hast, war nur ein … nun ja … nenn es ein Abbild von mir.«

Sie nickte, und der Gedanke und die Erinnerung waren wieder verschwunden. Sie fragte sich, wieso er so wütend auf Perryn war, und es kam ihr vor, als solle jemand die Antwort wissen.

Salamander hatte gerade ihr Bettzeug hinter den Sattel geschnallt, als er innehielt und lauschend den Kopf schieflegte. Es dauerte noch eine ganze Weile länger, bis auch Jill den Hufschlag hörte – drei Pferde, die sich rasch näherten. Dann kam Perryn zwischen den Bäumen hervor, mit zwei Fuchsfohlen, die ihm folgten. Als Salamander ihm entgegenging, stieg Perryn ab und rannte die letzten paar Schritte.

»Wer seid Ihr?« schrie Perryn. »Jill, was machst du da?«

Sie zitterte zu sehr, um reden zu können, aber ihr gesatteltes und beladenes Pferd war eine deutliche Antwort. Als Perryn auf sie zurannte, trat Salamander ihm entgegen. Perryn holte aus, um ihn zu schlagen. Plötzlich tauchte von überall her Wildvolk auf und bedrängte ihn. Ein gutes Hundert dieser kleinen Gestalten, die ihn bissen, zwickten, traten und schlugen, als sie über ihn herfielen wie die Hunde über einen Knochen. Perryn schrie auf und versuchte verzweifelt, sich gegen Feinde zu wehren, die er nicht sehen konnte. Schließlich stürzte er zu Boden.

»Das genügt«, rief Salamander.

Das Wildvolk verschwand, und Perryn blieb zitternd und winselnd am Boden liegen.

»Das ist schon besser, du Hund«, fauchte Salamander. »Ein feiner Abkömmling des Wolf-Clans bist du, ein Pferdedieb und Frauendieb!«

Er hob die Hand und rezitierte eine lange Reihe elfischer Worte. Plötzlich sah Jill einen grünen und grauen Schimmer um Perryn – nein, dieser Schimmer ging in einer Wolke von Licht von ihm aus. Aus ihm erstreckten sich lange, rauchige Ranken, die sie umwanden. Ihr wurde plötzlich klar, daß sie in einer ähnlichen Wolke stand, aber ihre war von hellem Gold.

»Seht Ihr das, *Lord* Perryn? Seht Ihr, was Ihr getan habt?«

Perryn sah erst Jill an, dann sich selbst, dann wieder Salamander; dann stöhnte er plötzlich und schlug die Hände vor die Augen. Der Gerthddyn sagte ein paar weitere Worte in Elfisch, dann schnippte er mit den Fingern. Ein goldenes Schwert, das aussah, als bestünde es aus fest gewordenem Licht, erschien in seiner Hand. Damit durchschnitt er jede Ranke, die Jill an Perryn band. Perryn schrie auf, aber Jill spürte, wie ihr Geist und ihr Wille wieder zu ihr zurückkehrten, und mit ihnen Ekel und Haß auf diesen Mann, der sie gebrochen hatte wie ein wildes Pferd. Als Salamander weiterrezitierte, verschwanden die schimmernden Wolken und das Schwert. Perryn hob den Kopf.

»Sieh mich nicht so an, Liebste«, flüsterte er. »Oh, bei Kerun selbst, du wirst mich doch nicht verlassen?«

»Selbstverständlich werde ich das tun, du Bastard! Ich will dich in meinem ganzen gottverfluchten Leben nicht wiedersehen.«

»Jill, Jill, ich flehe dich an, gehe nicht! Ich liebe dich!«

»Liebe?« Sie spürte, wie der Haß in ihrem Mund brannte. »Ich spucke auf deine Vorstellung von Liebe!«

Als Perryn zu weinen begann, freute sie das. Salamander sah aus, als hätte er Perryn am liebsten getreten, aber er hielt sich zurück.

»Hör mir zu«, fauchte er. »Aus reinem Mitleid werde ich dir noch eins sagen: Du mußt aufhören, auf diese Weise Frauen und Pferde zu stehlen, oder es wird dich umbringen. Hast du mich gehört?«

Langsam sah Perryn auf und starrte den Gerthddyn an, und er sah aus, als versuchte er verzweifelt, so etwas wie Würde heraufzubeschwören.

»Ich kenne Euch nicht«, flüsterte er. »Aber ich muß nicht hierbleiben und zulassen, daß Ihr Essig in meine Wunden gießt. Ich kann Euch nicht aufhalten, wenn Ihr Jill mitnehmen wollt – also geht. Ihr habt mich gehört! Verschwindet von hier!«

Seine Stimme hob sich zu einem Kreischen. »Geht weg! Verschwindet beide!«

Dann fiel er wieder schluchzend auf die Knie.

»Also gut.« Salamander wandte sich Jill zu. »Überlassen wir diesen winselnden Dummkopf der Gerechtigkeit der Götter.«

»Gern.«

Umgeben von begeistertem Wildvolk stiegen sie auf die Pferde. Ein großer schwarzer Gnom mit purpurfarbenen Flekken warf Salamander das Führseil des Packpferdes zu. Jill schaute noch einmal zurück und sah, daß Perryn im Gras ausgestreckt lag, immer noch weinend in einem Meer wogenden Smaragds, und sein Grauer schnupperte besorgt an seiner Schulter. Jill weidete sich an seinem Schmerz.

Etwa eine Meile ritten sie schweigend dahin, bis sie an einem der schlammigen Feldwege aus dem Wald kamen, die hier in Cergonney als Straßen durchgingen. Dann zügelte Salamander sein Pferd, winkte ihr zu, dasselbe zu tun, und drehte sich um, um sie ernsthaft besorgt zu betrachten. Sie konnte nur mit leerem Blick zurückstarren.

»Wie geht es dir, Jill?«

»Ich bin erschöpft.«

»Zweifellos, aber du wirst deine Kraft sicher bald wiedergewinnen.«

»Gut. Wird denn die Welt nie aufhören, sich zu bewegen?«

»Was? Was passiert denn im Augenblick?«

»Nun, alles ist … nicht unbedingt trüb, aber nichts hält still, und diese Farben … Alles leuchtet so und ist so bunt.« Sie zögerte und kämpfte mit der unvertrauten Aufgabe, Sätze formen zu müssen. »Nichts hat Kanten, weißt du. Es sind alles nur Funken und pulsierende Lichtschimmer. Und es gibt keine Zeit mehr.«

»Warte, das kann nicht wahr sein!«

»Und es ist doch wahr.«

»Ihr Götter, was hat dieser Schurke dir angetan?«

»Das weiß ich nicht.«

»Verzeih, das war nur eine rhetorische Frage. Jill, das hier ist verflucht ernst.«

»Das weiß ich selbst, danke. Werde ich die Welt je wieder so sehen, wie sie ist?«

»Du meinst, wirst du sie je wieder so sehen wie zuvor? Denn was die Wirklichkeit der Welt angeht, mein Turteltäubchen – genau das siehst du jetzt. Zuvor hast du nur die matte, tote, dunkle und täuschende Oberfläche gesehen wie die meisten Menschen.«

»Aber diese Farben, und daß alles sich bewegt …«

»All das ist wahr. Aber darüber hinaus ist es auch äußerst unpraktisch. Die Götter sind gütig, Turteltäubchen. Sie lassen die meisten Menschen nur das sehen, was sie sehen müssen, und verstecken die Schönheit. Wenn sie das nicht täten, dann würden wir alle verhungern, denn selbst so etwas Einfaches wie einen Apfel von einem Baum zu pflücken, wäre ein gewaltiges Ereignis.«

»Das kann ich nicht glauben.«

»Das mußt du auch nicht glauben. Glaube hat keinen Einfluß auf deine derzeitige sehr unangenehme Situation. Glaube ist eine Illusion. Und wahrlich, alles, was die Menschen sehen, ist ebenfalls eine Illusion; denn das Universum ist nichts als ein Netz reiner Kraft.«

»Das kann nicht wahr sein.«

»Es ist wahr, aber das ist jetzt nicht die Zeit, wie zwei Weise in Bardek über solche Dinge zu diskutieren. Dieser kleine rundohrige Mistkerl hat dir mehr weh getan, als ich bereits befürchtet hatte, Jill.« Er hielt nachdenklich inne. »Ich bin nicht sicher, was ich damit anfangen soll. Aber zum Glück wird Nevyn es wissen.«

»Salamander, was redest du da? Was hat Perryn mir angetan?«

»Nun, du hast doch diese Lichtlinien gesehen, oder? Er hat Lebenskraft in dich gepumpt, mehr als du brauchen oder verkraften konntest. Jedesmal, wenn ihr beiden miteinander geschlafen habt, hat er eine unglaubliche Menge an Lebenskraft abgegeben. Diese Kraft ist nicht fest wie Wasser, aber fester als ein Gedanke; und sie kann von einem zum anderen übertragen werden. Normalerweise, wenn ein Mann und eine Frau zusammenliegen, gibt jeder dem anderen einiges ab und bekommt etwas zurück, und alles bleibt im Gleichgewicht. Aber ich bezweifle, daß du das wirklich verstehst.«

»Doch.« In ihrem verwirrten Geist entstanden Bilder von Sarcyn und Alastyr, von jener Zeit im vergangenen Sommer, als der dunkle Dweomer ihr Leben berührt und beschmutzt hatte. Einen Augenblick lang war ihr übel. Als sie wieder sprach, konnte sie nur noch flüstern.

»Sprich weiter, ich muß es wissen.«

»Nun, irgend etwas stimmt mit Perryn nicht. Er hat die Lebenskraft vergossen wie Met beim Fest eines Lords – mehr, als er normalerweise ersetzen konnte. Und all diese zusätzliche Kraft ist nun in deinem Geist, wo du sie auf jede erdenkliche Weise benutzen könntest. Aber da du keine Ahnung hattest, was du dir wünschen solltest oder daß sie auch nur vorhanden war, floß sie in den erstbesten Kanal, den sie fand, abermals wie Wasser, wenn ich dieses Bild noch einmal verwenden darf, meine Turteltaube, wie Wasser, das aus einem Fluß abfließt und einem Graben folgt. Du kannst mich nicht belügen und behaupten, daß du kein Dweomertalent hast.«

»Das ist mir gleich! Ich habe es nie gewollt.«

»Natürlich nicht, Dummchen. Das sage ich auch nicht. Hör zu, das sind alles wirklich finstere und gefährliche Angelegenheiten und die Quelle manch seltsamer Dinge. Niemand, der den Dweomer des Lichts studiert, würde so sorglos mit ihnen herumspielen, wie Perryn es offenbar getan hat.«

»Willst du damit sagen, daß er dem dunklen Pfad folgt?«

»Nein, denn dieser arme, jämmerliche Idiot wäre nicht einmal dazu in der Lage. Ich weiß nicht, was Lord Perryn sein mag, mein Rotkehlchen. Aber ich weiß, daß wir dich weit, weit von ihm wegbringen müssen. Reiten wir los. Wenn wir in Sicherheit sind, werde ich sehen, was Nevyn dazu zu sagen hat.«

Nachdem Jill davongeritten war, hatte Perryn gerade noch genug Kraft, sein Pferd abzusatteln und es zum Grasen zu schicken. Er legte sich auf seine Decken und schlief ein. Bei Sonnenuntergang erwachte er für kurze Zeit. Dann schlief er die ganze Nacht durch. Als er am Morgen aufwachte, drehte er sich um und tastete automatisch nach Jill. Dann weinte er, als ihm einfiel, daß sie weg war.

»Wie konntest du mich verlassen? Ich habe dich so sehr geliebt.«

Er zwang sich, mit Weinen aufzuhören. Dann setzte er sich und sah sich im Lager um. Obwohl er so lange geschlafen hatte, war er immer noch müde, und alles tat ihm weh, wie nach einem Kampf. Als er sich an den Mann erinnerte, der Jill mitgenommen hatte, wurde ihm eiskalt. Dweomer. Was sonst hätte ihm dieses seltsame Bild von Lichtwolken und einem goldenen Schwert zeigen können? *Seht, was Ihr getan habt, Lord Perryn.* Aber er hatte doch gar nichts getan; er hatte sie nur geliebt. Was hatten Ranken geheimnisvollen Lichts mit Liebe zu tun? Und sie hatte gesagt, daß sie ihn haßte. Er schüttelte den Kopf und rang darum, nicht wieder weinen zu müssen.

Schließlich zwang er sich aufzustehen und begann, seine Sachen zu packen. Er hatte sich bereits in Gefahr gebracht, indem er so lange hier geblieben war; der Lord, dem diese Fohlen einmal gehört hatten, suchte wahrscheinlich schon nach ihnen. Während er arbeitete, fragte er sich, wo er hinreiten sollte. Er konnte nicht zu Nedd zurückkehren – jedenfalls für lange Zeit nicht – nicht, wenn Benoic dort zornig auf ihn wartete. Du bist wirklich ein Dummkopf, sagte er sich. Erst nimmst du einem anderen Mann die Frau weg – und dann verlierst du sie wieder. Benoic würde ihn dafür jahrelang verhöhnen, das wußte er. Nach all der Freude, jemanden zu haben, den er liebte, jemanden, der ihn liebte – er weigerte sich zu glauben, daß Jill ihn nie geliebt hatte –, erstreckte sich sein Leben vor ihm wie eine trübe, nebelverhangene Straße. Er schien eine Ewigkeit zu brauchen, um die Lichtung zu verlassen. Immer, wenn er eine Arbeit beendet hatte, zum Beispiel das Aufrollen seiner Decken, erinnerte ihn wieder etwas an Jill, und er begann, erneut zu weinen. Der Graue blieb dicht bei ihm, knabberte an seiner Schulter und schubste ihn in den Rücken, als wolle er ihm sagen, er solle wieder fröhlich sein.

»Zumindest du liebst mich noch, nicht wahr?« flüsterte Perryn. »Aber ein Pferd ist verdammt leicht zufriedenzustellen.«

Endlich war er bereit, sich auf den Weg zu machen. Der Graue war gesattelt, das Packpferd und die beiden neuen Fohlen an Halftern. Er stieg in den Sattel, und dann saß er dort einfach für lange Zeit und starrte den Ort an, an dem er Jill zum letztenmal gesehen hatte. Wo sollte er jetzt hin? Es schien keine Antwort auf diese Frage zu geben. Schließlich, als der Graue anfing, ruhelos zu tänzeln, wandte er sich wieder nach Nordwesten. Nicht weit entfernt war eine Stadt namens Leryn, wo er einen unehrlichen Händler kannte, der die Fohlen nehmen und keine Fragen stellen würde. Den ganzen Tag ritt er langsam weiter, und die Tränen kamen und gingen, wie sie wollten.

Rhodry wäre sofort auf ein Schiff gegangen, wenn nicht wieder der graue Gnom erschienen wäre, just an dem Morgen, als Salamander Jill einholte. Das kleine Geschöpf war ekstatisch, tanzte umher und grinste so breit, daß Rhodry alle seine langen, spitzen Zähne sehen konnte.

»Nun, kleiner Bruder, das sieht so aus, als hätte Jill Perryn verlassen.«

Der Gnom nickte, dann zeigte er nach Südosten.

»Ist Jill dort?«

Der Gnom schüttelte den Kopf, dann führte er eine Pantomime von Perryns ungelenkem Gang vor.

»Oho! Und wie weit entfernt ist unser lieber Lord Perryn?«

Der Gnom zuckte die Achseln, als wolle er sagen: nicht weit weg. Rhodry überlegte lange Zeit: Einerseits wollte er Jill so bald wie möglich wiedersehen; andererseits war sein Bedürfnis nach Rache beinahe überwältigend.

»Also gut, kleiner Bruder. Ich sattele mein Pferd, und du führst mich zu ihm.«

Der Gnom grinste und tänzelte und zeigte weiter nach Südosten.

Spät am Nachmittag kam Rhodry in ein ärmliches, kleines Dorf: nur ein paar Häuser oben auf einem Hügel, die nicht einmal durch eine anständige Mauer geschützt waren. Es gab zwar keine Schenke, aber die Frau des Schmieds hatte für durstige Reisende ein paar Fässer Bier in ihrer Küche. Sie weigerte sich jedoch, einen Silberdolch ins Haus zu lassen. Rhodry kaufte ihr einen Krug ab und trank ihn im schlammigen Hof, wo Hühner in der Nähe eines kleinen Schweinestalls kratzten. Die Frau, eine untersetzte Person mit strähnigem grauem Haar, stützte die Hände auf die Hüften und starrte ihn die ganze Zeit wütend an, als glaubte sie, daß er den Krug stehlen wolle. Als er fertig war, reichte Rhodry ihn ihr mit einer übertriebenen Verbeugung zurück.

»Ich danke Euch, meine Dame. Wahrscheinlich kommen hier nicht viele Reisende vorbei.«

»Warum wollt Ihr das wissen?«

»Ich suche nach einem Freund, das ist alles; ein großer, hagerer Mann mit rotem Haar und …«

»Dann solltet Ihr besser zum Bäcker gehen. Ein Mann, der so aussah, hat vor einer halben Stunde einen Krug von mir gekauft, und er sagte, er brauche Brot.«

»Ach ja? War er in Begleitung eines Mädchens?«

»Nein, er hatte nur ein paar Pferde dabei. Zu viele Pferde, wenn Ihr mich fragt. Irgendwie hat mir das nicht gefallen.«

Rhodry eilte weiter die Straße entlang. Als er das Haus mit den großen Öfen im Hof fand, sah er Perryns Grauen, sein Packpferd und zwei Fohlen davor. Er lachte laut und dankte Bel im stillen. Als er sein Pferd anband, konnte er sehen, wie Perryn die Tür öffnete und einem Mann mit einer Schürze ein paar Kupferstücke gab. Rhodry ging in den Hof. Perryn, die Hände voller Brot, fuhr herum und schrie erschrocken auf – ein Laut reinen Entsetzens.

»Du Bastard!« rief Rhodry. »Wo ist meine Frau?«

»Äh … äh … ich weiß es nicht.«

Der Bäcker war bleich geworden und versuchte, unauffällig zur Tür zu gelangen. Rhodry ignorierte ihn und trat auf Perryn zu. Er packte ihn am Hemd und stieß ihn so fest gegen die Steinmauer, daß Perryn das Brot fallenließ. Rhodry trat es aus dem Weg und stieß Perryn abermals gegen die Mauer.

»Wo ist Jill?«

»Das weiß ich nicht.« Perryn schnappte nach Luft. »Sie hat mich verlassen. Das schwöre ich. Sie hat mich auf der Straße stehenlassen.«

»Das weiß ich, du Idiot. Wo?«

Als Perryn ihn höhnisch anlächelte, schlug Rhodry ihm in den Bauch. Perryn sackte nach vorn und würgte. Aber Rhodry riß ihn wieder hoch und schlug abermals zu.

»Wo hat sie dich verlassen?«

Halb blind vor Tränen, hob Perryn den Kopf. Rhodry schlug ihm mitten ins Gesicht.

»Ich weiß, daß du mich töten wirst«, keuchte Perryn. »Ich werde dir überhaupt nichts sagen.« Rhodry sah keinen Grund, Perryn mitzuteilen, daß er geschworen hatte, ihn nicht umzubringen. Er packte ihn an den Schultern, riß ihn nach vorn und stieß ihn wieder gegen die Steinmauer.

»Wo steckt sie? Wenn du es mir sagst, lasse ich dich am Leben.«

»Bei den Göttern, ich weiß es nicht.«

Rhodry wollte ihm ein zweites Mal in den Bauch schlagen, als er hinter sich Geräusche hörte. Er sah über die Schulter und entdeckte den bleichen Bäcker und neben ihm den Schmied, der eine Eisenstange in der Hand hielt, und zwei andere Männer mit Dreschflegeln.

»Was ist hier los, Silberdolch? Ihr könnt hier nicht herkommen und jemanden umbringen.«

»Ich bringe niemanden um. Dieser Hurensohn hat mir meine Frau weggenommen, und jetzt will er mir nicht sagen, wo sie ist.«

Die vier Dorfleute sahen einander nachdenklich an und warfen dann einen Blick auf das Schwert an Rhodrys Seite. Obwohl sie zu viert eine gute Chance gegen einen einzelnen Mann gehabt hätten, ganz gleich, wie gut er mit dem Schwert war, schienen sie zur vorsichtigen Art zu gehören.

»Nun gut«, meinte der Schmied. »Das geht uns nichts an, wenn er etwas mit Eurer Frau hatte.«

»Schafft ihn nur aus meinem Haus«, ächzte der Bäcker.

»Gern. Ratten gehören nicht in ein Haus, wo es Korn gibt.«

Rhodry drehte Perryn den rechten Arm auf den Rücken und schob ihn aus dem Hof des Bäckers. Als sein Opfer taumelte, riß Rhodry ihn zur Seite und stieß ihn gegen die Mauer des nächsten Hauses, bis er schrie.

»Wo ist Jill?«

»Ich weiß es nicht. Und selbst wenn ich es wüßte, würde ich es dir nicht sagen.«

Rhodry schlug ihn so fest in den Magen, daß Perryn sich übergab. Als er fertig war, riß Rhodry ihn hoch, verdrehte ihm wieder den Arm und brachte ihn dann hinter die Bäckerei zu einem großen steinernen Schuppen. Er schob ihn mit dem Gesicht an die Wand, riß ihn zurück, drehte ihn um und stieß ihn abermals. Inzwischen konnte Perryn kaum noch aufrecht stehen.

»Zum letzten Mal: Wo ist sie?«

Keuchend wischte sich Perryn mit einer schwachen Bewegung das Blut von der Nase und aus einem Schnitt oberhalb seines Auges. Rhodry schnallte sein Schwert ab und ließ es fallen.

»Komm schon, Feigling! Zieh dein Schwert, wenn du den Mut dazu hast.«

Perryn keuchte nur und stöhnte. Rhodry drehte sich vor Verachtung der Magen um.

»Du jämmerliches halbkastriertes Schwein!«

Rhodry stürzte sich wieder auf ihn, packte ihn mit einer Hand und begann, ihn mit der anderen so fest er konnte zu schlagen. Die Freude daran erfüllte seinen gesamten Geist, wie eine Feuerwand, die durch den Wald rast und alles vor sich wegfegt. Aber plötzlich erinnerte er sich an den Schwur, den er Benoic geleistet hatte. Er ließ Perryn los und lehnte ihn an die Wand.

Zum Glück atmete der Lord noch. Er starrte Rhodry einen Augenblick lang mit glasigen Augen an, von denen eins bereits dabei war zuzuschwellen. Er versuchte zu reden, keuchte, dann sackte er zusammen und rutschte langsam an der Wand hinunter auf den Boden. Rhodry versetzte ihm einen letzten Tritt, und als er sich umdrehte, sah er die vier Männer aus dem

Dorf, die ihn so ernst wie Richter betrachteten, und drei kleine Jungen, die aufgeregt die Augen aufrissen. Neben ihnen stand der graue Gnom, klatschte in die Hände und grinste, während er einen kleinen Siegestanz aufführte. Rhodry band sich seinen Schwertgürtel wieder um und schnappte nach Luft.

»Da. Ich habe ihn nicht umgebracht, oder?«

Alle schüttelten den Kopf.

»Ich dachte, Ihr Silberdolche hättet keine Frauen«, meinte einer der Jungen.

»Ich hatte eine. Und ich will dir etwas sagen: Solltest du je einem anderen Silberdolch mit einer Frau begegnen, dann laß die Finger von ihr.«

Die Jungen warfen einen kurzen Blick auf Perryn, dann nickten sie. Als Rhodry auf sie zukam, traten sie zur Seite, ließen ihm viel Platz und begleiteten ihn dann wie eine Ehrengarde, während er sein Pferd holte. Er stieg in den Sattel und ritt in Richtung Nordwesten, um zum Fluß zurückzukehren. Seine Hände waren blutig und schmerzten, aber nie im Leben hatte Schmerz ihm mehr Freude gemacht. Sobald er weit genug vom Dorf entfernt war, tauchte der graue Gnom auf seinem Sattelknauf auf.

»Das hat Spaß gemacht, wie, kleiner Bruder?«

Mit einem boshaften Grinsen nickte der Gnom.

»Reite ich in die richtige Richtung? Ist Jill zum Fluß hin unterwegs?«

Wieder nickte der Gnom.

»Will sie nach Cerrmor?«

Der Gnom zuckte die Schultern, um anzudeuten, daß er das nicht wüßte. Rhodry kam der Gedanke, daß Ortsnamen dem Wildvolk nicht viel bedeuten konnten.

»Nun, wenn sie zum Fluß reitet, werde ich sie sicher bald einholen. Ich danke dir, kleiner Bruder. Und jetzt kehrst du besser zu Jill zurück und paßt auf sie auf.«

Einerseits aus Mitleid und andererseits aus dem Gefühl heraus, daß Gerechtigkeit geschehen war, hoben der Schmied und der Bäcker Perryn auf und trugen ihn zum Kuhstall des nächsten Bauern, wo sie ihn auf einen Strohhaufen legten. Perryn konnte aus seinen zugeschwollenen Augen kaum sehen. Seine Brust tat ihm so weh, daß er sicher war, daß Rhodry ihm ein paar Rippen gebrochen hatte, und seine Unterlippe war aufgerissen und blutete. Die Frau des Bäckers brachte ihm eine Schüssel Wasser, gab ihm etwas zu trinken und wusch ihm dann das Gesicht.

»Dieser Silberdolch hat mir irgendwie nicht gefallen. Habt Ihr ihm wirklich die Frau weggenommen?«

Perryn murmelte etwas, das als »ja« durchgehen konnte.

»Seltsam. Ich verstehe nicht, wie irgendein Mädchen Euch ihm vorziehen könnte. Aber Mädchen sind manchmal seltsam. Nun gut, Ihr könnt hier ein, zwei Tage bleiben, Junge, wenn Ihr mir ein paar Kupferstücke für das Pferdefutter gebt.«

Perryn nickte, dann verlor er das Bewußtsein.

Gereizt bis zur Weißglut starrte Nevyn Salamanders Abbild an, das über den glühenden Kohlen im Kohlebecken schwebte. Der Gerthddyn schien ehrlich verwirrt.

»Aber ich konnte Jill doch nicht bei diesem Schurken lassen.«

»Natürlich nicht, du Dummkopf! Darum geht es auch gar nicht. Es geht um Perryn selbst. Du hast einen schwerkranken Mann zurückgelassen.«

»... der die Frau meines Bruders mehrfach vergewaltigt hat.«

»Das weiß ich, und ich bin wütend darüber. Aber ich versuche dir zu sagen, daß er todkrank ist.«

»Wenn er stirbt, wird es kein großer Verlust sein.«

»Halt den Mund, du schwatzhafter Elf.«

Salamanders Abbild wich zurück und wurde bleich. Nevyn holte tief Luft und versuchte, sich zusammenzunehmen.

»Hör mir zu, Ebañy. Wenn Perryn so weitermacht, wird er seine Lebenskraft ausströmen, bis kaum mehr etwas übrig ist. Dann wird er krank werden – ähnlich wie bei dieser Krankheit, die an der Lunge zehrt – und sterben, wie du schon erraten hast. Aber inzwischen wird er noch anderen Frauen schaden, weil er nichts dagegen tun kann. Er ist wie ein Mann mit einer ansteckenden Krankheit und verbreitet üble Körpersäfte im ganzen Land, obwohl er niemandem etwas Böses tun will. Verstehst du es jetzt?«

»Ja, und ich bitte um Verzeihung.« Salamander schien ehrlich betrübt. »Aber was hätte ich tun sollen? Ihn verzaubern? Ihn auf eines der Pferde binden und mit uns nehmen? Jill kann seinen Anblick nicht ertragen, und in ihrem Zustand …«

»Da hast du recht. Laß mich nachdenken … Der nächste Dweomermeister ist Lyddyn in Cantrae. Er wird unseren Perryn wahrscheinlich finden und ihn festnageln können. Und du hast recht: Als erstes müssen wir uns um Jill kümmern. Verbinde dich mit ihrer Aura und laß dann langsam – ganz langsam – etwas von dieser überflüssigen Kraft abfließen. Das sollte ein paar Tage dauern, weil du die Kraft selbst erst verdauen mußt. Oder vergeude sie irgendwie … Führe ihr ein paar deiner dummen, kleinen Kunststücke vor; das gefällt ihr vielleicht.«

»Ich fürchte, daß eine Dweomervorführung ihr nur noch mehr Angst einjagen wird.«

»Kann schon sein. Ihr Götter! Was für ein unangenehmes Durcheinander!«

»Ja. Ach – es war noch etwas Seltsames an Perryn. Als ich ihn zum erstenmal sah, öffnete ich meine Sicht und spähte in seine Seele. Ich dachte, er wäre Jill vielleicht durch Wyrd oder so etwas verbunden.«

»Und?«

»Das kann ich Euch nicht sagen, ich konnte seine Seele nämlich nicht lesen.« Plötzlich schien Salamander sehr bedrückt. »Es kann natürlich sein, daß ich mich zu sehr von meinem Zorn und meiner Selbstgerechtigkeit leiten ließ. Ich habe ihn als eine Art halbmenschliches Ungeheuer betrachtet, nicht mehr als Menschen.«

»Valandario und ich haben dir immer wieder gesagt, daß Dweomer ein hohes Maß an Selbstbeherrschung verlangt. Verstehst du wenigstens jetzt, was wir damit gemeint haben? Ihr Götter!«

»Ich entschuldige mich auf das Zerknirschteste, Meister. Aber da ich Perryn mit eigenen Augen gesehen habe, bin ich jetzt zumindest in der Lage, ihn aufzuspüren, wann immer du oder Lyddyn meine Hilfe braucht.«

»Das wird zweifellos der Fall sein. Er darf nicht mehr länger frei herumlaufen.«

»Das stimmt. Ich habe einfach nicht genug nachgedacht. Es war quälend, Jill so … nun, so gebrochen und so beschämt zu sehen. Es hat mir weh getan.«

»Es tut mir ebenfalls weh.« Nevyn wurde klar, daß sein Zorn auf Salamander zum Teil einfach dem Zorn über das, was geschehen war, entsprang. »Ich wünschte, wir könnten uns treffen. Wenn du nach Süden reitest, wird das vielleicht möglich sein. Es hängt ein wenig davon ab, wie sich die Dinge hier entwickeln.«

»Wo seid Ihr denn überhaupt?«

Nevyn lachte.

»Jetzt muß ich mich entschuldigen. Ich bin in der Festung des Gwerbret von Aberwyn.«

»Ihr Götter! Ich bin überrascht, daß Rhys Euch überhaupt über die Schwelle gelassen hat.«

»Oh, es ist nicht so, als ob er mir etwas übelnähme. Lady

Lovyan hat mich gebeten, mit ihr zu kommen und mich als ihr Berater auszugeben. Sie will ein letztes Mal versuchen, Rhys zu überreden, daß er Rhodry zurückruft.«

»Zweifellos wird eher die Hölle schmelzen.«

»Andererseits liebt Rhys Aberwyn, und vielleicht entschließt er sich am Ende doch dazu, das Beste für sein Land zu tun.«

Salamander schaute zutiefst skeptisch drein, und Nevyn seufzte zustimmend. Sturheit war ein wichtiger Punkt der Ehre jedes Adligen, und Rhys würde wie alle Maelwaedds niemals seine Sturheit aufgeben.

Nachdem er mit Salamander gesprochen hatte, trat Nevyn ans offene Fenster und spähte hinaus. Von seiner Kammer hoch oben im Broch konnte er die Gärten sehen, die von hundert winzigen Öllampen beleuchtet waren und in denen die Damen des Hofes ihre Abendunterhaltung genossen. Minnesänger spielten, und die Adligen tanzten im flackernden Licht. Er konnte sie lachen hören, halb außer Atem, als sie herumwirbelten, hüpften und mit den Füßen im Takt der Harfen- und Flötenmusik stampften. Meine arme Jill, dachte er, wirst du je wieder so glücklich sein wie sie?

Sein Zorn hätte ihn fast erstickt – eine kalte Wut auf Perryn, auf Rhys, auf störrische Männer, die darauf bestanden, sich zu nehmen, was sie wollten, ganz gleich, was es andere kostete. Rhys war der Schlimmste, dachte er, weil seine Weigerung, den Bruder aus dem Exil zurückzurufen, Eldidd in einen Krieg werfen könnte. Und dann würden all die adligen Herren dort drunten einen Totentanz aufführen und Musik und schöne Frauen vergessen. Er zog die Fensterläden so fest zu, daß sie wie Donner krachten. Dann drehte er sich um und begann in der Kammer auf und ab zu gehen. Schließlich schüttelte er diese Stimmung ab und wandte sich wieder dem Kohlebecken zu.

Als er an Rhodry dachte, erschien dessen Abbild sofort. Der

junge Mann stand, mit dem Rücken zur Wand, in einer vollen Schenke und sah den Würfelspielern zu. Manchmal, wenn Rhodry in besonders melancholischer Stimmung war, konnte Nevyn seinen Geist erreichen und ihm Gedanken senden, aber heute abend war er abgelenkt und – seltsam genug – nicht sonderlich unglücklich. Manchmal lächelte er vor sich hin, als erinnerte er sich an einen Triumph. Sehr merkwürdig, dachte Nevyn. Warum grübelt er nicht über Jill nach?

Als jemand an der Tür klopfte, brach er die Vision ab. Lady Lovyan kam herein. Sie hatte ihren karierten Umhang an der Schulter mit einer Ringbrosche gerafft, deren Rubine im Kerzenlicht blitzten.

»Habt Ihr schon genug vom Tanzen?«

»Mehr als genug. Aber ich bin aus einem anderen Grund gekommen. Soeben ist ein Kurier aus Dun Deverry eingetroffen.« Sie reichte ihm ein Stück Pergament, das von der langen Reise in einer Botschaftsröhre noch fest zusammengerollt war. »Dies hier ist nur für meine Augen gedacht, aber ich denke nicht, daß Blaen etwas dagegen hätte, wenn Ihr es lest.«

Nach ausführlichen höflichen Grüßen war der eigentliche Brief sehr kurz: »Ich bin hier in Dun Deverry in täglichem Kontakt mit dem König. Er sagt mir, daß er sehr daran interessiert ist, mit einem gewissen Silberdolch zu reden, der Euch bekannt sein sollte. Würde der Drache brüllen, wenn unser Lehnsherr eines seiner Privilegien übernähme? Übrigens scheint Lord Talidd in Savyl von Camynwaen einen Freund gefunden zu haben. Blaen, Gwerbret Gwen Pecl.«

»Mhm«, schnaubte Nevyn. »Blaen hält nicht viel von Ausflüchten und Listen.«

»Rhys hätte diese Botschaft augenblicklich verstanden, wenn sie ihm in die Hände gefallen wäre.« Lovyan nahm den Brief zurück und warf ihn auf die glühenden Kohlen. Der Geruch brennenden Leders breitete sich im Raum aus, und

Nevyn beeilte sich, die Läden wieder zu öffnen. »Diese Nachricht über Savyl von Camynwaen ist beunruhigend. Es gefällt mir nicht, daß Talidd einen anderen Gwerbret gefunden hat, der sich bei unserem Lehnsherrn für ihn einsetzt.«

»Mir auch nicht. Ihr Götter, das wird alles immer komplizierter!«

»Glaubt Ihr, Rhys würde rebellieren, wenn der König sich über sein Exildekret hinwegsetzt?«

»Nicht von sich aus. Aber es kann sein, daß ihn Leute überreden, die glauben, das Rhan an sich reißen zu können, wenn er kinderlos stirbt.«

»Genau. Sie werden es zumindest versuchen. Andererseits, wenn der König interveniert, könnte Rhys sich meinem Wunsch beugen, ohne dabei das Gesicht zu verlieren.«

»Ja. Er könnte sich gegenüber den anderen Lords lautstark über das Dekret aufplustern, es aber insgeheim akzeptieren.«

»Das hoffe ich. Nun, wir wissen nicht einmal, ob der König Rhodry wirklich zurückrufen will.« Sie betrachtete die Asche des Pergaments im Kohlebecken, dann griff sie nach dem Schürhaken und zerstieß sie zu Staub. »Hoffen wir, daß Blaen uns bald mehr Neuigkeiten schickt.«

Es fiel Rhodry nicht schwer, einen Platz auf einer Barke nach Lughcarn zu bekommen. Sein Pferd war im Heck bei den Maultieren untergebracht, die das Schiff später wieder flußaufwärts ziehen würden; er selbst schlief im Bug bei den vier Männern der Besatzung, die so wenig wie möglich mit ihm sprachen. Der Rest der hundert Fuß langen Barke war mit groben Eisenbarren aus den Schmelzöfen von Ladotyn oben in den Bergen beladen. Obwohl die Barke großen Tiefgang hatte, war die Strömung doch stetig, und drei Tage lang glitten sie unentwegt nach Süden, während Rhodry sich damit amüsierte, das Land vorbeitreiben zu sehen. Nachdem sie erst einmal die Hügel hinter sich gelassen hatten, breiteten sich die grasigen Wiesen und üppigen Getreidefelder von Gwaentaer vor ihm aus, grün und golden in der Spätsommersonne, flach und scheinbar endlos.

Am vierten Tag überquerten sie die Grenze nach Deverry, obwohl Rhodry keine großen Unterschiede in der Beschaffenheit des Landes feststellen konnte. Gegen Mittag sagte ihnen der Schiffsmeister, daß sie am Abend in Lughcarn ankommen würden.

»Das ist das Ende unserer Reise, Silberdolch, aber ich bin sicher, daß Ihr eine andere Barke finden könnt, die bis nach Dun Deverry fährt.«

»Wunderbar. Das hier geht verflucht schneller als reiten. Und ich muß so bald wie möglich nach Cerrmor kommen.«

Der Mann kratzte sich nachdenklich am Kopf.

»Ich weiß nicht viel über den Schiffsverkehr südlich der Königsstadt, aber ich wette, Ihr werdet eine Barke finden.«

Er zuckte die massiven Schultern. »Aber ganz gleich, Ihr werdet nur noch einen Wochenritt von Cerrmor entfernt sein.«

Am späten Nachmittag erblickte Rhodry die ersten Anzeichen dafür, daß sie sich der Stadt näherten. Zuerst glaubte er, Wolken über dem südlichen Horizont zu erblicken, aber der Steuermann erklärte es ihm. Eine dunkle Rauchwolke hing in der Luft, einmal von den Köhleröfen, aber auch von der Holzkohle selbst, mit der in den Schmelzöfen das Roheisen zu Stahl aus Lughcarn weiterverarbeitet wurde. Als sie am Hafen direkt vor der Stadtmauer anlegten, war Rhodrys Leinenhemd schon rußbedeckt. Die Hafenanlage selbst und die Lagerhäuser direkt dahinter waren mit einem schmutzigen Grau überzogen. Als Rhodry durch das Tor in den rußbedeckten Stadtmauern ritt, dachte er, er wäre sehr froh, diese Stadt bald wieder hinter sich lassen zu können.

Aber unter all dem Ruß war Lughcarn sehr wohlhabend.

Als Rhodry nach einem Gasthaus suchte, das ärmlich genug war, um einen Silberdolch aufzunehmen, kam er an schönen Häusern vorbei, einige von ihnen so groß wie der Broch eines Lords und mit geschnitzten Wappen über der Tür, die den Namen großer Kaufmannsclans verkündeten. Überall in der Stadt gab es auch Tempel, einige davon sogar für wenig bekannte Götter, denen normalerweise nur ein winziger Schrein im Tempel des Bel aufgestellt wurde. Andere, wie der große Tempel des Bel selbst, waren so groß wie Festungen mit Gärten und Außengebäuden. Ehe Rhodry den armen Teil der Stadt erreichte, unten am Fluß am Südufer, sah er kaum Bettler, und selbst zwischen Holzhütten der Hafenarbeiter und Köhler war fast niemand in Lumpen und kein mageres Kind zu entdecken.

Er fand ein heruntergekommenes Gasthaus, dessen Besitzer ihn für ein paar Kupferstücke auf dem Heuboden schlafen ließ. Nachdem er sein Pferd in den Stall gebracht hatte, ging er ins Gastzimmer und bestellte sich das beste Essen, das zu haben war – einen fettigen Lammeintopf, der mit trockenem Brot serviert wurde, um die Soße aufzutunken. Er brachte es an einen Tisch, wo er mit dem Rücken zur Wand sitzen konnte und die anderen Gäste im Blickfeld hatte, während er aß. Die meisten sahen aus wie ehrliche Arbeiter, die noch zu einem Bier hierhergekommen waren, um den alltäglichen Tratsch durchzukauen, aber einer hätte auch ein Reisender sein können wie Rhodry selbst: Ein hochgewachsener Mann mit glattem, dunklem Haar und walnußschalenfarbener Haut, die dafür sprach, daß er einiges Bardekblut in den Adern hatte. Ein- oder zweimal bemerkte Rhodry, daß dieser Mann ihn neugierig betrachtete, und als er mit dem Essen fertig war, kam er mit einem Bierkrug in der Hand herüber.

»Kommt Ihr aus dem Norden, Silberdolch?«

»Ja. Warum?«

»Dort will ich hin. Ich fragte mich, wie die Straßen oben in Gwaentaer sind.«

»Das kann ich Euch nicht sagen, weil ich auf einer Barke gekommen bin.«

»Das ist eine gute Art zu reisen, wenn es flußabwärts geht. Aber flußaufwärts ist es nicht so praktisch. Nun, ich danke Euch jedenfalls.« Aber er blieb noch einen Augenblick stehen, als müsse er über etwas nachdenken, und setzte sich schließlich.

»Wißt Ihr, ein Silberdolch hat mir vor einiger Zeit einmal einen Gefallen getan, und ich hätte nichts dagegen, diesen Gefallen einem anderen aus dieser Bande zu vergelten.« Er senkte die Stimme zu einem Flüstern. »Ihr seht aus, als kämt Ihr aus Eldidd.«

»Ja.«

»Ihr seid nicht zufällig Rhodry von Aberwyn, oder?«

»Das bin ich. Wo habt Ihr meinen Namen gehört?«

»Oh, im Süden sprechen alle davon. Das meinte ich, wenn ich davon sprach, einen Gefallen zurückzugeben. Ich möchte Euch einen Rat geben. Es sieht aus, als ob jeder elende Gwerbret Reiter ausgeschickt hat, die nach Euch suchen. An Eurer Stelle würde ich nach Westen ziehen.«

»Was? Beim schwarzen Arsch des Höllenfürsten! Wieso suchen die mich?«

Der Mann beugte sich dichter heran. »Ein gewisser Tieryn Aegwyn oben in Cergonny hat Euch angeklagt, Ihr hättet seinem Bruder in der Schlacht den Kopf abgeschlagen.«

Rhodry verstand sofort – oder glaubte es zumindest. Zweifellos hatte Graemyn ihm die Schuld gegeben, um bei dem Friedensvertrag besser dazustehen. Wer würde auch schon dem Wort eines Silberdolchs glauben, wenn es gegen das Wort eines Lords stand?

»Ihr Götter! Das habe ich nicht getan.«

»Das ist mir gleich. Aber wie ich schon sagte, Ihr solltet lieber vorsichtig sein.«

»Ich danke Euch aus ganzem Herzen.«

Den ganzen Abend hielt Rhodry ein Auge auf die Schenkentür. Wenn er wegen dieser Anklage von einem Gwerbret verurteilt würde, würde man ihn köpfen, wie es die heiligen Gesetze verlangten. Zum Glück hatten ihn seine Jahre auf dem langen Weg einiges darüber gelehrt, wie man Ärger aus dem Weg ging. Es war nun unmöglich, auf einer Barke weiter nach Süden zu ziehen, da sie jederzeit von der Wache des Königs ans Ufer gerufen und durchsucht werden konnte. Er würde auf abgelegenen Straßen reisen und selbstverständlich einen anderen Namen angeben müssen. Cerrmor selbst war groß genug, daß er sich dort ein, zwei Tage aufhalten konnte, ohne daß ihn jemand erkennen würde. Und wenn er Jill erst einmal gefunden hatte, würde er eine Zeugin haben. Außerdem erinnerte er sich: Auch Nevyn ist dort. Selbst ein Gwerbret würde zuhören, wenn der alte Mann sprach.

Am Morgen verließ er die Stadt durchs Osttor, um eine falsche Spur zu legen. Erst viel später – zu spät – wurde ihm klar, daß Tieryn Benoic eine solche Falschheit niemals zugelassen hätte.

»Dich hat jemand aber ordentlich durchgewalkt, Junge«, sagte Gwel der Egel. »Wer war das?«

»Oh … äh«, murmelte Perryn. »Ein Silberdolch.«

»Ach ja? Man muß schon ziemlich dumm sein, um sich den Zorn eines Silberdolchs zuzuziehen.«

»Ich … das … äh … weiß ich jetzt auch.«

In dem polierten Spiegel an der Wand konnte Perryn sehen, daß sein Gesicht immer noch blau, grün und geschwollen war.

»Du hättest dir diesen abgebrochenen Zahn schon lange ziehen lassen müssen«, sagte Gwel.

»Das ist wahr. Aber ich konnte ein paar Tage nicht reiten. Er hat mir auch ein paar Rippen gebrochen.«

»Aha. Nun, ab jetzt wirst du einen großen Bogen um Silberdolche machen.«

»Das schwöre ich dir.«

Das Zahnziehen war schmerzhafter als die Schläge, weil es noch viel länger dauerte, und das einzige Schmerzmittel, das der Egel ihm anbieten konnte, war ein Kelch starken Mets. Es dauerte ein paar Stunden, bevor Perryn den Laden des Egels wieder verlassen und zurück zu seinem Gasthaus am Rand von Leryn taumeln konnte. Er warf sich auf das Bett in seiner Kammer und starrte bedrückt an die Decke, während sich sein Geist scheinbar endlos zu drehen schien, wie der Esel, der ein Mühlrad zieht: Was sollte er tun? Der Gedanke, nach Cergonney zurückzukehren und sich dem Spott seines Onkels zu stellen, bewirkte nur, daß ihm übel wurde. Und dann war da noch Jill. Es schien, als würde er sie mit jedem Tag, der verging, noch mehr lieben, als hätte er niemals recht zu schätzen gewußt, was er gehabt hatte, bis er es verlor. Der Gedanke, daß es den meisten Menschen ebenso ging, war kein Trost. Wenn er nur mit ihr reden, sie anflehen könnte, daß sie ihn erklären ließ … wenn er ihr nur sagen könnte, wie sehr er sie liebte – er war sicher, sie würde ihn anhören, wenn er nur allein mit ihr sprechen könnte, wenn er sie nur von diesem Burschen mit dem erschreckenden Starren und den noch erschreckenderen Dweomerkenntnissen trennen könnte. Wenn. Er wußte nicht einmal, welchen Weg sie genommen hatten.

Oder war es möglich, sie zu finden? In seinem verwirrten Zustand, halb verrückt vor Schmerz und den Nachwirkungen des Mets dachte er an ihr Herz wie an sein wahres Zuhause. Und mit dem Gedanken kam das spürbare Ziehen an seinen Geist, das ihm immer den Weg zu anderen Orten gezeigt hatte, die er als Zuhause betrachtete. Langsam setzte er sich auf und blieb dann reglos sitzen. Tatsächlich, er konnte es spüren: Es zog ihn nach Süden. Sie war nach Süden gegangen. Er weinte, aber diesmal in erwachender Hoffnung, daß er sie finden, daß er ihr folgen konnte, bis er eine Chance hatte, mit ihr allein zu sein, und sie irgendwie – beim großen Kerun selbst – wieder zurückerobern zu können.

»Das ist nun wirklich seltsam«, meinte Salamander. »Rhodry reitet immer noch nach Süden, aber bei den Ohren von Eponas Pferd, warum nimmt er jeden elenden Trampelpfad und jede Dorfstraße, statt die guten Straßen des Königs zu benutzen?«

Jill drehte sich um und sah ihn an. Sie saßen im Bug einer Barke, und Salamander nutzte das schäumende, in der Sonne schimmernde Wasser als Konzentrationspunkt für seine Visionen. Da sie immer noch die Kräfte sehen konnte, kam ihr das Wasser wie festes, poliertes Silber vor, aber nun konnte sie sich immerhin daran erinnern, daß das, was sie sah, nur eine Illusion war. Sie weigerte sich, es als verborgene Realität anzuerkennen, ganz gleich, wie oft Salamander darauf bestand.

»Sieht es so aus, als suche er nach Arbeit?«

»Kein bißchen, und ich habe ihn jetzt seit zwei Tagen beobachtet. Es scheint, daß er weiß, wo er hingeht. Aber er ist verflucht vorsichtig.« Gereizt warf er den Kopf zurück und wandte sich vom Fluß ab. »Nun, ich werde meinen geschätzten Bruder später wieder ausspionieren. Wie geht es dir denn heute früh?«

»Viel besser. Zumindest haben die Gegenstände aufgehört zu pulsieren.«

»Gut. Dann scheint meine ungeübte Heilkur tatsächlich anzuschlagen.«

»Ich danke dir dafür.«

Lange Zeit spähte sie zum südlichen Horizont, wo der Rauch wie eine Wolke über Lughcarn hing. Sie wünschte sich, daß sie Perryn einfach vergessen könnte, daß Salamander einen Zauber besäße, der die Erinnerung an ihn einfach bannen könnte. Aber sie wußte, daß die Scham, die sie empfand, nun Jahre an ihr nagen würde. Sie kam sich so unrein vor wie eine Priesterin, die ihre Gelübde gebrochen hatte, und irgendwie gab sie sich die Schuld an ihrer Entführung. Wenn sie nur früher mit Rhodry gesprochen oder sich an Nevyn gewandt oder – die »Wenns« gingen immer weiter.

»Aus dem Hiraedd in deinen Augen«, meinte Salamander, »erkenne ich, daß du wieder am Grübeln bist.«

»Wie sollte ich auch nicht grübeln? Es ist schön und gut, hinter Rhodry herzujagen, aber ich nehme an, daß er mich, wenn wir ihn finden, nur verfluchen wird.«

»Warum? Du hast nicht mehr Schuld an der Sache als die Pferde, die Perryn gestohlen hat.«

Sie schüttelte den Kopf und versuchte, die Tränen zu unterdrücken.

»Hör mir zu, Jill, mein Turteltäubchen. Immerhin kannst du jetzt wieder denken. Laß mich dir etwas sagen. Ich habe über deinen Pferdedieb nachgedacht, und ich habe auch mit Nevyn gesprochen. Dieser Junge hat etwas verdammt Seltsames an sich. Er hat, was man eine Wunde der Seele nennen könnte, so wie er willentlich sein Leben verschwendet.«

»Aber ich bin ihm direkt in die Arme gefallen. Ihr Götter, ich hätte mir nie träumen lassen, daß ich so willenlos wäre wie eine Schlampe in einer Schenke.«

Salamander brummte unwillig vor sich hin.

»Hast du mir denn überhaupt nicht zugehört? Es ist keine Frage der Willensschwäche. Du warst verzaubert und gebannt. Nachdem er seine Lebenskraft erst einmal über dich ergossen hatte, hattest du keinen eigenen Willen mehr, sondern nur noch den seinen. All seine Lust ist durch dich hindurchgeflossen wie Wasser durch einen Graben.«

Einen Augenblick lang hätte sie sich am liebsten übergeben, als sie daran dachte, wie es sich angefühlt hatte, wenn er sie auf diese seltsame Weise anlächelte.

»Aber wieso nennst du es eine Wunde?« fragte sie schließlich.

»Weil es ihn früher oder später umbringen wird.«

»Gut. Ich wünschte nur, ich könnte dabeisein und zusehen.«

»Es erwartet auch niemand, daß du anders empfindest, mein zerbrechliches, kleines Mädchen. Aber verstehst du denn nicht, Jill? Du hast ebensowenig Schuld, als hätte er dich gebunden und mit Gewalt genommen.«

»Ihr Götter. Ich hasse dabei am meisten, daß ich mich so entsetzlich hilflos fühlte.«

»Du warst auch hilflos.«

»Das stimmt. Es ist nur verflucht schwer, das zuzugeben.«

»Einen Abszeß muß man aufstechen.« Als sie versuchte, nach ihm zu schlagen, lächelte er.

»Siehst du, du kehrst langsam wieder zu dir zurück. Aber erkennst du nicht das Merkwürdige daran? Wenn man voraussetzt, daß Perryn nicht wirklich über Dweomer verfügt … woher bei den Höllen kommt dann diese Kraft? Was hat ihm die Wunde zugefügt?«

»Sosehr ich es hasse, über den wurmstichigen Bastard zu reden, muß ich doch zugeben, daß das eine interessante Frage ist.«

»Sehr interessant, vor allem für Nevyn. Leider gibt es im Augenblick keine Antwort darauf.«

»Nun, wenn jemand das herausfinden kann, dann Nevyn.«

»Genau. Besonders, wenn er Perryn erst einmal leibhaftig vor sich hat.«

»Plant er, ihn zu verfolgen?«

»Nein. Ich habe abgewartet, bis du etwas stärker warst, damit ich es dir sage, aber ich glaube, du kannst es jetzt verkraften. Perryn folgt uns.«

Sie wurde kreidebleich. Salamander nahm ihre Hand in seine beiden Hände.

»Du bist in keiner Gefahr, absolut nicht.«

»Im Augenblick nicht, das mag sein. Aber was, wenn wir wieder draußen auf der Straße sind und Rhodry folgen?«

»Bis dahin wird Perryn scharf bewacht auf dem Weg nach Eldidd sein. Am Hof gibt es einen Dweomermann namens Lord Madoc. Er wird Perryn verhaften lassen, sobald er die Stadt betritt, und ihn dann zu Nevyn schicken. Nach allem, was du mir erzählt hast, ist das Brandeisen in den Satteltaschen des Lords mehr als Grund genug für die Wachen des Königs, ihn festzunehmen.«

»Wir reisen also nach Dun Deverry?«

»Ja. Und es kann gut sein, daß wir dort bleiben können. Kennst du Rhodrys Vetter Blaen von Cwm Pecl?«

»Ja.«

»Dieser gute Gwerbret befindet sich im Augenblick am Hof. Nevyn möchte, daß wir mit ihm sprechen. Es scheint, der König hat angedeutet, daß er Rhodry sehen will. Offenbar halten mehrere Gwerbrets nach ihm Ausschau, und wenn sie ihn finden, werden sie ihn direkt nach Dun Deverry schicken.«

»Der König? Was –?«

»Das weiß ich nicht, aber ich glaube, ich kann es erraten. Der König weiß, daß Rhys keine Erben mehr für Aberwyn bekommen wird.«

»Also soll er Rhodry aus dem Exil zurückholen.«

»Genau. Also wirst du bald genug eine großartige Hochzeit feiern.«

»Ach ja? Du hörst dich an wie ein Dorftrottel. Denk doch nach! Sie werden nie zulassen, daß der Erbe des wichtigsten

Rhan in Eldidd die uneheliche Tochter eines Silberdolchs heiratet. Ich kann bestenfalls darauf hoffen, wieder seine Mätresse zu werden, an seinem Hof zu leben und seine Ehefrau zu hassen. Und auch das nur, wenn er mich überhaupt haben will. Was glaubst du, was das hier ist – eine deiner Balladen?«

»Ich habe das ganz bestimmte und widerwärtige Gefühl, daß ich genau das gedacht habe. Bitte, Jill, verzeih mir.«

Sie zuckte nur die Achseln und betrachtete weiter das Land, das an ihnen vorbeizog. Eine Herde weißen Viehs mit rostbraunen Ohren trank am Fluß, bewacht von einem Jungen mit zwei Hunden.

»Hast du mir verziehen?« sagte er schließlich.

»Ja. Und auch ich bitte um Verzeihung. Ich fühle mich immer noch schrecklich.«

»Das weiß ich. Nachdem du den Köder in unserer Falle für Perryn abgegeben hast, könntest du auch einfach weiterreiten, ohne Rhodry zu begegnen, wenn du willst.«

»Niemals. Vielleicht wird er mich verfluchen, aber ich will ihm doch sagen, daß ich ihn immer geliebt habe.«

Salamander setzte dazu an, etwas zu sagen, aber sie schlug nur die Hände vors Gesicht und weinte.

Der Palast des Königs in Dun Deverry war gewaltig. Sechs Broch-Türme, verbunden durch einen ausgedehnten Komplex von Halb-Brochs, umgeben von Außengebäuden und beschützt von einem doppelten Ring von Mauern. Als Ehrengast hatte Blaen, Gwerbret Cwm Pecl, eine luxuriöse Suite hoch oben in einem der äußeren Türme, mit gutem Blick auf die Gärten, die zwischen den beiden Mauern lagen. In seinem Empfangszimmer gab es vier Sessel mit Kissen aus purpurfarbenem Bardeksamt, und darüber hinaus noch einen Tisch und eine eigene Feuerstelle. Obwohl sich Blaen wenig um solche Dinge scherte, wußte er sie doch als Zeichen der Gunst des

Königs zu schätzen. Außerdem wurde er auf dieser Reise von seiner Frau Canyffa begleitet, und er mochte es, wenn sie es bequem hatte. Canyffa war eine hochgewachsene Frau mit dunklem Haar und Rehaugen, und sie war so ruhig, wie er ruhelos war. Obwohl ihre Ehe wie üblich aus politischen Gründen geschlossen worden war, war Blaen inzwischen der Meinung, daß er besonderes Glück gehabt hatte. Manchmal konnte er ihr gegenüber sogar zugeben, daß er sie liebte.

An diesem Morgen hatte man Canyffa gebeten, Ihrer Majestät, der Königin, in deren Privatgemach aufzuwarten – eine einzigartige Ehre, aber auch eine, die ihr schon zuvor zuteil geworden war. Blaen hockte auf dem Fensterbrett des Schlafzimmers und sah zu, als sie sich mit besonderer Sorgfalt ankleidete. Nachdem eine ihrer Dienerinnen mehrere Kleider auf dem Bett ausgelegt hatte, schickte sie das Mädchen weg und betrachtete die Auswahl. Schließlich entschied sie sich für ein recht bescheidenes Kleid aus taubengrauer Bardekseide, dessen Farbe das Rot und Weiß des Clans ihres Mannes sehr hervorhob.

»Ich glaube, Gwerbret Savyls Frau wird heute früh ebenfalls der Königin aufwarten«, bemerkte sie. »Ich nehme an, mein Lord wünscht, daß ich die Ohren offenhalte.«

»Deinem Lord wäre nichts lieber. Wie ist seine Frau denn?«

Canyffa dachte nach, bevor sie antwortete.

»Ein Wiesel, aber ein hübsches. Ich nehme an, sie passen sehr gut zusammen.«

»Wie ein Wiesel zum anderen. Aber niemand könnte Savyl hübsch nennen. Ich will verflucht sein, wenn ich weiß, wieso er sich in diese Sache einmischt! Camynwaen ist weit von Belglaedd entfernt. Was kann Talidd ihm bedeuten?«

»Ich glaube, sie haben gemeinsame Verwandte; aber ich verstehe schon, was du meinst. Ich werde sehen, ob ich mich mit der reizenden Lady Braeffa anfreunden kann.«

Sie hielt inne und lächelte. »Aber wenn ich mich schon so aufopfere, dann erhoffe ich ein angemessenes Geschenk von unserem Rhodry, wenn er erst wieder zu Hause ist.«

»Es wird zweifellos aus dem besten Bardeksilber sein. Ich werde dafür sorgen, daß er dich angemessen ehrt. Immer vorausgesetzt, er wird tatsächlich zurückgerufen.«

Nachdem Canyffa zur Königin gegangen war, hatte Blaen einen eigenen Gast, einen mächtigen Mann, mit dem man sich besser gut stellte. Blaen ließ den Pagen eine Silberkaraffe mit Met und zwei Glaskelche bringen, dann schickte er den Jungen weg. Der Gwerbret füllte die Gläser mit eigener Hand und reichte eines seinem Gast, der erfreut die Qualität des Getränks lobte. Der vor kurzem in den Adelsstand erhobene Lord Madoc, dritter Stallmeister des Königs, war ein schlanker Mann von etwa vierzig, mit ordentlich geschnittenem blondem Haar, das noch kaum von Grau durchsetzt war, und humorvollen blauen Augen. Er war auch, wie er behauptete, Nevyns Neffe. Ach ja? dachte Blaen bei sich. Ich wette, er ist ebenfalls Zauberer, Neffe oder nicht. Da Madoc vor seiner Berufung an den Hof in Cantrae erfolgreich Pferde gezüchtet hatte, war er für seine derzeitige Stellung sicher bestens geeignet, und er hatte schlichte, aber höfliche Manieren, die ihm gestatteten, sich dem Hofleben hervorragend anzupassen. Und dennoch war an der Art, wie er hin und wieder dreinschaute oder lächelte, etwas, das darauf hinwies, daß ihn die Macht und der Pomp des Hofes nur wenig beeindruckten.

»Meinen Dank für Eure Einladung, Euer Gnaden«, sagte Madoc. »Welchem Umstand verdanke ich die Ehre?«

»Im Grunde nur einfacher Gastfreundschaft. Ich kenne Euren Onkel gut.«

»Selbstverständlich, ich erhielt vor kurzem einen Brief von ihm. Es geht ihm ziemlich gut.«

»Großartig. Ist er immer noch in Eldidd?«

»Ja, Euer Gnaden. Lovyan, Tieryn Dun Gwerbyn, hat ihn in ihren Dienst genommen.«

Jede Wette, dachte Blaen bei sich. Wahrscheinlich steht sie eher in seinem Dienst, ob sie das nun weiß oder nicht.

»Das sind gute Neuigkeiten«, sagte er laut. »Unser Nevyn ist ein wenig zu alt, um noch mit einem Maultier auf der Straße umherzuziehen.«

»Seine Gesundheit ist ein wahres Wunder, Euer Gnaden, nicht wahr? Aber meine Mutter lebt auch immer noch, und dabei ist sie schon weit über siebzig.«

»Hoffen wir, daß die Götter Euch dieselbe Kraft gewähren.« Blaen lächelte ihn freundlich an. »Lovyan ist selbstverständlich eine Verwandte von mir, die Schwester meiner Mutter.«

»Das habe ich gehört, Euer Gnaden. Aber in der letzten Zeit hört man auch viel von Eurem Vetter Rhodry.«

»Zweifellos. Bei Hofe ist es einfach Zeitverschwendung, ein Geheimnis wahren zu wollen. Ich nehme an, der Klatsch hat bereits begonnen, als unser Lehnsherr mich hierher gerufen hat.«

»Sogar noch ein wenig früher.« Madoc schüttelte den Kopf in spöttischem Bedauern. »Die ersten Gerüchte, Euer Gnaden, drehten sich ja gerade darum, daß der König Euch an den Hof rufen könnte.«

»Ich wette, dann wißt Ihr auch, daß unser Lehnsherr nach meinem elenden Vetter sucht.«

»Ja. Und es heißt, er könne bereit sein, ihn aus dem Exil zurückzurufen.«

»Ich kann Euch nicht sagen, ob das der Wahrheit entspricht oder nicht. Nicht, daß man mich zur Geheimhaltung verpflichtet hätte – unser Lehnsherr hat mir einfach nichts darüber gesagt, das ist alles. Ich nehme an, er ist sich selbst noch nicht sicher.«

»Sehr wahrscheinlich, Euer Gnaden. Es ist nicht einfach,

sich über ein Dekret eines Gwerbret hinwegzusetzen, nicht einmal für den König.«

»Genau.« Blaen trank einen großen Schluck Met. »Aber wie dem auch sei, der König kann nichts unternehmen, ehe man Rhodry nicht gefunden hat.«

»Gibt es immer noch nichts Neues, Euer Gnaden?«

»Kein bißchen. Bei allen Göttern und ihren Frauen, haben die Gwerbrets denn nur Dummköpfe in ihren Kriegshaufen? Sicher, das Königreich ist groß; aber sie sollten doch inzwischen imstande gewesen sein, einen Silberdolch zu finden.«

»Das sollte man meinen, Euer Gnaden.« Einen kurzen Augenblick lang wirkte Madoc beunruhigt. »Ich nahm ebenfalls an, daß sie ihn ziemlich bald finden würden.«

Hier kam nun der wichtige Punkt, und Blaen hielt kurz inne, um nachzudenken. »Ich habe mich in der Tat schon gefragt, ob Ihr bei der Suche helfen könntet.«

»Ich, Euer Gnaden? Nun, ich werde sicherlich alles tun, was mir meine Pflichten hier gestatten, aber ich weiß nicht genau, worin diese Hilfe bestehen sollte.«

»Nun, ich denke, daß ein Mann, der als Nevyns Neffe bekannt ist, vielleicht Dinge sieht, die anderen verborgen bleiben.«

Madoc blinzelte zweimal, dann lächelte er.

»Aha, Euer Gnaden wissen also, daß der alte Mann ein Dweomermeister ist?«

»Ja. Im letzten Sommer hat er sich ziemlich angestrengt, mir das deutlich zu machen. Und es schien ihm seltsam leichtzufallen, Dinge zu sehen, die weit entfernt sind.«

»So ist es, Euer Gnaden. Laßt mich ganz deutlich werden. Wenn ich Rhodry auf magische Weise aufspüren könnte, würde ich das tun, aber ich habe ihn nie leibhaftig gesehen, also ist es mir unmöglich.«

Blaen mußte einen Schluck Met trinken, um zu verbergen,

wie überrascht er war. Er hatte sehr viel mehr Hin und Her erwartet, bevor Madoc die Wahrheit zugeben würde.

»Aha«, sagte Blaen schließlich. »Schade.«

»Ja. Aber ich bin vielleicht in der Lage, Euch auf anderem Wege Nachricht zu beschaffen. Ihr habt durchaus recht. Die Lage ist beunruhigend. Inzwischen sollte man Rhodry tatsächlich gefunden haben.«

»Genau. Und wißt Ihr, worin meine größte Angst besteht? Daß einige der Männer, deren Clans Aussichten auf Aberwyn haben, wenn Rhys stirbt, bereits Schritte unternommen haben, den rechtmäßigen Erben aus dem Weg zu schaffen.«

»Ihr Götter! Würden sie so tief sinken?«

»Aberwyn gehört zu den reicheren Rhans des Königreichs, und es wird immer reicher. Erst vor einem Jahr hat der König der Stadt sehr freizügige Gesetze gegeben. Zum Beispiel erhielt Aberwyn darin einen Anteil am Monopol auf den Bardekhandel.«

Madoc nickte und verzog den Mund zu einem grimmigen kleinen Lächeln.

»Ich verstehe, was Euer Gnaden meinen. Also gut. Wenn Euer Gnaden mich einen Augenblick entschuldigen würden?«

»Selbstverständlich.«

Blaen erwartete, daß Madoc die Kammer verließ, aber statt dessen ging er ans Fenster und spähte in den Himmel hinauf, wo weiße Wolken begonnen hatten, sich zu einem Sommergewitter zusammenzuballen. Er blieb dort stehen, während Blaen zwei weitere Kelche Met trank und sich fragte, was der Mann dort tat; schließlich drehte er sich mit beunruhigter Miene wieder um.

»Rhodry ist schon beinahe in Drauddbry, und er scheint weiter nach Süden zu wollen. Er hat sich ein zweites Pferd gekauft, damit er schneller vorankommt. Es sieht aus, als sei er auf dem Weg nach Cerrmor.«

»Ich frage mich, was er und Jill in Cerrmor wollen?«

»Verzeiht, Euer Gnaden, ich vergaß, daß Ihr das nicht wissen könnt. Er und Jill wurden durch äußerst unglückliche Ereignisse voneinander getrennt. Sie folgt ihm, zusammen mit einem Freund, einem Gerthddyn, der freundlicherweise angeboten hat, sie zu begleiten. Das letzte, was ich hörte, war, daß sie auf dem Weg nach Dun Deverry sind, um Euch um Eure Hilfe zu bitten.«

»Die ich ihnen gern gewähren werde.« Blaen dachte einen Augenblick lang nach. »Ihr seid meinem Vetter oder seiner Frau noch nie begegnet?«

»Nein, Euer Gnaden.«

»Sie passen zueinander wie ein Paar feiner Stiefel. Wenn Rhodry jemals Aberwyn erben wird, dann möchte ich lieber Jill an seiner Seite sehen als irgendein adliges Lamm, das seine Mutter für ihn aussuchen wird.«

»Aber ist sie nicht eine Gemeine?«

»Ja, aber mit solchen Einzelheiten ist man auch zuvor zurechtgekommen. Ich werde darüber nachdenken müssen.«

Erst mehrere Stunden später begann Blaen darüber zu staunen, daß er sofort geglaubt hatte, was Madoc ihm sagte. Immerhin habe ich zuvor schon Dweomer gesehen, erinnerte er sich. Aber er schauderte immer noch. Was hatte Madoc in den Wolken am Himmel sehen können?

Wegen des Regens hatte die Besatzung der Barke Zeltplanen über den Bug gehängt – kein sonderlich guter Schutz, aber besser als nichts. Jill wickelte sich fest in ihren Umhang und beobachtete Salamander, der in das schäumende Wasser starrte. Hin und wieder formte sein Mund lautlos ein oder zwei Worte. Inzwischen konnte sie fast wieder normal sehen. Das Wasser war nur noch Wasser; Salamander änderte nicht mehr die Farbe entsprechend seinen Empfindungen. Es war nur noch alles ein wenig lebhafter, ein wenig drängender, und erinnerte sie an den Glanz, den sie erblickt hatte, als sie noch im Vollbesitz dieser verbotenen Kraft war. Unwillig mußte sie zugeben, daß es ihr in gewisser Weise auch leid tat, diese gefährliche Schönheit verloren zu haben. Schließlich drehte sich Salamander um, um ihr etwas zuzuflüstern.

»Ich habe gerade mit Lord Madoc gesprochen. Er wollte wissen, wo ich Rhodry zum letztenmal gesehen habe, damit er es Blaen sagen kann. Nicht, daß es viel nützen würde. Selbst ein Kurier könnte ihn nicht mehr einholen.«

»Das stimmt. Aber der Kurier könnte dem Gwerbret in Cerrmor sagen, wonach er Ausschau halten soll.«

»Falls er in Cerrmor bleiben sollte.«

Jill hob die Hände in einer ratlosen Geste. Sie wünschte sich, sie hätte Rhodry nicht so viel über das Leben auf dem langen Weg beigebracht. Seit Tagen war er nun wie ein Fuchs immer wieder durch die Netze der Reiter geschlüpft, die ihn suchten.

»Morgen werden wir in Dun Deverry sein«, sagte Salamander. »Und dann können wir direkt mit Blaen sprechen.«

»Gut. Weißt du, ich freue mich trotz allem darauf, die Königsstadt zu sehen. Ich bin seit meinem achten Lebensjahr im Königreich umhergezogen, aber ich war noch nie in Dun Deverry. Auf den eigenen Ländereien des Königs gibt es keine Arbeit für Silberdolche.«

Plötzlich tauchte der graue Gnom auf, keinen Fuß entfernt von ihr. Als sie ihre Hände nach ihm ausstreckte, zögerte er und verzog das Gesicht.

»Komm schon, Kleiner! Was habe ich getan, damit du so böse mit mir bist?«

Er hielt es noch einen Augenblick länger aus, dann warf er sich ihr in die Arme. Sie drückte ihn fest an sich.

»Ich bin so froh, daß du mir verziehen hast. Du hast mir gefehlt.«

Lächelnd streckte er die Hand aus, um ihr die Wange zu tätscheln.

»Wenn wir Glück haben, sind wir bald wieder bei Rhodry. Hast du ihn besucht? Geht es ihm gut?«

Der Gnom nickte zu beiden Fragen und schmiegte sich an sie wie eine Katze.

»Ich wünschte, ich wüßte, wo er hin will.«

Der Gnom blickte auf und zeigte auf sie.

»Er folgt mir?«

Wieder nickte der Gnom, aber so vage, daß sie nicht sicher war, ob er sie wirklich verstanden hatte. Salamander hatte das alles genau beobachtet.

»Sehr interessant«, verkündete er. »Aber ich weiß trotzdem nicht, was es bedeutet.«

Obwohl der Egel Perryn geraten hatte, noch mindestens fünf Tage in Leryn zu bleiben, um sich von Rhodrys Schlägen zu erholen, verließ er die Stadt, sobald er reiten konnte. Immer, wenn er an Jill dachte, quälte ihn das wie eine weitere Wunde und zog ihn zu ihr, aber seine Sehnsucht war vermischt mit Angst vor diesem seltsamen Mann mit dem mondbleichen Haar, der sie mitgenommen hatte. Als er über alles noch einmal nachdachte, fragte er sich, ob er die schreckliche Szene, in der er Wolken von buntem Licht und glühende Schwerter gesehen hatte, nicht nur geträumt hatte. Aber jedesmal, wenn er versuchte, sich davon zu überzeugen, blieb die Tatsache bestehen, daß Jill weg war. Er wollte einfach nicht zugeben, daß sie ihn aus freiem Willen verlassen hatte; es mußte mit einem anderen Mann zu tun haben, und das mußte ein mächtiger Mann sein. Obwohl die meisten Menschen im Königreich nicht an Dweomer glaubten, war Perryn immer schon instinktiv davon überzeugt gewesen, daß es so etwas tatsächlich gab und daß Menschen zaubern konnten. Nun hatte sich das zu seinem großen Unbehagen als richtig erwiesen. Sein einziger Trost in dieser Angelegenheit bestand darin, daß Jill zwar nicht bei ihm war, aber auch nicht bei Rhodry.

Drei Tagesritte brachten ihn nach Gadmyr, in eine große, wohlhabende Stadt hinter einer doppelten Steinmauer. Obwohl er die Stadt gern vollkommen gemieden hätte, hatte er nicht mehr genug Lebensmittel. Normalerweise haßte er es, sich in Städten aufzuhalten, in denen zu viele übelriechende schwitzende Menschen waren, die alle in ihren erbärmlichen, kleinlichen Angelegenheiten wühlten wie Schweine im Schlamm, aber an diesem Abend fand er es irgendwie tröstlich, im Gastzimmer eines heruntergekommenen Gasthauses mit anderen Menschen zusammenzusitzen, die ihn von seinem stetigen quälenden Sehnen nach Jill ablenkten. Draußen im Wald hätte er sie ununterbrochen vermißt; hier konnte er starkes Bier trinken und versuchen, sie zu vergessen. Als der Wirt kam, um ihn zu fragen, ob er über Nacht bleiben wolle, stimmte er, einem Impuls folgend, zu.

»Aber … äh … ich möchte wirklich kein Zimmer mit jemandem teilen müssen. Könnte ich nicht … äh … auf dem Heuboden schlafen?«

»Warum nicht? Da oben ist genug Platz.« Perryn holte sich noch einen Krug Bier und suchte sich einen Platz in einer abgelegenen Ecke. Obwohl er vorhatte, soviel zu trinken, daß er nicht mehr denken konnte, brachte ihn die Kellnerin auf eine andere Idee. Sie war ein kleines Ding mit rundem Gesicht, dunklem Haar, wissenden, dunklen Augen und einem Lächeln, das ein paar interessante Stunden versprach, wenn nicht viel mehr. Perryn kam der Gedanke, daß sie viel besser geeignet wäre, ihn von Jill abzulenken, als ein Kater. Er schwatzte ein paar Minuten mit ihr, fragte sie nach ihrem Namen – sie hieß Aleida – und fand sie, wie erwartet, vollkommen kühl. Als sie sich zum Gehen wandte, bedachte er sie mit einem Lächeln.

Obwohl er niemals wirklich verstand, was er da eigentlich tat, funktionierte das Lächeln wie immer. Aleida starrte ihn an, den Mund halb geöffnet und mit gebanntem Blick. Als er abermals lächelte, warf sie dem Wirt einen nervösen Blick zu und kam dann sehr viel näher.

»Nimmt es der Wirt denn übel, wenn du dich mit einem Gast ein wenig unterhältst?«

»Nein, solange es beim Unterhalten bleibt.«

»Wieso? Bist du seine Tochter?«

»Ha! Weit gefehlt.«

»Ach ja?« Perryn hielt inne für ein weiteres sehnsuchtsvolles Lächeln. »Also gehört es zu deinen Aufgaben, ihm das Bett zu wärmen?«

Aleida errötete, aber sie kam noch näher zu ihm, bis sie mit ihren üppigen Brüsten seinen Arm streifte. Er lächelte abermals und wurde von ihrem träumerischen Blick belohnt, als sie das Lächeln erwiderte. Als Perryn sah, daß der Wirt sich angeregt mit zwei Kaufleuten unterhielt, wagte er es, ihr die Hand auf die Wange zu legen.

»Es sieht nicht so aus, als ob er ein besonders guter Mann wäre. Ein Mädchen wie du könnte nachts bessere Gesellschaft haben. Ich schlafe draußen auf dem Heuboden. Und ich könnte jetzt gleich hingehen.«

»Ich kann in einiger Zeit nachkommen, aber ich werde nicht lange bleiben können.« Sie kicherte auf eine seltsam trunkene Weise. »Aber es wird ja auch nicht lange dauern.«

Mit einem weiteren Kichern eilte Aleida in die Küche. Perryn blieb noch lange genug, um sein Bier auszutrinken und den Wirt nicht mißtrauisch zu machen; dann ging er hinaus zum Heuboden. Da er bald etwas zu verbergen haben würde, nahm er keine Laterne mit. Er fand seine Ausrüstung in der Pferdebox, schleppte sie die Leiter hoch und stolperte im Dunkeln umher, bis er die Decken ausgebreitet und seine Stiefel ausgezogen hatte. Während er dort im Heu saß und wartete, fragte er sich, wieso er sich überhaupt die Mühe gab, dieses Mädchen zu verführen. Keine Frau konnte je wie seine Jill sein. Der Gedanke an sie ließ ihn beinahe weinen. Aber ein paar Minuten später wurde er abgelenkt, als Aleida die Leiter hinaufkletterte. Er ging ihr entgegen und küßte sie, bevor sie auf die Idee kam, es sich anders zu überlegen.

»Ihr Götter!« Sie schien ehrlich beunruhigt. »Ich weiß wirklich nicht, was mit mir los ist, daß ich dir so hinterherrenne.«

»Es ist alles in Ordnung. Komm, leg dich zu mir, und ich zeige dir, warum du mir hinterhergerannt bist.«

Friedlich ließ sie sich von ihm zu den Decken führen. Zunächst war sie schüchtern in seinen Armen, aber mit jedem Kuß, den er ihr gab, spürte er nicht nur eine wachsende Anspannung, sondern eine Kraft, ein intensives, finsteres Gefühl, das tief aus ihm aufstieg und ihn überflutete, bis es beinahe fordernder war als die sexuelle Kraft. Während diese Macht wuchs, reagierte Aleida darauf und stöhnte in seinen Armen bei jeder Zärtlichkeit. Endlich griff sie nach seiner Hand.

»Ich habe keine Zeit, mich auszuziehen. Schieb den Rock einfach hoch, und zwar gleich. Bitte.«

Sobald sie fertig waren, gab sie ihm einen letzten Kuß und äußerte das ehrliche Bekenntnis, sie würde gern die ganze Nacht bleiben; dann eilte sie zurück zu dem eifersüchtigen Wirt. Inzwischen war Perryn so erschöpft, daß er froh war, als sie ging. Er fiel auf seine Decken und starrte in eine seltsame lichtgesprenkelte Dunkelheit hinauf, die sich träge um ihn drehte. Wenn er versuchte, die Augen zu schließen, hielt das Gefühl der Bewegung an und war so intensiv, daß er sich am liebsten übergeben hätte; rasch öffnete er also die Augen wieder. Er konnte spüren, wie ihm kalter Schweiß über Rücken und Brust lief, und seine zitternden Lippen fühlten sich blutleer und kalt an. Obwohl er am liebsten aufgestanden wäre und in der Schenke Zuflucht gesucht hätte, wußte er, daß er es nie schaffen würde, die Leiter hinabzusteigen, ohne sich dabei den Hals zu brechen. Er konnte nur liegenbleiben, das Stroh unter sich spüren und beten, daß er nicht starb.

Panik traf ihn wie Wellen, die in einem Sturm an Land schlagen. Er erinnerte sich an den Dweomermann, der Jill mitgenommen hatte, und an seine letzte Beleidigung: Du mußt aufhören, Frauen und Pferde zu stehlen, oder es wird dich umbringen. Perryn hatte angenommen, der Bursche redete von einem aufgebrachten Ehemann, der ihn töten könnte, aber jetzt wurde ihm die Wahrheit deutlich. Irgend etwas war absolut nicht in Ordnung, und er wußte nicht, was. Hatte es der Dweomermann gewußt? Würde er ihm helfen können? Sehr unwahrscheinlich, wenn man von den haßerfüllten Bemerkungen ausging, die er von sich gegeben hatte. Verwirrt drehten sich seine Gedanken wieder und wieder, bis er schließlich einschlief und in traumloses Dunkel stürzte.

Am frühen Vormittag konnte Jill schließlich ihren ersten Blick auf Dun Deverry werfen, als die Barke eine halbe Meile nördlich der Stadt an einem Kai vor Anker ging. Lange Zeit starrte sie die massiven Mauern an, die sich um die Stadt zogen, welche sich hoch über ihnen auf sieben Hügeln erhob. Selbst aus der Ferne konnte sie die Dächer des Königspalastes erkennen. Hoch über den Türmen waren kleine, gelbe Flecke zu sehen – vermutlich die goldenen Banner des Drachenthrons.

»Ein beeindruckender Anblick, nicht wahr?« sagte Salamander. »Bringen wir die Pferde an Land und machen wir uns auf den Weg. Warte nur, bis du die Stadttore siehst.«

Die Tore waren mindestens zwölf Fuß hoch und zwanzig Fuß breit, und sie waren vollständig mit geschnitzten, ineinander übergehenden Mustern verziert. Selbst die Eisenbeschläge zeigten Reihen von Spiralen und Rosetten. Da die Mauer gut zwanzig Fuß dick war, kamen sie durch eine Art Tunnel, bevor sie sich vor einem anderen Tor am anderen Ende wiederfanden, das ebenso kunstvoll geschmückt war wie das erste. Dahinter befand sich ein breiter öffentlicher Platz, auf dem Eichenbäume einen Brunnen umstanden, in dessen Bekken sich ein stehender Drache aus dem sprühenden Wasser erhob. Von hier aus führten die schmalen Straßen an den Häusern vorbei und die Hügel hinauf, oder abwärts und vorbei an Geschäften und Gasthäusern zum See im Westen. Wohin sich Jill auch wandte, sah sie Menschen, die geschäftig unterwegs waren, und hier und da die Reiter des Königs in ihren auffälligen Uniformen.

Salamander führte sie zu einem Gasthaus, einem dreistöckigen Broch inmitten eines Gartens. Sie spähte zum Dach hoch, das mit feinem Schiefer gedeckt war, und bemerkte, daß die Fenster aus reinem Glas waren.

»Hier können wir nicht bleiben! Es wird ein Vermögen kosten!«

»Jill, du geizige Turteltaube.« Der Gerthddyn schüttelte in spöttischem Bedauern den Kopf. »Wenn das wirklich so ist, dann werde ich im Schankraum eben ein Vermögen verdienen, um es bezahlen zu können. Ich kann billige Gasthäuser nicht ausstehen. Sie stinken, und in den Matratzen wimmelt es von Wanzen. Wenn ich auf dem Boden schlafen wollte, wäre ich als Hund zur Welt gekommen.«

»Ja, aber es gibt bestimmt genug anständige Gasthäuser, die wenig kosten.«

»Warum machst du dir Gedanken um ein paar Silberstücke? Außerdem treffen wir hier jemanden.«

Als sie ihre Pferde zum Tor brachten, kam ihnen ein untersetzter junger Mann entgegen. Er betrachtete Salamanders schönen Wollumhang und das goldgeschmückte Zaumzeug abschätzend; dann verbeugte er sich.

»Gehört dieser Silberdolch zu Euch, Herr?«

»Ja. Er ist mein Leibwächter. Habt Ihr eine Kammer im zweiten Stock?«

»Ja. Ich werde den Stallburschen holen, damit er sich um Eure Pferde kümmert, Herr.«

»Wunderbar. Als erstes wollen wir baden.«

Aber diesen notwendigen Luxus mußten sie noch für eine Weile verschieben. Als Jill Salamander in den Schankraum folgte, dessen Boden mit Teppichen aus Bardek bedeckt war und wo es silberne Kerzenleuchter an den Wänden gab, sah sie einen hochgewachsenen Mann in der karierten Brigga der Adligen, der vor der Feuerstelle auf und ab ging. Der Anblick brach ihr fast das Herz, weil Blaen Rhodry so ähnlich sah.

»Das ist Gwerbret Blaen!« sagte sie.

»Selbstverständlich. Er ist derjenige, den wir hier treffen sollen.«

»Er weiß doch nicht von … nun, von Perryn, oder?«

»Selbstverständlich nicht! Glaubst du, ich habe keine Achtung vor deiner Ehre? Überlaß mir diese Angelegenheit.«

Als sie auf ihn zugingen, sah Blaen sie und kam ihnen entgegen. Obwohl Salamander sich höflich vor ihm verbeugte, erwiderte der Gwerbret die Verbeugung kaum, sondern griff statt dessen nach Jills Hand und drückte sie fest.

»Ich bin froh, dich zu sehen, Jill, obwohl es mich noch mehr freuen würde, wenn Rhodry bei dir wäre.«

Er sah sich um und bemerkte, daß der Wirt mit offenem Mund dastand, weil der Gwerbret einen Silberdolch als alten Freund begrüßte. »Wirt! Schickt eine Flasche Eures besten Mets in ihre Gemächer! Und eine Platte mit Fleisch.«

Die Zimmer rechtfertigten Jills schlimmste Bedenken, was die Ausgaben anging. Hier gab es nicht nur Teppiche auf dem

Boden, sondern die Möbel waren aus wunderschön poliertem Holz und so kunstvoll geschnitzt, als stammten sie aus der Festung eines Lords. Die Karaffe und die Fleischplatte, beide aus Silber, wurden sofort gebracht. Blaen reichte dem Mädchen ein paar Münzen, die doppelt soviel wert waren wie die Erfrischungen, und schickte sie weg.

»Nun«, sagte der Gwerbret und goß sich einen Kelch voll ein. »Lord Madoc hat mir gesagt, Gerthddyn, daß Ihr mehr Dinge könnt, als Geschichten erzählen, also könnt Ihr frei sprechen. Wißt Ihr, wo Rhodry ist?«

»Beinahe in Cerrmor. Tatsächlich …« er hielt inne, um aus dem Fenster nach dem Stand der Sonne zu sehen, »… würde ich sagen, er dürfte in diesem Augenblick in Cerrmor ankommen.«

»Aber warum geht er dorthin?«

»Das kann ich nicht sagen, Euer Gnaden.«

»Offenbar wißt Ihr nicht mehr als andere. Verflucht sollen sie sein.«

Blaen warf Jill einen Blick zu. »Gieß dir ein bißchen Met ein, Silberdolch. Du hast eine ganz schöne Reise hinter dir. Und übrigens, Jill, wie konnte es passieren, daß Rhodry dich zurückließ?«

»Oh, Euer Gnaden, das ist tatsächlich eine seltsame Geschichte«, warf Salamander ein. »Rhodry hat in Cergonney gearbeitet, wißt Ihr.«

»Ich habe schon von Benoic und seiner unangenehmen Verwandtschaft gehört.«

»Also gut. Rhodry hatte Jill in der Festung eines gewissen Lord Nedd gelassen, des Mannes, für den er ritt, aber er kam nie zu ihr zurück. Zum Glück kam ich des Weges – ich hatte aus eigenen Gründen nach ihr gesucht. Ich spürte Rhodry auf magischem Weg auf und stellte fest, daß er nach Süden ritt. Ich weigere mich einfach zu glauben, daß er sie verlassen hat.«

»Ebenso wie ich.« Blaen prostete ihr mit seinem Kelch zu. »Glaub das keinen Augenblick, Mädchen.«

Jill zwang sich zu einem tapferen Lächeln.

»Also habe ich nach vielem Nachdenken den Schluß gezogen, daß irgend jemand Rhodry aus ausgesprochen unklaren Gründen nach Süden lockt. Wir haben einen Hinweis oder zwei darauf, daß er glaubt, Jill hätte ihn verlassen und sie nun verfolgt. Aber wie dem auch sei, seit er südlich von Lughcarn war, hat er sich benommen wie ein Gejagter, obwohl er zuvor ganz offen reiste. Entweder ist ihm in Lughcarn etwas zugestoßen, oder jemand hat ihm falsche Informationen gegeben.«

»Das kann durchaus möglich sein.« Blaen seufzte und trank einen großen Schluck. »Ich wette, das hat etwas mit der Situation in Aberwyn zu tun. Ihr wißt sicher, daß Rhodry Feinde hat.«

»Ja, Euer Gnaden. Hat der König schon einen Entschluß darüber gefaßt, ob er ihn zurückrufen will?«

Jill wandte sich ab und beschäftigte sich damit, einen Kelch Met einzugießen. Sie wünschte sich, sie könnte einfach soviel trinken, daß sie vergaß, daß man ihr Rhodry wegnahm.

»Jill«, sagte Blaen. »Du siehst ganz elend aus.«

»Warum auch nicht, Euer Gnaden? Ich verliere meinen Mann. Glaubt Ihr, sie werden zulassen, daß Rhodry eine Frau wie mich heiratet?«

»Ich sehe keinen Grund, der dagegen spräche, wenn ich dich erst einmal in den Adelsstand erhoben habe. Ich werde dir Land in Cwm Pecl überschreiben. Die Götter allein wissen, daß es dort viel zuviel davon gibt.«

»Euer Gnaden!« Jill konnte kaum sprechen. »Das ist viel zu großzügig! Wie könnte ich je ...«

»Still. Hör zu, Jill. Rhodry ist jetzt kein schwacher jüngerer Sohn mehr. Sobald er zurückgerufen wird, wird er Aberwyns einziger Erbe sein, und das bedeutet, er wird Gwerbret, wenn sein finsterer Bruder stirbt. Er wird in der Lage sein, die Frau zu fordern, die er haben will, ganz gleich, was seine Mutter oder der Rest der Adligen davon halten.«

Salamander lachte.

»Siehst du, meine Turteltaube – ein Ende wie in einer meiner Geschichten.«

»So sieht es aus.«

Jill lächelte, weil die beiden unbedingt wollten, daß sie sich freute. Aber sie spürte die Dweomerkälte an ihrem Rücken. Als Blaen in einen Monolog über die Politik von Eldidd ausbrach, ging sie zum Fenster und schaute in den Garten darunter. Salamander hatte Blaen eine hübsche Geschichte erzählt; sie sah, daß diese Geschichte sie schützen konnte. Wenn Rhodry nichts mehr mit ihr zu tun haben wollte, würden alle annehmen, er sei ihrer einfach überdrüssig geworden und habe sie verlassen, wie es Männer so oft mit ihren Frauen taten. Und wenn er ihr verzieh … der Gedanke erschütterte sie, daß sie, ausgerechnet sie eines Tages die Frau eines Gwerbrets sein sollte. Einen Augenblick lang war sie erschrocken, als sie an die Verantwortung dachte und an die Macht, die ihr gehören könnte. Lovyan würde mir helfen, dachte sie – selbstverständlich nur, wenn Rhodry mich überhaupt noch will.

Aber mit diesem Gedanken kam auch ein anderer … oder genauer gesagt, kein Gedanke, sondern eher ein Gefühl, ein plötzliches Drängen. Rhodry war in Gefahr. Sie wußte das mit vollkommener Klarheit: Er war in der größten Gefahr, und selbst in diesem Augenblick dachte er nur an sie. Sie schloß die Augen und dachte ebenfalls an ihn, versuchte verzweifelt, ihn zu erreichen, ihn zu warnen. Bilder flackerten in ihrem Geist auf, so trüb, wie man sie manchmal beim Einschlafen sieht; und sie veränderten sich rasch: Rhodry auf einer schmalen Straße; Rhodry, der sich in eine Gasse duckt, um den

Stadtwachen auszuweichen. Dennoch wurde ihr Gefühl der Gefahr immer größer, bis sie kaum mehr atmen konnte. Er sprach mit jemandem – er fragte nach Nevyn, er fragte nach ihr; sie logen, sie sagten, daß sie in Cerrmor sei, gaben ihm falsche Hinweise.

»Rhodry, geh nicht!«

Sie hörte ein Krachen, sah sich verwirrt um und bemerkte, daß sie den Kelch hatte fallenlassen. Blaen und Salamander waren herumgefahren, um sie anzustarren. Sie hatte laut geschrien.

»Was ist los?« wollte Blaen wissen.

»Rhodry ist in Cerrmor. Er ist in Gefahr. Das weiß ich genau. Ich habe es gesehen – ich habe es gespürt. Ich habe versucht, ihn zu warnen.« Sie schluchzte, denn sie wußte, daß er die Warnung nicht gehört hatte. »Wir müssen sofort nach Cerrmor, wir müssen sofort aufbrechen.«

Blaen setzte den Kelch ab und eilte zu ihr, um ihr ungeschickt die Schulter zu tätscheln, als glaubte er, daß sie vor lauter Schmerz kindisch geworden sei. Aber Salamander nahm ihre Warnung tödlich ernst. Durch ihre Tränen sah sie, wie er vor dem Kohlebecken in der Ecke mit den Fingern schnippte und dann gebannt in die Flammen starrte. Sie zwang sich, nicht mehr zu weinen, und wischte sich das Gesicht mit dem Ärmel ab.

»Ihr Götter!« Salamander klang verängstigt. »Ich kann ihn nicht finden, Jill, ich kann ihn nicht mehr finden!«

Die Kammer schien sich um sie zu drehen, und das Licht wurde schmerzlich hell. Die Silberkaraffe auf dem Tisch sprühte Funken wie ein Feuer.

»Versuch mit Nevyn zu reden«, sagte sie.

Dann packte Blaen sie und führte sie zu einem Sessel. Sie ließ sich hineinsacken und beobachtete weiterhin Salamander, der sich über das Kohlebecken beugte. Sein Hemd schien ihn zu umwehen, als stünde er in einer Brise. Sie hatte Angst, sich die gemusterten Teppiche näher anzusehen.

»Jill, brauchst du einen Arzt?« fragte Blaen.

»Nein, danke. Es ist nur die Angst.« Sie zwang sich, den Kopf zu heben und ihm ins Gesicht zu sehen. »Euer Gnaden, versteht Ihr nicht, was das bedeutet? Erinnert Ihr Euch an Alastyr? Wenn Salamander Rhodry nicht finden kann, dann verbirgt ihn jemand – mit Dweomer.«

Salamanders Gesicht, das über den Flammen tanzte, sah aus, als wolle er gleich weinen. Nevyn selbst empfand eine Art müden Zorns und tadelte sich, weil er diese Gefahr hätte kommen sehen sollen. Hatten die Herren des Lichts ihm ein Vorzeichen geschickt, das er übersehen hatte? Er wußte es einfach nicht.

»Ich kann ihn auch nicht finden«, sagte Nevyn.

»Heißt das, er ist tot?«

»Nein, denn das wüßte Jill. Wenn man bedenkt, wieviel sie von der Gefahr sah, die ihm drohte, dann glaube ich, daß wir davon ausgehen können, daß sie seinen Tod spüren würde. Wie schnell könnt ihr nach Cerrmor gelangen?«

»Wir sollten morgen da sein.«

»Ihr Götter! Was wollt ihr tun? Euch in Vögel verwandeln und fliegen?«

»Nein, nichts von dieser Art.« Salamander gelang ein müdes Lächeln. »Der König hat Blaen eines seiner Schiffe zur Verfügung gestellt. Wir werden bald abreisen, und wir bewegen uns nicht nur flußabwärts, sondern haben auch noch eine Mannschaft von Ruderern. Und ich habe gehört, daß der Belaver von hier nach Drauddbry verdammt schnell fließt.«

»Gut. Wird Blaen euch begleiten?«

»Nein. Diese Intrigen am Hof würden Euch das Herz zerreißen, und er wagt nicht, wegzugehen. Aber wir haben Briefe von ihm an den Gwerbret in Cerrmor. Werdet Ihr dort zu uns stoßen?«

»Ich mache mich sofort auf den Weg. Ich hätte mir nie träumen lassen, daß sie so weit gehen würden. Verstehst du nicht, was passiert sein muß? Rhodrys Rivalen haben sich einer der Blutgilden aus Bardek bedient, um ihn loszuwerden.«

Salamanders Abbild über dem Feuer schaute vollkommen verwundert drein.

»Woher sollen die Lords von Eldidd wissen, daß es diese Gilde überhaupt gibt?«

»Nun, irgendein Kaufmann wird es ihnen erzählt haben, oder ... Ich verstehe, was du meinst. Es klingt sehr weithergeholt, wenn man es einmal laut ausspricht.«

»Aber was sonst kann geschehen sein?«

»Ja, was? Sei vorsichtig, bis ich in Cerrmor bin. Ihr Götter, ich werde ein Schiff nehmen müssen! Ich kann hier nicht weg, ehe ich nicht mit Lovyan gesprochen habe. Aber ich kann immerhin anfangen zu packen. Ihre Gnaden ist im Augenblick mit dem Gwerbret zur Jagd geritten.«

Drunten an der Küste von Eldidd war es ein heller Sonnentag, obwohl der Wind, der die silbernen und blauen Banner von Aberwyn flattern ließ, kalt war und man in dem Schatten im Hof der Festung des Gwerbret regelrecht frieren konnte. Lady Lovyan, die neben ihrem Pferd stand, warf einen zweifelnden Blick zum Himmel.

»Es könnte ein wenig zu windig sein, um die Falken fliegen zu lassen.«

»Ach, laß uns unser Glück versuchen, Mutter«, sagte Rhys.

Er sprach mit solch gezwungener Fröhlichkeit, daß sie wußte, daß diese Jagdgesellschaft nur ein Vorwand war, um mit ihr allein sprechen zu können.

»Also gut. Immerhin wird es ein schöner Ausritt werden, wenn schon nichts sonst.«

Sie stiegen in den Sattel und ritten von der Festung in die Straßen von Aberwyn. Hinter ihnen kamen die Falkner mit den Vögeln auf den Handgelenken und vier Männern aus Rhys' Kriegshaufen. Als sie durch die gewundenen Straßen zogen, verbeugten sich die Gemeinen vor ihrem Oberherrn, der diese Geste mit erhobener Hand zur Kenntnis nahm. Manchmal jubelten ihm junge Knaben oder junge Männer spontan zu. Bei all seiner Sturheit war Rhys ein guter Herr, gewissenhaft und gerecht in seinen Urteilen – außer, wenn es seinen jüngeren Bruder anging. Und die Städter schätzten ihn dafür.

Nachdem sie die Stadt verlassen hatten, wandten sie sich auf der Flußstraße, die dem Gwyn folgte, nach Norden. Der Fluß führte viel Wasser von den schweren Sommerregen. Unter den Weiden und Haselsträuchern, die am Ufer wuchsen, sah Lovyan den einen oder anderen Baum, dessen Blätter schon gelb wurden.

»Es scheint, daß der Herbst dieses Jahr sehr schnell hereinbricht«, meinte Lovyan.

»Ja. Und wir hatten einen elend kalten Sommer.«

Rhys drehte sich im Sattel um, um sich zu überzeugen, daß die Männer ihm in respektvollem Abstand folgten. Dann sah er seine Mutter an. »Mutter, ich muß dich etwas fragen. Es hat mit der kleinen Rhodda zu tun.«

»Ach ja?«

»Ich habe überlegt, ob ich das Kind nicht offiziell adoptieren sollte.«

Lovyan war so verblüfft, daß ihr keine Antwort einfiel. Rhys bedachte sie mit einem ironischen Lächeln.

»Es ist an der Zeit, daß ich mich den harten Wahrheiten stelle. Ich werde Aberwyn nie einen Erben schenken können.«

»Das Gwerbretrhyn kann nicht in der weiblichen Linie vererbt werden.«

»Selbstverständlich nicht. Aber sie wird eines Tages heiraten, oder? Sie wird einen Mann haben und vielleicht einen oder zwei Söhne. Und die haben dann wenigstens ein bißchen Maelwaedd-Blut in sich.«

»Der Wahlrat müßte ihren Mann als deinen Nachfolger akzeptieren.«

»Es hat in Hunderten von Jahren viele solcher Fälle gegeben.« Zornig reckte er das Kinn. »Zumindest wird es meine Vasallen für einige Zeit verstummen lassen. Ihr Götter, glaubst du denn, daß es mir nicht weh tut? Ich weiß verflucht genau, daß jeder Tieryn in Eldidd bereits Intrigen spinnt, um sich nach meinem Tod meines Landes zu bemächtigen.«

»Da hast du recht. Aber weißt du, mein Lieber, es gibt eine viel einfachere Lösung …«

»Ich werde Rhodry nicht zurückrufen.«

Er kniff den Mund zu jener festen Linie zusammen, die sie so gut kannte.

»Wenn Euer Gnaden das beschließen, selbstverständlich. Aber wie könnt Ihr das Kind ohne die Erlaubnis des Vaters adoptieren?«

»Rhodry ist ein Gesetzloser. Dem Gesetz nach hat sie keinen Vater.«

»Nun gut. Ich werde darüber nachdenken, da Euer Gnaden es vorziehen, so störrisch wie ein wilder Eber zu sein.«

Er zuckte einfach nur die Achseln und begann wieder, die Straße vor ihnen zu betrachten. Lovyan fragte sich, wieso sie sich überhaupt die Mühe gab, Pläne zu schmieden, um ihren jüngsten Sohn nach Hause zu bekommen. Rhys konnte es einfach nicht ertragen, daß das Erbe an Rhodry überging, dachte sie. Wenn Rhodry nur einen Sohn von Jill hätte – aber das arme Mädchen reitet mit ihm durchs ganze Land und muß draußen im Regen auf dem Boden schlafen, und die Göttin allein weiß, was sonst noch. Zweifellos sind ihre weiblichen Körpersäfte vollkommen durcheinander und –

Plötzlich verlor Rhys' Pferd den Verstand. Lovyan konnte keine anderen Worte dafür finden, als der Rappe wieherte und bockte, sich dann aufbäumte und mit den Hufen schlug, als ginge es darum, einen Feind zu treffen. Rhys wurde nach vorn geschleudert, klammerte sich an den Hals des Tieres und rutschte dann zur Seite, als es wieder bockte. Obwohl er ein hervorragender Reiter war, bäumte sich das Pferd in entsetzlicher Panik auf, und er hatte nicht damit gerechnet. Sie hörte seine Männer schreien, hörte Hufschlag, aber Rhys' Rappe wand sich, bäumte sich auf, rutschte dann aus und fiel, wobei er auf den Gwerbret stürzte. Sie hörte eine Frau schreien, und plötzlich wurde ihr klar, daß sie das selbst gewesen war.

Dann war die Eskorte da. Einer der Männer packte die Zügel ihres erschrockenen Zelters und führte sie weg; die anderen sprangen aus dem Sattel und rannten zu ihrem Lord. Lovyan hatte sich inzwischen zusammengenommen und sagte zu dem Mann, der ihr Pferd hielt: »Reite zurück zur Festung! Bringt Nevyn und einen Wagen!«

»Herrin.« Er verbeugte sich und galoppierte davon.

Lovyan stieg ab und eilte hinüber, als der Rappe gerade wieder auf die Beine kam – offenbar war eines der Vorderbeine gebrochen. Einer der Reiter verstellte ihr den Weg.

»Herrin, Ihr solltet lieber nicht hinsehen.«

»Redet keinen Unsinn! Ich habe mich schon um viele Wunden gekümmert.«

Sie schob ihn beiseite und kniete sich neben Rhys. Er lag so reglos, daß sie ihn zunächst für tot hielt, aber als sie seine Wange berührte, öffnete er die Augen. Er verzog schmerzerfüllt das Gesicht, als er versuchte zu sprechen.

»Schon gut, Kleiner. Nevyn wird bald hier sein.«

Er nickte, dann starrte er zum Himmel und verzog vor Schmerz den Mund. Blut lief ihm über das Gesicht aus einem Riß über dem Auge; Lovyan konnte sehen, daß sein linkes Bein gebrochen war, vermutlich sogar mehrmals. Aber sie wußte auch, daß das Schlimmste vielleicht innere Verletzungen waren, die kein Arzt heilen konnte, nicht einmal Nevyn. Sie konnte nur zur Göttin beten, bis schließlich der alte Mann im Galopp angeritten kam, gefolgt von einem Wagen. Nevyn schwang sich vom Pferd und kam zu ihr gerannt.

»Lebt er noch?«

»Kaum.«

Lovyan ging aus dem Weg und stand mit der Eskorte an der Seite der Straße, als Nevyn sich an die Arbeit machte. Er rückte das Bein gerade und schiente es vorläufig. Als er mit seinen schmalen, anmutigen Händen über Rhys' Körper fuhr, sah Lovyan, wie er den Kopf schüttelte und leise vor sich hinmurmelte, und ihr wurde kalt. Endlich rief Nevyn nach dem Fuhrmann, damit er ihm helfen solle, den verletzten Gwerbret auf den Wagen zu legen. Inzwischen hatte Rhys das Bewußtsein verloren. Lovyan stieg mit ihm auf den Wagen und nahm seinen blutigen Kopf in ihren Schoß. Nevyn sah sie mit undurchdringlichem Blick an.

»Ich will die Wahrheit wissen«, sagte Lovyan. »Wird er sterben?«

»Nun, Herrin, das weiß ich nicht. Seine Gnaden ist ein wirklich kräftiger Mann, und er wird um sein Leben kämpfen. Aber die Verletzungen sind sehr schwer. Ein schwächerer Mann wäre wahrscheinlich bereits tot.«

Damit der Verletzte sowenig wie möglich durchgeschüttelt wurde, kehrten sie ganz langsam nach Aberwyn zurück. Immer wieder sah Lovyan den Unfall im Geist vor sich. Wieso hatte das Pferd sich erschreckt? Es war nicht einmal eine Maus über die Straße gelaufen. Es war wie Dweomer gewesen. Plötzlich wurde ihr eiskalt, und sie rief Nevyn, der ein wenig hinter dem Wagen ritt, zu sich.

»Nevyn, dieser Unfall war äußerst seltsam.«

»Der Mann, der mich geholt hat, hat das bereits angedeutet, Herrin. Darf ich vorschlagen, daß wir das unter vier Augen besprechen?«

»Selbstverständlich.« Sie spürte, daß ihr die Angst wie eine Hand die Kehle zuschnürte. Der alte Mann war offenbar derselben Ansicht über den Unfall wie sie selbst.

Madronna, Rhys' Frau, kam ihnen am Tor entgegen. Sie war schlank und blond und auf eine etwas hohle Art hübsch. Aber nun zeichnete sich auf ihrem Kindergesicht ein eiserner Wille ab. Lovyan mußte ihre Schwiegertochter bewundern, die ihren Mann offensichtlich wirklich gern hatte.

»Sein Zimmer ist vorbereitet«, sagte Madronna. »Wie schlimm ist …«

»Sehr schlimm, aber es ist noch nicht das Ende. Wir werden ihn beide wieder gesundpflegen.«

Als die Männer Rhys in seine Kammer gebracht hatten, ging Lovyan zu ihrer Suite, zog das blutdurchtränkte Kleid aus und wusch sich. Dann zog sie ein sauberes graues Leinenkleid an und betrachtete sich selbst im Spiegel. Das Gesicht, das sie dort sah, schien seit dem Morgen um Jahre gealtert zu sein. Sie war sich schmerzlich der tiefen Falten auf ihren Wangen und des betäubten halbtoten Ausdrucks ihrer Augen bewußt.

»O Göttin, werde ich einen weiteren Sohn begraben müssen?«

Sie legte den Spiegel nieder und wandte sich ab, denn sie wußte, daß es geschehen würde, ganz gleich, wie geschickt Nevyn mit seinen Kräutern war. Aber sie konnte nicht weinen. Sie erinnerte sich an den Tag, als man ihr ihren zweiten Sohn nach Hause brachte: ihren sanften Aedry, der in diesem

Sommer gerade erst sechzehn geworden war. Man hatte ihn in eine Decke gewickelt und auf sein Pferd gebunden, denn er war umgekommen, als er mit seinem Vater in eine Schlacht ritt. Sie hatte im Hof gestanden und zugesehen, wie sie die Seile durchschnitten und ihn vom Pferd hoben; und sie hatte sich nicht eine einzige Träne gestattet in dem Bewußtsein, daß der Kriegshaufen zusah, und wenn sie überhaupt zu weinen begonnen hätte, hätte sie geschrien wie eine Verrückte. Jetzt empfand sie ähnlich: Ganz gleich, wie oft Rhys sie wütend gemacht hatte, er war immer noch ihr Erstgeborener.

Sie warf den Kopf zurück, verließ das Zimmer und ging hinunter in die große Halle. Auf der Seite der Reiter saßen die Männer, tranken vor sich hin und sprachen wenig, selbst jene zehn nicht, die sie selbst als Eskorte mitgebracht hatte. Im Vorbeigehen bedeutete sie ihrem Hauptmann, Cullyn von Cerrmor, ihr zu folgen. Er eilte zum Ehrentisch und kniete an ihrer Seite nieder.

»Wird er überleben, Herrin?«

»Das kann ich nur hoffen, Hauptmann. Ich muß einen Kurier nach Dun Deverry schicken. Der König muß davon erfahren. Wählt den Mann aus, den Ihr für den besten haltet, und sagt ihm, er soll sich bereithalten.«

»Jawohl, Herrin, aber es sollte lieber einer von Rhys' Leuten sein.«

»Was die Formalitäten angeht, habt Ihr wohl recht. Aber ich kann ihnen keine Befehle geben.«

»Aber Herrin, Ihr seid jetzt die Regentin hier!«

»Bei den Göttern, das stimmt. Es ist alles so schnell gegangen, daß ich kaum klar denken kann.«

»So würde es jedem ergehen, Herrin.«

Er zögerte, von ehrlichem Mitgefühl erfüllt, aber der Rangunterschied lähmte ihn. Endlich ergriff er wieder das Wort.

»Euer Gnaden, Ihr wißt, daß ich in der Vergangenheit meine

Streitigkeiten mit dem Gwerbret hatte, aber Euer Kummer bedrückt mich.«

»Ich danke Euch.«

Als er aufblickte, erinnerte sie sich wieder an Rhodry und daran, was Rhys' Tod bedeuten konnte. Der kampferprobte Krieger, der neben ihr kniete, liebte Rhodry wie seinen eigenen Sohn, und sie wußte, daß Cullyn ebenso hin- und hergerissen war wie sie selbst. Falls Rhys starb – selbst wenn er nur monatelang krank sein sollte –, hätte der König einen guten Grund, seinen Bruder aus dem Exil zurückzurufen, und Rhys würde nicht dagegen protestieren können. Sie wünschte sich Rhodry aus ganzem Herzen nach Hause – aber um einen solchen Preis?

»Ihr Götter!« Ihre Stimme klang wie ein Stöhnen, selbst für sie, und sie zwang sich, ihre aufsteigenden Tränen zu beherrschen. »Hauptmann, holt mir einen Schreiber und den Hauptmann von Rhys' Kriegshaufen. Wir müssen so schnell wie möglich diese Botschaft nach Dun Deverry schicken.«

Nevyn arbeitete stundenlang an dem verletzten Gwerbret, aber selbst nachdem er das gebrochene Bein gerichtet und den Schnitt über dem Auge genäht hatte, spürte er, wie seine Hoffnung nachließ. Früher oder später würde Rhys sterben. Der Sturz hatte eine seiner Lungen beschädigt – das konnte Nevyn hören, wenn er sein Ohr an die Brust des Gwerbrets legte –, aber wie schwer der Schaden war, wußte er nicht. Das einzige gute Zeichen bestand darin, daß Rhys kein Blut spuckte, was bedeutet hätte, daß die Lunge von einem Splitter seiner vielen gebrochenen Rippen durchdrungen worden war. Es mochte mit der Zeit heilen, obwohl Nevyn das bezweifelte. Schlimmer war allerdings der Schaden an den Nieren. Mit seiner zweiten Sicht konnte Nevyn die Aura des Gwerbrets und die Zentren verschiedener Wirbel ätherischer Kraft sehen, die zu den jeweiligen inneren Organen des Körpers gehörten. Obwohl eine solche Diagnose nur grob gestellt werden konnte, wußte er, daß etwas an den Nieren überhaupt nicht stimmte. Aber auch hier konnte er nicht sagen, wie schwer der Schaden sein mochte. Er wußte nur, daß es mit der Zeit schrecklich klar werden würde.

Schließlich hatte er alles getan, was er tun konnte. Rhys lag auf dem großen Bett mit den blauen und silbernen Vorhängen, die überall mit dem Drachensymbol des Rhan bestickt waren, und rang keuchend nach Atem. Das rabenschwarze Haar klebte ihm an der schweißbedeckten Stirn, und als er die Augen öffnete, war sein Blick trübe.

»Werde ich überleben?«

»Das hängt in hohem Maß von Euch selbst ab, Euer Gnaden. Werdet Ihr um Euer Leben kämpfen?«

Rhys lächelte, als wolle er sagen, diese Frage sei überflüssig. Dann verlor er das Bewußtsein. Seufzend ging Nevyn zur Kammertür, um Rhys' Frau, die stundenlang geduldig gewartet hatte, einzulassen. Sie bedachte ihn mit einem zittrigen Lächeln, dann eilte sie an die Seite ihres Mannes.

»Wenn es auch nur im geringsten schlimmer werden sollte, schickt sofort einen Pagen zu mir, Herrin. Ich gehe jetzt zum Essen in die große Halle.«

»Ja, guter Kräutermann. Danke.«

Als Nevyn in die Halle kam, waren hier alle sehr still und ernst. Die Männer aßen schweigend, und auch die Diener verrichteten ihre Arbeit wortlos. Lovyan saß allein am Kopf des Ehrentisches und stocherte an einem gebratenen Fasan herum, aß einen Bissen, dann legte sie ihren Tischdolch hin und starrte ins Leere. Nevyn ließ sich zu ihrer Rechten nieder.

»Ihr solltet versuchen, etwas zu essen, Euer Gnaden.«

»Ja, aber alles schmeckt nur wie Dreck aus dem Stallhof. Ich habe einen Boten nach Dun Gwerbyn geschickt, um die Frauen aus meinem Gefolge zu holen. Ich möchte sie jetzt gerne um mich haben.

»Recht so. Als Regentin werdet Ihr Euch um vieles kümmern müssen.«

Ein Diener kam mit einer Platte mit Geflügel und Kohl und einem Krug Bier. Nevyn hoffte, daß es Lovyan nicht störte, und langte zu. Er war nach der schweren Arbeit des Nachmittags hungrig. Sie zwang sich pflichtschuldig dazu, ein Stück Brot zu essen.

»Ich habe auch einen Kurier nach Dun Deverry geschickt«, sagte sie. »Er wird mit dem Schiff nach Cerrmor reisen und von dort weiterreiten.«

»Gut. Aber um ehrlich zu sein, möchte ich gern eine eigene Botschaft schicken. Der König muß Bescheid wissen, bevor … sobald wie möglich, und meine Botschaften reiten schneller als Pferde.«

»Zweifellos.« Sie schüttelte sich wie ein nasser Hund. »Sagt mir die Wahrheit, mein Freund. Als Ihr vorhin sagtet, er müsse es wissen, bevor – meintet Ihr: bevor Rhys stirbt?«

»Ich fürchte ja. Ich bitte um Verzeihung. Es kann noch Wochen dauern, aber …«

Sie nickte, starrte auf die Platte mit dem Essen und schob sie dann plötzlich weg. Obwohl sie den Tränen nahe war, warf sie den Kopf zurück, setzte sich dann aufrecht hin und sah ihn offen an.

»Belügen wir seine arme kleine Frau«, sagte sie. »Lassen wir ihr ein bißchen Hoffnung. Es ist schwer, Witwe zu werden, wenn man erst ein Jahr verheiratet war.«

»Ja, da bin ich auch Eurer Meinung; und außerdem ist es immer noch möglich, daß die Götter einschreiten und ihn leben lassen. Ich habe ein oder zwei Fälle gesehen, wo ich die Hoffnung schon aufgegeben hatte und der Patient sich dennoch erholte.«

»Nun gut.« Aber ihr erschöpfter Unterton deutete an, daß sie sich selbst solche Hoffnung versagen würde. »Und was ist mit diesem Unfall? Nicht einmal eine Fliege war in der Nähe dieses Pferdes.«

»Das habe ich auch bereits aus den Worten Eures Boten geschlossen.« Er zögerte und fragte sich, wieviel er sagen könne.

»Ich bin nicht vollkommen sicher, was passiert ist. Aber ich kann spekulieren. Ich nehme an, man hat das arme Tier von seinen Qualen erlöst?«

»Ja. Die Reiter sagten mir, es hätte auf dem Weg zur Festung nur unnötige Schmerzen erleiden müssen; also haben sie ihm die Kehle durchgeschnitten und das Fleisch einem Bauern gegeben, der in der Nähe wohnt.«

»Nun, ich bezweifle ohnehin, daß es mir viel gesagt hätte.«

»Könnt Ihr denn mit Tieren sprechen?«

»Kein bißchen, das versichere ich Euch. Aber ich hätte das eine oder andere tun und die Reaktion des Tieres beurteilen können. Nun, wie ich schon sagte, das hätte zweifellos nicht viel bewirkt. Ich stelle mir folgendes vor: Die meisten Tiere haben das, was Menschen das Zweite Gesicht nennen – das heißt, sie können das Wildvolk sehen und ein paar andere Erscheinungen. Es kann sein, daß das Pferd von boshaftem Wildvolk oder von einer Art von Vision erschreckt wurde.«

»Einer Vision? Ihr meint einen Geist oder so etwas?«

»Oder so etwas. Aber noch nie hat jemand von einem Geist auf der Uferstraße berichtet, und normalerweise sind sie an bestimmte Orte gebunden.«

»Ich habe auch noch nie etwas von anderen Visionen in dieser Gegend gehört.«

»Ja. Daher nehme ich an, daß wir davon ausgehen können, daß die Vision oder das Wildvolk oder was immer es gewesen sein mag, bewußt dorthin geschickt wurde.«

»Geschickt?« Sie wurde sehr blaß.

»Genau das, Herrin. Ich wette, jemand hat Dweomer benutzt, um zu versuchen, Euren Sohn umzubringen. Wenn ich herausfinden kann, um wen es sich handelt, dann schwöre ich Euch, daß er den Tag bedauern wird, an dem er geboren wurde.«

»Danke.« Obwohl sie nur flüsterte, war sie dennoch ruhig – die kalte, bittere Ruhe eines Kriegers, der das Schlachtfeld überblickt.

»Ihr habt mir gesagt, daß hinter der Rebellion von Lord Corbyn dunkler Dweomer stand. Ich hätte nie geglaubt, einmal eine Blutfehde zu erleben, die durch Dweomer begonnen wurde. Aber das war es wohl, nicht wahr? Erst versuchen sie, Rhodry umzubringen, und nun haben sie es bei Rhys beinahe geschafft. Aus irgendeinem Grund hassen sie den Maelwaedd-Clan.«

»Ihr Götter, da könnt Ihr recht haben! Und Rhodry ist …« Er hielt gerade noch rechtzeitig inne. Es hatte keinen Sinn, sie in diesem Augenblick mit der Wahrheit zu belasten. »Irgendwo draußen auf der Straße. Nun, zweifellos werden die Männer des Königs ihn bald finden. Die Götter wissen, daß sie jetzt mehr Grund denn je haben, nach ihm zu suchen.«

Lovyan nickte und starrte blicklos auf ihren Teller. Nevyn stand auf und trat ans Feuer. Er mußte Salamander sofort sagen, daß er nicht nach Cermor kommen konnte. Er würde sein Bestes tun müssen, um Rhys am Leben zu erhalten, bis der König sich entschieden hatte, Rhodry zurückzurufen und ihn als Erben von Aberwyn einzusetzen. Und er hatte auch noch eine weitere Information, nämlich die traurige Wahrheit, die auch Lovyan erkannt hatte: daß die Angelegenheit weit über die Intrigen der Lords von Eldidd hinausging. Der dunkle Dweomer führte Krieg gegen den Maelwaedd-Clan.

Der König ließ sich sein Haar bleichen. Mitten in seinem privaten Zimmer saß Lallyn II., Hochkönig von ganz Deverry und Eldidd, auf einer niedrigen Bank, die mit Drachenschnitzereien verziert war, während der königliche Barbier ihm Handtücher um die Schultern legte. Als Zeichen seines hohen Ranges war es Blaen gestattet, an der Seite des Königs zu knien, um das Silbertablett zu halten. Seit Madoc mit ihm gesprochen hatte, hatte er versucht, ein privates Wort mit Lallyn zu erhaschen. Aber in all dem Pomp, von dem der König umgeben war, war so etwas schwierig. Obwohl der König zweifellos hören wollte, was er zu sagen hatte, war dies die erste Gelegenheit, die sich ergab.

Sorgfältig begann der Barbier das nasse Haar des Königs mit Zitronensaft aus einer Holzschale einzureiben. Bald würde Lallyn aussehen wie einer der großen Helden der Dämmerungszeit; mit einer Löwenmähne starren, zurückgekämmten Haars, die ihn noch größer aussehen ließe als die sechs Fuß, die er ohnehin maß. Eine solche Frisur war ein königliches Vorrecht, und, wie der König bemerkte, eine königliche Last.

»Da habt Ihr verdammtes Glück, Blaen. Werdet Zeuge unseres Leidens und seid froh, daß Ihr der Sohn eines Gwerbrets seid.«

»Das bin ich, mein Lehnsherr.«

Der Barbier wickelte zwei dampfend feuchte Tücher um den Kopf des Königs und befestigte sie mit einem Goldreif.

»Mein Lehnsherr, es wird jetzt einige Zeit dauern.«

»Es dauert immer einige Zeit. Ihr könnt uns jetzt allein lassen.«

Unter Verbeugungen ging der Barbier rückwärts zur Tür. Blaen hoffte innigst, daß der König seine seltsame Geschichte glauben würde.

»Nun, Blaen, um was geht es bei diesen dringenden Nachrichten?«

»Nun, mein Lehnsherr, erinnert Ihr Euch an Lord Madoc?«

»Den Neffen des Zauberers? Selbstverständlich.«

»Ihr wißt, daß Nevyn ein Zauberer ist?«

Lallyn grinste und schob ein rutschendes Handtuch zurecht.

»Ja. Es ist eine gewisse Tradition, die vom König an den Erbprinzen weitergegeben wird, daß es einen Zauberer namens Nevyn gibt. Der Name ist eine Art Ehrenbezeichnung, so sagte mir mein Vater jedenfalls, die weitervererbt wird wie das Königtum. In Zeiten großer Not wird der eine oder andere Nevyn kommen, um dem König zu helfen. Ich hielt es immer für eine sehr seltsame Geschichte und fragte mich, wieso mein Vater mir solche Lügen erzählt – bis mir diese Edelsteine gestohlen wurden. Und tatsächlich erschien dann ein Nevyn, um sie mir zurückzugeben. Ich betete zu meinem Vater in den Anderlanden und bat ihn sofort um Verzeihung, das sage ich Euch.«

»Aha. Nun, dann kann ich davon ausgehen, daß mein Lehnsherr mir glaubt, wenn ich sage, daß auch Madoc ein Dweomermeister ist.«

»Das dachte ich mir schon, aber ich war nicht sicher. Ich bin froh, das zu wissen. Aber war es nur das, was Ihr mir sagen wolltet?«

»Keinesfalls, mein Lehnsherr. Ich habe erfahren, daß Dweomerleute eine Möglichkeit haben, sich in Gedanken Botschaften zu senden. Madoc kam heute mit dringenden Nachrichten von Nevyn zu mir. Er bat mich, es Euch zu sagen, weil er wußte, daß es für einen Mann seines Rangs schwer sein würde, eine Privataudienz beim König zu erlangen. Und daß diese Nachricht so lange wie möglich vertraulich bleiben müsse. Bald schon wird der Hof es wissen, denn es ist ein Kurier aus Aberwyn auf dem Weg. Aber Nevyn wollte, daß Eure Hoheit es zuerst erfahren.«

»Aha. Und um welche ernste Angelegenheit geht es?«

»Rhys von Aberwyn hatte heute bei einem Reitunfall einen schweren Sturz, mein Lehnsherr. Sie bezweifeln, daß er noch lange leben wird – vielleicht eine Woche; höchstens einen Monat.«

Der König starrte ihn einen Augenblick lang an, dann fluchte er auf eine Art, die einem gemeinen Reiter angemessener gewesen wäre.

»Ganz Eurer Ansicht, mein Lehnsherr. Ihr versteht nun, wieso ich es für das Beste hielt, Euch diese Nachricht so schnell wie möglich zu bringen.«

»Ja.«

Wieder schob der König ein rutschendes Handtuch zurück, während er nachdachte. »Und ich bin sehr dankbar dafür. Die Politik von Eldidd ist immer gefährlich.«

»Das stimmt. Zweifellos brauche ich meinen Lehnsherrn nicht daran zu erinnern, daß die Erbfolgelinie in Aberwyn unterbrochen wird, sobald Rhys stirbt.«

»Zweifellos. Mir ist auch bewußt, wieviel Euer Vetter im Exil Euch bedeutet, Euer Gnaden. Seid versichert, daß ich über die Angelegenheit nachdenke.«

Blaen empfand den förmlichen Tonfall wie einen Schlag ins Gesicht. Ganz gleich, wie oft sie zusammen jagten oder tranken, ganz gleich, wie unbeschwert Lallyn mit ihm scherzte, wenn er in der Stimmung dazu war – der König stand so weit über ihm, wie er selbst über den Gemeinen.

»Meinen untertänigsten Dank, mein Lehnsherr. Das ist alles, um das ich in dieser Angelegenheit bitten möchte.«

Der König nickte mit abgewandtem Blick.

»Sagt dem Barbier, daß er zurückkommen kann, ja? Ich möchte jetzt unbedingt diese Handtücher loswerden. Ich muß über einige schwerwiegende Dinge nachdenken.«

Obwohl der König zu einem vertraulicheren Ton zurückgekehrt war, wußte Blaen, daß er entlassen war. Als er sich erhob und verbeugte, fragte er sich, was wohl Tallid von Belglaedd und seine Verbündeten ihrem Lehnsherrn erzählt hatten.

»Ich weiß, daß Blaen sich gut um ihn kümmern wird, aber ich lasse Goldwolke ungern zurück«, sagte Jill.

»Komm schon, mein Turteltäubchen.« Salamander war damit beschäftigt, seine Satteltaschen zu schließen. »Jeder Stallbursche im königlichen Stall wird sich begeistert um ihn kümmern, und mit einigem Glück werden wir nicht lange weg sein.«

»Ich bezweifle, daß wir so etwas wie Glück haben werden.«

Er hielt inne und drehte sich zu ihr um. Sie waren in ihrem Zimmer im Gasthaus und hatten ihr Gepäck um sich herum verstreut.

»Glaubst du …«

»Nein«, er seufzte tief. »Ich wollte dich nur trösten.«

Es klopfte an der Tür, und dann kam Blaen herein, ohne auf eine Einladung zu warten. Bei ihm waren zwei Diener, die sofort begannen, das Gepäck aufzuheben.

»Die Galeere steht bereit«, verkündete Blaen. »Ich werde Euch bis zu den Docks begleiten.«

»Euer Gnaden sind sehr freundlich.« Salamander verbeugte sich vor ihm. »Und unser Lehnsherr, der König, ebenfalls.«

»Ach ja? Ich habe herausgefunden – oder ich sollte besser sagen, meine Frau hat es herausgefunden –, warum Savyl von Camynwaen sich in diese Angelegenheit einmischt. Sein jüngerer Bruder hat einen gewissen Anspruch auf Aberwyn.«

»Wirklich?« sagte Jill. »Ich habe nie gehört, daß Lady Lovyan ihn erwähnt hätte.«

»Nun, es ist keine der Sachen, mit denen sich meine Tante lange abgeben würde. Rhodrys Vater hatte zwei uneheliche Töchter mit einer Mätresse. Savyls Bruder hat eine von ihnen geheiratet.«

»Zwei Töchter?« warf Salamander ein. »So etwas! Ach ... ja, selbstverständlich. Ihr redet von Gwerbret Tingyr.«

»Von wem sonst?«

Jill verpaßte Salamander einen Tritt gegen den Knöchel.

»Ach, es ist nichts, Euer Gnaden.« Salamander trat gekonnt den Rückzug an. »Ich hatte nur den Namen des Gwerbret vergessen.«

»Aha. Nun, es ist schwierig, all diese adligen Familien auseinanderzuhalten. Hier.« Blaen warf Salamander eine bestickte Stofftasche zu. »Setzt es klug ein.«

Leise pfeifend wog Salamander die Tasche in der Hand und ließ sie klirren.

»Dem Gewicht und dem Klang nach, Euer Gnaden, ist da eine Menge Gold drin.«

»Soviel ich zusammenkratzen konnte. Ich habe vor, es von meinem Vetter, dem schwarzen Schaf, zurückzuverlangen, sobald er in Aberwyn ist.«

Obwohl er beiläufig sprach, konnte Jill die Spannung in seiner Stimme wahrnehmen – vielleicht fragte er sich, ob er sich selbst grundlos verschuldete. Wieder war sie überwältigt von dem schieren Gewicht jenes erdrückenden Netzes aus Verpflichtungen und Intrigen, die sogar etwas so Gutes wie Blaens und Rhodrys Zuneigung zueinander belasteten. Salamander verbeugte sich übertrieben vor dem Gwerbret.

»Wir werden unser Bestes tun, die Investition Euer Gnaden zu schützen.« Dann schnippte er mit den langen Fingern und ließ die Tasche offenbar ins Nichts verschwinden.

Inzwischen ging die Sonne unter, und lange Schatten lagen in den gewundenen Straßen. Als sie die Kaianlagen der Stadt erreichten, hatte der Himmel bereits ein samtiges Blaugrau angenommen. Über den grasüberwucherten Flußufern segelten die Schwalben. Nicht weit entfernt von den Barken und kleineren Booten lag die königliche Galeere vor Anker, etwa vierzig Fuß lang und schlank wie ein Frettchen. Über jedem Ruder war ein roter Schild mit dem goldenen königlichen Drachen befestigt, und die Männer an den Rudern trugen weiße Hemden, die mit dem Drachenwappen und langen, geflochtenen Ranken bestickt waren.

»Die besten Männer des Königs?« Salamander zog die Brauen hoch.

»Genau«, erwiderte Blaen. »Ich kann Euch allerdings nicht sagen, ob unser Lehnsherr das um meinet- oder um Rhodrys willen tut.«

»Sicher möchte auch der König keinen Krieg in Eldidd«, sagte Salamander. »Denn wenn Rhodry nicht zurückkehrt, wird dieser Krieg ausbrechen. Jeder Clan wird den anderen anklagen, den rechtmäßigen Erben getötet zu haben, und das Rhan für sich selbst verlangen.«

»Ich bin sicher, das weiß unser Lehnsherr ebenso gut wie Ihr.« Dennoch klang Blaen seltsam steif und ein wenig beunruhigt. »Er offenbart mir nicht alles, was er denkt, Gerthddyn.«

Als er Blaen entdeckte, sprang der Kapitän der Galeere auf den Kai und eilte mit einer Verbeugung heran. Während die Diener die Ausrüstung an Bord brachten, wandte sich Jill ab und starrte in den Fluß. Verzweifelt versuchte sie, Rhodry zu finden, aber ihr unausgebildeter Geist zeigte ihr nichts. Ganz plötzlich jedoch spürte sie eine andere Angst und keuchte unwillkürlich laut auf.

»Was ist denn?« fragte Salamander.

»Perryn. Er ist ganz in der Nähe. Ich weiß es einfach.«

Sie drehte sich um und erwartete halb, ihn in der Menge hinter ihnen zu entdecken, aber es war niemand da, nur ein paar neugierige Passanten und Hafenarbeiter. Es kam Jill jedoch so vor, als sähe sie eine lange Ranke von Nebel, die sich aus dem Himmel zu ihr herabschlängelte. Auch Salamander bemerkte das. Als er eine Hand hob und ein paar Worte murmelte, verschwand die Ranke.

»Er ist tatsächlich in der Stadt. Madoc wird sich darum kümmern, Jill. Mach dir keine Gedanken mehr.«

»Trotzdem – können wir nicht bald auf dieses Schiff gehen und von hier verschwinden?«

»Sofort. Der Kapitän winkt uns schon zu, an Bord zu kommen.«

Perryn blieb stehen, als er gerade das Südtor der Stadt passiert hatte. Einen Augenblick zuvor noch hatte er Jill ganz nahe gespürt; nun war die Spur plötzlich kalt. Sein Grauer stampfte ungeduldig und warf den Kopf. Als sie früher an diesem Abend in die Stadt geritten waren, war der Graue sehr unruhig geworden. Es hatte Perryns ganzer Kunst bedurft, ihn zu beruhigen, und trotzdem war das Tier noch ängstlich genug.

»Ihr da! Reitet Ihr hinein oder heraus? Es ist an der Zeit, die Tore zu schließen.« Perryn drehte sich um und sah zwei Stadtwachen, die auf ihn zueilten. Einer der Männer trug eine Fackel. Der Tunnel zwischen den Toren war bereits ziemlich dunkel.

»Oh … äh … hinein, denke ich.«

»Dann hört auf zu denken und bewegt Euch!«

Als Perryn gehorsam begann, sein Pferd auf das innere Tor zuzuführen, hob der Mann mit der Fackel diese höher, um Perryns Gesicht zu beleuchten.

»Ihr seid nicht zufällig Lord Perryn von Alobry?«

»Doch. Warum?«

Der Mann mit der Fackel stieß einen Pfiff aus – drei schrille Töne. Der andere Wachmann packte Perryn mit der Linken fest an der Schulter und rammte ihm die Rechte in den Magen, so schnell, daß Perryn keine Zeit hatte auszuweichen. Er fiel würgend vornüber, während mehr Wachleute herbeirannten und die Zügel seines Pferdes aus seinen hilflosen Fingern nahmen.

»Gute Arbeit! Ihr habt das Wiesel erwischt, das Lord Madoc sehen will.«

»Er redet, als wäre er ein bißchen dumm, hat Seine Lordschaft mir gesagt. Und das muß er wohl auch sein – einfach seinen Namen zuzugeben!«

Obwohl die Welt sich immer noch um ihn drehte, zwang Perryn sich, den Kopf zu heben, und er sah, daß einer der Männer in seiner Satteltasche wühlte. Mit einem triumphierenden Aufschrei holte er dann das Brandeisen heraus. Als Perryn versuchte, es ihm wegzunehmen, schlug ihm ein anderer Mann ins Gesicht.

»Laß das bleiben, Pferdedieb. Damit steht deine Todesstrafe fest.« Sie entwaffneten ihn, fesselten ihm die Hände auf den Rücken und schoben ihn durch die Straße. Die wenigen Leute, die um diese Zeit noch draußen waren, blieben stehen, um ihn anzustarren und laut zu johlen, als die Wachen erklärten, er sei ein Pferdedieb. An einer Stelle begegneten sie einem schlanken jungen Mann in der karierten Brigga der Adligen, dem ein Page mit einer Fackel folgte.

»Ein Pferdedieb, wie?« meinte der junge Lord. »Wann werdet Ihr ihn hängen?«

»Das weiß ich nicht, Herr. Wir müssen ihm erst den Prozeß machen.«

»Das stimmt. Nun, ich werde ohne Zweifel davon erfahren. Meine Mätresse ist ziemlich versessen auf Hinrichtungen, wißt Ihr.« Er zwinkerte den Wachen verschwörerisch zu. »Sie findet sie ziemlich … nun, sollen wir sagen, aufregend? Also nehme ich sie zu jeder Hinrichtung mit.«

Endlich erreichten sie die Wachstation am Fuß des königlichen Hügels und übergaben Perryn den Männern dort. Inzwischen hatte er sich von den Schlägen genügend erholt, um

Angst zu haben: Sie würden ihn aufhängen. Es hatte keinen Zweck zu lügen, das Brandeisen allein war schwerwiegender Beweis genug. Obwohl er an einem gewissen Punkt einen sentimentalen Schmerz darüber empfand, Jill nie wiederzusehen, war er alles in allem viel zu erschrocken, um sich darum noch viele Gedanken zu machen. Was zählte, war die Art, wie er sterben würde. Ganz gleich, wie sehr er versuchte, sich zusammenzureißen und seinem Tod wie ein Krieger gegenüberzutreten, zitterte und schwitzte er. Als die Wachen das bemerkten, lachten sie.

»Du hättest an dieses Seil denken sollen, als du es um den Hals der Pferde anderer Leute gelegt hast, du feiger kleiner Bastard. Aber es muß am Gehängtwerden doch was dran sein, Junge. Immerhin kriegt jeder Mann, der gehängt wird, einen Steifen, wenn die Schlinge sich zuzieht.«

Die ganze Zeit witzelten sie weiter, während sie ihn durch den Irrgarten von Schuppen und Außengebäuden zerrten, die den vieltürmigen Broch-Komplex des Königs umgaben. Im flackernden Fackellicht hatte Perryn vollkommen die Orientierung verloren. Als sie ihn endlich in eine winzige Zelle in einem langgezogenen Steingebäude stießen, hatte er keine Ahnung mehr, wo Norden war, geschweige denn von der Anlage des Palastes.

Die Zelle maß etwa acht Fuß im Quadrat, hatte recht sauberes Stroh auf dem Boden und einen von Fliegen wimmelnden Ledereimer in einer Ecke. In der Türe befand sich eine kleine, vergitterte Öffnung, durch die ein wenig Licht vom Flur hereindrang. Perryn stellte sich daneben und versuchte zu hören, was die Wachen draußen sprachen. Aber sie gingen den Flur entlang weiter und waren bald außer Hörweite. Er hörte noch »… selbstverständlich interessiert sich Lord Madoc für Pferdediebe, immerhin ist er königlicher Stallmeister, nicht wahr?« bevor sie verschwunden waren. Plötzlich gaben seine

Beine unter ihm nach. Er sackte ins Stroh und schlug die Hände vors Gesicht. Irgendwie mußte es ihm gelungen sein, einen der mächtigen königlichen Würdenträger zu erzürnen. Sein Schicksal war besiegelt.

Perryn hatte keine Ahnung, wie lange er dort gesessen hatte, als die Tür wieder aufging. Man reichte ihm eine Platte mit einem halben Laib Brot und ein paar Scheiben kalten Fleisches dazu.

»Schade, daß wir dir den Dolch wegnehmen mußten, Junge.« Das Lächeln des Mannes war alles andere als freundlich. »Dann mußt du eben die Zähne benutzen, wie es sich für einen Wolf gehört. Am Morgen wird einer der Unterräte vorbeikommen und mit dir reden.«

»Warum?«

»Um dir deine Rechte zu erklären. Sie haben dich zwar auf frischer Tat ertappt, aber dir wird immer noch der Prozeß gemacht, und du hast das Recht, daß deine Verwandten dir beistehen. Das kannst du dem Burschen sagen, und er wird einen Herold zu ihnen schicken.«

»Ich will nicht, daß sie das erfahren. Ihr Götter, ich würde mich lieber in Stücke reißen lassen, als meinem Onkel noch einmal in die Augen sehen zu müssen.«

»Schade, daß dir das nicht früher eingefallen ist. Nun, ich bin sicher, das wird kein Problem sein. Wenn du deine Verwandten nicht hier haben willst, dann ist es nicht notwendig, die Zeit eines Herolds zu verschwenden.«

Der Mann reichte ihm noch einen Becher Bier, dann schloß er die Tür wieder. Perryn hörte ihn pfeifen, als er weiterging.

Obwohl das Essen und das Bier unerwartet gut waren, aß Perryn nur, damit die Zeit verging. Der Gedanke, daß Benoic und Nedd von seiner Schande erfahren könnten, hatte ihm den Appetit genommen. Früher oder später würden sie es hören, ganz gleich, ob sie noch rechtzeitig kamen, um ihn hängen zu sehen oder nicht. Er dachte an die Worte der Wachen, daß er an so etwas früher hätte denken sollen, und weinte ein wenig.

»Aber ich habe sie nicht wirklich gestohlen. Sie sind mir einfach gefolgt.«

»Das ist nur eine Ausrede.«

Mit einem entsetzten Aufschrei sprang er auf, und das Brot fiel ins Stroh. Auf der anderen Seite der Tür stand ein Mann, ein angenehm aussehender Bursche mit blondem Haar und blauen Augen. Die kunstvolle Stickerei auf seinem Hemd wies ihn als Mitglied des königlichen Haushalts aus.

»Ich bin Lord Madoc. Wachen, bringt ihn heraus.«

»Werdet Ihr mich jetzt sofort hängen?«

»Nein. Ich will nur ein paar Worte mit Euch reden.«

Sie fesselten ihm die Hände, dann führten sie ihn zum Wachraum, einer schmalen, langen Kammer mit einer bedrückend niedrigen Decke. An einer Wand befand sich eine Reihe von Leuchtern mit Fackeln darin, an der anderen ein schmaler Tisch mit Folterwerkzeugen.

»Ich gestehe«, stöhnte Perryn. »Ihr braucht mir nichts zu tun.«

»Das ist gut. Aber ich hatte nicht vor, Euch foltern zu lassen. Ich wollte Euch nur ansehen. Wachen, bindet ihn hier an der Mauer fest. Dann könnt ihr zurück zu eurem Abendessen.«

»Danke, Euer Lordschaft.« Der Hauptmann der Wache verbeugte sich. »Habt Ihr eine Ahnung, wann die Verhandlung sein wird?«

»Oh, er wird nicht hier vor Gericht kommen. Unser Lehnsherr übergibt ihn Rhys Gwerbret Aberwyn. Dieser kleine Schwachkopf hier hat die Tochter eines der besten Männer des Gwerbret vergewaltigt, und nach dem Gesetz von Eldidd hat ihr Vater das Recht, ihn in Stücke zu schneiden.«

Perryns Knie wurden weich. Wäre er nicht an einem Eisenring an der Mauer festgebunden gewesen, wäre er umgefallen.

»Huh«, schnaubte der Hauptmann. »Das ist ja wirklich ein feiner Herr, wenn er Frauen vergewaltigt und Pferde stiehlt!«

Sobald die Wachen weg waren, wandte Madoc sich Perryn zu und betrachtete ihn mit so kaltem, distanziertem Blick, daß Perryn wieder der Schweiß ausbrach.

»Wißt Ihr, wer Jills Vater ist?«

»Nein.«

»Cullyn von Cerrmor.«

Perryn gab ein ersticktes Schluchzen von sich.

»Genau. Sie werden ihm ein Schwert und einen Schild geben und dir einen Dolch, damit du dich verteidigen kannst. Und dann lassen sie ihn auf dich los. Glaubst du, daß du den rituellen Zweikampf gewinnen kannst?«

Perryn schüttelte den Kopf.

»Ich bezweifle es auch. Und selbst wenn du alles Gold der Welt als Schadensersatz anbieten würdest, würde Cullyn nichts anderes wollen als dein Blut. Also, willst du dich ihm stellen oder willst du lieber tun, was ich dir sage?«

»Alles, was Ihr wollt, Herr, ich werde alles tun. Bitte, ich habe sie nicht vergewaltigt – ich dachte, sie liebt mich ehrlich.«

»Das weiß ich, und deine Dummheit ist das einzige, was dich jetzt rettet. Wenn ich dich losbinde, gibst du mir dann dein Ehrenwort, daß du nicht versuchen wirst zu fliehen?«

»Gerne. Ich bezweifle, ob ich überhaupt rennen könnte, so wie ich mich fühle.«

»Das kann ich mir vorstellen.« Madoc trat zurück und betrachtete ihn auf seltsame Weise. Seine Augen bewegten sich, als sähe er sich eher die Umgebung Perryns an als ihn selbst. »Du bist wahrhaftig schon halb tot, nicht wahr?«

Die Worte des Lords schienen wahr zu sein. Sobald man Perryn losband, taumelte er und wäre hingefallen, wenn Madoc ihn nicht gestützt hätte. Der Stallmeister führte ihn zu einer niedrigen Bank an der Feuerstelle, wo das Holz noch unangezündet lag. Madoc schnippte mit den Fingern, und Feuer sprang aus dem Holz und begann, darüber zu tanzen. Perryn schrie auf. Er schlug die Hände vor den Mund, um einen zweiten Schrei zu unterdrücken, dann fuhr er herum und starrte Madoc entsetzt an.

»Nun, du siehst aus, als ob du frierst. Ich dachte, wir machen uns ein kleines Feuer. Nun, junger Dummkopf, verstehst du endlich, in was du dich verwickelt hast? Von jetzt an wirst du genau das tun, was ich dir sage, oder …«

»Ja. Alles, was Ihr wollt. Das schwöre ich Euch bei der Ehre des Wolfs-Clans und den Göttern meines Volkes.«

»Gut. Dann vergiß es nicht auf deiner Reise nach Eldidd.«

»Ich gehe nach Eldidd? Ihr sagtet doch, Ihr wolltet mich nicht …«

»Ich sagte, ich werde dich nicht Cullyn ausliefern. Aber es gibt einen anderen Mann dort, der unbedingt mit dir reden möchte: meinen Onkel.«

3

In jenen Tagen hatte sich Cerrmor noch nicht bis zu dem Ort ausgebreitet, wo die Flüsse Gwarmael und Bel ineinanderfließen. Damals stand dort noch ein kleines Dorf, Dei'ver, etwa vierzig Häuser und ein paar hölzerne Piers mit ein paar Gasthäusern für jene Reisenden, die Cerrmor vor Einbruch der Nacht nicht mehr erreichen konnten. Die königliche Galeere ging dort vor Anker, angeblich, damit die Männer Bier kaufen konnten, aber in Wirklichkeit, um Jill an Land zu setzen. Da Salamander die Briefe für den Gwerbret hatte, würde man ihn in der Stadt sofort als wichtigen Mann erkennen. Jill hatte allerdings vor, sich an ein paar Leute zu wenden, die sich nicht mit jemandem abgeben würden, der etwas mit Seiner Gnaden und seinen Wachen zu tun hatte; also mußte sie allein in die Stadt reiten.

Den alten Sattel und das Zaumzeug auf dem Arm, die sie zu diesem Zweck aus Dun Deverry mitgebracht hatte, und beladen mit dem Rest ihrer Ausrüstung, hinkte und schimpfte sie demonstrativ, als sie ins Dorf kam, als hätte sie zu lange in ihren Reitstiefeln laufen müssen. Als sie den staubigen, offenen Platz erreichte, der inmitten des Dorfs lag, sah sie ein paar Nichtstuer im Schatten eines Weidenbaums sitzen.

»Was ist passiert, Silberdolch? Hast du dein Pferd verloren?«

»Ja. Es hat sich etwa fünf Meilen von hier das Bein gebrochen. Gibt es hier irgend jemanden, der mir ein anderes Pferd verkaufen könnte? Um der Liebe aller Götter willen, ich hoffe, daß ich nie wieder so weit laufen muß.«

Da Pferde ein für sie vollkommen unerreichbarer Luxus waren, lachten die Dorfleute höhnisch. Aber einer zeigte nach Süden.

»Versuche es in dem großen Gasthaus an der Straße nach Cerrmor, Junge. Der alte Mat hat manchmal ein Pferd oder zwei zuviel in seinem Stall.«

»Danke. Übrigens, sind hier in der letzten Zeit andere Silberdolche durchgekommen? Ich suche nach einem Freund, einem Mann aus Eldidd, aber ich weiß nicht, unter welchem Namen er gerade reist.«

Zwei der Männer warfen sich einen kurzen Blick zu.

»Nun, da du ein anderer Silberdolch bist und so, nehme ich nicht an, daß es etwas schaden kann, es dir zu sagen. Ein Mann aus Eldidd, der sich Adoryc nannte, kam hier vor zwei Tagen durch. Er hatte den Dolch in seinem Gürtel.«

»Wofür wird er denn gesucht?« fiel der zweite Mann ein.

»Ich will verflucht sein, wenn ich das weiß. Die Männer des Gwerbret erzählen mir nichts von ihren Angelegenheiten.«

Jill zuckte die Schultern, so gut sie es mit ihrem schweren Gepäck konnte. »Nun, dann mache ich mich wieder auf den Weg. Mir tut der Rücken weh.«

Während sie weiterhinkte, überlegte Jill, daß Rhodry viel Silber ausgegeben haben mußte, damit die Leute, denen er begegnet war, den Mund hielten. Dennoch, es war seltsam, daß niemand, der ihn gesehen hatte, den Leuten des Gwerbret die Wahrheit gesagt hatte, sobald er davongeritten war. Sie nahm an, daß es am Ruf der Silberdolche lag, an der Angst dieser Leute, daß Rhodry oder ein anderer zurückkommen und ihnen die Kehle durchschneiden würde, wenn sie ihren Teil des

Handels nicht einhielten. Bald fand sie das große Gasthaus und den alten Mat, und er hatte tatsächlich ein Pferd zu verkaufen: einen guten grauen Wallach mit einem weißen Vorderbein und einer weißen Blesse. Sie handelte lange genug, um überzeugend zu sein, dann zahlte sie mit einigen von Blaens Münzen und sattelte den Wallach. Sie verließ das Dorf in raschem Trab, aber sobald sie auf der Straße war, trieb sie den Wallach zum Galopp an.

In etwa einer Stunde, nicht lange vor Sonnenuntergang, erreichte Jill das Nordtor der Stadt. Nach Cerrmor zu kommen, ließ sie immer ein wenig melancholisch werden. Da ihre Eltern beide dort geboren und aufgewachsen waren, hatte sie ihr Leben lang von dieser Stadt gehört, und es kam ihr so vor, als ob sie auch ihr Zuhause sein sollte. Nur, daß ich kein Zuhause habe, dachte sie. Und jetzt hatte sie noch mehr Grund, sich wie eine Fremde zu fühlen, denn mit ihr ritt der Dweomer in die Stadt. Mit einem bitteren Lächeln wurde ihr klar, daß ihr Talent, ganz gleich, ob sie dagegen ankämpfte oder nicht, sie immer zu einer Fremden unter ihrem Volk machen würde. Und es brachte sie auch in Gefahr. Als sie ihr Pferd die schmalen, gewundenen Straßen entlangführte, durch Gruppen von Bettlern, Kaufleuten und anderen Städtern, war sie sich dessen bewußt, wie einfach es für einen Feind sein würde, sich hinter sie zu schleichen und ihr einen Dolch in den Rücken zu stoßen. Während ihres langen Wegs zum Hafen sah sie sich ständig nach allen Seiten um.

Auf diese Weise fiel ihr die alte Frau auf. Jill überquerte gerade den Marktplatz, als ein Wagen mit Heu für die Pferde des Gwerbret eine Kurve ein wenig zu schnell nahm und umkippte und damit die Straße blockierte. Fluchend kamen die Fuhrleute wieder auf die Beine, während die Leute, die direkt hinter dem Wagen gewesen waren, verwirrt umherliefen und ein berittener Adliger begann, alle anzuschreien, sie sollten ihm sofort aus dem Weg gehen. Jill wendete ihr Pferd und versuchte, zurück zum Rand des Platzes zu gelangen. Plötzlich hatte sie das Gefühl, daß jemand sie beobachtete, und fuhr herum. Auf einer niedrigen Mauer saß eine grauhaarige Frau mit dem schwarzen Kopftuch der Witwen und einem Marktkorb im Schoß. Ihr einfaches blaues Kleid war häufig geflickt, aber sauber und mit einer präzise gefalteten Schärpe gebunden. Sie starrte Jill so intensiv an, daß Jill, ohne nachzudenken, zum Schwert griff. Die alte Frau zuckte zurück.

»Verzeiht mir, Junge. Ihr erinnert mich nur an jemanden, den ich einmal kannte.«

»Schon gut, gute Frau.«

Vor ihnen begann die Menge, sich zu zerstreuen. Jill eilte auf die Öffnung zu, dann blieb sie stehen. Diese Stimme – die Stimme der alten Frau. Bei den Göttern, sie hatte vertraut geklungen! Aber woran hatte sie sie erinnert? An ihre Mutter. Und sie war auch der alten Frau vertraut vorgekommen. Leise fluchend wendete Jill ihr Pferd wieder und ritt zurück zur Mauer. Die alte Frau war weg. Obwohl Jill einige Zeit die Gegend um den Markt durchsuchte, fand sie keine Spur der Frau, die vielleicht ihre Großmutter war. Sie spürte, wie ihr die Tränen kamen, und wischte sie gereizt weg; dann machte sie sich wieder auf den Weg zum Hafen. Rhodry – und der Dweomer – hatten Vorrang vor ihr und ihren Verwandten.

Direkt am Hafen von Cerrmor lag ein Viertel, das man die Bilge nannte, ein Wirrwarr enger Gassen, schmutziger Läden, Bordelle und Schenken, die alle für Seeleute da waren, oder, um es vielleicht besser auszudrücken, Seeleuten auflauerten. So sehr Jill auch die Art der Informationen brauchte, die sie in der Bilge finden konnte, hatte sie doch nicht vor, dort zu übernachten. Ein Stück weiter flußaufwärts, in einem langweiligen, aber anständigen Viertel mit Lagerhäusern und Hütten von Hafenarbeitern, gab es ein Gasthaus, das unter Silberdolchen einen guten Ruf hatte, oder zumindest einen so guten, wie ihn ein Gasthaus haben konnte, das Silberdolche aufnahm. Jill brachte ihr Pferd in einen übelriechenden Schuppen mit undichtem Dach, während der kahle, schielende Wirt sich kratzte und ihr dabei zusah, ohne einen Finger zu rühren, um ihr zu helfen.

»Ihr seid verflucht jung für den Dolch.«

»Was geht es Euch an?« Jill legte die Hand auf den Griff der Waffe.

»Nichts, nichts. Ihr könnt ein Zimmer für Euch haben, Junge. Um diese Jahreszeit gibt es nicht viel Kundschaft.«

»Also gut.«

Das Zimmer war ein winziger Verschlag im ersten Stock mit verzogenen Läden vor den Fenstern und einer Matratze am Boden. Als Jill die Matratze aus dem Weg trat, fielen Wanzen heraus, die sich eilten, wieder in ihre Behausung zu kommen. Sie warf ihre Ausrüstung in eine Ecke, dann ging sie wieder und verriegelte die Tür hinter sich. Der langgezogene, schmale Gastraum war dunkel und rauchig, aber die Tische und das Stroh auf dem Boden waren einigermaßen sauber. Jill schlenderte hinein, versuchte so männlich wie möglich auszusehen und holte sich einen Krug Bier. Früher oder später würde sie jemand als Frau erkennen, aber es war ihr lieb, wenn das erst möglichst spät geschah. Da es Zeit zum Abendessen war, gaben hier viele Seeleute ihr Geld aus, dazu ein paar Mädchen, die ihnen dabei halfen, Hausierer und ein paar unauffällig gekleidete Männer, die wahrscheinlich Diebe waren. Der Wirt zeigte auf die Feuerstelle, wo eine rundliche Frau sich über einen Kessel beugte.

»Heute abend gibt es Eintopf mit Rinderfleisch, Silberdolch.«

»Gut.«

Jill prostete ihm zu und schlenderte davon, um sich mit dem

Rücken zur Wand zu stellen. Sie hatte erst ein paar Schlucke getrunken, als sie jemanden im Hof schreien hörte. Der Wirt rannte ans Fenster.

»Ihr Götter, es sind die Männer des Gwerbret!«

Einige der Gäste verschwanden im hinteren Teil des Raums, als ein Mann im Kettenhemd die Tür aufriß. Drei Reiter, alle mit dunkelroten Brigga, marschierten herein und gingen direkt auf den Wirt zu.

»Sind noch Gäste oben?« wollte ihr Anführer wissen.

»Nicht, daß ich wüßte. Um was geht es denn?«

»Wir suchen jemanden, das ist alles.« Der Reiter drehte sich um und sah die Gäste nacheinander an. »Wir haben bereits die Bilge durchsucht. Ihr könnt Euch sicher denken, daß wir nicht sonderlich willkommen waren, aber wir haben es geschafft. He da, Silberdolch! Komm hier rüber.«

Jill ging so langsam und dreist auf ihn zu, wie sie es wagte.

»Wie heißt du, Junge?«

»Gilyn. Was geht es Euch an?«

»Nichts, Abschaum, wenn wir schon in diesem Ton miteinander reden wollen. Kennst du einen Mann namens Rhodry von Aberwyn? Er gehört zu deiner Bande.«

»Ja, ich habe ihn zum letzten Mal oben in Cergonney gesehen. Weshalb sucht Ihr ihn?«

»Das geht dich nichts an.« Er setzte dazu an, sich abzuwenden. Dann blickte er mit einem versöhnlichen Lächeln zu ihr zurück.

»Ich will dir nur eins sagen. Ich schwöre dir bei meiner Ehre, daß wir ihm nur Gutes wollen, nichts Böses. Er wird nicht wegen eines Verbrechens gesucht. Wenn du ihn siehst, sag ihm das, ja? Es wird sich für ihn auszahlen, wenn er zur Festung Seiner Gnaden kommt.«

»Also gut.«

Die Männer des Gwerbret verließen den Schankraum wieder, und die Gäste seufzten erleichtert. Der Wirt wandte sich Jill zu.

»Glaubt Ihr, was sie über Euren Freund sagen?«

»Ja, denn Rhodry ist ein seltsamer Mann.« Sie trank einen Schluck Bier. »Er hat nie ein Wort von seiner Vergangenheit erzählt, und Silberdolche kümmern sich nicht darum, was ein anderer getan haben könnte. Aber ich wette, er kommt aus adliger Familie.«

»Wahrhaftig?« Der Wirt riß die Augen auf. »Ein Lord mit dem Dolch?«

Sie bemerkte, daß einige Leute sich nun umgedreht hatten und ihnen zuhörten.

»Nun, jetzt ist er keiner mehr, aber er hat die Manieren eines Adligen. Ihr wißt schon, Verbeugungen, Höflichkeit, und er weiß fast soviel wie ein Barde. Und dann die Art, wie er zu Pferd sitzt. Man reitet nicht so, wenn einen nicht der adlige Vater oder sein Stallmeister schon mit drei Jahren auf ein Pony gesetzt haben.«

»Ich frage mich, was er getan hat, daß er so in Schande geriet …«, sagte ein Mädchen mit melancholischem Seufzen. »Es klingt nach einer traurigen Geschichte. Sieht er gut aus?«

»Kann schon sein.« Jill zuckte die Achseln. »Ich habe mich mehr dafür interessiert, wie gut er kämpfen kann.«

»Zweifellos. Männer!« Das Mädchen schlenderte wieder davon, um sich um ein paar betrunkene Seeleute in der Ecke zu kümmern.

Auch alle anderen lächelten und kehrten zu ihren Bierkrügen und ihren Gesprächen zurück. Jill war ehrlich verblüfft darüber, daß sie sie alle als Jungen akzeptierten. Aber nun gut; sie hatte eine tiefe Stimme für eine Frau in einem Land, wo eine klare Tenorstimme für einen Mann als ausgesprochen begehrenswert galt, und zweifellos hielten sie sie auch für jung, aber es beunruhigte sie immer noch ein wenig, als ihr klar wurde, wie hart die Jahre auf der Straße sie gemacht hatten.

Kurze Zeit später begannen der Wirt und die Frauen Schüsseln mit Eintopf auszugeben, der sich als überraschend gut erwies, ebenso wie das Brot, das es dazu gab.

Als Jill sich einen Platz suchte, um sich zum Essen hinzusetzen, gesellte sich ein grauhaariger Mann zu ihr, den sie wegen seiner gebeugten Schultern und der Schwiele von einem Gepäckriemen an seiner Stirn für einen Hausierer hielt.

»Sagt mir etwas, Silberdolch«, begann er und verschwendete keine Zeit mit Höflichkeiten. »Ist dieser Rhodry ein typischer Mann aus Eldidd mit schwarzem Haar und dunkelblauen Augen?«

»Ja – und schmal gebaut, von der Schulter bis zur Hüfte.«

»Ha. Ich glaube, ich habe ihn vor zwei Tagen gesehen. Er war in einer Taverne im Handwerkerviertel der Stadt. Er ist mir irgendwie im Gedächtnis geblieben, weil man nicht oft sieht, daß ein Silberdolch sein Bier zwischen Töpfern und Schmieden trinkt.«

»Da habt Ihr recht. Vielleicht solltet Ihr das einem der Leute des Gwerbret sagen.«

»Kann sein. Kann sein, daß sie etwas dafür zahlen. Unser Rhodry nannte sich übrigens Benoic. Ich frage mich, ob er irgendwo liegt und krank ist und sie ihn deshalb nicht finden können.«

»Krank? Hat er etwa krank ausgesehen?«

»Das konnte ich nicht feststellen, aber er fragte nach Kräutermännern. Es gab einen ganz bestimmten alten Mann, zu dem er unbedingt wollte. Kein anderer Kräutermann war gut genug für ihn. Es mußte unbedingt dieser und seine Enkelin sein.«

»Nevyn?«

»Ja, das war der Name, ein seltsamer Name, finde ich.«

»So ist es. Wißt Ihr, die Enkelin ist ein hübsches Mädchen.«

»Aha.« Der Hausierer grinste und zwinkerte. »Nun, vielleicht gehe ich nach dem Essen raus und sehe, ob ich eine der Stadtwachen finden kann.«

»Das würde ich an Eurer Stelle tun. Wenn sie sowohl den Kriegshaufen als auch die Stadtwachen nach ihm suchen lassen, muß es wirklich wichtig sein.«

Mit einem Nicken wandte sich der Hausierer seinem Eintopf zu. Reichlich verzweifelt aß Jill mechanisch weiter, schaufelte Essen herunter, das sie wirklich nicht mehr wollte. Es war klar, daß Gwerbret Ladoic seinen Männern befohlen hatte, Rhodry zu suchen, sobald er den Brief vom König erhalten hatte. Sie hatten ihn noch nicht gefunden, und Jill begann zu zweifeln, ob es ihnen gelingen würde, einfach weil die Bilge der logischste Platz für ihn war, sich zu verstecken. Einen Augenblick lang dachte sie an alte Geschichten von Dieben, die unter Cerrmor ein gewaltiges Tunnelsystem unterhielten. Aber dann kam sie doch zu der Ansicht, daß es sich dabei um die Phantasien eines Gerthddyn handeln mußte. Es schien ebenfalls klar, daß Rhodry sicher gewesen sein mußte, daß sie und Nevyn in Cerrmor waren. Jemand hatte ihn angelogen, ihn hergelockt.

Plötzlich hielt sie inne und konzentrierte sich auf ihr Essen. Sie konzentrierte sich darauf, ein Stück Fleisch herauszufischen, und zwang sich, nur daran zu denken. Einen Augenblick lang, als sie an Rhodry gedacht hatte, hatte sie die Berührung eines anderen Geistes gespürt, nur ein leichtes Vorüberstreifen; aber sie hatte die kalte, unpersönliche Bosheit darin bemerkt. Einen Moment später zog dieser andere Geist weiter und ließ sie allein. Sie legte den Löffel neben die Schale. Jetzt war es ihr vollkommen unmöglich, auch nur einen Bissen herunterzubekommen.

»Ich gehe schnell nach hinten«, sagte sie zu dem Hausierer.

Er nickte und aß weiter. Niemand sonst blickte auch nur auf, als sie durch die Hintertür in Richtung der Latrine ging.

Direkt hinter dem Gasthaus befand sich eine Pferdetränke, in deren Wasser sich das Licht spiegelte, das aus den Fenstern fiel. Jill blieb daneben stehen, ließ eine Hand ins Wasser hängen, als wolle sie sie waschen, und benutzte die tanzenden Wellen, um sich auf Salamander zu konzentrieren. Sofort spürte sie die Berührung seines Geistes, aber es dauerte einige Zeit, bis er wirklich antwortete. Sie konnte im Wasser sein Bild nur trübe erkennen.

»Es tut mir leid, daß es so lange gedauert hat. Ich aß gerade am Tisch des Gwerbret, und ich brauchte eine Weile und ein paar übertriebene Höflichkeiten, bevor ich gehen durfte.«

»Das macht nichts. Einige der Männer des Gwerbret sind hier im Gasthaus gewesen. Ich nehme an, sie haben Rhodry noch nicht gefunden?«

»Nein, verflucht sollen sie sein. Bist du immer noch sicher, daß er lebt?«

»Ja. Das ist das einzige, woran ich mich klammern kann. Aber ich habe mich vor allem deshalb auf dich konzentriert, weil ich gespürt habe, daß jemand anderes meinen Geist berührt hat, jemand, der mich haßt.«

»Bei der schuppigen Unterseite von Dracheneiern! Sag jetzt nichts mehr davon, mein Turteltäubchen. Wir sehen uns morgen früh. Es gibt Zeiten, da sind Worte sicherer als Gedanken.«

Und damit verschwand sein Abbild völlig.

Als Jill in den Schankraum zurückkehrte, war der Hausierer weg, aber er kam kurze Zeit darauf wieder. Mit einem breiten Grinsen hielt er zwei Silberstücke hoch, um sie den anderen Gästen zu zeigen.

»Von einer der Stadtwachen. Er hat einen ganzen Beutel Silber, das er für Informationen über Rhodry von Aberwyn zahlt, Jungs. Ich würde sagen, da ist eine große Sache im Gange.«

»Es klingt, als ob es ein paar Münzen einbringen könnte, wenn wir uns erinnern können, was wir von ihm wissen«, meinte Jill mit, wie sie hoffte, lässiger Stimme. »Es tut mir so leid, daß ich ihn seit Monaten nicht gesehen habe.«

Alle in Hörweite lachten zustimmend und schienen über die Frage nachzudenken. Leider hatte keiner von ihnen etwas beizutragen, und sie waren alle der Meinung, daß es äußerst ungesund sein könne, die Männer des Gwerbret zu belügen. Nach ein paar Stunden ging Jill hinauf in ihre Kammer. Bei all ihrem Schmerz war sie so müde von den Wochen des Reisens, daß sie einschlief, sobald sie sich auf die Decken legte. Aber sie träumte von Rhodry. Es kam ihr so vor, als hörte sie ihn aus verzweifelter Dunkelheit nach ihr rufen.

Nevyn blieb den größten Teil der Nacht wach. Er schlief auf einem Feldbett in Rhys' Kammer, wo ihn die geringste Änderung in dem schweren Atem des Gwerbret wecken würde, weil für einen so schwer verletzten Mann wie Rhys die Stunden direkt vor der Dämmerung immer die gefährlichsten waren. In diesen Stunden verliefen die astralen Gezeiten der Erde langsam und träge. Obwohl Rhys eine bessere Nacht gehabt hatte, als zu hoffen gewesen war, blieb Nevyn dennoch wach und brütete über dem kleinen Feuer in der Feuerstelle, das er dazu benutzte, mit anderen Dweomermeistern zu sprechen. Er ließ sie nicht nach Rhodry suchen, was vergeblich gewesen wäre, sondern nach seltsamen Brüchen und Diskrepanzen in ihren Visionen, die zeigen mochten, wo jemand ein astrales Siegel gelegt hatte, wo ein dunkler Meister etwas zu verbergen versuchte. Bisher hatte niemand etwas finden können. Wäre Jill nicht so sicher gewesen, daß Rhodry noch lebte, wäre Nevyn verzweifelt und hätte ihn für tot gehalten. Aber die Verbindung zwischen dem Paar war so stark, daß Jill Rhodrys Tod wie den Verlust eines Teils ihrer selbst empfunden hätte.

Gegen Morgengrauen, als die Flut des Aethyr hereinkam und frisches Leben sowohl auf astraler als auch auf ätherischer Ebene brachte, schlief Nevyn ein paar Stunden, und er wurde erst wieder wach, als die Diener kamen, um Rhys zu waschen und ihn im Bett umzudrehen.

»Lebt Seine Gnaden immer noch, guter Mann?«

»Ja.« Nevyn setzte sich auf und gähnte. Er streckte sich wie eine Katze. »Füllt den Kessel an der Feuerstelle, ja? Ich muß heute seine Arzneien frisch brauen.«

Nachdem er sich um Rhys gekümmert hatte, überließ Nevyn den Gwerbret der Fürsorge seiner Frau und ging hinunter in die große Halle. So früh am Morgen war sie noch beinahe leer. Nur eine Dienerin kam aus der Küchenhütte, um Nevyn das Frühstück zu bringen. Er aß Haferschleim und Schinken am Ehrentisch, als Cullyn hereinkam, sich umsah und sich dann zu ihm setzte. Die Dienerin brachte Cullyn einen Krug Bier, dann zog sie sich auf die andere Seite der Halle zurück.

»Habt Ihr Neuigkeiten von Jill?« wollte Cullyn wissen.

»Nicht seit gestern abend. Ich habe von Salamander gehört, daß er bei Gwerbret Ladoic ist. Also nehme ich an, Jill befindet sich ebenfalls dort.«

Cullyn nickte, starrte einen Augenblick stirnrunzelnd in seinen Krug, schnippte dann ein wenig Stroh heraus und trank.

»Ich verstehe immer noch nicht, wieso Jill und Rhodry sich getrennt haben«, sagte Cullyn.

»Ich auch nicht.« Nevyn war wieder einmal dankbar, daß er niemals geschworen hatte, nicht zu lügen – ein Schwur, der die Herren des Wyrd erfreute, aber das Leben mitunter auch unnötig schwierig machte.

»Obwohl ich jetzt ein bißchen mehr weiß. Es scheint, daß

Rhodry nach mir und Jill gefragt hat, bevor – nun, bevor was immer mit ihm passiert ist, passiert ist. Ich nehme an, daß jemand ihm gesagt hat, Jill hätte ihn verlassen und sei nach Cerrmor gegangen, um mich zu finden.«

»Das könnte sein. Dann müßten sie nur noch dafür sorgen, daß er in die Bilge geht. Dort würde sich niemand darum kümmern, wenn ihn jemand überfiele und verschleppte.«

»Genau. Nun, ich werde bald wieder von Salamander hören, hoffe ich. Ich werde Euch Bescheid sagen, sobald ich Nachrichten habe.«

»Danke. Ich wäre verflucht dankbar dafür.«

Während er sein Bier austrank, starrte Cullyn quer durch die Halle, dann lächelte er plötzlich – nur ein rasches Zucken des Mundes, das er schnell unterdrückte. Als Nevyn dem Blick des Hauptmanns folgte, sah er, daß Tevylla in die Halle kam, zusammen mit Rhodda, ihrer Schutzbefohlenen.

»Ja, Hauptmann, diese Kinderfrau sieht wirklich gut aus.«

Cullyn warf ihm einen mörderischen Blick zu und widmete sich ganz seinem Bier, bis Tevylla die Halle wieder verlassen hatte.

Während sie dort schweigend saßen, wurde Nevyn langsam nervös, weil er angeordnet hatte, daß Perryn nach Aberwyn gebracht wurde. Sollte Cullyn je herausfinden, was der junge Lord seiner Tochter angetan hatte, würde Perryn auf sehr unangenehme Art sterben, ganz gleich, was Nevyn darüber sagen mochte, wie krank seine Seele war. Aber über eine solche Angelegenheit zu lügen, übertraf sogar seine Fähigkeiten. Er hatte nichts dagegen, hin und wieder die Wahrheit etwas zurechtzubiegen; aber er weigerte sich, ein Netz aus Halbwahrheiten zu spinnen, das ihn am Ende selbst einfangen würde. Es würde allerdings noch einige Zeit dauern, bis Perryn eintraf, und er beschloß gereizt, sich auf die wichtigeren Dinge zu konzentrieren, die direkt vor ihm lagen.

»Ihr werdet also nicht nach Cerrmor reisen?« sagte Cullyn plötzlich.

»Nein, ich kann jetzt einfach nicht weg. Das Leben des Gwerbret hängt immer noch an einem seidenen Faden, und gierige Lords umkreisen das Rhan wie Hunde einen Knochen auf dem Tisch.«

»Aber was wird aus Rhodry?«

»Das ist die Wunde in unser aller Herzen, nicht wahr? Was wird aus Rhodry? Ich fürchte, wir müssen uns darauf verlassen, daß Eure Tochter ihn aus dieser Falle herausbringt. Ich denke schon, daß sie es tun kann, zumindest mit Salamanders Hilfe. Ihr habt sie gut ausgebildet, Cullyn.«

»Ach ja? Nun, das wird sich herausstellen.«

»Ich hoffe nur, es wird nicht mehr lange dauern.«

Es gab noch etwas anderes, das er Cullyn nicht sagen konnte. Tief drinnen wußte er, daß er in Aberwyn bleiben mußte – nicht unbedingt, um den Gwerbret zu pflegen und Lovyan zu helfen, sondern weil sein Verweilen hier seine Feinde in einer Weise stören würde, die er selbst nicht voraussehen konnte.

Es gab einen Silberschmied in Cerrmor, der mit Silberdolchen Handel trieb. Obwohl er die Dolche nicht selbst herstellen konnte, war er dafür bekannt, einen guten Preis für Kriegsbeute zu zahlen und an gewöhnlichen Waffen angemessene Reparaturen durchzuführen. Sein Laden war der kleinste und schäbigste in der Straße der Silberschmiede, die ein ganzes Stück nördlich der Bilge am Fluß entlang verlief; aber trotz des abblätternden Holzschildes und den schmutzigen Wänden erklang, als Jill die Tür aufstieß, das Läuten wunderbarer Silberglocken. Sie selbst fand sich in einem schmalen, abgetrennten Stück des Rundhauses, einer anderen Tür in einer festen Holzwand gegenüber. Einen Augenblick später kam ein storchendünner junger Mann mit gebeugten Schultern heraus.

»Was kann ich für Euch tun, Silberdolch? Habt Ihr etwas zu verkaufen?«

»Nein. Aber es kann sein, daß ich etwas kaufen möchte – Informationen. Sind die Männer des Gwerbret nicht schon hier gewesen und haben Euch nach einem Mann namens Rhodry von Aberwyn gefragt?«

»Ja, und ich habe ihnen selbstverständlich gesagt, daß ich ihn nie gesehen habe. Und das war natürlich eine Lüge. Er war vor zwei Tagen hier und hat nach einem Kräutermann gefragt. Ich habe ihm einen guten empfohlen, den ich kenne, und er ist durch die Hintertür davongegangen. Er wußte, daß die Stadtwachen hinter ihm her sind.«

Jill fluchte leise. »Hier, guter Schmied, wenn Ihr Rhodry wiederseht, dann sagt ihm um der Liebe der Götter willen, er soll unbedingt zum Gwerbret gehen. Er wird keines Verbrechens angeklagt, ganz gleich, was er denkt. Sagt ihm, die Frau, die er sucht, stünde unter Ladoics Schutz.«

Jetzt war der Schmied an der Reihe zu fluchen.

»Das hätte ich den Männern Seiner Gnaden gesagt, wenn ich das gewußt hätte! Aber Rhodry erklärte mir, man habe ihn angeklagt, jemandem den Kopf abgeschnitten zu haben. Und er wolle auf keinen Fall den eigenen darüber verlieren. Also habe ich selbstverständlich gelogen.«

»Ehrenhaft von Euch.« Das meinte Jill ganz ehrlich. »Aber sagt mir, ist es nicht seltsam, daß jeder im ganzen Rhan nach ihm sucht, und er noch nicht wieder aufgetaucht ist?«

»Ich nehme an, er hat die Stadt verlassen.«

»Kann sein. Nehmt einmal an, Ihr wollt ein paar Leute mieten, um jemanden aus dem Weg zu schaffen. Wo in der Bilge würdet Ihr hingehen?«

»Ich verstehe, was Ihr meint.« Der Schmied knabberte an

seiner Unterlippe, während er nachdachte. »Wie kommt es, daß Ihr Euch so für diese Dinge interessiert?«

»Er ist ein Freund von mir. Wir sind ein paarmal zusammen geritten. Wenn ihm etwas geschieht, dann will ich Rache – so ginge es jedem Silberdolch.« Sie nahm zwei Silberstücke aus dem Beutel an ihrem Gürtel. »Ich zahle für die Information.«

»Ich werde Euer Geld nicht nehmen, weil ich nichts mit Sicherheit weiß. Aber ich habe gehört, daß es in der Bilge eine Schenke gibt, die ›Der Rote Mann‹ heißt. Wenn Ihr dort die richtigen Fragen stellt, findet Ihr Leute, die alles tun.«

»Und bei den falschen Fragen?«

Der Schmied lächelte und fuhr sich mit dem Zeigefinger über die Kehle.

Nachdem sie den Laden verlassen hatte, schlenderte Jill einige Zeit durch die Straßen und plante ihren Besuch in der Bilge. Auch ohne die Warnung des Schmieds wußte sie genau, daß hier niemand einfach hereinspazierte und Fragen stellte. Sie fand einen kleinen Platz nahe einem öffentlichen Brunnen und setzte sich auf die Holzbank, um nachzudenken. Selbst die Bewohner der Bilge fürchteten sich vor Silberdolchen, die jedes ermordete Mitglied ihrer Bande rächten. Andererseits, wenn sie glaubten, daß sie Rhodry rächen wollte, würden sie sie vielleicht erst töten und sich später wegen der Silberdolche Gedanken machen. Aber selbstverständlich war Rhodry nicht tot. Plötzlich wurde ihr klar, daß sie ihnen in diesem häßlichen Spiel einen Zug voraus war: Wenn Rhodry nicht tot war, dann wußte die Bilge das auch. Sobald sie den Leuten dort sagte, daß sie es wußte, würden sich die Regeln ändern.

Auf dem Weg zur Bilge machte sie noch einen Umweg zu einem Lederwarenladen, der ihr zuvor aufgefallen war. Der Besitzer saß im Schneidersitz auf dem Tisch und nähte Stücke einer Satteltasche zusammen. In einer Ecke des Zimmers spielte ein schmutziges Kind von etwa drei Jahren mit ein paar

Welpen, und von hinten drangen der Geruch nach Essen und das Geschrei eines Kleinkindes herein. Der Handwerker blickte auf.

»Wie kann ich Euch helfen, Junge?«

»Ich möchte ein Wams kaufen.«

»Gut. Ich werde Maß nehmen, und in drei Tagen könnt Ihr wiederkommen.«

»Ich brauche es aber jetzt.«

Der Handwerker legte das Teil, an dem er arbeitete, beiseite; dann stieg er langsam und sorgfältig, als befürchtete er, daß sie jeden Augenblick das Schwert ziehen könnte, vom Tisch.

»Ich habe keine Zeit.«

»Nun, gut und schön. Wenn Ihr nicht verlangt, daß es vollendet paßt – ich hätte hier eins, das ich für den Sohn des Müllers gemacht habe, und der hat ungefähr Eure Größe.«

»Bringt es her.«

Als der Handwerker nach hinten ging, um das Wams zu holen, hob er das Kind und die Welpen auf und nahm sie mit. Ein paar Augenblicke später kam er mit einer schweren Lederweste zurück, die an den Seiten mit Metallnieten verziert war. Als Jill sie über ihrem Hemd anprobierte, war sie ein wenig eng; aber es würde schon gehen. Sie warf sechs Silbermünzen, etwa das Doppelte des Werts, auf den Tisch und ging hinaus und ließ einen zitternden Handwerker zurück. Sie nahm das Wams mit in eine öffentliche Latrine und zog es unter ihrem Hemd an, wo sie es diesmal fest zuband, damit ihre Brüste flacher an ihren Körper gedrückt wurden. Es war zwar eng, aber es würde ihre Rippen auch gegen Messer schützen. Das war der beste Schutz, den sie im Augenblick bekommen konnte, da die Männer des Gwerbret es nicht gern sahen, wenn Zivilisten Kettenhemden trugen. Dann ging sie zur Bilge.

An diesem sonnigen Morgen waren die schmalen, schmutzigen Straßen beinahe leer. Ein paar abgerissene Kinder spielten mit gebogenen Stöcken und einem Lederball; ein paar Frauen mit Marktkörben eilten auf dem Weg zum Fischhändler unten am Hafen an ihr vorbei. Sie sah einen Mann, einen weißhaarigen Bettler ohne Hände, der sich vor einer Tür sonnte. Sie schlenderte zu dem ehemaligen Dieb hinüber und warf ein Silberstück in die Holzschale, die neben ihm stand.

»Wo ist die Schenke Zum Roten Mann?«

»Das ist kein angenehmer Ort, Junge.«

»Sehe ich wie ein angenehmer Mensch aus?«

Er lachte und enthüllte dabei braune, abgebrochene Zahnstümpfe.

»Also gut, dann geht diese Straße hier weiter, bis Ihr zu einem Gerberhof kommt. Der Gestank wird Euch schon führen. Dann geht um den Gerberhof herum, und Ihr seht das Schild des Roten Mannes in der Gasse zur Linken.«

Als sie weiterging, sah sich Jill sehr genau um. Hier und da bemerkte sie, wie sich an einem Fenster ein Ledervorhang bewegte oder eine Gestalt kurz in der offenen Tür auftauchte. Sie nahm an, daß der alte Dieb bereits eines der Kinder als Boten eingesetzt und mit den Neuigkeiten zur Schenke geschickt hatte. Obwohl sie in der schweren Weste schwitzte, war sie mehr denn je froh, sie gekauft zu haben. Wenn ihre Feinde es wollten, würden sie sie hier auf der Straße umbringen können, ohne daß sich jemand einmischte. Wieder fragte sie sich, ob man die Männer des Gwerbret nicht einfach an dem Ort, wo Rhodry versteckt war, vorbeigeführt hatte. In dieser verschlossenen, kleinen Welt schien alles möglich.

Zu ihrer Überraschung war der Rote Mann eine sehr saubere Schenke mit frisch geweißten Wänden und einem gut gefegten, gepflasterten Hof. Das Schild, das draußen hing, zeigte einen knallroten Riesen mit einer gewaltigen Erektion, der in jeder Hand einen ausgerissenen Baum hielt und oben auf einem

Hügel stand. Das Bild war irgendwie ärgerlich, ein sauer gewordener Witz. Als sie nach drinnen ging, bemerkte sie, daß der halbrunde Gastraum ebenfalls sauber war, mit frischem Stroh auf dem Boden und geschrubbten Tischen. Alle Fensterläden waren geschlossen, und der Raum war dunkel bis auf das Feuerlicht aus der Feuerstelle, wo ein Küchenjunge eine Reihe Hühner am Spieß drehte. Ein halbes Dutzend Männer saß an einem Tisch, der Rest des Raumes war leer. Nahe der Feuerstelle schnarchte jemand laut im Stroh, und ein paar Hunde hatten sich an seinen Rücken geschmiegt. Der Wirt, der sie begrüßte, war Bardekianer, ein fleischiger schwarzer Mann, dessen Gesicht und Arme mit Narben bedeckt waren – alles lange, dünne Schnitte, wie von einem scharfen Messer.

»Hier kommen nicht viele Silberdolche her, Junge.«

»Ich nehme an, Ihr seid zu gut, um einen wie mich zu bedienen.«

»Nicht zu gut, zu vorsichtig. Ihr seid willkommen, hier etwas zu trinken, aber nicht viel. Hört mir zu, Silberdolch, ich kenne Eure Art: zwei Krüge, drei, das ist alles in Ordnung. Aber noch einer mehr, und etwas zerbricht in Euch. Dann gibt es einen Kampf, dann gibt es Blut an meinen schönen Wänden, dann gibt es eine Leiche auf meinem sauberen Boden. Ich gebe Euch zwei Krüge und keinen weiteren, in Ordnung?«

Jill bemerkte, daß die Männer am Tisch zuhörten und daß sie die Hände in der Nähe ihrer Schwertgriffe hatten. Sie warf ihnen einen unverschämten Blick zu, dann wandte sie sich wieder dem Wirt zu.

»Gut. Ein Krug Dunkles.«

Jill fand einen Tisch, wo sie mit dem Rücken zur Wand sitzen konnte, und merkte sich genau die Position eines jeden Fensters und der Tür. Als der Wirt ihr das Bier brachte, hielt sie ein Silberstück hoch.

»Ich suche nach jemandem, der offenbar verschwunden ist.«

Die Blicke des Wirtes zuckten nach allen Seiten. Die Männer am Tisch beugten sich vor und lauschten.

»Andere suchen ihn auch«, fuhr sie fort. »Ich wette, Ihr wißt, wen ich meine.«

»Rhodry von Aberwyn?«

»Genau. Ich habe mit dem verlogenen kleinen Dreckskerl noch eine Rechnung offen. Ich gebe keinen Schweinefurz dafür, was die Männer des Gwerbret von ihm wollen. Seine Gnaden kann ihn gern hängen, wenn ich mit ihm fertig bin.«

Der Wirt warf ihr einen mißtrauischen Blick zu, dann nickte er und akzeptierte die Geschichte offenbar.

»Ich bin froh, daß ich nicht dieser Rhodry bin, wenn solche wie Ihr hinter mir her wären. Wieso glaubt Ihr, daß ich etwas von ihm weiß?«

»Ich wette, daß Ihr nichts wißt, außer dem Namen von jemandem, der mehr wissen könnte.«

»Sie suchen überall nach diesem Rhodry und können ihn nicht finden. Ich würde sagen, er ist tot. Vergeßt ihn. Man kann einen Mann nicht wieder zum Leben erwecken und ihn ein zweites Mal töten.«

»Tot?« Hier kam der Augenblick, auf den sie gerechnet hatte, und sie hielt inne und setzte ein schiefes, häßliches Grinsen auf. »Kommt schon, mein Freund, das wissen wir beide besser. Das kann man schon erfahren, wenn man will.« Er zögerte, und sein dunkles Gesicht wurde ein wenig heller, zeigte ernstliche Angst. Ein untersetzter braunhaariger Bursche an dem anderen Tisch stand auf und kam zu ihnen. Der Blick seiner halb zugekniffenen Augen ließ nicht darauf schließen, was er dachte. Er hatte die größten Hände, die Jill je an einem Menschen gesehen hatte: enorme Bärentatzen, die wie Keulen wirkten.

»Wieviel ist Euch Euer Haß wert, Silberdolch?«

»Harte Münzen.«

Mit einem kleinen Lächeln setzte der Mann sich hin und nahm das Silberstück, das sie ihm anbot.

»Ich hatte nichts mit dem zu tun, was ihm passiert ist. Aber man hat mir die Arbeit ebenfalls angeboten, und ich sah, wer die Anbieter waren.«

»Ich mag Männer, die keine Umschweife machen.« Sie holte zwei weitere Münzen heraus und warf ihm eine davon zu.

»Die andere bekommt Ihr am Ende Eurer Geschichte.«

»Also gut. Ihr habt recht. Es ging nie darum, ihn zu töten, soweit ich weiß. Ich habe einen Freund, der etwas aus sich gemacht hat, der aufgestiegen ist in der Welt. Er ist Diener bei einem der reichen Kaufleute oben auf den Klippen, einem Mann, der sich nicht gern nachts auf den Straßen überfallen läßt. Also geht mein Freund mit ihm und paßt auf ihn auf. Und die reichen Freunde seines Herrn wissen, daß mein Freund für ein wenig schmutzige Arbeit immer nützlich ist – zum Beispiel jemanden zum Zahlen zu überreden, der einem etwas schuldet. Also, mein Freund kommt hier rein, vor etwa drei Tagen, und sagt, er hat vielleicht Arbeit für uns. Ein Geschäftsfreund seines Herrn möchte mit einem gewissen Silberdolch reden, und er bezahlt, wenn wir uns diesen Jungen auf der Straße schnappen und ihn an einen bestimmten Ort bringen.«

»Wohin?«

»Das weiß ich nicht, weil wir es nicht getan haben.« Er beugte sich vor, und Jill kam in den Genuß seines Knoblauchatems. »Wenn Ihr diesen Briddyn gesehen hättet, hättet Ihr auch kein Kupferstück von ihm genommen. Ein dicker Mann, er hatte keinen Bauch, aber er war feist und hatte so ein glattes Gesicht wie ein Junge und dieses zurückgekämmte schwarze Haar und einen Bart, der aussah, als hätte er ihn mit Fett eingerieben, so glatt war er.«

»Ach ja? Ist Euch aufgefallen, ob seine Hände ebenfalls glatt und weich waren?«

»Ja. So war es. Ich sehe ihn immer noch vor mir.« Er schauderte leicht. »Er hatte diese Spange in seinem Bart, wie Mädchen sie sich ins Haar stecken, aber es war eine silberne Eidechse mit einem Schmetterling im Maul. Er hatte etwas an sich, was mir die Haare sträubte, und damit meine ich nicht nur seinen Geschmack, was Schmuck anging.«

»Kam er aus Bardek?«

»Das mag sein. Aber er hätte auch ein Mann aus Deverry mit bardekianischem Blut in seinem Clan sein können. Er hatte bräunliche Haut, aber vielleicht war er auch nur lange in der Sonne. Jedenfalls, dieser Briddyn bietet uns eine Menge Geld an, aber es war nicht halbwegs genug, um sich mit einem Silberdolch anzulegen. Als wir die Arbeit ablehnten, war ich kurz davor, mir in die Brigga zu machen. Was, wenn er das falsch versteht? dachte ich. Ich konnte sehen, daß mein Freund dasselbe dachte. Nein, ich weiß nicht, was er uns hätte antun können. Er machte nur einen solchen Eindruck. Ich hatte wirklich eine Gänsehaut.«

Jill dachte bei einem Schluck Bier über den Mann und seine Geschichte nach. Obwohl sie dazu neigte, jeden Bewohner der Bilge für einen Lügner zu halten, bezweifelte sie sehr, daß ein Mann wie dieser die Phantasie hatte, sich eine so detaillierte und seltsame Beschreibung dieses Briddyn auszudenken. Als sie die anderen Männer ansah, die lauschend an ihrem Tisch saßen, bemerkte sie, daß die kleine Geschichte ihres Informanten auch ihnen nicht ganz geheuer vorkam. Trotzdem, etwas roch einfach falsch. Sie schob die letzte Silbermünze hinüber.

»Danke. Also, dieser Briddyn wohnte im Gasthaus Zum Goldenen Drachen. Aber ich wette, er ist jetzt nicht mehr dort – zweifellos.«

Mit einer anmutigen Bewegung zog sie den Dolch mit der rechten Hand und packte das Hemd ihres Gegenübers mit der

Linken, um ihn halb über den Tisch zu ziehen. Von einem leichten Schaudern abgesehen, erstarrte der Mann vollkommen und blickte ihr in die Augen wie eine Ratte einem Frettchen. Er wußte offenbar, daß sie ihn töten würde, nur um sich das Vergnügen zu gönnen, sein Blut fließen zu sehen.

»Hör mir gut zu, oder du stirbst. Als erstes hast du zu mir gesagt: ›Ich hatte nichts damit zu tun, ihn wegzubringen.‹ Wohin bringen? Du weißt mehr, als du sagst.«

Er winselte und warf den anderen an ihrem Tisch einen verzweifelten Blick zu. Keiner von ihnen bewegte sich; einer trank sogar demonstrativ aus seinem Krug, als ob ihm in diesem Augenblick alles gleich sei.

»Du Hundesohn«, fuhr sie fort. »Ich wollte gutes Geld bezahlen für das, was du weißt, und du verheimlichst mir etwas. Ist es in der Bilge so weit gekommen? Hier konnte man eigentlich immer kaufen, was man wollte.« Sie lachte, ein wahnsinniges Gackern, ließ ihn los und schubste ihn auf die Bank zurück. »Antworte mir, wohin sollte er gebracht werden?«

»Das weiß ich wirklich nicht.« Der Bursche jammerte wie ein Kind. »Ich weiß es nicht. Bitte glaubt mir. Ich weiß nur, daß Briddyn sagte, sobald wir ihn haben, wird er weggebracht. Damit klar war, daß wir ihn nicht töten mußten oder so.«

Es gab noch mehr – das wußte sie –, aber die anderen wurden jetzt unruhig, und sie waren immerhin zu fünft, selbst wenn man von ihrem Informanten absah. Jill stand auf, den Dolch immer noch in der Hand.

»Du, in der blauen Brigga. Nimm die Hand von diesem Wurfdolch, oder ich nagele sie mit meinem fest.«

Mit einem seltsam freundlichen Lächeln gehorchte er und setzte sich wieder auf die Bank. Der Wirt trat vor.

»Raus mit Euch, Silberdolch, raus aus meiner Schenke. Ihr habt Eure Antwort gehört. Niemand weiß, was mit Rhodry geschehen ist. Briddyn muß ihn erwischt haben, und danach weiß niemand mehr etwas. Jetzt geht!«

»Also gut. Oh, ich glaube Euch schon. Wer weiß schon, wohin die Habichte fliegen, wie?«

Sie hatte das nur auf gut Glück gesagt, ihm einen Köder hingeworfen, aber die Falle schnappte sofort zu. Alles Blut wich ihm aus dem Gesicht. Seine dunkle Haut wurde so grau wie schmutziger Schnee. »Ich sagte, raus mit Euch.« Er konnte kaum noch flüstern. »Raus hier, oder Ihr seid des Todes!«

Die Gäste waren sichtlich erstaunt über die Angst des Wirts. Jill trat näher an ihn heran, hob den Dolch, lachte – dasselbe wahnwitzige Gackern, nur schriller und schriller, bis der Mann zusammensackte und im Stroh kniete.

»Moment mal!« Einer der Gäste stand auf. »Was macht Ihr mit unserem Araelo?«

»Laßt ihn in Ruhe!« schrie der Wirt. »Laßt ihn in Ruhe, verschwindet, alle!« Dann brach er in Tränen aus und schlug sich die Hände vors Gesicht.

Die Männer blieben sitzen, als wären sie zu Stein erstarrt. Jill hörte auf zu lachen, steckte den Dolch ein und ging hinaus. Es brauchte ihre gesamte Willenskraft, aber sie ging langsam und ruhig, und für über hundert Schritte ging sie mitten auf der Straße entlang. Als sie zurückspähte, sah sie, daß das Tor des Roten Mannes geschlossen und ganz bestimmt auch von innen verriegelt war. Sie seufzte laut auf und spürte den kalten Angstschweiß, der ihr über den Rücken lief und sich unter der Lederweste unter ihren Brüsten gesammelt hatte. Es war Zeit, die Bilge zu verlassen. Sie hatte ein paar wichtige Informationen ergattert und wollte lange genug leben, um sie Salamander mitteilen zu können.

Obwohl sie auf dem gesamten Weg eine Gänsehaut hatte, gelang es Jill, die Bilge ohne weitere Vorfälle zu verlassen, und dann fragte sie eine der Stadtwachen nach dem Weg zum

Gasthaus zum Goldenen Drachen. Es befand sich nahe dem Westtor, auf der anderen Seite des Flusses, nicht weit von der Festung des Gwerbret entfernt. Als sie die weiße Steinbrücke überquerte, spürte sie, wie Salamanders Geist den ihren berührte. Sie hielt inne, beugte sich über das Geländer und starrte hinab in den schnellfließenden Fluß. Obwohl sie sein Bild nicht sehen konnte, konnte sie Salamanders Gedanken in ihrem Geist hören und beantworten.

»Jill, bei den Göttern! Ich habe versucht, dich zu finden, und dich in der Bilge gesehen. Du hättest dort nicht allein hingehen dürfen.«

»Aber ich bin gegangen, und ich lebe noch. Ich habe schreckliche Nachrichten, aber ich bezweifle, daß es gut wäre, sie dir auf diese Art mitzuteilen.«

»Es ist ohnehin an der Zeit für mich, dich ›anzuheuern‹. Ich bin in das Gasthaus zum Goldenen Drachen gezogen.«

»Ich werde gleich da sein.«

Dieser Briddyn mußte viel Geld haben, wenn er denselben Geschmack in Gasthäusern hatte wie Salamander. Tatsächlich erwies sich der Goldene Drache als prächtiges dreistöckiges Gebäude im bardekianischen Stil, also ein langgezogenes rechteckiges Haus mit einem gebogenen Dach, das ein wenig wie ein auf den Kopf gestelltes Schiff aussah. An beiden Giebeln waren in die gebogenen Dachbalken gewaltige Holzstatuen von Göttern eingeschnitzt, die die Hände segnend hoben. Bevor sie hineinging, umkreiste Jill das Haus einmal und bemerkte, daß der hübsche Garten sich weiter hinten in einen schlammigen Gasthaushof verwandelte, wo der Misthaufen und der Boden für einen solch teuren Platz viel zu nahe beieinander lagen. Während sie sich dort herumtrieb, kam ein junges Mädchen in einer schmutzigen Schürze aus der Hintertür, ein paar Wassereimer in der Hand. Als Jill zu ihr trat, zog das Mädchen angewidert die Nase kraus.

»Geh weiter, Silberdolch. Ich bin nicht die Art Mädchen, die sich für solche wie dich interessiert.«

»Du bist sowieso nicht nach meinem Geschmack«, meinte Jill und unterdrückte ein Lächeln. »Ich will nur ein paar Informationen über die Gäste hier, und dafür werde ich bezahlen.«

Das Mädchen dachte nach, hin- und hergerissen zwischen Gier und Angst vor ihrem Arbeitgeber. Als Jill ein Silberstück herausholte, gewann die Gier.

»Welchen Gast meinst du?«

»Einen Kaufmann namens Briddyn.«

»Ach, der!« Wieder zog sie die Nase kraus. »Ich kann mich gut genug an ihn erinnern, besten Dank. Das war ein ekelhafter Mensch. Stets hat er sich beschwert, nichts hat ihm gepaßt, nicht die Laken, nicht das Bier, nicht einmal der elende Nachttopf. Ich danke den Göttern, daß er endlich weg ist! Ich wäre verrückt geworden, wenn ich ihn noch länger hätte bedienen müssen.«

»Aha.« Jill reichte ihr die Münze. »Weißt du, womit er gehandelt hat?«

»Tuche. Er kam mit einer großen Karawane, und ich hörte, wie die Männer im Stall über ihn redeten; sie sagten, es sei gut, daß die Stoffballen leicht und gut abzuladen seien, weil der Mistkerl kein Trinkgeld gab. Und er hatte einen besonderen Stoffballen in seiner Kammer. Er sagte mir, wenn ich den berühre, wird er mich schlagen – als wäre ich interessiert an seinem blöden Tuch.«

»Kamen Besucher zu ihm?«

»Ich habe nie einen gesehen. Aber wer würde schon ein so ekelhaftes Schwein besuchen? Als er abreiste, sagte er, er würde nach Norden, nach Dun Deverry, gehen, als ob ein Schwein wie das in die Königsstadt gehörte!«

Ziemlich verwirrt machte sich Jill wieder auf den Weg. Das

war bisher die seltsamste Wendung, dachte sie; geheimnisvolle Fremde, die Böses im Schilde führen, bemühen sich im allgemeinen nicht darum, dadurch aufzufallen, daß sie Dienern auf die Nerven gehen. Sobald sie die Tür des Gasthauses öffnete, kamen ihr der Wirt und ein kräftiger, junger Mann entgegengerannt, um sich ihr in den Weg zu stellen.

»Keine Silberdolche in meinem Gasthaus! Versuche es woanders, Junge.«

»Einer deiner Gäste hat mich hergerufen, Schweinebauch. Salamander, der Gerthddyn, sagte, er habe Arbeit für mich.«

Als der Wirt leise brummte, legte sie die Hand auf den Schwertgriff. Er wich rasch zurück. »Ich schicke einen Jungen rauf, um zu fragen, Silberdolch.« Seine Stimme zitterte. »Aber ich hoffe, daß du die Wahrheit sagst, sonst hetze ich dir die Stadtwachen auf den Hals.«

Jill verschränkte die Arme und betrachtete ihn erbost, bis der Junge mit der Nachricht zurückkehrte, daß Salamander tatsächlich einen Silberdolch als Leibwache suchte. Weiter leise unwirsch vor sich hinmurmelnd, brachte der Wirt sie persönlich zur Kammer, die sich im obersten Stockwerk befand, weit weg vom Gestank der Straßen. Als Salamander die Tür öffnete, war er hervorragend gekleidet, in Brigga aus weicher, blauer Wolle, ein vor Stickerei starres Hemd und einen geschmückten Gürtel aus rotem Leder.

»Ich danke Euch, guter Wirt. Ihr habt mir einen Silberdolch gebracht, der mir sehr empfohlen wurde und der trotz seiner Jugend für waghalsige Taten bekannt ist. Es heißt, dieser junge Mann hier frißt die Leber von Banditen und die Herzen von Dieben.«

»Wie schön für Euch, Herr! Werdet Ihr uns heute abend mit einer Geschichte ehren?«

»Kann schon sein. Komm herein, Gilyn. Laß uns über die Arbeit reden.« Es stellte sich heraus, daß Salamander nicht nur eine Kammer, sondern eine ganze Suite gemietet hatte, getäfelt mit dunklem Holz und möbliert mit gepolsterten Sesseln, geschnitzten Tischen und einem langen purpurfarbenen Diwan aus Bardek, zusätzlich zu dem Bett im Nebenzimmer.

»Du sparst an nichts, wie ich sehe«, sagte Jill.

»Warum sollte ich auch?« Salamander goß ihr aus einer Glaskaraffe einen Kelch Met ein. »Nun, ich nehme an, du weißt bereits, daß der Gwerbret Rhodry nicht gefunden hat.«

»Er wird ihn auch nicht finden.«

Salamander blickte auf, das Metglas noch in der Hand, den Mund halb offen.

»Rhodry ist den Habichten der Brüderschaft in die Hände gefallen.«

Einen Augenblick lang regte sich der Gerthddyn nicht. Es sah sogar aus, als hätte er aufgehört zu atmen, bis er schließlich flüsterte: »Ihr Götter, nicht das! Bist du sicher?«

»Der Mann, der ihn suchte, muß mit soviel Arsen zu tun haben, daß seine Haut und seine Haare ganz weich und glatt geworden sind. Als ich beiläufig das Wort Habicht erwähnte, wurde der Mann, mit dem ich sprach, vollkommen hysterisch.« Sie schlug mit der Faust auf den Tisch, daß die Karaffe klirrte. »Ich weiß, was die Habichte mit den Leuten tun, die ihnen in die Hände fallen. Wenn sie Rhodry foltern, dann werden sie sterben. Einer von ihnen für jede Wunde, die sie ihm zugefügt haben, das schwöre ich. Ich werde hinter ihnen her sein wie Frettchen hinter Ratten. Ein Mann für jede Wunde.« Dann lachte sie, ein verrücktes Gackern, das sie vollkommen beherrschte.

»Jill, hör sofort damit auf! Bei den Göttern!«

Sie warf den Kopf zurück und lachte weiter. Er packte sie an den Schultern, schüttelte sie, schrie sie an, dann stieß er sie schließlich an die Wand. Das Lachen hörte auf. Als sie die Trauer in seinen rauchgrauen Augen sah, fragte sie sich, wieso sie selbst nicht weinen konnte. Sie wand sich los und ging zum Fenster, um auf den kleinen Garten hinabzusehen. Es kam ihr ungerecht vor, daß die Sonne so hell schien, wo ihr Rhodry doch in den Händen der Finsternis war. Dann hörte sie Salamander schluchzen und drehte sich um. Tränen liefen ihm über die Wangen, als er dort stand, die Hände hilflos an den Seiten. Der Kontrast zwischen seiner eleganten Kleidung und seinem hilflosen Schmerz ließ ihn aussehen wie ein Kind, das die Gewänder seines Vaters angezogen hat. Jill wußte nicht, was sie sagen sollte, also ging sie zu ihm und legte ihm die Hand auf die Schulter.

»Du vergißt, daß er mein Bruder ist.«

»Ja. Kannst du mir verzeihen?«

Er nickte, wandte den Blick ab, immer noch weinend, und gab keinen Laut mehr von sich. Jill wurde klar, daß nichts, was sie sagen konnte, das Richtige sein würde.

»Ich hole meine Sachen aus dem anderen Gasthaus.«

Er nickte, um anzuzeigen, das er sie gehört hatte, aber er sah sie nicht mehr an. Auf dem langen Weg zurück zum Gasthaus fühlte sich Jill so erschöpft, als hätte sie eine lange Schlacht hinter sich, als hätte sie Rhodry bereits tot aufgefunden. Ihr wurde klar, daß sie tatsächlich davon ausging, daß er so gut wie tot war, und daß sie ihn nicht einmal betrauern konnte, bevor sie ihn gerächt hatte. Wenn diese Leute ihn zu Tode folterten, dann würde diese Rache lange dauern. Eine lange, geduldige Jagd mit vielen Leichen am Weg. Die Habichte beherrschten den Dweomer? Sie würde es ebenfalls lernen und ihr Talent ausnutzen, wenn es sein mußte. Als sie zum Himmel aufblickte, war dieser von einem leuchtenden Blau; die Pflastersteine auf der Straße schienen von innen her zu glühen. Das war die Macht, die in ihr aufstieg durch Kanäle, die Perryns unbewußter Dweomer in ihr zufällig geöffnet hatte, und sie wußte nun, daß sie diese Kraft benutzen konnte, wenn sie sie brauchte. Aber das könnte gefährlich sein: Sie war so wenig ausgebildet und unwissend wie Perryn; wie er würde sie Gefahr laufen, den Verstand zu verlieren oder sich langsam umzubringen. Das war ihr allerdings gleich. Für sie zählte nur noch die Rache.

Nachdem sie ihr Pferd und ihre Sachen geholt hatte, nahm sie vorsichtshalber einen Umweg zum Goldenen Drachen, hielt sich an die breiteren Straßen, wo sie reiten konnte, statt ihr Pferd die schmalen Straßen entlangzuführen. Sie ritt am Hafen vorbei, wo die Handelsschiffe vor Anker lagen, um die letzte Ladung des Sommers aufzunehmen. In einem Monat oder wenig mehr würde das Meer nicht mehr befahrbar sein, und schon jetzt hatte das Wasser einen dunklen, kälteren Blauton angenommen. Hier und da sah sie Männer aus Bardek in Gesprächen mit Vorarbeitern aus Lagerhäusern, während große Frachtballen auf die Schiffe getragen wurden. Man kann in diesen Schiffen verflucht viel transportieren, dachte sie bei sich.

»Ihr Götter!« Sie trieb ihr Pferd zu einem Trab an und eilte ohne jede weitere Vorsicht zum Gasthaus.

Salamander war inzwischen ruhig geworden, sogar eher ein wenig zu ruhig, ebenso wie sie. Seine Augen waren eher stahl- als rauchgrau, seine Stimme hart. Er zeigte auf zwei volle Kelche auf dem Tisch.

»Wir haben den Met, den ich eingeschenkt hatte, nicht einmal getrunken. Das sollten wir jetzt tun. Ich dachte an einen Schwur.«

»Gute Idee. Wie lautet das elfische Wort für Rache? Wir sollten in unseren beiden Sprachen schwören.«

»Anadelonbrin, schnell zuschlagender Haß.«

»Also gut. Anadelonbrin!«

»Rache!« Und er legte den Kopf zurück und heulte wie ein Wolf in der kältesten Winternacht. »Damit ruft man die toten

Wölfe herbei, mein Turteltäubchen. Die Rachewölfe der Göttin der dunklen Sonne. Weißt du von ihr?«

»Ich glaube schon, vielleicht unter einem anderen Namen. Denn ich kann manchmal sehen, daß sie aus deinen Augen blickt. Die Seher der Elfen sagen, es gibt zwei Sonnen, Zwillingsschwestern. Eine ist die helleuchtende Sonne, die wir am Himmel sehen; die andere ist auf der anderen Seite der Welt. Die helle Schwester schenkt Leben, die dunkle – muß ich das noch sagen? – den Tod.«

»Dann mögen ihre Wölfe uns vorauseilen.«

Sie prosteten einander zu und tranken.

Salamander hatte selbstverständlich durchs Feuer mit Nevyn gesprochen und ihm von Jills Entdeckung erzählt. Der alte Kräutermann konnte an diesem Nachmittag wenig anderes tun als im Krankenzimmer auf und ab zu gehen, bis seine widerstrebenden Gefühle besänftigt waren. Haß, Trauer, Zorn – all das kam zusammen und gab ihm das Gefühl, daß er am liebsten die Götter und die Großen gleichermaßen verflucht hätte, weil sie so etwas hatten geschehen lassen. Daß Rhodry sterben müßte, war schlimm genug; daß er langsam und von den Händen widerwärtiger Männer starb, war herzzerreißend. Wie immer tadelte er auch sich selbst. Es mußte irgendein Warnzeichen gegeben haben, das er übersehen hatte. Jedesmal, wenn er Rhys ansah, der um sein Leben kämpfte, keuchend um jeden Atemzug rang, bedrohte ihn seine hochgezüchtete Phantasie mit Bildern von Rhodry in den Händen der Habichte. Wieder und wieder verbannte er diese Gedanken, indem er ihnen das Siegel eines flammenden Pentagramms aufdrückte, bis sein Geist schließlich ruhiger war.

Dann endlich konnte er denken. Obwohl sein erster Impuls darin bestand, nach Cerrmor zu eilen, hatte er nicht nur dringende Gründe zu bleiben, wo er war; die Reise würde auch einfach zu lange dauern. Bis er Cerrmor erreicht hätte, konnten Jill und Salamander schon hundert Meilen entfernt sein. Außerdem, falls die Feinde die Stadt auf dem Wasserweg verlassen hatten, wie anzunehmen war, waren sie und ihr Opfer längst verschwunden. Das schien das wahrscheinlichste: obwohl sie niemals einen bewußtlosen Mann an den Hafenwachen und den Zöllnern in Cerrmor selbst vorbeibringen könnten, wäre nichts einfacher, als ihn in einem Wagen aus der Stadt zu schaffen, ihn auf ein Küstenboot zu verladen und zu einem weniger bewachten Hafen zu bringen, wo … wo was? Dieses »Was« wunderte Nevyn gewaltig. Wenn die Habichte ihn einfach töten oder zu Tode foltern wollten, warum hatten sie ihn bis nach Cerrmor gelockt, und warum waren sie dann nicht in der Bilge geblieben, wo das Foltern eines Menschen als vergnügliche Unterhaltung betrachtet wurde und nicht als Angelegenheit für die Wache des Gwerbret? Warum diese ganze Sache mit den Schiffen, warum dieses ganze komplizierte Spiel, bei dem sie das Risiko eingingen, bei jeder Wendung abermals zu verlieren? Und vor allem, wer unter diesem gottverfluchten Himmel hatte sie dafür bezahlt?

Wie ein in die Enge getriebener Bär schüttelte er den Kopf und knurrte laut; dann begann er wieder auf und ab zu gehen. Zumindest erklärte diese Seereise, warum sie keine Spur von Rhodry finden konnten. Wenn sie weit genug vom Land entfernt waren, brauchten die dunklen Meister nicht einmal Siegel über ihr Opfer zu setzen, weil selbst der größte Dweomermeister nicht über eine große Wasserfläche hinwegspähen konnte, ganz bestimmt nicht über das Meer. Die gewaltigen Bewegungen ätherischer Kraft störten alle Bilder, schützten jeden, der versuchte, sich zu verbergen – es war etwa so, als würde jemand mit normaler Sicht versuchen, durch dicken Nebel oder Rauch zu spähen. Sobald die Habichte Rhodry ein paar Meilen weit auf das Meer hinausgeschafft hatten, konnte kein Dweomer der Welt ihn mehr finden.

»Irgendwie sieht es so aus, als spielten sie mit uns«, sagte Nevyn zu dem gelben, dicken Gnom. Der Gnom runzelte nachdenklich die Stirn, dann sprang er auf eine Holztruhe und begann, an seinen Zehen zu spielen.

»Wir haben nur eine Hoffnung«, fuhr Nevyn fort. »Sie haben vielleicht vor, ein Lösegeld zu verlangen. Wenn das stimmt, dann werden sie die Hände von ihm lassen, zumindest, bis die Verhandlungen begonnen haben.«

Der Gnom sah ihn an und nickte, um zu zeigen, daß er verstanden hatte. Da dieses Geschöpf sich schon seit Jahren in seiner Nähe befand, hatte es angefangen, so etwas wie Verstand zu entwickeln. Plötzlich erstarrte es, dann sprang es auf und zeigte auf die Tür. Gerade als Nevyn sich umdrehte, klopfte es, und ein Page kam herein.

»Lady Lovyan möchte wissen, ob Ihr Zeit habt, Herr. Talidd von Belglaedd ist gerade am Tor erschienen.«

»Dann hol die Frau des Gwerbret, damit sie bei ihrem Mann sitzen kann. Und ich gehe nach unten, sobald sie hier ist.«

Nevyn schimpfte leise vor sich hin, dann wappnete er sich innerlich, um dem intriganten Lord gegenüberzutreten.

Als er in die große Halle kam, sah er zu seiner Erleichterung, daß Talidd nicht der einzige Gast am Ehrentisch war. Auch Lord Sligyn saß dort, zur Rechten des Tieryn, trank Bier und warf Talidd über den Krug hinweg böse Blicke zu. Sligyn war ein untersetzter rotgesichtiger Mann Mitte Dreißig mit einem dicken Schnurrbart. Und nun erhob er sich und sah Nevyn entgegen.

»Da seid Ihr ja, Kräutermann! Kommt her und bringt diesem schweinsköpfigen Idioten von einem Lord Vernunft bei.«

»Ich bitte um Verzeihung, Herr.« Talidd war sofort auf den Beinen.

»Das solltet Ihr wirklich!« fuhr Sligyn fort. »Solchen Unsinn über unseren Rhodry zu erzählen.«

Talidd öffnete den Mund, warf Lovyan einen Blick zu und klappte dann den Mund wieder zu. Nevyn wurde es eiskalt, und er fragte sich, ob Talidd irgendwie hinter das Geheimnis von Rhodrys Vater gekommen war. Am Rande war er sich bewußt, daß auf der anderen Seite der Halle Cullyn aufgestanden und ein paar Schritte auf sie zugekommen war.

»Würdet Ihr Euch bitte beide wieder hinsetzen?« sagte Lovyan mit Stahl in der Stimme. »Von welchem Unsinn redet Ihr, Sligyn?«

»Daß der Junge tot sei.« Sligyn setzte sich wieder auf die Bank. »Wagt nicht einmal, es zu leugnen, Talidd. Ich habe es selbst gehört. Bei diesem Turnier, das Peredyr veranstaltet hat. Ein großer Haufen … äh … Unsinn.«

Talidd zog ein Gesicht und setzte sich schnell hin, wobei er geflissentlich Lovyans Blick auswich.

»Verzeiht mir, Euer Gnaden, wenn ich Euch verärgert habe. Ich habe an diesem Tag ein wenig zuviel Bier getrunken, und ich fragte mich nur, warum die Reiter des Königs den Jungen nicht finden können, wenn er noch am Leben ist.«

Sligyn setzte schon zu einem verärgerten Widerspruch an, aber Nevyn legte ihm rasch die Hand auf die Schulter.

»Ich bin nicht beleidigt, Herr.« Lovyan klang ein wenig müde, nichts anderes. »Ich habe mir oft dieselbe Frage gestellt. Setzt Euch, Nevyn! Ich kann es nicht ertragen, wenn Ihr alle herumsteht.«

»Verzeiht, Euer Gnaden.« Er setzte sich neben Sligyn. »Soweit ich weiß, versteckt sich Rhodry vor den Wachen des Königs. Ich habe aber keine Ahnung, warum.«

Ein seltsamer Ausdruck zog über Talidds Gesicht, eine Spur von Verachtung, die rasch unterdrückt wurde. Sligyn setzte mit lautem Krachen den Bierkrug ab und beugte sich vor.

»Heraus damit, Mann«, fauchte Sligyn. »Ich habe genug von Euren höhnischen Blicken und heimtückischen Worten!«

Talidd lief dunkelrot an.

»Ich fragte mich nur, Lord Sligyn, warum er nicht gefunden werden will. Er ist jetzt seit Jahren Silberdolch, oder? Man fragt sich schon, was er getan hat.«

Langsam und entschlossen stand Sligyn wieder auf.

»Wollt Ihr Lord Rhodry etwa vor den Augen seiner Mutter beleidigen?«

»Nein.« Auch Talidd erhob sich. »Ich sprach nur von Fragen, die ich mir stellte.«

Bevor Lovyan sich einmischen konnte, war Cullyn da und trat mit respektvollen Verbeugungen nach beiden Seiten zwischen die Lords.

»Lord Sligyn, ich bitte um Verzeihung, aber wenn hier jemand für meine Herrin eintritt, dann bin ich das. Das ist meine Pflicht als ihr Hauptmann.«

Talidd wurde bleich und setzte sich ziemlich schnell wieder hin.

»Wenn Euer Gnaden mir verzeihen mögen … ich fürchte, ich habe mich vergessen. All die ungeklärten Fragen über die Zukunft des Rhan haben mich erschöpft.«

»Das mag sein.« Lovyan nickte ihm zu. »Ich verspreche Euch, sobald wir von Rhodry hören, wird der Wahlrat es ebenfalls erfahren.«

»Untertänigsten Dank, Euer Gnaden.«

Obwohl Talidd danach nicht mehr viel sagte und seinen Besuch abkürzte, fragte sich Nevyn, was wohl dahintersteckte. Wieso war Talidd so sicher, daß Rhodry tot war? War es möglich, daß er etwas mit der Entführung zu tun hatte?

»Verflucht sollen sie sein!« sagte Salamander. »Mögen ihnen zuerst die Zähne verrotten und dann die Nasen. Mögen sich ihre Augen mit Schleim füllen und ihre Ohren mit Geklirre. Möge ihr Atem flach werden und ihre Herzen zu beben beginnen. Mögen ihre Hoden sich verhärten und ihre Männlichkeit erschlaffen.«

»Und darüber hast du beim Frühstück so lange nachgedacht?« fragte Jill. »Ich dachte, daß Dweomerleute keine Flüche aussprechen.«

»Leider liegt hinter diesem keine Macht. Leider sind meine Flüche nur Worte, leer und vollkommen bedeutungslos, es sei denn als Weg, mein angestrengtes und beunruhigtes Herz zu erleichtern.« Er stand vom Tisch auf und ging hinüber zum Fenster. »Auch dieser Nebel soll verflucht sein! Möge er schrumpfen, möge er verschwinden, möge er sich in Luft auflösen!«

Jill blickte von ihrem Haferbrei auf und sah draußen vor dem Fenster dunklen Nebel wirbeln, als wolle er Salamanders Fluch verspotten. »Was ist so falsch an diesem Nebel?« sagte sie.

»Keines der Schiffe wird darin segeln, und wir brauchen ein Schiff.«

»Ach ja?«

»Ja. Während du schliefst, mein Turteltäubchen, habe ich Pläne ausgeheckt. Dein Erfolg in der Bilge hat mich auf eine Idee gebracht, oder um ganz genau zu sein, auf viele Ideen, von denen ich die meisten wieder verwarf.«

Er drehte sich um und hockte sich aufs Fensterbrett. »Offensichtlich sollen wir hinter diesem Briddyn herjagen. Wenn sich die Habichte wirklich vor uns verstecken wollten, hätten wir überhaupt nichts herausgefunden, ganz gleich, wie sehr du die ganze Bilge in Angst und Schrecken versetzt hättest. Statt dessen haben sie solch deutliche Hinweise hinterlassen, daß selbst die Männer des Gwerbret sie hätten finden können. Also haben wir jetzt die Wahl: Entweder ist Briddyn eine falsche Spur, die uns in die falsche Richtung locken soll, oder er ist ein Köder für eine Falle. Mein Instinkt sagt mir, es handelt sich um das letztere.«

»Oho! Aber was, wenn wir der Spur folgen und dann die Falle vermeiden?«

»Genau daran hatte ich gedacht. Ich nehme an, sie unterschätzen uns einfach. Es kann schon sein, daß ihnen durchaus klar ist, daß ich ein Dweomermann bin, aber ich wette mein letztes Kupferstück dafür, daß sie nicht wissen, daß auch du das Talent hast. Außerdem bin ich sicher, daß sie nicht wissen, wie gut du mit diesem Schwert umgehen kannst.«

»Gut. Ich würde mich sehr freuen, es ihnen zeigen zu können.«

»Zweifellos, ich ...« Er hielt inne, als es an der Tür klopfte. Als Jill die Tür öffnete, fand sie einen schläfrigen Jungen von etwa sechs Jahren davor.

»Entschuldigt, Herr, aber draußen ist ein Mann, und er sagt, er möchte mit Euch reden, und Vater will ihn nicht raufkommen lassen. Also hat er mich geschickt; ich soll fragen, ob er raufkommen darf.«

»Ach ja? Wie sieht er denn aus?«

»Er kommt aus Bardek, und er hat lauter Narben, und er riecht seltsam.«

Er riecht seltsam? dachte Jill bei sich; was soll das bedeuten? Sie gab dem Jungen ein Kupferstück und bat ihn, den Mann heraufzubringen. Kurze Zeit später stand der Wirt des Roten Mannes vor der Tür. Er roch tatsächlich, aber nach Angst, nicht nach Schmutz oder Parfum, sondern nach jener besonderen Schärfe, die sich in den Schweiß eines Menschen stiehlt, der Angst hat. Sobald die Tür hinter ihm zufiel, warf er sich Jill zu Füßen.

»Tötet mich, laßt mich nicht länger warten, ich flehe Euch an! Ich habe die ganze Nacht gewartet, und das Warten macht mich wahnsinnig.«

Vollkommen verwirrt steckte Jill die Daumen in den Schwertgürtel und setzte ein grausames Lächeln auf, um Zeit zu gewinnen; aber Salamander schien zu verstehen. Er kam vom Fenster herüber und starrte dem Wirt in die Augen, während der Mann aus schierer Angst nach Luft rang.

»Es könnte mir gefallen, dich umzubringen«, sagte der Gerthddyn brutal. »Aber vielleicht ist es auch nicht nötig.«

»Aber ich habe geredet! Ich habe Briddyns Namen verraten. Ich habe nicht begriffen, daß Ihr mich nur prüfen wollt.«

Als Salamander kicherte – ein ziemlich unangenehmes Lachen – war Jill plötzlich alles klar: Der Wirt hielt sie ebenfalls für Habichte.

»Nichts davon«, warf Salamander ein. »Die Bruderschaft ist genau das, nämlich eine Bande von Brüdern. Habt Ihr jemals Brüder gekannt, die in ihrem Herzen keine Rivalen gewesen wären? Habt Ihr jemals einen älteren Bruder gesehen, der freiwillig seinen Kuchen mit dem jüngeren geteilt hätte? Wenn ja, dann erblicktet Ihr einen seltenen und heiligen Mann.«

Langsam kehrte die Farbe ins Gesicht des Wirts zurück.

»Aha. Also wollt Ihr diesen Rhodry wirklich?«

»Wir haben unsere Gründe, du Hund!« Salamander trat ihn fest genug in den Bauch, daß er grunzte. »Aber du hast uns nicht alles gesagt, was du wußtest, nicht wahr? Sag es mir jetzt oder ich werde dich verzaubern und dich von der Hafenmauer springen lassen, damit du ersäufst.«

Der Mann wischte sich mehrmals den Mund mit dem Handrücken ab, dann nickte er zustimmend, schluckte heftig und redete endlich.

»Sie bringen ihn nach Slaith. Ich weiß nicht warum. Aber

ich hörte, daß Briddyn gegenüber seinen Begleitern Slaith erwähnte.«

Der Name bedeutete Jill nichts, aber Salamander grunzte überrascht.

»Das hätte ich mir denken können«, meinte er. »Also gut, du Hund. Zieh den Schwanz ein und kehr in deinen Zwinger zurück. Aber wenn du uns irgend jemandem gegenüber erwähnst …«

»Niemals! Das schwöre ich bei den Göttern unserer beiden Völker.«

Zitternd und schwitzend kam er auf die Beine und eilte zur Tür. Als Jill sie hinter ihm schloß, hörte sie noch, wie er den Flur entlangstolperte.

»Aha, Slaith!« sagte Salamander grimmig. »Ein schlechtes Vorzeichen, kleine Taube, ein verflucht schlechtes Vorzeichen.«

»Wo ist das? Ich habe nie davon gehört.«

»Da bin ich nicht überrascht, weil du nicht die einzige bist. Aber ich muß sagen, du hast tatsächlich eine dämonische Furcht in das jämmerliche Herz dieses Burschen gesenkt. Mit wem bin ich hier unterwegs, mit einer Giftschlange?«

»Das wollen wir hoffen. Es heißt immer, Vipern seien selbst gegen Gift immun.« Sie hielt inne, weil ihr plötzlich eine Idee kam. »Aber ich frage mich, ob dieser Bursche nicht überall Habichte sieht, weil er sie schon einmal verraten hat. Diese Narben …«

»Nein, so ist das nicht. Ich vergesse, daß du nicht viel über Bardek weißt. Er war zweifellos ein Messerkämpfer – das ist dort ein Sport. Du hast das Messer in der einen Hand, und um den anderen Arm einen gepolsterten Ärmel, den du als Schild benutzt. Der Mann, der den ersten Schnitt macht, gewinnt. Die Reichen haben ihre Favoriten und überschütten sie mit Geschenken. Auf diese Weise hat unser Freund sich sicherlich das Geld für seine Schenke erarbeitet, aber da sie sich in der Bilge befindet, war er entweder nicht wirklich erfolgreich, oder …«

»Ihr Götter, ich gebe keinen Schweinefurz dafür, mußt du denn über alles gleich so ausführlich reden?«

»Ja, ich muß das tun, weil es mich einerseits erleichtert und mich andererseits wie einen Idioten klingen läßt, und genau das will ich unseren Feinden vorspielen. Wer würde einen Idioten und eine Giftschlange schon ernst nehmen?«

»Also gut, du plapperst und ich zische.«

»Und jetzt ist es an der Zeit, daß ich im Hafen ein wenig plappere. Laß uns eine Passage nach Dun Manannan buchen. Das geht schneller, als den ganzen Weg zu reiten, und wir können für den Rest der Reise dort Pferde kaufen.«

»Aber wo gehen wir hin?«

»Natürlich nach Slaith. Oh, meine hübsche, kleine Turteltaube, dir steht eine sehr seltsame Überraschung bevor.«

Da es nicht gerade zu den Prioritäten der königlichen Wache gehörte, einen einzelnen Gefangenen nach Aberwyn zu verschicken, blieb Perryn noch mehrere Tage im königlichen Gefängnis, und jeder dieser Tage war langweiliger als der vorangegangene. Da er nichts zu tun hatte als zu schlafen und Strohhalme zu kleinen Mustern zu flechten, war er beinahe froh, als Madoc eines Morgens kam und ankündigte, daß er an diesem Nachmittag auf die Reise geschickt werde.

»Eine Galeere bringt Depeschen nach Cerrmor, und sie haben genug Platz für einen Pferdedieb. Und dort werdet Ihr dann auf ein Handelsschiff umgeladen. Ich würde Euch nicht raten zu fliehen. Der Kapitän des Schiffes ist ein furchterregender Mann.«

»Oh … äh … da würde ich mir keine Sorgen machen. Ich kann nicht schwimmen.«

»Gut. Wenn Ihr nach Aberwyn kommt, solltet Ihr ehrlich zu meinem Onkel sein, und er wird tun, was er kann, um Euren Hals zu retten.«

»Ich nehme an, ich sollte Euch danken. Aber irgendwie kann ich das nicht mit aller Ehrlichkeit tun.«

Sehr zu Perryns Überraschung mußte Madoc darüber herzlich lachen; dann verabschiedete er sich.

Die Reise flußaufwärts verlief rasch und ereignislos, und die Galeere erreichte Cerrmor just, als Jill und Salamander die Stadt verließen. Als die Wachen Perryn den Männern des Gwerbret übergaben, spürte er Jills Gegenwart, aber dann verlor er die Spur beinahe sofort. Er wurde zu Gwerbret Ladoics Festung gebracht, wo er eine elende Nacht in einer vom dichten Nebel feuchtkalten, winzigen Zelle verbrachte. Am Morgen kamen zwei der Reiter des Gwerbret, fesselten ihm die Hände auf den Rücken und brachten ihn zum Hafen, während ihm noch alle Knochen weh taten. Am Ende eines langen Piers lag ein großes Handelsschiff aus Bardek, und auf der Gangway wartete einer der größten Männer, die Perryn je gesehen hatte. Der Mann war beinahe sieben Fuß groß, hatte gewaltige muskulöse Arme und Schultern, und seine Haut war so dunkel, daß sie tiefschwarz wirkte. Er schien genauso furchterregend zu sein, wie Madoc ihn beschrieben hatte – tatsächlich erinnerte Perryn sein kalter, ruhiger Blick an den des Stallmeisters.

»Das da ist der königliche Gefangene?« Die Stimme des schwarzen Mannes war so tief, daß sie über den Pier zu rollen schien wie ein Holzfaß.

»Ja, Meister Elaeno«, sagte einer der Wachen. »Er sieht nicht nach viel aus, wie?«

»Nun, wenn Lord Madoc für diesen Jämmerling eine Überfahrt nach Aberwyn will, werde ich ihm nicht widersprechen. Holen wir ihn an Bord.«

Elaeno griff mit einer riesigen Hand nach Perryns Hemd und hob ihn ein paar Fuß über den Boden.

»Wenn du mir irgendwelchen Ärger machst, werde ich dich auspeitschen lassen, verstanden?«

Perryn quiekte eine Antwort, die wohl als bejahend durchging. Elaeno hob ihn direkt über die Seite des Schiffs und warf ihn auf das Deck. Dann winkte er zwei Seeleute heran, die ebenso dunkel und riesig waren wie er.

»Steckt ihn in den Frachtraum und seht zu, daß er ordentlich zu essen und sauberes Wasser bekommt.«

Es war anständig vom Kapitän, sich um die Ernährung seines Gefangenen zu sorgen, aber es war reine Zeitverschwendung. Sobald das Schiff den Hafen verließ und die offene See erreichte, drehte sich Perryn der Magen um. Die Seekrankheit überwältigte ihn in rhythmischen Wellen, und er lag die ganze Zeit auf seinem Strohsack, stöhnte und wünschte sich, tot zu sein. Hin und wieder kam einer der Seeleute, um nachzusehen, wie es ihm ging, aber während der ganzen dreißigstündigen Überfahrt war die Antwort immer dieselbe. Perryn sah sie elend an, flehte sie an, ihn aufzuhängen und all dem ein Ende zu machen. Als das Schiff schließlich in Aberwyn einlief, mußte man ihn hinuntertragen.

Einfach nur auf dem Pier zu liegen, war wie das Paradies. Perryn klammerte sich mit beiden Armen an das grobbehauene, schmutzige Holz und dachte sogar daran, es zu küssen, während die kühle Seeluft die letzte Übelkeit aus seinem Kopf blies. Als Männer aus der Festung des Gwerbret mit einem Karren kamen, war Perryn beinahe schon wieder vergnügt. Selbst die Tatsache, daß man ihn wieder in eine Zelle warf, änderte an seiner guten Laune zunächst nichts. Das Stroh war vielleicht schmutzig, aber es bedeckte einen Boden aus richtigem Dreck auf festem Land.

Seine gute Stimmung ließ allerdings nach, als er bemerkte,

daß es kälter und kälter wurde. Es war ein grauer, nebliger Tag, und durch das vergitterte Fenster blies kalter Wind herein. Er hatte keine Decke, nicht einmal einen Umhang. Obwohl er sich in eine Ecke kauerte und etwas Stroh über seine Beine breitete, begann er nach wenigen Minuten zu zittern. Als er etwa eine halbe Stunde später jemanden an der Tür hörte, nieste er bereits. Die Tür ging auf, und davor stand ein alter Mann, hochgewachsen, weißhaarig und in einfache graue Brigga und ein Hemd mit dem Wappen des roten Löwen gekleidet. Als der alte Mann zum Sprechen ansetzte, hatte Perryn einen Krampfanfall – das glaubte er zumindest. Es fühlte sich an, als hätten ihn mehrere unsichtbare Katzen angesprungen und wollten ihn mit ihren Klauen zerreißen. Es tat so weh, daß er aufschrie und sich wand.

»Hört auf damit!« rief der alte Mann. »Ihr alle, hört sofort damit auf.«

Als Perryn gehorsam still lag, hörte auch der Schmerz auf. Und er fragte sich, wieso der alte Mann ihn angesprochen hatte wie eine ganze Gruppe von Menschen.

»Das tut mir leid, Junge. Ich heiße Nevyn, und ich bin Madocs Onkel.«

»Seid Ihr auch ein Zauberer?«

»Das bin ich, und du tust am besten, was ich sage … oder … oder ich verwandle dich in einen Frosch! Jetzt komm mit. Ich kann dir ansehen, daß du sehr krank bist, und ich habe die Erlaubnis der Regentin, dich unter Bewachung in einer normalen Kammer festzuhalten und nicht in einer Zelle.«

Perryn nieste, wischte sich die Nase am Ärmel ab und stand dann auf. Während er sich das Stroh abstreifte, fragte er sich, wie es wohl sein würde, den Rest seines Lebens durch den Sumpf zu hüpfen. Als sein Blick zufällig auf den Nevyns traf, drang ihm der Blick des alten Mannes bis in die Seele und schien ihn an einer unsichtbaren Wand festzunageln, während

Nevyn sich nach Lust und Laune in seinem Geist umsah. Endlich ließ er ihn mit einem Kopfschütteln wieder los.

»Du bist wirklich ein Rätsel. Ich verstehe, wieso Madoc dich hergeschickt hat. Außerdem bist du dem Tode nahe. Ist dir das klar?«

»Das ist nur eine Erkältung, Herr. Die muß ich mir auf diesem ekelhaften Schiff gefangen haben.«

»Ich rede nicht von der Erkältung. Komm mit.«

Als sie den Hof überquerten, warf Perryn einen Blick auf den hohen Brochkomplex, und es sah so aus, als schwankten die Türme. Erst jetzt wurde ihm klar, daß er Fieber hatte. Nevyn mußte ihm helfen, die Treppe zu einer kleinen Kammer in einem der halbhohen Brochs hochzusteigen. Perryn war erschrocken über die Kraft des alten Mannes, als dieser ihn durch die Tür schob und ihn beinahe auf das schmale Bett hob.

»Zieh die Stiefel aus, Junge, während ich das Feuer anmache.«

Das allein war schon so ermüdend, daß Perryn kaum mehr die Kraft hatte, sich unter die Decken zu legen. Er war schon beinahe eingeschlafen, als Elaeno, der Schiffskapitän, ins Zimmer kam; aber so müde wie er war, konnte ihn nichts mehr wachhalten.

»Es ist nicht viel an ihm dran, oder?« meinte Nevyn.

»Das habe ich auch gesagt, als ich ihn sah.« Elaeno schüttelte verblüfft den Kopf.

»Selbstverständlich sieht nach tagelanger Seekrankheit niemand sonderlich gut aus.«

»Er ist auch vor kurzem erst übel zusammengeschlagen worden. Man kann sehen, daß ihm ein Zahn fehlt, und er hat frische Narben. Salamander erzählte mir, daß unser Rhodry ihn auf der Straße erwischt hat.«

»Ich bin überrascht, daß er noch lebt.«

»Ich auch. Salamander hatte keine Ahnung, weshalb Rhodry ihn nicht umgebracht hat, und mir ist das auch ein Rätsel. Nun gut, jedenfalls lebt er noch. Und wir werden sehen, was wir herausfinden können. Sieh dir einmal seine Aura an.«

Elaeno legte den Kopf schief und begann, leicht zu schielen, während er die Aura um den schlafenden Perryn inspizierte.

»So etwas Seltsames habe ich noch nie gesehen«, erklärte der Bardekianer schließlich. »Die Farbe ist vollkommen falsch, und die inneren Sterne sind auch aus dem Gleichgewicht. Bist du sicher, daß er überhaupt ein Mensch ist?«

»Was sonst sollte er sein?«

»Keine Ahnung. Ich habe nur noch nie in meinem Leben einen Menschen mit solch einer Aura gesehen, auch keinen Elfen oder Zwerg.«

»Das stimmt, und darüber sollte man vielleicht nachdenken. Wenn er ein fremdes Wesen ist, das in einem menschlichen Körper festsitzt, würde das einiges erklären. Leider könnte es sein, daß wir die Wahrheit nie erfahren werden. Er ist sehr krank.«

»Glaubst du, daß du ihn retten kannst?«

»Das weiß ich nicht. Trotz allem, was er Jill angetan hat, fühle ich mich verpflichtet, es zu versuchen. Er leidet, und außerdem denke ich, daß wir soviel wie möglich über dieses seltsame Wesen herausfinden sollten. Aber bei den Göttern, alles, was mir jetzt noch fehlt, ist eine weitere Last.«

»Darüber dachte ich gerade nach. Wir könnten hier überwintern, wenn du meine Hilfe brauchst. Ich kann auf einem anderen Schiff eine Botschaft an meine Frau schicken.«

Nevyn setzte an, etwas zu sagen, dann hielt er inne und fragte sich, was mit seiner Stimme los war. Plötzlich war ihm klar, daß er beinahe weinte. Der verblüffte Elaeno legte ihm die Hand auf die Schulter.

»Das weiß ich wirklich zu schätzen«, stotterte Nevyn schließlich. »Ihr Götter, ich bin so müde.«

»Lord Madoc, ich weiß wirklich nicht mehr, was der König denkt«, sagte Blaen. »Und ich gebe zu, daß mich das quält. Ich frage mich, ob ich zuviel Druck ausgeübt habe.«

»Das mag sein. Unser Lehnsherr ist ein empfindlicher Mann, und er kann sehr eigensinnig sein, wenn er das Gefühl hat, daß ihn jemand überreden will.«

Madoc zögerte und schwenkte den Met in seinem Kelch.

»Andererseits denke ich, daß die Kälte unseres Lehnsherrn eher auf Gwerbret Savyl zurückzuführen ist als auf Euren Mangel an Taktgefühl.«

Blaen zuckte zusammen. Obwohl er genau wußte, daß er kein besonders guter Höfling war, freute er sich nicht gerade darüber, auch noch darauf hingewiesen zu werden. Sie saßen in Madocs gemütlichem Zimmer, hoch oben in einem der niedrigeren Brochs des Palastkomplexes. Hier gab es außer zwei gepolsterten Sesseln, dem üblichen Tisch und einem großen, gegen die nächtliche Kälte gut gefüllten Kohlenbecken auch noch ein Regal mit zweiundzwanzig Büchern darin. Blaen hatte sie verblüfft gezählt; in seinem ganzen Leben hatte er noch nie so viele Bücher außerhalb eines Tempels des Wmm gesehen.

»Oh, es scheint, daß ich auch nicht sonderlich taktvoll bin, Euer Gnaden«, sagte Madoc mit selbstironischem Lächeln. »Verzeiht mir, aber diese Angelegenheit um Euren Vetter macht mich langsam unruhig. Er gehört nach Aberwyn, aber wenn der König ihn nicht zurückrufen möchte …« Er breitete in einer hilflosen Geste die Hände aus.

»Genau. Ich habe Angst, um eine weitere Audienz zu bitten. Wenn ich unseren Lehnsherrn tatsächlich verärgert habe, will ich die Dinge nicht noch schlimmer machen. Ich weiß wirklich zu schätzen, was Ihr für mich getan habt. Ihr könnt auf mich zählen, wann immer Ihr meine Hilfe braucht.«

»Ich danke Euch, aber der Dweomer ist von sich aus ebenfalls sehr an Rhodry interessiert.«

»So sieht es aus.«

Blaen trank einen Schluck Met, dann stellte er den Kelch wieder auf den Tisch. Wenn er bei Hofe war, zog er es vor, nüchtern und wachsam zu bleiben. »Wahrscheinlich sollte ich nicht nach dem Grund fragen.«

»Das ist eigentlich kein Geheimnis. Als Rhodry noch ein Junge war, erhielt Nevyn ein Vorzeichen, was ihn betraf. Eldidds Wyrd ist Rhodrys Wyrd – so hat er es jedenfalls interpretiert.«

»Oh.« Blaen war zu verblüfft, um mehr sagen zu können. »Oh.«

Madoc lächelte, dann stand er auf und ging unruhig zum Fenster, um in den Nachthimmel hinauszuspähen, an dem die Wolken im Licht des Halbmonds schimmerten. In diesem Augenblick erinnerte er Blaen stark an Nevyn, sowohl durch die kerzengerade Haltung als auch durch seinen Blick, als sähe er erheblich mehr, als durch dieses Fenster tatsächlich zu entdecken war. Wieder fragte sich Blaen, ob Madoc nicht tatsächlich ein Blutsverwandter des alten Mannes war. Zuvor hatte er das bezweifelt, aber nun schien es plötzlich durchaus möglich zu sein.

»Gut«, sagte der Stallmeister. »Ich werde sehen, ob ich selbst mit unserem Lehnsherrn sprechen kann. In der ganzen Zeit, in der ich schon bei Hofe bin, habe ich noch nie um eine Privataudienz gebeten, also dürften meine Chancen gut sein. Wir sehen uns morgen früh.«

Als das Schiff früh an einem klaren Tag, dessen frischer Wind schon auf den kommenden Herbst hinwies, in Dun Manannan einlief, war Jill heilfroh, wieder an Land zu kommen. In ihrer Freude, wieder festen Boden unter den Füßen zu haben, bemerkte sie Salamanders unaufhörliches Geschwätz kaum, während sie ihre Sachen abluden und am Ende des Kais aufstapelten. Endlich allerdings erregten einige seiner Worte ihre Aufmerksamkeit.

»… können nicht im Gasthaus wohnen, das ist zu gefährlich.«

»Mag sein«, sagte Jill. »Ich habe einen Freund hier in der Stadt, aber ich glaube nicht, daß wir bei ihm wohnen können.«

»Wie bitte? Wie unhöflich, meine Turteltaube. Warum denn nicht?«

Sie beugte sich zu ihm, um zu flüstern: »Weil er ein Zwerg ist und alle Elfen für Diebe hält.«

»Und ich halte sein Volk für Sturköpfe, und der Ausschlag soll sie befallen. Aber du hast recht. Wir sollten uns lieber ein paar Pferde kaufen und uns auf den Weg machen.«

»Wir könnten zumindest kurz bei Otho vorbeischauen.« Jill freute sich darauf, den Silberschmied wiederzusehen. »Er wird uns sagen können, wo wir die besten Pferde bekommen.«

Othos Haus lag am Rande der Stadt, unten am Fluß. Über der Tür hingen drei Silberglocken, die in sanfter Kaskade erklangen, als Jill die Tür aufstieß. Sie betraten das Vorzimmer, einen schmalen Abschnitt des Rundhauses, der vom Rest durch eine geflochtene Trennwand abgeteilt war. In dieser Trennwand hing statt einer Tür eine schmutziggrüne Decke.

»Wer ist da?« rief Otho.

»Jill, der Silberdolch, und ein Freund.«

Der Schmied schob die Decke beiseite und kam heraus, wobei er sich die Hände an einem Lappen abwischte. Dann starrte er Salamander in übertriebenem Mißtrauen an.

»Junge Jill, dein Geschmack in Sachen Männer wird immer

schlimmer. Jetzt hast du einen Elf gegen einen anderen eingetauscht, aber dieser hier ist auch noch ein Geck!«

Salamander riß den Mund auf, aber Jill begann rasch zu reden, bevor er sich von seiner Überraschung erholt hatte.

»Ich habe Rhodry nicht verlassen, Otho; das hier ist sein Bruder und nicht irgendein Geliebter von mir.«

»Mhm, du hast ja in eine schöne Familie eingeheiratet.« Er hielt inne und betrachtete den Gerthddyn neugierig. »Ihr müßt verflucht flink mit den Fingern sein, Junge, um Euch solche Kleidung leisten zu können. Ich werde Euch bestimmt nicht in meine Werkstatt lassen.«

»Augenblick mal! Ich bin kein Dieb!«

»Ha! Das ist alles, was ich dazu sagen kann: ha! Und was willst du heute von mir, Jill?«

»Nur einen Rat. Gibt es in der Stadt einen ehrlichen Pferdehändler?«

»Nicht in der Stadt, aber etwa eine Meile nördlich von hier. Er heißt Bevydd, und er ist so etwas wie ein Freund von mir. Ich habe ihm im Laufe der Jahre viele nette Zaumzeugbeschläge geliefert. Sagt ihm, daß Ihr von mir kommt. Nehmt die Flußstraße direkt aus der Stadt nach Norden, und dann wendet Euch an dem mit Birken gesäumten Weg nach links.«

»Eine Meile?« stöhnte Salamander. »Eine ganze Meile laufen?«

Otho verdrehte die Augen so weit, daß man fast nur noch das Weiße sah.

»Hat die Gnädige etwa zu zarte Füße? Ihr Götter, Jill, du solltest in einen anderen Clan einheiraten!«

»Man gewöhnt sich an sie, wenn man sie erst mal kennt.«

»Aber sie sind eine verdammt schlechte Angewohnheit.«

»Ich bitte um Verzeihung!« fauchte Salamander. »Ich brauche nicht hier zu bleiben und mir das gefallen zu lassen.«

»Nein, Ihr könnt Euch zweifellos auch anderweitig beleidigen lassen.«

Als Salamander zu einer Entgegnung ansetzte, versetzte Jill ihm einen heftigen Stoß mit dem Ellbogen.

»Bitte verzeih ihm, Otho. Hast du vielleicht eine Karte von Auddglyn, die ich mir ansehen könnte? Eine, die zeigt, was im Osten liegt?«

»Nun ...« Er kratzte sich mit einem knochigen Finger am Kopf. »Es könnte sein, daß ich so etwas habe, und um der alten Zeiten willen werde ich danach suchen gehen. Aber behalte du diesen hübschen Jungen hier im Auge.«

Otho ging wieder durch die mit der Decke verhängte Türöffnung, und einen Augenblick später hörten sie das unmißverständliche Geräusch, das entsteht, wenn jemand in Bergen von Gegenständen wühlt: Rascheln, Klirren und hin und wieder Schimpfen.

»Mögen die Götter ihm den Bart abfallen lassen«, zischte Salamander. »Diese Unverschämtheit, mich als Dieb zu bezeichnen!«

»Es ist doch nicht so, als meinte er es persönlich.«

»Ha! Von deiner Unverschämtheit, ihn zu bitten, mir zu verzeihen, gar nicht zu reden.«

»Ich habe nur versucht, die Wogen zu glätten. Still – er kommt.«

Triumphierend kam Otho mit einer vergilbten und gerissenen Pergamentrolle in der Hand zurück. Er brachte sie zum Fenster und rollte sie vorsichtig auf, während Jill und Salamander sich näherdrängten. Die Karte zeigte den größten Teil der Auddglyn-Küste, und Jill hatte den Eindruck, daß sie bereits gezeichnet worden war, bevor die Provinz richtig besiedelt wurde. Im Osten vor Dun Manannan sah man die Inselgruppe, die als Schwein und Ferkel bekannt war, aber das Dorf Brigvetyn, direkt im Norden davon, fehlte. Noch weiter nach Osten hin war das Pergament leer, bis auf ein kleines Schriftband, auf dem »Hier sind Drachen« stand.

»Drachen?« sagte Jill. »Das muß die Spinnerei eines Gelehrten gewesen sein.«

»Genau«, sagte Salamander. »Die Drachen Deverrys leben alle in den nördlichen Bergen.«

»Wie bitte?«

»Nur ein Scherz.« Aber er sprach so hastig, daß sie wußte, daß er etwas verbarg. »Das erzähle ich dir ein andermal. Siehst du diesen kleinen Fluß hier, meine Turteltaube, den Tabaver? Zu seiner Mündung reiten wir jetzt.«

»Ich habe nie gehört, daß es dort eine Stadt gibt.«

»Selbstverständlich nicht. Deswegen sagte ich dir ja, daß du überrascht sein wirst.«

Zur Abwechslung hatte Salamander die Wahrheit gesagt. Nachdem sie die neuen Pferde gekauft hatten, einen stämmigen Grauen für Salamander, einen kampferprobten Fuchs für Jill und ein Packmaultier, zogen sie nach Osten und folgten der Küstenstraße nach Cinglyn, das etwa vier Tagesritte entfernt lag. Auf diesem Teil der Reise war die Straße aus Kies und gestampfter Erde und in gutem Zustand; sie zog sich durch Bauernland, und überall waren die Leute gerade dabei, goldenen Sommerweizen zu ernten. Cinglyn selbst war ein großes Dorf, das dabei war, sich zur kleinen Stadt zu entwickeln; sie hatten keine Probleme, dort Vorräte zu kaufen. Aber als sie fragten, wie die Straße wohl weiterginge, ernteten sie nur erstaunte Blicke oder offenen Spott.

»Da gibt es nichts mehr«, sagte der Schmied. »Nur Gras.«

»Mag sein«, sagte Salamander. »Aber ist hier niemand je neugierig gewesen? Sicher ist doch jemand mal hingeritten und hat sich umgesehen.«

»Warum denn?« Der Schmied spuckte auf den Boden. »Da gibt es nichts.«

Die ersten paar Tage hätte Jill ihm durchaus zugestimmt, und sie begann sich zu fragen, ob Salamander den Verstand verloren hatte. Die Straße wurde zu einem Trampelpfad, dann zu einem Wildpfad, und etwa fünfzehn Meilen vor Cinglyn war überhaupt nichts mehr zu erkennen. Salamander führte sie zum Strand hinunter, und für den Rest dieses Nachmittags und den ganzen nächsten Tag ritten sie auf dem festen Sand an der Wasserlinie.

Das Wildvolk erschien in Schwärmen und bedrängte sie, ritt auf ihren Sätteln und den Hinterteilen der Pferde, lief neben ihnen her, wirbelte in der Luft oder erhob sich aus den silbernen Wellen, die in nächster Nähe an den Strand schlugen. Als sie sich abends im Lager niederließen, setzten sich die Geister ordentlich in Reihen hin, als warteten sie auf etwas. Jill fand heraus, um was es ging, als Salamander ihnen den Gefallen tat und ein Lied sang. Sie hörten fasziniert zu, und in dem Moment, als er fertig war, verschwanden sie.

Am vierten Tag erlebte Jill jedoch eine Überraschung. Sie hatten die Küste verlassen und sich wieder dem Inland zugewendet, wo sie auf eine andere Straße stießen. Diese Straße war wohl lange nicht mehr in Gebrauch gewesen und nur noch ein schmaler Weg durch das hohe Küstengras, aber sie führte zielstrebig geradeaus. Gegen Mittag kamen sie an einem verwilderten Obstgarten vorbei, wo unter den wuchernden unbeschnittenen Bäumen verfaulende Äpfel lagen. Direkt dahinter war eine runde Erhebung zu sehen, die aussah wie die Reste einer Dorfmauer; darin konnte Jill die Kreise am Boden erkennen, wo einmal Häuser gestanden hatten. Sobald sie diesen Ruinen nahekamen, verschwand das Wildvolk.

»Was ist mit diesem Ort geschehen?« wollte Jill wissen. »Weißt du das?«

»Er wurde von Piraten niedergebrannt.«

»Piraten? Was wollten die in einem Bauerndorf? Ich wette, hier gab es nicht viel zu plündern.«

»Nein, kein Gold und keine Edelsteine, aber trotzdem Reichtum. Sklaven, meine unschuldige Turteltaube, Sklaven für den Markt in Bardek. Die Piraten brachten alle Männer um, die ihnen mehr Schwierigkeiten machten, als sie wert waren, und nahmen die Frauen und Kinder mit. Auf den Inseln sind Sklaven aus Deverry selten und daher ziemlich teuer – wie die Westjäger im Pferdehandel von Eldidd. Früher einmal gab es hier viele kleine Dörfer, den ganzen Fluß hinauf bis nach Auddglyn. Es ist keines davon übriggeblieben.«

»Bei dem Eis der Höllen! Hat der hiesige Gwerbret nichts dagegen unternommen? Wieso hat er so lange gebraucht?«

»Der hiesige Gwerbret ist etwa hundertvierzig Meilen entfernt, meine Süße. Die Piraten haben schließlich selbst für ein Ende gesorgt. Sie haben diese Gegend sozusagen überfischt, und danach gab es keine Dörfer mehr, die sie überfallen konnten.«

»Oh, man sollte meinen, der Schmied in Cinglyn hätte von diesen Dingen gewußt.«

»Selbstverständlich. Er wollte nur nicht darüber reden. Die ganze Stadt lebt in Angst, daß die Piraten eines Tages mutig genug sind, Cinglyn zu überfallen und sie alle mitzunehmen.«

Aber die größte Überraschung erlebte Jill zwei Tage später. Die Klippen an der Küste wurden niedriger und niedriger und liefen schließlich in lange Dünen aus, die mit Strandhafer bewachsen waren. Als sie sich nach Osten wandten, wurde das Gras dichter, kleine Bäche tauchten auf, der Boden wurde feucht, und hier und da standen Bäume an Teichen und kleinen Flüssen. Ganz plötzlich entdeckten sie eine Straße aus Baumstämmen, die über den feuchten Boden führte. Immer, wenn Jill versuchte, Salamander auszufragen, grinste er nur und meinte, sie solle warten. Nach ein paar weiteren Stunden brachte sie die Straße zu ein paar Fischerhütten an einer sandigen, breiten Flußmündung. Im Hafen waren Schiffe an Land gezogen, ein paar heruntergekommene Fischerboote, drei Schoner und zwei Galeeren, die alle äußerst verdächtig aussehende Zusätze am Bug hatten.

»Beim Höllenfürsten selbst«, sagte Jill. »Das sieht nach Rammspornen und Katapulten aus.«

»Genau das sind sie auch. Erinnerst du dich an diese Piraten, von denen ich dir erzählt habe? Hier überwintern sie. Sie haben hier eine ganze Stadt, ein Stück den Fluß hinauf, und weiter oben Bauernhöfe, von denen sie leben. Das, meine liebste Turteltaube, ist Slaith.«

Eine ganze Zeitlang saß Jill nur auf ihrem Pferd und starrte den friedlichen Hafen an. Durch ein paar Bäume am Flußufer konnte sie andere Gebäude und ein Stück weiter hinten die Dächer einer größeren Stadt erkennen. Endlich fand sie ihre Stimme wieder.

»Da du so viel über diesen Ort weißt, wieso hast du den Gwerbrets in Auddglyn nie etwas davon gesagt?«

»Ich habe es versucht. Sie wollten nicht zuhören. Weißt du, man kann Slaith nur erobern, wenn man eine Flotte von Kriegsschiffen hat. Keiner der Gwerbrets hier draußen hat eine Flotte.«

»Sie könnten sich an den König wenden.«

»Selbstverständlich – und damit einen Teil ihrer Unabhängigkeit aufgeben. Kein Gwerbret, der noch bei Verstand ist, bittet den König um Hilfe, es sei denn, er steht wirklich mit dem Rücken an der Wand. Wenn der König Hilfe gewährt, ist man ihm auch verpflichtet, meine kleine Taube.«

»Willst du etwa behaupten, daß diese elenden Gwerbrets zulassen, daß sich die Schweine hier vermehren, nur damit sie den König nicht um einen Gefallen bitten müssen?«

»Genau. Und jetzt komm mit und überlaß mir das Reden.

Etwas Falsches zu sagen, führt in Slaith leicht dazu, daß einem die Kehle durchgeschnitten wird.«

Als sie in den Hafen ritten, fiel Jill auf, daß überall Holzgestelle standen, auf denen Fisch getrocknet wurde. Sie konnte auch den Gestank verfaulender Fischinnereien, -köpfe und -schwänze riechen, den nicht ganz so schlimmen Geruch der Fische selbst und darunter den typischen Sumpfgeruch.

»Das vergesse ich immer«, sagte Salamander mit erstickter Stimme. »Wir hätten Riechfläschchen mitbringen sollen.«

Die eigentliche Stadt lag etwa eine Meile nördlich am Flußufer. Die Straße zog sich gefährlich durch Sumpfland bis zu einem offenen Tor in einer Palisade aus ganzen Baumstämmen, die dick mit Pech bestrichen waren, um sie vor dem Verfaulen zu schützen. Für Jill zeigte dieser Schutzanstrich äußerste Arroganz; diese Schutzwälle würden bei einer Belagerung schon durch wenige Brandpfeile in Flammen aufgehen. Das Tor hatte zwar eisenbeschlagene Türen wie jede Festung, aber niemand stand dort Wache.

»Nach Slaith hereinzukommen, ist leicht«, sagte Salamander. »Wieder herauszukommen ist eine ganz andere Sache.«

»Und was hat dich beim letzten Mal hierher verschlagen?«

»Das, meine kleine Nachtigall, ist auch eine Geschichte für einen anderen Tag. Im Augenblick sind meine Lippen versiegelt.«

Innerhalb der Mauern befanden sich etwa fünfhundert Gebäude an gewundenen, ordentlich gepflasterten Straßen. Die meisten Häuser waren stabil gebaut und erst vor kurzem frisch gestrichen worden, aber über allem hing dick der Geruch nach Sumpf. Jill nahm an, daß man sich nach einer Weile daran gewöhnen konnte, ebenso wie an den Gestank der Straßen in einer großen Stadt. In der Mitte von Slaith befand sich ein überfüllter Marktplatz, der genauso aussah wie jeder andere Markt im Rest des Königreichs, mit Hausierern und

Handwerkern, die in Holzbuden ihre Waren ausgebreitet hatten, während die Bauern ihre Waren auf Decken präsentierten oder Kaninchen in geflochtene Körbe gepackt und die Hühner an den Füßen an lange Stäbe gebunden hatten. Die Kundschaft allerdings war nicht ganz so gewöhnlich: Männer mit dem wiegenden Gang von Seeleuten, aber alle trugen sie Schwerter, und Frauen, die sich die Gesichter dick mit Kosmetik aus Bardek angemalt hatten. Als Jill und Salamander ihre Pferde am Markt vorbeiführten, blickten die Leute dort kurz auf, dann wandten sie betont den Blick wieder ab und zeigten keine Neugier. Offensichtlich stellte in Slaith niemand Fragen.

Rund um den Marktplatz gab es erheblich mehr Gasthäuser und Schenken, als eine Stadt dieser Größe sonst gehabt hätte, und alle schienen sich regen Zuspruchs zu erfreuen. Vor einem der teurer aussehenden Häuser waren vier Pferde angebunden. Jill packte plötzlich Salamanders Arm.

»Siehst du diesen Wallach? Der gehörte jemandem, den wir kennen.«

Leise vor sich hinmurmelnd, verringerte Salamander sein Tempo; aber er bewegte sich weiter und betrachtete das Pferd nur aus dem Augenwinkel. Das Tier trug nicht mehr Rhodrys Ausrüstung; statt des auffälligen Kriegersattels hatte es einen leichten Sattel, nicht mehr als ein Polster mit Steigbügeln, wie es ein Bote oder jemand, der zum Vergnügen reitet, benutzen würde.

»Es hat offensichtlich einen neuen Besitzer gefunden«, sagte Salamander. »Starr nicht so hin, meine Turteltaube, das ist sehr unhöflich.«

Jill wandte sich ab und warf einen beiläufigen Blick auf die anderen Gasthäuser, aber ihre Wut hatte neue Nahrung gefunden. Jeder in diesen Straßen, jeder in dieser stinkenden Stadt war nun ihr Feind. Sie wollte die Palisaden niederbrennen, ihre Schiffe, über die Einwohner herfallen und alle töten, die schreiend versuchten, dem Feuertod zu entkommen. Salamander unterbrach diese angenehme Phantasie.

»Wir kommen jetzt zu unserem Gasthaus. Ich habe es ausgewählt, weil es wahrscheinlich leer sein wird. Aber du solltest trotzdem weiterhin aufpassen, was du sagst.«

An einer schmalen Gasse stand ein kleines Gasthaus, das im bardekianischen Stil gebaut war, aber die Schindeln des Daches fielen schon ab, und die Wände hatten Wasserflecken. Im schlammigen Hof standen ein halbeingestürzter Stall und ein zusammengebrochener Wagen. Außerdem gab es einen Schweinepferch. Als Jill und Salamander am Wassertrog vom Pferd stiegen, kam ein untersetzter Mann um die Fünfzig aus dem Hauptgebäude und betrachtete Salamander ein wenig erschrocken.

»Sagt bloß nicht, daß Ihr wieder in der Stadt seid, Gerthddyn.«

»Das bin ich, guter Dumryc. Wie könnte ich leben, ohne dein schönes Gesicht und das ruhmreiche Slaith wiederzusehen, wie könnte ich existieren ohne seine duftende weinsüße Luft?«

»Ihr schwätzt immer noch soviel wie früher, oder? Wen habt Ihr da bei Euch?«

»Meinen Leibwächter. Gestattet mir, Euch Gilyn vorzustellen, einen echten Silberdolch, der für jedes seiner sechzehn Jahre mindestens einen Mann getötet hat.«

»Ha! Das kann ich mir denken.«

Jill zog das Schwert und schlitzte seine Lederschürze vom Hals bis zum Bauch mit der Schwertspitze auf. Mit einem Aufkeuchen warf Dumryc sich zurück und umklammerte die flatternden Schürzenhälften.

»Das nächste Mal ist es dein fetter Hals«, sagte Jill.

»Nun gut, Junge. Jetzt steckt dieses Ding weg und kommt herein auf ein nettes, friedliches Bier.«

Salamander wählte ein Zimmer im ersten Stock des Gasthauses, mit Fenstern nach zwei Seiten, da es in Slaith immer eine gute Idee war zu wissen, was auf einen zukam. Sie luden ihr Gepäck ab, verschlossen die Tür mit einem robusten Vorhängeschloß und gingen dann hinunter in den Schankraum. Ein kleiner Junge rührte in einem Eisenkessel mit fettigem Eintopf, während Dumryc am Ende eines Tisches mit einem Dolch Rüben schnitt. Jill und Salamander bedienten sich mit Bier aus einem offenen Faß, pickten die eine oder andere Fliege heraus und setzten sich dann in der Nähe nieder.

»Und was bringt Euch diesmal nach Slaith?« wollte Dumryc wissen. »Wenn Euch die Frage nicht stört?«

»Nein, obwohl ich noch nicht ganz zu einer Antwort bereit bin. Gilyn hier sucht allerdings nach einem alten Freund, mit dem er so manches Lagerfeuer und so manche Schlacht geteilt hat. Der Junge scheint sich von Cerrmor aus nach Osten gewandt zu haben, also dachte ich, vielleicht holen wir ihn noch in Slaith ein, weil er aus Eldidd kommt und so gut mit einem Boot umgehen kann wie mit einem Schwert.«

»Für einen solchen Mann gibt es hier immer etwas zu tun.«

»Genau. Er heißt Rhodry von Aberwyn.«

»Hm.« Dumryc konzentrierte sich auf die Rüben. »Nie von ihm gehört.«

»Kann sein, daß er diesen Namen nicht benutzt. Er ist ein gutaussehender Bursche, groß, dunkles Haar, blaue Augen, und trägt einen Silberdolch im Gürtel.«

»So einem bin ich nie begegnet.« Dumryc griff nach einer weiteren Rübe und hackte sie klein; der Dolch zuckte nervös. »Aber das hat nichts zu bedeuten. Vielleicht hat er Arbeit gefunden, sobald er herkam, und ist längst auf einem Schiff und auf See.«

»Das ist möglich. Er kann sich überall nützlich machen.«

Dumryc lächelte angespannt die Rübe an und schwieg.

Salamander grinste Jill zu und zog eine Braue hoch, als wolle er damit andeuten, sie solle kein Wort von dem glauben, was der Wirt sagte. Er hätte sich deshalb keine Sorgen machen müssen; sie brauchte keinen Dweomer, um zu sehen, daß der Mann sie anlog.

Nachdem sie mit ihrem Bier fertig waren, sahen sie sich in der Stadt um. Der Markt war beinahe zu Ende; Bauern und Händler packten die Reste ihrer Waren ein, während erschöpfte Kinder jammerten und Frauen sorgfältig den Verdienst des Tages zählten. Im ausgestreuten Stroh schnarchten ein paar Betrunkene; Hunde schnüffelten; aufreizend gekleidete Huren schlenderten umher und warfen den Piraten, die auf dem Weg zu einer Schenke waren, Blicke zu. Als Jill und Salamander nachsahen, stellten sie fest, daß Rhodrys Pferd verschwunden war.

»Es hat keinen Sinn, nach dem neuen Besitzer zu fragen«, meinte Salamander finster. »Niemand würde uns die Wahrheit sagen.«

»Zweifellos. Was machen wir jetzt? Bleiben wir in einer Schenke sitzen und sehen, ob wir irgend etwas belauschen können?«

»Ich bin nicht sicher. Ich ...«

»Gerthddyn! Salamander! Bei den Höllen, bleibt gefälligst stehen!«

Ein dicklicher dunkelhaariger Mann, der sein langes schwarzes Haar sorgfältig in sechs Zöpfe geflochten hatte, eilte zu ihnen.

»Snilyn, du schönste aller Ratten, immer noch am Leben?«

»Das bin ich, und froh, dich zu sehen. Hast du ein paar neue Geschichten für uns?«

»Ja, aber diesmal habe ich auch einen Leibwächter mitgebracht.«

Lachend schlug Snilyn Jill auf den Rücken.

»Der da ist wirklich vorsichtig.« Er grinste, und Jill konnte sehen, daß ihm mehrere Zähne fehlten. »Aber er hat recht, oder? Man weiß nie, was Betrunkenen so einfällt. Nüchtern haben sie einigen Respekt vor einem Mann, der eine gute Geschichte erzählen kann. Aber betrunken … nun ja.« Er zuckte die fleischigen Schultern. »Komm und trink ein Bier mit mir, Salamander. Und deinem Silberdolch gebe ich auch eins aus.«

Sie gingen zwar in Snilyns Lieblingsschenke, aber es war Salamander, der den Tisch auswählte, einen, an dem man mit dem Rücken zur Wand sitzen konnte und aus dem Fenster einen guten Blick auf die Straße hatte.

Eine rosige Blondine brachte ihnen Krüge dunklen Biers, blieb dann noch ein wenig stehen und warf sehnsüchtige Blicke auf Salamander, bis Snilyn sie mit einem Schlag auf den Hintern wegschickte.

»Und es ist nicht deine Zunge, auf die es ihr ankommt, Gerthddyn.« Der Pirat lachte über seinen eigenen Witz. »Nun, wann seid Ihr hergekommen?«

»Gerade heute. Wir wohnen in Dumrycs Gasthaus, weil ich mich, wenn ich in Slaith bin, lieber ein wenig abseits halte.«

»Das ist eine gute Idee, ehrlich. Und was bringt dich her, wenn ich fragen darf?«

»Ach, eine ziemlich seltsame Sache. Und ich würde wirklich Wert auf deinen Rat legen. Wir suchen nach einem anderen Silberdolch, und als ich Dumryc danach fragte, hat er mich auflaufen lassen. Also werde ich dich jetzt fragen, und du mußt mir nicht antworten, aber du könntest mir zumindest sagen, ob ich diesen Burschen einfach vergessen und nie mehr fragen soll.«

»Also gut.«

»Er heißt Rhodry von Aberwyn.«

»Halt den Mund. Frag nicht mal nach dem Grund.«

»Dann werde ich still sein.« Salamander verpaßte Jill einen warnenden Ellbogenstoß. »Danke.«

Salamander schwatzte mit Snilyn weiter, aber Jill saß kochend vor Wut und schweigend hinter ihrem Bierkrug. Sie wollte ihr Schwert ziehen und die Wahrheit aus diesem erbärmlichen Haufen Dreck herausschneiden und -stechen. Nur die einfache Tatsache, daß die anderen um mehrere Hundert in der Überzahl waren, brachte sie dazu, ruhig zu bleiben. Salamander bestellte und zahlte für eine weitere Runde, trank den dritten Krug Bier, den Snilyn ihm aufnötigte, aber er blieb dabei so nüchtern, wie es nur ein Elf kann. Er erzählte Scherz um Scherz, brachte Snilyn zum Lachen, bis ihm die Tränen kamen, und bestellte noch mehr Bier und hatte bald eine aufmerksame Menge um sich versammelt, die sich eine aufregende, aber anatomisch unmögliche Geschichte über einen Schmied und die Tochter eines Müllers anhörte.

»Also ging sein Hammer auf und nieder«, endete Salamander. »Und brachte ihr Hufeisen zum Glühen.« Brüllend vor Lachen schlug Snilyn Salamander so fest auf den Rücken, daß er den Gerthddyn beinahe von der Bank geworfen hätte; dann packte er Salamander an den Schultern und zog ihn wieder zurück. Der Gerthddyn legte ihm freundschaftlich den Arm um die Schulter und flüsterte ihm etwas ins Ohr. Obwohl Jill sah, daß Snilyn zuerst zusammenzuckte, dann im Flüsterton antwortete, konnte sie über den Lärm der Piraten hinweg, die nach mehr Geschichten schrien, nichts hören. Salamander ließ Snilyn los und begann mit einer noch zotigeren Geschichte als der vorangegangenen.

Es dauerte eine weitere Stunde, bis sich Salamander von seinen Bewunderern befreien konnte, die ihm beim Verlassen der Schenke viele ihrer sicherlich nicht auf legalem Weg erworbenen Münzen in die Hand drückten. Die Hand am Schwertgriff, blieb Jill ein paar Schritte hinter ihnen und hielt nach Taschendieben Ausschau, als sie zum Gasthaus zurückgingen. Sobald sie die Hauptstraße verlassen hatten, winkte Salamander sie neben sich.

»Ich habe schlechte Neuigkeiten.«

»Ja? Was hast du Snilyn gefragt?«

»Kluger Gilyn mit den scharfen Augen.« Salamander grinste. »Man sollte nie die Macht von Kumpanei und lautem Lachen unterschätzen. Ich habe auch auf die Überraschung gebaut und ihn wissen lassen, daß wir mehr wissen, als er geglaubt hätte. Die Frage war, ob jemand aus unserem Rhodry Profit geschlagen hätte. Und die Antwort lautete: Ja, zwanzig Goldstücke.«

»Zwanzig? Das ist ein gewaltiges Lwdd für einen Silberdolch. Sie müssen wissen, daß er der Erbe von Aberwyn ist.«

»Lwdd? Ach, du verstehst es nicht. Es ging nicht um einen Blutpreis, meine Lerche, nur um den Preis. Du hast wirklich ein zurückgezogenes und glückliches Leben geführt, Gillo, weit weg von den schlimmen Dingen, die grausame Menschen einander ...«

»Vergiß den Pferdedreck! Oder ich schlitze dir die Kehle auf!«

»Wie unhöflich, aber gut. Weniger Pferdedreck, mehr Pferdefleisch. Sie haben Rhodry nach Bardek gebracht, wo sie ihn als Sklaven verkaufen.«

Jill wollte etwas sagen, brachte aber kein Wort heraus.

»Ich hatte so etwas befürchtet«, fuhr Salamander fort. »Genau deshalb sind wir auch hier im schönen Slaith. Wer immer sich Rhodrys bemächtigt hat, scheint ein ausgesprochen unangenehmer Mensch zu sein. Du hast gesehen, wie Snilyn schon bei dem Gedanken an ihn zusammenzuckte. Und ich kann dir versichern, daß ihm das nicht leicht passiert. Er hat zwar manche seltsam pervertierten Züge, aber Feigheit gehört nicht dazu.«

»Bardek! Bei allem Eis der Höllen, wie sollen wir dort

hinkommen? Die letzten Schiffe über das Meer werden Cerrmor jetzt gerade verlassen. Bis wir zurück sind …«

»… wird der grausame Winter die südliche See aufwühlen. Ich weiß, ich weiß. Wir brauchen ein Schiff. Wir können laufen, traben, rennen. Wir können sogar tanzen, aber leider können wir nichts davon auf dem Wasser. Und zum Schwimmen ist es zu weit. Also geht es jetzt um Schiffe. Wir befinden uns hier in einer Stadt, wo die Schiffe alle ordentlich im Hafen an Land gezogen sind. Was, meine Turteltaube, sagt dir das?«

»Augenblick, das hier sind Piraten! Wenn wir uns mit denen allein aufs Wasser wagen, könnten sie uns doch auch überwältigen und als Sklaven verkaufen. Ich kann nicht allein gegen zwanzig Männer kämpfen.«

»Welch ziemliche Bescheidenheit! Aber natürlich hast du recht; man sollte nie einem Piraten trauen. Es ist mir gelungen, besagte Piraten zu beeindrucken, aber das genügt nicht. Bei diesen Leuten funktioniert nur eins: Schrecken. Jetzt laß uns etwas essen, während ich einen Plan aushecke.«

Nach einer Mahlzeit aus Pfannkuchen mit Käse und gebackenen Zwiebeln gingen sie wieder zur Stadtmitte. Inzwischen ging die Sonne unter – eine Zeit, in der in den meisten Städten die Straßen leer und ruhig wurden; aber hier waren noch viele unterwegs, einige mit Laternen oder Fackeln, und gingen raschen Schritts irgendwelchen Geschäften nach. Andere standen nur an Straßenecken oder in Gassen herum, als warteten sie auf etwas. Ein paar Leute führten kleine graue Esel mit Packsätteln und Zaumzeug, das mit kleinen Glöckchen besetzt war, die silbern klingelten. Im Zwielicht und in einer kühlen Seebrise, die den größten Teil des Gestanks wegwehte, wirkte Slaith seltsam vergnügt, wie eine Stadt, die sich auf ein Fest vorbereitet, aber Jill konnte nur an Mord denken. Diese scheinbar so unschuldigen Menschen hatten mitgeholfen, ihren Rhodry einem entsetzlichen Wyrd entgegenzuschicken, und sie wollte sie einfach nur sterben sehen. Alles wurde plötzlich unnatürlich hell und scharf umrissen: Die Glöckchen klangen wie Gongs, die Fackeln flackerten wie gewaltige Feuer, die verschwitzten Gesichter um sie herum schwollen an, und der ganz normale Sonnenuntergang brannte wie ein Meer von Blut.

Abrupt packte Salamander sie am Arm, rüttelte sie fest und zog sie dann in eine schmale Gasse.

»Was ist los?« flüsterte er. »Du siehst aus wie der Tod.«

»Ja? Ihr Götter!« Jill fuhr sich mit zitternden Händen übers Gesicht und holte tief Luft. »Ich weiß nicht, was ich gemacht habe. Ich … ich war gerade dabei, über alles mögliche nachzudenken, und dann wurde die Welt seltsam, wie damals, als ich mit Perryn zusammen war. Ich muß, ohne es zu wissen, die Kraft angezapft haben.«

Salamander stöhnte.

»Das ist ebenso gefährlich, wie einen Dämon zu beschwören. Wir können jetzt darüber nicht reden, also versuche, dich zusammenzunehmen.«

Jill nickte einfach nur, und plötzlich war sie sehr müde. Die Welt um sie herum schien in helleren Farben zu leuchten, aber ansonsten hatte sich alles wieder beruhigt. Sie gingen in eine Schenke an der Ecke des Marktplatzes, ein großes Haus, das aus einem einzigen Steinraum mit ungewöhnlich hoher Decke bestand. Als die Serviererin ihnen das Bier brachte, fragte Salamander sie danach.

»Ach, die Jungs hier hatten einen kleinen Streit, und sie haben eine Laterne im Stroh umgestoßen. Und dann ging alles in Flammen auf, und das obere Stockwerk gleich mit.«

»Das muß ein umwerfender Anblick gewesen sein«, sagte Salamander. »Entschuldige mich einen Augenblick, Gillo. Ich muß mal schnell raus.«

Sobald Salamander den Schankraum durch die Hintertür verlassen hatte, setzte sich das Mädchen neben Jill auf die Bank. Sie war recht hübsch und unter der dick aufgetragenen Schminke nicht älter als sechzehn. Ihr Haar war blond, und sie hatte es mittels kleiner Kämme kunstvoll aufgesteckt, wie man es in Bardek tut; aber sie trug ein ganz normales deverrianisches Kleid.

»Ihr müßt Euch schrecklich einsam fühlen, wenn Ihr mit diesem schwatzenden Gerthddyn unterwegs seid«, sagte sie. »Wie wäre es mit ein wenig Gesellschaft, Gillo?«

Jill war zu verblüfft, um auch nur ein Wort herauszubringen – hier war tatsächlich eine Frau, die auf ihren Schwindel hereinfiel. Obwohl sie daran gewöhnt war, Männer hereinzulegen, durchschauten die meisten Frauen sie sofort. Als das Mädchen ihr die Hand auf den Oberschenkel legte, wich sie zurück.

»Ach, wir sind auch noch schüchtern! Der Gerthddyn nennt dich seinen Leibwächter. Aber ich wette, es geht um mehr als das. Nun gut, ich habe nichts dagegen. Es gibt solche Männer, und zumindest belästigen sie mich nicht; also sollen sie tun, was sie wollen. Das sage ich jedenfalls immer.«

Sie nahm Jills Bierkrug und trank zerstreut einen Schluck. »Ich habe mich schon immer gewundert, wieso der Gerthddyn uns Mädchen gegenüber so schüchtern war.« Sie setzte ein freches, kleines Lächeln auf. »Aber Ihr seid noch so jung. Glaubt Ihr nicht, Ihr solltet einmal etwas anderes versuchen – nur ein einziges Mal?«

Zu verwirrt, um etwas sagen zu können, sah sich Jill verzweifelt um und bemerkte, daß sie Zuschauer gefunden hatten: einen grinsenden Kreis von Piraten und Frauen. Dann flüsterte jemand plötzlich eine Warnung: Salamander kam durch die Hintertür zurück.

»Und was soll das alles?« In hervorragend gespielter Empörung drängte sich der Gerthddyn durch die Menge. »Du kleines Miststück! Jagst wohl auf meinem Gelände, wie?«

Langsam und theatralisch hob Salamander die Hand und zeigte auf den Krug, den das Mädchen immer noch in den Händen hatte. Blaues Feuer schoß aus seinen Fingern auf den Bierkrug zu, flackerte und brachte das Bier zum Kochen. Aufschreiend ließ das Mädchen den Krug fallen und sprang auf, wobei sie sich mit dem Rock an der Bank verhakte und stolperte. Der Rest der Zuschauer wich fluchend und schreiend zurück.

»Du kleine Schlampe«, sagte Salamander zu Jill. »Schlimmer als ein Mädchen, ich schwöre es.«

In der Menge griffen ein paar der Piraten nach ihren Schwertern. Salamander lachte nur und gestikulierte abermals. Donner krachte und dröhnte im Schankraum; Rauch stieg auf; blaues Licht schoß durch die plötzliche Dunkelheit. Alle Frauen schrien und rannten zur Tür; die Männer wichen zurück, fluchend und murmelnd. Salamander warf einen überzeugenden, wenn auch kleinen Blitz zur Tür hin. Mit hysterischen Schreien rannten die Frauen zurück in die Menge.

»Niemand geht jetzt«, rief Salamander. »Ihr elenden Narren! Ihr stinkenden fliegenbesetzten Klumpen von Schweinedarm! Was glaubt ihr eigentlich, wen ihr vor euch habt?«

Mit einer anmutigen Geste sprang Salamander inmitten eines plötzlichen Wirbels von purpurfarbenem Rauch auf den Tisch und begann zu lachen: dieses tiefe, volltönende, mitreißende Lachen, wie es nur jemand mit Elfenblut zustande bringt. Keuchend und bleich klammerten sich die Piraten und die Frauen an der Wand aneinander. Das Mädchen, das den ganzen Ärger verursacht hatte, kroch auf Händen und Knien zu ihnen hin.

»So.« Salamander zog das Wort unheilverkündend in die Länge. »Schweine! Dreckskerle! Ihr habt mich wohl für einen dummen Schwätzer gehalten, wie? Einfach nur ein Spielzeug, auf das ihr herabblicken könnt! Ha! Würde es ein schwacher Mann denn wagen, die Straßen von Slaith zu betreten?« Er hielt inne, um der Menge einen dramatischen Blick zuzuwerfen. »Wenn ich wollte, könnte ich dieses stinkende Höllenloch in Grund und Boden brennen, und ihr unehelich geborenen Läuse würdet darin braten.«

Zur Illustration schoß er einen weiteren Blitz auf ein Bierfaß ab, das an der Oberfläche zu brennen begann. Wieder schrien die Frauen; die Männer drängten nach vorn. Aber als sich das Feuer durch das Holz brannte, lief das Bier heraus und löschte es mit dem beißenden Gestank verbrannten Hopfens.

»Bezweifelt hier irgendwer meine Macht?« fuhr Salamander fort.

Sie schüttelten die Köpfe wie Getreidehalme, die sich im Wind beugen. Mit einem kalten, grausamen Lächeln stützte Salamander die Hände auf die Hüften.

»Also gut, Schweine. Kehrt zu euren jämmerlichen Beschäftigungen zurück, aber vergeßt nicht, wer ich bin, und behandelt mich mit der Achtung, die ich verdiene.«

Er sprang vom Tisch und setzte sich wieder neben Jill. Einen Augenblick lang hing Schweigen im Raum wie der letzte Rest des Rauchs; dann begannen die Piraten langsam, einer nach dem anderen, zu flüstern und wandten sich wieder ihrem Bier zu, und die weniger mutigen unter ihnen schlichen zur Tür. Sobald der Lärm wieder normale Lautstärke erreicht hatte, legte Salamander den Arm um Jills Schultern und zog sie an sich, um zu flüstern: »Das sollte ihnen eine tiefe, wenn auch kurzfristige Angst eingejagt haben, wie?« Dann hob er die Stimme wieder. »Mädchen! Nimm diesen verbrannten und stinkenden Krug weg und bring mir ein frisches Bier!«

Zitternd und unter Verbeugungen kam die Kellnerin herüber und packte den immer noch dampfenden Krug mit einem Tuch. Als sie das frische Bier brachte, machte sie einen Knicks wie eine Hofdame; dann lief sie davon. Salamander hob den Bierkrug zum Gruß und trank ihn beinahe leer.

»Nun, mein untreuer Gilyn, du hast deine Lektion gelernt, wie?«

»Ja, das habe ich.« Jill hätte ihn für die ganze Angeberei am liebsten erwürgt. »Ich weiß nur noch nicht welche.«

Die Neuigkeiten breiteten sich beinahe so rasch aus wie Salamanders Dweomerfeuer. In kleinen Gruppen erschienen Piraten und Städter an der Tür oder an den Fenstern, steckten die Köpfe herein, um Salamander kurz zu betrachten, und verschwanden dann schnell wieder. Endlich kam Snilyn vorbei und schüttelte dem Gerthddyn mit herzlichem Lachen die Hand. Wie Salamander schon gesagt hatte, gehörte Feigheit nicht zu seinen Lastern.

»Es tut mir verflucht leid, daß ich das verpaßt habe«, sagte Snilyn und setzte sich unaufgefordert nieder. »Es hätte mir gefallen, zu sehen, wie diese Schweine vor dir wegrennen, Zauberer.«

»Du wirst vielleicht deine Gelegenheit haben, wenn mich hier noch jemand ärgert.«

»Dann wird es wohl kaum passieren, es sei denn, du bleibst noch lange hier.«

»Das habe ich nicht vor. Du kannst mir vielleicht sogar helfen, mein Freund. Ich wollte nach Bardek, bevor der Winter beginnt. Weißt du von jemandem, der jetzt noch dorthin fährt? Ich würde gutes Geld dafür bezahlen.«

Snilyn winkte nach einem Bier und dachte über die Frage nach.

»Nein, ich weiß es nicht«, sagte er schließlich. »Aber du könntest vielleicht Buthvyn überreden. Ob er nun hier oder in Pastur überwintert, ist ihm gleich, und er hatte einen ziemlich schlechten Sommer. Es hängt wahrscheinlich davon ab, wieviel Geld du ausgeben willst.«

»Zweifellos eine angemessene Summe. Ich habe den intensiven Wunsch, Bardek wiederzusehen, diese wunderschönen Palmen, die schimmernden Sandstrände, die reichen Kaufleute mit ihren Säcken voller Gold und Edelsteine.«

»Dort muß für einen Mann wie dich wirklich Profit zu machen sein. Bei den haarigen Eiern des Höllenfürsten! Du könntest vermutlich eine dieser Karawanen ganz allein überfallen!«

»Ich ziehe es vor, die Kaufleute zu überreden, mir ihr Gold zu überlassen; aber was den Profit angeht, hast du recht. Meine Lebensweise ist nicht billig. Und dieser Kleine hier hat einen Geschmack für Luxus entwickelt. Es ist jammerschade, wie schnell junge Männer zu korrumpieren sind.«

Als Snilyn schnaubte, fragte sich Jill, wem sie am liebsten den Hals durchgeschnitten hätte, ihm oder Salamander.

»Aber dieser Buthvyn sollte uns besser keine Schwierigkeiten machen«, fuhr der Gerthddyn fort. »Weißt du, ich kann mit einem Fingerschnippen Holz in Brand setzen. Schiffe sind doch aus Holz, oder?«

Snilyn schwieg plötzlich und sah entschieden grün aus.

»Ich sehe, daß du mich verstehst.« Salamander lächelte sanft. »Hab keine Angst. Ich werde sicherstellen, daß auch der glorreiche Buthvyn das begreift. Wo finde ich diesen Fürsten der Meere, diesen wilden Löwen der See?«

»Im Grünen Papagei, aber so würde ich ihn wirklich nicht nennen.«

Buthvyn war einer der größten Männer, die Jill je gesehen hatte, und auch einer der dünnsten; seine Schultern waren so schmal wie seine schmalen Hüften, seine langen Arme wie Seile und außerdem mit Narben überzogen; sein Gesicht bestand nur aus Ecken und Kanten und einer langen, spitzen

Nase. Der Begeisterung, mit der er Salamanders Vorschlag entgegennahm, war anzumerken, daß er kein erfolgreicher Pirat war. Er hatte eine nicht mehr neue, aber seetüchtige Kogge, und fünfzehn Mann Besatzung, die, wie er schwor, loyal waren und den Mund zu halten wußten. Salamander versicherte sich dieser Loyalität, indem er mit einem Schnippen der Finger das Holz in der Feuerstelle der Schenke entzündete. Als die Flammen aufflackerten und sich ausbreiteten, wurde Buthvyn bleich.

»Ich fahre direkt ohne Umweg nach Bardek«, sagte der Pirat und schluckte heftig. »So schnell und so geradeaus, wie die Winde uns bringen.«

»Wunderbar!« sagte Salamander. »Könnt Ihr auch Pferde transportieren? Oder soll ich unsere ruhmreichen Rosse verkaufen?«

»An Eurer Stelle würde ich das tun. Es ist eine schwere Überfahrt für Tiere, und mein Schiff ist kein großes Handelsschiff. Ihr könnt in Bardek ohne weiteres gute Pferde bekommen.«

»Das stimmt. Wann segeln wir? Ich warte nicht gern.«

»Morgen früh in der Dämmerung, beim Gezeitenwechsel. Ist das schnell genug?«

»Ja. Wir treffen Euch im Hafen, bevor die Sonne aufgeht.«

Als Jill und Salamander zu Dumrycs Gasthaus kamen, waren ihnen die Neuigkeiten schon vorangeeilt. Ein erstaunlich unterwürfiger Dumryc gab ihnen eine Laterne und verbeugte sich wiederholt wie eine Krähe, die Wasser trinkt, als sie nach oben zu ihrem Zimmer gingen. Sobald sie die Tür hinter sich verriegelt hatten, brach Salamander auf einem der Betten zusammen und brüllte vor Lachen, bis er keine Luft mehr bekam. Jill hängte die Laterne an einen Nagel in der Wand und starrte ihn wütend an.

»Ihr Götter!« keuchte Salamander, als er wieder reden konnte. »Das war wirklich einer der besten Witze meines Lebens, und ich habe mir schon viel geleistet, Jill, meine Turteltaube.«

»Zweifellos.« Jill klang eisig.

»Ah.« Salamander setzte sich, schlang die langen Arme um die angezogenen Knie und hörte auf zu grinsen. »Es scheint mir, daß du dich über die ganze Geschichte geärgert hast, über die prahlerischen Worte, die flackernden Feuer und so weiter. Aber wenn diese Burschen uns nicht für ebenso übel halten wie sich selbst – und so gefährlich –, werden sie uns nicht respektieren, ganz gleich, wie viele Andeutungen über dunklen Dweomer ich auch mache. Ich habe nicht vor, mich mit Drogen betäuben und über Bord werfen zu lassen, wenn wir erst einmal auf hoher See sind.«

»Das ist wahr, aber ihr Götter, wozu das ganze Theater? Warum nicht einfach etwas in Brand stecken und ihnen drohen?«

»Jill!« Salamander starrte sie tadelnd an. »Das hätte überhaupt keinen Spaß gemacht.«

»Sie machen was?« Elaeno war so wütend, daß seine dröhnende Stimme die hölzernen Fensterläden erbeben ließ.

»Sie fahren mit einem Piratenschiff nach Bardek.« Nevyn konnte es selbst kaum glauben. »Dieser schwatzhafte Idiot von einem Elfen bringt Jill auf einem Piratenschiff nach Bardek.«

Elaeno öffnete den Mund und schloß ihn wieder.

»Trink ein wenig Met«, sagte Nevyn. »Normalerweise trinke ich selbst nichts, aber heute abend habe ich aus einem seltsamen Grund das Bedürfnis danach.«

Seit einigen Nächten fiel es Blaen nun schwer zu schlafen. Normalerweise zog er sich dann an und strich durch die langen, labyrinthartigen Korridore des Königspalastes und fragte sich, warum er seine Zeit hier in Dun Deverry verschwendete. Bald würde er sich wieder auf die lange Reise nach Cwm Pecl machen müssen, bevor ihn der Winterschnee hier in der Königsstadt festhielt. In dieser Nacht ging er mehr oder minder zielbewußt zu Lord Madocs Räumen und stellte, wie er es beinahe erwartet hatte, fest, daß unter der Tür des Zauberers noch Licht durchschimmerte. Während er noch zögerte und sich fragte, ob er klopfen solle oder nicht, ging die Tür auf, und Madoc stand vor ihm, ein Nachthemd über der Brigga.

»Ah, da seid Ihr ja, Blaen. Ich konnte auch nicht schlafen, und die Geister sagten mir, daß Ihr auf dem Weg wart. Kommt auf einen Schlaftrunk herein.«

Obwohl Blaen sich eilig umsah, konnte er keine Geister bemerken und beschloß daher, daß es sicher war, Madocs Einladung anzunehmen. Madoc goß ihm dunkles Bier ein, das mit Zimt und Nelken aus Bardek gewürzt war.

»Soll ich es aufwärmen?«

»Ach, macht Euch keine Mühe. Es stört mich nicht, wenn es kühl ist.«

»Also gut.« Madoc reichte ihm einen Bierkrug. »Setzt Euch.« Sie ließen sich am Kohlebecken nieder, das in der zugigen Kammer kirschrot glühte. Blaen trank einen genießerischen Schluck des starken dunklen Biers.

»Ich hatte ohnehin vor, Euch am Morgen gleich aufzusuchen«, sagte Madoc. »Ich habe Neuigkeiten. Der König hat sich herabgelassen, mir mitzuteilen, daß er morgen in aller Frühe einen Herold nach Aberwyn schicken wird.«

»Beim Höllenfürsten selbst! Warum das?«

»Das weiß niemand. Unser Lehnsherr ist offenbar über Satyl noch verärgerter als über Euch. Und er spricht mit niemandem darüber. Ich weiß nur, daß der Herold eine ernsthafte und wichtige Proklamation bei sich tragen wird. Es könnte darum gehen, Rhodry zurückzurufen; es könnte aber auch darum gehen, den Wahlrat einzuberufen, damit sie einen neuen Erben wählen. Bei den Göttern, nach allem, was ich weiß, könnte es sich ebensogut um eine Steuersache handeln.«

Blaen stöhnte und trank einen weiteren großen Schluck Bier.

»Ich habe mich natürlich bereits mit Nevyn in Verbindung gesetzt«, sagte Madoc.

»Hervorragend. Darf ich eine ganz dumme Frage stellen? Wo steckt Rhodry? Ich denke, Ihr wißt das vielleicht.«

Madoc betrachtete ihn einen Augenblick lang forschend, als könne er in Blaens Gesicht eine Nachricht lesen.

»Ja«, sagte er schließlich. »Werdet Ihr schwören, das bei Euch zu behalten?«

»Auf die Ehre meines Clans.«

»Also, gut. Rhodry ist in Bardek. Seine Feinde haben ihn dorthin gebracht und als Sklaven verkauft.«

»Was? Bei allen Göttern! Dafür werde ich sie hängen lassen! Ich werde sie vierteilen lassen! Diese Unverschämtheit! Einen Verwandten von mir als Sklaven zu verkaufen!«

»Euer Gnaden? Darf ich vorschlagen, daß Ihr Euch wieder hinsetzt?«

Blaen war überrascht, sich stehend zu finden. Er holte tief Luft und setzte sich wieder hin.

»Immerhin, Euer Gnaden, lebt er noch.«

»Ja.« Wieder holte Blaen tief Luft und erinnerte sich daran, daß er mitten in der Nacht ohnehin nichts unternehmen konnte. »Ich frage mich, ob man um diese Jahreszeit wohl noch ein Schiff nach Bardek bekommt – eines, das einen guten Teil meines Kriegshaufens trägt.«

»Das geht nicht, Euer Gnaden. Und ehrlich gesagt, wäre es auch nicht weise, Rhodry zu folgen. Ich glaube, Ihr werdet hier im Frühjahr eher gebraucht, wenn er zurückkehrt. Nun …« Madoc sah jetzt sehr besorgt aus. »Jedenfalls – falls wir ihn dort herausholen können.«

»Ich habe großes Vertrauen in die Macht des Dweomer, Herr.«

»Ich danke Euch. Hoffen wir, daß es gerechtfertigt ist.«

Dem sanften Schaukeln des Schiffes konnte der Gefangene entnehmen, daß sie in einem Hafen vor Anker lagen. Eine Weile blieb er einfach auf seinem Strohsack liegen und sah sich in dem beinahe leeren Frachtraum um. Als sie diese Reise begonnen hatten, war der Frachtraum voller Kisten und Ballen gewesen. Wie lange war das nun her? Wochen. Er war nicht sicher, wie viele. Als er sich auf die Knie erhob, klirrten seine Fußfesseln, aber die Kette war lang genug, daß er die Luke erreichen und die geölte Lederklappe öffnen konnte. Die blendende Helligkeit der Sonne auf dem Wasser ließ seine Augen tränen, aber nach einiger Zeit konnte er einen langgestreckten weißen Strand und eine steile Klippe hinter einem Wald von Masten ausmachen. Die meisten Häfen hatten irgendwie so ausgesehen. Es konnte gut sein, daß sie die ganze Zeit zwischen zwei Städten immer hin- und hergefahren waren. Er wußte allerdings, daß sie sich im bardekischen Archipel befanden. Das hatte man ihm mehrmals gesagt, als ob es wichtig wäre, daß er das wüßte. Nun wiederholte er es, sagte es laut: »Ich bin in Bardek.« Das war eines der wenigen Dinge, die er über sich wußte.

Er hob den rechten Arm hoch und betrachtete die helle Haut, die ihn als Mann aus Deverry kennzeichnete. Er wußte zwar, was Deverry war, aber er konnte sich nicht daran erinnern, jemals dort gewesen zu sein. Seine Bewacher hatten ihm allerdings versichert, er sei dort geboren worden, in der Provinz Pyrdon, um genau zu sein. Er erinnerte sich auch an seine Muttersprache und an die wenigen Kenntnisse des Bardekianischen, die er vor seiner Gefangennahme gehabt hatte. Tatsächlich bezog sich eine seiner wenigen Erinnerungen darauf, als Kind in dieser Sprache unterrichtet worden zu sein. Er hatte ein deutliches Bild seines Lehrers, eines dunkelhäutigen Mannes mit grauem Haar und einem freundlichen Lächeln, der ihm immer wieder sagte, er müsse wegen seiner Stellung im Leben angestrengt studieren. Was das für eine Stellung war, wußte er nicht mehr. Vielleicht war er der Sohn eines Kaufmanns gewesen? Das war eine vernünftige Spekulation. Jedenfalls sprach er das Bardekianische zwar nicht fließend, aber diese frühe Ausbildung hatte es ihm möglich gemacht, Teile der Gespräche, die er belauscht hatte, zu verstehen, und einfache Fragen zu stellen. Manchmal hatte man auf seine Fragen geantwortet, häufiger jedoch nicht.

Als er Geräusche hinter sich hörte, drehte der Gefangene sich um und ließ den Lukendeckel fallen. Der Mann, der sich Gwin nannte, kam die Leiter herunter. Er trug einen kleinen Stoffsack unter dem Arm.

»Kleider für dich.« Gwin warf ihm den Sack zu. »Ein langes Hemd und Sandalen. Bardekianische Kleidung. Heute kommst du hier raus. Bist du froh?«

»Ich weiß es nicht. Was geschieht jetzt?«

»Man wird dich verkaufen.«

Der Gefangene nickte und dachte nach. Da man ihm bereits erklärt hatte, daß er ein Sklave war, war diese Nachricht wenig überraschend. Er hatte sogar gehört, wie jemand sagte, er würde einen guten Preis einbringen, weil er eine exotische Ware darstellte – wie eine seltene Hunderasse. Während er sich anzog, suchte Gwin zwischen den verbliebenen Kisten und Ballen herum, aber recht gelangweilt, als wolle er sich nur davon überzeugen, daß er nichts vergessen hatte.

»Gwin? Kennst du meinen Namen?«

»Ja. Hat dir das niemand gesagt? Du heißt Taliaesyn.«

»Danke.«

Gwin betrachtete den Gefangenen mit einem seltsamen

Blick, in dem eine gewisse, wenn auch sehr flüchtige Spur Mitleid lag. »Jemand wird dich bald holen. Viel Glück!«

»Danke.«

Nachdem Gwin gegangen war, setzte sich Taliaesyn auf seinen Strohsack und fragte sich, wieso ein solcher Mann ihm viel Glück wünschte. Dann zuckte er die Schultern, denn auf dieses Problem wußte er ebensowenig die Antwort wie auf die meisten der Geheimnisse, die ihn umgaben. Er wiederholte seinen Namen mehrmals, in der Hoffnung, daß es Erinnerungen mit sich bringen würde. Aber nichts kam – überhaupt nichts. Kein Bild, kein Klang, nicht ein einziges Wort aus dem Leben, das er vor diesem Morgen vor vielen Wochen gehabt haben mußte, als er im Frachtraum des Schiffes aufgewacht war. Er konnte sich immer noch an seine Panik erinnern, als ihm klargeworden war, daß er nichts über sich wußte, nichts darüber, warum er hier in Ketten lag und wie er in das Schiff geraten war. Ein paar Minuten lang hatte er sich wie ein gefangenes Tier gefühlt, das sich wild gegen die Gitterstäbe wirft und alle beißt, die versuchen, es zu beruhigen. Aber dieser Anfall hatte rasch nachgelassen, lange bevor jene, die ihn gefangen hatten, heruntergekommen waren, um ihn zu verspotten. An diesem Morgen hatte er erfahren, was er erfahren mußte: Gedächtnis oder nicht, er war immer noch ein Mensch. Er konnte sprechen, er konnte denken, und er würde darum kämpfen, sich dieses Gefühl für sich selbst zu bewahren. Während der folgenden Wochen waren ihm einige Dinge aus seiner Vergangenheit eingefallen, und er hatte sie zu einer Geschichte verwoben, die das definierte, was er von sich wußte. Jetzt konnte er noch etwas hinzufügen.

»Ich bin Taliaesyn aus Pyrdon, einmal Sohn eines Kaufmanns, nun Sklave – aber immerhin ein wertvoller Sklave. Man sagte mir, ich hätte hier in Bardek Spielschulden gehabt. Ich erinnere mich, daß selbst das Gesetz von Deverry einen

Mann nicht befreien kann, wenn er so weit von zu Hause weg ist. Also hat man mich verhaftet und verkauft, um die Schulden zu bezahlen. Ich muß der Sohn eines wichtigen Kaufmanns sein; wieso sonst sollte ein Deverrianer sich in Bardek aufhalten?«

Einen Augenblick lang dachte er über diese Frage nach, aber ihm fiel keine Antwort ein, also schob er sie weg. Er hatte drei echte Erinnerungen, die er der Geschichte hinzufügen konnte. Die erste war selbstverständlich sein alter Lehrer des Bardekianischen, eine Erinnerung, die gut zu der Geschichte paßte. Die anderen beiden waren allerdings schwierig und beunruhigend. Als erstes war da eine schöne blonde Frau. Es war zwar logisch genug, daß ein Kaufmannssohn eine Frau oder eine Mätresse haben würde (denn in der Erinnerung schlüpfte sie gerade neben ihm ins Bett), aber warum hatte sie zuvor Männerkleidung statt eines Kleides ausgezogen? Die zweite Erinnerung war noch sinnloser. Er sah das Gesicht eines Mannes und dessen Schultern, die aus so etwas wie Rauch oder dichtem Nebel herausragten; der Mann trug ein Kettenhemd und einen Helm, und Blut lief ihm über das Gesicht. Zusammen mit dem Bild kamen die Worte: »Der erste Mann, den ich getötet habe.« Aber Kaufmannssöhne brachten doch niemanden um – es sei denn, das Opfer war ein Bandit.

Taliaesyn lächelte erleichtert. Das war möglich, wenn er vielleicht eine Karawane angeführt hatte und dieser Bursche ein Bandit gewesen war. Während er darüber nachdachte, kam eine weitere Erinnerung: Maultiere, die im Morgengrauen schrien. Aber selbstverständlich! Und wenn die Frau seine Ehefrau war, die mit ihm reiste? Es wäre schwierig, im langen Kleid zu reiten – wieso sollte sie keine Männerkleidung tragen? Er war zutiefst befriedigt, als er seine Geschichte endlich ordentlich zusammensetzen konnte.

Aber das dauerte nur kurze Zeit, denn ihm war stets bewußt,

daß die, die ihn gefangengenommen hatten, ihn vielleicht anlogen. Obwohl ihre Geschichte recht vernünftig klang und zu den Dingen paßte, an die er sich erinnerte, konnte er nichts davon bestätigen. Und es fiel ihm so schwer zu denken. Manchmal konnte er kaum zwei Worte zusammenbringen oder sich an etwas erinnern, was man ihm einen Augenblick zuvor gesagt hatte; manchmal kam ihm die ganze Welt seltsam vor, weit entfernt, aber bunt schimmernd, und sein Geist vollzog seltsame Sprünge und Wendungen. Als er darüber nachdachte, fiel ihm auf, daß dies oft geschah, nachdem man ihm Essen gebracht hatte. Sie gaben wahrscheinlich Drogen in sein Essen. Er wußte, daß irgendwo in seinem Kopf ein Grund vorhanden war, anzunehmen, daß diese Leute ihre Gefangenen betäubten, obwohl er auch diese Erinnerung nicht ganz greifen konnte. In den vergangenen Wochen hatte er sich angewöhnt, sich das Wissen, das er zuvor immer für selbstverständlich gehalten hatte, in sehr ungewohnten Bildern vorzustellen: Jede Einzelheit, die ein Mensch wußte, war wie eine Seerose. Jede Blüte trieb auf der Wasseroberfläche seines Geistes in der Sonne; aber sie hing an einem langen Stiel und hatte Wurzeln, die sie mit dem Boden und mit allen anderen Seerosen verbanden. Er fühlte sich, als hätte jemand eine Sense durch seinen Geist geschwungen und nur ein paar abgerissene Blüten übriggelassen, die auf der Wasseroberfläche welkten, abgeschnitten von jeder Verbindung oder jeder möglichen Bedeutung. Obwohl das ein seltsames Bild war, paßte es auf zufriedenstellende Weise. Etwas hatte durch seinen Geist geschnitten, da war er sich sicher. Nach einiger Zeit bemerkte er eine gewisse Unruhe an Deck, und das Schiff schwankte ein wenig heftiger. Jemand kommt an Bord, dachte er. Ihm kam der Gedanke, daß er auch schon zuvor auf Schiffen gewesen war, daß er offenbar einiges über sie wußte, immer vorausgesetzt, daß es kleinere Schiffe waren, eine Galeere zum Beispiel. Dann erinnerte er sich, einmal auf einem Kriegsschiff gewesen zu sein, dicht am geschnitzten Bug gestanden und gespürt zu haben, wie die Gischt über ihn sprühte. Was hatte ein Kaufmannssohn auf einem Kriegsschiff zu suchen? Er hatte allerdings keine Gelegenheit, dieser verstörenden Frage weiter nachzugehen, weil jemand die Luke zurückklappte und Licht in den Frachtraum drang.

Der Stumme kam die Leiter heruntergeklettert und gab das gurgelnde, kehlige Geräusch von sich, das ihm als Gruß diente. Der Stumme war ein buckliger verhutzelter Mann, dem man schon vor vielen Jahren die Zunge herausgeschnitten hatte – zumindest hatte Gwin das erzählt, ohne zu berichten, was der Grund dieser Strafe gewesen war. Hinter dem Stummen kam der Mann mit Namen Briddyn, mit seinem öligen Haar und dem noch öligeren Bart, und dahinter ein hochgewachsener, dunkelbrauner Bardekianer, den Taliaesyn zuvor nie gesehen hatte. Dieser Mann hatte ein paar hölzerne Tafeln dabei, die mit Wachs beschmiert waren, und einen Knochengriffel. Er trug eine feine weiße Leinentunika mit einem roten Ärmel. Als Briddyn auf die Ballen und Kisten zeigte, begann der andere, Ziffern und Buchstaben ins Wachs zu ritzen. Ein Zöllner, dachte Taliaesyn.

Der Stumme kniete nieder und schloß die Fußfesseln auf. Taliaesyns Erleichterung verschwand allerdings abrupt, als der alte Mann ihm eine Halsfessel reichte und auf seinen Hals zeigte. Als Taliaesyn zögerte, wandte sich Briddyn ihm zu. »Anlegen. Sofort.«

Taliaesyn schloß die Fessel um seinen Hals und wehrte sich nicht, als der Stumme ihn wieder an die Kette legte. Obwohl er sich an keine Einzelheiten erinnern konnte, wußte er doch, daß Briddyn ihm Schmerz – heftigen Schmerz – zugefügt hatte. Diese vage Erinnerung wurde zu einer die Eingeweide zerfressenden Angst, wann immer Briddyn die hellen, wimpernlosen Augen in seine Richtung wandte. Der Zöllner räusperte sich, dann stellte er eine komplizierte Frage, von der Taliaesyn kein Wort verstand.

»Ja.« Taliaesyn reichte dem Zöllner einen Streifen der dünngehämmerten Baumrinde, die man in Bardek anstelle von Pergament benutzte. »Hier.«

Der Zöllner nickte und las das Dokument aufmerksam durch, wobei er hin und wieder zu Taliaesyn herüberstarrte.

»Teure Ware«, meinte er.

»Sklaven aus den Barbarenländern sind dieser Tage selten.«

Erst jetzt wurde Taliaesyn klar, daß der Zöllner seine Verkaufsurkunde in der Hand hielt. Seine Wangen brannten, als die Scham ihn überwältigte: Man verkaufte ihn, einen Deverrianer und freien Mann, in einem fremden Land wie ein Pferd. Aber Briddyn und der Zöllner hatten ihre Aufmerksamkeit bereits anderen Dingen zugewandt. Für sie war er nichts weiter als eine Routineangelegenheit, weder des Mitleids noch des Spotts würdig. Als sie im Frachtraum fertig waren, führte der Stumme Taliaesyn hinter ihnen her zum Deck hinauf. Während Briddyn und die Hafenbeamten um Steuern und Zölle feilschten, konnte sich der Gefangene zum erstenmal seit Wochen wieder seine Umgebung genauer ansehen.

Der Hafen war eine schmale Bucht, etwa eine halbe Meile breit, inmitten hoher Klippen aus hellrosa Sandstein gelegen. Vier lange hölzerne Kais erstreckten sich vom flachen Strand aus, wo zwischen den an Land gezogenen Fischerbooten und Palmen ein paar Hütten und Schuppen standen. Oben auf der Klippe befanden sich offenbar festere Gebäude in dem langen rechteckigen bardekianischen Stil.

»Eine Stadt?« fragte Taliaesyn. Der Stumme nickte, und ein in der Nähe stehender Seemann sah zu ihnen herüber.

»Myleton, sie heißt Myleton.«

Taliaesyn wiederholte den Namen und fügte ihn seinem

kleinen Warenlager von Tatsachen hinzu. Soweit er sich erinnern konnte, befand sich Myleton auf der Insel Bardektinna, die aufgrund eines Irrtums dieser ganzen Inselgruppe ihren Namen gegeben hatte, als der erste Deverrianer hier an Land gegangen war. Taliaesyn schirmte die Augen mit der Hand ab und betrachtete die Gebäude auf der Klippe genauer. Eines interessierte ihn besonders: ein gewaltiges Holzhaus, das mindestens hundert Fuß lang und drei Stockwerke hoch war und dessen Dach sich hob und bog wie ein umgedrehter Schiffsrumpf. Daneben stand eine hölzerne Statue, etwa vierzig Fuß hoch, von einem Mann mit einem Vogel auf der Schulter.

»Tempel?« fragte Taliaesyn den Seemann.

»Ja. Dalae-oh-contaemo. Der Führer mit dem Albatros, der Wellenvater.«

»Aha. Deshalb steht sein Tempel im Hafen.«

Der Seemann nickte. Mit einem Ruck an der Kette riß der Stumme Taliaesyn so abrupt von dem Mann weg, als wäre dieser gefährlich, und zwang ihn, sich neben den Laufgang zu stellen. Als Taliaesyn über die Reling blickte, hätte er beinahe laut aufgeschrien. Im blaugrünen Wasser wimmelte es von Geistern: Gesichter und Hände und Haarmähnen blinkten kurz auf, um sich wieder aufzulösen; Augen starrten ihn aus dem sonnenglitzernden Wasser an, Stimmen flüsterten in der schäumenden Gischt, lange schmale Finger zeigten auf ihn und verschwanden wieder. Instinktiv wußte er, daß er das nicht erwähnen durfte. Als er sich nervös umsah, war deutlich, daß niemand sonst etwas bemerkt hatte. Er verspürte eine klammheimliche Freude: Was dies anging, war er denen, die ihn gefangengenommen hatten, überlegen – das Wildvolk kannte und erkannte ihn. Er wünschte sich nur, er könnte sich an den Grund dafür erinnern. Ganz plötzlich war das Deck voller Gnome, großer blauer, fetter brauner, dünner grüner Wesen mit Froschgesichtern und warzigen Fingern, die sich alle irgendwie tröstend um ihn herumdrängten. Sie tätschelten ihn, lächelten ihn an, dann verschwanden sie so plötzlich, wie sie gekommen waren. Taliaesyn blickte auf und bemerkte, daß Briddyn auf ihn zukam, ein weiteres Dokument in der Hand. Taliaesyns Herz klopfte heftig und beruhigte sich dann wieder, als deutlich wurde, daß Briddyn das Wildvolk nicht gesehen hatte – konnte er das überhaupt? Taliaesyn nahm an, daß es möglich war. Aber er konnte sich nicht an den Grund erinnern.

»Das ist alles in Ordnung«, sagte Briddyn zu dem Stummen. »Bringen wir den Sklaven zum Markt. Wieso sollen wir ihn noch weiter durchfüttern?«

Der Stumme zwinkerte und grinste heimtückisch hinter dem Zöllner her, der den Kai hinunterging. Diese Geste war die erste Bestätigung für Taliaesyns Ahnung, daß mit diesen Kaufleuten etwas nicht stimmte. Er war nun sicher, daß seine Verkaufsurkunde nicht legal war. Er dachte zwar kurz daran, dem Zöllner etwas zuzurufen, aber dann bemerkte er, daß Briddyn ihn wieder beobachtete. Die silberne Klemme in seinem Bart, die die Form einer Eidechse hatte, blinkte in der klaren Sonne.

»Manchmal erinnerst du mich an ein Kind«, sagte Briddyn auf deverrianisch. »Ich kann in deinem Gesicht lesen. Weißt du noch, was ich mit dir gemacht habe, als ich dich aufs Deck gebunden hatte?«

»Nein, jedenfalls nicht in Einzelheiten.« Aber die Angst ließ ihn schwer schlucken. Und es fiel ihm nicht leicht, die Worte über die trockenen Lippen zu zwingen.

»Das ist zweifellos auch besser so, Junge. Ich habe eine Warnung für dich. Du bist jetzt ein legaler Sklave. Verstehst du, was das bedeutet? Wenn du versuchst zu fliehen, wird man dich jagen, und sie werden dich erwischen. Niemand in diesem von Dämonen heimgesuchten Land wird einen Finger rühren, um einem entflohenen Sklaven zu helfen. Und sobald sie dich haben, bringen sie dich um – aber sehr langsam, immer ein

Stück nach dem anderen. Was ich mit dir gemacht habe, war nichts im Vergleich mit der Art und Weise, wie die Männer des Archon rebellische Sklaven behandeln. Ich habe gehört, daß einer dieser Elenden zwei Monate brauchte, um zu sterben. Verstehst du?«

»Ja.«

Briddyn lächelte, und die wimpernlosen Augen blinzelten ein- oder zweimal in Erinnerung an gewesenes Vergnügen. Taliaesyn zuckte zusammen und wandte den Blick ab. Die Erinnerung kam näher und näher zur Oberfläche seines Geistes, ein brennender Schmerz, und all das herbeigeführt von den Händen seines Folterers. Als er schauderte, lachte Briddyn leise – ein derart selbstzufriedenes Geräusch, daß Taliaesyn spürte, wie seine Angst riß wie ein altes Seil. Ganz gleich, wie schmerzhaft es war, er würde sich wehren müssen, oder er würde nie wieder ein Mann sein. Er schaute Briddyn ins Gesicht.

»Ich verspreche dir etwas. Eines Tages werde ich fliehen, und dann werde ich dich jagen. Vergiß das nicht: Eines Tages bringe ich dich dafür um.«

Wieder lachte Briddyn ganz ungezwungen und offen.

»Sollen wir ihn dafür auspeitschen?« fragte er den Stummen auf bardekianisch. »Nein«, beantwortete er sich die Frage dann gleich selbst, »damit mindern wir nur seinen Preis. Vielleicht werde ich mir allerdings noch etwas Zeit nehmen, um ihm zu zeigen, wer hier der Herr ist.«

»Nein.« Das war Gwin, der zwischen sie trat. »Du hast einem, der mindestens doppelt so viel Manns ist wie du, schon genug angetan.«

Briddyn wurde gefährlich ruhig, gefährlich reglos, aber Gwin starrte ihn nieder.

»Wir haben ohnehin keine Zeit. Nimm ihn mit und verkaufe ihn, damit wir es hinter uns haben.«

Leise vor sich hinmurmelnd, winkte Briddyn dem Stummen zu, der so fest an der Kette riß, daß Taliaesyn beinahe getaumelt wäre, aber unter Gwins wachsamem Auge wagte der Stumme keine weitere derartige Bewegung. Als sie zum Strand gingen, wobei sie alle im weichen Sand ins Stolpern gerieten, versuchte Taliaesyn sich daran zu erinnern, wie er Gwins Achtung errungen hatte, aber es fiel ihm nicht ein. Eine Reihe im Zickzack verlaufende Treppen, die tief in die Klippe gemeißelt waren, brachte sie direkt zum Tempel. Aber Taliaesyn hatte keine Zeit, ihn sich näher anzusehen. Es blieb nur ein allgemeiner Eindruck eines großen Torbogens, der mit Figuren von Menschen und Vögeln geschmückt war, bevor der Stumme ihn anknurrte und ihn zwang, sich zu beeilen.

Die Stadttore lagen direkt gegenüber, auf der anderen Seite einer breiten Straße. Als sie hindurchgingen, war Taliaesyns erster Eindruck, in einen Wald geraten zu sein. Überall sah er Bäume, die die breiten, geraden Straßen säumten und sie mit einem schattigen Dach ineinander verwobener Zweige versahen. Andere standen rings um die Gebäude. Obwohl er hier und da eine Palme erkannte, hatte er die meisten Bäume nie zuvor gesehen: Es gab eine Art Strauch mit winzigen roten Blüten; es gab hochgewachsene Bäume mit dickem Stamm und schmalen staubfarbenen Blättern, die einen würzigen Geruch absonderten; und noch eine andere Art mit purpurfarbenen Blüten, die so lang waren wie ein Menschenfinger. Ranken umwanden die Bäume und drohten auch, die diversen hölzernen und marmornen Statuen zu überwuchern, die Taliaesyn auf den kleinen öffentlichen Plätzen und Straßenkreuzungen bemerkte. Mitten in all diesem Grün standen die langgezogenen, rechteckigen Häuser mit ihren Schiffsdächern, einige von ihnen bewacht von hohen Statuen der Ahnen ihrer Bewohner; andere von Paaren hölzerner Ruder, die groß genug für einen Riesen gewesen wären.

Durch die Straßen und von Haus zu Haus schlenderten Menschen, alle in Tuniken und Sandalen, Männer wie Frauen. Die Männer hatten allerdings bunte Muster auf eine Wange gemalt, während die Frauen einen broschenähnlichen Schmuck in ihrem kunstvoll gelockten und hochgesteckten Haar trugen. Taliaesyn erinnerte sich daran, daß sowohl die Bemalung als auch der Schmuck das »Haus« oder den Clan des Trägers bezeichneten. Was Taliaesyn am meisten überraschte, waren allerdings die Kinder, die einfach in Gruppen auf der Straße umherrannten, auf den öffentlichen Plätzen und in den Gärten spielten, ohne daß jemand ein böses Wort sagte. Sie waren fast nackt. Jungen und Mädchen hatten nur bunte Stoffstücke um die Hüften gewickelt. Als er sie sah, dachte er, daß er hier in der Tat ein Fremder sein mußte, denn in Deverry wären die Kinder ebenso gekleidet gewesen wie ihre Eltern und würden neben ihnen in der Werkstatt oder auf dem Bauernhof der Familie arbeiten.

Während sie weitergingen, wurden die Häuser immer größer und standen weiter voneinander entfernt. Einige waren durch hohe Mauern voneinander abgegrenzt, auf die Bilder von Tieren und Bäumen gemalt waren; andere durch blühende Hecken und Ranken. Ganz plötzlich traten sie zwischen zwei blaugestrichenen Mauern auf einen öffentlichen Platz hinaus, der so groß war wie drei deverrianische Turnierfelder. Flache Stufen führten auf eine gepflasterte Fläche, die in der glühenden Hitze beinahe verlassen dalag.

Ein alter Mann döste auf einer Marmorbank; drei Kinder jagten einander um einen Brunnen mit spielenden Marmordelphinen.

»Was ist das?« sagte Taliaesyn. »Ein Marktplatz?«

»Nein«, sagte Gwin. »Das ist der Versammlungsplatz; hierher kommen die Bürger, um zu wählen.«

»Wählen? Ich weiß nicht, was Ihr meint.«

»Sie wählen einen Anführer. Am Wahltag stellen sie rund um den Brunnen Urnen auf, eine für jeden Kandidaten. Jeder freie Mann und jede freie Frau können in die Urne ihrer Wahl einen Kiesel legen. Der Mann, der die meisten Kiesel erhält, wird drei Jahre lang Archon.«

Gwin hätte vielleicht noch mehr gesagt, aber Briddyn wandte sich um und fauchte ihn an, er solle den Mund halten und sich beeilen.

»Da hinüber, Kleiner«, sagte Gwin leise zu Taliaesyn. »Du wirst ihn bald los sein.«

Der bezeichnete Ort erwies sich als eine schmale, baumlose Gasse, die sich zwischen Gartenmauern dahinzog. Im weiteren Verlauf wurden die Mauern niedriger, bis sie endlich vollkommen verschwanden, und die Häuser wurden kleiner und ärmlicher, bis sie einem Irrgarten aus Hütten und Küchengärten wichen. Hier und da konnte Taliaesyn Schweinepferche riechen und sehen, in denen jeweils ein oder zwei kleine Schweine mit grauen Borsten untergebracht waren. Einmal, als sie an einer schäbigen, baufälligen Hütte vorbeikamen, kam eine hochschwangere Frau heraus, um die Schweine zu füttern. Als ihr Blick auf den Gefangenen fiel, verzog sie mitleidig das Gesicht. Jeder andere, denen sie begegnet waren, hatte sie einfach ignoriert, ebenso wie sie die halbverhungerten Hunde am Rinnstein oder die bunten Vögel in den Bäumen ignorierten.

Endlich bog sich die Gasse ein letztes Mal und verbreiterte sich zu einem offenen Platz, auf dem Unkraut die Pflastersteine auseinanderdrängte und Hühner scharrten und hin und wieder die spielenden Kinder angackerten, die diesen Platz mit ihnen teilten. Auf der abgelegenen Seite befand sich eine hohe, blau und rot gestreifte Mauer, die offensichtlich zu der Anlage gehörte. In der Mitte gab es eine eisenbeschlagene Tür. All das bereitete Taliaesyn Unbehagen: die dicke Mauer war bunt, aber im Grunde eine Festung; die eisenbeschlagene Tür so schwer verstärkt wie die einer Festung in Deverry. Briddyn sah ihn an und lächelte auf besonders unangenehme Weise. Dann schloß er Gwin in die Geste mit ein.

»Hier müßt Ihr Euch voneinander verabschieden«, sagte er auf deverrianisch.

Er schlug mit der Faust an die Tür, wieder und wieder, bis sie eine Stimme auf bardekianisch schreien hörten, jemand sei auf dem Weg. Die Tür wurde einen Spaltbreit geöffnet, dann weiter, und ein schlanker, dunkelhaariger Junge von etwa fünfzehn in einer hellblauen Tunika verbeugte sich tief vor Briddyn.

»Darupo, Meister! Wie kann ich Euch dienen?«

»Ist dein Vater da? Ich habe etwas zu verkaufen.«

»Diesen Barbaren da?«

»Oh, er wird sehr interessiert sein.«

Sie folgten dem Jungen einen schmalen Korridor entlang zu einem langgezogenen Raum mit blauweiß gekacheltem Boden und dunkelgrünen Wänden. An einem Ende befand sich ein niedriges Podest, auf dem bunte Kissen lagen, und dort hockte ein dicker Mann mit hellbrauner Haut und schwarzen Locken im Schneidersitz vor einem niedrigen Tisch. Als sie hereinkamen, blickte er von etwas auf, das aussah wie ein Brettspiel.

»Baruma.« Schwerfällig kam er auf die Beine und verbeugte sich tief. »Ich bin geehrt. Wirklich geehrt.« Aber als er weiterredete, sprach er zu schnell, als daß Taliaesyn noch etwas hätte verstehen können. Es sah eigentlich so aus, als sei der Mann eher ängstlich als überwältigt von der Ehre, daß Briddyn ihn besuchte.

Die beiden Männer begannen, schnell und mit schrillen Stimmen zu feilschen, fuchtelten mit den Händen herum, zogen dramatische Grimassen, schienen sich gegenseitig zu bedrohen, aber Taliaesyn fiel auf, daß es jedesmal Briddyn war, der gewann. Endlich befahl der Sklavenhändler, der sich Brindemo nannte, dem Gefangenen, sich auszuziehen: Dann strich er über Taliaesyns Arme und den Rücken, fingerte wie ein Pferdehändler an seinen Beinen herum und schaute ihm sogar in den Mund. Am Ende dieser Prozedur konnte Taliaesyn nur noch an Mord denken.

»Deverrianer, wie?« sagte Brindemo mit recht verständlichem Akzent. »Dann bist du ein gefährlicher Mann. Ich spreche eure häßliche Sprache. Verstehe mich recht: Eine falsche Bewegung, ein falsches Wort, und du wirst ausgepeitscht.«

Dann wandte er sich wieder Briddyn zu, der die Verkaufsurkunde aus einem Beutel an seinem Gürtel nahm und sie Brindemo überreichte. Taliaesyn bemerkte, wie der Händler mißtrauisch die Augen zusammenkniff, als er sich das Dokument ansah. Als er wieder zu sprechen begann, redete er etwas langsamer, und Taliaesyn konnte hier und da etwas verstehen. Scheinbar schlug Briddyn vor, er solle Taliaesyn in die Kupferminen in den hohen Bergen des Südwestens verkaufen oder als Galeerensklaven an den Archon. Taliaesyns Magen zog sich bei diesem Gedanken vor Angst zusammen; er erinnerte sich an genug, um zu wissen, daß Sklaven bei solcher Arbeit bald starben – und dafür auch noch dankbar waren. Brindemo sah ihn ein letztes Mal an, dann kehrte er zu Briddyn zurück.

»Wieviel Opium habt Ihr ihm gegeben, geehrter Meister?«

»Nicht viel und auch nicht lange.« Dann sagte er etwas vollkommen Unverständliches, das Brindemo zu freuen schien, weil der dicke Sklavenhändler nickte und lächelte.

Münzen wechselten den Besitzer – soweit Taliaesyn sehen konnte, beinahe zwanzig Goldstücke. Brindemo nahm die Verkaufsurkunde, steckte sie in seinen eigenen Beutel und geleitete dann Briddyn, Gwin und den Stummen zur Tür, während sein Sohn Taliaesyn an der kurzen Kette hielt. Als der Händler zurückkehrte, betrachtete er seinen neuen Sklaven einen Augenblick lang forschend.

»Du kannst nicht davonlaufen, Taliaesyn aus Pyrdon. Wenn du das tust, werden dich die Männer des Archon jagen …«

»… und mich töten, das weiß ich.«

Brindemo nickte und löste Taliaesyns Halsfessel.

»Das wird dich nur wundreiben und häßliche Spuren hinterlassen. Du sollst gut aussehen.«

»Wen interessiert das in den Minen?«

»Oh! Du verstehst ein wenig Bardekianisch, wie? Das wird immer besser. Die Minen? Ha! Baruma fährt am Morgen wieder davon. Er kommt etwa einmal im Jahr hier vorbei, wenn überhaupt. Woher soll er erfahren, wohin ich dich verkauft habe? Die Minen zahlen einen gesetzlich vorgeschriebenen Preis, aber für Barbaren kann man viel mehr Geld bekommen. Wenn du dich benimmst und gute Manieren an den Tag legst, werden wir dich an ein ehrenwertes Haus verkaufen. Setz dich. Übrigens ist draußen in Hörweite ein bewaffneter Mann.«

»Ich werde nicht versuchen zu fliehen. Ich bin zu müde, und ich weiß nicht einmal, wo ich bin.«

Lachend ließ sich Brindemo wieder auf die Kissen fallen und bedeutete dem Gefangenen mit einer Geste, sich auf die Kante des Podiums zu setzen. Er holte die Verkaufsurkunde heraus und betrachtete sie mit gerunzelter Stirn.

»Dein Name«, sagte er schließlich. »Heißt du wirklich Taliaesyn?«

»Das nehme ich an.«

»Wie bitte? Du solltest doch deinen Namen wissen.«

»Nein. Ich kann mich an überhaupt nichts aus meinem Leben erinnern, was nicht wenige Wochen her ist.«

»Was? Hat man dich auf den Kopf geschlagen oder so?«

»Das wäre schon möglich. Ein fester Schlag auf den Kopf

führt manchmal dazu, daß Menschen das Gedächtnis verlieren. Aber ich weiß es nicht. Man hat mir nichts gesagt.«

Brindemo tippte sich mit einer Ecke der Urkunde an einen goldüberzogenen Zahn, während er seinen Kauf nachdenklich betrachtete.

»Sag mir eins. Baruma – hat er … hat er dir weh getan?« Taliaesyn zuckte zusammen und starrte zu Boden. »Aha, das wird dich umgänglicher gemacht haben.« Aber unter den kalten Worten des Sklavenhändlers lag auch eine Spur Mitleid. »Ich komme Baruma nicht gerne in die Quere. Nimmst du mir das übel?«

»Auf keinen Fall.«

»Aber andererseits komme ich auch nicht gerne dem Archon und den heiligen Gesetzen meiner Heimatstadt in die Quere.« Er betrachtete abermals die Urkunde. »Wenn ich das Gesetz breche, ist das ebenso schmerzhaft und vielleicht noch teurer, als mich mit Baruma anzulegen.«

»Diese Urkunde da ist gefälscht, wie?«

»Ah, das Opium verliert an Wirkung.« Er hielt die Urkunde in das Licht, das durch das Fenster fiel. »Das ist eine sehr schlaue, sehr professionelle Fälschung. Aber etwas anderes würde ich von Baruma auch nicht erwarten. Möge er einen Kerzenhalter für ein Kissen halten und sich draufsetzen! Versuch dich daran zu erinnern, wer du bist. Vielleicht kann ich dir helfen. Hast du in Deverry Verwandte, einen Clan?«

»Mein Vater war dort ein wichtiger Kaufmann, an soviel erinnere ich mich.«

»Aha! Dann wird er zweifellos seinen Sohn zu einem guten Preis zurückkaufen, wenn er ihn nur finden kann. Wenn … streng dich an, dich zu erinnern. Ich kann dich nicht lange hier behalten. Was, wenn Baruma zurückkommt und nach dir fragt?«

Taliaesyn schauderte, aber diesmal verachtete er sich dafür.

»Ich sehe, du verstehst, was ich meine.« Auch Brindemo schauderte. »Aber vielleicht bleibt mir nichts anderes übrig, als dich an einen ordentlichen Herrn zu verkaufen, und wenn dann dein Vater nach dir sucht, werde ich ihm sagen, wo du bist. Vielleicht wird er es mir mit Münzen danken.«

»Selbstverständlich.« Es fiel Taliaesyn erstaunlich leicht zu lügen, denn er bedachte, was auf dem Spiel stand. »Er war immer sehr großzügig.«

»Gut.« Brindemo klatschte in die Hände. »Wir geben dir etwas zu essen und einen Schlafplatz.«

Auf das Händeklatschen kam ein schwarzhäutiger Mann durch eine Tür nahe dem Podium. Er war beinahe sieben Fuß hoch, sehr muskulös und trug ein kurzes Schwert in einer auffällig juwelenbesetzten Scheide. Selbst ohne das Schwert wäre es Taliaesyn nicht eingefallen, sich mit jemandem anzulegen, dessen Hand so breit war wie der Kopf eines normalen Mannes.

»Darupo, bringe ihm etwas zu essen. Ich wette, Baruma hat ihn halb verhungern lassen.« Der Mann nickte, warf Taliaesyn einen mitfühlenden Blick zu und verschwand dann wieder. Als er gegangen war, kehrte Brindemo zu seinem Brettspiel zurück und bewegte elfenbeinerne Spielsteine entlang der auf das Brett gemalten Linien, je nachdem, was der Würfel zeigte – das war ganz ähnlich wie bei deverrianischen Spielen. Kurze Zeit darauf kehrte Darupo mit einer irdenen Schüssel mit Gemüse in einer würzigen Soße und einem Korb sehr dünnen Brotes zurück, das beinahe wie Pergament aussah. Er zeigte Taliaesyn, wie er sich Stücke vom Brot abreißen und in die Mischung in der Schüssel tunken konnte. Dieser Eintopf war zwar schwierig zu essen, aber er war köstlich, und Taliaesyn langte dankbar zu. Er dachte daran, daß es eine gute Idee dieses Geschäftsmanns war, ihm etwas zu essen zu geben, weil Käufer mehr Geld für einen gesunden

Sklaven als für einen kranken zahlen würden; aber er war zu hungrig, um sich über die Moral im Sklavenhandel Gedanken zu machen. Brindemo, der weiterwürfelte, blickte plötzlich auf und seufzte.

»Die Vorzeichen sind falsch, ganz gleich, was ich tue.« Bedrückt zeigte er auf das Brett. »Ich habe dieses finstere Gefühl im Herzen, wie ihr in Deverry sagt. Es kann sein, daß ich gut an dir verdiene, Taliaesyn aus Pyrdon, aber ich bereue schon jetzt den Tag, an dem die Götter dich zu mir geführt haben.«

Ein dünner Nieselregen fiel im Hafen von Aberwyn und ließ die Pflastersteine glatt wie Glas werden. In seinen prächtigen scharlachroten Umhang gehüllt, eilte der königliche Herold über den Laufgang zum Kai. Der hochgezogene Bug der Galeere, in den ein aufrechter Drache geschnitzt war, schien sich vor der versammelten Menge zu verbeugen. Am Landende des Kais trat Nevyn einen Schritt vor, um den Herold zu begrüßen, dann zögerte er und wandte sich Cullyn zu, dem Anführer der Ehrengarde.

»Sorgt dafür, daß die Seeleute etwas Warmes zu trinken bekommen, sobald sie die Festung betreten, ja?«

»Gern, die armen Schweine mußten in dieser Nässe den ganzen Weg von Cerrmor rudern.«

Nevyn eilte weiter, um die vorgeschriebenen Begrüßungsfloskeln mit dem Herold auszutauschen, dessen Selbstkontrolle verblüffend war. Der Mann war durchnäßt, erschöpft und erkältet, aber seine Stimme dröhnte bei jeder Silbe, und er verbeugte sich mit der Anmut eines Tänzers.

»Ich, Orys, komme in Angelegenheiten des Königs. Wer ist es, der mich empfängt?« Nevyn zögerte einen Augenblick, dann beschloß er, daß er wirklich keine Lust hatte, den Scherz seines Namens zu erklären – jedenfalls nicht jetzt.

»Ich heiße Galrion, bin Berater der Regentin, Ihrer Gnaden Tieryn Lovyan. Die Gerechtigkeit des Königs ist in Aberwyn jederzeit willkommen.«

»Ich danke Euch, Berater. Ich sehe, daß bereits Pferde bereitstehen.« Plötzlich lächelte er, nachdem dem Ritual Genüge getan war. »Sollen wir zusehen, daß wir aus diesem elenden Regen kommen?«

»Aber ganz bestimmt, Lord Orys.«

In der großen Halle des Gwerbrets von Aberwyn brannten gewaltige Feuer in beiden Feuerstellen. Kerzengerade wie ein Krieger stand Lovyan am Ehrentisch und wartete auf sie, den Umhang im blaugrünen und silbernen Karo von Aberwyn von der Schulter zurückgeschlagen, eine Decke im rot-weißen und braunen Karo des Clw Coc über ihren Stuhl gebreitet. Als der Herold sich vor ihr verbeugte, nahm sie das mit einer anmutigen Geste ihrer Hand zur Kenntnis. Aber dies war nicht der Zeitpunkt für einen Knicks. Sie war ebenso Herr hier, wie es ihr Sohn gewesen war.

»Ich grüße Euch, geehrte Stimme des Königs. Was bringt Euch zu mir?«

»Wichtige Neuigkeiten, Euer Gnaden.« Er griff in sein Hemd und holte eine silberne Nachrichtenrolle heraus. »Ich habe hier eine Proklamation von ernsthaftester Bedeutung.«

Vom Flackern und Knistern des Feuers abgesehen, wurde es in der Halle vollkommen still. Da der König den Inhalt dieser Proklamation vor jedem geheimgehalten hatte, wußte nicht einmal Nevyn, was darin stehen würde. Er sah sich um und bemerkte, daß die Männer beider Kriegshaufen wie erstarrt an ihren Tischen saßen; die Diener rührten sich nicht von ihren Plätzen; Rhys' Frau stand mit bleichem Gesicht auf der Treppe, Tevyla und Rhodda waren gerade zur Hintertür hereingekommen und verharrten dort.

»Ich wäre geehrt, edle Stimme des Königs«, sagte Lovyan

mit fester Stimme, »wenn Ihr die Nachricht der Versammlung vorlesen würdet.«

Mit großer Geste zog Lord Orys das Pergament aus der Röhre, legte das Behältnis auf den Tisch und entrollte die Proklamation mit einem Knallen.

»Hiermit wird in der Provinz Eldidd wie auch in jeder anderen Provinz unseres Königreichs Deverry kundgetan, daß ich, Lallyn II., König durch Bluts- und Schwertrecht mit voller Zustimmung der Gesetze und der Priesterschaft des Bel, es als meine Pflicht betrachte, mich der Erbfolgelinie der Gwerbrets von Aberwyn anzunehmen, da das Gwerbretrhyn ein sowohl geliebter als auch wichtiger Teil unseres Reiches ist. Solange Rhys Gwerbret Aberwyn noch lebt, soll niemand es wagen, den Wahlrat zusammenzurufen, um sich in die gesetzliche Abfolge des Rhan an seine möglichen Erben einzumischen.«

Nevyns Herz schlug heftig.

»Des weiteren« – der Herold hielt inne und räusperte sich – »soll sowohl in Eldidd als auch in anderen Teilen unseres geliebten Königreiches bekanntgemacht werden, daß ich, Lallyn II., mit der Autorität, die mir vom großen Bel, dem König aller Götter, verliehen wurde, hiermit die Erklärung des obigen Rhys Gwerbret Aberwyn hinsichtlich der Verbannung durch Clan-Exil, die seinen Bruder Rhodry, Maelwaedd von Dun Gwerbyn, betrifft, in jeder Hinsicht nicht anerkenne und zurückweise.«

Es kam noch eine ganze Menge mehr, aber niemand konnte es über den Jubel der Kriegshaufen hören, über Welle um Welle zustimmenden Lachens. Als Nevyn sich umsah, bemerkte er, daß Cullyn ganz hinten neben Tevyla stand. Im unsicheren Licht war es schwer zu sagen, aber er glaubte, Tränen in den Augen des Hauptmanns zu sehen. Während des Jubels blieb Lovyan ruhig stehen, und ihre Miene zeigte nichts als milde Erleichterung und eine gewisse Freude über den Gedanken, daß endlich Gerechtigkeit geschehen war. Nevyn hatte sie nie mehr bewundert.

Sehr viel später, als der Herold schon zu seiner wohlverdienten Ruhe ins beste Gästezimmer gegangen war, hatte Nevyn die Gelegenheit, in dem Empfangsraum ihrer Suite mit dem Tieryn alleine zu sprechen. Dort endlich gestand sie sich einen triumphierenden Schrei zu, und sie vollführte sogar ein paar Schritte eines ländlichen Tanzes auf dem bardekianischen Teppich.

»Also hat Blaen gewonnen, mögen die Götter ihn segnen! Wirklich, Nevyn, ich wußte nicht, was ich erwarten sollte, als Orys dieses Stück Leder entrollte.«

»Ich auch nicht. Also gut. Wir haben ein Jahr und einen Tag, um Rhodry hierher zurückzuholen, damit er offiziell seine Wiederaufnahme in den Clan fordert.«

Ihr triumphierendes Lächeln verschwand, und sie ließ sich wie eine alte Frau in den Sessel sinken.

»Mein armer Junge! Wenn wir dich nur schon zu Hause hätten! Nevyn, bei den Göttern! Ihr verbergt etwas vor mir. Wo ist Rhodry?«

»Bitte, Euer Gnaden, vertraut mir; ich möchte es Euch nicht sagen. Ich flehe Euch an: Nehmt mein Wort entgegen, daß er lebt, und laßt uns das Thema damit abschließen. Ich verspreche Euch, daß der Dweomer sein Bestes tun wird, ihn zu Euch zurückzubringen.«

»Ich weiß nicht, ob ich das annehmen – was ist los?«

Ein verängstigter Page kam in die Kammer geschlichen.

»Euer Gnaden? Lady Madronna hat mich geschickt. Seine Gnaden ruft nach Euch.«

Lovyan raffte die Röcke wie ein Bauernmädchen und rannte aus dem Zimmer. Nevyn folgte ihr auf dem Fuße. Im Krankenzimmer fanden sie Rhys wach und auf die Kissen gestützt vor. Sein Gesicht hatte eine gefährliche Rotfärbung angenommen, und der Atem rasselte in seiner eingesunkenen Brust. Über allem hing der Gestank von krankem Urin.

»Mutter.« Er keuchte bei jedem Wort. »Ich habe gehört, was die Diener erzählen. Dieser elende König hat Rhodry zurückgerufen, nicht wahr? Lüg mich nicht an!«

»Ich sehe keine Notwendigkeit, Euch anzulügen, Euer Gnaden.« Lovyan ging ans Bett und streckte die Hand aus. Er umfaßte sie und drückte sie fest, als bezöge er Kraft aus ihrer Berührung.

»Rhys, bitte, es ist das Beste für Aberwyn. Es ist das Beste für den Maelwaedd-Clan.«

Er gab ein Geräusch von sich, das irgendwo zwischen Fauchen und Husten lag. Zutiefst beunruhigt eilte Nevyn ebenfalls ans Krankenbett.

»Euer Gnaden sollten sich nicht aufregen. Ihr solltet ruhen.«

»Ruhen? Wenn der König mich zum Gespött macht?« Sein Atem war so flach, daß man ihn kaum mehr vernehmen konnte. »Warum konnte er nicht warten bis zu meinem Tod? Verflucht soll er sein, das hätte er wenigstens tun können.«

»Das war nicht möglich, Euer Gnaden. Wenn Ihr ohne Erben sterben solltet, wäre Aberwyn nichts weiter als ein Knochen, um den sich die Hunde raufen.«

Einen Augenblick lang schien das den Gwerbret zu beruhigen; dann runzelte er die Stirn, als dächte er über etwas nach.

»Wo steckt Rhodry eigentlich?«

»Auf dem Heimweg, Euer Gnaden.«

»Ah.« Er hielt für einen Augenblick inne, keuchte, holte Luft, und sein Brustkorb hob sich unter den wollenen Decken. »Er ist noch nicht wieder da? Verfluchter Welpe. Er soll nicht haben, was mir gehört – noch nicht.«

»Rhys, bitte!« Lovyans Stimme zitterte vor Tränen. »Kannst du ihm nicht verzeihen?«

Rhys wandte sich ihr zu mit einem Blick müder Verachtung,

als fragte er sich, wie es ihr möglich war, etwas so Offensichtliches falsch zu verstehen. Plötzlich hustete er – ein würgendes Gurgeln – und verkrampfte sich. Im Ringen nach Luft bog er den Rücken durch. Nevyn packte ihn um die Schultern und stützte ihn, bis er den blutigen Schleim ausgespuckt hatte. Dann suchte Rhys' Blick wieder Lovyans Gesicht.

»Aber, Mutter«, flüsterte er, »es war mein, es war wirklich mein.«

Dann starb er mit einem letzten Zucken, einem abgebrochenen Husten. Madronna an der Türe legte den Kopf zurück und heulte schmerzerfüllt, kreischte wieder und wieder, bis Lovyan zu ihr eilte und sie in den Arm nahm. Obwohl Rhys' Mutter die Tränen über die Wangen liefen, gab sie keinen Laut von sich. Nevyn schloß die Augen des Gwerbret und verschränkte ihm die Arme über der zerrissenen Brust. »Möget Ihr in den Anderlanden Friede finden, Euer Gnaden«, flüsterte er so leise, daß die Frauen ihn nicht hören konnten. »Aber ich habe das unangenehme Gefühl, daß Euer Haß Euch nicht ruhen lassen wird.«

Er überließ die Frauen ihrer Trauer und ging hinunter in die große Halle. Zumindest konnte er die förmliche Ankündigung übernehmen und Lovyan diese grimmige Pflicht ersparen. Als er zum Ehrentisch ging, fiel ihm der Herold wieder ein, und er schickte einen Pagen, um ihn aufzuwecken. Obwohl mehrere Männer Nevyn etwas Freundliches zuriefen, schien keinem aufzufallen, wie bedrückt er war, weniger um Rhys' willen, sondern weil er daran denken mußte, was der Tod des Gwerbret für Aberwyn bedeuten würde. Alle waren viel zusehr damit beschäftigt, Rhodrys Rückruf zu feiern. Sobald der schläfrige Herold anwesend war, ging Nevyn hinauf zum Ehrentisch und bat um Ruhe. Es wurde still in der Halle, und die Männer des Kriegshaufens wandten sich ihm aufmerksam zu. Nevyn war nicht in der Stimmung für gewählte Worte.

»Gwerbret Rhys ist tot.«

Von überall hörte man erschrockenes Schnauben oder Nach-Luft-Schnappen.

»Ihre Gnaden Tieryn Lovyan ist nun Regentin für ihren jüngeren Sohn: Rhodry, Gwerbret von Aberwyn.«

Das Geräusch war unmißverständlich, ein Beinahe-Jubel, unterdrückt aus Achtung für den Toten, Lachen, das in Hüsteln und Murmeln verwandelt wurde, betroffenes verschämtes Lächeln. Armer Rhys, dachte Nevyn; ich denke, ich verstehe dich jetzt ein wenig besser. Aber als er so über die Männer hinwegspähte, fragte er sich erbittert, ob Rhodry wirklich jemals auf dem Stuhl des Gwerbrets sitzen würde, ob seine treuen Kriegshaufen jemals den jungen Lord wiedersehen würden, den sie so liebten.

ANHANG A:

DIE PERSONEN UND IHRE INKARNATIONEN

Derzeitige Inkarnation	ca. 840
Nevyn	Nevyn
Jill	Branoic
Rhodry	Maddyn
Cullyn	Owaen
Blaen	Caradoc
Gwin	Aethan

ANHANG B: GLOSSAR

Aber (deverrianisch) – Flußmündung, Delta.

Ätherische Ebene – Die Existenzebene direkt »oberhalb« der physischen. Mit ihren magnetischen Strömungen hält sie die Materie in einem unsichtbaren Muster und ist die wahre Quelle dessen, was wir »Leben« nennen.

Ätherischer Doppelgänger – Das wahre Wesen einer Person, die elektromagnetische Struktur, die den Körper zusammenhält, der eigentliche Sitz des Bewußtseins.

Alar (elfisch) – Eine Gruppe von Elfen, blutsverwandt oder nicht, die sich entschieden haben, einige Zeit zusammen zu reisen.

Alardan (elf.) – Treffen mehrerer Alarli; im allgemeinen Anlaß für eine Feier mit viel Alkohol.

Annwn (walisisch, wörtlich: nirgends) – Der Name der Welt, in die die Deverrianer auswanderten.

Astralebene – Die Existenzebene direkt »oberhalb« oder »innerhalb« der ätherischen. In anderen magischen Systemen wird sie oft der Akashische Bereich oder das Schatzhaus der Bilder genannt.

Aura – Das Feld elektromagnetischer Energie, das von jedem lebenden Wesen ausgeht und es durchdringt.

Aver (dev.) – Fluß.

Bara (elf.) – Ein Enklitikon, das anzeigt, daß das vorangehende Wort in einem zusammengesetzten elfischen Wort der Name des dem Enklitikon folgenden Elements ist, wie bei Can+bara+melim Rauher Fluß (Rauh+Enklitikon+Fluß).

Bel (dev.) – Der wichtigste Gott des deverrianischen Pantheon.

Bel (elf.) – Ein Enklitikon, dessen Funktion ähnlich ist wie die von *Bara,* nur, daß es anzeigt, daß das vorausgegangene

Verb der Name des folgenden Elements ist, wie in Darabeldal, Fließender See.

Blaues Licht – Ein weiterer Name für die Ätherische Ebene.

Brigga (dev.) – Weite Wollhose, die von Jungen und Männern getragen wird.

Broch (dev.) – Ein niedriger Turm, der als Wohnhaus dient. Früher hatten diese Türme eine einzige große Feuerstelle mitten im Erdgeschoß und eine Anzahl kleiner Räume oder Nischen an den Seiten, aber zur Zeit unserer Erzählung hat dieser alte Stil bereits mehreren Stockwerken mit Feuerstellen und Kaminen an zwei Seiten des Gebäudes Platz gemacht.

Cadvridoc (dev.) – Heerführer. Der Cadvridoc ist kein General im modernen Sinn, und es wird erwartet, daß er sich mit den Adligen, die mit ihm reiten, berät, aber er hat das Recht, die endgültigen Entscheidungen zu treffen.

Conaber (elf.) – Ein Musikinstrument, ähnlich der Panflöte, aber von geringerem Umfang.

Cwm (dev.) – Tal.

Dal (elf.) – See.

Dun (dev.) – Festung.

Dweomer (Übersetzung des deverrianischen *Dwunddaevad*) – Strenggenommen ein magisches System, das der persönlichen Erbauung durch Harmonie mit dem Universum in all seinen Ebenen und Manifestationen dient; in allgemeinem Sinn Magie, Zauberei.

Elcyion Lacar (dev.) – Die Elfen; wörtlich: »strahlende Geister«.

Fola (elf.) – Ein Enklitikon, das anzeigt, daß das vorangegangene Nomen in einem zusammengesetzten elfischen Wort der Name des folgenden Elements ist, wie in Corafolamelim, Eulenfluß.

Gedankenform. Das Bild einer dreidimensionalen Gestalt, die entweder aus ätherischer oder astraler Substanz besteht und von einem geübten Denker geschaffen werden kann. Wenn genügend viele dieser Leute gemeinsam an derselben Gedankenform arbeiten, kann sie – abhängig von dem Ausmaß der verwendeten Energie – einige Zeit unabhängig bestehen (dieser Prozeß der Zuführung von Energie ist als *Beseelen* bekannt). Manifestationen von Göttern und Heiligen sind für gewöhnlich solche Gedankenformen, die sehr intuitive Wesen wie Kinder oder jene, die mit dem Zweiten Gesicht begabt sind, wahrnehmen können. Es ist auch möglich, daß eine große Anzahl ungeübter Denker unklare Formen hervorbringt, die dann vielleicht als UFOs oder Erscheinungen des Teufels wahrgenommen werden.

Geis – Tabu, für gewöhnlich ein Verbot, etwas zu tun. Ein Geis zu brechen führt zu Unreinheit und setzt einen der Mißbilligung, wenn nicht gar der Feindschaft der Götter aus. In Gesellschaften, die wirklich an Geis glauben, stirbt eine Person, die es bricht, sehr schnell, entweder an Depressionen oder einen selbstverursachten »Unfall«, es sei denn, er oder sie leistet rituelle Genugtuung.

Geister – Lebende, aber körperlose Wesen, die zu den diversen nichtphysischen Ebenen des Universums gehören. Nur die Elementargeister wie das Wildvolk (Übersetzung des dev. *Elcyion Goecl*) können sich direkt auf der physischen Ebene manifestieren. Alle anderen brauchen ein Werkzeug wie einen Edelstein, den Rauch von Räucherwerk oder den Magnetismus von frisch geschnittenen Pflanzen oder vergossenem Blut.

Gerthddyn (Dev.) – Wörtlich ein Musiker, ein wandernder Sänger und Unterhalter von erheblich niedrigerem Rang als ein echter Barde.

Große – Geister, einstmals Menschen, die aber nicht reinkarnierten und sich nun auf einer unglaublich hohen Existenzebene befinden. Sie haben sich der Erleuchtung aller fühlenden Wesen verschrieben. Den Buddhisten sind sie als Boddhisattvas bekannt.

Gwerbret (dev.) – Der höchste Adelsrang unterhalb der Königlichen Familie. Gwerbrets (elf. *Gwerbretion*) sind die obersten Gerichtsherren ihrer Bereiche, und selbst Könige stoßen nur ungern ihre Entscheidungen um, weil sie über viele althergebrachte Vorrechte verfügen.

Hauptmann (Übersetzung des deverrianischen *pendaely*) – Der Mann, der – unter dem Befehl des Lords – einen Kriegshaufen anführt. Es ist interessant, daß das Wort *taley* (die Wurzel oder unveränderte Form von *-daley*) je nach Kontext entweder einen Kriegshaufen oder eine Familie bezeichnen kann.

Hiraedd (dev.) – Eine besondere keltische Form der Depression; eine tiefe, quälende Sehnsucht nach etwas, was man nicht haben kann (daher auch im besonderen: ausgeprägtes Heimweh).

Lichtkörper – Eine künstliche Gedankengestalt, die ein Dweomermeister schafft und die es ihm oder ihr erlaubt, die inneren Existenzebenen zu durchwandern.

Loc (dev.) – See.

Lwdd (dev.) – Blutpreis; anders als das Wergeld ist Lwdd nicht gesetzlich festgelegt, man kann also darüber verhandeln.

Malover (dev.) – Förmliches Gerichtsverfahren, bei dem sowohl Belpriester als auch ein Gwerbret oder ein Tieryn anwesend sind.

Melin (elf.) – Fluß.

Mor (dev.) – Meer.

Pan (elf.) – ein Enklitikon wie *Fola*, nur, daß es anzeigt, daß das vorangegangene Nomen im Plural steht, ebenso wie das folgende Element, wie in Corapanmelim, Fluß der vielen Eulen. Man darf nicht vergessen, daß das Elfische den Plural immer durch Hinzufügung eines halb unabhängigen Morphems anzeigt und daß sich diese Halbunabhängigkeit in den diversen syntaxtragenden Enklitika niederschlägt.

Pecl (dev.) – weit entfernt.

Rhan (dev.) – Politische Region, daher Gwerbretrhyn, Tierynrhyn: das Land, das von einem bestimmten Gwerbret oder Tieryn beherrscht wird.

Speer (Übersetzung des dev. *Picecl*) – Da die fragliche Waffe nur drei Fuß lang ist, könnte man sie auch als »Kriegs-Wurfpfeil« bezeichnen. Man darf sich diese Speere nicht wie die Waffen gewaltiger Länge vorstellen, wie sie heutzutage bei den Olympischen Spielen verwendet werden.

Taer (dev.) – Land.

Tieryn (dev.) – Mittlerer Adel, unterhalb der Gwerbrets, aber ranghöher als ein einfacher Lord (dev. *Arcloedd*).

Wyrd (Übersetzung des dev. *Tingedd*) – Schicksal; die unausweichlichen Probleme, die auch Inkarnationen überdauern können.

Ynis (dev.) – Insel.